AF142169

LISA JACKSON

NEVER SAFE
WANN WIRST DU SICHER SEIN?

THRILLER

Aus dem amerikanischen Englisch
von Kristina Lake-Zapp

Die amerikanische Originalausgabe erschien 2022 unter dem Titel
»The Girl Who Survived« bei Kensington, New York.

Besuchen Sie uns im Internet:
www.droemer-knaur.de

Deutsche Erstausgabe Januar 2024
Copyright © 2022 by Lisa Jackson, LLC
Published by Arrangement with KENSINGTON PUBLISHING CORP.,
119 West 40th Street, NEW YORK, NY 10018 USA
© 2024 der deutschsprachigen Ausgabe Knaur Verlag
Ein Imprint der Verlagsgruppe Droemer Knaur GmbH & Co. KG, München
Alle Rechte vorbehalten. Das Werk darf – auch teilweise – nur mit
Genehmigung des Verlags wiedergegeben werden.
Die Nutzung unserer Werke für Text- und Data-Mining
im Sinne von § 44b UrhG behalten wir uns explizit vor.
Redaktion: lüra – Klemt & Mues GbR, Wuppertal
Quellennachweis: »Stille Nacht, heilige Nacht«;
Text: Joseph Mohr; Melodie: Franz Xaver Gruber
Covergestaltung: ZERO Werbeagentur, München
Coverabbildung: Collage unter Verwendung von Bildern
von Shutterstock.com
Satz und Layout: Adobe InDesign im Verlag
Druck und Bindung: CPI books GmbH, Leck
ISBN 978-3-426-22792-3

2 4 5 3

KAPITEL EINS

Mount Hood, Oregon

Zwanzig Jahre zuvor

Quiiietsch!

Kara riss die Augen auf.

Was war das?

Angestrengt spähte sie in die Dunkelheit.

»Kein Wort.«

Sie fing an zu schreien.

Eine Hand verschloss ihren Mund.

Fest.

»Scht!«

Marlie? Ihre Schwester beugte sich über sie und drückte ihren Kopf in die Kissen?

Kara fing an zu strampeln. Um sich zu schlagen. Sich zu wehren.

»Hör auf! Sei einfach still und hör mir zu«, flüsterte Marlie ihr ins Ohr. Ihr warmer Atem strich über Karas Haut. »Hör mir zu, hab ich gesagt!« Ihre Stimme klang dringlich. Das hier war kein Scherz, keiner von den bösen Streichen, mit denen Kara groß geworden war, denn außer Marlie hatte sie noch drei ältere Brüder. »Rabauken«, sagte ihre Mutter, »Ganoven«, sagte ihr Vater.

Doch im Augenblick setzten ihr nicht die drei zu, sondern Marlie, und die war definitiv in Panik. »Tu einfach, was ich sage«, zischte sie jetzt. »Keine Fragen, keine Widerrede. Ich meine es ernst, Kara-Bär, du musst absolut still sein.«

Warum?

Als hätte sie Karas Gedanken gelesen, fügte Marlie hinzu: »Ich kann es dir jetzt nicht erklären, vertrau mir einfach. Du bist ein kluges Mädchen, zumindest behaupten das deine Lehrer. Angeblich bist du den Kids in deinem Alter weit voraus. Also tu, was ich sage, und komm mit.«

Kara schüttelte den Kopf. Ihre Haare raschelten auf dem Kissen. Langsam gewöhnten sich ihre Augen an das dämmrige Licht. Was immer Marlie so erschreckt hatte, sie würden es in den Griff bekommen. Mama würde wissen, was zu tun war.

»Du darfst keinen Laut von dir geben, hast du verstanden?«

Marlie nahm die Hand von Karas Mund. Kara konnte sich nicht zurückhalten. »Was …«, flüsterte sie. Sofort verschloss die Hand wieder ihre Lippen. Diesmal noch fester.

»Hör mir einfach nur zu!«, stieß Marlie mit zusammengebissenen Zähnen hervor. Ihr flehentlicher Ton ließ Kara erstarren. Mama nannte ihre ältere Tochter gelegentlich eine Dramaqueen, und das war Marlie ganz bestimmt, doch diesmal war es anders. Marlie war anders. Als hätte sie Todesangst.

Kara blieb reglos liegen.

»Du musst dich verstecken.«

Verstecken?

»*Sofort.* Hast du mich verstanden?«

Kara nickte mit weit aufgerissenen Augen.

»Aber nicht hier.« Marlie nahm die Hand ein zweites Mal von Karas Lippen.

»Warum? Wo ist Mama?«, wisperte Kara atemlos. Sie spürte, wie sich die Angst ihrer großen Schwester auf sie übertrug.

»Verdammt! Sei still! *Bitte,* Kara.« Marlie schaute mit flehendem Blick auf Kara herab. »Keine Fragen. Sie könnten dich hören!«

Wer? Wer könnte sie hören?

Karas Herz hämmerte heftig. Vor lauter Angst wurde ihr abwechselnd heiß und kalt.

Marlies Gesicht sah irgendwie seltsam aus. Auf ihrer Wange war ein gezackter dunkler Strich. Die ganze Gesichtshälfte war dunkel verschmiert.

»Was hast du da?«, wisperte sie und streckte die Hand nach Marlies Wange aus.

»Nichts, Kara-Bär. Bloß einen Ratscher.«

»Komm einfach mit mir und sag kein Wort. Ich meine es ernst, Kara. Das sind böse Menschen. Sie dürfen dich nicht finden. Wenn sie dich entdecken, werden sie dir wehtun, verstehst du?« Marlies Gesicht kam noch näher. Trotz der Dunkelheit im Kinderzimmer sah Kara das Entsetzen in den blauen Augen ihrer Schwester. Und das Blut auf ihrer Wange. Marlie trug Jeans und ein Sweatshirt, ihre blonden Haare hatte sie zu einem Zopf geflochten.

Kara schüttelte heftig den Kopf.

»Okay, zum letzten Mal.« Marlies Stimme hatte einen warnenden Ton angenommen.

Kara nickte langsam. Als ihre große Schwester diesmal die Hand von ihren Lippen nahm, blieb sie stumm. Angestrengt schluckte sie gegen den Kloß an, der sich in ihrem Hals gebildet hatte.

»Ich habe dich lieb, Kara-Bär … Ich werde wiederkommen und dich holen, das verspreche ich dir.« Marlie schaute aus dem Fenster. Das Mondlicht spiegelte sich auf der dicken Schneedecke. Entschlossen nahm sie Karas Hand. »Komm jetzt!« Sie wollte ihre Schwester von der Matratze ziehen, aber Kara brauchte keine weitere Aufforderung. Sie schlug die Bettdecke zurück, stand auf, dann schlich sie zusammen mit Marlie an deren Bett vorbei. Im Licht des Mondes, dessen silbriger Schein durchs Fenster ins Zimmer fiel, sah Kara mehrere Stapel ordentlich zusammengefalteter Kleidungsstücke auf der zerknitterten Bettdecke. Daneben lagen Marlies Schuhe. Wie Kara war sie barfuß.

Damit man ihre Schritte nicht hört.

Karas Blut gefror zu Eis. Hier stimmte etwas nicht. Und zwar ganz und gar nicht. Sie trat auf ein Spielzeug, vermutlich einen Barbie-Schuh. Es tat weh, und sie biss sich auf die Zunge, um nicht laut aufzuschreien. Marlie öffnete vorsichtig die Tür zum Flur.

Von unten wehte der Geruch des erlöschenden Kaminfeuers zu ihnen herauf, versetzt mit den leisen Klängen eines Weihnachtslieds.

»Stille Nacht …«

Marlie spähte in die Dunkelheit.

»Heilige Nacht …«

Sie holte tief Luft, drückte Karas Hand und flüsterte: »Los!« Dann zog sie ihre jüngere Schwester in den dunklen Flur, vorbei an den geschlossenen Kinderzimmertüren der Brüder bis zur Treppe ins Erdgeschoss. Gleich hinter dem oberen Treppenabsatz befand sich die Tür zu Mamas und Daddys Schlafzimmer.

»Alles schläft …«

Kara atmete erleichtert auf. Marlie brachte sie zu Mama – obwohl … Nein. Ihre Erleichterung verpuffte. Sie blieb vor der Tür neben der zu Mama und Daddy stehen, vor der Tür, die immer abgeschlossen war. Dahinter befand sich eine weitere Treppe. Sie führte in den zweiten Stock – ein Labyrinth aus ungenutzten Räumlichkeiten.

Was sollte das?

Nein!

»*Einsam wacht …*«

Kara sperrte sich. Sie würde nicht dorthinauf gehen. *Nein, nein, nein!*

Sie wollte gerade protestieren, als Marlie ihr einen Blick zuwarf, der Stahl hätte schneiden können.

Bong!

Kara fuhr zusammen, ihr Herz hämmerte, doch es war nur die alte Standuhr neben der Eingangstür im Erdgeschoss, die mit melodischem Klang die Stunde schlug.

»Herrgott«, wisperte Marlie und drehte den Knauf. Die Tür schwang auf. Marlie schob Kara hindurch und die steilen Holzstufen hinauf, während sie die Tür hinter sich schloss.

Bong!

»Nein, Marlie«, flüsterte Kara, die den Eindruck hatte, dass die Temperatur mit jeder Stufe um ein Grad abkühlte.

»Uns bleibt keine Wahl!«, sagte Marlie mit erstickter Stimme, als sie den zweiten Stock erreichten.

Anstatt das Licht einzuschalten, zog sie eine kleine Taschenlampe aus der Hosentasche und stellte sie an. Der dünne Strahl huschte zuckend über mit großen Laken abgedeckte Möbel und Kisten, ausrangierte Lampen, gestapelte Bücher und Koffer mit aussortierten Kleidungsstücken. Ihre Familie benutzte den zweiten Stock, der laut Mama einst als Dienstbotenquartier gedient hatte, als Lagerraum. »Ihr dürft nicht nach oben gehen«, hatte Mama ihre Patchworkfamilie gewarnt und sich eine Zigarette angezündet. »Es ist dort nicht sicher. Sollte ich einen von euch da oben erwischen, gibt es Hausarrest, darauf könnt ihr euch verlassen. Habt ihr mich verstanden?«

Natürlich hatte ihre Drohung nicht gefruchtet.

Natürlich waren sie alle hinaufgeschlichen und hatten die Räumlichkeiten erkundet. Die Brüder waren andauernd dort oben, und auch Kara hatte sich oft genug in den zahlreichen kleinen, miteinander verbundenen Zimmern umgesehen. Sie kannte sich dort recht gut aus, doch heute Nacht, in der Dunkelheit, kamen ihr die kalten Räume bedrohlich und böse vor. Die verschlossenen Türen erinnerten sie an Wächter, die den schmalen Korridor fest im Blick hatten.

Bong!

»Wo ist Mama?«, fragte sie wieder und kämpfte gegen die aufsteigende Panik an.

Marlie warf ihr einen strengen Blick zu und schüttelte den Kopf. Dann legte sie einen Finger auf die Lippen und zog sie hinter sich her.

Am Ende des Korridors befand sich eine weitere Treppe, die noch enger war als die, die zu den Dienstbotenquartieren führte. Von dort gelangte man direkt zwei Stockwerke tiefer in die Küche. Für eine Sekunde dachte Kara, sie würden wieder nach unten gehen, auch wenn das unsinnig war, aber kurz vor der Treppe blieb Marlie vor einem Wandschrank stehen, in dem, so hatte sie früher behauptet, die Dienstboten einst die Bettwäsche, Handtücher und was die Herrschaften sonst noch an feinem Leinenzeug benötigten, aufbewahrten. Der Wäscheschrank war aber gar kein Schrank, sondern eine stets abgeschlossene Tür, hinter der steile Stufen zum Dachboden führten. Dort oben war Kara bislang nur ein Mal gewesen, denn bis auf ein paar Kisten und Kartons sowie ein altes Möbelstück von ihrer Großmutter, eine Art Truhe, gab es da nichts Spannendes. Daddy hatte Kara mit hinaufgenommen und ihr die Eule gezeigt, die unter den

Dachsparren nistete. Sie hatte ihn gefragt, warum die Truhe dort stand und nicht in den ehemaligen Dienstbotenzimmern, und Daddy hatte ihr zugezwinkert und erklärt, er wisse doch, dass sie dort heimlich spielten. Er hänge sehr an der Truhe, und er wolle nicht, dass sie einen Kratzer bekam.

Jetzt war Daddy nicht bei ihr.

Kara wurde es noch mulmiger zumute. »Da können wir nicht hoch …«, setzte sie an, doch Marlie zog bereits einen Schlüssel aus ihrer Jeanstasche und schob ihn ins Schloss. Die Tür zur Dachbodenstiege schwang knarzend auf.

»Komm«, flüsterte Marlie.

Kara schüttelte den Kopf. »Ich will nicht«, flüsterte sie zurück. Marlie würde sie doch sicher nicht mit Gewalt auf den Dachboden zwingen!

»Das ist mir egal.« Marlie schubste sie durch die schmale Tür und sperrte hinter ihnen ab.

»Was soll das, verdammt noch mal?«

»Hör auf zu fluchen, Kara-Bär.«

»Aber …«

»Ich rette dich. Uns.« Es klickte laut, als Marlie den alten Lichtschalter nach oben drückte, aber alles blieb dunkel.

»Verdammt«, murmelte sie. Die Stiege hinter der verschlossenen Tür war nicht zu erkennen.

»Hör auf zu fluchen«, äffte Kara ihre große Schwester nach. »Wovor willst du uns eigentlich retten?«

»Schscht, sei leise. Das willst du gar nicht wissen.«

»Doch! Doch, sag's mir!«

»Hör zu, es ist … kompliziert.« Marlie zögerte.

»Und gruselig.«

»Ja, echt gruselig. Beängstigend.« Marlie schaltete ihre Taschenlampe wieder ein und richtete den Lichtstrahl auf die enge Stiege. Die Stufen waren steil und kaum breit genug für Karas Füße.

Auf dem Dachboden war es eiskalt und stockdunkel.

»Ich will da nicht hin.«

»Du musst.«

Karas Haut fing an zu kribbeln, doch sie weigerte sich nicht länger. Spürte, dass jeglicher Widerstand zwecklos war. Marlies Stimme klang anders als sonst, und sie brachte die sonst so rebellische Kara dazu, sich zu fügen. Furchtsam folgte sie dem zittrigen Lichtstrahl der Taschenlampe, der über die alten Dachsparren glitt. Kara war sich sicher, dass sie jeden Moment eine Fledermaus oder die Eule aufscheuchen würden, doch alles blieb ruhig.

Sie stand auf der obersten Stufe, Marlie auf den staubigen Bodendielen, sodass sie nun auf Augenhöhe waren. Marlies Gesicht war von unten beleuchtet, das kleine Grübchen in ihrem Kinn warf einen Schatten und verzerrte ihr Gesicht zu einer unheimlichen Fratze. Als Kara noch jünger gewesen war, hatte ihr Bruder Jonas diesen Effekt häufig verwendet, um seine schaurigen Geistergeschichten möglichst eindrucksvoll zu untermalen.

Aber heute Nacht ging es um etwas anderes, nicht darum, der kleinen Schwester Angst einzujagen, so viel stand fest.

»Du bleibst hier und wartest, bis ich zurückkomme.«

»Nein!«

»Es wird nicht lange dauern, versprochen.«

Kara schüttelte den Kopf. »Ich will zu Mama.«

»Ich weiß, aber ich habe dir doch gesagt, dass das nicht möglich ist.«

»Warum nicht? Du darfst mich hier nicht allein lassen!«

»Nur ganz kurz, ehrlich.«

»Nein!«

»Kara …«

»Warum versteckst du mich hier? Wovor willst du mich beschützen?« Kara fing an zu schluchzen. Ihre Geschwister hängten ständig ein »Versprochen!«, »Ehrlich!« an ihre Sätze, doch sie sagten nur selten die Wahrheit. »Wer sind die bösen Menschen, von denen du gesprochen hast, Marlie?«

»Ich … ich weiß es nicht.«

»Was machen sie denn Böses?«

»Ich … keine Ahnung … ich bin mir nicht sicher … aber sie sind wirklich sehr böse. Etwas ganz Schlimmes passiert hier, Kara-Bär.«

»Was denn? Wo?«

»Ich weiß es nicht.«

»Aber es passiert, hier, in unserem Haus?«

»Ich … ja … bitte, mach einfach, was ich dir sage.«

Kara spürte, dass ihre Schwester ihr die Wahrheit vorenthielt. »Wo sind Mama und Daddy?«

Marlie zögerte. »Nicht da.«

»Lügnerin.« Aber warum log ihre große Schwester?

»Kara …«

»Wo sind Jonas, Sam und Donner?«, fragte Kara panisch. Ihre älteren Halbbrüder. Am Abend waren sie alle noch da gewesen. Sie hatten zusammen gegessen, ein wunderschönes, festliches Heiligabend-Essen. Anschließend hatten Donner und Sam Musik gehört und Videospiele gespielt und sogar etwas Alkohol getrunken. Jonas, der Einzelgänger, hatte sich in sein Zimmer zurückgezogen und Ninja-Techniken trainiert. Sam zog ihn ständig damit auf und nannte ihn Joe-Judo. Jonas hasste diesen Spitznamen.

»Alle sind fort«, flüsterte Marlie.

»Fort?« An Heiligabend? Das war doch sehr merkwürdig. »Wovor hast du Angst, Marlie?«

Marlie leckte sich nervös die Lippen, dann wisperte sie kaum hörbar: »Wie ich schon sagte: Böse Menschen sind hier.«

»Wer? Woher weißt du das?« Das war doch völlig absurd.

»Du machst mir Angst. Ich will zu Mama.«

»Ich habe dir gesagt, dass sie nicht hier ist!« Marlies Stimme wurde schärfer. So wie Mamas Stimme, wenn sie sauer war oder wütend auf Karas Brüder. »Schluss mit der Fragerei, du bleibst hier und wartest, bis ich dich hole.«

»Nein! Bitte lass mich nicht allein!« Kara klammerte sich voller Furcht an ihre große Schwester. Warum sollte sie hier allein in der Dunkelheit auf dem unheimlichen Dachboden sitzen, wo es nach feuchtem Staub und Schimmel roch? Sie war doch erst sieben, fast acht, und sie hatte schreckliche Angst vor Spinnen und Ratten und anderen ekligen Tieren.

Marlie schüttelte Kara ab.

»Au!«

»Leise, Kara-Bär.«

»Aber ich werde erfrieren!«

»Bestimmt nicht. Tu um Himmels willen mal das, was man dir sagt, Kara.« Damit drehte Marlie sich um und stieg die steile Stiege hinab. Der Schein ihrer Taschenlampe durchschnitt zittrig die Dunkelheit, dann öffnete Marlie die Tür, schlüpfte hinaus und ließ Kara allein zurück.

Vorsichtig tastete Kara sich nach unten, die Arme ausgestreckt, die Hände an die Wand neben der Stiege gepresst, eine Stufe nach der anderen, bis sie vor der schmalen Tür stand.

Ihre Hände suchten nach dem Knauf.

Endlich!

Kara schloss die Finger darum und drehte. Der Knauf bewegte sich nicht, die Tür ließ sich nicht aufdrücken.

Die Tür ist abgeschlossen! Marlie hat mich eingesperrt!

Wut und Furcht tobten in ihr. Sie drückte das Ohr ans Türblatt, doch sie hörte nichts, nicht einmal Marlies davonhuschende Schritte. Wahrscheinlich war ihre große Schwester längst weg.

Nein, nein, nein!

»Marlie!« Kara rüttelte am Knauf, dann hämmerte sie gegen das Holz. Als ihr Zorn nachließ, lehnte sie sich mit dem Rücken gegen das Türblatt und rutschte daran hinab, bis sie in der Hocke saß. Unwirsch wischte sie die Tränen ab, die in ihren Augen brannten.

Sie wollte hier raus, raus aus diesem Furcht einflößenden Gefängnis, aber Marlies Worte hallten in ihr nach wie der Schlag einer Totenglocke: *Es ist kompliziert … und echt beängstigend.*

Das war kein schlechter Scherz. Marlie meinte es ernst, todernst. Jemand … etwas Böses war hier.

Schaudernd biss sie auf ihre Unterlippe, rappelte sich hoch und setzte sich auf die zweitunterste Stufe. Die Tür war eine finstere Barriere zwischen ihr und dem Rest der Welt. Sollte sie wirklich hier sitzen bleiben und warten?

Was, wenn das Böse die Treppe zum zweiten Stock hinaufkam, auf die schmale Tür zum Dachboden stieß und sie hier entdeckte?

Was, wenn das Böse Marlie etwas antat? Wenn es sie *umbrachte?* Bei dem Gedanken setzte Karas Herz vor Schreck einen Schlag aus.

Sie sehnte sich nach ihrer Mutter und ihrem Vater. Die beiden würden wissen, was zu tun war. Aber laut Marlie waren sie nicht zu Hause, und was das betraf, hatte sie bestimmt nicht gelogen.

Oder doch?

Sie durfte jetzt nicht unüberlegt handeln, durfte keine Aufmerksamkeit erwecken. Nein, sie musste klug sein. Ihre Lehrer hielten sie für klug, das hatten sie gesagt. Sie musste einen Weg finden, zu fliehen und sich in Sicherheit zu bringen.

Entschlossen stieg sie die steilen Stufen wieder hinauf und tastete sich vorsichtig zu dem runden Fenster im Giebel vor.

Das Glas war schmutzig, ließ aber etwas Mondlicht herein. Kara sah die staubigen Kartons und Kisten, in die schon lange niemand mehr hineingeschaut hatte. Die meisten davon waren beschriftet. *Bücher,* las Kara. *Kleidung. Büro.* Auf anderen standen Namen: *Sam jr. Jonas. Donner. Marlie.* Sie hatte keinen Karton – die Jüngste unter ihren Geschwistern, das einzige gemeinsame Kind von Mama und Daddy.

Plötzlich raschelte es in einer der Ecken. Kara wirbelte herum und verengte die Augen, um besser sehen zu können, doch sie konnte nichts erkennen. Sie lauschte angestrengt. Winzige Krallen, die über den Holzboden huschten. Ein Marder? Eine Maus … oder etwa eine Ratte?

Schaudernd wandte sie sich ab und hob willkürlich den Deckel von einem der Kartons. Gerade als sie anfangen wollte, den Inhalt zu inspizieren, hörte sie von unten einen grauenhaften Schrei, der ihr das Blut in den Adern erstarren ließ.

»Aaahhh!«

Kara fuhr zusammen. Fast hätte sie sich in die Hose gemacht vor Schreck. Sie atmete tief ein und wieder aus und wartete darauf, dass sich ihr Herzschlag ein wenig beruhigte.

Der Schrei hallte in ihren Ohren nach.

Was hatte das zu bedeuten? Und vor allem: *Wer* hatte geschrien?

Marlie?

Mama?

Oder jemand anderes?

Von unten hörte sie gedämpftes Poltern.

War jemand gestürzt und hatte etwas Schweres mit sich gerissen? Vielleicht eine Stehlampe oder einen Sessel?

Mit trockenem Mund blinzelte Kara gegen die Tränen an.

»Mama«, kam es mit einem Schluchzen über ihre Lippen.

Sei nicht so ein Baby!

Mit tränenverschleiertem Blick konzentrierte sie sich wieder auf den Karton. *Büro,* stand auf dem Deckel. Nicht besonders interessant. Aktendeckel, aus denen vergilbte Unterlagen ragten, ein alter Tacker, Umschläge, ein Klebeband-Roller und eine Schere. Sie nahm aus dem Karton einen Stoß Papiere, der von einer Büroklammer zusammengehalten wurde, zupfte die Büroklammer ab, dann griff sie nach der Schere und schlich lautlos die steilen Stufen hinunter zur Tür.

Einmal hatte sie Jonas dabei beobachtet, wie er die verschlossene Badezimmertür mithilfe einer Büroklammer öffnete, und nun versuchte sie, es genauso zu machen wie er. Sie bog den dünnen Metalldraht so gerade wie möglich, dann schob sie ihn ins Schloss, gleich unter dem Knauf. Es hatte bei den verschlossenen Zimmertüren von Sam jr. und Donner geklappt, warum sollte es nicht auch jetzt funktionieren? Vorsichtig rüttelte sie an dem feinen Draht, bewegte ihn hin und her und lauschte dabei auf Geräusche auf der anderen Seite der Dachbodentür. Alles war still.

»Komm schon, komm schon«, murmelte sie kaum hörbar, zog den Draht noch einmal heraus und richtete ihn erneut aus. Auf einmal spürte sie, wie sich die Verriegelung löste. Mit einem leisen Klicken gab das Schloss nach. Kara kämpfte gegen ihre Furcht an, dann holte sie tief Luft, drehte den Knauf und stieß die Tür auf, die Schere in der erhobenen Hand.

KAPITEL ZWEI

Der Flur war leer.

Und stockfinster. Das einzige Licht, das unheimliche Schatten an die Wände zeichnete, kam vom Treppenaufgang am gegenüberliegenden Ende.

Kara leckte sich nervös die Lippen, wie sie es Hunderte Male getan hatte, wenn sie durch dieses alte Haus geschlichen war. Sie huschte zur Treppe und eilte auf Zehenspitzen die Stufen hinunter, wobei sie kaum zu atmen wagte, um ja kein Geräusch zu machen.

Im ersten Stock blieb sie stehen und lauschte, doch außer dem Weihnachtslied von vorhin war nichts zu vernehmen.

»Stille Nacht ... «

Lautlos hastete sie über den Läufer und öffnete die Tür zu dem Zimmer, das sie sich mit Marlie teilte.

»Heilige Nacht ... «

Das Zimmer war leer. Die Kleiderstapel lagen noch immer auf Marlies Bett, daneben die Stiefel und der aufgeklappte Koffer. Karas eigenes Bett war so, wie sie es verlassen hatte, die Bettdecke zurückgeschlagen, das Laken zerknittert.

Kara schlich zu dem kleinen Schreibtisch, an dem sie ihre Schulaufgaben verrichtete, und nahm die rosa Taschenlampe aus der oberen Schublade. Sie ließ den Strahl durchs Zimmer und in die Ecken gleiten. Keine Marlie.

Kara biss sich auf die Lippe.

Kämpfte gegen die Panik an, die sich erneut in ihr breitmachte.

Durch die einen Spaltbreit geöffnete Tür hörte sie die Musik von unten.

»Hirten längst kundgemacht ...«

Wieso spielt ständig dasselbe Lied?

Als hätte jemand die Repeat-Taste auf dem CD-Player gedrückt.

Sie spähte durch den schmalen Spalt und vergewisserte sich, dass der Flur leer war, bevor sie hinaus und in Jonas' Zimmer schlüpfte. Er hatte den kleinsten Raum, der noch unordentlicher war als sonst. Das Bett war zerwühlt, der Schreibtisch überladen mit allerlei Kram, auf dem Fußboden türmten sich schmutzige Kleidungsstücke und Spiele. Kara schaltete die Taschenlampe an und zuckte zurück. O Gott! Sie schaute in zwei braune Augen, die sie blicklos anstarrten. Es gelang ihr gerade noch, den Schrei hinunterzuschlucken, der in ihrer Kehle aufstieg. Eine Sekunde später realisierte sie, dass das Augenpaar zu dem Hirschkopf gehörte, der für gewöhnlich an der Wand hing und der nun auf dem Fußboden lag. Das Geweih ragte bizarr in die Höhe.

Die Taschenlampe glitt ihr aus der Hand.

Mist!

Ihr Herz hämmerte so heftig gegen ihren Brustkorb, dass sie fürchtete, es würde explodieren.

Reiß dich zusammen, schimpfte sie innerlich. *Das ist doch bloß ein Hirsch, noch dazu einer, der schon lange tot ist!* Überall im Haus hingen Jagdtrophäen an den Wänden, und ja, sie hatten ihr immer schon Angst eingejagt, aber das war kein Grund, sich in die Hose zu machen. Kara hob die Taschenlampe auf und ließ den dünnen Lichtstrahl über den Rest des Chaos gleiten. Ein Stück von dem Hirschkopf entfernt stand eine halb leere Flasche Gatorade, daneben auf dem Boden der ausgestopfte Adler, der sonst an der Wand hing – genau wie der Hirschkopf. Überall lagen Federn verstreut. Wieso war der Vogel von dem Haken an der Wand gefallen? Kara trat einen Schritt näher und zuckte erneut zurück. Dem Adler fehlte der Kopf – ein sauberer Schnitt, als hätte man ihn vorsätzlich enthauptet. Hektisch sah sie sich um und entdeckte den Kopf ein Stück weiter weg auf dem Teppich, den scharfen Schnabel in den Teppich gebohrt.

Mit zitternden Händen richtete sie die Taschenlampe auf die Wand über Jonas' Kommode, wo ein Schwert hing, ein Relikt aus einem Krieg, der schon seit langer Zeit vorüber war. Es war streng verboten, die Waffe zu berühren, geschweige denn von der Wand zu nehmen. Das durfte keiner von ihnen, auch nicht Jonas, niemals.

Nie.

Das Schwert war fort.

Kara war nicht überrascht.

Erst heute Nachmittag hatte sie durch die halb geöffnete Tür beobachtet, wie Jonas sich dem Verbot widersetzte und mit dem Schwert herumfuchtelte, als wäre er ein Krieger in einem Fantasy-Film. Ein Ninja oder so was.

Idiot, hatte sie gedacht.

Jetzt hatte sie schreckliche Angst.

Sie drehte sich um und verließ Jonas' Zimmer, die Finger fest um den Griff der Schere geschlossen.

Den nächsten Raum teilten sich ihre beiden anderen Brüder. Donner war Marlies richtiger Bruder, beide waren von Mama. Mama hatte sie zur Welt gebracht, bevor sie Daddy geheiratet hatte. Sam jr. und Jonas waren ebenfalls richtige Brüder, aber sie waren von Daddy. Sie hatten eine andere »echte« Mom. Kara war froh, dass sie das Kind von Mama und Daddy war, doch im Augenblick interessierte sie das nur wenig.

Wo waren die anderen?

Auch im Zimmer von Donner und Sam jr. herrschte ein wüstes Durcheinander – das Bettzeug lag auf dem Fußboden, dazwischen sah sie zerknüllte Kleidungsstücke, Schuhe, Stiefel, leere Getränkedosen und Einwickelpapier von Schokoriegeln. Sams Rucksack stand am Fußende vom Bett, sein neues Nokia-Handy lag auf dem Nachttisch. Er war der Ordentlichere von beiden und verließ das Zimmer für gewöhnlich nie ohne sein Mobiltelefon.

Mit zusammengeschnürter Kehle sah sie sich weiter um. Donners Hälfte war völlig zugemüllt, ein leerer Pizzakarton lag auf seinem Bett, eine Schachtel Zigaretten lugte unter seinem Kopfkissen hervor.

Die Nerven bis zum Zerreißen gespannt, schlich sie wieder in den Flur.

»Durch der Engel Halleluja ...«

Vorsichtig näherte sich Kara wieder der Treppe hinter der Tür neben Mamas und Daddys Schlafzimmer, die zu den Dienstbotenquartieren führte. Sie huschte hinauf und rannte noch einmal durch den langen Flur, vorbei an den ehemaligen Dienstbotenzimmern bis zu der schmalen Treppe, über die man direkt hinunter in die Küche gelangte. Dort war alles dunkel. Zum Glück schien immer noch der Mond auf den Schnee vor den Fenstern, sodass sie ihre Taschenlampe nicht anschalten musste. Geräuschlos umrundete sie die frei stehende Kücheninsel, dann tappte sie durch einen Durchgang ins Esszimmer, wo ein großer Tisch stand, der von der Anrichtekammer bis kurz vor die Glastüren zur Terrasse reichte. Hinter dem tief verschneiten Garten glitzerte der See im Mondschein, umstanden von weiß überzuckerten Tannen und Fichten.

Der Tisch im Esszimmer war festlich gedeckt, die Kristallgläser funkelten rot im Schein der glühenden Kohlen im Kamin des angrenzenden Wohnzimmers, in dem Daddy am Nachmittag ein munteres Feuer entfacht hatte. Sie hatte zugesehen, wie er Holz aufschichtete, das er aus der hinter einer Tapetentür verborgenen Kammer gleich neben dem Kamin holte. Bevor er es anzündete, hatte er alte Zeitungen darunter gestopft, damit die Scheite besser Feuer fingen. In den beiden Räumen roch es nach Rauch und nach etwas anderem … Sie schnupperte. Ein seltsam metallischer Geruch stieg ihr in die Nase. Lautlos ging sie hinüber ins Wohnzimmer. Vor dem bodentiefen Fenster stand der Weihnachtsbaum. Schief. In einem merkwürdigen Winkel. Umgestürzt. Die hellen Lichter blinkten, mehrere Zweige waren abgebrochen.

Ganz anders als am Nachmittag.

Karas Nacken kribbelte.

Und dann fiel ihr Blick auf die Wände.

Auf die dunklen Flecken und Rinnsale in Richtung Fußboden.

Rot.

Dickflüssig.

Blut!

Auf den Holzdielen sah sie dunkelrote, fast schwarze Pfützen.

Diesmal konnte sie den Schrei nicht hinunterschlucken. Ihr Magen drehte sich um. Dort, auf Mamas Perserteppich, lag ihr Bruder Donner, mit aufgeschlitzter Kehle, die Haut weiß wie Milch, das blonde Haar rot gesträhnt, die Augen starr zur Decke gerichtet. Kara machte einen Schritt zurück und trat mit der Ferse auf etwas Weiches. Sie wirbelte herum und entdeckte Sam jr., der zusammengerollt auf dem Boden lag, die Haare voll Blut, der Mund offen, die Augen leblos und leer.

»Neiiin!«, schrie sie wieder und brach in lautes, abgehacktes Schluchzen aus.

Die Schere glitt ihr aus der Hand, dann die Taschenlampe, deren Strahl nun auf Jonas fiel, der zum Teil vom Weihnachtsbaum verdeckt wurde. Sein Gesicht und das Hemd waren blutüberströmt. Auch er hatte die Augen geöffnet.

Hyperventilierend starrte sie ihn an und fing erneut an zu schreien, als sie sah, dass er blinzelte.

War er etwa noch am Leben?

»K-K-K-a… Kara …«, stammelte er. Seine Stimme war nicht mehr als ein ersticktes Flüstern.

Sie blickte in sein blutverschmiertes Gesicht.

»Hol … hol … Hilfe …« Er versuchte, sich aufzurichten, doch dann ließ er sich zurückfallen. »Lauf …« Es klang, als würde er gurgeln. Sie sah, wie er die Augen verdrehte, und rannte los, doch sie rutschte auf dem Blut aus, das überall zu sein schien: an den Wänden, auf dem Fußboden, sogar an der Decke.

»Marlie!«, rief sie. Wo zum Teufel war sie? »Marlie!« Den Namen ihrer großen Schwester brüllend, stolperte Kara aus dem Wohnzimmer und lief hoch zum Schlafzimmer der Eltern.

Von Schluchzern geschüttelt, stieß sie die Tür auf und verharrte entsetzt auf der Schwelle. »Nein!«, kam es keuchend über ihre Lippen, dann brach sie zusammen. »Nein, nein, nein!« Ihre Eltern lagen im Bett, Mama in ihrem Seidenpyjama, ihr Daddy in Boxershorts. Beide waren voller Blut, genau wie das Bettzeug, das Bettgestell und die Wand. Mamas blonde Haare waren zerzaust, ihre Augen glasig und starr, in ihrer Kehle klaffte ein tiefer Schnitt. Daddys Gesicht war seltsam bläulich, aus seinem offenen Mund floss Blut. Sein nackter Oberkörper war übersät mit hässlichen, tiefen Schnitten, auch sein Hals war aufgeschlitzt, buchstäblich von einem Ohr zum anderen.

Benommen trat Kara zurück.

Tot.

Sie waren alle tot.

Außer Jonas.

Sie wollte gerade zurück ins Wohnzimmer zu ihrem Halbbruder rennen, als ihr einfiel, was er gesagt hatte.

Hol Hilfe!

Das Telefon.

Sie musste die Neun-eins-eins anrufen.

Im Schlafzimmer war ein Apparat, aber sie würde den Anblick ihrer Eltern nicht noch einmal ertragen. Nein, sie musste das Telefon in der Küche benutzen oder Sams neues Handy, das auf seinem Nachttisch lag. Sie musste die Polizei anrufen. Einen Rettungswagen holen. Eilig hastete sie wieder hinunter und durchs Wohnzimmer, sah Jonas reglos hinter dem Weihnachtsbaum liegen. Hoffentlich war es nicht schon zu spät!

Sie hielt inne.

Im selben Moment hörte sie, wie sich die Haustür öffnete.

Marlie?

Nein!

Nicht ihre Schwester, sondern ein Mann erschien auf der Schwelle zum Wohnzimmer.

Ein großer Mann. Mit einer schwarzen Skimaske.

Der Mörder!

Großer Gott!

Kara stieß einen erstickten Schrei aus und sprintete los. Sie rutschte in einer Blutlache aus, doch zum Glück fing sie sich wieder und stolperte weiter.

»Heilige Scheiße! Was zur Hölle …?«, fluchte der Mann.

Er hatte sie gesehen!

Kara lief.

Lief um ihr Leben.

So schnell sie ihre Füße trugen, durchquerte sie das Esszimmer, wobei sie einen Stuhl umstieß, um ihm den Weg zu versperren, dann riss sie die Terrassentür auf und stürmte hinaus in den verschneiten Garten.

»He!«, rief der Mann hinter ihr. »He, du! Bleib stehen!«

Das könnte dir so passen!

»Stopp! Kleines Mädchen, bleib stehen!«, befahl er noch einmal, doch sein lauter Kommandoton trieb sie lediglich dazu an, noch schneller zu laufen. Schnell wie der Wind sauste sie durch die Schneewehen.

»He, Kleine ...«

Vor Entsetzen schrie sie laut auf, doch sie blieb nicht stehen.

Ohne nachzudenken, duckte sie sich unter den niedrigen Ästen eines Tannengehölzes hindurch und schlug den Weg zum See ein. Hier war der Schnee festgetrampelt und fühlte sich eisig an unter ihren nackten Füßen. Schneebedeckte Zweige peitschten ihr ins Gesicht, Brombeerranken verhakten sich in ihrem Schlafanzug. Sie hörte, wie der Stoff eines Ärmels zerriss, spürte die Dornen, die ihre Haut ratschten, doch sie hielt nicht an, wagte es nicht, sich umzudrehen. Ihre Lunge brannte, ihr Atem bildete kleine, helle Wölkchen in der Dunkelheit, aber sie wurde nicht langsamer. Mit gesenktem Kopf schoss sie zwischen den Bäumen hindurch.

Was war passiert?

Wer hatte Mama und Daddy umgebracht?

Warum? Sie spürte die Tränen, die auf ihren Wangen zu Eis gefroren, als sie beim Rennen ihre Eltern vor sich sah, blutüberströmt, voller grässlicher Schnittwunden. Sam und Donner mit ihren rot verklebten Haaren und den blicklosen Augen, und Jonas, der sich aufrichtete und ihr sagte, sie solle abhauen. *Lauf! Hol Hilfe!* Auf einmal bemerkte sie Marlie hinter einem der verschneiten Bäume, weiß wie ein Gespenst, das Gesicht blutüberströmt. Sie beugte sich vor und trieb sie zur Eile an: »Lauf, Kara-Bär, lauf!«

Kara nahm an, dass ihre große Schwester nicht wirklich da war, dass sie sich das alles nur einbildete, doch sie zwang sich, noch schneller zu rennen.

Ihre Ohren rauschten vor Anstrengung, dennoch konnte sie Schritte hören. Leichte Schritte, die lauter wurden und dann plötzlich schwerer und schwerer. Er kam näher.

Schneller, Kara, schneller!

Keuchend stürmte sie vorwärts, bis endlich das schwarze Wasser des Sees im Mondlicht sichtbar wurde. Ein Teil der Oberfläche war eisbedeckt. Am gegenüberliegenden Ufer sah sie die hellen Fenster einiger Häuser, die ihr in diesem Moment vorkamen wie Leuchtfeuer.

Wenn sie es doch nur bis dorthin schaffen könnte!

Sie musste es schaffen!

Würde es schaffen!

Schneller, Kara, lauf schneller!

Sie stieß mit dem Zeh gegen eine rausragende Wurzel, schrie laut auf und stolperte nach vorn. Schmerz schoss durch ihren Fuß und zwang sie, das Tempo zu drosseln und ein paar Schritte zu hinken. Am liebsten hätte sie aufgegeben, sich in den Schnee geworfen und geweint.

Nein! Du musst weiterlaufen. Hilfe holen. Jonas ist noch am Leben!

Mit zusammengebissenen Zähnen kämpfte sie sich vorwärts.

Der Killer kam näher.

Sie hörte seinen abgehackten Atem, spürte, wie seine schweren Schritte den Boden beben ließen. Dann stolperte auch er und rief ihr keuchend hinterher: »Um Himmels willen, Mädchen, bleib stehen! Ich tue … ich tue dir nichts!«

Sie glaubte ihm keine Sekunde.

Lauf!

Sie erreichte das Ufer und hielt rutschend an.

»Stopp!«, brüllte der Mann. »Herrgott noch mal, bleib stehen!«

An dieser Stelle war der See zugefroren. Kara betrat das Eis, das aussah wie Glas, und schlitterte auf die Lichter zu, immer weiter weg vom Ufer.

»He!«, rief er noch einmal mit rauer Stimme.

Sie ignorierte ihn, lief weiter, rutschte aus, rappelte sich wieder hoch. Sie hätte den Pfad am Ufer nehmen sollen, aber nun war es zu spät.

Der Mörder hatte die Eisfläche ebenfalls betreten.

Nein!

So schnell sie konnte, humpelte sie weiter, auf die Rettung verheißenden Lichter zu. Dort war bestimmt jemand, der ihr helfen würde, sie musste nur das gegenüberliegende Ufer erreichen.

»Geh nicht weiter! Verdammt!«

Vor lauter Angst verlor sie das Gleichgewicht.

Er schien näher zu kommen.

Sie musste aufstehen, schneller sein als er!

Aus dem Augenwinkel sah sie, dass er nur noch ein paar Schritte von ihr entfernt war.

Sie richtete sich auf und wollte gerade weiterlaufen, als sie ein lautes Knacken vernahm.

Zu ihrem Entsetzen sah sie, wie das Eis unter ihren Füßen einen Riss bekam, eine einzelne gezackte Linie, von der sich weitere feine Linien ausbreiteten, die binnen Sekunden an ein riesiges Spinnennetz erinnerten.

Der Killer erstarrte. »Scheiße.«

Das Netz gab nach.

Knirsch. Knack.

»O Gott!«, stieß er hervor. »Bleib stehen, Mädchen!«

Kara erstarrte vor Angst. Sie konnte nicht besonders gut schwimmen.

Ein weiteres lautes Knacken. Diesmal hörte es sich fast an wie ein Ächzen.

Das Eis unter Karas Füßen brach.

Sie stieß einen schrillen Schrei aus und wurde im nächsten Moment von den eisigen Fluten verschluckt.

Wie ein Stein sank sie in die schwarze Tiefe des Sees.

Sie ruderte wild mit den Armen, versuchte, sich an die Oberfläche zu kämpfen, konnte kaum das Loch im Eis über sich erkennen. Zum Glück schien der Mond hell. Über ihr trieben Eisschollen. Sie schluckte Wasser.

Sie musste irgendwie an die Oberfläche gelangen, musste husten, Luft holen!

Plötzlich brach das Eis erneut. Sie sah, wie der Mann ins Wasser stürzte, so dicht neben ihr, dass er sie beinahe berührt hätte. Die Wellen, die er verursachte, trieben die Schollen auseinander, was ihr die Möglichkeit gab, den Kopf aus dem Wasser zu recken. Verzweifelt schnappte sie nach Luft.

Kurz darauf tauchte auch er wieder auf und streckte die Hand nach ihr aus.

Sie entzog sich seinem Griff und versuchte zu schwimmen, weg von ihm, doch stattdessen sank sie erneut in die undurchdringliche Schwärze des Sees. Ihre Lungen brannten.

Auf einmal hörte sie Marlies Stimme in ihrem Kopf.

Schwimm, Kara-Bär, schwimm!

Sie kämpfte sich an die Oberfläche und hustete, was dazu führte, dass sie noch mehr Wasser schluckte.

Kämpf, Kara, du darfst nicht aufgeben!

Marlies Stimme war schwach und drang wie aus weiter Ferne zu ihr.

Karas Lungen drohten zu bersten. Sie hörte auf zu strampeln, ließ sich treiben und spürte kaum, wie starke Arme sie umschlangen. Ihr Blick verschwamm, dann sah sie nichts mehr, hörte nur noch die leisen Klänge des Weihnachtslieds, die in ihrem Kopf nachhallten.

»Schlaf in himmlischer Ruh ...«

KAPITEL DREI

Zwanzig Jahre später

S ie wissen, was man so sagt.« Dr. Zhou saß in einem Pols-
tersessel in ihrer Praxis im zweiten Stock eines histori-
schen Hauses im Nordwesten von Portland und zog leicht
die dünnen Augenbrauen in die Höhe.

»Nein, aber es ist sicherlich von Belang«, erwiderte Kara,
dann fügte sie hinzu: »Haben Sie sich jemals gefragt, wer
›man‹ eigentlich ist?«

»Oh, das weiß ich. Die Weisen der Jahrhunderte.«
Dr. Zhous dunkle Augen blitzten im Nachmittagslicht, das
durch das Fenster hereinfiel. Sie war eine kleine Frau. Zier-
lich. Blauschwarzes Haar, intelligente Augen und ein durch-
trainierter Körper vom Marathonlaufen.

Karas Blick schweifte zum Fenster. Die Dezembersonne
stach durch die tief hängenden grauen Wolken und fing sich
in den glitzernden Eiszapfen an den Dachrinnen. Sie sahen
aus wie Dolche aus Kristall. Auf der Fahrt hierher hatte sie
im Radio gehört, dass es an Heiligabend wieder schneien
sollte. Kara schauderte bei der Vorstellung. Sie träumte nicht
von weißen Weihnachten, und wenn doch, dann war es ein
Albtraum. »Also, welche weisen Worte hat *man* heute für
mich parat? Klären Sie mich auf.«

»Dass die Schuld eine eifersüchtige Geliebte ist.«

»Ach, verschonen Sie mich.« Kara wollte so etwas nicht hören.

»Die Schuld lässt keinen Raum für andere Emotionen, vertreibt sie, indem sie erbittert ihren Platz verteidigt.«

»Die Schuld ist also eine Frau? Selbstverständlich.« Kara lachte trocken. »Dann sind Sie jetzt nicht nur meine Psychologin, sondern haben auch noch einen Abschluss in Philosophie vorzuweisen?« Es gelang ihr nicht, die Schärfe aus ihrer Stimme herauszuhalten.

»Nur zur Erinnerung.«

Als würde Kara jemals über die Schuldgefühle hinwegkommen, die seit mehr als zwei Jahrzehnten ihr ständiger Begleiter waren. »Überlebenden-Syndrom« nannte man das.

Zwanzig Jahre Therapie, in denen sie erwachsen geworden war, zwanzig Jahre, in denen sie sich mit dem Trauma auseinandersetzen musste, das sie für immer gezeichnet hatte, und sie war nach wie vor weit davon entfernt, sich auch nur ansatzweise gut zu fühlen. Sie wusste, dass sie keine Heilung finden würde, aber man hatte ihr versichert, dass es ein Leben für sie gab, ein »normales« Leben. Das hatte die Kinderpsychologin behauptet, genau wie die Jugendpsychologin und jetzt Dr. Zhou, die dritte Psychologin, die sie als Erwachsene aufsuchte.

Kara glaubte nicht, dass sich für sie jemals so etwas wie Normalität einstellen würde.

»Sie sagten, Sie würden keine Geister mehr sehen«, stellte Dr. Zhou fest. »Ist das richtig?«

»Ich hätte Ihnen nie davon erzählen dürfen«, erwiderte Kara. »Das war bloß ein alberner Traum!«

»Ein *wiederkehrender* alberner Traum.«

»Ja, aber seit einiger Zeit nicht mehr«, log Kara. »Schon seit zwei oder drei Monaten nicht mehr.«

In Dr. Zhous Blick lag Skepsis. Sie lehnte sich in ihrem Sessel zurück und klopfte mit einem Bleistift gegen ihre Lippen. Als würde sie ihrer Patientin nicht glauben. »Was ist mit Ihrem Gefühl, beobachtet zu werden? Verfolgt?«

Kara zuckte die Achseln. »Auch das ist besser geworden.«

»Tatsächlich?« Noch mehr Skepsis. Dr. Zhou ließ den Bleistift in eine Tasse auf dem kleinen Beistelltisch fallen.

»Ja!«, beharrte Kara.

Mit gerunzelter Stirn sagte Dr. Zhou: »Hören Sie, Kara, ich weiß, dass Ihnen diese Jahreszeit besonders zu schaffen macht. Die Feiertage werden hart für Sie, aber Sie haben die Nummer von Dr. Prescott, und Sie können mich im Notfall auf dem Handy erreichen.«

»Ist mein Leben nicht ein einziger Notfall?«, fragte Kara, nur halb im Scherz. Sie würde keine andere Psychologin anrufen, würde keine Sitzung mit einer anderen Person in einem anderen Büro absolvieren. Würde nicht neu beginnen oder Dr. Zhous Kollegin auf den neuesten Stand bringen. Nein, sie fühlte sich wohl hier, in dem Raum mit den eisgrünen Wänden, den weichen Polstersesseln und den Blumenaquarellen. Mit dieser Seelenklempnerin. Endlich.

»Das gehört dazu.« Dr. Zhou stand auf und streckte Kara die Hand entgegen, doch als Kara sie nehmen wollte, umarmte sie sie stattdessen. Die Psychologin war einige Zentimeter kleiner als Kara, aber das hielt sie nicht davon ab, Kara ermutigend den Rücken zu tätscheln. Dann rückte sie von Kara ab, blickte ihr in die Augen und sagte: »Wir sehen uns am siebten Januar.«

Kara nickte. »Es sei denn, ich bin bis dahin voll und ganz wiederhergestellt.«

»Sicher.« Die Psychologin gab sich keine Mühe, ihren Sarkasmus zu verbergen. Sie wussten beide, dass nicht nur die Weihnachtsfeiertage für Kara die schwärzeste Zeit des Jahres waren, sondern dass in diesem Jahr noch etwas anderes hinzukam: Jonas, der Bruder, der überlebt hatte, würde aus dem Gefängnis entlassen werden. In zwei Tagen.

Was für eine Freude.

»Frohe Weihnachten«, sagte Dr. Zhou.

»Ihnen auch frohe Weihnachten.« Karas Stimme versagte. Sie fürchtete, zusammenzubrechen, also nahm sie Schal und Mantel, um die Praxis zu verlassen, bevor ihr die Tränen über die Wangen liefen. Während sie durch den mit Teppich ausgelegten Flur hastete, vorbei an mehreren anderen Praxen, schob sie die Arme in die Ärmel ihres langen Mantels und band sich den Schal um.

Sie stieß die Glastür des dreigeschossigen Gebäudes auf und eilte über den Parkplatz zu ihrem Jeep, der neben einem vereisten Schlagloch stand, dann drückte sie auf die Fernbedienung, um die Türen zu entriegeln.

Der Parkplatz war geräumt und gesalzen, doch ein Blick in den Himmel zeigte ihr, dass es vermutlich früher schneien würde als im Wetterbericht angekündigt. Bevor sie einstieg, schaute sie prüfend ins Wageninnere.

Niemand versteckte sich im Fußraum oder hinter den Sitzen.

Sie öffnete die Tür, glitt auf den Fahrersitz und ließ den Motor an. Aus Gewohnheit verriegelte sie die Türen, dann schaute sie in den Rück- und die Seitenspiegel. Niemand zu sehen. Kein durchgeknallter Killer, der darauf aus war, sie zu schnappen, nur ihr eigenes besorgtes Gesicht starrte ihr entgegen. In ihren haselnussbraunen Augen standen Tränen.

»Schluss jetzt!«, schalt sie sich, stellte ihr iPhone laut und lehnte es in den Getränkehalter, bevor sie den Rückwärtsgang einlegte und aufs Gas trat. Der Jeep schoss nach hinten.

Ihr Handy klingelte. Kara warf einen Blick aufs Display.

Tante Faizas Name blinkte auf.

»Nein«, murmelte sie, »bitte nicht jetzt. Am besten nie.«
Sie würde sich nicht mit der Frau auseinandersetzen, die sich
so eifrig bereit erklärt hatte, sie großzuziehen, nur um ihr
Erbe anzuzapfen – ein Erbe, das sie antreten konnte, wenn
sie in zwei Wochen achtundzwanzig wurde. Nein, sie hatte
wahrhaftig keine Lust, sich Faizas neugierige Fragen oder
zermürbende Vorwürfe anzuhören. Diese Zeit war vorbei.
Die Tatsache, dass Tante Fai immer noch in Karas Elternhaus
wohnte, eine Villa in den West Hills mit Blick auf Portland,
hätte sie ärgern müssen, denn diese Villa gehörte zu ihrem
Erbe. Doch es war ihr egal. Das riesige Haus mit den vielen
Zimmern und der atemberaubenden Aussicht war für sie
nichts als eine schmerzhafte Erinnerung an das, was sie verloren hatte. Tante Faiza war zu ihrem Vormund ernannt worden, und sie und ihr Freund, ein Musiker, hatten das Haus
übernommen, um für Kara da zu sein, doch sie hatten sich
nicht sonderlich für sie interessiert, geschweige denn sich
um sie gekümmert. Kara hatte den Großteil ihrer Kindheit
bei Merritt Margrove, dem Anwalt der Familie, und seiner
zweiten Frau Helen verbracht. Ihr Haus am östlichen Ufer
des Flusses, ein Bungalow in den schmalen Straßen von Sellwood, hatte sich mehr wie ein Zuhause angefühlt als die Villa auf dem bewaldeten Hügel.

Sie rollte vom Parkplatz und reihte sich in den Verkehr
ein, wobei sie einen Pick-up schnitt. Der Fahrer drohte ihr
mit der Faust und hupte wütend, aber sie achtete nicht auf
ihn und fuhr einfach weiter. Wieder klingelte das Handy.
Tante Faiza gab nicht auf.

»Großartig.« In letzter Minute bog sie ab und setzte rückwärts in eine enge Parklücke vor dem Schnapsladen. »Das ist
keine gute Idee«, murmelte sie, trotzdem stellte sie den Motor ab, stieg aus und schloss den Jeep ab. Anschließend steckte sie die Schlüssel in ihre Handtasche und ging hinein.

Hier befand sie sich auf vertrautem Terrain, wusste, was sie haben wollte.

Eine Flasche Merlot und dazu zwei kleine Flaschen Wodka von der Größe, wie man sie in Flugzeugen bekam.

Schließlich stand Weihnachten vor der Tür. Und ihr Bruder würde aus dem Knast kommen. Das musste gefeiert werden, und Kara konnte ein bisschen fröhliche Weihnachtsstimmung gut gebrauchen. *Sehr viel* fröhliche Weihnachtsstimmung wäre noch besser.

Die Frau an der Kasse war um die fünfzig. Sie roch nach Zigaretten und Pfefferminz-Pastillen. Auf ihren orangestichigen Haaren thronte eine lustige Weihnachtself-Kappe mit einem Glöckchen, das klingelte, wenn sie den Kopf bewegte. *Fröhliche Weihnachten.*

Kara bezahlte in bar und ignorierte den neugierigen Blick der Kassiererin, als sie ihr das Wechselgeld aushändigte und die Flaschen einpackte.

Verdammt. Sie schien zu überlegen, wo sie sie einordnen sollte.

Kara liebte ihre Anonymität.

Die ihr bald um die Ohren fliegen würde, so viel stand fest.

Wie um ihre Gedanken zu bekräftigen, blieb ihr Blick an einem Zeitungsständer in der Nähe der Kasse hängen. EISKALTER KILLER KURZ VOR DER HAFTENTLASSUNG lautete die Schlagzeile. Darunter stand: COLD-LAKE-MÖRDER JONAS MCINTYRE SOLL AUF FREIEN FUSS GESETZT WERDEN.

Karas Magen brannte. In ihrer Kehle stieg Galle auf.

Als die nächste Kundin, eine Frau über sechzig in einem langen roten Mantel und passender Baskenmütze, ihre Weinflaschen auf den Verkaufstresen stellte, nahm Kara eine Zeitung heraus, sagte: »Die kommt noch dazu«, und reichte der Kassiererin einen Fünfer.

»Augenblick mal«, ließ sich die ältere Frau stirnrunzelnd vernehmen, »jetzt bin ich dran.«

»Mag sein«, gab Kara zurück, »aber ich war zuerst da. Frohe Weihnachten.« Während die Frau empört nach Luft schnappte, wandte sich Kara der Kassiererin zu. »Stecken Sie das Wechselgeld da rein«, bat sie und deutete auf die Spendendose für das örtliche Tierheim. Dann klemmte sie sich die Zeitung unter den Arm und verließ den Laden, um kein weiteres Aufsehen zu erregen. Sie musste ihre Anonymität wahren.

Draußen wurde es langsam dunkel, die Straßenlaternen schienen bereits und ließen die Schneeflocken glitzern, die lautlos vom Himmel fielen.

Kara warf einen Blick ins Wageninnere, dann öffnete sie die Tür, legte die Zeitung auf den Beifahrersitz und stellte die Tasche mit den Flaschen daneben, bevor sie einstieg und aus der Parklücke setzte. Im Rückspiegel sah sie die Frau mit der roten Baskenmütze aus dem Laden eilen, einen finsteren Ausdruck im Gesicht.

In der Innenstadt herrschte stockender Verkehr. Stop and go, eine lange Schlange von Bremslichtern und Scheinwerfern, obwohl es erst späterer Nachmittag war. Um diese Jahreszeit wurde es schnell dunkel. Die Schlagzeilen des *Register* auf dem Beifahrersitz waren der blanke Hohn und schienen sie zu verspotten, genau wie das Foto von der Berghütte, in der die Familie McIntyre früher ihre Urlaube verbracht hatte. Wenn man das dreigeschossige Haus, das vor über hundert Jahren von einem berühmten Architekten entworfen worden war, denn als »Hütte« bezeichnen konnte. Ihre Eltern hatten es getan. Überladen und prachtvoll, nach den Vorstellungen von Karas Ururgroßvater erbaut, stand die »McIntyre-Hütte« – eigentlich ein riesiges herrschaftliches Haus inklusive Dienstbotenquartieren – noch immer am Mount Hood in den Bergen von Oregon, wo sie langsam, aber sicher verfiel. Kurz nach den grauenhaften Ereignissen an Heiligabend vor zwanzig Jahren hatte Tante Faiza ein ZU-VERKAUFEN-Schild aufstellen lassen, aber niemand hatte das Haus haben wollen, in dem eine ganze Familie auf brutalste Art und Weise abgeschlachtet worden war. Mittlerweile hatten sich bereits ein halbes Dutzend Immobilienmakler die Zähne an den spärlich gesäten Interessenten ausgebissen, die die McIntyre-Hütte, wenn überhaupt, dann zu einem Spottpreis erwerben wollten. Womit ihre geldgierige Tante natürlich nicht einverstanden war.

Die Tragödie war national bekannt. Die Medien hatten ihr gleich mehrere Namen aufgedrückt: Cold-Lake-Massaker und McIntyre-Massaker waren die geläufigsten, und sie machten Kara gleichermaßen Angst.

Als sie vor einer roten Ampel abbremste, klingelte ihr iPhone schon wieder. Auf dem Display erschien eine Nummer aus der Region, kein Name. »Vergiss es.«

Seit die Medien Wind von Jonas' bevorstehender Entlassung bekommen hatten, wurde sie von Reportern belagert, mit denen sie ganz bestimmt nicht reden würde. Sogar dieser nervtötende Wesley Tate hatte sich bei ihr gemeldet. Nein, nicht sogar, *ausgerechnet* dieser nervtötende Wesley Tate hatte sie am Telefon bedrängt, ihm ein Interview zu geben. Der Kerl war schlau. Charmant. Gut aussehend. Und er war zu nah dran an der Geschichte.

Sein Vater, ein Cop außer Dienst, hatte Kara vor dem Ertrinken bewahrt. Er war dabei ums Leben gekommen. Wieder verspürte sie weit mehr als ein Quäntchen Schuld. Wahrscheinlich war sie es seinem Sohn schuldig, ihm ihre Version der Ereignisse zu erzählen.

Nein. Das war keine gute Idee. Ganz gleich, wie dicht Tate an der Sache dran war, wie sehr er emotional involviert sein mochte – er war ein Reporter. Ein männlicher Reporter.

Und im Augenblick befand sich Kara im Männerhasser-Modus. Wegen Brad Jones, den sie vor zwei Wochen in die Wüste geschickt hatte.

Wie die wenigen Freunde, die sie vor ihm gehabt hatte, hatte auch er sich mehr für Karas ominöses Schicksal interessiert als für sie als Frau. Und natürlich war da noch ihr Erbe – der Treuhandfonds, alle möglichen Aktien, Wertpapiere, Festgelder und die Immobilien –, zumindest das, was davon übrig war, der Teil, den Tante Fai nicht verschleudert hatte.

»Was für eine Überraschung«, murmelte sie und stellte das Radio an, um nicht länger über Brad nachdenken zu müssen. Weihnachtsmusik schallte durchs Wageninnere. Ausgerechnet »Stille Nacht«.

»*... Holder Knabe im lockigen Haar ...*«

»Nö, das ganz bestimmt nicht.« Wo war »Rockin' Around the Christmas Tree«, wenn man es mal brauchte? Sie schaltete das Radio aus und fuhr ohne Musik weiter. Nach etwa einer Stunde passierte sie das WILLKOMMEN-IN-WHIM-STICK-Schild, welches verkündete, dass in diesem Ort knapp über zwölftausend Einwohner lebten.

Kara umfuhr das Zentrum und rollte durch Nebenstraßen und Alleen, bis sie schließlich in die ruhige Straße einbog, in der sie wohnte. Ihre Nachbarn kannte sie kaum, und das war gut so. Drei Häuser weiter, direkt am Fuß eines kleinen Hügels, bog sie in ihre Einfahrt ein. Zum Glück drängten sich weder Nachrichten-Vans noch Reporter auf der schneebedeckten Straße. Abwarten. Vermutlich dauerte es nicht mehr lange, bis genau das der Fall war. In ebender Sekunde, in der Jonas McIntyre auf freien Fuß gesetzt würde, würden die aufdringlichen Medienschnösel in ihre Privatsphäre drängen.

Sie drückte auf die Fernbedienung für die Garage. Das Tor

fing an, nach oben zu rollen. Noch bevor es ganz offen war, gab sie Gas und fuhr hinein. Ein weiterer Druck mit dem Finger, und das Tor rollte wieder nach unten. In weniger als einer Minute war sie im Haus, schaltete die Lichter an, drehte die Heizung auf und begrüßte Rhapsody, ihren Rettungshund, eine Mischung aus Terrier und Labrador-Retriever. Möglicherweise steckte noch ein Schuss Pitbull mit drin, aber das war eine reine Vermutung. Kara würde es nie erfahren, es sei denn, sie ließe bei dem Hund einen DNA-Test vornehmen, doch das Geld dafür wollte sie sich sparen. Wen interessierte es schon, welche Rassen in Rhapsody steckten? Für Kara zählte ausschließlich, dass diese zottelige Fünfundzwanzig-Kilo-Hündin mit den weisen goldenen Augen voller Liebe zu ihr aufblickte und ihr so viel Zuneigung schenkte, wie es seit ihrer frühen Kindheit niemand mehr getan hatte.

»Ja, du bist ein braves Mädchen«, lobte Kara und kraulte den Mischling hinter den Ohren. Rhapsody jaulte begeistert und umkreiste sie aufgeregt, so schnell, dass sie aussah wie ein karamellfarbener Wirbelwind. »Schon gut, schon gut, ich hab's ja verstanden«, sagte Kara lächelnd, »du bekommst deine Belohnung, und ich bekomme meine.« Sie nahm eine Flasche Rotwein aus der Tasche, dann befahl sie dem Hund, sich zu setzen.

Rhapsody gehorchte, die Augen fest auf Kara geheftet, die einen Hundekeks mit Schinkengeschmack aus der Leckerli-Dose nahm und dem Hund zuwarf. Die Mischlingshündin fing ihn in der Luft auf, dann trottete sie damit ins Wohnzimmer zu ihrem Hundebett, während Kara die Flasche entkorkte und sich ein Glas Wein einschenkte. Sie nahm einen Schluck Merlot und spürte, wie sie sich ein wenig entspannte. Als Rhapsody den Keks verspeist hatte, öffnete sie die Hintertür und sah zu, wie der quirlige Mischling über die

Terrasse in den Garten stürmte und dabei einen Vogel auf-
schreckte, der dick aufgeplustert auf dem Zweig einer Zier-
tanne gesessen hatte. Der Hund war ihr bester Freund, um
nicht zu sagen, ihr einziger. Was ihre Schuld war. Es war ihr
all die Jahre über nicht gelungen, den Menschen, die sie kennenlernte, zu vertrauen. Zu viele wollten ihrer Meinung nach
bloß ihre Bekanntschaft machen, weil sie a) neugierig waren
auf ihre Vergangenheit, b) etwas von ihr wollten, oder c) beides. Freunde waren den Ärger einfach nicht wert. Hunde,
besonders Rhapsody mit ihrer bedingungslosen Zuneigung,
waren so viel besser als Menschen, von ihren Beziehungs-
partnern ganz zu schweigen. Die konnte man alle vergessen.

Es schneite jetzt stärker: kleine, pudrige Flocken, die den
bisherigen zehn Zentimetern eine weitere fluffige Schicht
hinzufügten. Rhapsody galoppierte von einem Ende des
Gartens zum anderen, baute die aufgestaute Energie ab und
hinterließ einen weiteren Trampelpfad in der weißen Decke.
Der verschneite Rasen war lang und schmal und bot dem
Hund genügend Platz, um sich auszutoben, doch er war umgeben von einem Zaun mit einem abschließbaren Tor und
einer dichten, undurchdringlichen Hecke aus Thujen, Rho-
dodendren und Lorbeer. Genügend Privatsphäre, um Kara
von ihren Nachbarn abzuschotten. Was perfekt war. Jetzt waren Büsche und Sträucher voller Schnee und erinnerten Kara
an die Fichten und Tannen rund um das Haus am Mount
Hood und an jene grauenvolle Nacht, in der sie durch den
Wald gerannt war, an die Nacht, die ihr Leben für immer
verändert hatte …

»Schluss damit!«, sagte sie so laut, dass Rhapsody, die an
der Hausecke im Schnee schnüffelte, abrupt aufblickte und
die Ohren anlegte, bereit, einen potenziellen Eindringling zu
verjagen. »Tut mir leid«, beruhigte Kara die Hündin. »Komm,
lass uns reingehen. Es ist eiskalt hier draußen.«

Sie nahm einen weiteren großen Schluck Merlot und spürte, wie ihr langsam von innen heraus warm wurde. Rhapsody raste weiter durch den Schnee und wirbelte weiße Wolken auf. Wie herrlich, so sorglos zu sein, dachte Kara sehnsüchtig und blickte hinauf in den Himmel, weil sie das entfernte Brummen eines Flugzeugs hörte. Irgendwo über der dichten Wolkendecke schwebte ein Flieger voller Menschen, die irgendwohin flogen, einem unbekannten Ziel entgegen. Schneeflocken verfingen sich in ihren Wimpern, und Kara blinzelte. Die Flocken rieselten auf ihre Wangen.

Was hätte sie darum gegeben, einfach wegfliegen zu können.

Zu vergessen.

Sie hatte es bereits versucht, hatte vor einigen Jahren eine Europareise unternommen. Es hatte nichts genutzt. All die Exkursionen und Ausstellungen, die Schlösser, Kunstgalerien und Menschenmassen konnten sie nicht davon abhalten, in Gedanken immer wieder zum Cold Lake zurückzukehren. Eiffelturm, Louvre, Notre-Dame in Paris, Big Ben und Buckingham-Palast in London, die Schlösser am Rhein, eine Villa am Comer See, ein Zimmer über einer Bar in Belfast – mittlerweile war alles verschwommen, nur der Schmerz war geblieben, genau wie das Gefühl der Schuld. Sie dachte daran, wie oft sie umgezogen war: nach Portland mit Tante Faiza, ans Junior College in Kalifornien, ein kurzes Intermezzo in Denver, dann der Abschluss an der Louisiana State University in Baton Rouge, und trotzdem hatte sie die Erinnerungen nicht abschütteln können. Neue Freunde, neue Orte, Neuanfänge. Vergeblich.

Hatte sie wirklich geglaubt, sie könne vor der Vergangenheit davonlaufen?

Wie töricht.

Und wie ironisch, dass der einzige Job, den sie je hatte an

Land ziehen können – eine Stelle als Aushilfslehrerin an einer Grundschule –, ausgerechnet hier, in Oregon war, weniger als eine Stunde von den Ufern des Cold Lake und dem Ferienhaus des Horrors entfernt. Ihr Leben hatte sich geschlossen wie ein Kreis, die perfekte Gelegenheit, »die Vergangenheit zu bewältigen«, sich »ihren Dämonen zu stellen«, wie man es ihr seit Jahren riet, doch was hatte ihr das gebracht? In ihr herrschte immer noch Chaos, und das würde vermutlich für den Rest ihres Lebens so bleiben.

Und was war mit dem Haus, in dem sie aufgewachsen war? Der Villa in Portland, die sie in weniger als zwei Wochen erben würde und die seit der Tragödie von Tante Faiza okkupiert wurde? Sie hatte vor dem Familiengericht behauptet, Kara brauche »Stabilität«, »ein vertrautes häusliches Umfeld«, »einen Ort, an dem sie verankert« wäre. Doch die Villa hoch oben in den West Hills war für sie alles andere als ein Zuhause, eher ein Ort, den sie mied. Nicht umsonst war sie bei dem ehemaligen Familienanwalt und Freund ihres Vaters und dessen zweiter Frau eingezogen. Sie wollte nicht dort wohnen, wo die Geister der Vergangenheit ansässig waren. Merritt Margrove hatte es irgendwie so drehen können, dass er sich das Sorgerecht mit Tante Faiza teilte – ob offiziell oder inoffiziell, hatte Kara nie ganz verstanden, und sie hatte auch nicht nachgefragt. Obwohl das blutige Massaker rund sechzig Meilen entfernt von der Villa mit dem atemberaubenden Blick über die Stadt stattgefunden hatte, konnte sich Kara dort nicht mehr heimisch fühlen. Nicht nach dem, was in der McIntyre-Hütte passiert war. Alles, was sie an die glücklichen Zeiten mit ihrer Familie erinnerte, bevor diese am Heiligabend vor zwanzig Jahren von einem Irren mit Skimaske ausgelöscht worden war, war so schmerzhaft, dass es ihr die Luft zum Atmen raubte.

»Ups«, sagte sie laut, als sie feststellte, dass sie ihr Weinglas bereits geleert hatte. Zeit für ein weiteres. Sie musste aufhören, in Selbstmitleid zu baden. Und wer behauptete, dass ihre frühe Kindheit tatsächlich nur glücklich gewesen war? Ihre Erinnerungen waren vernebelt, voller Löcher, ihre nostalgischen Gefühle beruhten auf Bruchstücken, vielleicht sogar Träumen, miteinander verwoben, aber immer noch löchrig. Im Augenblick wollte sie nicht an damals denken. »Jetzt komm, Rhap!«, rief sie die Hündin.

Sie ging ins Haus, und Rhapsody trottete hinter ihr her, dann blieb sie stehen und schüttelte sich Schnee und Wasser aus dem Fell. »Nur zu«, sagte Kara grinsend, »saubere Fußböden werden ohnehin überbewertet.« Sie schloss die Hintertür, legte Mantel und Schal ab und hängte beides an einen Garderobenhaken, dann zog sie ihre Stiefel aus und kickte sie neben den Schirmständer. »Abendessen?«, fragte sie und füllte den Hundenapf, bevor sie sich Wein nachschenkte.

Als Rhapsody gefressen hatte und ihr Glas leer war, ging sie nach oben ins Schlafzimmer und warf einen Blick auf die Uhr. Kurz nach sechs. »Das passt schon«, versicherte sie sich selbst, zog Jeans und Pulli aus und schlüpfte in ihren ausgebeulten Lieblingspyjama.

Ihr Blick fiel auf ihr Spiegelbild. Sie sah blass aus und erschöpft, der Flanellschlafanzug war mindestens eine Nummer zu groß, ihre Zähne vom Rotwein verfärbt.

»Jämmerlich«, sagte sie zu ihrem Konterfei. Die meisten Siebenundzwanzigjährigen würden sich um diese Uhrzeit für den Abend fertig machen, nur sie igelte sich ein. Eine Zeit lang hatte sie sich der Partyszene angeschlossen, in Clubs gefeiert, sich mit anderen jungen Leuten getroffen, doch nach dem College hatte sie das Interesse daran verloren. Was vermutlich einer der Gründe dafür war, dass ihre Beziehung mit Brad nicht funktioniert hatte. Einer von vielen.

Sie kehrte ins Erdgeschoss zurück, füllte ihr Glas ein weiteres Mal und ging hinüber ins Wohnzimmer. Vor dem Bücherregal neben dem Kamin blieb sie stehen und betrachtete das einzige Foto, das sie von ihnen beiden hatte. Sie standen in Florida vor einer Gruppe von Palmen und stießen mit Champagner an, während hinter ihnen die Sonne unterging. Das Glas des Bilderrahmens hatte einen Sprung, ein Zeugnis ihrer letzten Auseinandersetzung, aber Kara hielt es für angebracht, das Foto mitsamt gesprungenem Glas stehen zu lassen, selbst wenn es sie an das brechende Eis des Cold Lake vor all den Jahren erinnerte.

Denk nicht daran. Sie blendete die Erinnerung an die Ereignisse von damals aus.

Und die Erinnerung an Brad.

Auch er war Geschichte, wie man so schön sagte. Seufzend stellte sie den Gaskamin an, ließ sich aufs Sofa fallen und klopfte neben sich, damit Rhapsody ihr Gesellschaft leistete. Der Hund sprang hoch und machte es sich gemütlich. Wie ferngesteuert schaltete sie den Fernseher an, ein großer Flachbildschirm auf der anderen Seite des Kamins. Aus Gewohnheit zappte sie durch die Kanäle, warf einen Blick auf die Shopping-Sendungen, Kochshows, Heimwerker-Programme, blieb kurz bei *Alligator-Jäger* und *Bares für Rares* hängen, bis sie einen Nachrichtensender fand, auf dem wegen der bevorstehenden Entlassung von Jonas McIntyre über das Cold-Lake-Massaker berichtet wurde. »Grauenhaft«, murmelte sie und lauschte konzentriert, als ein Reporter die altbekannten Fakten aufzählte. Bilder von ihrer Familie und dem Ferienhaus in den Bergen flackerten über den Bildschirm. »Einfach grauenhaft.«

Die Fakten ließen sich kurz zusammenfassen. Vier Menschen waren ermordet worden: Samuel McIntyre und seine Ehefrau Zelda McIntyre, geborene Donner, geschiedene Robinson, sowie zwei von ihren Kindern, Samuel McIntyre jr. und Donner Robinson. Ebenfalls tot in der Nähe des Tatorts aufgefunden wurde Detective Edmund Tate, ein Polizist, der in einem der Nachbarhäuser Urlaub gemacht und Kara McIntyre, der jüngsten und einzigen gemeinsamen Tochter von Samuel und Zelda, das Leben gerettet hatte.

Nach wie vor vermisst wurde Marlie Robinson, Tochter von Zelda McIntyre und Zeldas erstem Ehemann Walter Robinson. Seit jener Nacht war Marlie wie vom Erdboden verschluckt.

Samuels zweiter Sohn Jonas, der die Attacke wie durch ein Wunder schwer verletzt überlebt hatte, war wegen des abscheulichen Verbrechens angeklagt und verurteilt worden. Nun hatte man das Urteil aufgrund neuer Informationen aufgehoben. Jonas sollte aus der Haft entlassen werden, nachdem er fast zwei Jahrzehnte, mehr als die Hälfte seines Lebens, hinter Gittern verbracht hatte. Jonas, teilte der Reporter den Zuschauern mit, hatte stets geschworen, dass er unschuldig war.

Nun rollte die Polizei den mittlerweile eiskalten Fall wieder auf.

Die Öffentlichkeit wurde um Informationen gebeten, die zur Aufklärung beitragen konnten.

»Gerade eben erhalten wir die Mitteilung«, unterbrach der Nachrichtensprecher den Reporter und schaute von seinem Schreibtisch zum Teleprompter, »dass Jonas McIntyre heute Nachmittag aus dem Gefängnis entlassen wurde. Wir schalten jetzt dorthin zu unserer Reporterin … Sheila Keegan.«

»Wie bitte?«, wisperte Kara, den Blick wie gebannt auf den Bildschirm gerichtet. Eine Reporterin in roter Skijacke mit dem Logo des Senders blinzelte gegen die Schneeflocken an, hinter ihr ragten die hohen Mauern des Banhoff-Gefängnisses auf. Dort waren einige der brutalsten Schwerverbrecher in der Geschichte Oregons untergebracht. Kara war in dem Gebäudekomplex mit den Wachtürmen und dem rasiermesserscharfen Stacheldraht auf den Betonmauern gewesen, um Jonas zu besuchen. Sie schluckte angestrengt und hörte, wie ihr Herzschlag in ihren Ohren hämmerte. Jonas war wieder draußen? Jetzt schon? Und niemand hatte ihr Bescheid gegeben?

KAPITEL VIER

O Gott.

Kara spürte, wie sie am ganzen Körper zu zittern begann.

Die Reporterin sprach weiter, doch Kara musste sich größte Mühe geben, sie zu verstehen. »Das ist richtig, Elliot, wir haben soeben erfahren, dass Jonas McIntyre, verurteilt wegen vierfachen Mordes an seiner Familie, das Gefängnis heute am frühen Nachmittag verlassen hat. Er sollte ursprünglich erst in zwei Tagen entlassen werden. Uns ist nicht bekannt, warum der Termin vorgezogen wurde, doch ...«

Der Rest verschwamm.

Ohne etwas zu sehen oder zu hören, starrte Kara auf den Fernseher, gefangen in den Bildern jener grauenvollen Nacht. Erinnerungsfetzen tauchten auf: die roten und blauen Lichter der Polizeifahrzeuge, die über die weiße Schneedecke zuckten. Jonas, blutverschmiert und bewusstlos auf einer Bahre, wie er in einen von mehreren Rettungswagen getragen wurde. Sie dachte an ihre eigenen klappernden Zähne, die nassen Haare, die blau gefrorene Haut. Eine Polizistin hüllte sie in ein Handtuch. Ihre Nachbarin Selma Tate, die wohl die Polizei informiert hatte, stand mit ihren beiden Kindern hysterisch schluchzend vor einem anderen Rettungswagen. Cops – Dutzende – umstellten das Haus. Polizeiband flatterte an den tief hängenden Ästen der schneebedeckten Tannen.

Sie stehe unter Schock, doch ansonsten sei sie unverletzt, sagte einer der Notärzte zu einer freundlichen, übergewichtigen Frau von der Kinderschutzbehörde, die eine handgestrickte Mütze trug und nach Lavendel roch.

Eine weitere Erinnerung: Tante Faiza, die mit rotem Gesicht ins Präsidium stürmte. Sie versuchte, nicht zu weinen – vergeblich. Schluchzend drückte sie die schockstarre, stumme Kara an sich.

Wieder einmal merkte Kara, dass ihr die Tränen über die Wangen liefen, und blinzelte, dann wischte sie sie ärgerlich mit dem Handrücken ab.

Jonas war auf freiem Fuß?

Wieso erfuhr sie erst jetzt davon?

Warum hatte sie niemand benachrichtigt?

Nun ja … Wie viele Anrufe hast du in letzter Zeit weggedrückt?

Abwesend griff sie nach ihrem Wein und trank einen Schluck. Ihre Hand zitterte, die rote Flüssigkeit kreiste im Glas.

Beruhige dich. Er ist draußen. Na und?

Du hältst ihn doch nicht wirklich für den Mörder, oder?

Sie biss sich auf die Lippe.

Ach, Kara. Hast du dich etwa die ganze Zeit über selbst belogen?

»Halt die Klappe!«, befahl sie ihrer inneren Stimme so laut, dass Rhapsody zusammenzuckte und sie fragend ansah. Beruhigend strich sie der Hündin über den Kopf, stand auf und ging in die Küche hinüber zur Spüle, um den restlichen Wein wegzuschütten.

Die Hände aufs Spülbecken gestützt, schaute sie aus dem Fenster in die Dunkelheit dahinter. Die Fernsehbilder aus dem Wohnzimmer spiegelten sich in der Scheibe, doch es war ihr eigenes Spiegelbild, an dem ihr Blick hängen blieb: Ihr Gesicht war leichenblass, die Augen lagen tief in ihren Höhlen, die Wangen waren hohl.

Wem machte sie etwas vor?

Tante Faiza gewiss nicht. Dr. Zhou auch nicht. Nicht einmal sich selbst, wenn sie ehrlich war. Sie war noch immer dasselbe verängstigte Mädchen, das vor zwanzig Jahren auf dem Dachboden eingesperrt gewesen war, das Mädchen, das das Massaker an seiner Familie entdeckt hatte.

Obwohl Jonas derjenige war, der vor Gericht gestanden hatte, konnte sich Kara des Eindrucks nicht erwehren, dass man auch sie verurteilt hatte.

Das alles war so lange her, und doch fühlte es sich an, als wäre es erst gestern gewesen.

Sie hatte auf einem harten Stuhl im Zeugenstand gesessen, als Achtjährige, ein Waisenkind. Verängstigt. Voller Furcht, das Falsche zu sagen. Man hatte sie auf ihren Auftritt vor Gericht vorbereitet, und sie war klug, »reif für ihr Alter«, hatte Tante Fai behauptet, dennoch …

Die Richterin, eine Frau in einer schwarzen Robe und mit randloser Brille, hatte auf dem erhöhten Richterpult über ihr gesessen und sie mit scharfem Blick beobachtet, als sie die Fragen der Anwälte beantwortete, die sie kaum verstand. Sie hatte gewusst, was sie antworten sollte, und sie hatten sie ermutigt, sie angelächelt, freundlich, so als wären sie bloß neugierig, doch Kara wusste instinktiv, dass das nicht der Fall war. Sie stellten ihre Fragen aus einem bestimmten Grund, und Kara hatte sich gezwungen, ihren Blicken zu begegnen, nach außen hin ruhig zu erscheinen, obwohl sie die ganze Zeit über die Finger gegeneinander rieb.

Die Verhandlung hatte schier endlos gedauert.

Jetzt, zwei Jahrzehnte später, versuchte Kara, das Gefühl

abzuschütteln, in der Falle zu sitzen, genau wie damals im Zeugenstand. Die Vergangenheit hinter sich zu lassen und sich auf den Fernseher zu konzentrieren. Als Erwachsene begriff sie, dass man sie, ein bis ins Mark erschüttertes achtjähriges Kind, manipuliert hatte – die Staatsanwaltschaft, die Verteidiger, ihre eigene Tante. Jeder hatte versucht, sie für seine Zwecke zu missbrauchen. Jeder.

Sie griff nach dem leeren Glas in der Spüle, dann überlegte sie es sich anders, ließ es stehen und kehrte zum Sofa zurück. Die Reporterin stand noch immer vor den Gefängnistoren. »Und damit gebe ich zurück ins Studio, Elliot«, sagte sie, und die stacheldrahtbewehrten Mauern des Banhoff-Gefängnisses verschwanden.

Jonas hatte sein gesamtes Erwachsenenleben dahinter verbracht.

Ihr Handy summte. Sie riss den Blick vom Fernseher los und schaute aufs Display. Tante Faizas Name erschien. Wieder einmal. »Großartig.« Sie war nicht in der Stimmung, mit der Frau zu reden, die sie mehr oder weniger großgezogen hatte – eher weniger als mehr –, einer Frau, die sich von Mama so unterschied wie die Nacht vom Tag. Es war schwer zu glauben, dass die beiden Schwestern gewesen waren.

»Stur wie ein Maultier«, hatte Mama einmal behauptet und sich auf der großen Veranda ihrer Villa in Portland eine Zigarette angezündet, »und noch dazu ausgesprochen zielstrebig. Man kann ihr einfach nichts ausreden, das wäre vergebliche Liebesmüh.« Mit zusammengezogenen Augenbrauen hatte sie an ihrer Virginia Slim gezogen und anschließend den Rauch weggewedelt. »Ich habe sogar versucht, ihr Roger auszureden, aber sie hat leider nicht auf mich gehört.« Mama hatte »Onkel« Roger, Faizas Musikerfreund, nie gemocht, was Kara damals nicht verstand. Roger war groß und schlank wie Daddy, aber er hatte dichte braune Haare und hellblaue

Augen, die in seinem sonnengebräunten Gesicht blitzten. Daddys Haare waren schwarz und leicht lockig, seine Augen hellbraun und durchdringend, sodass man den Eindruck hatte, er könne einem direkt ins Herz blicken. Während der Highschool hatte Kara mit Faiza und Roger zusammengewohnt und herausgefunden, wer er wirklich war: ein Mann, der nie lange eine Arbeit behielt, ein Mann mit riesigen Ansprüchen und, wie Kara vermutete, noch größeren Geheimnissen.

Das Telefon in ihrer Hand klingelte erneut und holte Kara in die Gegenwart zurück. Zögernd nahm sie das Gespräch an und sagte mit zusammengebissenen Zähnen: »Hallo, Faiza.«

»Endlich erwische ich dich! Ich versuche schon den ganzen Nachmittag, dich zu erreichen.«

»Tut mir leid.« Eine kurze Pause, dann: »Ich habe gerade die Nachrichten gesehen. Ist Jonas wirklich schon draußen?«

»Was denkst du denn, warum ich dich anrufen will?«, fragte Faiza aufgebracht. »Warum gehst du eigentlich nicht ans Telefon?«

»Ich war beschäftigt.«

»Womit?« Faizas Stimme klang misstrauisch. »Was kann so wichtig sein, dass du es nicht schaffst, ans Telefon zu gehen oder mir eine Textnachricht zu schicken?«

War das von Bedeutung? Jonas war wieder draußen, das war alles, was Kara im Augenblick interessierte. Dennoch zwang sie sich zu antworten. »Ich habe gearbeitet.« Das stimmte nicht ganz, aber …

Faiza seufzte. Ihre Haare waren blonder als die von Mama und dauergewellt, außerdem trug sie stets viel zu viel und viel zu dunkles Make-up auf. »Sie wird wohl ewig in den Achtzigern hängen bleiben«, hatte Mama behauptet. »Am liebsten würde Faiza immer noch einen Pony und Jeansjacken mit riesigen Schulterpolstern tragen.« Daran hatte sich bis heute kaum etwas geändert. »Gearbeitet«, wiederholte sie jetzt.

Kara wusste, dass Faiza ihren Job als Aushilfslehrerin nicht ernst nahm, das hatte sie oft genug verlauten lassen. Pech. Nach dem College hatte Kara begriffen, dass sie nicht in einen Grundschulklassenraum gehörte, doch leider hatte sich diese Erkenntnis erst eingestellt, als sie schon Referendarin war.

»Warum studierst du nicht etwas anderes?«, hatte Faiza sie wohl hundert Mal gefragt.

»Ja, warum eigentlich nicht?«, hatte Kara ihr entgegengeschleudert, um nicht verraten zu müssen, dass sie das College einfach nur so schnell wie möglich hinter sich bringen wollte. Der Abschluss war die Voraussetzung gewesen, ihren Anteil am Vermögen ihrer Eltern zu erben, und es war ihr gelungen, ihn in drei anstatt in vier Jahren zu erwerben, weil das College-Leben so gar nichts für sie war. Sie hatte sich in ihr Zimmer im Studentenwohnheim zurückgezogen und sich kurz darauf ein eigenes Apartment gemietet, um in Ruhe zu studieren und gleich nach dem Bachelorabschluss einen Master anzuhängen – eine weitere Bedingung, um mit achtundzwanzig das Erbe ihrer Eltern antreten zu können.

Aber das war ein anderes Thema. »Wo ist Jonas jetzt?«, fragte sie ihre Tante daher.

»Keine Ahnung. Aber er wird aufkreuzen, darauf kannst du dich verlassen. Unkraut vergeht nicht.«

»Denkst du …«

»Du kannst dir sicher sein, dass du als Erste von seiner Entlassung erfahren hättest, wenn du nur an dein verdammtes Handy gegangen wärst!« Faiza klang genervt. »Du musst doch gesehen haben, dass ich angerufen habe. Hast du denn nicht meine Nachrichten abgehört oder gelesen?«

»Ich hatte Termine.« Wenigstens das war nicht gelogen. Bevor sie zu Dr. Zhou gegangen war, hatte Kara ihre Bankberaterin aufgesucht, um die Rechnungen für die Psychotherapie zu begleichen, und dabei erfahren, wie schwindelerregend ihr einst so beträchtlicher Treuhandfonds geschrumpft war, auf den sie dafür zugreifen wollte. Laut Testament durfte sie »kleine Beträge« ohne Tante Faizas Zustimmung entnehmen.

»Große Beträge« waren anscheinend ohnehin nicht mehr da.

Ja, es war in der Tat ein herausragender Tag gewesen.

Karas Magen grummelte, also stemmte sie sich vom Sofa und ging in die Küche, Rhapsody dicht auf den Fersen, um sich ihrem vorherigen Entschluss zum Trotz ein weiteres großes Glas Wein einzuschenken.

»Ich habe versucht, dich zu warnen«, fuhr Faiza fort.

»Ich wusste, dass er entlassen wird. Jeder, der nicht gerade in der Äußeren Mongolei lebt, weiß das«, blaffte Kara.

Faiza ignorierte ihren Sarkasmus. »Heute, meinte ich.«

»Warum nicht wie geplant erst in zwei Tagen?«

»Keine Ahnung. Aber jetzt ist er ein freier Mann, und ob du es glaubst oder nicht: Er hatte den Nerv, mich anzurufen. Die Schwester deiner Mutter. Dieser verfluchte …« Sie unterbrach sich, und Kara vernahm, wie sie hörbar die Luft einzog.

»Er behauptet, er wäre unschuldig.«

Ein Schnauben am anderen Ende der Leitung. »Das behaupten sie alle.«

Kara trank einen Schluck Wein und hörte, wie ihre Tante leise hinzufügte: »Er wollte deine Telefonnummer haben.«

»Wie bitte?« Sie verschluckte sich an ihrem Wein, hustete und spuckte die rote Flüssigkeit auf den Küchenboden. »Du … du hast sie ihm aber nicht gegeben, oder?«, stotterte sie, als sie wieder Luft bekam. Sie war nicht bereit, Jonas gegenüberzutreten, nicht ohne die dicke Glasscheibe im Besucherraum des Gefängnisses zwischen ihnen.

Eine Pause.

»Faiza?«, hakte Kara besorgt nach.

»Was sollte ich denn machen?«, fragte ihre Tante rhetorisch. »Er hätte sie doch sowieso herausgefunden.«

»Ich möchte nicht mit ihm reden.«

»Wer will das schon?«, erwiderte Faiza, doch sie klang leicht zerknirscht, wie so oft, als Kara noch mit ihr zusammengewohnt hatte. »Okay, okay, es tut mir leid. Wirklich. Allerdings dürfte dir klar sein, dass du dich irgendwann einer Begegnung stellen musst. Dir bewusst machen musst, was er getan hat. Er ist der Grund für all das, was passiert ist, Kara.«

»Das glaube ich nicht.«

»Das hast du nie getan, aber ich meine es ernst. Trotz der Tatsache, dass er wegen Behördenversagens auf freiem Fuß ist, ist und bleibt Jonas McIntyre ein Killer.«

»Er ist dein Neffe.«

»Nein, Liebes, ich bin nicht mit ihm verwandt. Meine Schwester war acht Jahre lang mit seinem Vater verheiratet, und ich habe den Jungen nie gemocht. Habe immer schon vermutet, dass mit ihm etwas nicht stimmt. Seine Mutter … nun, egal. Ich muss jetzt los, Kara, ich wollte nur, dass du Bescheid weißt.«

»Warte …« Plötzlich wollte Kara nicht, dass ihre Tante auflegte, wollte ihr weitere Informationen entlocken. »Hast du seine Telefonnummer?«

»Nein, er hat gesagt, er würde von einem öffentlichen Telefon anrufen.«

»Hat er auch gesagt, wo …«

»Tut mir leid, Roger wartet im Wagen auf mich. Herrje, er

fängt schon an zu hupen!« Ihre Stimme klang jetzt gedämpft, als hätte sie den Kopf abgewandt. »Ich komme ja schon, immer mit der Ruhe … So, Liebes, da bin ich wieder. Ich melde mich später bei dir. Bis dann!« Noch bevor Kara etwas einwenden konnte, war die Leitung tot.

Nachdenklich legte sie das iPhone auf die Anrichte und wischte mit einem feuchten Papiertuch den Rotwein von den Bodenfliesen. Anschließend säuberte sie notdürftig ihren Schlafanzug und leerte den Rest der Flasche in ihr Glas. Dabei fiel ihr Blick auf die Zeitung, die ebenfalls auf der Anrichte lag.

Der Anblick des Hauses in den Bergen in der Nacht der Tragödie, umgeben von unzähligen Polizisten, trieb ihr den Schweiß auf die Stirn, genau wie das erkennungsdienstliche Foto von Jonas, der mit finsterem Blick in die Kamera schaute, die dunklen Haare aus dem Gesicht gestrichen. Der Teenager, der fast seine ganze Familie ausgelöscht hatte. Die dritte Aufnahme ließ Karas Atem stocken: das Hochzeitsfoto ihrer Eltern. Der hochgewachsene Bräutigam war mit seinen beiden Söhnen abgebildet, alle im Smoking, alle mit zurückgegelten schwarzen Haaren. Die Braut wurde flankiert von ihrem blonden Sohn, der ebenfalls einen Smoking trug, und der jüngeren Tochter in einem langen, silbernen Kleid, die die hellblonden Haare am Hinterkopf aufgesteckt hatte. Die Braut selbst war in eine fließende elfenbeinfarbene Robe gekleidet, die ihren noch kleinen Bauch verbarg. Ja, auch Kara war bei dem Fest dabei gewesen, der Grund für die übereilte Hochzeit ihrer Eltern, die gerade erst von ihren früheren Ehepartnern geschieden waren.

Sie betrachtete das Foto, überflog den Artikel, dann zerknüllte sie die Zeitung und warf sie in den Mülleimer.

Sie wollte nichts über das Cold-Lake-Massaker lesen.

Sie hatte das Pech gehabt, persönlich dabei zu sein.

»Verfluchte Scheiße!« Wesley Tate schleuderte sein Handy auf den Stuhl auf der gegenüberliegenden Seite des Zimmers. Er hatte drei Mal Kara McIntyres Nummer angerufen, nur um jedes Mal an einen Anrufbeantworter weitergeleitet zu werden, auf den er eine Nachricht sprechen sollte. Zweimal hatte er seine Telefonnummer hinterlassen und um Rückruf gebeten, ein weiteres Mal würde er das nicht tun. Es musste eine andere Möglichkeit geben, an die junge Frau heranzukommen.

»Denk nach«, sagte er zu sich selbst, trat ans Fenster des Ferienhauses – keine ganz so große »Hütte« wie die der McIntyres – und blickte durch die Bäume hindurch auf den See, auf dem sich wie immer um diese Jahreszeit eine Eisschicht gebildet hatte.

Kara McIntyre mied ihn – na und?

Das war nicht gerade etwas Neues.

Sie war ihm schon immer aus dem Weg gegangen, hatte sich von der ganzen Welt abgeschottet, ihr Leben lang.

Und nun sollte sie sich plötzlich öffnen, nur weil ihr Bruder nach zwei Jahrzehnten aus dem Gefängnis entlassen wurde, und ihm ein Interview geben?

»Hör auf zu träumen.«

Er konnte ihr keinen Vorwurf machen.

Das Grauen jener Nacht konnte keine noch so lange Zeit vergessen machen.

Er wusste genau, wovon er sprach.

Noch immer sah er seinen Vater vor sich, der auf der Veranda stand und eine Zigarette rauchte, als plötzlich laute Geräusche vom Nachbargrundstück zu ihnen drangen. Schreie. Edmund Tate hatte sofort in seinen Cop-Modus geschaltet. Während seine Mutter zusammen mit seiner Schwester und ihm die Weihnachtsgeschenke für den nächsten Morgen unter den Baum gelegt hatte, war sein Dad draußen geblieben und hatte kurz darauf gerufen, er müsse kurz weg, nachsehen, was da los sei. Als er nach einer ganzen Weile nicht zurückgekehrt war, hatte seine Mom die Polizei gerufen.

Er schüttelte den Kopf, mochte nicht daran denken, was danach passiert war.

Wenn Kara irgendetwas Genaueres wusste, wenn sie etwas tief in ihrem Unterbewusstsein verschlossen hatte, hätte er es gern erfahren, aber er hatte keinerlei Möglichkeit, sie danach zu fragen.

Würde er wirklich wollen, dass sie den Horror von damals in ihrer Erinnerung noch einmal durchlebte? Er wusste doch, wie viel Überwindung es ihn kostete, hierher, in das Ferienhaus am Cold Lake zu fahren, und er wäre bestimmt nicht hier, hätte seine Schwester ihn nicht gebeten, nach dem Rechten zu sehen. Das Haus kam in die Jahre, und bei dem strengen Frost konnte es schnell passieren, dass eine Leitung einfror und größerer Schaden entstand. Sobald er hier fertig war, würde er sich wieder ins Auto setzen und in seine gemütliche Wohnung in der Stadt zurückkehren, am besten noch heute Abend.

Seine Gedanken schweiften zu der Gerichtsverhandlung. Karas Aussage hatte mit dazu beigetragen, ihren Bruder, der damals selbst noch fast ein Kind war, hinter Gitter zu bringen.

Würde er besagtem Bruder gegenübertreten wollen?

Verdammt noch mal, nein!

Er würde trotzdem nicht aufgeben.

Eine Story war nun mal eine Story.

Und diese Story war mehr als das: Es war eine Story, die ihn persönlich betraf.

Tate hatte seinen Vater verloren, als dieser versuchte, das einzige überlebende Kind der McIntyres zu retten, die panische, gemeinsame Tochter von Samuel und Zelda.

Er fand, dass Kara ihm zumindest ein Gespräch schuldete.

Er sah sie wieder vor sich, wie sie damals gewesen war, mit ihren kindlich dürren Armen und Beinen und den zerzausten blonden Haaren. Schon zu jener Zeit hatte sie trotz ihrer jungen Jahre Haltung gezeigt. Einmal hatte sie sich angeschlichen und ihn aus dem Schatten der Bäume heraus beobachtet, als er Steine über das Wasser hüpfen ließ.

Er hatte sich zu ihr umgedreht und sie angesehen. »Willst du es auch mal versuchen?«, hatte er sie gefragt und erwartet, dass sie wie ein verängstigtes Kitz ins Unterholz flüchtete. Stattdessen war sie auf ihn zugetreten, hatte einen glatten, runden Stein aufgehoben und ihn mühelos über das silbrige Wasser geditscht – zehn Sprünge, die beim Aufprall sich kräuselnde Kreise auf der Oberfläche hinterließen. Zwei Brautenten flatterten empört quakend in den fast wolkenlosen blauen Sommerhimmel.

»Du bist echt gut«, hatte er gesagt, ohne seine Überraschung verbergen zu können.

»Ich weiß«, sagte sie und zog die Augenbrauen in die Höhe. »Und hübsch.«

»Wie bitte?«

»Ich bin hübsch«, hatte sie ihm erklärt. »*Und* gut. Um einiges besser als du.«

Sie hatte ihm einen überlegenen Blick zugeworfen und ihn sprachlos am Ufer stehen lassen.

Sie war sieben gewesen oder acht. Altklug. Reif für ein so junges Mädchen, was wahrscheinlich an ihren älteren Halbgeschwistern lag. Er spürte, dass sie schon viele Dinge gesehen hatte, die Kinder in ihrem Alter nicht sehen sollten – und das war vor dem Massaker an ihrer Familie gewesen.

Jetzt ging er in die Küche, nahm eine Flasche Bier aus dem alten Kühlschrank und öffnete sie, anschließend schlenderte er durchs Wohnzimmer, das noch genauso aussah wie damals, als sein Vater noch gelebt hatte. Seine Anwesenheit war nach wie vor spürbar. Über dem Kaminsims hing ein Familienbild, daneben das Geweih eines Hirschs, den er mit einem Bogen erlegt hatte. In dem kurzen Flur, der zu den Schlafzimmern führte, hing ein Schaukasten mit Edmund Tates Abzeichen, Anstecknadeln, Orden und Medaillen aus seiner Zeit beim Marineinfanteriekorps an der Wand. Ein wahrer Held, dachte Wesley, als er aus der Hintertür auf die vor sich hin gammelnden Bodendielen der Veranda trat. Der eisige Wind schnitt ihm wie ein Messer ins Gesicht. Genau an dieser Stelle hatte sein Vater an jenem schicksalhaften Abend gestanden, dann hatte er die Veranda verlassen, um nachzusehen, was der Lärm bedeutete – was ihn das Leben kostete.

Wesley war damals elf gewesen, alt genug, um sich von dem Grauen in Bann ziehen zu lassen, jung genug, um dem Opfer die Schuld am Tod seines Vaters zu geben, der gestorben war, weil er anderen Menschen hatte helfen wollen. Dabei war er nicht einmal im Dienst gewesen, hatte am See Urlaub gemacht. Er hatte sein Leben gegeben, um das Mädchen zu retten, war Kara aufs Eis gefolgt, das unter seinem Gewicht nachgegeben hatte. Es war ihm gelungen, das Kind ans Ufer zu schaffen, anschließend war er am tief verschneiten Ufer zusammengebrochen. Herzinfarkt.

Wie immer, wenn er daran dachte, presste Wesley die Kiefer fest zusammen und spürte den Zorn in sich aufsteigen, der ihm nun schon so lange zu schaffen machte. Er hatte sich nicht von seinem Dad verabschieden können, war zu spät am Haus der McIntyres angekommen, nachdem er das Sirenengeheul und die zuckenden Lichter bemerkt hatte. Laut der Kollegen seines Vaters hatte Edmund kaum ein Wort gesagt, nur unverständlich vor sich hin gebrabbelt, bevor die Rettungssanitäter die Bahre mit ihm darauf in den Wagen schoben und das nächstgelegene Krankenhaus ansteuerten.

Auf dem Weg dorthin war er gestorben – ein weiteres Opfer des blutigen Massakers.

Man hatte Wesley den Vater geraubt, zu dem er ein enges Verhältnis gehabt hatte. Edmund war ein großer, kräftiger Mann gewesen, ein übergewichtiger Raucher, aber erst siebenundvierzig, als er den folgenschweren Sprung ins eiskalte Wasser des Cold Lake wagte.

Wesleys Hände schlossen sich fester um die Bierflasche. Wieder einmal ließ er den Blick über den vereisten See gleiten, dessen glatte Oberfläche sich über eine halbe Meile erstreckte. Doch heute Nacht wurde die Sicht durch den immer stärker fallenden Schnee beeinträchtigt. Die Häuser am gegenüberliegenden Ufer waren nicht zu sehen, die Lichter hinter den Fenstern verborgen hinter dem weißen Schleier.

Er setzte die Flasche an die Lippen und trank einen großen Schluck. Ein eisiger Windstoß rüttelte an den Ästen der umstehenden Bäume und wehte ihm spitze Eiskristalle ins Gesicht.

Dieser verdammte See.

Als Kind hatte er es geliebt, mit seinen Eltern und seiner jüngeren Schwester hierherzukommen. Das Ferienhaus war ein Zufluchtsort gewesen, ein sicherer Hafen, weit weg von der Stadt, ein Ort zum Abschalten, vor allem für seinen Vater. Er hatte auf dem Bootsanleger gesessen und geangelt, war in den umliegenden Wäldern auf die Jagd gegangen und hatte mit Wesley in der spärlich gekiesten Einfahrt Basketball gespielt. Wie oft hatte sein alter Herr ihn gewinnen lassen?

Nach der Nacht, die alles verändert hatte, war der einstige Hafen für ihn zur Hölle geworden.

»Das Leben ist nicht fair«, hatte seine Mutter ihm stets vor Augen gerufen, wenn er sich wieder einmal beklagte. »Dein Vater ist bei dem gestorben, was er am meisten geliebt hat:

andere zu beschützen.« Selbstverständlich war auch Selma Tate am Boden zerstört gewesen, doch sie hatte ihre Bitterkeit vor ihren Kindern verborgen und bei der Beerdigung ihres geliebten Ehemanns aufrecht im eisigen Regen gestanden, ein gezwungenes Lächeln auf den Lippen, als sie die zu einem Dreispitz gefaltete Flagge mit dem Sternenbanner entgegennahm. Sie wurde ihr überreicht, weil Edmund bei den Marines gedient hatte, bevor er Polizist geworden war und seine Highschool-Liebe heiratete.

Nach außen gab sich Selma Tate tapfer, doch an den Abenden, wenn sie glaubte, dass ihre Kinder schliefen, konnte Wes sie durch die dünnen Wände im Schlafzimmer weinen hören, das Schluchzen nur mühsam übertönt von den Klängen der Country-Musik, die sie etwas zu laut aufdrehte.

Nachdenklich rieb er sich den Nacken, trank einen weiteren Schluck Bier und schaute zum Grundstück der McIntyres hinüber, doch er sah nur die Schneeflocken, die im Schein der Verandalampe vor den schwarzen Bäumen tanzten. Wenn es hell war, konnte man über die Tannen und Fichten hinweg das Dach des großen Hauses sehen, bei Sonnenschein das Blitzen des runden Fensters vom Dachboden, auf dem Kara angeblich eingeschlossen gewesen war.

Mein Gott, wie er diesen Ort hasste.

Und er hatte keinen Zweifel daran, dass es Kara McIntyre ebenso erging.

KAPITEL FÜNF

Detective Cole Thomas war sauer.
Stinksauer.

Jonas McIntyre, ein eiskalter Killer, aus dem Gefängnis entlassen! Das durfte doch nicht wahr sein! McIntyre war der übelste Mörder, den Hatfield County je gesehen hatte, und er hätte für den Rest seines erbärmlichen Lebens hinter Gitter bleiben müssen. Aber nein. Wieder einmal hatte das System versagt.

»Verfluchte Scheiße«, murmelte er und starrte wie gebannt auf den Computerbildschirm an der Wand über seinem Schreibtisch. Er hörte Schritte im Gang. Seine Partnerin machte offenbar Feierabend.

»Und?«, fragte sie, blieb vor seiner Bürotür stehen und zog ihre dicke Skijacke an. »Wie war dein Tag?« Im Department trudelten die Kollegen der Nachtschicht ein, nur ein paar Cops von der Tagschicht blieben noch da, um angefangene Arbeiten zu Ende zu bringen.

Aus dem Pausenraum drang Gelächter zu ihnen herüber, eine schwere Tür fiel krachend ins Schloss.

»Wunderbar«, knurrte er, die Stimme triefend vor Sarkasmus. »Ich hatte schon lange keinen so guten Tag mehr.«

Aramis Johnson grinste trocken und schüttelte den Kopf. Sie hatte schwarze, zu einem straffen Knoten im Nacken geschlungene Haare, war groß und schlank und besaß markante Gesichtszüge. Mit ihrer makellosen, mokkafarbenen Haut hätte sie ein Laufsteg-Model sein können, und genau dafür hatte Cole sie gehalten, als er sie das erste Mal sah. Aber Aramis Johnson war kein Laufsteg-Model. Sie war Polizistin. Und zwar eine verdammt gute, wie er zähneknirschend zugeben musste. Ihren wunderschönen, fast schwarzen Augen entging nicht viel. Er wusste nicht, warum sie zur Polizei gegangen war, doch er vermutete, dass das mit ihrem behinderten Kind zusammenhing, das offenbar keinen Vater hatte, zumindest keinen, von dem er wusste. »Lass mich raten«, sagte Johnson jetzt, »du bist gar nicht glücklich darüber, dass man Jonas McIntyre auf freien Fuß gesetzt hat.«

»Und du bist tatsächlich ein begnadeter Detective.«

»Entspann dich.« Sie lächelte. Hinter ihr gingen zwei Officer in Uniform vorbei, ins Gespräch vertieft.

»Ich soll mich entspannen? Wirklich?«, brauste er auf. »Da draußen läuft ein kaltblütiger Mörder herum, der seine Familie ausgelöscht hat!« Das Festnetztelefon auf seinem Schreibtisch klingelte. Er erkannte die Nummer und ging nicht dran. Binnen Sekunden summte sein Handy. Dieselbe Nummer. Wieder ignorierte er den Anruf.

»Willst du das Gespräch nicht annehmen?«, fragte Johnson, trat ein und lehnte sich mit der Hüfte gegen seinen Schreibtisch.

»Eine Reporterin.«

»Auch auf deinem Handy?«

»Ja. Irgendwie ist sie an meine Privatnummer gekommen.«

»Irgendwie?«, wiederholte Johnson und zog skeptisch eine Augenbraue in die Höhe. »Eine Sie?«

Er nickte. Natürlich wusste er, wie sie darangekommen war, doch das durfte ihn im Augenblick nicht interessieren. Sheila Keegan konnte sich wie die übrigen Medienvertreter in die Schlange einreihen und mit dem Officer für Öffentlichkeitsarbeit sprechen. Genau dafür war der doch da, oder etwa nicht? Außerdem machte er seinen Job bestimmt um einiges besser als ein Detective, der die unsichtbare Grenze zwischen Privatleben und Beruf überschritten und sich mit einer Reporterin eingelassen hatte.

Cole Thomas zwang sich, seine Gedanken zu Jonas McIntyre zurückzulenken. Dass er ein gnadenloser Mörder war, der, ohne mit der Wimper zu zucken, seine Familie abgeschlachtet hatte, stand für ihn außer Frage.

Er schlug den Ordner auf, der vor ihm auf dem Schreibtisch lag. Die Seiten der darin abgehefteten Akten waren mit den Jahren vergilbt und rochen muffig.

»Das steht alles auch im Computer«, ließ sich Johnson vernehmen.

»Ja, ich hab den Fall aufgerufen.« Er deutete mit dem Kinn auf den Monitor, auf dem Jonas McIntyres Polizeifoto zu sehen war: ein magerer Achtzehnjähriger mit dunklen, tief liegenden Augen, schwarzen Haaren und blasser Haut. Unter dem Bartschatten waren Spuren von Akne zu sehen. Sein Gesichtsausdruck war mürrisch, beinahe herausfordernd. Auf der Aufnahme reckte er das Kinn vor und presste die Lippen zusammen. Grausame, dünne Lippen.

»Was bringt einen jungen Menschen dazu, eine solche Tat zu begehen?«, fragte Johnson, den Blick auf den Bildschirm geheftet.

»Keine Ahnung. Sein Psychiater unterliegt der Schweigepflicht, genau wie sein Anwalt, deshalb können wir nur Vermutungen anstellen.«

»Denkst du, er ist gefährlich? Ich meine, auch nach der langen Haftstrafe noch?«

»Sag du's mir.« Er schaute zu ihr hoch.

Sie zuckte die Achseln. »Vielleicht hat er zu Gott gefunden.«

»Genau wie alle anderen Schwerverbrecher?« Thomas schüttelte den Kopf. »Offenbar hast du hellseherische Fähigkeiten, denn tatsächlich trifft das auch in seinem Fall zu. Das Banhoff hat ihn zur Religiosität bekehrt.«

Johnson schnalzte mit der Zunge. »Ganz schön verbittert, Partner.«

»Ach ja? Was für ein Wunder! Dieser Kerl hier hat mit einem gottverdammten Schwert seinen Vater, seine Stiefmutter, seinen Halbbruder und seinen Stiefbruder abgemurkst – seine ganze Familie!«

»Nein, nicht seine ganze Familie. Das kleine Mädchen nicht. Und das andere Mädchen, seine Schwester Marlie, auch nicht. Sie ist seit jener Nacht verschwunden, ihre Leiche wurde nie gefunden.« Aramis nahm den Ordner zur Hand und blätterte durch die Akten. »Sie war … Oh, hier steht es. Sie war siebzehn.«

»Stiefschwester«, korrigierte Thomas. »Die McIntyres waren eine Patchworkfamilie. Der Vater, Sam, hat seine beiden Söhne mit in die Ehe gebracht, Sam jr. und Jonas. Zelda war seine dritte Ehefrau. Zuerst hat er seine Highschool-Liebe geheiratet …«

»Leona.«

»Richtig. Mit ihr hatte er Sam jr. und ein Baby, das im Alter von zwei Jahren starb. Ein Mädchen. Betsy.«

»Wow. Die Familie scheint vom Pech verfolgt zu sein.« Johnson zog die Augenbrauen zusammen.

»Die Ehe zerbrach nach dem Tod der Kleinen, und Sam lernte Natalie kennen, die seine Ehefrau Nummer zwei wurde.«

»Er kam mit ihr zusammen, bevor er von Ehefrau Nummer eins geschieden war?«

»Scheint seine übliche Vorgehensweise zu sein.«

»Autsch. Das wird den beiden Ex-Frauen gar nicht gefallen haben.«

»Vermutlich nicht.«

»Dann ist Jonas von Ehefrau Nummer zwei?«

Thomas nickte. »Ja. Jonas ist der Sohn von Natalie und Sam.«

»Was ist aus den geschiedenen Ehefrauen geworden?« Johnson nahm eine weitere vergilbte Akte aus dem Ordner.

»Sie haben wieder geheiratet, nehme ich an.«

»Beide?«

»Da müsste ich noch mal nachsehen.«

»Dann war Zelda Donner Robinson also Ehefrau Nummer drei.« Johnson blätterte durch die Seiten und überflog die Einträge und Notizen. Die grellen Neonröhren unter der Decke ließen ihre schwarzen Haare glänzen. Die alten Heizrohre gluckerten. »Sie hat ebenfalls zwei Kinder mit in die Ehe gebracht.«

»Wie ich schon sagte: Sie war die Mutter von Marlie und Donner Robinson.«

»Dann war Kara McIntyre das einzige gemeinsame Kind?«, fragte sie und schaute auf.

Thomas nickte. »Richtig. Zeldas erster Ehemann hieß Walter Robinson.«

»Wie ist dieser damit klargekommen, gegen ein jüngeres Modell ausgetauscht zu werden?«

Er zuckte die Achseln. »Genauso gut oder schlecht wie Sams Ex-Frauen, nehme ich an. Freunde und Bekannte der Familie haben angegeben, dass alle gut miteinander auskamen.«

»Tatsächlich? Und was genau bedeutet das? Dass sie einen freundlichen Umgang pflegten, aber ohne dass sie gemeinsam in den Urlaub fuhren oder Weihnachten feierten?«

»Korrekt.« Bei der Erwähnung von Weihnachten schweiften seine Gedanken zu jenem letzten blutigen Heiligabend der Patchworkfamilie McIntyre, aber er sagte nichts. Vermutlich dachte Johnson in diesem Augenblick ebenfalls daran.

Seine Partnerin blätterte weiter durch die Seiten und überflog hier und da einen Absatz. »Alle Kinder sind ungefähr im selben Alter. Allesamt Teenager, bis auf die Jüngste.«

»Die auf dem Dachboden eingeschlossen war.« Er rief sich das kleine Mädchen mit den blonden Locken vor Augen, wie es mit großen Augen und bleichen Wangen im Zeugenstand saß. Mit dünner Stimme hatte Kara Frage für Frage beantwortet und zwischendurch immer wieder nervös auf ihrer Unterlippe gekaut. In dem für gewöhnlich so turbulenten Gerichtssaal war es so still gewesen, dass man eine Stecknadel hätte fallen hören – kein Papiergeraschel, kein Scharren von Füßen oder Stuhlbeinen. Mit zitterndem Kinn hatte die Kleine Jonas angeblickt, flehentlich, als wollte sie ihn verzweifelt um Vergebung bitten, weil sie nichts für ihn tun konnte.

Cole Thomas hatte damals höchstpersönlich in der zweiten Reihe des Gerichtssaals gesessen und die Verhandlung verfolgt, ein Grünschnabel mit der festen Überzeugung, dass die Bösen ins Gefängnis gesteckt wurden. Ein junger Polizist, der daran glaubte, dass das System funktionierte.

Mittlerweile war er sich da nicht mehr so sicher.

Johnson las noch immer. »Kara beharrte darauf, dass ihre ältere Schwester sie im Dachgeschoss eingesperrt hatte. Es gelang ihr, die Tür zu öffnen, woraufhin sie die Leichen ihrer Eltern und Geschwister fand – und ihren schwer verletzten Bruder Jonas. Als sie die Haustür aufgehen hörte, dachte sie, der Mörder wäre zurückgekommen. Sie erblickte eine Gestalt an der Wohnzimmertür, einen großen Mann mit schwarzer Skimaske, und floh durch die Küche und zur Hintertür hinaus in den Garten, wo sie einen Pfad einschlug, der zum See führte. Sie versuchte, über das Eis zu entkommen, doch sie brach ein. Ihr Verfolger, den sie für den Killer hielt, entpuppte sich als Nachbar – ein Polizist, der verdächtige Geräusche gehört hatte und sich vergewissern wollte, dass alles in Ordnung war.«

»Edmund Tate. Er hatte Urlaub. Ex-Marine. Einer von den Guten. Heldenhaft.« Thomas nickte. »Er hat das Mädchen gerettet.«

»Warum hat er eine Skimaske getragen?«

»Hat er nicht, laut Auskunft seiner Angehörigen – Ehefrau, Sohn und Tochter, die im Ferienhaus nebenan mit den Weihnachtsvorbereitungen beschäftigt waren, bis sie die Sirenen hörten. Und es wurde auch nie eine solche Maske gefunden. Bei Gericht ging man davon aus, dass die Kleine sich das in ihrem Schrecken nur eingebildet hat.«

»Edmund Tate hat nach der Rettungsaktion einen Herzinfarkt bekommen, dem er auf dem Weg ins Krankenhaus erlegen ist«, las Johnson. Sie löste sich von Coles Schreibtisch und ging davor auf und ab, während sie all die Informationen einsickern ließ. Die Rädchen in ihrem Kopf drehten sich sichtbar.

»Exakt. Trotz aller Anstrengungen der Rettungssanitäter hat er es nicht mehr bis ins Whimstick General Hospital geschafft.«

»Herrje.« Sie schüttelte den Kopf, dann sah sie Cole mit ihren dunklen Augen fragend an. »Hinweise auf einen Einbruch gab es nicht?«

»Man hat keine gefunden.«

Aramis Johnson tastete mit der freien Hand nach dem goldenen Kreuz, das an einer feinen Kette um ihren Hals hing. »Kara hat behauptet, ihr Bruder sei unschuldig.«

»Aber keiner hat ihr geglaubt.«

»Seine Fingerabdrücke waren überall auf der Tatwaffe«, gab Johnson zu bedenken.

»Hm.« Thomas lehnte sich auf seinem Stuhl zurück, bis

die Lehne protestierend quietschte. »Aus welchem Grund würde ein Achtzehnjähriger eine solche Tat begehen?«

Seine Partnerin überlegte mit gerunzelter Stirn, dann antwortete sie zögerlich: »Eifersucht.«

»Auf seinen älteren Stiefbruder Donner?«

»Warum nicht? Zu viel Testosteron«, fügte sie seufzend hinzu und tippte auf die Akte, die sie aufgeschlagen in der Hand hielt. »Hier steht, dass Donner etwas mit Jonas' Freundin hatte.«

»Aha. Und was genau ›hatte‹ er mit ihr?«

»Die beiden waren intim.«

»Lass mich raten: Das hat Jonas gar nicht gefallen. Wen würde das schon kaltlassen?«

»Allmächtiger …« Wieder umschlossen ihre Finger das Kreuz.

Thomas wusste, was sie gerade las, kannte er die Akten doch nahezu auswendig: Jonas McIntyre, der wie durch ein Wunder den tödlichen Angriff überlebt hatte, schwor bis zum heutigen Tag, dass er keinen einzigen der Morde, die ihm zur Last gelegt wurden, begangen hatte. Ja, als die Cops ihn noch auf der Intensivstation vernahmen, hatte er zugegeben, dass er das alte Schwert des Öfteren von der Wand in seinem Zimmer genommen und heimlich damit herumgefuchtelt hatte, so auch am Nachmittag des vierundzwanzigsten Dezember. Laut Jonas war Marlie an seiner einen Spaltbreit geöffneten Tür vorbeigekommen und hatte ihn dabei gesehen, genau wie seine jüngste Schwester Kara. Er war sich sicher gewesen, dass die beiden ihn nicht bei den Eltern verpetzen würden, da sie selbst oft Dinge taten, die strikt verboten waren, zum Beispiel in den ehemaligen Dienstbotenquartieren im zweiten Stock herumzuschnüffeln. Als seine Mutter ihn gerufen hatte, hatte er das Schwert auf dem Fußboden liegen lassen.

Das erklärte die Fingerabdrücke auf dem Heft, nicht jedoch Marlies Verschwinden. Von der damals Siebzehnjährigen fehlte bis heute jede Spur.

Jonas hatte weiterhin angegeben, dass er am späteren Abend in seinem Zimmer gewesen war und plötzlich laute Geräusche im Wohnzimmer gehört hatte. »Tumult und Schreie« stand in der einzigen Aussage, die er gemacht hatte, bevor sein Anwalt ihm den Mund verbot. Jonas hatte den Polizisten erzählt, er habe gespürt, dass »etwas Schlimmes im Gange« war, deshalb habe er sich das Schwert geschnappt und sei damit hinunter ins Wohnzimmer geschlichen, um der Ursache des Lärms auf den Grund zu gehen. Er vermutete, dass ein Einbrecher ins Haus eingedrungen war und seine Eltern bedrohte, und hoffte, ihn mit der Waffe vertreiben zu können. Und auf einmal hatte er tatsächlich einer »wirklich üblen Gestalt« gegenübergestanden.

Dann war die Hölle losgebrochen. Jonas hatte das Schwert geschwungen, doch er hatte sein Ziel verfehlt, der Einbrecher konnte zur Seite springen. Stattdessen hatte Jonas den Kaminsims getroffen und ein Stück Mauer herausgehauen. Der Einbrecher überwältigte ihn, wobei er Jonas so schwer verletzte, dass er das Bewusstsein verlor. Als er wieder zu sich kam, war seine Familie tot, Kara schrie, und der Einbrecher, der offenbar zum Killer geworden war, setzte ihr nach, als sie aus dem Haus stürmte.

Als die Polizei am Tatort eintraf, konzentrierte sie sich sofort auf Jonas. Seine Geschichte klang unglaubwürdig, und der anfängliche Verdacht gegen ihn erhärtete sich, als sich herausstellte, dass die einzigen verwertbaren Fingerabdrücke auf dem Schwertheft von ihm stammten.

Was das Motiv betraf, hatte Johnson ins Schwarze getroffen: Eifersucht. Anscheinend hatte ihm sein Stiefbruder Donner die Freundin ausgespannt. Man ging davon aus, dass

Jonas McIntyre stinksauer auf seine Eltern gewesen war, weil sie ihm Hausarrest verpasst hatten – die Polizei hatte ihn Anfang der Woche bei einer Schlägerei mit Donner verhaftet. Die Eltern hatten eine Anzeige verhindern können, und Donner hatte ebenfalls Hausarrest bekommen.

Seltsam, dass die Eltern meinten, zwei Achtzehnjährige mit einer Strafe wie Hausarrest beeindrucken zu können, dachte Thomas jetzt. Aber wahrscheinlich war es wie in vielen vermögenden Familien so, dass Mommy und Daddy sonst den Geldhahn zudrehten. Ein solches Druckmittel funktionierte immer. Trotzdem. Etwas dünn war das Motiv »Eifersucht« im Nachhinein betrachtet schon. Ja, Donner hatte mit Lacey Higgins, Jonas' Freundin, geschlafen. Aber warum dann auch die Eltern und Sam jr., der andere Bruder? Hatte der versucht, Jonas zu stoppen? Er hatte nicht so viele Wunden wie die anderen Opfer; die Schwertschneide hatte eine Oberschenkelarterie durchtrennt, er war verblutet.

Die Polizei ging davon aus, dass Sam sr. und Zelda unter Medikamenteneinfluss standen, als sie ermordet wurden. Die Theorie der Staatsanwaltschaft lautete, dass Jonas die beiden unter Drogen gesetzt und im Schlaf getötet hatte. Die Obduktion hatte ergeben, dass sie große Mengen Valium im Körper hatten. Doch warum die Schreie, der Lärm, das Chaos, wenn sie doch betäubt gewesen waren?

Die Geschichte stimmte vorn und hinten nicht, das musste er zugeben.

Und wo um alles auf der Welt war Marlie, deren Blut man am Tatort gefunden hatte, nicht aber ihre Leiche?

Jonas' Wunden waren ernst gewesen, allerdings nicht lebensbedrohlich, wenn sie rechtzeitig versorgt wurden. Hatte er Kara deshalb am Leben gelassen und sie gebeten, Hilfe zu holen, wie sie im Zeugenstand ausgesagt hatte? Die Staatsanwältin hatte mehr als deutlich gemacht, dass er sich die Wunden durchaus selbst zugefügt haben konnte.

»Ich kann nicht fassen, dass er verurteilt wurde«, sagte Johnson ungläubig, legte die Akte zurück auf Thomas' Schreibtisch und klopfte auf den Ordner. »Hier drinnen finden sich keinerlei Beweise, nur reine Indizien. Wie konnte die Staatsanwaltschaft die Geschworenen überzeugen, noch dazu alle zwölf?«

»Jonas McIntyres Jugendstrafen haben sicherlich eine Rolle gespielt«, überlegte Thomas, heftete die losen Aktendeckel ab und schloss den Ordner. »Die Einträge ins Strafregister wurden nie gelöscht, und es handelte sich dabei nicht gerade um Kleinigkeiten – er war bereits zweimal gewalttätig geworden, schwere Körperverletzung. Die Informationen waren natürlich vertraulich, doch irgendwie sind sie an die Presse durchgesickert. Und dann kam die Schlägerei mit Donner hinzu, bei der Jonas ein Messer gezogen hat. Zu dem Zeitpunkt war er bereits volljährig.«

»Jonas hat seinen Bruder mit dem Messer angegriffen?«

»In erster Linie bedroht, aber Donner hat sich eine Schnittwunde am Oberarm zugezogen, nicht tief, trotzdem musste sie genäht werden.« Thomas hielt inne und rieb sich mit Daumen und Zeigefinger den Nasenrücken. »Das war eine knappe Woche vor dem Massaker.«

»Heilige Madonna!«, stieß Johnson kopfschüttelnd hervor. Vom Gang her drangen Stimmen und Gelächter durch die offene Tür in Thomas' Büro.

»Der ausschlaggebende Punkt vor Gericht war damals die Aussage von Jonas' Freundin.«

»Lacey Higgins.«

»Richtig.« Thomas trank den restlichen Kaffee, der inzwischen kalt war, dann zerknüllte er den Pappbecher und warf ihn in den Abfalleimer neben dem Aktenschrank. Er erinnerte sich noch genau an Lacey Higgins im Zeugenstand. Weißes Kleid. Blass, mit weit aufgerissenen Augen, ein wahres Unschuldslamm. Alles Teil des Theaterstücks, das sich Gerichtsverhandlung nannte. Während der Befragung hielt Lacey den Blick gesenkt, während sie mit zittriger Stimme zugab, ein sexuelles Verhältnis mit Jonas' Stiefbruder Donner eingegangen zu sein.

Als Jonas davon erfahren hatte, sagte sie, sei es zwischen ihnen in ihrem Elternhaus in Portland zu einem Streit gekommen.

»Hat er dich bedroht?«, fragte die Staatsanwältin, eine hochgewachsene Frau mit glatten blonden Haaren und scharf geschnittenen Gesichtszügen.

»Ja«, antwortete sie kaum hörbar.

»Was hat er gesagt?«

Lacey biss sich auf die Unterlippe und wisperte: »Dass er mich umbringen würde.«

»Er würde dich umbringen?«

»Und alle anderen, mit denen ich … rumgemacht hätte.« Lacey schluckte angestrengt und tastete nach dem Kragen ihres weißen Kleids.

»Kannst du dich an den genauen Wortlaut erinnern?«

»Ähm … ja … Er hat gesagt, wenn er mich jemals dabei erwischen würde, wie ich es mit einem anderen treibe, würde er …« Sie verstummte, dann fuhr sie kaum hörbar fort: »… würde er mich umbringen.«

»Exakt das hat er gesagt?«, vergewisserte sich die Staatsanwältin.

Lacey hatte kurz aufgeblickt und durch den Gerichtssaal zu Jonas McIntyre hinübergeblickt, der in Anzug und Krawatte reglos neben Merritt Margrove, seinem Strafverteidiger, saß. Einen winzigen Augenblick später hatte sie die Schultern gestrafft, sich geräuspert und mit glasklarer Stimme geantwortet: »Er hat gesagt: ›Sollte ich je herausfinden, dass du einen anderen vögelst, nehme ich eine Axt und bringe erst ihn um und dann dich. Auf diese Weise kannst du ihn sterben sehen, bevor du selbst zur Hölle fährst.‹«

Eine der Geschworenen, eine Frau mit weißen Dauerwelllöckchen und einem rosa Hosenanzug, hatte hörbar nach Luft geschnappt. Die anderen elf hatten wie erstarrt auf ihren Plätzen gesessen, die Lippen zusammengekniffen. Ein dünner Mann nahm seine Hornbrille ab und putzte nervös die Gläser, eine Frau mittleren Alters wurde so blass, als würde sie jeden Moment vor Schreck in Ohnmacht fallen.

Laceys Zitat, zusammen mit Karas Zeugenaussage und Jonas' Vorstrafenregister, hatte sein Schicksal besiegelt und war seither fester Bestandteil jedes Zeitungsartikels, True-Crime-Buchs, Fernsehberichts, Blogs oder Podcasts, der sich mit dem Fall auseinandersetzte. Die Aufnahmen von Jonas' Wunden, die den Geschworenen vorgelegt wurden, änderten daran nichts, zumal die Staatsanwaltschaft nicht müde wurde, die Möglichkeit der Selbstverletzung zu betonen.

»Dann ging die Staatsanwältin also wirklich davon aus, dass er das Schwert gegen sich selbst gerichtet hatte?« Johnson klang skeptisch. »Seine Wunden …«

»… waren oberflächlich. Hände, Unterarme, ein Bein. Ein Waffenspezialist hat vor Gericht die potenzielle Vorgehensweise rekonstruiert, außerdem könnte er sich beim Kampf verletzt haben.«

Seine Partnerin klappte den Ordner wieder auf, zog einen Aktendeckel heraus und schlug eine ganz bestimmte Seite auf, die sie, wie vorhin schon, überflog. »Da.« Sie tippte aufs Papier. »Ich habe hier seine erste Aussage, die, die er noch im Krankenhaus gemacht hat, als die Polizei ihn das erste Mal befragt hat. Ohne seinen Anwalt. Darin gibt Jonas an, dass ihn der Einbrecher geschubst und er sich den Kopf ange-

schlagen hat. Angeblich war er eine Zeit lang bewusstlos.«
Sie sah Thomas über den Aktendeckel hinweg an. »Das klingt
logisch. Wieso hat ihm das keiner geglaubt?«

»Es hat niemanden interessiert. Weder die Ermittler noch
die Jury. Nicht einmal seine Angehörigen, mit Ausnahme
seiner jüngeren Schwester Kara.«

»Die gegen ihn ausgesagt hat?« Johnson schüttelte erneut
den Kopf und schloss die Akte.

»Sie hat nicht wirklich gegen ihn ausgesagt«, stellte Thomas richtig. »Man hat ihr die Worte im Mund verdreht. Niemand weiß mit Bestimmtheit, was in jener Nacht passiert ist,
und Jonas hat nicht gerade dazu beigetragen, die Gescheh-
nisse aufzuklären. Die kriminaltechnischen Untersuchungen
haben ergeben, dass seine Wunden von ebendem Schwert
stammten, an dessen Schneide das Blut sämtlicher Opfer
haftete.« Er rieb sich den Nacken. »Sein Anwalt, Merritt
Margrove, hat Jonas geraten, die Aussage zu verweigern, und
Jonas hat seinen Rat befolgt.«

»Dann ging der Anwalt anscheinend davon aus, Jonas
würde sich selbst belasten.«

»Vermutlich. Ich nehme an, Margrove setzte darauf, dass
die Geschworenen kein hartes Urteil fällen würden, wegen
der Wunden und weil Jonas noch so jung war.«

»Doch das haben sie getan. Lebenslänglich.« Johnson zog
den Reißverschluss ihrer Skijacke hoch und wandte sich zum
Gehen. Vor der Tür blieb sie noch einmal stehen und fragte
über die Schulter: »Glaubst du, die Geschworenen haben
richtig geurteilt?«

»Zweifelsohne.« Das Handy auf seinem Schreibtisch vibrierte erneut. Er warf einen Blick auf die Nummer. Sheila.
Schon wieder.

Er ging nicht dran.

»Was ist deiner Meinung nach mit der Schwester passiert,

die verschwunden ist?«, fragte seine Partnerin. »Der älteren. Marlie.«

»Das«, erwiderte Cole Thomas, griff nach seiner Jacke und schob die Arme durch die Ärmel, »ist die Eine-Million-Dollar-Frage.«

»Und seitdem hat sie wirklich keiner mehr gesehen?« Skepsis.

»Nein.«

»Dann ist sie also wie vom Erdboden verschluckt.«

»Hm. Könnte man wörtlich nehmen, aber es wurden auch nie sterbliche Überreste gefunden.« Er vergewisserte sich, dass er seine Schlüssel eingesteckt hatte, dann knipste er das Licht aus und folgte Johnson in den Gang hinaus. Das Gebäude war in die Jahre gekommen, die Holzvertäfelung aus den 1950ern vergilbt, das nach Kiefern duftende Reinigungsmittel, mit dem die Putzleute den grauen Linoleumfußboden wischten, konnte den Geruch nach Zigarettenrauch, Schweiß und abgestandenem Kaffee kaum überdecken. »Allerdings hat man ihr Blut am Tatort sicherstellen können«, fügte er hinzu und schloss die Tür hinter sich ab. »Nicht viel, aber offenbar war sie verletzt.«

»Hm.«

»Natürlich riefen hin und wieder Leute bei der Polizei an, die behaupteten, sie hätten Marlie Robinson gesehen, aber keiner der Hinweise führte zu einem konkreten Ergebnis. Irgendwann blieben die Anrufe aus.« Sie gingen die Treppe hinunter und passierten den Metalldetektor am Eingang. »Es gibt immer irgendwelche Wichtigtuer, die für ein bisschen Publicity alles tun.« Er drückte die Tür auf und hielt sie für seine Partnerin auf.

Die Dezemberluft war schneidend kalt, Schneeflocken tanzten im Schein der Außenbeleuchtung zwischen den Gebäuden. Kombis, Limousinen, Pick-ups und Vans schoben sich stockend durch die Stadt. Ein Bus hielt an der Straßenecke und spuckte warm verpackte Passagiere aus, bevor er wieder anfuhr und sich hupend in den Verkehr einreihte.

Die beiden Detectives gingen über den Parkplatz vor dem Präsidium. Johnson drückte auf die Fernbedienung, um ihren SUV, einen Honda CR-V, zu entriegeln, dann zog sie ihr Handy aus der Jackentasche und warf einen Blick auf die eingegangenen Nachrichten. Offenbar nichts Wichtiges, denn sie öffnete die Tür und hob die Hand, um sich von Thomas zu verabschieden. Er wollte gerade weitergehen, als sie – schon hinter dem Lenkrad – fragte: »Glaubst du, er könnte erneut zuschlagen, wenn er es denn wirklich war? Vielleicht aus Rache?«

Er zögerte. »Da bin ich mir nicht sicher. Ich habe keinen blassen Schimmer, wie er wirklich tickt.«

»Komm schon, was sagt dein Bauchgefühl?«, drängte sie.

»Dass wir abwarten müssen. Vielleicht hat er ja wirklich zu Gott gefunden.«

Ihr Handy vibrierte. Sie zog es aus der Tasche, warf einen Blick aufs Display und seufzte, doch sie nahm den Anruf nicht an.

»Alles okay?«, erkundigte er sich.

Sie reckte kaum merklich das Kinn. »Sicher.«

»Sicher?«

»Jaja. Alles bestens. Zurück zu Jonas McIntyre. Scheinbar kaufst du ihm seine neu entdeckte Religiosität nicht ab.«

Er schüttelte den Kopf und ließ den Blick über den Parkplatz schweifen, dann erwiderte er bedächtig: »Um ehrlich zu sein: Ich glaube nicht, dass sich Jonas McIntyre auf dem Weg der Erlösung befindet. Eher auf dem Weg in die Hölle.«

KAPITEL SECHS

Er konnte einfach nicht loslassen.

Wesley Tate, gerade zurück von seinem Abstecher in das alte Ferienhaus am Mount Hood, schaufelte Schnee von dem kurzen Gehweg zu der umgebauten Lagerhalle, in der er eine Eigentumswohnung besaß, doch seine Gedanken kreisten weiter um das Cold-Lake-Massaker und Jonas McIntyre, der wieder ein freier Mann war. Wenn auch nicht von den brutalen Morden an seiner Familie freigesprochen, so doch nicht mehr hinter Gittern. Wesley stieß die Schaufel so fest in den Schnee, dass sie über den Betonboden darunter schrammte. Sein Atem ging stoßweise und bildete weiße Wölkchen in der eisigen Luft. Würde er jemals darüber hinwegkommen, dass sein Vater sein Leben gegeben hatte, um Kara McIntyre zu retten?

Eine weitere Ladung Schnee landete in dem kleinen Garten neben dem Gehweg. Trotz der Kälte begann er zu schwitzen.

Merritt Margrove, der Anwalt, der Jonas McIntyre vor Gericht vertreten hatte, hatte nach all den Jahren eine Möglichkeit gefunden, seinen Mandanten freizubekommen. Anscheinend war es ihm gelungen, einen Polizisten ausfindig zu machen, der es plötzlich nicht länger mit seinem Gewissen vereinbaren konnte, zu verschweigen, dass es ein Problem mit den am Tatort sichergestellten Beweisen gegeben hatte. Die Mordwaffe – ein antikes Schwert aus dem vorigen Jahrhundert – war über vierzig Minuten verschwunden gewesen, was seltsam, doch bei all dem Trubel untergegangen war.

Tate hatte den Cop angerufen, doch er war nicht ans Telefon gegangen. Randall Isley war mittlerweile im Ruhestand und lebte in Omaha. Tate hatte ihm eine Nachricht hinterlassen.

Außerdem hatte er sich in den sozialen Medien umgesehen und unter falschem Namen auf einer Facebook-Fanseite für Jonas eingeloggt – schließlich gab es keinen Grund, Jonas' Fans einen Hinweis auf seine wahre Identität zu geben. Mit Sicherheit würden sie eins und eins zusammenzählen können, wenn er sich mit dem Nachnamen eines der Opfer anmeldete.

Es war ein seltsames Grüppchen, das sich da zusammengetan hatte: Alle waren fest von Jonas' Unschuld überzeugt und hatten sogar eine Spendenseite – *Freiheit für Jonas McIntyre!* – eingerichtet. Fast fünfzigtausend Dollar waren bislang eingegangen.

Aber wozu das Ganze?

Immer wieder stieß er auf die Namen von drei Frauen, die anscheinend die treibenden Kräfte waren, zumindest meldeten sie sich am eindringlichsten zu Wort, deshalb nahm er Brenda Crawley, Simone Hardesty und Mia Long genauer unter die Lupe. Auch ein Mann, ein gewisser Aiden Cross, äußerte lautstark seine Meinung bezüglich des ungerechten Justizsystems im Allgemeinen und der ungerechten Verurteilung von Jonas im Besonderen. Ein kurzer Profil-Check ergab, dass Aiden an mehr als zehn regierungsfeindlichen Aktionen beteiligt gewesen war.

In welcher Verbindung mit McIntyre standen diese Leute?

Irgendwie war alles an diesem Fall merkwürdig.

Tate selbst hatte einen Fake-Account unter dem Namen Jessica Smith angelegt: dreißig, geschieden, keine Kinder, freiberufliche Webdesignerin, die sich für alle möglichen Justizfälle interessierte und für den von Jonas McIntyre ganz besonders. Online hatte er das Foto einer Frau um die dreißig gekauft und für »Jessicas« Profil verwendet. Mit Mütze und Schal war sie kaum zu erkennen, und Frauen mit dem Namen Jessica Smith gab es zuhauf. So konnte er an Informationen gelangen, ohne selbst welche preiszugeben.

Die Gruppe war begeistert über Jonas' Entlassung aus dem Banhoff-Gefängnis.

Einige ließen verlauten, dass sie hofften, ihn persönlich kennenzulernen.

Die meisten, die die Fan-Seite regelmäßig besuchten, waren sich einig, dass er nicht nur unschuldig verurteilt worden, sondern auch ausgesprochen heiß war.

Eine Frau verglich ihn mit Jesus am Kreuz, aber das war ein beliebtes Bild, und abgesehen von dem kurzen Bart und den langen braunen Haaren konnte Tate keine Ähnlichkeit erkennen.

Doch die Leute sahen nun mal immer das, was sie sehen wollten. Jonas McIntyre, Mörder und Messias. Da konnte Tate nur mit dem Kopf schütteln.

Ein Fan, der sich als »Hailey Brown« angemeldet hatte, erregte seine besondere Aufmerksamkeit. Sie bot im Kommentarbereich nur wenig an und war eine von Tausenden, aber es gab keine fünfzig Personen, die vierundzwanzig/sieben eingeloggt waren, schon gar nicht auf der *Freiheit für Jonas McIntyre*-Seite. Zu denen, die die Seite scheinbar dauerhaft aufgerufen hatten, zählten außerdem Aiden Cross, Simone Hardesty, Brenda Crawley und Mia Long. Sie ließen sich leicht überprüfen, denn es handelte sich um real existierende Personen. Bei Hailey Brown aus Modesto in Kalifornien war das anders. Tates Online-Suche hatte ergeben, dass sie ein Stock-Foto als Profilbild verwendete, außerdem konnte er keine Hailey Brown ausfindig machen, auf die die angegebenen Informationen passten. Allerdings war auch dieser Name recht geläufig, was die Sache noch verdächtiger machte. Ein Deckname, das sagte ihm sein Bauchgefühl.

Im Grunde war ein Fake-Account nicht weiter schlimm, nichts Außergewöhnliches, auch er verwendete schließlich eine falsche Online-Identität.

Aber aus welchem Grund verbarg *sie* ihren richtigen Namen? Die Frage ließ ihn nicht los.

Zwei weitere Schneeladungen, und der Gehweg war frei. Tate richtete sich auf, stützte sich auf den Stiel der Schaufel und beobachtete einen Teenager in Skikleidung und Mütze, der auf einem Skateboard die geräumte Straße hinunterrollte.

Tate hob die Schaufel auf die Schulter und betrat das Gebäude, wo er sich auf der großen Schmutzfangmatte den Schnee von den Stiefeln klopfte, bevor er die Treppe zu seiner Loftwohnung mit den deckenhohen Fenstern im ersten Stock hinaufstapfte. Oben angekommen, kickte er die Stiefel unter die Garderobe und hängte seine Jacke auf. Anschließend ging er in die offene Küche, holte sich ein Bier und ließ sich in seinen Lieblingssessel vor dem Fernseher fallen. Die Nachrichten liefen.

Er musste mal eine Pause einlegen, Abstand bekommen zu dem Fall, der ihn beinahe sein gesamtes Erwachsenenleben beschäftigt hatte. Seit seinem elften Lebensjahr. Eine grauenvolle Art, seinen Dad so zu verlieren. Seine Mutter hatte ein paar Jahre nach der Tragödie erneut geheiratet, und ihr zweiter Ehemann, Darvin Williams, war ein anständiger Kerl. Ebenfalls ein Cop, mittlerweile im Ruhestand. Er hatte ohne allzu große Schwierigkeiten die Vaterrolle übernommen, und er hatte vor allem bei Wesleys jüngerer Schwester einen guten Job gemacht, die »Daddy-D« vergötterte. Wesley hatte damit seine Probleme gehabt, da er nicht anders konnte, als Darvin ständig mit seinem verstorbenen Dad zu vergleichen, wobei Darvin verständlicherweise stets den Kürzeren zog. Bis heute lief es nicht wirklich gut zwischen ihnen.

Faiza Donner saß in ihrem Mercedes SL450, einem Cabrio mit Faltdach, der in Oregon im Winter ausgesprochen unpraktisch war, aber sie hatte sich einen solchen Wagen immer schon gewünscht und vor drei Monaten beschlossen, sich den Wunsch endlich zu erfüllen. Warum auch nicht?, hatte sie sich gefragt, obwohl sie all die Gründe kannte, die gegen einen Leasing-Vertrag sprachen.

Jetzt parkte sie auf dem Rondell vor der Villa, die sie seit beinahe zwanzig Jahren ihr Zuhause nannte, ein riesiges Haus im Tudor-Stil in den West Hills. Damals hatte ihre Schwester Zelda hier gewohnt.

Oh, Faiza war neidisch auf sie gewesen, furchtbar neidisch: auf dieses Haus, auf das Boot, die Autos, die Reisen. Und auf die »Berghütte« am Fuß des Mount Hood, bei der es sich in Wirklichkeit um ein riesiges Anwesen handelte, Zeldas zweites Zuhause. Außerdem war Faiza neidisch gewesen, weil ihre Schwester Mutter war, und das gleich dreifach, von ihren Stiefkindern ganz zu schweigen.

Doch dann hatte das Schicksal sich gewendet. Sie ließ das Seitenfenster ihres eleganten Wagens herunter und zündete sich eine Zigarette an – ihre letzte Parliament, schwor sie sich im Stillen, denn sie hatte vor drei Jahren das Rauchen aufgegeben und bediente sich nur gelegentlich aus der Packung, die sie für besondere Stresssituationen im Handschuhfach aufbewahrte.

Und momentan befand sie sich in einer solchen Stresssituation.

Sie inhalierte tief und betrachtete das Haus, das in voller Weihnachtsbeleuchtung erstrahlte. Am Dach waren Lichterketten befestigt, Zederngirlanden mit blinkenden LEDs rahmten die große, zweiflügelige Eingangstür, an der zwei dazu passende Kränze mit roten Schleifen und Mistelzweigen hingen. Drinnen brannte Licht, und sogar der Gehweg glänzte im sanften Schein der Gartenlaternen, die die weiße Schneedecke zum Glitzern brachten.

Eine Bilderbuchkulisse.

Aber nicht mehr lange. Jonas war aus dem Gefängnis heraus, und in gut zwei Wochen wurde Kara achtundzwanzig – ein ganz besonderer Geburtstag, Äonen entfernt, als Faiza damals die Vormundschaft für das kleine Mädchen übernommen hatte.

Was für ein glücklicher Tag das gewesen war!

Unmittelbar nachdem das Gericht ihr das Sorgerecht zugesprochen hatte, hatte sie das Haus in den West Hills zusammen mit Roger in Besitz genommen. Die Villa war jetzt ihr Haus, genau wie Kara ihr Ziehkind war und gleichzeitig die Quelle ihres gesamten Einkommens.

Es war eine wunderschöne Zeit gewesen, dachte sie nun, zog an der Zigarette und kämpfte gegen die Tränen an. Und in zwei Wochen würde sie all das verlieren. Eine Schneeflocke fiel durchs offene Seitenfenster und schmolz auf ihrer Hand. Ja, alles, was sie je besessen hatte, wäre genauso schnell verschwunden wie ebenjene Schneeflocke. Es war einfach nicht fair.

Selbst ihren geliebten SL 450 würde sie wieder hergeben müssen.

Hätte sie doch nur nicht auf Roger gehört! Aber tat sie das nicht immer?

Sein Mantra: »Mach dir keine Sorgen, es wird sich schon alles finden«, hatte sie in falscher Sicherheit gewiegt, doch an der realen Situation hatte es nichts geändert.

»Verdammter Mist«, sagte sie laut, dann zog sie ein letztes Mal an der Parliament, bevor sie die Kippe aus dem offenen Fenster schnippte und zusah, wie sie mit der rot glühenden Spitze in den schneebedeckten Azaleen verschwand und zischend erlosch. Sie öffnete das Handschuhfach erneut und nahm eine Rolle Pfefferminzbonbons heraus, von denen sie sich zwei in den Mund steckte. Ihre Augen blieben am Rückspiegel hängen. Mittlerweile trug sie die Haare platinblond gefärbt. Ihr Teint war noch immer makellos, und sie gab sich größte Mühe, damit das auch so blieb, doch unter ihren blauen Augen lagen dunkle Ringe, Schatten der Sorge.

»Reiß dich zusammen«, ermahnte sie sich selbst. »Du hast schon Schlimmeres durchgestanden.« Das entsprach der Wahrheit, doch sie wollte jetzt nicht an ihre Jugend denken, eine Zeit, in der sie so hart hatte kämpfen müssen, während Zelda alles in den Schoß zu fallen schien. Ihre Schwester hatte früh geheiratet und zwei Kinder mit Walter Robinson bekommen, dann hatte sie etwas mit Samuel McIntyre angefangen und war von ihm schwanger geworden. Zelda hatte stets behauptet, es sei »ein Unfall« gewesen, sie habe ihre dritte Schwangerschaft nicht geplant, aber Faiza hatte ihr das nicht abgekauft. Ihrer Meinung nach hatte Zelda nach einer Möglichkeit gesucht, aus ihrer Ehe mit Walter herauszukommen, und ebendiese Möglichkeit bot ihr das neue Baby.

Ein cleverer Schachzug.

Faiza konnte ihrer Schwester keinen Vorwurf machen – sie hätte das Gleiche getan.

Außerdem konnte sie Walter Robinson nicht leiden. Für ihn war alles schwarz-weiß, dabei wusste doch jeder, dass die Welt aus lauter Grauschattierungen bestand. Walter und Faiza hatten sich nie gut verstanden, und sie war froh gewesen, dass er nicht länger Teil ihres Lebens war.

Doch die Dinge hatten sich anders entwickelt als erwartet.

»Finde dich damit ab«, sagte sie zu sich selbst und drückte auf den elektrischen Garagenöffner. Der Mercedes rollte schnurrend hinein. Sie parkte neben Rogers riesigem schwarzem Pick-up, ein Dodge RAM TRX, der zu groß war für den Stellplatz.

Im Haus hörte sie Gitarrenmusik und roch den süßlich penetranten Duft von Marihuana. Beides kam aus Rogers Studio, einem Raum auf der Rückseite des Hauses, der einst Samuel McIntyre als Arbeitszimmer gedient hatte.

Als Faiza eintrat, saß Roger auf dem alten olivgrünen Sofa – das einzige Möbelstück, das sie nicht ersetzt hatte. Er trug seine Stiefel und hatte einen Fuß auf den Couchtisch gelegt, auf dem sich Notenblätter und vollgekritzelte Notizblöcke türmten. In der Mitte stand eine Glasbong. Er sah auf, und die Musik verstummte. »He, Lady«, sagte er lächelnd, »ich habe mich schon gefragt, wo du bleibst.«

»Ganz schön viel Verkehr«, log sie, da sie ihm nicht verraten wollte, dass sie über eine halbe Stunde im Wagen gesessen und um das Haus getrauert hatte, das sie bald verlieren sollten.

Er wandte sich wieder seiner Gitarre zu, und nicht zum ersten Mal bemerkte sie, dass sein einst volles schwarzes Haar grau wurde. Die Krähenfüße rund um seine Augen vertieften sich zu Falten, die Lider wurden schlaff. Aus dem ehemaligen Charmeur mit der knallharten Badboy-Attitüde wurde langsam, aber sicher ein alter Mann.

Er schlug ein paar Saiten an, dann schaute er erneut auf und klopfte neben sich aufs Sofa. »Setz dich zu mir. Ich arbeite gerade an einem Song.«

Das war nichts Neues, trotzdem ließ sie sich neben ihn

fallen und lauschte den Tönen, die er anschlug, während er gleichzeitig eine belanglose Melodie summte. »Mir fehlt noch der Text«, sagte er. »Vielleicht fällt dir ja etwas ein.«

»Möglich«, gab sie zurück, »allerdings würde ich lieber mit dir reden. Wir haben ein Problem.«

»Ach ja?«

»Du weißt, dass Jonas entlassen wurde.«

»Hm. Ja. Das ist scheiße.«

»Mehr als das. Hinzu kommt: Kara wird achtundzwanzig«, erinnerte sie ihn ein wenig gereizt, weil er den Ernst der Lage nicht zu erkennen schien. »Und zwar verdammt bald.«

Er schlug eine weitere Note an. »Na und?«

»Wir werden ausziehen müssen.«

»Das glaube ich nicht«, widersprach er, doch der nächste Akkord klang ziemlich schräg. Er stellte die Gitarre neben dem Sofa auf den Fußboden.

»O doch, Roger.«

»Ach, komm schon, Lady. Deine Nichte hatte doch bislang kein Interesse an dem Kasten.«

»Kara vielleicht nicht.« Sie ließ sich gegen die Lehne sinken. »Aber Jonas. Auch wenn ich es niemals für möglich gehalten hätte, ist er ein freier Mann, und er wird sein Erbe einfordern. Alles. Also auch das, was nicht mehr da ist.«

»Er ist doch nur so lange draußen, bis er wieder Mist baut, richtig?« Er zwinkerte erneut, was Faiza auf die Palme brachte. »Ehe wir's uns versehen, fährt er wieder ein. Der Junge ist jähzornig, braust schnell auf. Er hat sein Temperament noch nie kontrollieren können.«

»Der ›Junge‹ ist kein Kind mehr, sondern ein achtunddreißig Jahre alter Mann. Aber du hast recht: Er ist ein Hitzkopf«, pflichtete sie ihm bei und dachte daran, dass sie Jonas schon immer für arrogant, aufbrausend und gewaltbereit gehalten hatte. Schon als Teenager hatte er einen Hang zu barbarischer Grausamkeit gehabt. Sie bezweifelte, dass sich das im Gefängnis geändert hatte, ganz gleich, was seine bescheuerten Internet-Fans dachten. »Ich habe ihn weiß Gott nie leiden können«, gab sie zu, »doch solange er nicht wieder hinter Gittern landet oder stirbt – Gott bewahre! –, hat er ein Recht auf sein Erbe, und dazu zählt nun mal diese Villa. Wenn er will, kann er uns alles nehmen, was wir haben!«

»Ach, das glaube ich nicht. Dazu wird es schon nicht kommen.«

»Ich sage ja auch nur, dass es möglich ist.« Faiza verschränkte die Arme vor der Brust. Die Nähte ihrer Designerjacke – ein Stück von Prada aus Kaschmir, das ein Vermögen gekostet hatte – dehnten sich. Nein, dachte sie, sie war nicht bereit, all das zu verlieren. Sie würde sich etwas einfallen lassen müssen – und sollte es ihr tatsächlich gelingen, sich das zu bewahren, woran sie sich gewöhnt hatte, würde sie ein neues Sofa kaufen, eins aus Leder oder gleich eine ganze Garnitur in einem warmen Perlgrau. Doch eins nach dem anderen: Zunächst musste sie das Unvermeidliche verhindern.

Roger zupfte an seiner Unterlippe, wie immer, wenn er in Gedanken ein Problem hin und her wälzte. Auch er war offenbar nicht bereit, sein angenehmes Leben kampflos aufzugeben.

Nach einer ganzen Weile sagte er: »Wir werden einen Ausweg aus diesem Schlamassel finden.«

Sie nickte. »Ja, aber wie?«

»Dir wird schon etwas einfallen.« Er nickte bekräftigend. »Dir fällt doch immer etwas ein.« Damit griff er nach der Wasserpfeife, zog daran, inhalierte und lehnte sich zurück. Als er wieder ausatmete, trat ein entspanntes Lächeln auf sein Gesicht, das Faiza an die Grinsekatze aus dem *Alice-im-Wunderland*-Zeichentrickfilm erinnerte, den sie als

Kind gesehen hatte. Roger nahm die Gitarre vom Boden und schloss die schwieligen Finger um den Hals. »Ja, Lady, du findest immer einen Weg, das zu bekommen, was du haben möchtest.«

Der Wein war Kara in den Kopf gestiegen.

Kein Wunder, hatte sie doch die ganze Flasche geleert.

Mehr als nur angeheitert, durchforstete sie die Küche nach etwas Essbarem. Sie hasste es zu kochen, deshalb hatte sie nur selten etwas Richtiges im Kühlschrank, und auch heute förderte sie lediglich etwas Käse und eine Packung Cracker aus den Tiefen eines der Küchenschränke zutage.

Das musste genügen.

Der Käse war schon älter, doch nachdem sie den Schimmel abgeschnitten hatte, schmeckte er noch recht gut. Sie teilte ihn in drei mundgerechte Stücke, schüttete die Cracker in eine Schüssel und trug alles hinüber ins Esszimmer, wo ihr aufgeklappter Laptop auf dem Tisch stand. Jetzt, da der Wein seine Wirkung zeigte und sie sich ein wenig entspannte, googelte sie sich selbst und stieß prompt auf Dutzende Fotos von ihr als Kind und eine Handvoll, die sie als Erwachsene zeigten. Ihre traurige Berühmtheit schien langsam zu verblassen, doch durch Jonas' Entlassung würde sie sicher bald erneut in den Fokus des allgemeinen Interesses rücken.

Sie war von einer schlaksigen Siebenjährigen mit zu großen Zähnen und zerzausten blonden Locken zu einem dürren Teenager mit hellbraunen Locken herangewachsen, die sie stundenlang geglättet hatte. Es gab sogar ein paar Fotos von ihr, auf denen sie ganz in Schwarz gekleidet war, die Haare dunkel gefärbt wie Ebenholz. Der dicke Lidstrich und die stark getuschten Wimpern bildeten einen merkwürdigen Kontrast zu ihrem elfenbeinfarbenen Make-up, das sie Tag für Tag mit großer Sorgfalt aufgetragen hatte. Zum Glück hatte sie die Gothic-Phase hinter sich gelassen.

Hier, in ihrem Haus in der Vorstadt mit den heruntergelassenen Jalousien und zugezogenen Vorhängen, trug sie die hellbraunen Naturlocken für gewöhnlich zu einem unordentlichen Knoten geschlungen, und wenn sie rausging, bestand ihr einziges Make-up aus einem Hauch Lippenstift und etwas Mascara.

Sie warf einen Blick über die Schulter in Richtung der Fenster, stellte fest, dass die Jalousien halb offen waren, und sprang auf, um sie ganz zu schließen.

Ihr war bewusst, dass sie eine Phobie entwickelt hatte. Ständig hatte sie das Gefühl, jemand würde sie beobachten, bereit, sich auf sie zu stürzen, sobald sie ihm den Rücken zuwandte. »Das ist doch albern«, sagte sie laut, doch dann zuckte sie die Achseln, als wollte sie die unsichtbaren Blicke auch körperlich abschütteln, und widmete sich dem Käse und den Crackern.

Als sie ihren Hunger gestillt hatte, rief sie Merritt Margrove an, den Anwalt, der Jonas vor Gericht vertreten hatte. Damals war er ein berühmter Strafverteidiger gewesen. Er hatte den Fall angenommen, um seine ohnehin beeindruckende Karriere noch weiter zu befeuern, doch er hatte verloren, und Jonas war in Handschellen aus dem Gerichtssaal geführt und direkt ins Gefängnis überstellt worden. Dort war er trotz aller Versprechungen und Berufungsverfahren geblieben – bis heute. Der Prozess war auch für Margrove ein Wendepunkt gewesen – es folgte eine Reihe von verlorenen Fällen, die zu einer Abwärtsspirale führten, aus der er sich nicht mehr hatte befreien können. In dritter Ehe verheiratet, von Skandalen gebeutelt, war er nur mehr die Hülle des strahlenden jungen Anwalts mit dem scharfen Verstand, der noch schärferen Zunge und der damit verbundenen Arroganz, die er früher bei jedem seiner Auftritte vor Gericht verströmt hatte.

Kara wartete geduldig darauf, dass sich der Anrufbeantworter meldete, und bat Merritt um Rückruf. Anschließend rief sie im Internet die Berichte über Jonas' Entlassung auf. Auch hier stieß sie auf eine wahre Flut von Fotos. Auf einem davon war die Mordwaffe abgebildet, das antike Schwert, das über Jonas' Bett gehangen hatte, ein Relikt aus dem Spanisch-Amerikanischen Krieg, das irgendeinem Urururonkel gehört hatte. Das Schwert, so entnahm sie den Online-Berichten, war offenbar der Grund dafür, dass man ihren Halbbruder auf freien Fuß gesetzt hatte. Margrove hatte seinen Mandanten nie fallen lassen, auch nach so vielen Jahren hatte er versucht, das Gericht von Jonas' Unschuld zu überzeugen.

Gelungen war ihm das offenbar nicht, aber er hatte einen schwerwiegenden Verfahrensfehler nachweisen können.

Ein gewisser Randall Isley, ein Cop, der damals zusammen mit seinen Kollegen am Tatort Beweismittel sichergestellt hatte, hatte zugegeben, dass das Schwert als Hauptbeweisstück und mutmaßliche Mordwaffe bei all dem Trubel für eine knappe Dreiviertelstunde verschwunden gewesen war, bevor es unvermittelt wieder auftauchte, was die Zuständigen vertuscht hatten.

Isley, der sich inzwischen im Ruhestand befand, hatte bei Merritt Margrove eine eidesstattliche Erklärung abgegeben, mit der dieser vor Gericht gezogen war – was zu Jonas' vorzeitiger Entlassung geführt hatte.

Kara spürte, dass sie Kopfweh bekam, und rieb sich die Schläfen. Dabei fiel ihr Blick auf Rhapsody, die reglos vor der Hintertür saß und wie gebannt aufs Türblatt starrte, als könnte sie hindurchsehen.

»Was ist denn, Rhap?«

Der Hund knurrte leise.

Karas Herzschlag beschleunigte. »O Gott.«

Mit schlagartig trockener Kehle schob sie ihren Stuhl zurück und ging in die Küche hinüber. »Aus«, befahl sie der Hündin.

Rhapsody hörte auf zu knurren, aber sie rührte sich nicht vom Fleck und sträubte ihr Nackenfell.

Mit rasendem Puls huschte Kara zum Fenster und spähte zwischen den Jalousielamellen hindurch in die Dunkelheit. Der Garten war leer, genau wie zuvor. Alles war ruhig. Friedlich.

Erleichtert stieß sie die Luft aus, machte ein paar Schritte nach hinten und schaltete das Licht aus, damit man ihre Umrisse von draußen nicht sehen konnte, dann trat sie erneut ans Fenster. Immer noch nichts zu sehen. »Du machst mir Angst«, flüsterte sie dem Hund zu, den Blick in den Garten gerichtet.

Bewegte sich da etwas bei den Thujen? Bei den Lorbeersträuchern in der Ecke des Grundstücks? Ihr Blick blieb an einer Stelle vor dem Zaun hängen, wo der Schnee verwirbelt war. War jemand darüber geklettert? Sie kniff die Augen zusammen und versuchte, Fußabdrücke auszumachen, doch bei dem Schnee, der immer noch vom Himmel fiel, gelang es ihr nicht, Genaueres zu erkennen. Gut möglich, dass der Hund ein Eichhörnchen gehört und mit seinem Knurren dafür gesorgt hatte, dass ihre Fantasie mit ihr durchging.

Sie riss sich zusammen und trat vom Fenster zurück. In ihrem Garten war niemand. Niemand beobachtete sie. Sie wollte gerade das Licht wieder anmachen, als Rhapsody anfing zu winseln. Kara vergewisserte sich, dass sämtliche Türen fest verschlossen waren, wobei sie laut mitzählte. »Nummer eins« – Garagentür zur Küche. »Nummer zwei« – Hintertür von der Küche in den Garten. Sie durchquerte das

Wohnzimmer und überprüfte die Haustür. »Nummer drei.« Alle abgesperrt. Das »Türenzählen«, wie sie es nannte, gab ihr ein Gefühl der Sicherheit.

Zurück im Wohnzimmer, schaltete sie das Gasfeuer im Kamin aus, pfiff nach dem Hund und stieg die Treppe hinauf in ihr Schlafzimmer unter dem Dach mit seinen schrägen Decken und dem alten Dielenboden, in dem gerade genug Platz für ein Doppelbett war.

Eng und gemütlich.

Sicher.

Sie machte sich nicht die Mühe, das Licht anzuschalten, sondern ging schnurstracks zum Fenster und blickte erneut in den tief verschneiten Garten. Eine dicke Eisschicht glitzerte auf dem Vogelbad, Rhapsodys Pfotenabdrücke und die weißen Hauben auf den Geranienkübeln waren die einzigen Unebenheiten in der fluffigen, weißen Decke.

Nichtsdestotrotz ließ sie die Jalousien herunter, bevor sie die Nachttischlampe einschaltete. Der Hund hatte seinen Posten vor der Hintertür aufgegeben und kam geräuschvoll die Stufen heraufgetappt. »Bereit, schlafen zu gehen?«, fragte sie, als Rhapsody auf ihr Bett sprang.

Kara schloss die Schlafzimmertür und legte den Riegel vor, den sie höchstpersönlich angebracht hatte. »Nummer vier«, sagte sie und schlüpfte unter die Bettdecke, ohne den weinbefleckten Pyjama gegen einen sauberen auszutauschen.

Kurz überlegte sie, eine von den Schlaftabletten zu nehmen, die sie in der obersten Schublade ihres Nachtschränkchens aufbewahrte, doch dann überlegte sie es sich anders und hob das Buch auf, das zu Boden gerutscht war. Ein Sachbuch, in dem es darum ging, sich seinen eigenen Dämonen zu stellen und sein Selbstwertgefühl als Frau zu steigern.

Nüchtern. Abgehoben. Einschläfernd.

Nur dass sie trotzdem nicht einschlafen konnte.

Kara las fast eine ganze Stunde lang, dann legte sie das Buch zur Seite, zog sich die Decke bis unters Kinn und schloss die Augen. Hoffentlich würde sie schlafen können und nicht wieder von Albträumen aufgeschreckt werden.

Sie ließ das Licht an, und nach einer ganzen Weile dämmerte sie schließlich ein.

Der Albtraum ließ nicht lange auf sich warten – ein riesiges, hässliches Ungetüm, dem sie nicht entkommen konnte.

Sie war wieder sieben, öffnete die Dachbodentür und lief die Treppe hinunter, deren Stufen schier unendlich in die Tiefe reichten, bis sie die Musik hörte. Das Weihnachtslied. Außerdem hörte sie Leute reden. Ihr Vater stritt mit jemandem. Eine Tür knallte. Ihre Mutter schrie. Marlie rief ihr zu, dass sie leise sein und auf dem Dachboden bleiben sollte. Kara rannte immer schneller die nicht enden wollende Treppe hinunter, ihre nackten Füße rutschten in etwas Feuchtem aus, ihre Finger glitten über das glitschige Geländer. »Mama!«, rief sie. »Daddy!« Ihre Stimme wurde erstickt von lautem Gepolter, Schreien und dem Weihnachtslied, das immer lauter wurde, während die große Standuhr am Fuß der Treppe die Stunde schlug.

Bong. Bong. Bong.

Sie nahm die Hand vom Geländer.

Sie war blutverschmiert.

Auch ihre Füße waren rot vor Blut, das von einer Stufe auf die nächste tropfte.

»Mama!«, schrie sie, noch lauter diesmal, doch die Standuhr und das grauenhafte Weihnachtslied übertönten ihre Stimme.

»Schlaf in himmlischer Ruh ...«

»Mama!«

Kara riss die Augen auf.

Ihr Herz raste.

Ihr Rücken war schweißnass.

Blinzelnd sah sie sich um und stellte fest, dass sie in ihrem Schlafzimmer war.

»Gott sei Dank«, wisperte sie und setzte sich auf. Der Albtraum war so real gewesen. Wie immer.

Sie schluckte gegen ihre trockene Kehle an und überlegte, ob sie Dr. Zhou anrufen sollte, doch dann verwarf sie diese Idee. Sie hatte schlecht geträumt – na und? Es war nicht das erste Mal, dass sie das Massaker in ihren Träumen noch einmal durchlebte, und es war gewiss nicht das letzte Mal.

Umständlich rappelte sie sich hoch und ging ins Bad. Ihr Kopf pochte. Vor dem Waschbecken blieb sie stehen, um etwas zu trinken, dann spritzte sie sich kaltes Wasser ins Gesicht.

Als sie den Hahn ausstellte, fiel ihr Blick auf ihr Spiegelbild. Sie sah grauenhaft aus. Die Haare hingen wirr um ihr bleiches Gesicht, ihre haselnussbraunen Augen lagen tief in den Höhlen und wirkten gehetzt, ihre Wangen eingefallen. Wasser tropfte von ihrem Kinn. Sie griff nach einem Handtuch und trocknete sich das Gesicht ab.

Um Himmels willen, Kara, reiß dich zusammen!

Sie warf das Handtuch auf den Waschtisch und kehrte ins Schlafzimmer zurück, wo Rhapsody leise schnarchend auf dem Bett lag. Die Ziffern der Digitaluhr leuchteten. 2:57. Ob sie wieder einschlafen würde? Wahrscheinlich nicht. Sie trat ans Fenster und starrte hinaus in die stille Dunkelheit.

Es hatte aufgehört zu schneien. Fröstelnd griff sie nach ihrem Frotteebademantel, der über der Stuhllehne hing. Sie schlüpfte hinein, zog den Gürtel fest zusammen und ließ sich aufs Bett fallen, wo sie das Gesicht in den Händen vergrub.

Das musste ein Ende haben.

Lange würde sie diese Qualen nicht mehr ertragen.

Es musste doch irgendeinen Weg geben, den ständig wiederkehrenden Albträumen zu entkommen!

Vielleicht würde sie zur Ruhe kommen, wenn der Medienrummel um Jonas' Entlassung verebbt war, wenn eine andere tragische Story die Aufmerksamkeit der Presse erregte. Vielleicht könnte sie die Vergangenheit dann endlich hinter sich lassen.

Ja, klar.

Wie hoch stehen die Chancen, dass dir das gelingt?

»Halt die Klappe«, befahl sie ihrer inneren Stimme, die sie wieder einmal daran erinnerte, dass sie niemals ein normales Leben führen konnte, dass sie auf ewig ein Freak bleiben würde, die einzige Überlebende einer unvorstellbaren Tragödie.

Irgendwo im Bett vibrierte ihr iPhone. Sie schlug die Decke zurück und entdeckte es auf dem zerknitterten Laken.

Eine Textnachricht war eingegangen.

Von einer unbekannten Nummer.

Kara las die Nachricht und spürte, wie sich ihre Nackenhaare sträubten.

Auf dem kleinen Display leuchteten zwei Worte auf.

Sie lebt.

KAPITEL SIEBEN

Entsetzt taumelte Kara zurück, stolperte über ihre Hausschuhe und stützte sich an der Wand ab. Wer? Wer war am Leben?

Das ist bloß ein böser Scherz. Jemand will dich auf den Arm nehmen.

Sofort musste sie an Jonas denken. Er war auf freiem Fuß, aber würde er ihr mitten in der Nacht eine solche Nachricht schicken?

Eher nicht.

Bibbernd kehrte sie ins Bett zurück und scrollte durch die übrigen eingegangenen Nachrichten, darunter eine Sprachnachricht auf dem Anrufbeantworter von derselben Nummer. Offenbar war sie von dem Summen nicht wach geworden.

Weil du in deinem Albtraum gefangen warst ...

Wieder brachte sie die nervige innere Stimme zum Schweigen und spielte die Sprachnachricht ab.

Für ein paar Sekunden war nichts zu hören, nur leises, atmosphärisches Rauschen. Vom Wind? Die Geräusche eines vorbeifahrenden Autos? Angestrengtes Atmen?

Sie schluckte und versuchte, ihren wild durcheinandergaloppierenden Gedanken Einhalt zu gebieten, als sie plötzlich ein gedämpftes Flüstern vernahm.

»Sie lebt«, verkündete eine kratzige Stimme.

Kara konnte nicht sagen, ob es sich um einen Anrufer oder um eine Anruferin handelte.

Klick.

Wer immer am anderen Ende der Leitung gewesen war, hatte aufgelegt.

Eine Stunde später war die Textnachricht eingegangen.

Mit hämmerndem Herzen schrieb sie zurück.

Wer lebt?

Sie wartete.

Eine Minute. Zwei. Nach drei Minuten fing sie erneut an zu tippen.

Wer bist du?

Sie schwitzte, obwohl es kühl im Raum war. Die Hündin auf dem Bett schlief tief und fest, die Heizung gluckerte leise.

Keine Antwort.

Sie warf einen Blick auf die Uhr. 3:17.

Ihr Magen schnürte sich zusammen, als sie die Nummer zurückrief. Das Handy ans Ohr gepresst, schloss sie die Augen. Es klingelte einmal, zweimal, dreimal … Sie wartete darauf, dass sie an den Anrufbeantworter weitergeleitet wurde, damit sie eine Nachricht darauf sprechen konnte, aber nichts passierte. Es klingelte einfach immer weiter.

Kara stellte sich vor, wie der unbekannte Anrufer am anderen Ende der Leitung auf das klingelnde Telefon starrte, ihre Nachricht vor Augen, und sich nicht die Mühe machte, dranzugehen.

Sie zog die Augenbrauen zusammen.

Warum?

Es ist Jonas. Das weißt du. Er ist wieder draußen, und er ist immer noch wütend auf dich, deshalb spielt er dieses Spielchen mit dir. Mach dich auf etwas gefasst, Kara. Die Sache könnte übel werden.

»Nein«, flüsterte sie laut und schaltete das Handy aus. Dann schob sie sich mehrere Kissen in den Rücken und starrte abwesend auf die Wand, an der das Foto hing – eine Aufnahme von ihrer ganzen Familie, eingefroren in einem längst vergangenen Moment. Mama hatte darauf bestanden, dass ein Familienfoto in der Nähe des Sees gemacht wurde. Sie hatte sogar extra einen professionellen Fotografen zu diesem Zweck bestellt.

Es sollte eine glückliche Patchworkfamilie zeigen. Eine ganz normale Familie.

Aber es hatte nicht sein sollen.

Kara blinzelte gegen die Tränen an und betrachtete weiter das Foto, das sich tief in ihr Herz eingebrannt hatte.

Die gesamte Familie hatte sich um einen umgestürzten Baumstamm versammelt, im Hintergrund glitzerte der sommerliche See.

Mama stand hinter Donner und Marlie, die Seite an Seite auf dem moosbewachsenen Baumstamm saßen. Daddy hatte die Hände auf die Schultern seiner beiden Söhne gelegt, die linke Hand, die auf Sams Schulter lag, entspannt, die Finger der rechten etwas unterhalb um Jonas' Oberarm gekrümmt. Kara saß in der Mitte, zwischen Jonas und Marlie. Alle lächelten in den Sonnenuntergang. Alle, außer Jonas. Er machte ein finsteres Gesicht. Seine Augen unter dem langen, dunklen Haar waren zusammengepresst, die Lippen schmal, die Arme vor der Brust verschränkt. Er sah aus, als wäre er gern an jedem anderen Ort der Welt, nur nicht hier.

Kara betrachtete ihre einzige Schwester. Was hatte Marlie gewusst? Warum hatte ihre Kleidung sorgfältig zusammengefaltet auf dem Bett gelegen, wenngleich sie sonst alles andere als ordentlich war? Warum hatte sie Kara gezwungen, sich auf dem Dachboden zu verstecken? Marlie hatte schreckliche Angst gehabt, das hatte Kara gespürt. Trotzdem war sie nicht mit Kara dort oben geblieben. Sie hatte Kara eingesperrt und sich mit dem Versprechen nach unten geschlichen, bald wiederzukommen und Kara zu holen.

Aber das hatte sie nicht getan.

Bis heute war sie nicht zurückgekehrt.

Ein Kloß bildete sich in Karas Kehle, Tränen stiegen ihr in die Augen. Was war ihrer Schwester zugestoßen? Hatte sie ein noch grausameres Schicksal ereilt als ihre Brüder? Das Weihnachtslied, dessen Klänge von unten zu ihnen hinaufgeweht waren, hallte durch ihren Kopf.

»*Stille Nacht …*«

»Schluss damit!«, schrie sie und spürte, wie ihr Herzschlag in ihrem Schädel dröhnte. Das war verrückt! Sie musste endlich damit aufhören. »Du bist *kein* Opfer. Du hast überlebt. Denk daran: *Du bist kein Opfer.*«

Innerlich bebend stieg Kara aus dem Bett, nahm das Foto von der Wand und legte es, den Rahmen mit dem Glas nach unten, in die oberste Schublade ihrer Kommode, unter die Sweatshirts, die sie nur selten trug. Sie hatte das Bild ohnehin nie gemocht. Es war eine schmerzliche Erinnerung an ihr Leben vor der Tragödie, doch Tante Faiza hatte darauf bestanden, dass sie es behielt.

»Eines Tages wirst du froh sein, dass du es hast«, hatte sie behauptet.

»Aber heute ganz bestimmt nicht«, murmelte Kara. *Niemals,* behauptete ihre innere Stimme. Sie wollte sie gerade zum Schweigen bringen, als ihr iPhone klingelte.

Kara flitzte zum Bett und schaute aufs Display. Wieder die unbekannte Nummer. Sie wischte über den grünen Hörer. »Wer sind Sie?«, fragte sie dann mit fester Stimme.

Rauschen, wie von starkem Wind.

»Wer zur Hölle sind Sie?« Diesmal noch lauter, fordernder, obwohl sie am ganzen Körper zitterte.

»Sie lebt«, hörte sie, genauso geflüstert wie zuvor.

»Wer? Wer lebt?«, wollte sie wissen. Marlie? Sprach die Person von Marlie? Von wem sonst?

Keine Antwort.

»Marlie? Reden Sie von Marlie?«, hakte sie nach.

Nichts. Nur Rauschen.

»Wer sind Sie, verdammt noch mal?«, schrie sie. Diesmal gelang es ihr nicht, ihre Panik zu verbergen. »Warum tun Sie das? Wer ...«

Klick.

Die Leitung war tot.

»Großer Gott«, murmelte sie und starrte auf das dunkle Display. Wer war der unbekannte Anrufer?

Jonas.

Es konnte kein Zufall sein, dass es keine vierundzwanzig Stunden nach seiner Entlassung mit den Textnachrichten und Anrufen losging.

Ihre Kehle wurde staubtrocken.

Ihre Hände zitterten.

Von ihm hast du nichts zu befürchten, redete sie sich ein, doch sie musste unweigerlich an ihre Zeugenaussage denken, wie die Staatsanwältin mit den glatten blonden Haaren und den durchdringenden blauen Augen die achtjährige Kara mit Fragen bombardiert und ihr die Worte im Mund verdreht hatte. Am Ende hatte es so ausgesehen, als hätte tatsächlich Jonas die Familie auf dem Gewissen. Der Blick, mit dem er sie damals bedacht hatte, hatte sich unauslöschlich in ihr Gedächtnis eingebrannt. Sie hatte dagestanden, mit schweißnassen Händen, und ein Papiertaschentuch in kleine Fetzen gerissen, während sie schilderte, wie sie die Treppe hinuntergehuscht und auf die brutal zugerichteten Körper ihrer Eltern und Brüder gestoßen war. Nur Jonas hatte überlebt.

Merritt Margrove, Jonas' Anwalt, hatte versucht, dem Gericht und den Geschworenen klarzumachen, dass durchaus eine andere Person für das Massaker verantwortlich sein konnte, doch niemand hatte auf ihn gehört.

»Schluss jetzt!«, sagte sie laut, um den Horrorfilm zu stoppen, der in Endlosschleife in ihrem Gehirn ablief.

Rhapsody hob den Kopf und gab ein besorgtes »Wuff!« von sich.

»Tut mir leid, Rhap«, entschuldigte sie sich bei dem Mischling und atmete tief durch.

Beruhige dich, verdammt noch mal!

Die Hündin sah sie aufmerksam an, wedelte mit dem Schwanz und gähnte, bevor sie wieder die Augen schloss.

»Alles okay«, versicherte Kara und streichelte ihr über den weichen Kopf, auch wenn sie selbst nicht daran glaubte. Nicht für eine Sekunde.

Das Handy in der Hand, ließ sie sich aufs Bett fallen und drückte die Kurzwahl für Merritt Margrove, doch der Anruf ging direkt an den Anrufbeantworter. Was hatte sie erwartet? Dass er morgens um drei Uhr sechsunddreißig am Computer saß und arbeitete?

»Hier spricht Kara«, sagte sie nach dem Signalton. »Ist Jonas bei Ihnen? Wissen Sie, wo er ist? Bitte rufen Sie mich an.« Sie legte auf und drehte eine Runde durchs Haus, um wieder einmal die Türen und Fenster zu kontrollieren, bevor sie in ihr Schlafzimmer zurückkehrte und den Riegel vorschob.

Klick!

Merritt Margrove öffnete verschlafen ein Auge.

Was zum Teufel war das für ein Geräusch?

Auf alle Fälle keins, das er jeden Tag hörte.

Er blinzelte angestrengt in die Dunkelheit, die nur von dem Licht des Fernsehers erhellt wurde. Anscheinend war er eingeschlafen. Sein Kopf hämmerte, sein Nacken schmerzte von der unnatürlichen Position auf dem durchgesessenen Sofa. Ächzend setzte er sich auf und starrte auf den Bildschirm. Nach der Werbeunterbrechung lief der Spätfilm, *Mord in der Hochzeitsnacht,* ein Film noir aus den 1940ern.

Margrove rieb sich die Augen. Sein Blick fiel auf das fast leere Glas Scotch, das auf einem bedenklich schwankenden Aktenstapel thronte, seinen hochgefahrenen iMac, das Handy und den überquellenden Papierkorb. Auf der Anrichte, die die Küche vom Wohnbereich trennte, lag eine halb gegessene Peperoni-Pizza, der ganze Trailer roch nach würziger Tomatensoße und gebräuntem, fast verbranntem Käse. In dieser beengten Bleibe konnte er alles tun, ohne sich die Kommentare seiner wachsamen Ehefrau über Lungenkrebs, Emphyseme oder Cholesterin anhören zu müssen. Zweifelsohne wusste Celeste, was er so trieb, hatte sie nicht immer wieder gestichelt: »Wenn die Katze aus dem Haus ist, tanzen die Mäuse«?

»Du hast verdammt recht, Celeste«, murmelte er und dehnte den Nacken, bis es knackte. Er sollte ins Bett gehen. Auf den Film konnte er sich ohnehin nicht mehr konzentrieren und auf die Arbeit auch nicht. Der Sturm draußen hatte sich zu einem Orkan ausgewachsen. Der Wind fegte durch den Canyon und drohte die Kiefern umzuknicken. Er warf einen Blick auf seine Aufzeichnungen, die Seiten, die er ausgedruckt hatte und die, wie er hoffte, ein Vermögen wert waren. Seine Insider-Kenntnisse, das McIntyre-Massaker betreffend, sowie die Tatsache, dass er nach all den Jahren Jonas McIntyre freibekommen hatte, würden ihm viel Geld einbringen. Jede Menge Geld. Ihm schwebte der Vertrag für ein Buch vor, einen Film, vielleicht sogar für eine ganze True-Crime-Serie. Es waren zwar schon einige Bücher über diesen mysteriösen Fall erschienen, aber keiner der Autoren verfügte über seine Kenntnisse, niemand außer ihm konnte Interviews mit dem Mann liefern, den man fälschlicherweise hinter Gitter gebracht hatte, niemand kannte die Geheimnisse, die Margrove kannte.

In ihm machte sich ein aufgeregtes Kribbeln breit, wie er es seit Jahren nicht mehr verspürt hatte. Das Buch würde ein Bestseller werden, der Film ein gottverdammter Blockbuster, davon war er überzeugt. Und seine Karriere würde wieder ins Rollen kommen.

Ja, Merritt Margrove war wieder da!

Schritt Nummer eins war getan, er hatte Jonas freibekommen, wenn auch erst nach zwei Jahrzehnten.

Er griff nach seinem Feuerzeug und den Camels auf dem niedrigen Sofatisch, um sich eine Zigarette anzuzünden. Während er tief inhalierte, sinnierte er über die Zukunft. Er sah bereits alles vor sich: die Lesereise, Fernseh- und Zeitungsinterviews. In den Interviews würde er über die juristischen Besonderheiten des Falls reden, wie er das Gerichtssystem ausgehebelt und den vernichtenden Fehler in der Beweiskette bezüglich der Mordwaffe entdeckt hatte. Mit harter Arbeit und unermüdlicher Ausdauer hatte er seinen Mandanten aus den Fängen der Justiz befreien können, und Jonas war noch immer ein junger Mann, noch keine vierzig, zudem hatte er Dutzende, wenn nicht gar Hunderte, Tausende Fans. Jonas wusste das. Er, Merritt Margrove, war derjenige gewesen, der die sozialen Medien immer wieder mit Informationen gefüttert hatte, der dafür gesorgt hatte, dass Jonas nicht die Aufmerksamkeit der Öffentlichkeit verlor. Dass der Junge während seiner Jahre in Haft zu einem wahren Adonis herangewachsen war, schadete nicht. Er verkörperte genau den grüblerischen Bad-Boy-Typ, auf den Mädchen und Frauen so standen.

O ja, von jetzt an würde es fantastisch für ihn laufen.

Margrove zog an seiner Zigarette, lehnte sich zurück und blies Rauchringe an die Decke des alten Trailers. Alles würde sich ändern. Er würde sich nicht länger vor Celeste hier oben in den Bergen, am Ende der Welt verstecken müssen. Vielleicht würde sie in seinem neuen Leben gar nicht mehr vorkommen. Seine Frau ging ihm auf die Nerven, nicht zuletzt mit ihrem Ernährungsfimmel. Gesundes Essen, »Clean Eating« – das genaue Gegenteil dessen, was ihm schmeckte. Kein Fleisch. Keine Nachos. Keine Pizza. Und auf keinen Fall Alkohol. Zigaretten? Das reinste Gift. Celeste konnte den Geruch nicht ausstehen, dabei hatte sie in der Anfangsphase ihrer Beziehung gequalmt wie ein Schlot. Wie hatte seine Mutter so schön gesagt? »Es gibt nichts Schlimmeres als einen bekehrten Sünder.« Amen. Celeste war seine dritte – und wie er sich geschworen hatte, letzte – Frau, zwanzig Jahre jünger als er, Friseurin und besessen von Yoga, grünem Tee und veganen Hamburgern. Wie »sauber« war eigentlich Fleischersatz?

Wieder flackerte Werbung über den Bildschirm, diesmal für ein Potenzmittel, was ihn schon mehr interessierte. In letzter Zeit war sein Schwanz nicht mehr das, was er einmal gewesen war, lange nicht mehr so hart und empfindlich wie früher. Allerdings schob er auch dafür Celeste die Schuld zu. Sie war einfach zu ungeduldig, wenn sie nicht gerade zu müde oder Gott weiß was war.

Klick.

Schon wieder das seltsame Geräusch. Während er mit einem Ohr lauschte, wie er mehr Schwung in sein Liebesleben bringen konnte, versuchte er, sich über das Heulen des Windes einen Reim darauf zu machen.

Was konnte das sein?

Niemand wusste, dass er hier war.

Niemand wusste von diesem Ort.

Nur Celeste.

Und Jonas.

Er griff nach dem Baseballschläger, den er neben der Eingangstür aufbewahrte – nur für alle Fälle. Den Großteil seines Erwachsenenlebens hatte er als Strafverteidiger bestritten und es dabei mit einigen wirklich üblen Charakteren zu tun bekommen, daher war es ihm wichtig, seinen Louisville Slugger stets in der Nähe zu wissen.

Er knipste das Licht an und ging durch den kurzen Flur ins Schlafzimmer.

Leer.

Plötzlich meinte er, einen kalten Luftzug zu spüren. Gut möglich, die Fenster des Trailers waren an manchen Stellen nicht ganz dicht, sodass Luft von draußen eindringen konnte, noch dazu bei diesem Sturm.

Trotzdem spürte er, wie die Haut in seinem Nacken anfing zu kribbeln.

Ein Warnsignal.

Aber da war nichts.

Er sah niemanden, und das merkwürdige Geräusch hörte er auch nicht mehr.

Zu viel Alkohol, überlegte er und ging ins Bad, um zu pinkeln. Sein Blick fiel auf sein Spiegelbild. Sein dünner werdendes Haar war so lang, dass man es zum Pferdeschwanz hätte binden können, seine Wangen mit den roten Äderchen unter der dünnen Haut hingen schlaff herab, trotz des Faceliftings, das er vor fünfzehn Jahren hatte vornehmen lassen.

Einst war er ein gut aussehender, elegant gekleideter, viel gefragter Jurist gewesen, der exorbitante Honorarsätze verlangen konnte und sechs Assistenten und drei umwerfende weibliche Angestellte beschäftigte, die ihm den Rücken frei hielten – und ihm nicht widerstehen konnten. Doch diese Tage waren vorbei, genau wie die Tage, an denen ihn Prominente anriefen, damit er sich um ihre Fehltritte kümmerte.

Aus und vorbei.

Schnee von gestern.

Doch vielleicht, ganz vielleicht, würde diese Zeit zurückkehren. Ein kleines Lifting im Hals- und Kinnbereich, einige partielle Haartransplantationen, vor allem am Hinterkopf, und er wäre auch optisch wieder im Rennen.

Er kehrte in den Wohnbereich zurück, um die Dateien auf dem Laptop zu schließen und das Licht zu löschen, und stellte fest, dass die Lampe über dem Heizofen bereits aus war.

Sie war doch an gewesen … Oder hatte er sie schon ausgemacht? Er runzelte die Stirn. Möglicherweise war die alte Birne durchgebrannt.

Er wartete.

Nichts regte sich.

Nicht dass er auf seine alten – mittelalten – Tage noch paranoid wurde. Er musste an die Zukunft denken.

Margrove legte den Baseballschläger griffbereit neben sich auf einen Stuhl, trank seinen Scotch aus und zündete sich eine Gute-Nacht-Zigarette an. Sein Blick fiel auf seine Aufzeichnungen. Unweigerlich verzogen sich seine Lippen zu einem Grinsen.

Doch irgendetwas war seltsam.

Die Luft bewegte sich.

Er schaute in die Küche.

Hatte er die Tür des Putzschranks offen stehen lassen? Verdammt, nein. Er konnte sich erinnern, wann er das letzte Mal einen Besen oder einen Wischmopp zur Hand genommen hatte.

In diesem Augenblick spürte er die Mündung einer Pistole an seinem Hinterkopf – ein tödlicher Ring aus kaltem Stahl, der sich durch seine dünnen Haare bohrte.

Er erstarrte.

Seine Zigarette fiel auf den Teppich.

Beinahe hätte er die Kontrolle über seine Blase verloren.

»Keine Bewegung.«

Klick.

Das Geräusch einer Waffe, die soeben entsichert wurde.

Margroves Mund wurde trocken.

»W-W-Was wollen Sie von mir?«, stammelte er.

»Schnauze!«

Er verstummte.

Versuchte trotz der Panik, die ihn in Raketengeschwindigkeit überfiel, klar zu denken. Wer zum Teufel war der Kerl, der ihn da bedrohte? Oder handelte es sich um eine Frau? Was zur Hölle sollte der Scheiß?

»I-Ich habe kein Geld.«

»Schnauze, hab ich gesagt!«

Verdammt. Verdammt, verdammt, verdammt! Was sollte er tun? Er hatte schon öfter in der Klemme gesteckt. Sehr oft. Aber noch nie in neunundfünfzig Jahren war er mit einer Pistole bedroht worden.

Denk nach, Margrove, denk nach. Rede – du hast dich doch immer aus allem herausreden können! Es muss einen Ausweg geben. Vielleicht ist das ein Raubüberfall. Jemand hat die Lichter im Trailer gesehen …

Mit hämmerndem Herzen schielte er auf den Baseballschläger. Zu weit weg.

Er musste hier raus. Sich in Sicherheit bringen. Weglaufen. Weit weg.

Zzzt!

Was war das jetzt wieder für ein Geräusch? Es klang, als würde ein Gürtel aus den Schlaufen gezogen oder …

Aus dem Augenwinkel sah er Stahl aufblitzen.

O Gott, der Kerl hatte ein Messer? Er hatte ein verdammtes Messer aus der Scheide gezogen? Er hatte doch bereits die

Pistole auf seinen Hinterkopf gerichtet, wozu brauchte er dann noch ein Messer?

Verfluchte Scheiße!

Die Klinge sauste durch die Luft.

Schnell.

Durchtrennte seine Kehle.

Blut sprudelte, dick und rot.

Perplex sackte Margrove auf die Knie. Spuckend und röchelnd, gurgelnd und hustend. Er wusste, dass er dabei war, an seinem eigenen Blut ersticken. Für einen kurzen Moment schwankte sein Oberkörper hin und her, dann kippte er nach vorn. Sein Kopf schlug auf dem Fußboden auf.

Es war aus. Aus und vorbei.

Merritt Margrove würde sterben, hingerichtet von der Hand eines Mörders. Mit weit aufgerissenen Augen versuchte er zu erkennen, welcher grausame Hurensohn ihm das angetan hatte, doch sein Blick blieb am Fernseher hängen, auf dem soeben der Abspann von *Mord in der Hochzeitsnacht* eingeblendet wurde.

KAPITEL ACHT

Ihr Kopf hämmerte, als Kara die Treppe hinunterstieg, um den Hund in den noch dunklen Garten hinauszulassen. Während Rhapsody draußen schnüffelte und ihr Geschäft erledigte, drückte sie auf den Knopf der Kaffeemaschine auf dem Küchentresen und rieb sich den Schlaf aus den Augen. Der Kopfschmerz wurde immer schlimmer.

Margrove hatte sie nicht zurückgerufen, allerdings war es auch noch nicht einmal sieben. Die Welt wurde gerade erst wach. Gähnend schaute sie durchs Esszimmer zum vorderen Fenster, dann schlenderte sie hinüber und blickte durch die Jalousien hinaus in die Dunkelheit. Das Licht der Straßenlaternen ließ den Schnee, der immer noch vom Himmel rieselte, bläulich erscheinen.

Obwohl sie meinte, sie hätte die ganze Nacht über kein Auge zugetan, musste sie doch irgendwann eingedämmert sein und zwei, drei Stunden geschlafen haben. Benommen kehrte sie in die Küche zurück, nahm eine Packung Ibuprofen aus dem Schrank und drückte die letzte heraus.

Die Kaffeemaschine dampfte und gurgelte und spuckte einen Espresso aus, den sie mit einem ordentlichen Schuss Baileys versetzte.

Vielleicht ließen die Kopfschmerzen dann nach. »Das beste Mittel gegen Kater«, hatte ihr Daddy stets behauptet, auch wenn sie damals keine Ahnung hatte, was er damit meinte.

Sie spülte die Tablette mit einem Schluck des heißen Gebräus herunter und stellte den Fernseher an. Die Nachrichten berichteten immer noch über Jonas' Freilassung.

Wo mochte er stecken?

Warum hatte er nicht versucht, sie zu kontaktieren – vorausgesetzt, er war nicht der ominöse Anrufer?

Doch was noch wichtiger war: Warum quälte sie sich mit den Gedanken an ihn, wenn sich ihr Kopf ohnehin schon so anfühlte, als wäre er auf die doppelte Größe angeschwollen? Sie drückte auf die Fernbedienung. Die muntere Reporterin verschwand. »Gut so«, knurrte sie, nahm einen kräftigen Schluck Baileys-Espresso und hoffte, ihre Kopfschmerzen würden verschwinden.

Nach einer Weile öffnete sie die Hintertür, und Rhapsody kam in die Küche gesprungen, wo sie schwanzwedelnd stehen blieb und darauf wartete, dass Kara Trockenfutter in ihre leere Schüssel füllte.

Nachdem die Hündin gefressen hatte, schenkte sich Kara, die bereits geduscht und angezogen war, eine weitere Tasse Kater-Gegenmittel ein und beschloss, dass sie jetzt lange genug gewartet hatte. Sie musste Jonas sehen, und die Person, die mit Sicherheit wusste, wo er sich aufhielt, war der Strafverteidiger, der auf der anderen Seite des Flusses wohnte.

Nein, sie glaubte nicht, dass ihr überlebender Bruder hinter den Nachrichten und Anrufen von gestern steckte, auch wenn er dank Tante Faiza ihre Handynummer kannte. Jemand hatte sich einen üblen Scherz mit ihr erlaubt. Jonas hätte sich direkt an sie gewendet, anstatt sich aufzuführen wie ein alberner Highschool-Schüler. Außerdem hatte er Tante Faiza angeblich von einer Telefonzelle aus angerufen, und die unbekannte Nummer auf dem Display stammte definitiv von einem Mobiltelefon.

Sie lebt.

Der Anrufer hatte sie erschrecken wollen, aber sie konnte sich beim besten Willen nicht vorstellen, wer er war und warum er ihr diese Nachricht zukommen ließ. Nicht viele Leute hatten ihre Handynummer, aber wirklich anonym lebte sie auch nicht. Das Internet bot jede Menge Möglichkeiten, jemanden ausfindig zu machen, ganz gleich, wie gut er seine Spuren verwischte. Es musste jemand aus ihrer Vergangenheit sein. Jemand, den sie verärgert hatte.

»Dann ist das halt so«, sagte sie zu sich selbst, leerte die Tasse und griff nach ihrer Jacke. »Ich bin nicht lange weg«, sagte sie zu Rhapsody, die zur Tür rannte, in der Hoffnung, Kara würde mit ihr joggen gehen. »Später«, versprach sie der treuen Mischlingshündin schuldbewusst, denn zuerst würde sie zu Margrove fahren und herausfinden, wie sie Jonas kontaktieren konnte.

Warum?

Diese Frage konnte sie selbst nicht recht beantworten. Ja, er war ihr Halbbruder, ein Familienmitglied, aber er hatte ihre Briefe nie beantwortet und sich geweigert, Besuch von ihr zu empfangen. Nachdem sie achtzehn geworden war, hatte sie zweimal das Banhoff-Gefängnis aufgesucht, um mit ihm zu reden. Die massiven Betonwände, der Stacheldraht und die Wärter mit den versteinerten Mienen hatten genügt, um ihr ein für alle Mal klarzumachen, dass sie nie im Leben eine Haftstrafe verbüßen wollte. Sie fragte sich, wie Jonas dies all die Jahre überstanden hatte, ohne den Verstand zu verlieren.

Vielleicht hatte er das längst. Immerhin hat er seine ganze Familie ausgelöscht.

»Er war's nicht!«, rief sie ihre innere Stimme zur Ordnung,

nahm Schlüssel und Handtasche und ging zur Garage, wo sie in ihren SUV stieg, den Knopf für den Toröffner drückte und wartend die Hände aufs Lenkrad legte.

Ihr iPhone summte. Sie warf einen Blick aufs Display. Kein Name. Keine Nummer. »Vergiss es«, sagte sie laut. Ihr Atem beschlug die Windschutzscheibe.

Als das Tor oben war, schaltete sie den Motor an, legte den Rückwärtsgang ein und gab Gas. Der Jeep machte einen Satz nach hinten in den Schnee, dann holperte er über die unebene Eisschicht, die sich unter dem frischen weißen Pulver gebildet hatte. Langsam wurde es hell.

»He!«, hörte sie eine erschrockene Stimme rufen.

Wump!

Aus dem Augenwinkel sah sie einen Mann von der Zufahrt auf den verschneiten Grünstreifen neben dem Haus springen.

Herrgott!

Hatte sie ihn etwa erwischt?

O nein! Bitte nicht!

Sie trat auf die Bremse.

»Nein, bitte, lieber Gott, mach, dass nichts passiert ist«, betete sie inständig und schaltete auf Parken. Anschließend stieß sie eilig die Tür auf, sprang hinaus in den Schnee und lief um die Motorhaube herum. Hoffentlich war der Mann nicht ernsthaft verletzt!

Er lag neben der Zufahrt, Jeans, warme Jacke, Stiefel, dunkles Haar, das Gesicht im Schnee vergraben. Reglos.

»He, Sie!«, schrie sie panisch und ließ sich auf die Knie fallen, um seinen Puls zu fühlen. Zum Glück sah sie nirgendwo Blut.

Stöhnend rollte er sich auf die Seite und blinzelte. Ein blaues Augenpaar sah sie fragend an.

»Sind Sie … Ist alles in Ordnung?«

»Ja.« Er hob den Kopf.

»Nein, bleiben Sie liegen. Sie dürfen sich nicht bewegen!«

Sein Kopf mit den dunklen Haaren sackte zurück in den Schnee.

O Gott, o Gott, o Gott! Kara schluckte, dann griff sie nach ihrem Handy, um die Neun-eins-eins zu rufen, doch es war nicht in ihrer Jackentasche. Ihr fiel ein, dass es in der offenen Handtasche auf dem Beifahrersitz lag. Hektisch sprang sie auf und warf einen Blick auf die Straße, doch die war menschenleer. Nur eine getigerte Katze streifte gemächlich durch den Schnee, bevor sie unter einer geparkten Limousine verschwand. Um diese Uhrzeit brannte nur hinter wenigen Fenstern Licht, auch die Weihnachtsbeleuchtung war noch abgeschaltet.

Der Mann richtete sich auf und wischte sich mit den behandschuhten Fingern den Schnee aus dem Gesicht.

»Bitte bewegen Sie sich nicht, bleiben Sie einfach liegen!« Ihre Stimme klang beinahe flehentlich. »Ich rufe einen Krankenwagen!«

»Nein.« Er stöhnte und zuckte zusammen. »Es geht schon, geben Sie mir nur eine Minute.«

»Wie bitte? Nein!«

»Eine Sekunde. Es ist wirklich alles in Ordnung.«

Tatsächlich? Nicht dass sie sich auch noch wegen unterlassener Hilfeleistung strafbar machte!

Doch ehe sie zur Beifahrertür laufen konnte, hatte sich der Mann auf die Knie gerollt und stand auf.

Er konnte stehen, Gott sei Dank. Zum Glück schwankte er nicht.

Ein Segen, dass er nicht unter die Reifen geraten war. Obwohl … vielleicht hatte er innere Verletzungen?

Und dann erkannte sie ihn.

Verdammt.

Das fast schwarze Haar fiel ihm tief in die Stirn und bedeckte zum Teil die breiten Augenbrauen über den leuchtend blauen Augen. Ein attraktiver Mann mit leicht gebogener Nase, Dreitagebart und einem markanten Kinn …

Kara rutschte das Herz in die Hose.

Dann wurde sie wütend.

Dieser verdammte Wesley Tate! Der aufdringliche Reporter! Sohn von Edmund Tate, dem Polizisten, der sie aus dem Cold Lake gefischt und anschließend einen Herzinfarkt erlitten hatte. Nicht der Angreifer mit der Skimaske, sondern ihr Retter, aber das hatte sie damals in der Dunkelheit nicht sehen können, noch dazu in Todesangst. »Was machen Sie hier?«, fragte sie mit zornbebender Stimme.

»Sie haben weder auf meine Anrufe noch auf meine Nachrichten reagiert.«

»Und deshalb betreten Sie unbefugt mein Grundstück und schnüffeln hier herum? Um Himmels willen, ich hätte Sie umbringen können!«

»Stimmt, Sie hätten mich um ein Haar erwischt.«

»Toll! Und das nur, weil Sie mich zwingen wollen, Ihnen ein Interview zu geben? Verflucht noch mal, Tate, das kann doch nicht Ihr Ernst sein!«

»Ich dachte, wenn ich persönlich vorbeischaue, könnte ich Sie vielleicht dazu überreden.« Er lächelte. Weiße Zähne blitzten in einem Dreitagebart auf.

Großartig, nun machte er auch noch einen auf charmant! Dachte er etwa, er könnte mit ihr flirten?

»Keine Chance«, erklärte sie mit Nachdruck. »Jeder meint, er könnte etwas mit meiner Geschichte, meinem Trauma, meiner Familientragödie verdienen, aber darauf habe ich keine Lust mehr! Es sind unendlich viele Artikel zu diesem Thema erschienen, so viele, dass ich aufgehört habe, sie zu zählen, außerdem mehrere Bücher – es gab sogar eine

True-Crime-Serie, die sich mit dem Massaker befasst hat!«
Sie sah ihn mit wutblitzenden Augen an. »Ich weiß, dass das
Interesse an der Story wegen der Entlassung meines Bruders
neu aufflackert, und das ausgerechnet zur Weihnachtszeit.
Anscheinend macht es der Öffentlichkeit Spaß, sich mit einer großen Schüssel Popcorn vor dem Weihnachtsbaum zu
versammeln und sich die Zeit mit Neuigkeiten über die gruseligen Ereignisse von damals zu vertreiben!«

»Nun machen Sie mal halblang, das ist bestimmt nicht
das, was ich im Sinn habe!«

»Nicht?« Sie legte ungläubig den Kopf schief. Der eisige
Wind zerrte an ihren Haaren. »Was haben Sie dann im Sinn,
Wesley Tate?«, fragte sie und tippte sich mit dem Zeigefinger
gegen die Stirn, als wäre ihr gerade eben ein Gedanke gekommen. »Oh, richtig, Sie wollen die Story aus einem anderen Blickwinkel präsentieren. Eine Art persönliche Bestands-
aufnahme, da Ihr Vater vor Ort war und gestorben ist bei
dem Versuch, das kleine Mädchen aus dem See zu retten,
nachdem er es fast zu Tode erschreckt hatte!«

»Wow«, knurrte er leise.

»Ja, wow.« Sie holte tief Luft, dann atmete sie langsam aus
und versuchte, ihre Emotionen unter Kontrolle zu bringen.
Ihr Blick schweifte zur Straße, wo sie einen alten Mann in
gestreiftem Pyjama, Bademantel und Pantoffeln entdeckte,
der den Müll herausbrachte und durch seine dicke Hornbrille zu ihnen herüberstarrte. Das Letzte, was sie jetzt gebrauchen konnte, war ein neugieriger Nachbar, der seine Nase in
ihre Angelegenheiten steckte. Sie wandte sich wieder Tate zu,
der sie noch immer ansah. »Sie sind unverletzt, also können
Sie jetzt gehen. Von mir erfahren Sie nichts.«

»Sie haben mich angefahren.«

»Sie standen in meiner Einfahrt. Außerdem habe ich Sie
gar nicht erwischt.«

»Doch.«

»Wieso haben Sie sich nicht bemerkbar gemacht?«

»Ich habe gerufen«, sagte er.

Ja. Das stimmte. Und einen dumpfen Aufprall hatte sie auch gehört. Ihre Augen wanderten zur hinteren Stoßstange. Keine Delle zu sehen. »Wo soll ich Sie denn erwischt haben?«, wollte sie wissen.

»An der Hüfte. Vielleicht hätten Sie mal in den Rückspiegel blicken sollen. Ich nehme an, Sie waren mit Ihrem Handy beschäftigt?«

Kara schwieg. Ja, sie hatte sich von ihrem Handy ablenken lassen. Sie sah, wie der alte Mann aus der Nachbarschaft in seine Bademanteltasche griff. Zog er etwa sein Handy hervor, um ein Foto zu machen?

»Was genau wollen Sie von mir?«, fragte sie hastig. »Ein Exklusivinterview, um ebenfalls irgendwie Kapital aus der Sache zu schlagen?«

»Ich dachte, Sie würden vielleicht mit mir reden. Mein Vater hat Ihnen damals …«

Ja, er hat dir das Leben gerettet. Du warst nicht die Einzige, die in jener Nacht einen Verlust erlitten hat. Und noch einmal, damit du deine Schuldgefühle auch ja nie vergisst: Edmund Tate ist in jener Nacht gestorben, weil er dich gerettet hat. Trotzdem …

»Sollte sich herausstellen, dass Sie innere Verletzungen haben, wenden Sie sich bitte an meinen Anwalt. Ich muss jetzt los«, teilte sie ihm kühl mit, stieg in ihren Jeep und ließ ihn stehen. Vorsichtig rollte sie die Straße entlang bis zur Ecke und sah im Rückspiegel, wie der Nachbar in sein Haus zurückkehrte. Tate stand auf der Straße, die Beine gespreizt, die Arme vor der Brust verschränkt, die Augen auf den davonfahrenden SUV geheftet.

Sie würde ihm kein Interview geben.

Würde nicht mit ihm reden.

Weder mit Wesley Tate noch mit all den anderen Reportern, die sie mit Anrufen belästigten. Auch wenn ihr Bruder jetzt wieder auf freiem Fuß war, hatte sie mit den Ereignissen von damals abgeschlossen. Das Massaker vom Cold Lake war Geschichte. Aus und vorbei. Für immer.

KAPITEL NEUN

S ie würde ihn doch nicht wirklich hier stehen lassen! Tate sah, wie ihre Bremslichter an der Straßenecke aufleuchteten. Jetzt oder nie! Er bückte sich, rieb sein Knie, dann sah er auf und eilte humpelnd am Straßenrand entlang. Hoffentlich blickte sie in den Rückspiegel. Er machte einen Schritt auf den weiß überzuckerten Asphalt. Jetzt würde sie ihn auf alle Fälle im Seitenspiegel sehen können. Doch ihr Jeep verschwand um die Ecke.

Verdammt.

Er wollte gerade zu seinem eigenen Wagen zurückkehren, als er Motorengeräusche hörte. Ihr SUV. Sie war einmal um den Block gefahren.

Ein Lächeln auf den Lippen, humpelte er weiter, dann drehte er sich zu ihr um, das Gesicht zu einer schmerzerfüllten Grimasse verzogen.

Er hörte, wie der Wagen näher kam und bremste. Sie ließ das Seitenfenster hinab.

»Dann sind Sie also doch verletzt?«, fragte sie.

»Mir geht es gut«, beharrte er. Wenigstens das war nicht gelogen. Er humpelte weiter.

Sie musterte ihn mit zusammengezogenen Augenbrauen.

»Sind Sie sicher? Es wäre mir lieber, Sie würden einen Arzt aufsuchen.«

»Es geht schon.«

»Was machen Sie eigentlich noch hier? Wo steht Ihr Wagen?«

»Ein paar Blocks entfernt. Ich wollte mit Ihnen reden, ohne die Aufmerksamkeit neugieriger Nachbarn oder anderer Reporter auf mich zu lenken.«

»Steigen Sie ein, ich fahre Sie hin.«

»Die Bewegung wird mir guttun.«

»Steigen Sie ein, Tate!«, befahl sie ihm mit strenger Stimme, und er wusste, dass das seine Chance war. Er hinkte zur Beifahrertür, öffnete sie und stieg ein.

Als er sich anschnallte, fragte sie: »Woher weiß ich eigentlich, dass Sie wirklich verletzt sind? Vielleicht sind Sie auch einfach nur ein verdammt guter Schauspieler!« Bevor er protestieren konnte, fuhr sie fort: »Aber egal. Also, wo haben Sie geparkt?«

Er deutete mit dem Daumen nach Osten. »Bei der alten Kirche an der Winchester Road.«

»Okay.« Sie gab Gas und bog an der nächsten Kreuzung rechts ab. »Und?«, erkundigte sie sich mit provokanter Stimme. »Wollen Sie mir gar keine Fragen stellen?«

Er seufzte. »Wie gesagt: Ich möchte einfach nur mit Ihnen reden. Jene schicksalhafte Nacht vor zwanzig Jahren hat unser Leben für immer verändert. Es geht mir nicht um eine reißerische Story, ich möchte herausfinden, was wirklich passiert ist, und das kann nur gelingen, wenn wir zwei zusammenarbeiten. Wir waren damals Kinder, Sie acht, ich elf, und wir sind beide nicht davon überzeugt, dass der Gerechtigkeit Genüge getan wurde. Sie halten Jonas keineswegs für einen Mörder, glauben nach wie vor, dass ein Außenstehender die grausamen Taten begangen hat. Wenn dem so ist, hat er indirekt auch meinen alten Herrn auf dem Gewissen.«

»Und dann wäre da auch noch das Geld ...«, sagte sie mit

schmalen Lippen. Vor ihnen tauchte der Kirchturm hinter den kahlen Bäumen auf, deren Äste wie flehentlich erhobene Arme in den Himmel ragten.

»Ja.« Es gab keinen Grund zu lügen. »Und dann wäre da auch noch das Geld.« Er rieb sich den Nacken. »Wir könnten einen Deal machen …«

»Kein Interesse.« Sie bremste ab und bog auf den vereisten Parkplatz vor dem weißen Schindelgebäude mit dem großen Vorplatz, den breiten, wegen der Kälte geschlossenen Türflügeln und den Buntglasfenstern ein.

Kara hielt neben dem RAV4 an, auf dem sich eine dünne Schneeschicht gesammelt hatte. »Da wären wir.« Sie deutete auf die Beifahrertür.

»Ich meine es ernst: Wenn wir zusammenarbeiten, können wir der Sache auf den Grund gehen, die Wahrheit herausfinden!«

»Nein. Bitte steigen Sie jetzt aus.«

»Kara, ich will doch bloß …«

»Raus!«

Er stieg aus, ohne sich die Mühe zu machen, Schmerzen vorzutäuschen, kletterte in seinen Toyota und knallte die Tür zu, dann ließ er den Motor an und fuhr vom Parkplatz. Ein Blick in den Rückspiegel zeigte ihm, dass sie sich noch nicht vom Fleck gerührt hatte.

Gut.

Sollte sie ruhig über seinen Vorschlag nachdenken.

Vielleicht wünschte sie sich tief im Innern ja doch, die Wahrheit zu erfahren.

Hoffentlich.

Der Kaffee war nicht stark genug.

Bei Weitem nicht.

Detective Thomas schluckte den kläglichen Rest in seiner

Tasse hinunter und erkannte, dass er heute Morgen etwas Stärkeres brauchte als Koffein.

Irgendetwas, was ihn auf Trab brachte. Er stellte die leere Tasse auf der Küchenanrichte ab und ging ins Bad, wo er den Arzneischrank öffnete und eine halb volle Packung Modafinil herausnahm. Ja, das würde ihn wach machen. Er drückte eine der stimulierenden Tabletten in seine Handfläche. Als er die Tür des kleinen Schranks wieder schloss, schaute er in den Spiegel. Ein müdes Gesicht mit roten Augen, tiefen Krähenfüßen und stumpfen, zerzausten Haaren blickte ihm entgegen, ein Bartschatten auf dem noch straffen Kinn. Er sah aus, als hätte er die ganze Nacht durchgemacht.

Was im Grunde zutraf.

Mehr oder weniger.

Um zwei Uhr morgens war er ins Bett gegangen und hatte eine Stunde geschlafen.

Dann hatte er bis sechs Uhr fünfundvierzig wach gelegen.

Und jetzt nahm er einen Muntermacher. Um sieben Uhr morgens.

Großartig.

Normalerweise stand er früher auf und machte sein Workout, doch heute war er einfach zu müde dazu.

Das Modafinil hatte man ihm vor drei Jahren verschrieben, weil er nach den ständigen schlaflosen Nächten trotz entsprechender Mittel einfach nicht wach wurde. Er dachte an die Ärztin, eine Frau indigener Abstammung in weißem Kittel und mit einem freundlichen Lächeln. »Das hier wird Ihnen helfen, den Tag zu überstehen«, hatte sie gesagt und ihm das Rezept zugeschoben. »Wenn sich die Dinge beruhigt haben und Sie wieder richtig schlafen können, brauchen Sie die Muntermacher nicht mehr. Sie können die Modafinil-Tabletten einfach absetzen.«

Das Problem war, dass sich die Dinge bis heute nicht beruhigt hatten und es vermutlich auch niemals tun würden.

Er schluckte die Tablette, dann ging er unter die Dusche und ließ das erfrischend kalte Wasser über seinen Körper laufen. Es war so kalt, dass er nach Luft schnappen musste. Ein Schock, aber es half. Eisige Nadeln stachen in seine Haut. Langsam erhöhte er die Temperatur, und binnen fünf Minuten war er hellwach und konnte mit seiner Morgenroutine fortfahren. Er zog sich an, nahm seine Dienstwaffe aus dem Safe und eilte durch die Tür zur Garage, wo sein Blick auf die Hanteln auf der Drückbank neben dem Fitnessrad fiel. Sofort machten sich Schuldgefühle in ihm breit. *Heute Abend wirst du trainieren,* versprach er sich selbst, dann stieg er in seinen Wagen, setzte aus der Garage und steuerte den SUV durch den noch spärlichen Verkehr.

An einem Drive-through kaufte er sich einen dreifachen Espresso und ein Wurstbrötchen. Die junge Barista mit unordentlich geschlungenem Haarknoten, einem breiten Lächeln und einem Rosen-Tattoo, das sich über ihren Arm rankte, reichte ihm die Papiertüte mit seinem Frühstück und wünschte ihm einen angenehmen Tag.

»Ebenfalls«, sagte er automatisch und fragte sich, wie um alles auf der Welt man zu dieser frühen Stunde schon so munter sein konnte.

Fünfzehn Minuten später saß er an seinem Schreibtisch. Im Präsidium war es um diese Zeit noch ruhig, aber mit der Ruhe würde es bald vorbei sein. In wenigen Minuten wäre Schichtwechsel, die Officer von der Tagschicht würden eintreffen und sich von den wenigen Kollegen der Nachtschicht briefen lassen.

Sein Handy vibrierte.

Er warf einen Blick darauf und erkannte Sheilas Nummer.

Verdammt.

»He«, meldete er sich.

»Ich dachte schon, du würdest nicht mit mir reden wollen«, sagte sie anstelle einer Begrüßung.

»Hm.« Er sah sie vor sich mit ihren braunen Augen, der hellen, sommersprossigen Haut und dem vollen roten Haar, das sich einfach nicht bändigen ließ. Sie war vierzig, doch sie sah gut zehn Jahre jünger aus und hielt sich mit einem strengen Fitnessprogramm in Topform.

»Hör mal, ich dachte, du könntest mir etwas über das McIntyre-Massaker erzählen, jetzt, da Jonas McIntyre auf freiem Fuß ist.«

»Hm.«

»Willst du nicht endlich den richtigen Mörder finden?«

»Du gehst davon aus, dass Jonas McIntyre unschuldig ist?«

»Er wurde freigesprochen.«

»Nicht wirklich.«

»Okay, er wurde auf freien Fuß gesetzt, weil die Cops Mist gebaut haben«, korrigierte sie sich.

Thomas schluckte einen bissigen Kommentar hinunter. Sheila hatte recht. Es hatte einen Fehler bei der Beweisführung oder vielmehr im Umgang mit Beweismitteln gegeben, der die langsam mahlenden Räder der Justiz erneut in Gang gesetzt hatte. Doch damit war Jonas McIntyre noch lange nicht vom Haken, zumindest nicht in Thomas' Augen. Sicher, man konnte niemanden wegen ein und desselben Verbrechens zweimal vor Gericht bringen, aber wäre ein Mann wie McIntyre, ein kaltblütiger Killer, der mehr als die Hälfte seines Lebens mit anderen Schwerverbrechern verbracht hatte, wirklich geläutert? Die Chancen dafür gingen gleich null.

»Weißt du schon, ob das Department den Fall wieder aufrollt?«, erkundigte sie sich.

»Hör mal, Sheila, ich habe keine Ahnung, was das hier

soll. Ich weiß nichts, und selbst wenn ich etwas wüsste, würde ich es dir nicht sagen.«

»Schon gut, schon gut, das ist mir klar. Du würdest schweigen wie ein Grab. Du darfst weder über laufende noch über abgeschlossene Ermittlungen sprechen. Protokoll oder so ein Scheiß.«

»Ja, so ein Scheiß.«

»Ich wollte dir bloß die Chance geben, mir mitzuteilen, was das Department zu unternehmen gedenkt. Selbstverständlich stehe ich bereits in Kontakt mit anderen Leuten, die an dem Fall beteiligt sind.«

»Welche Leute?«

»Andere Quellen. Zeugen.«

Sie versuchte, ihn zu ködern, und obwohl er es besser wusste, biss er an. »Namen?«

Sie lachte. »Du kannst sie ›Personen von besonderem Interesse‹ nennen.«

»Sheila …«

»Sieh dir die Elf-Uhr-Nachrichten an«, erwiderte sie, immer noch lachend. Wollte sie ihn auf den Arm nehmen, oder steckte eine verdeckte Drohung dahinter? Bei Sheila wusste er nie, woran er war.

»Du schuldest mir etwas, Cole.« Nun lachte sie nicht mehr.

So, da hatte er es. Er hatte gewusst, dass sie den Gefallen irgendwann einfordern würde. Mit zusammengebissenen Zähnen sagte er: »Ich dachte, ich hätte bereits bezahlt.«

Neuerliches Gelächter. Trocken. Traurig. Es hatte eine Zeit gegeben, in der sie immer wieder spontan losgeprustet hatte, in der sie geflirtet und gekichert hatte und höllisch sexy gewesen war. Eine Zeit, in der sie ihn beim Stripschach herausgefordert hatte, was damit endete, dass er nackt in ihrem Esszimmer saß, während auch sie nichts anderes mehr trug als ein Sammelarmband und lange Ohrringe. Eine Zeit, in der sie über Gott und die Welt und die subtilen Unterschiede bei den Mikrobrauereien in Oregon diskutiert hatten. Und jetzt das: ihr freudloses Lachen und ihr Killerinstinkt. Er wusste, dass sie bis zum Äußersten gehen würde, um Zugriff auf diese Story zu bekommen. Deshalb forderte sie den Gefallen ein.

»Wo ist Jonas jetzt?«

»Keine Ahnung.«

»Irgendwer muss es doch wissen! Er wurde vor … ungefähr achtzehn Stunden entlassen. Erzähl mir nicht, dass die Cops ihn nicht überwachen!«

Jonas McIntyre stand hundertprozentig unter Beobachtung, doch Genaueres wusste er nicht. »Wenn ja, wurde ich nicht informiert.«

»Noch nicht.«

Eine E-Mail ging ein. Vom Lieutenant. Seinem Vorgesetzten.

»Verdammt noch mal, Cole, wenn du nicht Bescheid weißt, wer dann?«

Gute Frage. Er las die Mail. Lieutenant Gleason setzte in fünfzehn Minuten ein Meeting an.

»Ich wüsste es zu schätzen, wenn du mich auf dem Laufenden hältst«, sagte Sheila.

»Das kann ich nicht.«

»Klar kannst du das«, widersprach sie. »Es wäre ja nicht das erste Mal, dass du gegen die Regeln verstößt.«

»Ich habe keinerlei Informationen«, wiederholte er mit fester Stimme. »Du könntest dich allerdings …«

»He«, unterbrach sie ihn unwirsch. »Denk nicht mal dran, mich an den Officer für Öffentlichkeitsarbeit zu verweisen. Damit kommst du diesmal nicht durch. Ich brauche mehr als eine vorgefertigte Rede vom Department. *Du* bist ein erfahrener Detective. *Du* arbeitest bei der Mordkommission. *Du* bist der Erste, der an Informationen gelangt, und versuch jetzt ja nicht, mir weiszumachen, das sei bei alten, kalten Fällen wie diesem anders. Ich weiß, dass das nicht stimmt. Wie ich schon sagte: Sieh dir die Elf-Uhr-Nachrichten an. Du wirst sie sicher interessant finden.«

Damit legte sie auf. Im selben Augenblick erschien Aramis Johnson in der offenen Tür zu seinem Büro.

Sie schälte sich aus ihrer dicken Skijacke und sagte: »Ich bin gerade an Lornas Schreibtisch vorbeigekommen. Der Lieutenant möchte, dass wir uns in zehn Minuten versammeln.«

Lorna Driscoll war die Sekretärin des Lieutenants.

»Ich weiß schon Bescheid. Er hat eine E-Mail geschickt.« Cole deutete mit dem Kinn auf den Monitor, dann warf er einen Blick auf die Uhr.

Sie zögerte und musterte ihn kurz. »Alles okay?«

»Ja, wieso?«

Schulterzuckend erwiderte sie: »Keine Ahnung. Du siehst aus, als hätte man dich durch den Fleischwolf gedreht. Macht dir die Sache so zu schaffen, dass du die ganze Nacht über kein Auge zugetan hast?«

»Wie meinst du das?«

»Das muss ich dir bestimmt nicht näher erläutern.« Johnson zog die Augenbrauen zusammen. »Ich sage bloß: Jonas McIntyre.« Sie legte sich die Jacke über den Arm.

Er warf ihr einen finsteren Blick zu, aber sie hatte sich bereits abgewandt und strebte zu ihrem Arbeitsplatz.

Cole rieb sich nachdenklich mit Daumen und Zeigefinger den Nasenrücken. Aramis Johnson war mehr als ein Hingucker, sehr viel mehr. Sie war geheimnisvoll. Er war davon ausgegangen, dass sie es schätzte, ihre Privatsphäre zu wahren, aber vielleicht steckte noch etwas anderes dahinter. Vielleicht verbarg sie etwas.

Kopfschüttelnd verwarf er diesen Gedanken. Aramis war

eine pflichtbewusste Polizistin, deren Background man sorgfältig überprüft hatte, bevor man sie zur Truppe holte. Dem
Department treu ergeben. Die Wahrheit war, dass er mit den
Jahren immer misstrauischer wurde, immer skeptischer, und
das war gefährlich. Mittlerweile zweifelte er an jedem, der
ihm über den Weg lief.

Sogar an seiner eigenen Partnerin.

Lächerlich, sagte er zu sich selbst und rollte mit dem Stuhl
zurück. Langsam, aber sicher siehst du überall Gespenster.

Doch ganz gleich, wie sehr er sich bemühte, seine Zweifel
zu begraben, sie fanden immer wieder einen Weg an die
Oberfläche, wie Unkraut, das in fruchtbarem Boden keimt.

Nun, er würde damit klarkommen müssen.

KAPITEL ZEHN

Einige Minuten später traf Thomas seine Partnerin vor der Tür des verglasten Büros des Lieutenants wieder. Lorna, eine pingelige Frau um die sechzig mit randloser Brille und mürrischem Gesichtsausdruck, winkte sie hinein.

Der Lieutenant bedeutete ihnen, auf den beiden freien Stühlen vor seinem akribisch aufgeräumten Schreibtisch Platz zu nehmen, und kam sofort zur Sache. Was typisch für ihn war. Archer Gleason, der mittlerweile seit fast dreißig Jahren für das Department arbeitete, war kein Mann der großen Worte, er war ein Mann der Tat mit effizienter Arbeitsmoral, der sich nicht so schnell hinters Licht führen ließ. Vor Kurzem war er, ein glühender Fan der Portland Trail Blazers, Großvater geworden. Er hatte eine Glatze und war wie immer sauber rasiert, und ebenfalls wie immer trug er eine locker sitzende Hose und auf Hochglanz polierte Stiefel. In seinem nüchtern eingerichteten Büro gab es ein paar Basketball-Fanartikel, außerdem zwei gerahmte Fotos. Eines zeigte ihn und seine Frau vor Palmen an einem Strand, das andere zwei Kleinkinder in gestreiften Schlafanzügen und Santa-Claus-Mützen. Obwohl er seit seiner Zeit als Angriffsspieler im College-Basketballteam fast zwanzig Kilo abgenommen hatte, wirkte er mit seiner Körpergröße von gut zwei Metern einschüchternd, was er nicht selten zu seinem Vorteil nutzte.

Jetzt setzte er seine Lesebrille auf und schaute von Thomas zu Johnson. »Sie sind im McIntyre-Fall auf dem Laufenden, ist das korrekt?«

»Ja, Sir«, antwortete Johnson, und Thomas nickte.

»Das dachte ich mir. Die ganze Welt redet von nichts anderem. Mein Telefon steht nicht mehr still, und Lorna ist dabei, eine Pressekonferenz vorzubereiten.« Er schüttelte seufzend den Kopf. »Wir werden nach Schema F vorgehen.« Er musterte sie über den Rand seiner Lesebrille. »Reine Zeitverschwendung, wenn Sie mich fragen. Ich war damals an den Ermittlungen beteiligt.«

»Ich habe Ihren Namen in der Akte entdeckt«, sagte Thomas.

»Ich ebenfalls«, ließ Johnson sich vernehmen.

»Das war das Übelste, was ich jemals gesehen habe, und mir ist in meinen achtundzwanzig Dienstjahren viel untergekommen. Autounfälle, Naturkatastrophen, Jagdunfälle, aber ein Massaker wie dieses … eine ganze Familie …« Er presste die Lippen zusammen. »Wie dem auch sei – meiner Meinung nach ist der Fall gelöst, der Täter wurde ermittelt, verhaftet und überführt. Fall abgeschlossen.« Er schob den Unterkiefer vor und knabberte an seiner Oberlippe, bevor er mit schmalen Augen fortfuhr: »Zumindest dachte ich das. Doch jetzt soll er wieder aufgerollt werden, Befehl von oben. Die Öffentlichkeit läuft Sturm, weil es damals diesen Fehler bei der Beweisaufnahme gab. Ein Publicity-Albtraum.«

Er sah seine beiden Detectives Einverständnis heischend an. Thomas und Johnson nickten.

»Gut. Wir machen den Fall wieder auf. Sie …«, er deutete auf Thomas, »leiten die Ermittlungen. Es geht mir gewaltig auf die Eier, dass das sein muss, aber so ist es nun mal. Die Presse und die Öffentlichkeit wollen, dass wir ihnen einen anderen Mörder präsentieren, auch wenn ich nicht glaube, dass das möglich sein wird. Wir hatten unseren Mann, und das wissen wir.« Er nickte ebenfalls, als wollte er sich selbst beipflichten. »Trotzdem sollten Sie alles noch einmal durchgehen: Nehmen Sie sich die Beweismittel, die Zeugenaussagen, die Obduktionsberichte, Fotos, einfach alles, was Sie finden, vor, und kämmen Sie das Ganze noch einmal durch, und zwar mit einem ganz feinen Kamm. Befragen Sie sämtliche noch lebenden Zeugen, rufen Sie alle an, die irgendwie mit dem Fall zu tun hatten.«

»Glauben Sie wirklich, dass das etwas bringt?«, fragte Johnson skeptisch.

»Sie meinen, etwas Neues?« Gleason runzelte die Stirn. »Nein, nichts Signifikantes. Ja, uns ist ein Fehler bei der Sicherstellung der Tatwaffe unterlaufen, aber das heißt noch lange nicht, dass wir den falschen Mann geschnappt haben.« Er schnaubte abschätzig. »Allerdings muss ich einräumen, dass der Fall nie wirklich abgeschlossen wurde. Dieses Mädchen, die Schwester, wird nach wie vor vermisst. Wie hieß sie noch gleich? Mary …« Er warf einen Blick auf den Bildschirm. »Marlie. Seit jener schicksalhaften Nacht ist sie wie vom Erdboden verschluckt. Es würde mich schon interessieren, was mit ihr passiert ist.«

Thomas nickte. Er fragte sich das Gleiche.

»Finden wir sie – oder ihre sterblichen Überreste.« Gleason fasste die beiden Detectives erneut ins Auge. »Dass wir Erfolg haben, ist unwahrscheinlich, die ganze Aktion wird sich wohl eher als fruchtloses Unterfangen entpuppen. Dennoch: Setzen wir auf die Kriminaltechnik, die in den letzten zwanzig Jahren entscheidende Fortschritte gemacht hat. Wer weiß? Vielleicht stoßen wir ja doch auf etwas.«

Er meinte Knochen. Ein Skelett. Teile davon. Das wussten sie alle.

»Möglich«, erwiderte Thomas, obwohl er seine Zweifel hatte.

»Fallen Ihnen irgendwelche Personen von besonderem polizeilichem Interesse ein, die sich noch hier in der Gegend aufhalten?«, hakte der Lieutenant nach.

»Möglich«, sagte Thomas wieder.

»Überprüfen Sie sie.« Gleason presste die Lippen zusammen, dann fuhr er fort: »Die Presse wird uns ans Kreuz nageln. Man wird uns einen Tunnelblick unterstellen und behaupten, wir hätten uns von vornherein auf Jonas McIntyre eingeschossen.«

»Das haben wir nicht«, hielt Thomas dagegen. »Außerdem sagt niemand, dass er es nicht war. Meiner Meinung nach ist er unser Täter.«

»Wie schön, dass Sie da so offen sind.« Gleasons Stimme klang sarkastisch. Sein Handy summte. Er warf einen Blick auf den Bildschirm, ohne die eingegangene Textnachricht zu öffnen.

Thomas ließ sich nichts anmerken. »Fakten sind nun mal Fakten.«

»Ich weiß.« Gleason nickte. »Trotzdem sollten wir uns absichern. Wir hatten nicht viel mehr gegen Jonas McIntyre in der Hand als Indizien und seine Fingerabdrücke auf dem Schwertheft – die Beweislage war also ziemlich dünn. Außerdem war der Junge ebenfalls verletzt. Was, wenn er tatsächlich ein Opfer war und nicht der Täter?«

Auch darüber hatte Thomas nachgedacht.

»Sie sollten herausfinden, wer finanziell vom Tod der Familie profitierte. Samuel McIntyre war ein erfolgreicher Geschäftsmann, dafür bekannt, risikobehaftete Investitionen zu tätigen. Er hatte einen Geschäftspartner. Wie hieß er noch gleich?«

»Silas Dean«, antwortete Thomas. »Er war am fraglichen

Tag im Ferienhaus der McIntyres. Gerüchten zufolge hatte er Streit mit Sam sr., aber das wissen wir nur von Jonas, der vermutlich verzweifelt versuchte, irgendwem die Schuld in die Schuhe zu schieben.«

»Eine Auseinandersetzung an Heiligabend. Hm. Was ist mit dem kleinen Mädchen?« Gleason sah zwischen den beiden Detectives hin und her.

»Soweit ich weiß, hat sie das bestätigt. Aber sie war erst sieben.«

»In der Zeugenaussage steht: ›Daddy hat Mr Dean angeschrien‹«, meldete sich Johnson zu Wort. »Merritt Margrove hat vor Gericht ein Riesenaufhebens darum gemacht, doch die Staatsanwaltschaft hat ihn abgebügelt, weil Dean das Haus schon Stunden vor der Attacke verlassen hatte und ein wasserdichtes Alibi vorweisen konnte. Außerdem wurde er weder im Testament erwähnt, noch gab es eine Lebensversicherung, von der er hätte profitieren können.«

»Und was ist mit McIntyres Geschäftsanteil?«

»Dean hat ihn aufgekauft, das Ganze wurde über den Firmenanwalt abgewickelt.«

»Merritt Margrove«, vermutete Gleason und schaute aus dem Fenster. »Überprüfen Sie das.« Er beugte sich vor. Sein Stuhl knarzte laut. »Ich nehme an, geerbt hätten alle Kinder?«

»Richtig«, bestätigte Johnson.

»Seine und ihre? Zusammen hatten sie sechs, nein, fünf Kinder, richtig? Und alle wurden zu gleichen Anteilen im Testament bedacht?«

Thomas nickte.

»Nach dem Tod der Eltern und Geschwister blieben nur noch Jonas und Kara McIntyre übrig. Die beiden teilen sich das Erbe.«

»Nicht ganz«, stellte Johnson richtig. »Wenn man rechtmäßig wegen eines Verbrechens verurteilt wird, wird man vorübergehend aus dem Testament ausgeschlossen. Das bedeutet, dass Jonas während der Zeit, die er im Gefängnis saß, sein Erbe nicht antreten konnte. Samuel McIntyre war dies sehr wichtig, denn er hat im Testament explizit noch einmal darauf hingewiesen. Auch beim Konsum von Drogen sollten die Kinder das Erbe nicht antreten dürfen, aber dies war bei Jonas wohl nicht der Fall. Kara war zu jung, um erben zu können. Sie wird erst in zwei Wochen achtundzwanzig, dann kann sie ihr Erbe antreten. Dieses Datum ist im Testament festgelegt.« Sie hielt inne und strich sich nachdenklich über die glänzenden schwarzen Haare. »Genau dann, wenn sie erben soll, wird der einzige Miterbe aus dem Gefängnis entlassen. Kann das wirklich ein Zufall sein?«

»Zufälle gefallen mir gar nicht«, ließ sich Gleason vernehmen und trommelte mit einem Finger auf den Schreibtisch. »Wer ist der Nächste in der Erbfolge, wenn eine ganze Familie stirbt, einschließlich der Kinder?«

»Samuel sr. hatte keine Geschwister, und seine Eltern waren tot. Seine Frau dagegen hatte – hat – eine Schwester, Faiza Donner.«

»Kara McIntyres Vormund?«, fragte Gleason. Sein Handy klingelte. Wieder warf er einen Blick aufs Display, dann schnaubte er gereizt. »Hat man denn nie seine Ruhe?«

»Faiza hat ein Alibi«, brachte Thomas das Gespräch zurück auf das McIntyre-Massaker. »Sie war mit ihrem Freund zum Weihnachtsessen eingeladen, aber sie haben abgesagt. Angeblich, weil Roger Sweeney, der Freund, nicht wirklich willkommen war, obwohl Faiza Roger schon seit Jahren kannte. Die beiden haben übrigens nie geheiratet. Sie haben sich damals gegenseitig ein Alibi gegeben.«

»Hm.«

»Außerdem hielten alle Jonas McIntyre für den Killer«, ergänzte Johnson.

»Für mich ist er das auch«, beharrte Thomas. »Daran hat sich nichts geändert.«

Johnson reckte das Kinn vor. »Für dich hat sich vielleicht nichts geändert, der Fall allerdings schon. Die Beweisführung stützte sich voll und ganz auf die Fingerabdrücke auf dem Schwert – und jetzt ist sie null und nichtig.«

Sie hatte recht, auch wenn ihn das höllisch nervte.

»Ich habe endlich Randall Isleys Frau am Telefon erwischt«, fuhr seine Partnerin fort. »Ich wollte von ihm erfahren, warum er ausgerechnet jetzt auf das Problem mit dem Schwert zu sprechen kommt, aber ich konnte nicht zu ihm vordringen. Isley liegt auf der Intensivstation in einer Klinik in Omaha. Kongestive Herzinsuffizienz. Seine Frau weiß nicht, ob er durchkommt.«

»Wie bitte?« Thomas zog scharf die Luft ein. Warum hatte sie ihm nichts davon gesagt?

»Herrgott.« Auch Lieutenant Gleason schnappte nach Luft. »Das ist eine schlimme Sache. Ich habe mit Randy zusammengearbeitet. Ein anständiger Kerl und ein guter Polizist. Unsere Kinder sind zusammen zur Schule gegangen.« Er rieb sich mit finsterem Gesicht den Nacken.

»Ich habe bereits eine neuerliche DNA-Untersuchung angefordert«, fuhr Johnson fort. »Die Techniker sollen Haare und Blutproben vom Tatort noch einmal gründlich unter die Lupe nehmen, genau wie Zigarettenkippen, Gläser – einfach alles. Da hat sich in den letzten zwanzig Jahren wirklich viel getan, mittlerweile gibt es ganz andere Möglichkeiten. Vielleicht stoßen wir so auf einen neuen Ansatz.«

Gleason nickte. »Gute Arbeit, Johnson.«

»Ich habe die Sache dringlich gemacht, damit wir dem Druck der Öffentlichkeit etwas entgegenzusetzen haben.«

Gleason nickte. »Überprüfen Sie jedes noch so kleine Detail. Gründlich.«

»Das machen wir«, versicherte Thomas, der seinen Unmut kaum verbergen konnte.

»Und finden Sie diese Schwester, Marlie. Reden Sie mit Jonas McIntyres Ex-Freundin, die damals vor Gericht ausgesagt hat, und mit dem jungen Mädchen, Kara. Ach ja, vergessen Sie nicht den Vormund, diese Faiza Donner. Kara und Jonas McIntyre erben immerhin ein riesiges Vermögen.« Er erhob sich von seinem knarzenden Stuhl und trat ans Fenster, vor dem dicke, weiße Schneeflocken tanzten.

Thomas und Johnson standen ebenfalls auf und schickten sich an, den Glaskubus zu verlassen. Bevor die Tür ins Schloss fiel, hörten sie noch einmal Gleasons humorlose Stimme.

»Fröhliche Weihnachten.«

Merritt Margrove war immer noch nicht ans Telefon gegangen.

Auch ihre Textnachrichten – seit gestern hatte Kara ihm acht geschickt – hatte er nicht beantwortet.

Jetzt fuhr sie zu dem roten Backsteingebäude, in dem sich seine Kanzlei befand. Der Parkplatz war nicht geräumt, also stellte sie ihren Jeep am Straßenrand ab und tippte zum dritten Mal an diesem Morgen Merritts Nummer ein. Wieder sprang sofort der Anrufbeantworter an.

»Toll«, murmelte sie, obwohl sie ganz und gar nicht begeistert war.

Genervt stieß sie die Wagentür auf, wartete eine Lücke im Verkehr ab und eilte über die Straße, wobei sie um ein Haar auf einer überfrorenen Pfütze ausgerutscht wäre.

Obwohl sie wusste, dass es nichts bringen würde, zog Kara am Türgriff. Abgesperrt. Sie klopfte laut, aber niemand öffnete, nicht einmal der Hausmeister. Im Gebäude blieb alles still und dunkel. Anscheinend waren die Büros nur teilweise besetzt, denn in einem der Fenster hing ein großes

Schild mit der Aufschrift ZU VERMIETEN. Sie klopfte erneut, dann entdeckte sie eine Klingel und drückte darauf. Nichts passierte. Wahrscheinlich funktionierte die Klingel nicht.

Sie dachte an den Merritt Margrove, den sie einst kennengelernt hatte: erfolgreicher Anwalt und Strafverteidiger, im ganzen Land bekannt, mit vielen prominenten Freunden, von denen ihm keiner geblieben war, nachdem er den Fall Jonas McIntyre verloren hatte. Danach hatte ihm sein ausschweifender Lebensstil das Genick gebrochen, und er war in eine stetige Abwärtsspirale geraten, aus der er sich nicht mehr hatte befreien können. Bis jetzt. Nach zwanzig Jahren hatte er den Fall schließlich doch noch gewonnen.

»Verrückt«, murmelte sie vor sich hin. Margrove – ein weiteres Opfer – um nicht zu sagen, ein Kollateralschaden – des McIntyre-Massakers.

Kara fröstelte. Es brachte nichts, vor dem Gebäude in der Kälte zu stehen, also kehrte sie zum Wagen zurück und ließ den Motor an. Was nun? Sie trommelte mit den Fingern aufs Lenkrad. Im nächsten Moment hatte sie eine Idee.

Sie nutzte eine Lücke im Verkehr, um zu wenden, und fuhr zu einem Drive-through in der Nähe des Einkaufszentrums, um sich einen großen Kaffee zu kaufen. Anschließend parkte sie am nördlichen Rand des dazugehörigen Parkplatzes und wartete. Es dauerte nicht lange. Um zehn vor neun rollte Celeste, Merritts dritte Frau, in ihrer schwarzen Corvette älteren Baujahrs in eine freie Lücke. Celeste stieg aus, eine riesige korallenrote Handtasche über der Schulter, das platinblond gefärbte Haar mit den rosa Strähnen voluminös aufgetürmt, bekleidet mit einem engen, kurzen Mantel, schwarzen Leggins und Overknees. Sie drückte auf den Funkschlüssel, um die Corvette abzusperren, dann machte sie sich auf den Weg zum Allure Salon, eine große Wasserflasche, ihr Handy und die Schlüssel in der Hand. Vor der Tür blieb sie stehen und sperrte auf.

Kara stieg aus dem Jeep und folgte ihr. Celeste hatte kaum die Lichter eingeschaltet und war gerade dabei, ihre Jacke auszuziehen, als Kara eintrat. »Oh, hi«, sagte sie. »Entschuldigen Sie bitte, ich bin etwas spät dran … Oh.« Ihr breites Lächeln verschwand, als sie Karas Blick begegnete. »Kara.« Celeste seufzte. »Kara McIntyre. Ach du liebe Güte. Ich habe mitbekommen, dass Sie meinen Mann angerufen haben.« Sie drehte das GESCHLOSSEN-Schild um, dann machte sie sich in der kleinen Kaffeeküche in der Ecke neben der Tür zur Toilette zu schaffen.

»Merritt hat mich nicht zurückgerufen.«

Achselzuckend zog Celeste die Glaskanne aus der Kaffeemaschine und schüttete die braune Flüssigkeit vom Tag zuvor ins Spülbecken. Der Geruch nach kaltem Kaffee vermischte sich mit dem der Beauty-Produkte in den Regalen neben der Kasse. »Wir haben eine Abmachung, mein werter Ehemann und ich: Er mischt sich nicht in meine Angelegenheiten ein und ich mich nicht in seine.« Sie füllte die Kanne, goss Wasser in die Maschine und gab Kaffeepulver in den Filter. »Wir gönnen einander einen gewissen Freiraum. Unerlässlich für eine erfolgreiche Ehe.«

»Jonas wurde gestern entlassen«, unterbrach Kara ihre Ausführungen.

»Davon habe ich gehört.«

Natürlich, jeder, der einen Fernseher besaß oder die Morgenzeitung las, wusste, dass der Mörder vom Cold Lake wieder auf freiem Fuß war. »Hat Jonas Merritt angerufen?«, ließ Kara nicht locker. »Hat er sich mit ihm getroffen?«

»Noch einmal: Ich weiß es nicht.« Celeste stellte die Kaffeemaschine an, die gurgelnd zum Leben erwachte. »Ich kann Ihnen nicht helfen, Kara. Außerdem würde ich mich jetzt wirklich gern auf meinen Neun-Uhr-Termin vorbereiten.« Sie durchquerte den kleinen Salon und hielt Kara die Tür auf. »Es sieht im Übrigen gar nicht gut aus, wenn ich mit einem der Opfer von damals rede. Das ist ein Beautysalon, hier dreht sich alles um die Schönheit – ein Gespräch über ein grausames Massaker ist da echt abtörnend.«

»Okay. Können Sie mir wenigstens sagen, ob Merritt zu Hause ist?«

»Nein!«, blaffte Celeste gereizt. Dann fügte sie ein wenig freundlicher hinzu: »Ich meine, nein, er ist nicht zu Hause.«

Kara sah sie leicht verwirrt an. Celestes Make-up war perfekt, die glatte Haut makellos. Ihre Augen mit den langen künstlichen Wimpern und den geschwungenen Brauen blitzten, ihre glänzenden, zartrosa geschminkten Lippen waren geschürzt. Kara entging nicht, wie aufgewühlt Merritt Margroves dritte Ehefrau war. Als hätte sie einen wunden Punkt getroffen.

»Na schön, ich nehme an, Sie haben ein Recht darauf, es zu erfahren: Ich mache mir Sorgen um ihn. Er war in letzter Zeit wie … besessen.«

»Sie meinen, wegen Jonas?«

Celeste wedelte mit der Hand. »Wegen des ganzen verfluchten Falls. Er hat jahrelang dafür geschuftet, und jetzt, da er endlich Erfolg hat, nun … da zieht er sich in den Trailer zurück.«

»In welchen Trailer?« Wovon redete Celeste?

»Ein Wohnwagen, den er von einem Onkel geerbt hat. Kein schicker, neuer – ein uraltes Ding. Eine echte Klapperkiste, wenn Sie mich fragen. Er steht am Mount Hood. In der Sawtooth Road.« Sie zog die akkurat gezupften Augenbrauen zusammen. »Ich versuche seit gestern, ihn zu erreichen, aber er geht einfach nicht ans Telefon. Nun, das kennen Sie ja.«

Kara nickte.

»Dieser Mann. Nimmt nicht einmal einen Anruf von der eigenen Ehefrau entgegen! Was für eine Unverschämtheit. Ich nehme an, er ist nicht allein dort. So viel zum Thema: ›Ich brauche etwas Zeit für mich.‹« Sie malte mit den Fingern Anführungszeichen in die Luft. »Er ist besessen von dem, was Ihrer Familie und diesem Jonas zugestoßen ist. Fahren Sie zum Trailer, gut möglich, dass Sie Ihren Bruder dort antreffen.« Ihr Blick schweifte zum Fenster. »Oh, mein Neun-Uhr-Termin ist da. Zehn Minuten zu spät, genau richtig.«

Kara sah einen Cadillac in eine der freien Lücken vor dem Salon rollen.

Celeste band sich eine schwarze Plastikschürze um. »Sie müssen jetzt wirklich gehen, Kara. Ich möchte nicht, dass die Kundin Sie erkennt.«

Kara wandte sich zur Tür.

»Moment, warten Sie ... Hier.« Sie nahm eine kleine Visitenkarte aus einer Schale neben der Kasse und reichte sie Kara. »Meine Handynummer steht darauf. Sie können mich gern anrufen, wenn ...« Im selben Moment öffnete sich die Tür, und eine beleibte Frau um die fünfzig kam in den Laden gestürmt.

»Tut mir leid, dass ich zu spät bin, Celeste«, stieß sie außer Atem hervor. »Gott sei Dank, der Kaffee ist schon fertig!« Sie legte Schal und Mantel ab und hängte beides schnaufend an die Garderobe neben der Tür. »Sie können sich nicht vorstellen, was für einen grauenhaften Morgen ich hatte! Ein Albtraum! Chuck und die Kinder machen mir das Leben wahrhaftig zur Hölle.« Ohne Kara eines Blickes zu würdigen, trat sie an die kleine Anrichte und schenkte sich eine Tasse Kaffee aus der halb vollen Glaskaraffe ein. Ein paar Tropfen landeten zischend auf der Warmhalteplatte.

Kara nutzte die Gelegenheit, um unbemerkt zu verschwinden. Draußen vor dem Salon blieb sie stehen und atmete tief die kalte Luft ein, doch das half ihr auch nicht, einen klaren Kopf zu bekommen. Sie musste unbedingt nachdenken, dachte sie, als sie zu ihrem Jeep ging und sich auf den Beifahrersitz sacken ließ.

Celestes Kundin hatte keine Ahnung, wie es war, in einem *fortwährenden* Albtraum zu leben.

Sie dagegen schon.

KAPITEL ELF

E r hatte es vermasselt.
Die einzige reale Chance, Kara McIntyre zu einem Interview zu überreden, und Wesley Tate hatte sie in den Sand
gesetzt. Oder vielmehr: in den Schnee. Er schluckte den letzten Bissen seines Frühstücks-Burritos hinunter, schob den
Stuhl in dem Café an der Ecke zurück, zog seine Daunenjacke an und trat hinaus in die Kälte. Wie hatte er sich nur so
dämlich anstellen können? Er hätte ganz anders an sie heran-
treten sollen, dachte er nun, als er sich unter die Fußgänger
mischte, die an den Geschäften vorbeischlenderten und
beim Atmen weiße Wölkchen in die Luft bliesen.

Tate überquerte die Straße und begegnete zwei Teenies in
dicken Mänteln, Mützen und Handschuhen. Eines der Mädchen aß einen Donut und leckte sich Zuckerkrümel von den
mit Lipgloss geschminkten Lippen, die andere starrte im Gehen wie gebannt auf ihr Handy. Er fragte sich, wie es ihr gelingen mochte, nicht mit anderen Passanten zusammenzu-
stoßen. Obwohl die Nasen und Wangen der beiden vor Kälte
gerötet waren, schien ihnen die niedrige Temperatur nichts
auszumachen.

Es war eisig, einige Grad unter dem Gefrierpunkt. Der
Ostwind fegte durch den Canyon, peitschte den am Grund
der Schlucht mäandernden Fluss auf, an dessen Oberfläche

141

sich weiße Schaumkronen bildeten, und wirbelte durch die Straßen von Whimstick, wo er die Fensterläden der alten Gebäude am Ufer zum Klappern brachte. Die Stadt war ursprünglich in einer lang gezogenen Kurve des Flusses erbaut worden, die ersten Gebäude entstanden um 1840. Dicht gedrängt standen sie noch heute an einer schmalen Brücke, über die früher die Pferdewagen gerollt waren. Die Bevölkerung von Whimstick war seitdem ständig gewachsen, immer neue Wohnhäuser und Gebäude waren auf den umliegenden Hügeln und entlang des Flusses entstanden, dessen Verlauf an eine sich einrollende Schlange erinnerte.

Tates Familie lebte seit vier Generationen hier. Er war zu dem Schluss gekommen, dass das genügte, weshalb er sich bei seinem Highschool-Abschluss schwor, Whimstick den Rücken zu kehren und an einem College in Kalifornien zu studieren. Damals war er davon ausgegangen, dass er nie mehr zurückkommen würde.

Er hatte sich getäuscht.

Hier war er wieder – so viel zum Thema Teenager-Schwüre.

Er bog um eine Ecke in der Nähe eines ehemaligen Tante-Emma-Ladens, in dem jetzt Antiquitäten und gut erhaltene Möbel verkauft wurden, und wich einem Mann aus, der seinen Hund spazieren führte. Der kleine Beagle-Mischling blieb alle zwei Schritte stehen, um an den Häuserfassaden zu schnuppern.

Damals hatte Tate davon geträumt, ein berühmter Fotojournalist zu werden, der sämtliche Krisenherde der Welt bereiste und über Kriege, Militärputsche und -junten berichtete. Als Alternative hatte er Sportjournalismus ins Auge gefasst.

Stattdessen war er Kriminalreporter geworden und nach Whimstick zurückgekehrt, nachdem er einen Anruf von seiner Schwester erhalten hatte, die ihm mitteilte, dass ihre

Mutter Hilfe brauchte. Sie war in einen Autounfall verwickelt gewesen und hatte sich die Hüfte und beide Beine gebrochen, sodass sie sich nicht länger um Tates Stiefvater kümmern konnte, der wiederum auf *ihre* Hilfe angewiesen war. Darvin hatte drei Jahre zuvor die Diagnose Demenz erhalten. Seine Schwester konnte nicht einspringen, sie hatte zu jener Zeit ein Kleinkind zu versorgen, zwei Jobs und war frisch von ihrem Ehemann, einem absoluten Loser, geschieden.

Jetzt, zehn Jahre später, wohnte er immer noch in dem umgebauten Lagerhaus mit der einzigartigen Aussicht auf den Fluss.

In seinem Loft zog er die Jacke aus und hängte sie in den Garderobenschrank, der ihm gleichzeitig als Abstellraum diente. Das Apartment wirkte nüchtern mit seinen Betonwänden, den hohen Fenstern und den frei liegenden Rohren. Er hatte es mit einer Couch, einem Fernsehsessel und einem großen Teppich ausgestattet, den er bei seiner Rückkehr nach Oregon auf einem Flohmarkt erstanden hatte. Der alte Klauenfuß-Esstisch diente ihm gleichzeitig als Schreibtisch. Auch er stammte vom Flohmarkt, genau wie die dazu passenden Stühle und ein Aktenschrank, der eigentlich eine alte TV-Konsole von circa 1950 war, alles aus hellem Massivholz.

Das Bett hatte er mitgebracht und in eine Ecke gestellt, an der Wand davor hing ein riesiger Flachbildschirm. Als er das Loft bezogen hatte, war er von einer Übergangslösung ausgegangen.

Wieder hatte er sich getäuscht.

Irgendwie schien er mit seiner Einschätzung ständig danebenzuliegen, musste er doch nur an den Fehlschlag mit Kara McIntyre denken. Kein Interview für Wesley Tate.

»Idiot«, schimpfte er vor sich hin, ließ sich auf seinen Schreibtischstuhl fallen, den er zwischen die Klauenfußstühle gemogelt hatte, rollte näher an den Tisch mit dem großen Monitor heran und verband ihn mit seinem Laptop. Ein Blick auf das Chaos vor ihm ließ ihn jedoch zu dem Schluss kommen, dass er erst einmal aufräumen musste, bevor er sich an die Arbeit machen konnte. Energisch schob er Notizblöcke, Zeitungsausschnitte und ausgedruckte Artikel zusammen – seine Recherchen über das Massaker am Cold Lake – und sortierte sie zu halbwegs ordentlichen Stapeln. Es ging ihm weniger um die Story als vielmehr darum, endlich die Wahrheit ans Tageslicht zu bringen. Was war damals wirklich geschehen? Warum hatten diese Familie und sein Vater sterben müssen?

Dummerweise war er davon ausgegangen, Kara McIntyres Vertrauen gewinnen zu können, würde er ihr erst einmal gegenüberstehen, waren sie doch beide Opfer des furchtbaren Massakers, sie als Überlebende, er als Hinterbliebener.

Aber natürlich vertraute sie niemandem, und dass er hinter ihren Jeep gesprungen und mit der Faust gegen das Metall geboxt hatte, bevor er zur Seite in den Schnee gehechtet war, machte die Sache nicht besser. Er hatte sie zu Tode erschreckt.

Und nun war er genauso weit wie am Anfang. Vermutlich nicht einmal das. Hätte er doch bloß an ihrer Haustür geklingelt, wie er es ursprünglich vorgehabt hatte, anstatt ihr vor der Garage aufzulauern!

Aber noch würde er nicht aufgeben.

Er brauchte Hilfe, jemanden, der ihn bei seinem Vorhaben unterstützte, an die Informationen zu gelangen, die ihm fehlten.

Jemanden mit militärischer Ausbildung, einen Technik-Crack, jemanden mit herausragenden Beziehungen.

Er kannte so jemanden.

Nachdenklich griff er zu seinem Handy. Er hatte es satt,

immer wieder gegen Mauern zu laufen, und das nun schon seit zwanzig Jahren.

Zeit, schwere Geschütze aufzufahren.

Er rief die Nummer auf und drückte auf Wählen.

Während der Fahrt durch die Berge warf Kara einen Blick auf ihre Uhr – fast halb elf. Kurz darauf entdeckte sie die Sawtooth Road, die man kaum eine richtige Straße nennen konnte, eher einen Fahrstreifen, der sich durch die dicht stehenden Tannen und Kiefern schlängelte. Nur ein paar Reifenspuren und ein verblasstes, eisverkrustetes Schild zeigten an, dass hier eine ehemalige Holzabfuhrstraße die County Road kreuzte. Die Sicht war schlecht. Je höher sie kam, desto dichter fielen die dicken Schneeflocken. Es fehlte nicht viel, und sie würde mitten in einem Blizzard stecken.

Sie hatte eine Decke über die Beine gebreitet, weil ihre Heizung nicht richtig funktionierte und sie sich nie die Mühe gemacht hatte, sie reparieren zu lassen. Deswegen musste sie jetzt bibbern. Außerdem kam die kalte Luft aus der Lüftungsanlage nicht dagegen an, dass die Innenseite der Scheiben beschlug.

Immer wieder wischte sie mit ihrem Handschuh das Kondenswasser ab und starrte angestrengt hinaus auf der Suche nach Merritts Trailer. Ein Wohnwagen, hatte Celeste gesagt.

Nervös folgte sie mit zusammengekniffenen Augen den Reifenspuren. Ab und an entdeckte sie einen Postkasten oder eine Hütte, gut versteckt zwischen den dicht stehenden Bäumen. Alle Hütten machten einen unbewohnten Eindruck. Nirgendwo stand ein Fahrzeug, aus den Schornsteinen kam kein Rauch, die Fensterläden waren geschlossen, auf den Feuerholzstapeln türmte sich eine dicke Schneeschicht.

Ein hervorragender Ort, um unterzutauchen, dachte sie und schaltete die Scheibenwischer eine Stufe höher, da der

Wind immer wieder Schnee von den Ästen der Bäume auf die Windschutzscheibe wehte. Karas Nervosität stieg.

Was albern war.

Sie rief sich vor Augen, dass Merritt einst eine Art Ziehvater für sie gewesen war, und auch wenn seine aktuelle Ehefrau nicht viel mit ihr zu tun haben wollte, so hatte sie doch ein enges Verhältnis zu Helen, seiner zweiten Frau, gehabt. Sie war ihr eine weitaus bessere Ersatzmutter gewesen als Tante Faiza. Auch Merritt hatte sie stets unterstützt, obwohl er genügend eigene Probleme hatte, vor allem nach Helens überraschendem Tod, verursacht durch ein seltenes Virus.

Warum war sie dann so unruhig?

Wegen Jonas.

Celeste hatte angedeutet, dass Merritt womöglich nicht allein im Trailer war.

Du weißt, dass Merritt Jonas' Geheimnisse bewahrt hat. Anwaltliche Schweigepflicht.

Aber was waren Jonas' Geheimnisse?

Würde sie jemals die Wahrheit erfahren?

Sie dachte an Wesley Tate und seinen unterschwelligen Vorwurf, dass sie offenbar nicht wirklich daran interessiert war, der Wahrheit auf den Grund zu gehen, aber das stimmte nicht. Sie wollte wissen, was passiert war, und genau deshalb fuhr sie jetzt durch diesen Schneesturm ans Ende der Welt, fest entschlossen, Merritt Margrove aufzustöbern.

Was Tate betraf – die Begegnung mit ihm hätte sie am liebsten ausgeblendet. Sie dachte daran, wie er als Kind gewesen war, doch mittlerweile sah er längst nicht mehr so aus wie der pummelige, sommersprossige Junge mit den zerzausten Haaren, der dicken Brille und der Zahnspange. Brille und Zahnspange waren verschwunden, Tate war zu einem großen, schlanken, durchtrainierten Mann herangewachsen.

Denk nicht an ihn, konzentrier dich lieber auf das, was du vorhast! Du musst Merritt finden und in Erfahrung bringen, ob er Kontakt mit Jonas hat.

Der Jeep geriet ins Schlingern. Kara biss sich auf die Unterlippe und atmete erleichtert auf, als die Räder wieder fassten.

Das Herz klopfte ihr bis zum Hals. Sie verlangsamte das Tempo und folgte weiter dem Fahrstreifen. Die verschneiten Tannen erinnerten sie unweigerlich an den Heiligabend vor so vielen Jahren. Was war mit Marlie passiert? Woher hatte sie gewusst, dass sie ihre kleine Schwester in Sicherheit bringen musste? Warum hatten ihre Sachen auf dem Bett gelegen, als hätte sie vorgehabt, das Haus zu verlassen? Und warum zum Teufel war sie so verängstigt gewesen? War es möglich, dass sie etwas mit dem Massaker zu tun hatte?

»Nein«, flüsterte Kara. Sie würde nicht glauben, was so viele Zeitungsartikel, True-Crime-Berichte und neuerdings auch Blogs und Facebook-Gruppen nahelegten.

Aber jemand wusste offenbar, was geschehen war.

Sie lebt.

Und Kara war fest entschlossen, herauszufinden, wer.

Sie hatte stets vermutet, dass Jonas oder Merritt oder beide weit mehr über Marlies Verschwinden wussten, als sie zugaben, aber dafür fehlten ihr die Beweise.

Vermutlich bist du nur paranoid.

»Ach ja? Warum hat sich Jonas dann noch nicht bei mir gemeldet?«, fragte sie in das stille Wageninnere hinein.

Vielleicht hat er das längst. Vielleicht steckt er hinter den Textnachrichten und Anrufen von gestern.

Sie lebt.

»Wenn es denn tatsächlich um Marlie geht«, überlegte sie laut.

Um wen sonst?

Wieder schlitterte der Jeep über eine Eisplatte, und sie

147

stellte fest, dass sie sich auf einer kurzen, schmalen Brücke befand, die einen gefrorenen Bach überspannte.

Immer noch waren Reifenspuren auf dem Fahrstreifen zu sehen.

Wie weit führte die Sawtooth Road denn noch in den Wald hinein?

Sie bog um eine enge Kurve, und endlich entdeckte sie zwischen den Tannen einen weißen Trailer, der schon bessere Tage gesehen hatte. Auf dem Dach sammelte sich Schnee, Eiszapfen hingen wie Dolche aus Kristall von dem kleinen Vordach über der Eingangstür. Hätte nicht ein leuchtend roter Kotflügel hinter dem Wohnwagen hervorgeschaut, wäre Kara womöglich daran vorbeigefahren.

Jetzt hielt sie an, betrachtete die Reifenspuren unter der frischen Schneedecke und fasste das rote Fahrzeug genauer ins Auge. Merritts inzwischen betagter BMW. »Volltreffer«, murmelte sie.

Die Finger fest ums Lenkrad gelegt, versuchte sie, das ungute Gefühl zu ignorieren, das in ihr aufstieg, und steuerte auf den alten BMW zu, dann stellte sie den Motor aus und atmete tief durch. Margrove wäre sicherlich nicht sonderlich erfreut, sie zu sehen, hatte er doch ihre Anrufe ignoriert, genau wie offenbar die von Celeste. Um ihre Nerven zu beruhigen, öffnete sie das Handschuhfach und zog die beiden Wodkafläschchen heraus, die sie vorsichtshalber mitgenommen hatte.

»Flüssiger Mutmacher.«

Ohne zu überlegen, streifte sie die Handschuhe ab, öffnete eine der kleinen Flaschen und leerte sie. Schon das vertraute Brennen in Kehle und Magen beruhigte sie. Nachdem sie auch das zweite Fläschchen getrunken hatte, zog sie die Handschuhe wieder an, fasste den Trailer ins Auge und reckte das Kinn vor. »Wenn der Prophet nicht zum Berg kommt,

kommt der Berg eben zum Propheten ...« Entschlossen stieß sie die Wagentür auf und stieg aus.

Der Weg war nicht geräumt, doch sie entdeckte Fußstapfen. Sie ging zum Trailer und blieb vor zwei Stufen stehen, die auf einen Treppenabsatz aus grob behauenem, grauem Holz führten. Hinter einem nicht ganz geschlossenen Fensterladen bemerkte sie ein flackerndes, bläuliches Licht.

Sie drückte auf die Klingel, doch die funktionierte nicht, denn sie hörte keinen Ton.

Nichts tat sich.

Fröstelnd zog sie ihren Mantel enger zusammen und trat wartend von einem Fuß auf den anderen, dann beschloss sie, zu klopfen.

Wieder wartete sie, wieder tat sich nichts.

»Komm schon«, murmelte sie. »Ich weiß, dass jemand da ist. Warum würde sonst der Fernseher laufen?« Sie klopfte noch einmal. »Merritt?«, rief sie. »Ich bin's, Kara.«

Keine Reaktion.

Ob er noch schlief? Sein Pech. Zeit, endlich aufzustehen.

»Merritt?«

Stille.

»Jetzt mach schon auf, hier draußen ist es eiskalt!« Obwohl der Wodka seine Wirkung zeigte, hörte sie nicht auf zu bibbern.

Sie drehte den Türknauf.

Die Tür sprang auf.

Damit hatte sie nicht gerechnet.

Gut.

»Merritt?« Angestrengt spähte sie ins dunkle Innere des Trailers. Ein Schwall warmer Luft, die nach Zigarettenrauch und Schnaps roch, schlug ihr entgegen. Kein Wunder, dass Merritt nicht reagierte, anscheinend hatte er sich letzte Nacht gewaltig abgeschossen.

Es wäre nicht das erste Mal.

Da seid ihr euch ja ziemlich ähnlich, nörgelte ihre innere Stimme.

»*Touché*«, sagte sie leise und trat ein.

»Merritt?« Sie spürte, wie ihr Nacken anfing zu kribbeln. Für eine Sekunde meinte sie, Schritte zu hören.

Draußen.

Rannte da jemand vom Wohnwagen weg?

Kara hielt inne und lauschte, doch außer dem Hämmern ihres eigenen Herzens und den gedämpften Geräuschen des Fernsehers hörte sie nichts.

Der Fernseher.

Bestimmt waren die Schrittgeräusche aus dem Fernseher gekommen.

Sie ging weiter.

Dann blieb sie wie angewurzelt stehen. Der Teppich unter ihren Füßen war voller dunkler Flecken.

»O mein Gott.«

Ihr Blick fiel auf Merritt Margrove. Eingeklemmt zwischen Couch und Sofatisch. Kara stieß einen Schrei aus und machte einen Satz zurück, die Augen auf den reglosen Körper geheftet. Er lag mit dem Gesicht nach oben und starrte sie mit dumpfem Blick an. Eine rote Schnittwunde zog sich quer über seine Kehle. Überall war Blut, furchtbar viel Blut.

»Nein«, wisperte sie tonlos, »nein, nein, nein«, dann riss sie sich zusammen und stieg über eine dickflüssige dunkle Pfütze. Vielleicht lebte er ja noch …

Nein. Das war unmöglich.

Er sah absolut … tot aus.

Ihr Magen drehte sich um.

Hyperventilierend wandte sie sich zur Tür.

Du kannst ihn doch nicht einfach hier liegen lassen! Du musst wenigstens prüfen, ob er wirklich tot ist.

Sie widerstand dem Drang, sich zu übergeben, trat zu ihm und nahm sein kaltes Handgelenk, um nach seinem Puls zu tasten.

Nichts.

Natürlich nicht.

Sie betrachtete den toten Mann, den *ermordeten* Anwalt, dem sie vertraut hatte.

Irgendwer war an diesen abgeschiedenen Ort gekommen und hatte ihm die Kehle durchgeschnitten.

Warum?

Natürlich! Wegen Jonas!

Der Mord *musste* etwas mit der Entlassung ihres Bruders zu tun haben.

Schlagartig sah sie Jonas vor sich, wie er in seinem eigenen Blut hinter dem malträtierten Weihnachtsbaum lag.

Kara würgte. Sie schaffte es gerade noch, vor die Tür zu stürmen, dann krümmte sie sich zusammen und erbrach ihren kläglichen Mageninhalt auf die obere Stufe.

Als sie sich wieder aufrichtete, meinte sie, aus dem Augenwinkel einen Schatten zu bemerken.

Eine Gestalt, die sich hinter den Kiefern verbarg.

Herr im Himmel!

Keuchend vor Panik huschte ihr Blick über die dicht stehenden Bäume. Ihr Herz raste.

War er hier?

Merritt Margroves Mörder?

Beobachtete er sie?

Plötzlich sah sie hinter dem dichten Schneevorhang ein metallisches Blitzen.

Was war das?

Eine Klinge?

Von einem Messer oder einer Machete? Oder von einem antiken Schwert, genau wie damals?

Zitternd tastete sie nach dem Autoschlüssel. Sie musste weg von hier, und zwar sofort!

Den Schlüssel in der Hand, rannte sie los.

Der eisige Wind peitschte ihr die Schneeflocken ins Gesicht, die brannten wie tausend winzige Nadelstiche.

Sie rannte schneller.

Genau wie damals.

KAPITEL ZWÖLF

Kara sprang in ihren Jeep und ließ den Motor an, dann setzte sie zurück und gab Gas. Das Bild des Strafverteidigers, der mit durchgeschnittener Kehle in seinem eigenen Blut lag, vermischte sich mit den nur allzu präsenten Erinnerungen an ihre abgeschlachtete Familie. Mama. Daddy. Donner. Sam jr. Alle tot. Überall Blut. An den Wänden, auf dem Teppich, auf den Möbeln, sogar an der Decke.

Und jetzt Merritt.

»O Gott! Nein … nein … nein!«

Reiß dich zusammen. Um Himmels willen, Kara, du musst dich zusammenreißen.

Aber das war unmöglich.

Außer sich vor Panik, raste sie über den schmalen, vereisten Fahrstreifen. Die Zweige der umstehenden Bäume prallten gegen ihre Windschutzscheibe oder streiften die Seiten des Jeeps, der immer wieder über Eisplatten schlingerte und durch Schlaglöcher holperte. Trotzdem nahm sie den Fuß nicht vom Gas.

Sie dachte an Celeste, die sauer auf ihren Mann war, weil sie vermutete, dass er ihre Anrufe ignorierte. Was für ein Irrtum! Merritt war tot, grausam ermordet!

»Nein …« Sie blinzelte gegen die Tränen an, die ihr über die Wangen strömten. Auf der kleinen Brücke hätte sie beinahe die Kontrolle über den Wagen verloren, aber irgendwie kam sie auf der anderen Seite an und gab weiterhin Gas, als wäre Satan persönlich hinter ihr her.

Du musst irgendwen anrufen. Die Polizei! Wende dich an die Polizei. Oder an Celeste. Herrgott, Kara, womöglich ist der Killer noch in der Nähe des Trailers! Oder, schlimmer noch, darin. Bist du sicher, dass die Schritte, die du gehört hast, draußen waren?

Sie tastete nach ihrem iPhone auf dem Beifahrersitz. Ob sie hier oben Empfang hatte? Der SUV brach erneut aus und raste auf einen Baum zu. Erschrocken riss sie das Lenkrad herum. Das Handy rutschte in den Fußraum.

Verdammt.

Das hatte ihr gerade noch gefehlt.

»Neun-eins-eins anrufen!«, schrie sie laut und betete, dass die Spracherkennung funktionierte.

Der Rufton hallte via Lautsprecher durchs Wageninnere.

Gott sei Dank.

»Neun-eins-eins. Was für einen Notfall möchten Sie melden?«

»Er ist tot. Ich glaube … Nein, ich *weiß*, dass er tot ist. Alles ist voller Blut!« Genau wie damals. »Lieber Gott, steh mir bei«, flüsterte sie, dann sagte sie mit lauter Stimme: »Ich möchte einen Mord melden. An Merritt Margrove, dem Anwalt. Er ist das Opfer. Zumindest sieht es danach aus. Bitte schicken Sie schnell jemanden her!«

»Ma'am? Nennen Sie mir bitte Ihren Namen und Ihren Aufenthaltsort.«

»Wie bitte? Also … ich weiß nicht, wo ich bin. Im Auto. Ich fahre.«

»Wie ist Ihr Name?«

»Kara McIntyre. Und ich bin in der …« Wie hieß diese verfluchte Holzabfuhrstraße noch gleich? »Ja, jetzt fällt es mir wieder ein: Ich bin in der Sawtooth Road.«

»Sie melden einen Mord in der Sawtooth Road?«

»Ja!« War die Frau schwer von Begriff? »Ein Trailer irgendwo am Ende der Sawtooth Road in östlicher Richtung.«

»Sind Sie am Tatort? Bitte bleiben Sie in der Leitung.«

»Ich bin nicht dort! Ich sitze im Auto, und ich fahre ganz bestimmt nicht wieder zurück. Auf keinen Fall!«

»Ms McIntyre ...«

»Schicken Sie einfach Hilfe! Schnell!«

»Bleiben Sie bitte in der Leitung ...«

»Nein!« Kara unterbrach die Verbindung und raste weiter, die Augen zusammengekniffen gegen das dichte Schneetreiben.

Wieder dachte sie an Jonas.

Der Mord an Merritt musste mit ihrem Halbbruder zu tun haben, etwas anderes konnte sie sich nicht vorstellen, und an Zufälle glaubte sie schon lange nicht mehr.

Wo zum Teufel war er?

Vor wem versteckte er sich? Vor der Presse? Doch bestimmt nicht vor ihr ... Sie hatte immer an Jonas' Unschuld geglaubt, und das würde sich auch jetzt nicht ändern.

Merritt war mit einer Klinge getötet worden, genau wie ihre Familie.

Sie schluckte. Das ewige Fragenkarussell in ihrem Kopf fing an, sich zu den Klängen dieses vermaledeiten Weihnachtslieds und dem Schlag der alten Standuhr zu drehen. Wieder einmal.

»*Stille Nacht, heilige Nacht ...*«

Und wie immer hörte sie die Stimme ihrer Schwester: »Böse Menschen sind hier ... Sie sind wirklich sehr böse. Etwas ganz Schlimmes passiert hier, Kara-Bär.«

»Wo bist du?«, fragte Kara laut, dann drehte sie das Gesicht zum Beifahrersitz, als erwartete sie, Marlie dort sitzen zu sehen. »Was ist geschehen?«

Sie lebt.

Die Textnachricht von gestern Abend.

Marlie. Wer immer sie ihr geschickt hatte, musste ihre große Schwester meinen, davon war Kara überzeugt.

Die Anrufe.

Das Handy im Fußraum summte, aber sie ignorierte es. Fuhr einfach weiter. Bog endlich auf die breitere, geräumte Landstraße ein und atmete auf.

Angespannt fuhr sie die Serpentinen hinunter, die sich genauso eng schlängelten wie der Fluss am Boden des Canyons, und überholte einen weißen Subaru, der im Schneckentempo über die County Road kroch.

Wieder klingelte ihr Telefon. Kara warf einen Blick auf das blinkende Display.

Eine unbekannte Nummer.

Sie drückte den Knopf für die Freisprechanlage am Lenkrad und nahm das Gespräch an. »Hallo?«

»Kara McIntyre? Hier spricht Detective Cole Thomas.«

»Die Polizei. Gott sei Dank!«

»Wo sind Sie?«

»Im Auto. Etwa eine Stunde von der Stadt entfernt.«

»Ist alles okay?«

War in den letzten zwanzig Jahren irgendetwas okay gewesen?

»Ähm, nein. Nichts ist okay! Wollen Sie mich auf den Arm nehmen? Ich habe gerade eine Leiche gefunden. Ein Mordopfer mit durchgeschnittener Kehle.« Sie stieß die Luft aus und fing an zu schluchzen. »Ein wundervolles Déjà-vu, passend zur Weihnachtszeit!«

»Sie sollten rechts ranfahren, Ms McIntyre. Ich schicke jemanden zu Ihnen.«

»Nein … vergessen Sie's. Ich halte ganz bestimmt nicht an, und erst recht nicht werde ich dorthin zurückkehren!«

»Ich würde gern mit Ihnen reden. Persönlich. Über das, was geschehen ist, was Sie gesehen haben.«

»Ich … ich habe Merritt Margroves Leiche gesehen«, stammelte sie mit zittriger Stimme. »Sein Blut. Den Schnitt in seiner Kehle.« Sie schauderte.

»Sonst nichts?«

»Nein! Nur … nur ihn.«

»Was wollten Sie in dieser abgeschiedenen Gegend? Hat er Sie kontaktiert?«

»Nein. Ich bin auf der Suche nach Jonas und hatte gehofft, Merritt würde wissen, wo er steckt. Weil er nicht auf meine Anrufe und Textnachrichten reagiert hat, habe ich seine Frau aufgesucht. Sie hat mir von seinem Rückzugsort in den Bergen erzählt – ein Trailer, den er von einem Onkel geerbt hat. Ich bin hingefahren und habe ihn gefunden.« Ihre Stimme brach, und sie schniefte. »Das war's. Ende der Geschichte.« Wieder strömten ihr die Tränen aus den Augen und nahmen ihr die Sicht. »Es war genau wie damals«, schluchzte sie. »Wie damals am Heiligabend.«

Ein lautes Hupen ließ sie zusammenschrecken. In letzter Sekunde bemerkte sie, dass sie auf die Gegenfahrbahn geraten war, und riss das Lenkrad herum.

»Kara«, befahl der Detective mit strenger Stimme. »Fahren Sie rechts ran!«

Mit hämmerndem Herzen steuerte sie an den Straßenrand.

»Ich schicke einen Deputy zu Ihnen …«

»Nein.« Sie schüttelte den Kopf, als könnte er sie sehen. »Nein. Nein, es geht schon«, log sie. Sie wollte nur noch nach Hause. Ganz gleich, wie irrational das sein mochte, aber sie hatte nicht vor, hier, am Straßenrand, auf die Cops zu warten. Wozu auch? Damit sie sie ins Präsidium schleppten und ihr eine Million Fragen stellten? Darauf hatte sie absolut keine Lust. »Wirklich. Ich … ich komme klar.«

Am anderen Ende der Leitung entstand eine längere Pause. Über Thomas' Schweigen hinweg hörte sie das Heulen von Sirenen, die lauter wurden. Die Einheiten, die die Notrufkoordinatorin losgeschickt hatte, näherten sich der kurvigen Holzabfuhrstraße, die zu Merritts Trailer führte. Gleich würden sie bei ihr sein. »Und Sie fahren jetzt auf direktem Weg nach Hause?«, drang Thomas' Stimme aus dem Handy.

»Ja«, versicherte sie ihm.

»Sobald ich mich am Tatort umgesehen habe, komme ich zu Ihnen.«

Im Rückspiegel sah Kara, wie der weiße Subaru zu ihr aufschloss und langsam an ihr vorbeizockelte. Es dauerte eine ganze Weile, bis seine Rücklichter hinter der nächsten Kurve verschwunden waren.

Ein weiteres Fahrzeug tauchte auf, diesmal auf der Gegenfahrbahn. Helles Scheinwerferlicht durchschnitt den dichten Schneevorhang. Ein Pick-up mit einem Camping-Aufsatz.

»Einverstanden. Aber bitten Sie mich nicht, dorthin zurückzukehren. Zum Trailer«, erwiderte sie zögernd. »Denn das werde ich nicht tun. Ich kann das nicht.« Damit legte sie auf, atmete tief durch und gab Gas.

Als sie einige Minuten gefahren war, spürte sie, dass sie sich langsam entspannte. Sie nahm eine Hand vom Lenkrad und schüttelte sie, um die verkrampften Muskeln zu lockern.

Im selben Moment hörte sie von hinten ein Rascheln.

Sie blickte in den Rückspiegel und zuckte erschrocken zusammen.

O. Mein. Gott.

Ihre Augen waren nicht die einzigen, die ihr aus dem Glas entgegenblickten.

KAPITEL DREIZEHN

S ie trafen sich in dem Park auf dem Felsvorsprung in der
Nähe des Wasserfalls, genau wie in der Vergangenheit.
Als wäre die Zeit stehen geblieben.

Hier, wo der Fluss über die Klippe stürzte und sich in das
tosende Wasser tief darunter ergoss. Gischt spritzte auf und
bildete einen feinen, hellen Sprühnebel. Die tief hängenden
Wolken rissen auf, einzelne Sonnenstrahlen brachen hervor
und spiegelten sich in dem Schnee, der in einer dicken
Schicht auf den Ästen und Zweigen der Bäume und auf dem
Waldboden lag.

Tate sah, wie Wayne Connells Pick-up auf den fast leeren
Parkplatz beim Aussichtspunkt bog und am hinteren Ende
der großen Fläche anhielt. Sekunden später sprang Connell,
der eine Daunenjacke, Jeans und Wanderstiefel trug, aus der
Fahrerkabine und eilte in Tates Richtung. Mit seinen acht-
undfünfzig Jahren war er muskulös und fit. Eine Baseballkappe verdeckte seine braunen Haare, eine Sonnenbrille die
Augen. Wie immer war er ganz bei der Sache, und wie immer strich er sich in regelmäßigen Abständen übers Kinn,
das von einem mehrere Tage alten Bartschatten verdunkelt
wurde. »Okay, hast du mich herbestellt?«, kam er ohne Um-
schweife zur Sache, als sie nebeneinander über den verschneiten schmalen Wanderweg gingen.

»Ich brauche deine Hilfe«, erwiderte Tate.

»Soll ich wieder Detektiv für dich spielen?«

»Ja.«

Connell warf ihm einen Seitenblick zu. »Du weißt sicher, dass ich aus dem Job raus bin.«

»Davon habe ich gehört.« Tate klang nicht überzeugt.

»Ich habe mich sozialen Angelegenheiten verschrieben und kümmere mich um die, die … Sagen wir, um die, die weniger Glück hatten.«

»Tatsächlich?«

»Tatsächlich.« Er nickte. »Ich engagiere mich für verwundete Soldaten – Veteranen, die in die Staaten zurückkehren.«

»Und deshalb übernimmst du keine Aufträge mehr?«

Connell grinste. »Ich habe es satt, ständig auf dem schmalen Grat zwischen Legalität und Illegalität zu balancieren. Der Balanceakt ist echt anstrengend. Außerdem war es an der Zeit, etwas zurückzugeben.«

»Wenn du meinst.«

Er nickte. »Das meine ich.«

»Dann ist es ja gut.«

Der Wasserfall toste nun so laut, dass man kaum noch sein eigenes Wort verstehen konnte. Connell ging zu einer hohen Felswand, die man mit einem soliden Stahlgeländer versehen hatte. Er beugte sich übers Geländer und betrachtete den aufgewühlten Fluss in der Tiefe. »Dann muss ich also nicht gegen irgendwelche Gesetze verstoßen?«

»Es gilt dieselbe Regel wie immer: keine Fragen stellen.«

»Du weichst mir aus.«

»Wie du deinen Job machst, ist deine Sache.«

»Job?« Er schnaubte amüsiert. »Hast du mir nicht zugehört? Ich bin raus.«

Tate nickte. »Schon klar. Sagen wir doch einfach, das hier

dient dem Allgemeinwohl. Vielleicht kann ich dich dann ins Boot holen.«

»Dann geht es also nicht um etwas Persönliches?« Connell war die Skepsis deutlich anzuhören. Er kannte Tate seit Ewigkeiten, ihre Väter waren Kameraden bei den Marines gewesen, und obwohl Connell fast eine ganze Generation älter war als Tate, waren sie vor ein paar Jahren wieder in Kontakt getreten. »Kein privater Rachefeldzug?«, fragte er jetzt.

»Nein.« Das entsprach der Wahrheit. Zumindest größtenteils.

»Aber ein wenig spielt dein persönliches Interesse doch mit, oder?«, vermutete Connell.

Tate widersprach nicht. Es hätte ohnehin nichts gebracht. Connell kannte ihn gut genug, um ihn zu durchschauen. Außerdem hatte er einen messerscharfen Verstand und eine außergewöhnliche Kombinationsgabe, was nicht zuletzt an seinem astronomisch hohen IQ liegen mochte – Fähigkeiten, die auch die CIA und den NSA interessiert hatten, doch davon hatte Connell nichts wissen wollen. Nicht zuletzt verfügte Connell über ausgezeichnete Beziehungen, und er konnte den Mund halten.

»Klartext, Wes. Was willst du von mir? Ich nehme an, es hat etwas mit der Entlassung von Jonas McIntyre zu tun.« Er stieß sich vom Geländer ab, kehrte zu Tate zurück und durchbohrte ihn mit seinen durchdringenden braunen Augen.

»Ich will mehr über jene Nacht in Erfahrung bringen«, räumte Tate ein.

»Wieso? Du weißt doch jetzt schon mehr darüber als jeder andere – wahrscheinlich sogar mehr als die Cops.« Connell zog die Augenbrauen zusammen. »Außerdem habe ich dir schon einmal dabei geholfen.«

»Das ist zwanzig Jahre her, Mann. Seitdem hat sich viel verändert. DNA-Untersuchungen, Kameras, digitale Abgleiche bieten ganz andere Möglichkeiten. Immer wieder stellt sich heraus, dass angeblich überführte Täter unschuldig hinter Gittern sitzen. Umgekehrt ist es genauso: Endlich können Kriminelle, denen man bislang nichts nachweisen konnte, ihrer gerechten Strafe zugeführt werden.«

»Was willst du von mir?«, unterbrach Connell Tates Redeschwall.

»Deine Fachkenntnisse«, antwortete Tate trocken. Wayne Connells Wissen war einzigartig. Er saugte alles auf wie ein Schwamm. Schon während seiner College-Zeit hatte er in einem Fachgeschäft für Elektronik gearbeitet und anschließend als Kommunikationsspezialist bei einem Kabelunternehmen begonnen, während er gleichzeitig sein eigenes Unternehmen, spezialisiert auf Cyber-Sicherheit, aufbaute. »Du weißt, dass Jonas McIntyre nur auf freiem Fuß ist, weil man den Cops einen Fehler bei der Handhabung der Beweismittel nachweisen konnte. Ein kriminaltechnisches Problem.«

»Ich habe davon gelesen.«

»Dann weißt du auch, worum ich dich bitte.«

Connell runzelte die Stirn.

»Außerdem würde ich gern versuchen, diese verschwundene Schwester aufzuspüren, Marlie Robinson. Wahrscheinlich ist sie seit Ewigkeiten tot, aber du solltest dir einmal ihren Vater, Walter Robinson, vornehmen. Er lebt irgendwo an der Küste.«

»Okay …«

»Und dann ist da noch dieser Chad Atwater – Marlies damaliger Freund. Er wurde bei den Ermittlungen mehr oder weniger außen vor gelassen, was womöglich ein Fehler war. Finde heraus, wo er jetzt lebt. Soweit ich weiß, ist er etwa zwei Jahre nach der Tragödie aus Portland weggezogen. Und beeil dich: Die Presse wird ihn diesmal sicher nicht davonkommen lassen.«

»Hm.«

Tate rieb sich den Nacken und blieb stehen. »Da gibt es noch eine Person, die mich interessiert, ein gewisser Silas Dean, Samuel McIntyres damaliger Geschäftspartner. Anscheinend gab es Meinungsverschiedenheiten zwischen den beiden. Dean war am fraglichen Tag im Haus der McIntyres. Es kam zum Streit mit Sam sr. wegen irgendwelcher Grundstückserschließungen. Sam sr. wollte das Land kaufen, doch Silas war dagegen. Sam sr. hat es trotzdem gekauft.«

»Und es kam ausgerechnet am Heiligabend zum Eklat?«, fragte Connell.

»Am Nachmittag, um genau zu sein. Silas Dean ist ziemlich aufbrausend. Es liegen mehrere Anzeigen von seiner Ehefrau wegen häuslicher Gewalt vor, die sie aber immer wieder zurückgezogen hat.«

Connell zog die Augenbrauen in die Höhe.

»Warum? Warum hat sie die Anzeigen zurückgezogen?«, wollte er wissen.

»Ach, immer dieselbe alte Leier. Er hat sich entschuldigt. Geschworen, dass er nie wieder die Hand gegen sie erheben würde. Dass alles ein Versehen war. Dass er zu viel getrunken hatte …« Er verstummte.

»Vielleicht weiß sie etwas«, überlegte Connell.

»Du solltest dir auch die Ex-Partner der Opfer vornehmen. Es heißt, dass die beiden Ex-Frauen von Sam sr. gar nicht begeistert über seine Ehe mit Zelda waren. Das Gleiche gilt für Zeldas Ex-Mann.«

»Robinson.«

Tate nickte. »Der Vater von Marlie und Donner. Es hieß, er habe Streit mit Zelda gehabt.« Jetzt geriet er richtig in Schwung. »Und vergiss nicht Zeldas Schwester Faiza und ihren Freund, diesen … Wie hieß er noch gleich?« Er schnippte mit den Fingern. »Roger … Roger Sweeney! Ein Musiker. Spielt in irgendeiner unbedeutenden Band, die an der Westküste auftritt. Die liebe Tante Faiza verschwendete keine Zeit: Sie übernahm die Vormundschaft für die überlebende Tochter und zog ruckzuck mit ihrem Schnorrer-Freund in die Villa der McIntyres ein. Sie soll immer schon neidisch auf ihre Schwester gewesen sein, vor allem auf deren Geld.«

Connell schien etwas sagen zu wollen, doch stattdessen setzte er sich wieder in Bewegung, schlenderte langsam weiter über den Wanderweg und hörte Tate zu, der mit lauter Stimme, um das Tosen des Wasserfalls zu übertönen, weiterschwadronierte.

»Wir sollten auch die Leute nicht außer Acht lassen, die sich um die ›Hütte‹«, er malte mit den Fingern Anführungszeichen in die Luft, »in den Bergen gekümmert haben. Samuel McIntyre beschäftigte einen Hausmeister, einen Gärtner, ein Hausmädchen und einen Koch. Gut möglich, dass sie etwas mitbekommen haben, was wir noch nicht wissen.«

»Sie wurden allesamt von der Polizei befragt«, hielt Connell dagegen.

Tate nickte. »Von der Polizei, die sich einen groben Schnitzer erlaubt und noch dazu versucht hat, ihren Fehler unter den Teppich zu kehren«, stellte er richtig. »Du kennst Randall Isleys Aussage?«

»Er ist der Cop, der das Schweigen gebrochen hat?«

»Richtig. Ich denke, es würde nicht schaden, wenn wir uns mit dem guten alten Randy unterhalten. Vielleicht können wir seinem Gedächtnis noch ein bisschen auf die Sprünge helfen. Gut möglich, dass er das ein oder andere Detail bei seiner Zeugenaussage ausgelassen hat.«

»Apropos Zeugenaussagen. Du kannst sie doch sicherlich auswendig runterbeten.«

»Selbstverständlich. Und eine davon hat mir von Anfang an Kopfzerbrechen bereitet.«

»Nur eine? Ich nehme an, du meinst die von Kara McIntyre.«

»Nein. Sie war damals noch zu jung. Sie ist definitiv manipuliert worden, und man hat ihr die Worte im Mund verdreht, aber die eine Aussage, die mich nicht loslässt, ist die von Lacey Higgins, Jonas' damaliger Freundin, die mit seinem Bruder Donner ins Bett gestiegen ist.«

»Stiefbruder.«

»Korrekt.« Tate kratzte sich am Kinn. »Bis heute kann ich mir keinen Reim darauf machen.« Er dachte daran, wie sie vor Gericht gesessen hatte, zugeknöpft, züchtig, ein Sinnbild der Sittsamkeit, und ausgesagt hatte, ihr Freund habe gedroht, erst ihren Liebhaber und anschließend sie mit einer Axt zu töten, sollte sie ihn je betrügen. »Überprüf sie.«

»Hast du das nicht längst erledigt?«

»Ich arbeite noch daran, aber bis jetzt habe ich nicht viel herausfinden können.« Tate konnte seinen Frust kaum verbergen. »Lacey Higgins ist mittlerweile verheiratet und hat zwei Kinder. Nichts Auffälliges, aber grab ruhig ein bisschen tiefer.«

»Glaubst du wirklich, du kannst Marlie Robinson auf diese Weise aufspüren oder herausfinden, was mit ihr passiert ist?« Connell runzelte die Stirn.

»Möglich«, erwiderte Tate. »Ich gehe davon aus, dass sie der Schlüssel zu dem Verbrechen ist.«

Connell schnaubte. »Warum, Wes? Ich will eine ehrliche Antwort: Warum lässt du die ganze Scheiße nicht endlich auf sich beruhen?«

Tate verschränkte die Hände im Nacken und warf einen

Blick in den bleigrauen Himmel, dann starrte er hinunter in den schäumenden Fluss. »Weil ich will, dass meinem Vater Gerechtigkeit widerfährt. Ich will die Wahrheit ans Tageslicht bringen, will wissen, ob Jonas McIntyre wirklich der Täter ist, oder ob hier draußen irgendwer frei herumläuft, der so viele Menschenleben auf dem Gewissen hat.«

»Okay. Ich mach's, vorausgesetzt, ich muss kein illegales Terrain betreten.« Connell streckte ihm die Hand entgegen.

»Danke, Mann.« Tate schlug ein. »Eine letzte Sache noch.«

»Ja?«

»Versuch, eine Frau namens Hailey Brown aus Modesto in Kalifornien ausfindig zu machen. Könnte ein falscher Name oder ihr Mädchenname sein. Er taucht auf der Fan-Website für Jonas auf. Ich glaube, es handelt sich um einen Fake-Account.«

»Hailey Browns dürfte es viele geben. Die berühmte Nadel im Heuhaufen.«

»Ich weiß. Aber vielleicht ist es hilfreich, wenn du sie aufspüren kannst.«

»Wieso?«

»Nur so ein Gefühl.«

Connell schüttelte den Kopf. »Toll. Sonst noch was?«

Tate grinste. »Nein, Kumpel. Das wär's fürs Erste.«

Sie waren fast wieder beim Parkplatz angelangt. Connell tippte an seine Baseballkappe und steuerte auf seinen Pickup zu. Nach ein paar Schritten blieb er plötzlich stehen. »Ach, Tate?«, rief er über die Schulter.

»Ja?«

»Pass auf dich auf.« Für einen Moment hielt er Tates Blick fest. »Das Verlangen nach Rache kann einen bei lebendigem Leib auffressen. Lass das nicht zu.«

»Wenn du meinst …«

»Mach keine Dummheiten.«

Zu spät, dachte Tate. Der Zug war längst abgefahren.

Er sah Connell nach, der in seinen Pick-up stieg, vom Parkplatz rollte und wie ein Geist hinter dem weißen Schneevorhang verschwand.

Als er weg war, trat ein Lächeln auf Tates Lippen. Entgegen seiner Befürchtungen hatte Connell angebissen.

Zwar hatte er seine Zusage in einen Schwall Gutmensch-Geschwafel verpackt, aber die Wahrheit lautete, dass er fasziniert von der Sache war. Connell liebte Rätsel, genau wie er es liebte, Puzzleteile zusammenzufügen, und schlussendlich war es ihm scheißegal, ob er sich dabei auf legalem Terrain befand oder nicht.

KAPITEL VIERZEHN

J onas?«, wisperte Kara mit angsterstickter Stimme.
Ihr Herz hämmerte so heftig, als wollte es ihren Brustkorb sprengen. Die Hände so fest ums Lenkrad geschlossen, dass die Knöchel weiß hervortraten, lenkte sie den Jeep die abschüssige Straße hinunter in Richtung Stadt. Neben dem Beifahrerfenster ragten die schroffen Felswände in die Höhe, an ihrer Seite fiel das Gelände steil ab. Sie hatte diese Landstraße in die Berge nie gern befahren, und jetzt, bei Schnee und Eis, gefiel sie ihr noch weniger.

Wieder warf sie einen Blick in den Rückspiegel. Ihr Bruder saß mit ihr im Wagen? Hatte sich auf dem Rücksitz versteckt, wie man es sonst nur aus schlechten Horrorfilmen kannte?

Für den Bruchteil einer Sekunde fragte sie sich, ob er eine Waffe dabeihatte. Eine Pistole oder … ein Messer, etwas, mit dem er Merritts Kehle durchtrennt hatte.

»Fahr, Kara«, befahl er ihr mit gefährlich leiser Stimme.

»Was zur Hölle machst du hier?«, stieß sie hervor und versuchte, ihre Panik in den Griff zu bekommen. Sie musste sich unbedingt auf die Straße konzentrieren, wenn sie nicht am Boden der Schlucht landen wollte.

»Was ich hier mache?«, wiederholte Jonas. »Wonach sieht es denn aus? Oh, Scheiße!« Er duckte sich, als auf der Gegen-

fahrbahn ein weiterer Polizeiwagen mit blinkenden Lichtbalken und hoher Geschwindigkeit an ihnen vorbeifuhr. Nur
ein paar Zentimeter trennten die beiden Fahrzeuge auf der
engen Straße.

Kara schnappte nach Luft, dann schaute sie erneut in den
Rückspiegel. Als Jonas sich wieder aufrichtete, fragte sie:
»Du versteckst dich vor der Polizei?«

»Was dachtest du denn? Du warst in Margroves Trailer.
Du hast ihn gesehen. Ich habe gehört, wie du die Cops angerufen hast. Welche Schlüsse werden die wohl ziehen, wenn
sie herausfinden, dass ich ebenfalls dort war?« Er hielt ihren
Blick im Spiegel fest. »Nur damit eines feststeht: Ich habe ihn
nicht umgebracht. Mir ist klar, dass du das denkst, aber ich
war's nicht.« Er stieß die Luft aus. »Verfluchte Scheiße, was
für ein Albtraum. Endlich bin ich draußen, und dann …
dann … verdammt!«

»Du hast mich zu Tode erschreckt.« Kara bremste vor einer weiteren engen Kurve leicht ab. »Warum um alles in der
Welt versteckst du dich in meinem Wagen wie der Killer aus
einem Slasher-Film?«

»Aus einem Slasher-Film? Was Besseres fällt dir nicht ein?«

Sofort bereute sie ihre Wortwahl. »Du weißt, was ich meine.« Sie wartete, bis sich ihr rasender Puls ein wenig beruhigt
hatte, dann fragte sie: »Wo warst du, Jonas? Wieso hast du
dich in diesem Trailer am Ende der Welt bei Margrove ver-
krochen?«

»Habe ich gar nicht. Margrove wollte sich dort ungestört
mit mir unterhalten. Keine Presse, kein Medienrummel, nur
er und ich.«

Sie blinzelte durch die Windschutzscheibe und rieb mit
dem Handschuh immer wieder eine Stelle frei. Gut möglich,
dass Jonas die Wahrheit sagte. Einen entlegeneren Ort hätte
Margrove wirklich nicht vorschlagen können. Trotzdem …

Als spürte er ihre Zweifel, murmelte Jonas kaum hörbar: »Du glaubst mir nicht.«

»Ich weiß nicht, was ich glauben soll.« Das war die gottverdammte Wahrheit.

»Ich habe ihn nicht umgebracht«, sagte er. »Aber das denkst du, oder?«

Kara öffnete den Mund, doch noch bevor sie etwas erwidern konnte, wiederholte er seine Worte. Drängend. Verzweifelt.

»Ich habe ihn nicht umgebracht, das musst du mir glauben! Er war schon tot, als ich ankam.«

»Und wann war das?«, wollte sie wissen.

»Etwa zehn, fünfzehn Minuten, bevor du aufgekreuzt bist.«

Glaub ihm nicht, glaub ihm kein Wort, er ist ein Lügner. Du weißt, dass er ein Lügner ist. Du hast ihn verteidigt, aber auch du hattest immer Zweifel.

»Er wollte sich mit dir treffen?« Ihre Gedanken rasten.

»Er war mein Anwalt, schon vergessen? Ein verdammt schlechter, wenn du mich fragst.« Jonas lachte freudlos. »Warum hat er zwanzig Jahre gebraucht, mein halbes Leben, um diesen Randall Isley ausfindig zu machen, der endlich zugegeben hat, dass die Cops Mist gebaut haben? Glaub mir, Kara, Margrove war kein Heiliger. Er wurde gut bezahlt.« Das stimmte. »Er und deine Tante haben ordentlich von den schrecklichen Vorfällen profitiert.«

»D-Das kann ich so nicht sagen«, stammelte sie.

Er schnaubte verächtlich. »Du willst bald dein Erbe antreten, richtig? Den Großteil des Nachlasses. Wenn ich du wäre, würde ich mich nicht darauf verlassen. Das Erbe ist so gut wie futsch.«

»Woher weißt du das?«

»Ich habe das überprüft. Und jetzt, da das Urteil von damals aufgehoben wurde und ich wieder ein freier Mann bin, erbe ich ebenfalls. Auch das habe ich überprüft.«

»Wie konntest du das überprüfen? Du warst doch …«

»Im Gefängnis? Abgeschnitten von der Welt?« Er schnaubte erneut. »Wo ein Wille ist, ist auch ein Weg.« Jonas beugte sich zu ihr vor. »Sie haben dich ausgenommen. Uns.« Er trommelte mit den Fingerspitzen gegen die Fensterkante. »Was ist mit dem Haus? Wohnst du noch darin?«

»Nein … nein.« Sie schüttelte heftig den Kopf. »Ich habe ein eigenes Apartment.«

»Glück für dich.«

»Jonas …«

»Wurde das Haus verkauft?«, hakte er nach.

»Nein, das ging nicht.« Sie lenkte den Wagen vorsichtig um eine Kurve. »Ein Verkauf des Hauses durch den Vormund oder andere Personen mit Ausnahme des oder der Erbberechtigten ist ausgeschlossen. Das ist genau geregelt.«

»Was ist dann damit?«

»Tante Faiza lebt dort.«

»Wie bitte? Faiza? Verdammt!« Er schüttelte ungläubig den Kopf. »Du verarschst mich!«

»Ich dachte, du hättest alles überprüft!«

»Ich nehme an, Margrove hatte seine Gründe, mir dieses kleine Detail bei seinen Besuchen zu verschweigen.« Ohne sein Getrommel zu unterbrechen, starrte Jonas aus dem Fenster. »Ich frage mich, was er mir sonst noch alles vorenthalten hat. Wie viel von dem Nachlass mag er wohl für sich abgezwackt haben?« Im Rückspiegel sah sie, dass er eine Grimasse schnitt. Seine Lippen waren dünn wie eine Rasierklinge. »Ich will es haben.«

»Wie bitte?«, fragte sie entgeistert. »Du meinst, du willst das Haus haben?«

»Ich denke, es gehört mir. Das Haus und noch viel mehr.«

»Wenn du das sagst.«

Das Trommeln wurde schneller. »Ich will dich nur warnen, dass du nicht viel zu erwarten hast. Dafür haben Faiza und Margrove, dieser Scheißkerl, gesorgt.«

Die überraschende Wendung, die dieses Gespräch nahm, schnürte Kara die Luft ab. »Ich habe keine Ahnung, was ich zu erwarten habe«, stieß sie angestrengt hervor.

»Wie ich schon sagte: Ich kriege das Haus. Scheißegal, wen ich dafür vor Gericht zerren muss.«

»Tante Fai, das kann ich mir ja noch vorstellen, aber Margrove ...«

»War ein inkompetenter Clown. Ein abgehalfterter Rechtsverdreher«, stieß Jonas voller Bitterkeit hervor. »Ich hätte ihm niemals vertrauen dürfen.«

»Ich dachte, du hättest während der Haft zu Gott gefunden.«

Er warf ihr einen Blick im Spiegel zu. »Das habe ich.«

»Es klingt aber gar nicht danach. Wie war das noch gleich mit der anderen Wange?«

»Kapierst du's nicht? Ich habe *zwanzig* Jahre verloren. *Zwanzig* gottverdammte Jahre!«

Karas Handflächen begannen zu schwitzen. Nach religiöser Bekehrung hörte sich das nicht an. »Wie bist du zu Margrove gekommen?«, versuchte sie ein anderes Thema, damit er sich nicht noch mehr aufregte.

»Jemand hat mich hingefahren.«

»Wer?«

Er zögerte, dann warf er ihr einen finsteren Blick zu und knurrte: »Mia.«

»Wer ... wer ist Mia?« Jonas hatte eine Freundin?

»Jemand, der sich im Gegensatz zu allen anderen etwas aus mir macht.« Seine Augen blitzten.

Sie wusste, wen er damit meinte. Nicht nur sie und Margrove. Jonas fühlte sich komplett im Stich gelassen: von seiner Mutter Natalie, Daddys zweiter Frau, die nach den Morden und der Verhaftung ihres einzigen Sohnes die Gegend nahezu fluchtartig verlassen hatte. Kara hatte keine Ahnung, was aus ihr geworden war. Von Lacey Higgins, die zum Zeitpunkt des Massakers seine Freundin gewesen war und die hinter seinem Rücken mit Donner ins Bett gegangen war. Sie hatte ihn nicht nur mit seinem Stiefbruder betrogen, sie hatte auch vor Gericht gegen ihn ausgesagt und anschließend nie wieder mit ihm gesprochen. »Der Junge fühlt sich total allein. Selbst seine eigene Mutter besucht ihn nicht, und seine Freundin treibt es mit seinem Stiefbruder.« Das hatte Margrove zu Helen gesagt, als Kara damals im Haus der beiden gewohnt hatte. Sie hatte in der Küche gestanden, um sich eine Cola aus dem Kühlschrank zu nehmen, während der Anwalt und seine Frau es sich im Wohnzimmer auf dem Sofa bequem gemacht hatten.

»Das klingt übel«, hatte Helen eingeräumt.

»In der Tat. Dabei ist er noch fast ein Kind.«

»Ein zorniges Kind, das schon vorher mit dem Gesetz in Konflikt geraten ist. Wenn ich mich richtig erinnere, hat er bereits in der Grundschule einem anderen Jungen bei einer Rauferei den Arm gebrochen.«

»Das war ein Unfall«, hatte Margrove dagegengehalten.

»Möglich, aber eine Woche vor dem Massaker ist er mit Donner Robinson aneinandergeraten. Wenn du mich fragst ...«

»Ich frage dich aber nicht.«

»Dein Pech. Meiner Meinung nach hat Jonas McIntyre eine Grenze überschritten. Du weißt das. Ich weiß das. Das Gericht und die Jury wissen es ebenfalls. Ich kann es Lacey Higgins kaum zum Vorwurf machen, dass sie ihn drangehängt hat.«

Margrove hatte seine Frau kopfschüttelnd angesehen, nach der Fernbedienung gegriffen und den Fernseher eingeschaltet. Auf dem Bildschirm war eine Folge von *Law & Order* aufgeflackert. Kara hatte ihre Cola genommen und war auf Zehenspitzen die Treppe hinaufgeschlichen.

Unter den Reifen spritzte Schneematsch auf. Ein Eisbrocken prallte gegen das Seitenfenster und riss sie aus ihren Gedanken. Im Rückspiegel sah sie Jonas aus dem Fenster starren. Seine Wut war nahezu greifbar.

»Diese Mia, die Frau, die sich ›etwas aus dir macht‹«, brach sie das Schweigen und schluckte dann gegen den Kloß in ihrer Kehle an. »Sie hat dich einfach im Wald abgesetzt, bei diesem Schneesturm?«

»Ich hatte sie darum gebeten. Sie bot mir an zu bleiben, aber das wollte ich nicht. Stell dir vor, ich bedeute ihr etwas, sie kümmert sich um mich – ganz anders als Lacey!« Er spuckte den Namen seiner Ex-Freundin aus, als hätte er einen fauligen Geschmack.

»Mia ist deine feste Freundin?«

Jonas hörte auf zu trommeln. »Was geht dich das an? Und überhaupt: Was soll die Fragerei, Kara? Irgendwer hat Margrove abgeschlachtet, genau wie damals unsere Familie. Wer weiß, wer als Nächster dran ist. Ich? Du?«

Als Kara diesmal in den Rückspiegel schaute, sah sie noch etwas anderes außer Zorn in den Augen ihres Halbbruders. Eine Empfindung, die sie nicht recht zuordnen konnte. Angst? Sie spürte, wie sich ihre Nackenhärchen sträubten. Wie viel wusste Jonas wirklich? Und vor allem: Was hatte er vor?

Tate ging ein Risiko ein.

Ein großes.

Er musste schnell sein.

Er versuchte, die Tür zu dem großen Backsteingebäude

am Stadtrand zu öffnen, doch wie erwartet ließ sich der Knauf nicht drehen. Die Tür war fest verschlossen.

Er klopfte und warf einen Blick auf das Vordach, das den Eingang überspannte. Keine Überwachungskamera. An den Dachbalken, von denen die Farbe abblätterte, ebenfalls nicht. Nur ein altes Vogelnest. Unbewohnt. Doch, dort an der Hausecke war eine Kamera montiert, aber Tate erkannte sofort, dass sie nur ein Fake war – eine Attrappe, die unerwünschte Besucher abschrecken sollte.

Niemand reagierte auf sein Klopfen.

Das Gebäude, in dem Merritt Margrove seine Kanzlei hatte, schien leer zu sein.

Ausgezeichnet.

Obwohl erst früher Nachmittag war, wurde es bereits dunkel. Schwere Wolken hingen tief am bleigrauen Himmel und schütteten Unmengen von Neuschnee aus.

Gut.

So hatte er ein wenig Deckung. Nicht viel, aber er würde nicht bis zum Abend warten müssen.

Tate warf einen Blick über die Schulter und vergewisserte sich, dass niemand in der Nähe war, dann zog er einen Dietrich aus der Tasche und machte sich damit am Schloss zu schaffen. Nach ein paar Sekunden hörte er ein leises Klicken, und die Tür sprang auf.

Nachdem er sich erneut umgeschaut hatte, schlüpfte er ins Gebäude hinein, blieb stehen und lauschte. Nichts. Genau, wie er gehofft hatte. So kurz vor Weihnachten arbeitete niemand mehr.

Er streifte Einweghandschuhe über die Finger und Plastiküberzieher über die Stiefel, anschließend durchquerte er geräuschlos den leeren Empfangsbereich. Es war finster in dem alten Backsteinbau, beinahe hätte er einen Schirmständer umgestoßen.

Er durfte keinen Lärm machen, nicht dass ihn doch noch irgendwer bemerkte, und wäre es auch nur der Hausmeister, der sich vor den Feiertagen auf einen letzten Kontrollgang begab. Das Licht anmachen durfte er auch nicht, also schaltete er seine Handytaschenlampe ein und ging eilig weiter zu Merritt Margroves Kanzleitür. Erneut kam der Dietrich zum Einsatz, das simple Schloss ließ sich mühelos öffnen.

Wahrlich keine gute Adresse für einen einst gefeierten Anwalt und Strafverteidiger, dachte Tate, trat ein und ließ die Tür einen Spalt offen stehen. Wieder hielt er kurz inne und lauschte, doch als er nichts hörte außer dem Rumpeln der Heizrohre und dem Pfeifen des Windes, der um die Gebäudeecken strich, sah er sich an Margroves Arbeitsplatz um.

Margroves Kanzlei bestand aus einem einzigen Raum mit einem Fenster zum Parkplatz. Die Wände waren mit billigen Holzpaneelen verkleidet, es gab einen Schreibtisch mit einem ledernen Chefsessel dahinter und zwei durchgesessenen Stühlen davor. Die Regale an den Wänden waren voller verstaubter Jura-Schinken, die seit Jahren keiner mehr zur Hand genommen hatte, kalter Zigarettenrauch schwängerte die Luft. An einer Wand hingen gerahmte Fotos, die Margrove zu seinen Glanzzeiten zeigten. Er posierte darauf Arm in Arm mit B-Promis, von denen viele mittlerweile tot waren. Auf einer der Aufnahmen stand Margrove auf einem Golfplatz, einen Putter in der Hand, umringt vom Rest des Vierers, alle in schrillen Golf-Outfits mit dazu passenden Käppis. Eine andere zeigte ihn mit einer schönen Frau, deren Name Tate nicht einfallen wollte – eine Schauspielerin aus einem Film, der längst ein Klassiker geworden war –, an einem Restauranttisch. Vor ihnen standen halb volle Gläser und ein überquellender Aschenbecher. Neben dem Aktenschrank hinter dem Schreibtisch prangten Margroves Abschlüsse, Urkunden und andere Auszeichnungen, die an einem Ort wie diesem eher traurig wirkten.

Die trostlose Kanzlei in dem heruntergekommenen Backsteingebäude war der offensichtliche Beweis dafür, dass es mit der großen Karriere ein für alle Mal vorbei war.

Tate trat an den Aktenschrank. Fest verschlossen. Er hatte nichts anderes erwartet.

Er warf einen Blick auf die Uhr und wandte sich als Nächstes dem breiten Schreibtisch zu. Er musste sich beeilen, denn die Nachricht vom Tod des Juristen verbreitete sich wie ein Lauffeuer. Er hatte von einer seiner Quellen davon erfahren – ein Deputy im Ruhestand, der früher mit Tates Vater zusammengearbeitet hatte.

Angespannt drückte er den An-Knopf von Margroves Computer und wartete darauf, dass der Rechner hochfuhr.

Der Bildschirm wurde hell. Die Passwort-Eingabe blinkte auf.

Mist! Nicht, dass er etwas anderes erwartet hätte.

Eilig schob er den Chefsessel beiseite und zog die Schublade in der Mitte des Schreibtischs auf. Zum Glück ließ sie sich mühelos öffnen. Tate sah Bleistifte, Kugelschreiber, Büroklammern, zwei Scheren, Gummibänder, drei Feuerzeuge und eine aufgerissene Großpackung Zigaretten, aus der bereits mehrere Schachteln fehlten.

Ein Zettel, auf dem Margrove das Passwort notiert hatte, fehlte ebenfalls.

»Verdammt«, murmelte Tate und öffnete die Schubladen an einer Seite, eine nach der anderen. Wieder nichts. Auch nicht auf der anderen Seite. Außer einer kleinen Sporttasche mit unbenutzter Kleidung zum Wechseln, Druckerpapier, weiterem Bürobedarf und einer halb leeren Flasche mit Irischem Whiskey fand er nichts. Den Aktenschrank wollte er nicht aufbrechen, das wäre einfach zu riskant, denn nach

Margroves Tod würde die Polizei die Kriminaltechniker auch in die Kanzlei schicken. Es war daher vermutlich auch wenig ratsam, den Computer mitzunehmen und sich in seinen eigenen vier Wänden mit dem Passwort zu beschäftigen.

Nein, er würde sich vor Ort einloggen müssen, und deshalb sollte er sich jetzt besser etwas einfallen lassen.

Margrove war ein Mann der alten Schule, der seinen Beruf noch vor dem Anbruch des Computerzeitalters erlernt hatte. In den letzten Jahren hatte er sich weder eine Sekretärin noch einen Assistenten leisten können, ganz zu schweigen von einem Junior-Partner. Margrove schmiss seinen Laden allein. Ein alter Mann, der von seinem früheren Ruhm träumte und immer häufiger zur Flasche griff. Würde er nicht genau deshalb das Passwort irgendwo hinterlegt haben? An einem gut zugänglichen Ort, damit er es auch fand, sollte es ihm tatsächlich einmal entfallen?

Vielleicht.

Vielleicht auch nicht.

Tate leuchtete mit der Handytaschenlampe unter die Schreibtischplatte, um nachzusehen, ob dort womöglich eine Passwortliste klebte, doch alles, was er fand, war eine Messingplakette des Möbelherstellers: *Cals Büromöbel, seit 1966, handgefertigt in Oregon.* Aus einem Impuls heraus berührte Tate die Plakette und stellte fest, dass sie sich bewegen ließ. Eine Lade, nicht größer als ein breites Holztablett, sprang heraus und bot zusätzlichen Stauraum. Beinahe rechnete er damit, auf eine Liste mit vertraulichen Informationen, Namen von Mandanten und Telefonnummern zu stoßen, doch so viel Glück hatte er nicht.

Anscheinend war der alte Mann cleverer gewesen, als Tate angenommen hatte.

Er probierte mehrere Passwörter aus – einfache Ziffernfolgen und das Wort PASSWORT, außerdem eine Kombination aus Margroves Initialen und Daten von den Urkunden an der Wand.

Vergeblich.

»Verdammt.«

Das machte keinen Sinn. Er würde sich etwas anderes einfallen lassen müssen. Die Ellbogen auf den Schreibtisch gestützt, legte er das Gesicht in die Hände und dachte nach. Wenn es an dem handgefertigten Möbel einen verborgenen Mechanismus für ein Geheimfach gab, so würde er womöglich auf weitere Überraschungen stoßen, wenn er den Schreibtisch nur gründlich genug unter die Lupe nahm.

Tate machte sich erneut auf die Suche, doch er entdeckte nichts. Er wollte gerade aufgeben, als sein Blick an der Lade hängen blieb. Sie war längst nicht so tief wie die Schreibtischplatte.

Zufall oder Absicht?

Er zog eine der Seitenschubladen heraus. Sie war gute zwanzig Zentimeter tiefer.

Warum?

Erneut öffnete Tate die mittlere Schublade und leuchtete mit der Handytaschenlampe hinein. Als er die Zigarettenpackung zur Seite schob, entdeckte er an einer der hinteren Kanten ein kleines Metallplättchen.

Er steckte die Hand in die Schublade und drückte darauf.

Nichts passierte.

Er versuchte es noch einmal, presste die behandschuhte Fingerspitze kräftiger auf das Plättchen.

Klick.

Die Schublade sprang ihm entgegen und gab weiteren Stauraum frei. Ein kleines, ledergebundenes Adressbuch kam zum Vorschein, außerdem mehrere USB-Sticks.

In dem Moment hörte Tate Motorengeräusche, und ein

Lichtstrahl wie von den Scheinwerfern eines Pick-ups oder SUVs fiel durch den Türspalt.

Hatte ihn irgendwer bemerkt? War die Kamera womöglich doch keine Attrappe?

Der Motor wurde ausgestellt, die Lichter erloschen.

Tate spürte, wie sich sämtliche Muskeln in seinem Körper anspannten. Fluchtbereit.

Eine Autotür schlug zu, kurz darauf vernahm er eine Stimme. Jemand schien vor dem Gebäude zu stehen und zu telefonieren.

Mist.

Er durfte sich auf keinen Fall erwischen lassen.

Er hatte bereits eine moralische Grenze überschritten, die Grenze der Legalität sowieso, und er wollte nicht, dass das umsonst gewesen war.

Tate zögerte keine Sekunde, fischte das Adressbuch und die USB-Sticks heraus, versenkte alles in seinen Jackentaschen und schob die Schublade zu.

Jetzt wurde ein Schlüssel ins Schloss gesteckt. Die Eingangstür öffnete sich mit einem leisen Quietschen.

Verdammt! Verdammt! Verdammt!

Hastig schloss er die Tür zu Margroves Kanzlei, eilte zum Fenster und öffnete es. Das Fliegengitter ließ sich mühelos herausdrücken. Mit einem leisen *Klonk!* landete es in den Sträuchern zwischen Mauer und Parkplatz. Tate kletterte hinaus, schob das Fenster wieder hoch und huschte über den verschneiten Asphalt vom Gelände. Das Fliegengitter ließ er liegen in der Hoffnung, es wäre schon bald unter einer dicken Schicht Neuschnee verborgen, genau wie seine Fußabdrücke.

Er erreichte die schmale Seitenstraße, in der er seinen RAV4 geparkt hatte, stieg ein und zog die Handschuhe aus. Einen Moment lang blieb er sitzen, tastete nach dem Adressbuch und den USB-Sticks, dann ließ er den Motor an und schaltete die Scheibenwischer ein.

Sobald er freie Sicht hatte, gab er Gas. Er wusste, dass man den Einbruch bald bemerken würde, spätestens wenn jemand das Fliegengitter in den Büschen entdeckte, und bei den heutigen kriminaltechnischen Möglichkeiten …

Dass man auch bei ihm aufkreuzen würde, stand außer Frage. Die Polizei würde sich nach Margroves gewaltsamem Tod jeden vornehmen, der in irgendeiner Form mit ihm oder seiner Tätigkeit als Anwalt in Verbindung gestanden hatte, und dass er sich als Sohn des verstorbenen Polizisten für die Vorfälle von damals interessierte, war kein Geheimnis. Womöglich würden ihn die Ermittler daher zu einer Person von besonderem polizeilichem Interesse erklären, und sollte er noch dazu dabei gefilmt worden sein, wie er sich unbefugt Zugang zum Gebäude verschafft hatte …

Er musste so schnell wie möglich Fotos von den Einträgen in Margroves Adressbuch machen und herausfinden, was auf den USB-Sticks gespeichert war, um gegebenenfalls Kopien zu ziehen. Eventuell bestand die Möglichkeit, die gestohlenen Gegenstände anschließend irgendwie in die Kanzlei zurückzuschmuggeln …

Vor einer roten Ampel bremste Tate ab und wünschte sich inständig, er hätte die Gelegenheit genutzt und einen Blick in Margroves verschlossenen Aktenschrank geworfen, doch dafür war die Zeit zu knapp gewesen, das Risiko, Spuren am Schloss zu hinterlassen, zu hoch.

Vielleicht ein andermal, dachte er. Die Ampel sprang auf Grün, und er trat aufs Gas.

Für heute hatte er schon genug Gesetze gebrochen.

KAPITEL FÜNFZEHN

Karas Handy im Fußraum vor dem Beifahrersitz summte. Sie schielte auf das kleine Display. Die Nummer, die darauf aufblinkte, kannte sie. »Tante Faiza ruft an.«

»Was zur Hölle will sie von dir?«, knurrte Jonas.

»Es gibt wohl nur eine Möglichkeit, das herauszufinden«, antwortete Kara. »Ich gehe dran und ...«

»Scheiße, auf keinen Fall!«

Kara beugte sich vor, um an ihr iPhone zu gelangen. Der Jeep schlitterte auf den Randstreifen. Überfrorener Kies knirschte unter den Reifen.

Jonas warf sich mit dem Oberkörper zwischen den Sitzen hindurch nach vorn und schlug ihre Hand weg.

»He!« Kara verriss das Lenkrad und geriet auf die andere Fahrbahn. Zum Glück kam ihnen kein Fahrzeug entgegen.

»Schau auf die Straße!«, schimpfte Jonas und ließ sich wieder auf den Rücksitz fallen, wobei er sich den Kopf am Wagendach stieß. »Scheiße!« Er rieb sich die schmerzende Stelle. »Du kannst Faiza später zurückrufen. Fahr einfach weiter!«

Kara lenkte den Jeep zurück auf die geräumte Spur. Nicht lange, und sie wäre wieder voller Schnee. Ein paar Kilometer legten sie schweigend zurück, dann platzte Kara heraus: »Ich fahre nicht ›einfach weiter‹! Ich will wissen, was du bei Margrove wolltest, warum du plötzlich auf der Rückbank meines

Wagens auftauchst und vor allem, warum du dich nach deiner Entlassung nicht gleich bei mir gemeldet hast!«

»Das fragst du doch nicht im Ernst, Kara?« Im Rückspiegel sah sie, wie er sich gegen die Lehne sacken ließ und ungläubig die Lippen verzog. »Wo warst *du* denn, Schwesterchen? Warum hast du dich nicht bei mir gemeldet, während ich im Gefängnis saß? Zwanzig beschissene Jahre lang! Wo warst du, Kara?«

»Ich habe dich besucht!«, hielt sie entrüstet dagegen.

»Ja, klar. Ganze zwei Mal! In zwei Jahrzehnten. Toll. Und dann hast du auch noch deine bekloppte Tante mitgebracht.«

»Sie war mein Vormund.«

»Ich dachte, das wäre Margrove gewesen.«

»Nein, er hat sich bloß um mich gekümmert. Offiziell war Faiza für mich zuständig, aber ich glaub, die zwei haben da irgendwas gedreht. Keine Ahnung.« Sie dachte an die unschöne gemeinsame Zeit mit ihrer Tante zurück und daran, wie sie in Margroves Haus in Sellwood geflüchtet war. Bei Merritt und Helen hatte sie sich sicher gefühlt. Geborgen.

»Na klar. Vergiss es.« Jonas lachte bitter auf.

»Ich *war* im Gefängnis, um dich zu besuchen, aber du wolltest mich nicht sehen!«

Du darfst ihm nicht auf den Leim gehen, darfst ihm nicht trauen! Er konnte andere Menschen schon immer ausgezeichnet manipulieren, das weißt du von Donner und Marlie, also lass nicht zu, dass er jetzt dich manipuliert!

»Jonas«, setzte sie erneut an. »Es tut mir leid, wenn ich …«

»Lass es. Für Entschuldigungen ist es zu spät. Alle haben mich fallen lassen, sogar meine verfluchte Mutter!«

»Ich habe dich nicht fallen lassen.«

»Hör auf damit, hab ich gesagt!« Er atmete hörbar aus. »Fahr einfach weiter. Du kannst mich an der 84 absetzen.«

»An der I-84? Der Interstate?«

Er nickte. »Ja. Westlich von The Dalles gibt es einen Rastplatz, den viele Trucker anfahren. Hal's Get & Go. Dort kannst du mich rauslassen.«

»Kann ich nicht. Wir haben die Abzweigung verpasst.«

»Dann nimm die nächste. Bei Kreb's Corners in Richtung Norden.«

»Wo?«

»Ich sag dir rechtzeitig Bescheid. Ist eine kleinere Landstraße.«

»Geräumt?« Sie blinzelte angestrengt in die dichten Schneeflocken, die im Scheinwerferlicht durcheinanderwirbelten.

»Woher zum Teufel soll ich das wissen?«

Sie warf ihm im Rückspiegel einen abschätzigen Blick zu. »Du scheinst doch sonst so viel zu wissen.«

»Aber nicht alles.« Er zögerte einen Moment, dann fügte er hinzu: »Komm schon, Kara, du hast Allradantrieb. Das dürfte ein Klacks für dich sein.«

Kara schüttelte den Kopf. Nichts von dem, was gerade passierte, war »ein Klacks«. »Tut mir leid, Jonas, ich muss nach Hause. Die Polizei will vorbeikommen. Du hast doch mitgekriegt, was dieser Detective Thomas gesagt hat.«

»Dann fahr schneller. Je früher du mich bei der Raststätte absetzt, desto eher bist du zu Hause.«

»Sie werden nach dir suchen.«

»Aber sie kriegen mich nicht, wenn du den Mund hältst.«

»Das ist nicht besonders schlau, Jonas.«

»Du denkst, es wäre schlauer, mit den Cops zu reden, die mir schon einmal so übel mitgespielt haben? Kannst du dich bitte mal in mich hineinversetzen, Kara?«

Kara schluckte. Wieder trat ihr der grausige Anblick von Merritt Margrove vor Augen, der breite rote Schnitt über seiner Kehle. Was wusste sie über ihren Halbbruder? War er zu einer solchen Tat fähig? Hatte man ihn wirklich zu Unrecht verurteilt?

»Für die Cops wird der Täter von vornherein feststehen, genau wie damals. Einen anderen als mich haben die doch gar nicht auf dem Schirm! Wieso haben sie zum Beispiel nie herausgefunden, was mit Marlie passiert ist? Und was ist mit Chad, der ›Liebe ihres Lebens‹? Auf mich wirkte er bei der Gerichtsverhandlung alles andere als am Boden zerstört. Ich bin mir sicher, dass Marlie nicht das einzige Mädchen in seinem Leben war …«

»Du denkst, er war mit einer anderen zusammen?«, fragte Kara ungläubig. »Marlie war total verknallt in ihn!«

»Er hat später seine ›gute Freundin‹ geheiratet. Sie war damals sein Alibi, erinnerst du dich nicht mehr?«

Kara schüttelte ungläubig den Kopf.

»Dad hatte zudem alle möglichen Feinde«, fuhr Jonas fort, »doch um das zu kapieren, warst du wahrscheinlich noch zu jung. Die Cops hat es nicht interessiert – keine Ahnung, warum nicht.«

»Wen meinst du?«, fragte Kara, stellte die Scheibenwischer eine Stufe höher und wischte wieder einmal das Kondenswasser weg. Wenn sie das hier unbeschadet überstand, würde sie als Erstes die gottverdammte Heizung reparieren lassen.

»Walter Robinson zum Beispiel. Dad hat hinter seinem Rücken deine Mom geschwängert, und Walter war bei der Armee. Er wusste, wie man mit einem Schwert umging.«

»Hast du ihn gesehen?«

»Nein, ich habe eine Gestalt mit einer dunklen Maske gesehen, aber das hat mir niemand geglaubt.«

Vor Karas innerem Auge blitzte ein Bild von einem großen Mann mit Skimaske an der Wohnzimmertür auf. Sie schauderte.

Jonas stützte sich mit den Unterarmen auf der Rückenlehne des Fahrersitzes ab. »Silas Dean hat ebenfalls keiner verdächtigt. Dad hat ihn über den Tisch gezogen. Am Nachmittag vor dem Massaker hatten sie einen handfesten Streit, das habe ich beobachtet.«

Auch Kara hatte die Auseinandersetzung mitbekommen. Dean war ein kleiner, stämmiger Mann gewesen, kahl, bis auf einen dünnen schwarzen Haarkranz, mit dicker Hornbrille. Plötzlich sah sie ihren Vater vor sich, der Dean um fast einen Kopf überragte. »Lass es gut sein, Silas«, hörte sie ihn sagen, während er seinen Geschäftspartner zur Tür schob. »Die Sache ist durch.«

»Und sie kostet uns Tausende! Nein, sie kostet *mich* Tausende. Du bist ein Arschloch, McIntyre. Du wusstest, dass es so kommen würde, und das wirst du bereuen, dafür werde ich sorgen«, hatte Silas getobt.

»Aber er ist doch gegangen …«, sagte sie leise. Deans Drohungen waren vor Gericht zur Sprache gekommen, doch sein Alibi hatte sich als wasserdicht erwiesen. Er hatte geschworen, dass er nach Hause gefahren war, was seine Frau bestätigt hatte.

»Na und? Vielleicht ist er später zurückgekommen und hat seine Drohungen wahr gemacht.« Jonas beugte sich dicht zu Karas Ohr. »Was ist mit Marlie?«

»Wie bitte?« Kara schnappte nach Luft. Das konnte er doch nicht ernst meinen!

»Warum ist sie abgehauen? Hast du dich das jemals gefragt?«

»Unsinn! Das ist ausgeschlossen! Wieso um alles auf der Welt sollte sie …« Sie brachte es nicht über sich, den Satz zu beenden.

»Woher willst du das wissen? Marlie war nachtragend, Kara, und sie mochte mich nicht. Außerdem war sie stinksauer, weil Zelda und Dad etwas gegen Chad hatten. Dad hat

Chad sogar Geld geboten, damit er mit Marlie Schluss macht. Ich wette, das wusstest du nicht!«

»Nein.« Konnte das wirklich sein, oder fantasierte er sich da etwas zusammen? Wer wusste schon, auf welche Gedanken man kam, wenn man zwanzig Jahre lang eingesperrt gewesen war!

»Und dann wäre da auch noch Natalie …«

»Deine Mom?«, fragte sie fassungslos. »Du verdächtigst deine eigene Mutter …«

»Warum nicht?«

»Nun, sie hatte ein Alibi.«

»Sie könnte jemanden beauftragt haben. Sie hat vor Wut geschäumt, als sie von Zeldas Affäre mit Dad erfuhr. Natalie war nicht seine erste Frau, Dad hatte Sams Mom mit ihr betrogen, und nun betrog er sie. Das hat sie ihm nie verziehen und vor lauter Wut selbst eine kurze, heiße Affäre mit Walter Robinson begonnen. Die beiden betrogenen Ex-Partner, die einander Trost spendeten – wie erbärmlich ist das denn?«

Alles, was er sagte, diente dazu, sie zu schockieren, und sie musste zugeben, dass ihm das ausgezeichnet gelang. Sie hatte sich im Laufe der Jahre so einiges zusammengereimt, aber auf Jonas' bösartige Theorien war sie nicht gekommen.

»Als sie Dad nicht mit Robinson eifersüchtig machen konnte, beendete Natalie die Affäre. Schluss. Aus. Vorbei.«

»Hm.« Kara schüttelte den Kopf. »Und du glaubst wirklich, dass deine Mutter die Morde in Auftrag gegeben und dich dafür büßen lassen hat? Das ist doch verrückt!«

»Du weißt, wie sie ist, oder erinnerst du dich nicht mehr? Immer geht es nur um sie. Sie ist das Zentrum des Universums, und sie schert sich einen Dreck um andere. Nicht einmal um mich.« Sein Lachen klang hässlich. Traurig. Aggressiv.

»Dabei bist du ihr Sohn.«

»Sie hat mich schon vor Jahren im Stich gelassen. Bei der Scheidung. Deshalb bin ich zu Dad gekommen. Denkst du, ich fand es nicht schrecklich, dass meine Mom mich nicht haben wollte?« In seiner Stimme schwang ein solcher Hass mit, dass Kara eine Gänsehaut bekam. »Es war ihre freie Entscheidung.«

»Sie hat dich in Schutz genommen«, sagte Kara und erinnerte sich an Aufnahmen, auf denen eine tränenüberströmte Natalie zu sehen war, außer sich vor Kummer, weil man ihren Sohn verhaftet hatte.

»Alles nur Show«, behauptete Jonas.

Walter Robinson trat Kara vor Augen, der in einem Fernsehinterview behauptete, Jonas habe Donner, seinen einzigen Sohn, getötet. Er gab ihm außerdem die Schuld am Verschwinden seiner Tochter Marlie. »Er hat einen schlechten Kern«, hatte Walter, ein großer, breitschultriger Mann behauptet, während er stramm wie der Soldat, der er einst gewesen war, vor der Kamera stand. »Er weiß, was geschehen ist, aber rückt nicht mit der Sprache raus, nur um seine eigene Haut zu retten, der Feigling.« Anschließend hatte er die Augen zusammengekniffen und Jonas direkt angesprochen, als könnte der ihn hören. »Was ist passiert, du mörderischer Scheißkerl? Was zur Hölle ist geschehen, und wo ist meine Tochter?«

Das Bild von Merritt, der in seiner eigenen Blutpfütze lag, zuckte vor Karas innerem Auge auf. Sie weigerte sich zu glauben, dass Jonas ihn umgebracht hatte, aber wusste sie wirklich, wozu er fähig war? Instinktiv spürte sie, dass sie ihn beruhigen, seinen Zorn beschwichtigen musste.

»Warum willst du denn zu dieser Raststätte?«, fragte sie, um ihn abzulenken.

»Dort halten viele Lkw-Fahrer. Einer von ihnen wird mich bestimmt mitnehmen.«

»Wohin?«

»Egal.«

»Die Cops werden denken, dass du vor ihnen wegläufst.«

»Ich laufe vor ihnen weg.«

»Aber du musst mit ihnen reden!«, beschwor sie ihn. »Ihnen sagen, dass du in Margroves Trailer warst und warum.«

»Klar. Das steht ganz oben auf meiner Prioritätenliste.« Er trommelte wieder mit den Fingern gegen den Fensterrahmen, dann hörte er abrupt damit auf. »Als würden sie mir glauben, dass ich erst aufgekreuzt bin, als er schon tot war.«

Ein Telefon klingelte. Kara zuckte zusammen. Dann hatte Jonas also bereits ein Handy. Von wegen Telefonzelle. Er war schnell, das musste sie ihm lassen. Wieder fragte sie sich, ob er hinter der Nachricht und den ominösen Anrufen steckte.

Sie lebt.

»Hi«, nahm Jonas den Anruf entgegen. »Ja … ich bin unterwegs«, fügte er mit gedämpfter Stimme hinzu. »Ja, ja, ich weiß … Das ist eine lange Geschichte. Ich erzähle sie dir, wenn …« Er blickte auf und sah, dass Kara ihn im Rückspiegel beobachtete. »Schau auf die Straße, verdammt noch mal!«

Aus dem Augenwinkel sah sie einen Rehbock aus dem Unterholz springen. Vor einem Schneehaufen am Straßenrand hielt er inne und starrte verwirrt ins Scheinwerferlicht. Kara schrie erschrocken auf. »Nein! Bleib stehen!«

Der Rehbock mit den kurzen, gegabelten Hörnern setzte sich in Bewegung und sprang direkt vor den Jeep – ein verschwommener Streifen aus braunem Fell, großen Augen und langen Beinen.

»Nein!«

Kara trat auf die Bremse. Riss am Lenkrad.

Der Jeep brach aus und fing an, wild zu kreisen.

Im Zeitlupentempo sah Kara, dass der Rehbock auf der

Gegenfahrbahn stehen blieb. Wie aus weiter Ferne hörte sie ihren Bruder schreien.

»Fahr rechts ran! Fahr rechts ran!«

Im selben Moment ertönte eine laute Hupe. Durch die Windschutzscheibe sah sie, wie ein riesiges Monster von Sattelschlepper auf sie zukam.

»O Gott! Nein!« Kara zerrte am Lenkrad in der aberwitzigen Hoffnung, dem Koloss ausweichen zu können.

Grelle Scheinwerfer blendeten sie.

Plötzlich wurde sie zur Seite gestoßen.

Jonas packte das Lenkrad.

Neuerliches Hupen.

Der Sattelschlepper war nur noch wenige Meter von ihnen entfernt. Kara sah, wie der Fahrer mit bleichem Gesicht das Lenkrad drehte.

»Scheiße!«, brüllte Jonas.

Kara wappnete sich.

Schreiend vor Panik.

Achtzehn Räder donnerten durch den aufgetürmten Schnee am Straßenrand. Dünne Äste, Zweige, Nadeln, Schnee und Holzstückchen regneten auf sie herab.

Geschafft.

Der riesige Truck war an ihnen vorbei, doch der Jeep drehte sich noch immer auf der glatten Fahrbahn.

Jonas riss heftiger am Lenkrad.

Wamm!

Ein lautes Krachen.

Im Rückspiegel sah Kara, wie der Sattelschlepper ein Stück weit entfernt zum Stehen kam und sich quer stellte.

»Halt dich fest!«, schrie Jonas. Seine Stimme überschlug sich. Im selben Moment schoss der Wagen über den Straßenrand hinaus und über die Kante in den Abgrund.

Für ein paar Sekunden flogen sie durch die Luft, dann

prallten die Reifen des Jeeps auf dem Boden des bewaldeten Hangs auf.

Vor der Windschutzscheibe erschien eine hohe Tanne.

»Kara, duck dich!«

Bamm!

Der Jeep prallte mit voller Wucht gegen den Baum.

Stahl ächzte.

Airbags pumpten sich auf.

Glassplitter prasselten auf sie herab.

Eisige Luft drang ins Wageninnere.

Jonas schrie vor Schmerz.

Kara konnte sich nicht rühren, konnte keinen klaren Gedanken fassen. »Jonas«, stammelte sie, aber es drang nur ein undeutlicher Laut über ihre Lippen.

Sie würden sterben. Beide. An diesem verschneiten Abhang.

Ein letztes Mal versuchte sie, an das Handy im Fußraum zu gelangen, dann wurde alles um sie herum schwarz.

KAPITEL SECHZEHN

Das darf doch wohl nicht wahr sein«, sagte Johnson, als der Leichensack mit dem toten Merritt Margrove auf einer Bahre in den Rettungswagen geschoben wurde. »Der Lieutenant überträgt dir endlich den Fall, der dich seit so vielen Jahren beschäftigt, und jetzt wird diesem verdammten Strafverteidiger die Kehle durchgeschnitten, bevor du ihn vernehmen kannst. Was für eine Ironie!«

»Wie praktisch, würde ich sagen«, erwiderte Thomas, der den Trailer beäugte, in dem der Anwalt sein Leben verloren hatte. Eigentlich war das hier ein friedlicher Ort: ein schlichter, älterer Wohnwagen, eingebettet in die verschneiten Wälder am Mount Hood. Nun aber wimmelte es auf dem Gelände von Polizisten, Fahrzeuge parkten zwischen den Bäumen, gelbes Absperrband flatterte im Wind, von Ruhe konnte keine Rede mehr sein. Die Spurensicherung suchte im anhaltenden, dichten Schneefall nach Reifenspuren und Fußabdrücken, im Trailer selbst waren ein Team von Kriminaltechnikern sowie der Gerichtsmediziner damit beschäftigt, jedes noch so kleine Detail zu sichern, das möglicherweise als Hinweis auf den Täter oder Beweismittel dienen konnte.

Es war eiskalt, noch kälter als unten in der Stadt. Thomas fror, trotz seiner warmen Jacke, den Handschuhen und der Mütze, der schneidende Wind wehte ihm ins Gesicht.

Johnson, die konzentriert das Gelände in Augenschein nahm, schien die Kälte nicht zu bemerken. Jetzt hob sie den Kopf und sah dem Rettungswagen nach, der mit dem toten Juristen davonrollte. Seit dem Meeting in Gleasons Büro, bei dem er den Eindruck gewonnen hatte, dass seine eigene Partnerin ihm in den Rücken fiel, herrschte zwischen ihnen eine angespannte Stimmung. Er hatte sie im Gang zur Rede gestellt und ihr vorgeworfen, dass sie eine Grenze überschritten hatte. Sie konnten nur als Partner zusammenarbeiten, wenn sie ihre Informationen miteinander teilten.

Johnson hatte ihm einen ungläubigen Blick zugeworfen. »Wir *sind* ein Team«, hatte sie entgegnet. »Wir tauschen unsere Informationen miteinander aus, aber das heißt doch nicht, dass einer dem anderen über die Schulter schaut. Mir war nicht klar, dass ich dich fragen muss, wenn ich eine neue DNA-Analyse anfordere. Ich dachte, du vertraust mir.«

»Wir müssen zusammenarbeiten«, wiederholte er.

»Das tun wir«, versicherte sie ihm. »Ich habe lediglich vorausschauend gehandelt, effizient, und das halte ich durchaus für eine gute Sache. Wir dürfen jetzt auf keinen Fall auf der Stelle treten!«

»Trotzdem hättest du mich informieren müssen.«

»Herrgott, Thomas! Es war nicht meine Absicht, dich außen vor zu lassen. Momentan ist viel los, und das Meeting mit dem Lieutenant kam ziemlich kurzfristig.« Sie seufzte. »Jetzt gib dir einen Ruck und lass uns den verfluchten Fall lösen. Gemeinsam.«

»Genau das will ich.«

»Tatsächlich?« Sie hatte die Tür zum Parkplatz aufgestoßen. Ein eisiger Luftzug wehte ihnen entgegen. »Dann solltest du dich darauf einstellen, dass du vielleicht eine Überraschung erlebst. Genau wie Gleason. Meiner Meinung nach ist es nämlich durchaus möglich, dass Jonas McIntyre nicht der Mörder ist.«

»Du warst damals nicht dabei«, hielt er dagegen.

»Eben«, erwiderte sie. »Ich habe einen unverstellten Blick, und genau den benötigt das Department jetzt.«

»Fall mir nie wieder in den Rücken«, sagte er mit ernster Stimme.

»Du denkst, ich bin dir in den Rücken gefallen? Das klingt mir doch sehr nach verletztem Stolz.« Sie blieb vor seinem Chevy Tahoe stehen. »Wow.«

Noch bevor er die Chance hatte, einzusteigen und zu Kara McIntyres Haus zu fahren, um sie erneut zu den Vorfällen von damals zu befragen, hatte Thomas den Anruf von der Notrufkoordinatorin erhalten, die ihm mitteilte, dass Kara soeben die Neun-eins-eins gewählt hatte. Also war er Hals über Kopf mit Johnson in die Berge zu Margroves Rückzugsort aufgebrochen. Sie hatten länger gebraucht als gedacht, weil die County Road wegen eines Unfalls verstopft war und sie eine nicht geräumte Nebenstrecke hatten nehmen müssen.

Und da waren sie nun.

Wie Kara McIntyre gemeldet hatte, war der Anwalt tot, ermordet. Er lag zwischen einer Couch und einem Sofatisch, die Kehle durchschnitten. Auf der Sitzfläche waren die Brandlöcher einer Zigarette zu sehen, die zum Glück nicht den ganzen Trailer in Brand gesteckt hatte. Der Fernseher lief noch, eine fast leere Flasche Scotch stand auf dem Sofatisch neben einem überquellenden Aschenbecher und einem Pappteller mit Pizzaresten. Auch ein Kugelschreiber lag dort.

Andere Dinge fehlten.

Wichtige Dinge.

Das war auf den ersten Blick zu erkennen.

Der ganze Tisch war voller Blut, genau wie die Gegenstände darauf, doch es gab auch einige Stellen ohne rote Spritzer, so zum Beispiel ein Rechteck in der Größe eines Laptops und ein kleineres, wo Margroves Handy gelegen haben mochte. Ein drittes konnte er nicht recht zuordnen. Ein Notizblock? Möglich.

Um einen Raubüberfall handelte es sich nicht, denn Margroves Brieftasche befand sich noch in der Jackentasche seines Parkas an dem Garderobenhaken neben der Eingangstür, der Ehering und ein Diamantring steckten an seinen Fingern. Die Spurensicherung hatte einen kleinen Safe im Schlafzimmer entdeckt, eine geladene Pistole und ein Tütchen Marihuana lagen darin, keine persönlichen Dokumente.

»Denkst du, das ist Jonas McIntyres Werk?«, fragte Johnson.

Er zögerte. Rieb sich mit der Hand den Nacken. »Ich bin mir nicht sicher. Es kommt mir etwas zu offensichtlich vor. Ja, jemand aus dem nahen Umfeld von McIntyre wurde ermordet, mit einer Klinge, genau wie zuvor, aber das hier wirkt irgendwie inszeniert. Wie eine Falle. Warum sollte Jonas McIntyre seinen Anwalt umbringen, zumal der Kerl fast zwei Jahrzehnte daran gearbeitet hat, ihn rauszuholen?«

»Aggressionsprobleme?«

»Glaub ich nicht. Du weißt doch, dass Jonas McIntyre im Gefängnis zu einem anderen Menschen geworden ist. Er hat zu Gott gefunden.« Thomas' Lippen verzogen sich zu einem sarkastischen Grinsen.

»Ich weiß. Aber ausschließen kannst du es nicht.«

Thomas spürte, dass auch Johnson Zweifel hatte. Sie spielte lediglich den Advocatus diaboli.

»Wie soll McIntyre hierhergekommen sein? Mit einem Taxi oder Uber bestimmt nicht. Es muss ihn jemand gebracht haben, und das würde bedeuten, dass er einen Komplizen hatte.«

»Wo ist er eigentlich?«

»Gute Frage.«

»Es gibt keinen Hinweis darauf, dass sich jemand gewaltsam Zutritt zu dem Trailer verschafft hat«, bemerkte Johnson. »Entweder kannte Margrove den Angreifer und hat ihn selbst hereingelassen, oder der Kerl hat ihn überrumpelt.«

»Wenn er ihn kannte, hat er ihm nichts zu trinken angeboten. Auf dem Tisch steht nur ein Glas. Außerdem wurde er von hinten angegriffen.«

Die Eingangstür des Trailers sowie die Hintertür der winzigen Küche waren beide unverschlossen, die Fenster zu, aber der Riegel im Bad schien defekt zu sein. Margrove war offenbar nicht sonderlich um seine Sicherheit besorgt gewesen. Im Augenblick gingen sie davon aus, dass der Mörder durch die Küchentür hereingekommen war, während Margrove döste, sich im Bad aufhielt oder sonst wie abgelenkt war. Er hatte sich versteckt gehalten und auf eine passende Gelegenheit gewartet, sich unbemerkt anzuschleichen und dem Anwalt von hinten die Kehle durchzuschneiden. Kampfspuren waren nicht zu sehen. Margrove hatte keine Chance gehabt, sich zu verteidigen, obwohl sein Baseballschläger im Wohnzimmer auf einem Stuhl lag, praktisch in Reichweite.

Thomas kaute auf seiner Unterlippe und betrachtete mit zusammengekniffenen Augen den Trailer mit der durchhängenden Veranda und dem verrosteten Geländer. Was hatte Margrove hier oben gemacht? Hatte er seinen Mörder gekannt? Wieder schweiften Thomas' Gedanken zu Jonas McIntyre, aber warum hätte der seinen Strafverteidiger töten sollen, nachdem dieser so hart darum gekämpft hatte, ihn aus dem Gefängnis zu holen? Es musste ihm doch wohl klar sein, dass er ganz oben auf der Liste der Verdächtigen landen würde.

So dumm konnte er nicht sein.

Nein, Jonas McIntyre war nicht dumm.

Ganz im Gegenteil.

Bevor er seine Familie umgebracht hatte, hatte er sich in Stanford, der Alma Mater seines Vaters, beworben, und wegen seiner hervorragenden Noten und der bestandenen Aufnahmetests hätte dem wohl nichts im Wege gestanden. Bis er sich in einen kaltblütigen Killer verwandelt hatte.

Aber hatte er die Tat wirklich begangen? Warum hatte er auch seine Eltern umgebracht, wenn er wütend auf seine Freundin und seinen Stiefbruder war? Außerdem den Halbbruder, der ebenso wenig damit zu tun hatte? Konnte man einen solchen Blutrausch tatsächlich nur jugendlichem Adrenalin und Testosteron zuschreiben?

Warum hatten Zelda und Samuel ihr Leben lassen müssen?

Weil sie ihm Hausarrest wegen der Schlägerei mit Donner gegeben hatten? Jonas war achtzehn gewesen, also schon volljährig, er hätte sich nichts vorschreiben lassen müssen. Ging es um Geld?

Oder darum, dass sie die Tat beobachtet hatten?

Diese Frage hatte Thomas sich schon damals wohl hundert Mal gestellt, und schon damals hatte er keine Antwort darauf gefunden.

Und was war mit Marlie passiert? Wieso war sie bis heute wie vom Erdboden verschluckt? Warum hatten ihre Sachen ordentlich zusammengefaltet auf dem ungemachten Bett gelegen?

Warum hatte sie vor ihrem Verschwinden Kara auf dem Dachboden eingesperrt? Das kleine Mädchen, dessen Zeugenaussage so verdreht worden war, dass sie schlussendlich zu Jonas' Inhaftierung beitrug, obwohl Kara McIntyre bis heute behauptete, sie halte ihren Bruder für unschuldig.

Der Fall war manipuliert worden, so viel stand fest, trotzdem war Thomas von Jonas McIntyres Schuld überzeugt. Der Junge war ein Hitzkopf gewesen, eine tickende Zeitbombe, brutal. Er hatte seinen Bruder Donner umgebracht, der mit Lacey Higgins ins Bett gegangen war, aber warum auch den anderen?

Warum die Eltern?

»He!«, riss Johnson ihn aus seinen Gedanken. Sie kam mit großen Schritten auf ihn zu und schob das Handy in eine ihrer Gesäßtaschen. »Ich habe gerade mit der Zentrale telefoniert. Der Unfall auf der County Road ... war wohl ziemlich übel.«

»Hm. Warum erzählst du mir das?«

»Ein Sattelschlepper hat sich quer gestellt, vor gut anderthalb Stunden, und ist mit der Fahrerkabine gegen einen Baum geprallt. Es war noch ein weiteres Fahrzeug involviert. Ein Jeep – zugelassen auf Kara McIntyre. Sie saß am Steuer und hatte einen Beifahrer. Männlich. Wurde aus dem Wagen geschleudert.«

»Wie bitte?« Er spürte, wie sich sein Magen zusammenzog. »Gibt es Tote?«

Sie schüttelte den Kopf. »Den Fahrer des Sattelschleppers hat es wohl ganz schön erwischt, auch Kara und den Typ, mit dem sie unterwegs war, aber keiner schwebt in Lebensgefahr. Karas Begleiter hatte übrigens keinen Ausweis bei sich.«

Mit tödlicher Sicherheit wusste Thomas, um wen es sich handelte, trotzdem fragte er: »Wer ist es?«

»Die Kollegen können es nicht mit Sicherheit sagen. Er ist noch nicht wieder bei Bewusstsein.«

Er sah ihr in die Augen und sagte: »Sie gehen davon aus, dass es sich um Jonas McIntyre handelt, richtig?«

Johnson nickte. »Größe und Körperbau stimmen. Sein Gesicht ist im Augenblick überall in den sozialen Netzwerken zu sehen, und es passt, auch wenn der Typ nach seinem

Flug durch die Windschutzscheibe nicht besonders appetit-
lich aussieht. Ein Wunder, dass er das überlebt hat.«

»Vielleicht hat der liebe Gott seine schützende Hand über
ihn gehalten.«

Johnson lachte trocken. »Oder er hat einfach nur Glück
gehabt. Auf alle Fälle müssen wir erst warten, was die Fingerabdrücke ergeben – oder darauf, dass Kara ihn identifiziert,
aber die ist wohl noch bewusstlos. Sie war angeschnallt und
hat nur ein paar blaue Flecken und Schürfwunden vom Gurt,
außerdem eine Platzwunde und eine leichte Gehirnerschütterung, daher die Bewusstlosigkeit. Musste nicht einmal auf
die Intensivstation.«

»Es ist Jonas«, sagte Thomas im Brustton der Überzeugung. »Verdammt. Und er hat etwas damit zu tun.« Er deutete auf den Trailer.

»Sieht ganz so aus«, räumte seine Partnerin ein.

Er ging auf seinen Chevy Tahoe zu, und sie schickte sich
an, ihm zu folgen, doch im selben Moment klingelte ihr
Handy. »Warte«, sagte sie, blieb stehen und meldete sich. Ihr
Gesicht wurde finster. »Mist!«, stieß sie hervor. »Ich wusste
es! Ich wusste es einfach!«

Thomas sah sie fragend an und spürte, wie ihm eiskalt
wurde, nicht nur von dem heulenden Wind, der Schnee und
Eis von den umstehenden Bäumen wehte. Die Kälte drang
ihm bis ins Mark.

»Ja, ja, gut. Ich weiß … wir treffen uns in der Klinik. Ja,
sofort.« Johnson legte auf und sah Thomas an.

»Was ist?«, fragte er mit belegter Stimme.

»Nun, die erste Information, die man mir gegeben hat,
stimmt nicht mehr. Es wird vielleicht doch einen Toten geben – Herzstillstand. Der Mann konnte wiederbelebt werden
und liegt jetzt auf der Intensivstation, aber es sieht nicht gut
für ihn aus.«

Kara öffnete vorsichtig ein Auge und blickte in gedämpftes Licht.

Alles war verschwommen.

Sie hörte leise Stimmen.

Zögernd schlug sie auch das zweite Auge auf.

Versuchte, das, was sie sah, scharf zu stellen.

Vergeblich.

Sie lag in einem Bett, das konnte sie erkennen. In einem schmalen Bett.

»... wenn sie aufwacht, behalten wir sie noch eine Zeit lang zur Beobachtung da, dann kann sie entlassen werden«, sagte eine sanfte weibliche Stimme. »Ihre Vitalwerte liegen alle im grünen Bereich.«

»Trotz der Platzwunde am Kopf und der Gehirnerschütterung.«

Gehirnerschütterung?

»Was ist mit den Schürfwunden vom Gurt und den blauen Flecken?« Eine andere Stimme, weniger sanft. Älter. »Die werden ganz schön schmerzen.«

Sie sprachen über sie. Kara merkte, dass sie zurück in die Dunkelheit sank, und kämpfte sich wieder an die Oberfläche.

»Sie kommt zu sich.« Die ältere Frau. Ein schattenhafter Umriss näherte sich dem Bett. »Kara?«, fragte die Stimme. »Ms McIntyre?«

Kara versuchte zu antworten, aber es gelang nicht.

Sie bewegte die Lippen, doch ihre Zunge wollte ihr nicht gehorchen, und sie brachte nicht genügend Kraft auf, um Worte zu formen.

»Sie sind im Krankenhaus. Im Whimstick General Hospital. Sie hatten einen Autounfall.« Wieder die Stimme der älteren Frau. »Ms McIntyre?«

Dann hörte Kara nichts mehr. Glitt zurück in die Bewusstlosigkeit.

Sie bekam kaum noch mit, wie die Frau mit der sanften Stimme ihre Schulter berührte. »Können Sie mich hören, Ms McIntyre?«

Ein Autounfall?

Krankenhaus?

Sie war verletzt?

Dankbar für den Mantel der Unwissenheit, der sie nun wieder umhüllte, schloss sie die Augen. Endlich fand sie den Schlaf, den sie so lange vermisst hatte.

Doch dann wirbelten Bruchstücke einer Erinnerung durch ihren Kopf. Der Unfall. Der kreisende Jeep, Glassplitter, Bäume, die auf sie zurasten, Schmerz.

Kara zuckte zusammen.

Sie war gefahren.

O Gott, sie war doch nicht etwa betrunken gewesen?

Ein riesiger Sattelschlepper, ein dröhnender Koloss mit blinkenden Scheinwerfern, der sich ihr näherte. Der sich *ihnen* näherte.

Verdammt! Sie hatte nicht allein im Jeep gesessen. Jemand war bei ihr gewesen.

Jonas!, schoss es ihr durch den Kopf. Er hatte sich auf dem Rücksitz versteckt gehalten und war wie ein Springteufel aus der Versenkung aufgetaucht.

Bei der Erinnerung daran fing ihr Herz an zu rasen.

Sie hörte seine Schreie, sah, wie sie über den Straßenrand hinausschossen, direkt in den Abgrund.

Oder hatte sie das nur geträumt? Träumte sie jetzt? Vielleicht war sie gar nicht im Krankenhaus, sondern zu Hause in ihrem Bett, und wurde wieder von einem ihrer Albträume gequält.

Sie blinzelte.

Nein, sie war nicht in ihrem Schlafzimmer. Sie lag in einem kleinen Raum, neben sich einen blinkenden, leise piepsenden Monitor und zwei Frauen, die sich über ihr Bett beugten.

Sie träumte nicht. Das hier war real.

»Sie kommt wieder zu sich«, sagte eine der Frauen, eine Krankenschwester. »Ms McIntyre? Wie fühlen Sie sich?«

»Mein Kopf«, flüsterte sie mühsam.

»Sie hatten einen Autounfall«, sagte die Schwester mit der sanften Stimme. Eine zierliche Frau in den Zwanzigern mit kurzen dunklen Haaren und einer großen Brille mit rotem Gestell. Auf ihrem Namensschild stand DANI RUTGERS. »Sie haben ein paar blaue Flecken und Kratzer davongetragen, außerdem eine Platzwunde an der Stirn und eine Gehirnerschütterung. Keine Sorge, das wird schon wieder.«

»Wir mussten die Platzwunde mit sechs Stichen nähen«, informierte die ältere Schwester mit der schroffen Stimme sie.

»Ihr CT zeigt aber keinerlei Auffälligkeiten«, beschwichtigte Dani Rutgers. »Ich denke, Sie dürfen bald nach Hause.«

»Ich gebe Dr. Ortega Bescheid, dass die Patientin wach ist«, ließ sich die ältere Schwester vernehmen und wandte sich zur Tür. »Sie kann die Polizei informieren.«

Die Polizei?

Nun wandte sich auch die Jüngere zum Gehen, aber Kara hielt sie am Handgelenk zurück. »Warum will sie die Polizei informieren?«

»Wegen des Unfalls. Jemand hat bei Ihnen im Wagen gesessen.«

Die ältere Schwester schnaubte.

»Mein Bruder!«, stieß Kara hervor. »Mein Bruder. Er war mit mir im Auto. Jonas McIntyre. Ist alles in Ordnung mit ihm?« O Gott, was, wenn Jonas bei dem Unfall ums Leben gekommen war?

»Ich darf Ihnen keine Auskunft über einen anderen Patienten erteilen.«

»Dann ist er also auch hier.« Was bedeutete, dass er lebte. Kara verspürte Erleichterung. »Ich möchte zu ihm.«

»Das ist nicht möglich.« Die Schwester schüttelte den Kopf.

»Warum nicht?«

»Nun, erstens müssen Sie so lange im Bett bleiben, bis die Ärztin Sie entlässt.«

»Und wann wird das sein?«

»Das kann ich Ihnen nicht sagen. Ihre Vitalwerte sprechen für eine baldige Entlassung, aber ich denke, Dr. Ortega wird Sie wegen der Gehirnerschütterung über Nacht dabehalten.«

»Das geht nicht. Ich muss mich um meinen Hund kümmern.«

»Sie können jemanden anrufen und ihn bitten, das für Sie zu übernehmen. Dort steht ein Telefon.« Sie deutete auf das schwenkbare Tischchen an Karas Krankenbett.

»Da gibt es niemanden.«

Schwester Dani sah sie fragend an. »Was ist mit Ihrer Tante? Sie hat angerufen und sich erkundigt, ob sie zu Ihnen darf.«

Faiza. O Gott, nein! Mit Tante Fai würde sie sich jetzt bestimmt nicht auseinandersetzen. Sie konnte sich gut vorstellen, wie diese sie mit Fragen bombardieren würde, obwohl sie sich früher nur wenig für sie interessiert hatte. Ihre Pflichten als Vormundin hatte sie nur allzu gern auf Merritt Margrove abgewälzt, nur Karas Erbe hatte sie mit großem Einsatz verprasst. »Wo ist mein Handy?«, fragte sie.

»Sie hatten keins bei sich, als Sie eingeliefert wurden.«

Natürlich nicht. Es hatte im Fußraum des Jeeps gelegen. Gott weiß, wo es bei dem Unfall gelandet war.

»Meine Handtasche?«

Dani Rutgers schüttelte den Kopf.

Kara wollte gar nicht wissen, was damit passiert war. Die

Polizei war involviert und ließ den Wagen vermutlich kriminaltechnisch untersuchen. Ihre Handtasche würde bei der Spurensicherung oder den Cops sein, ihr Handy, sollte man es denn gefunden haben, ebenfalls. »Ich muss zu meinem Hund«, stieß sie hervor und setzte sich auf.

»Sie dürfen nicht gehen.«

Am liebsten hätte Kara erwidert: »Dann versuchen Sie doch, mich davon abzuhalten«, aber sie schluckte die schnippische Bemerkung hinunter. Sie wusste, dass sie früher oder später mit der Polizei reden musste – war das nicht schon ihr ganzes Leben so gewesen? –, Rhapsody ging allerdings vor. Ein stechender Schmerz schoss ihr durch den Kopf, doch sie ignorierte ihn. »Wo ist meine Kleidung?«

»Im Spind. Aber wie ich schon sagte: Sie dürfen das Krankenhaus nicht verlassen. Nicht ohne ärztliche Erlaubnis.«

»Dann gehe ich eben auf eigene Verantwortung, egal, was ich dafür unterschreiben muss.« Sie schob die Bettdecke zur Seite und hätte dabei fast die Nadel des Tropfs aus ihrer Ellenbeuge gerissen. Schmerzerfüllt zuckte sie zusammen, dann zupfte sie das Pflaster ab, das Nadel und Schlauch an Ort und Stelle hielt.

»Was machen Sie denn da?«, rief Schwester Dani entsetzt. »Sie können doch nicht einfach …«

»Und ob ich das kann!« Sie zog die Nadel heraus. Blut schoss aus der Vene.

Auf einmal sah sie Margrove vor sich, auf dem abgewetzten Teppich, in einer Pfütze aus seinem eigenen Blut. Kara schauderte. Sie musste mit Jonas sprechen, und zwar dringend. Es lag auf der Hand, dass der gewaltsame Tod des Anwalts etwas mit seiner Entlassung zu tun hatte. An Zufälle dieser Größenordnung glaubte sie nicht.

Hatte der Killer gewusst, dass Jonas dort auftauchen würde?

Hatte er womöglich auch ihren Bruder beseitigen wollen? Warum ging sie eigentlich davon aus, dass Jonas unschuldig war? Das wahrscheinlichste Szenario war doch, dass er Merritt die Kehle durchgeschnitten hatte. Aber warum? Und warum hatte er sich anschließend in ihren Wagen geschlichen? Das ergab doch alles keinen Sinn!

Sie schauderte erneut. Fühlte sich hier nicht sicher. Nicht, dass sie sich in den letzten beiden Jahrzehnten jemals irgendwo sicher gefühlt hatte, aber sie spürte instinktiv, dass die Gefahr, welcher Art auch immer sie sein mochte, näher rückte. Und hier, im Krankenhaus, saß sie förmlich auf dem Präsentierteller. Sie konnte sich gut vorstellen, dass die Medien die Nachricht von dem Unfall längst verbreitet hatten, und falls nicht, wäre es nur noch eine Frage der Zeit, bis alle Bescheid wussten. Kara starrte auf die Wände des kleinen Zimmers, die sich immer enger um sie zu schließen schienen. Ein typischer Anfall von Klaustrophobie.

Und jetzt teilte ihr die Krankenschwester auch noch mit, sie müsse hierbleiben, dabei brauchte sie dringend Antworten auf ihre Fragen.

»Wo ist mein Bruder?«, wollte sie wissen. »In welchem Zimmer liegt er?«

»Das darf ich Ihnen nicht sagen«, antwortete die Schwester. Der Monitor, der Karas Vitalwerte anzeigte, gab einen Alarmton von sich. Dani Rutgers warf einen prüfenden Blick darauf, dann schaltete sie das Gerät ab.

»Aber er kommt durch?«, hakte Kara mit drängender Stimme nach. »Das werden Sie mir doch wohl verraten dürfen!«

»Ich darf nicht über seinen Zustand sprechen.« Die Schwester nahm Karas Arm und schob die Nadel vorsichtig zurück an Ort und Stelle, dann prüfte sie den Schlauch und vergewisserte sich, dass der Tropf richtig eingestellt war.

»Was ist mit dem anderen Mann?«, fragte Kara und dachte an den Fahrer des Sattelschleppers. »Dem Trucker.« Sie erinnerte sich, dass der Hänger des riesigen Fahrzeugs quer auf der Landstraße gestanden hatte. Die Kabine hatte sie nicht sehen können.

Die Schwester zögerte.

»Ist er verletzt worden?«

Dani Rutgers schüttelte den Kopf. »Ich weiß es nicht. Er ist nicht hier.«

»Wo ist er dann? In einer anderen Klinik?«

Der Blick der Krankenschwester verdunkelte sich. »Er ist in Portland.«

»Wo? Im Krankenhaus? Was ist mit ihm?«

Die Schwester schwieg.

»Dann ist er also verletzt. Aber er wird doch wieder, oder?«

»Das weiß man noch nicht.«

»O Gott.« Kara stieß die Luft aus, die sie unweigerlich angehalten hatte. Dann hatte es also nicht nur sie erwischt, sondern auch den Fahrer des Sattelschleppers, auch wenn der mit seinem Fahrzeug nicht von der Straße abgekommen war. Vielleicht war die Fahrerkabine gegen einen der Bäume am Straßenrand geprallt … Ihr Herz zog sich zusammen vor Schuldgefühlen. *O nein, das darf nicht sein! Wer weiß, ob er Familie hat, Kinder? Bitte, lieber Gott, lass ihn nicht sterben!*

Kara kämpfte angestrengt gegen die Emotionen an, die in ihr hochkochten. Sie musste einen klaren Kopf bewahren. Zunächst einmal musste sie herausfinden, was mit Jonas war.

»Ich möchte zu meinem Bruder«, sagte sie daher noch einmal. »Soweit ich weiß, bin ich die nächste Angehörige. Wenn es nicht möglich ist, ihn zu sehen, müsste mir doch zumindest jemand Auskunft über seinen Zustand erteilen können.«

»Sie müssen mit dem behandelnden Arzt sprechen.«

»Liegt er auf der Intensivstation? Wird er durchkommen?«, fragte sie erneut in drängendem Ton.

Schwester Rutgers Handy piepste. Sie warf einen Blick aufs Display und sagte erleichtert: »Sie haben Glück. Dr. Ortega wird gleich da sein, dann können Sie mit ihr reden.«

Damit öffnete sie die Tür und eilte hinaus.

Kara blieb allein zurück und ließ sich erschöpft in die Kissen zurücksinken. Die Platzwunde an ihrer Stirn pochte.

Sie würde das Whimstick General Hospital verlassen, ob es dieser Ärztin passte oder nicht.

Sie brauchte nur jemanden, der sie abholte.

KAPITEL SIEBZEHN

Der Beautysalon brummte, als Johnson und Thomas eintraten. Drei der vier Stühle an der Wand waren besetzt, in der Luft hing der strenge Geruch von Blondierungsmitteln. Der Maniküreplatz war unbesetzt, zahlreiche Nagellackfläschchen in allen Farben glitzerten im hellen Licht der Deckenbeleuchtung.

Eine Stylistin schnitt einer älteren Frau die Haare zu einem grauen Pixie-Cut, eine andere strich klebriges Zeug auf Aluminiumfolie, um Highlights in die Haare ihrer Kundin zu zaubern. Celeste Margrove befand sich im hinteren Bereich des Salons. Sie kassierte gerade eine blonde Dame ab, die über ihre Pläne für das bevorstehende Weihnachtsfest plauderte und sich darüber ausließ, was für ein Albtraum die Familie ihrer Schwägerin war.

»Ich sage Ihnen, ich habe keine Ahnung, wie ich das durchstehen soll!« Die Blondine warf ihre frisch gesträhnten Haare zurück und lachte, dann reichte sie Celeste ihre Kreditkarte. »Setzen Sie ein gutes Trinkgeld auf die Rechnung, das Übliche.«

»Vielen Dank«, sagte Celeste und zog die Karte durch. »Sie rufen an wegen des neuen Termins?«

»Gleich im neuen Jahr«, versicherte die Kundin und schlüpfte in ihren warmen Mantel.

Als sie draußen war, wandten sich die beiden Detectives an Celeste.

»Kann ich Ihnen helfen?«, fragte sie und lächelte geschäftstüchtig.

»Celeste Margrove?«, fragte Thomas leise. »Ich bin Detective Thomas, und das hier ist meine Partnerin, Detective Johnson.« Sie zeigten ihre Dienstmarken.

Augenblicklich wurde es still im Salon. Die Stylistinnen hörten auf zu arbeiten, die beiden Kundinnen warfen den Polizisten im Spiegel fragende Blicke zu.

Das war nicht ungewöhnlich – so einen Effekt hatten Polizisten nun einmal auf Menschen, ganz gleich, ob diese schuldig oder unschuldig waren.

»Stimmt etwas nicht?«, fragte Celeste besorgt.

»Es geht um Ihren Ehemann, Mrs Margrove«, antwortete Johnson. »Merritt.«

»O Gott.« Aus Celestes Gesicht wich sämtliche Farbe. »Nein, bitte nicht …«, wisperte sie und schüttelte heftig den Kopf. Tränen schossen in ihre Augen. »Nein, nein!«

»Können wir uns irgendwo ungestört unterhalten?«

»Ach … du liebe Güte«, stammelte sie. »Ich habe es geahnt. Ihm ist etwas zugestoßen. Aber es wird doch alles wieder gut, oder?« Ihr Kinn zitterte.

Die Stylistin legte die Schere auf dem Frisiertisch ab und eilte zu Celeste, um sie zu umarmen.

»Vielleicht solltet ihr in den Pausenraum gehen«, schlug sie vor. »Roxanne und ich kommen hier schon klar.«

»Aber … gleich kommt meine nächste Kundin. Mrs Hightower, danach steht Heidi Willis im Terminkalender …«

»Ich übernehme für dich«, sagte Roxanne, die Kollegin mit der Alufolie, eine anmutige Frau in den Fünfzigern mit hellen, fast weißen Haaren. »Wirklich, Celeste. Donna und ich kriegen das hin.« Sie brachte ein Anteil nehmendes Lächeln zustande und nickte ihrer Kollegin zu. »Die anderen Termine verschiebe ich auf nächste Woche.«

Celeste stützte sich schwer auf die Rückenlehne eines der beiden freien Stühle.

»Sie können dort hineingehen«, sagte die Stylistin, auf deren Namensschild DONNA stand, zu Johnson und öffnete eine Tür mit der Aufschrift PERSONAL. Ohne zu protestieren, ließ sich Celeste von ihrer Angestellten in einen kleinen Raum mit Waschmaschine und Trockner, Körben voller zusammengefalteter Handtücher und Kisten mit den unterschiedlichsten Haarprodukten schieben. Vor der Hintertür standen zwei Klappstühle und ein Campingtisch mit leeren Kaffeetassen, an der Tür daneben war ein WC-Schild befestigt. »Ruf uns, wenn du uns brauchst«, sagte Donna zu Celeste und ließ ihre Chefin mit den beiden Detectives allein.

»Es … es geht schon«, stotterte Celeste und lehnte sich Halt suchend gegen den Trockner. »Was ist passiert?«, fragte sie, als Donna diskret die Tür hinter sich geschlossen hatte.

»Unser aufrichtiges Beileid«, sagte Johnson.

»Beileid?«, fragte Celeste verwirrt.

»Er ist tot«, fügte Thomas leise an.

»Tot?«, wiederholte sie, dann verzog sie schmerzlich das Gesicht. »Ich dachte, er wäre im Krankenhaus …«

»Er wurde heute in seinem Trailer in den Bergen gefunden«, teilte Johnson ihr mit. »Ermordet.«

»Oh.« Sie schnappte nach Luft. »Ermordet?« Als die Erkenntnis einsickerte, fing sie an zu schwanken und brach schließlich auf einem der beiden Klappstühle zusammen. »Nein. Das ist nicht möglich. Nein, nein, nein!« Tränen liefen über ihre Wangen. Sie wischte sie unwirsch mit dem Handrücken ab. »Ich wusste, dass eines Tages so etwas passieren würde«, sagte sie schniefend und griff nach einer Packung Papiertaschentücher, um sich die Nase zu putzen.

»Wie oft habe ich Merritt gebeten, endlich Ruhe zu geben, habe ihm gesagt, dass ihm dieser McIntyre-Fall das Genick brechen wird! Wie oft?« Sie tupfte sich hektisch die Augen ab. »Und jetzt ist er tatsächlich tot!«

»Sie denken, er wurde von jemandem ermordet, der mit dem Fall von damals zu tun hatte?«

»Von wem denn sonst? Sein ganzes Leben bestand aus diesem verdammten Fall – zwanzig Jahre lang!«

»Er hatte doch noch andere Mandanten«, gab Thomas zu bedenken, aber sie winkte ab, als würde sie eine lästige Fliege verscheuchen. »Aber nicht solche wie diesen Jonas McIntyre.« Sie schnäuzte sich erneut. »Wo ist mein Mann? Ich möchte ihn sehen!«

Thomas sah den klaffenden roten Schnitt an Margroves Hals vor sich und schüttelte den Kopf. »Er wurde in die Leichenhalle gebracht.«

»Dann fahren wir dorthin.« Sie sah, wie Thomas zögerte. »Was genau ist passiert? Wie hat man ihn umgebracht?«

»Man hat ihm die Kehle durchgeschnitten.«

Sie schnappte wieder nach Luft und schlug sich die Hand vor den Mund. Ihr Gesicht war zu einer Grimasse des Entsetzens verzerrt. »Wer macht denn so was?«

»Genau das versuchen wir herauszufinden«, antwortete Johnson. »Hatte Ihr Mann irgendwelche Feinde?«

»Nur die, die mit diesem Fall in Verbindung stehen ...«

»Wir brauchen eine Liste.«

»Gern. Setzen Sie Natalie McIntyre ganz oben darauf«, sagte Celeste. »Nein, warten Sie ... Sie hat ihren Namen geändert und heißt jetzt ...« Sie schnipste mit den Fingern. »Brizard. Natalie Brizard. Ein französischer Name. Soweit ich weiß, ihr Mädchenname. Egal. Sie hat Merritt mit ihren Anrufen in den Wahnsinn getrieben. Ständig kam sie ihm mit irgendwelchen neuen Hinweisen.« In Celestes Wangen kehrte ein wenig Farbe zurück. Anscheinend erwärmte sie sich für ihr Thema. »Dabei schien sie sich gar nicht viel aus ihrem Sohn zu machen, wenn Sie wissen, was ich meine. Hat ihn nie besucht und die Stadt kurz nach seiner Verurteilung verlassen, um mit ihrem neuen Partner zusammenzuleben. Ich denke, in Wirklichkeit ging es ihr ums Geld. Sam McIntyre hat ein riesiges Vermögen hinterlassen: Aktien, Wertpapiere, Immobilien, Anteile an Ölquellen und irgendwelchen Rohstoffförderungen an der Küste, und als Sam und sie geschieden wurden, ging sie leer aus. Ihr wurde lediglich ›ein Almosen‹ zugesprochen – ihre Worte, nicht meine. Merritt hat Samuel vertreten.«

»Denken Sie, *sie* hat Ihren Mann umgebracht?«, fragte Thomas.

»Oh. Nein.« Celeste rieb sich die Augen. »Sie haben mich nach Merritts Feinden gefragt, und da er Sams Anwalt war, zählt sie definitiv dazu. Trotzdem denke ich nicht, dass sie ihn ermordet hat – noch dazu nach so langer Zeit.« Sie schniefte. »Sie sagten, Merritt sei im Leichenschauhaus. Ich möchte zu ihm.«

Thomas nickte. »Aber wir sollten zunächst zu Ihnen nach Hause fahren«, sagte er dann. »Wir müssen die persönlichen Besitztümer Ihres Mannes durchsehen, vielleicht finden wir so einen Hinweis auf seinen Mörder. Außerdem sollten Sie sich noch etwas Zeit lassen, bevor Sie Abschied von Ihrem Mann nehmen.«

»Ist es so schlimm?«, fragte Celeste mit erstickter Stimme.

»Es ist kein schöner Anblick«, bestätigte Johnson.

Celeste stützte sich auf dem Campingtisch ab und stand auf. »Fahren wir«, sagte sie dann. »Roxanne und Donna werden sich um die Kundinnen kümmern, notfalls können sie mich telefonisch erreichen. Doch was Merritts Unterlagen betrifft – viel Glück. Er hat alles digital gespeichert, auf seinem Handy, dem Laptop und auf seinem iPad, und er hatte alle drei Geräte bei sich, als er in die Berge gefahren ist. Im Haus werden Sie nichts anderes finden als die uralten Akten auf dem Dachboden.«

»Hat er keinen Desktop-Computer?«, fragte Johnson.

»Nein, schon seit Jahren nicht mehr.« Sie öffnete die Tür zum Salon, wechselte ein paar Worte mit Donna, dann zog sie ihren engen, kurzen Mantel an und griff nach einer großen, korallenroten Handtasche. Anschließend öffnete sie die Hintertür und hielt sie den Detectives auf.

Die Kälte schlug ihnen ins Gesicht.

»Können Sie fahren?«, fragte Johnson mit Besorgnis in der Stimme.

»Ja, es geht schon.« Celeste straffte die Schultern, setzte die Kapuze auf und strebte auf ihren Wagen zu. Vor einer Corvette älteren Baujahrs blieb sie stehen und drehte sich um. »Das ist alles Jonas McIntyres Schuld. Seine Schwester ist heute Morgen zu mir gekommen und wollte wissen, ob Merritt weiß, wo er steckt.« Sie erstarrte. »O Gott! Kara!«

»Was ist mit ihr?«, wollte Johnson wissen.

»Geht es ihr gut? Ich habe sie zu Merritts Trailer an der Sawtooth Road geschickt, also hat sie ...«

Johnson nickte.

»Ist sie ...«

»Sie ist im Krankenhaus.« Thomas warf einen Blick auf sein Handy in der Hoffnung, das Whimstick General hätte ihm endlich eine Nachricht über Kara McIntyres Zustand geschickt. Er musste dringend mit ihr reden, aber als er das letzte Mal nachgefragt hatte, war sie noch nicht wieder bei Bewusstsein gewesen.

Was ist passiert, Kara?

»Warum ist sie im Krankenhaus?« Celeste schnappte schockiert nach Luft. »Sollte sie auch umgebracht werden oder … warten Sie …« Die Friseurin lehnte sich Halt suchend gegen die Corvette. »Sie ist doch nicht etwa mit Merritt aneinandergeraten? Hat *sie* ihn getötet?«

»Nein«, sagte Thomas rasch. »Sie hatte einen Unfall. Kara McIntyre hat den Mord an Ihrem Mann bei der Notrufzentrale gemeldet, doch sie ist nicht am Tatort geblieben. Anscheinend hat sie Hals über Kopf die Flucht ergriffen und ist dabei von der Straße abgekommen. Genaueres wissen wir bislang nicht. Wir warten darauf, dass wir mit ihr reden können.«

Celeste nickte und drückte auf den Öffner für den Wagen.

Johnson nahm ihr den Schlüssel aus der Hand und sagte: »Ich fahre Sie, in diesem Zustand sollten Sie sich nicht hinters Lenkrad setzen.«

Widerspruchslos ging Celeste um die Motorhaube herum und stieg auf der Beifahrerseite ein.

Thomas' Handy summte. Mit zusammengekniffenen Augen warf er einen Blick aufs Display. Das Krankenhaus hatte eine Textnachricht geschickt. Kara McIntyre war bei Bewusstsein. Er schrieb zurück, dass er innerhalb der nächsten Stunde da sein würde. Vielleicht erfuhren sie dann, was zur Hölle da draußen inmitten dieses grauenhaften Schneesturms passiert war.

KAPITEL ACHTZEHN

Vor dem Whimstick General Hospital herrschte Hochbetrieb.

Was nicht anders zu erwarten gewesen war.

Tate stellte seinen SUV zwei Blocks entfernt ab, da sämtliche Parkplätze in der Nähe belegt waren. Nachdem es ihm gelungen war, den RAV4 in eine schmale Lücke zwischen vereisten Schneehaufen am Straßenrand zu quetschen, blieb er noch kurz sitzen und scrollte auf dem Handy durch die neuesten Berichte über die Freilassung von Jonas McIntyre.

Auch die Nachricht von Merritt Margroves gewaltsamem Tod und dem furchtbaren Autounfall in den Bergen war bereits durchgesickert und verbreitete sich wie ein Lauffeuer. Auf den Fan-Seiten des frisch entlassenen Jonas wurde Besorgnis um seinen Gesundheitszustand geäußert, überall stieß Wesley auf Gebete, Genesungswünsche, Emojis und Memes mit traurigen Gesichtern, Herzchen und betenden Händen. Über den Fahrer des Sattelschleppers war dagegen so gut wie gar nichts zu finden.

Wes nahm die kleine Schultertasche, die er gepackt hatte, bevor er sein Apartment verließ, stieg aus und machte sich zu Fuß auf den Weg zum Krankenhaus. Davor standen bereits vierzig bis fünfzig McIntyre-Fans.

Auch die Medien waren schon vor Ort und verstopften Parkplätze und Zufahrten. Was für ein Theater!

Er warf einen Blick auf seine Armbanduhr. Sechzehn Uhr achtundvierzig. Kurz vor Schichtwechsel, was perfekt für ihn war. Zwar arbeiteten manche der Schwestern zehn bis zwölf Stunden am Stück, doch der Großteil der Angestellten war nach dem Drei-Schichten-Plan eingeteilt, und die Tagschicht endete für gewöhnlich um fünf. Davor fand die Übergabe statt.

Da er sich nicht mit der Menge auseinandersetzen wollte, entschied er sich, das Gebäude durch die Notaufnahme zu betreten. Der Eingang wurde zwar ebenfalls bewacht, aber die Sicherheitsleute sorgten dafür, dass niemand die Spur für die Rettungswagen versperrte. Mit ein wenig Geschick würde es ihm gelingen, sich an ihnen vorbeizustehlen.

Er kannte dieses Krankenhaus nur allzu gut. Man hatte seinen Vater hergebracht, der allerdings schon tot gewesen war, bevor die Sanitäter ihn durch die automatische Schiebetür rollten. Er selbst war ebenfalls mehrfach hier behandelt worden – als er sich bei einem Fahrradunfall den Knöchel verstaucht oder den Arm bei einem Sturz vom Baum gebrochen hatte, auch den Blinddarm hatte man ihm im Whimstick General Hospital entfernt. Wirklich vertraut war ihm das Krankenhaus jedoch erst geworden, als er sich hier um seine Mutter gekümmert hatte.

Er hatte Selmas Rollstuhl über den Linoleumfußboden geschoben, der im kalten Licht der Neonröhren glänzte, und er hatte stundenlang in diesen Gängen gewartet, wenn seine Mutter wieder einmal für längere Zeit eingewiesen oder zu Kontrollen und Rehamaßnahmen einbestellt worden war. Wesley hatte versteckte Aufzüge entdeckt, die kaum jemand benutzte, und er hatte sämtliche Abkürzungen über Hintertreppen und Verbindungskorridore zwischen der Klinik, den Labors, der Cafeteria, den Schließfächern und den Reha-Räumlichkeiten ausbaldowert. Er hatte die Technik- und Wartungsräume sowie die Leichenhalle im Untergeschoss ausfindig gemacht, außerdem die abgesperrten Bereiche mit medizinischer Ausrüstung und Medikamentenbeständen. Um die Zeit totzuschlagen, hatte er sich sogar einmal die alten Baupläne auf den Internetseiten des Stadtarchivs angesehen. Das ursprüngliche Gebäude war achtzig Jahre alt. Den Südflügel hatte man in den 1960er-Jahren angebaut, den Nordflügel Ende der Achtziger, wodurch die Klinik mit den neu hinzugekommenen Verbindungsgängen ein wenig einem Kaninchenbau glich. Was er nun zu seinem Vorteil nutzen konnte, um zu Kara McIntyre und ihrem Bruder vorzustoßen. Dass man ihn nicht auf offiziellem Weg zu ihnen lassen würde, war ihm bewusst. Dabei ging es hier nicht nur um ihre, sondern auch um *seine* Geschichte. *Sein* Vater hatte Kara gerettet und dafür mit dem Leben bezahlt.

Tate passte einen günstigen Augenblick ab, dann schlüpfte er durch eine schmale Tür neben der Notaufnahme, die sonst nur vom Personal benutzt wurde, und eilte durch einen Flur in Richtung der Operationssäle. Dort gelangte er durch eine weitere Tür in einen Verbindungsgang, der in den Südflügel mit der Cafeteria führte. Vor den Aufzügen blieb er stehen. Unter der Cafeteria befand sich die Leichenhalle, in den beiden Stockwerken darüber waren die Patientenzimmer untergebracht. Irgendwo dort musste Kara liegen. Und vermutlich auch ihr Halbbruder, vorausgesetzt, er brauchte keine intensivmedizinische Betreuung. Es dürfte nicht schwer sein, die Zimmer der beiden zu finden, vermutlich würden Cops vor den Türen Wache halten, zumindest vor der Tür von Jonas. Hoffentlich ergab sich eine Gelegenheit, dennoch in ihre Zimmer zu gelangen, vor allem in das von Kara. Er musste unbedingt mit ihr reden.

Wesley drückte auf den Aufzugknopf, dessen Türen mit einem leisen *Ping!* auseinanderglitten, und fuhr hinunter ins Untergeschoss. Aus einem unverschlossenen Schrank vor der Leichenhalle nahm er OP-Kleidung, dann zerrte er ein gefälschtes Namensschild und ein Clipboard aus seiner Schultertasche, zog sich eilig um und befestigte das Namensschild an der Brusttasche des Kittels. Anschließend verstaute er die Schultertasche ganz hinten im Schrank. Dort würde sie bestimmt Ewigkeiten niemand finden, und wenn doch, gab es keinen Hinweis darauf, dass sie ihm gehörte.

Nachdem er die Schranktür geschlossen hatte, fuhr er wieder nach oben und machte sich auf den Weg zu den Patientenzimmern. Er musste die Hauptgänge meiden, denn dort waren seines Wissens nach Kameras installiert. Die kleinen Verbindungsgänge dagegen wurden höchstens sporadisch überwacht, eine strengere Sicherheitskontrolle ließ das schmale Klinikbudget nicht zu. Kameras in den Patienträumen waren wegen des Anrechts auf Privatsphäre grundsätzlich nicht gestattet.

Dennoch musste er vorsichtig sein.

Selbstbewusst, als würde er hierhergehören, öffnete er eine Tür mit der Aufschrift NUR FÜR PERSONAL, dann stieg er eine Treppe nach oben, immer zwei Stufen auf einmal nehmend. Im zweiten Obergeschoss angekommen, öffnete er eine weitere Tür und blickte den Gang auf und ab. Wie erwartet saß ein Polizist in Uniform auf einem Stuhl am Ende des Gangs vor einem der Patientenzimmer. Der Deputy war Mitte zwanzig und in sein Handy vertieft.

Keine Chance, unbemerkt an ihm vorbeizukommen.

Tate schloss leise die Tür zum Treppenhaus und ging die Stufen hinunter. Ein Stockwerk tiefer spähte er erneut hinaus auf den Gang. Kein Wachposten. Also wurde wohl nur Jonas bewacht. Oder überwacht – je nachdem, ob man von seiner Schuld überzeugt war oder nicht.

Nachdem er sich vergewissert hatte, dass der Gang leer war, verließ er das Treppenhaus und schritt an den Türen zu den Patientenzimmern vorbei. Auch wenn es unwahrscheinlich war, so bestand doch die Hoffnung, dass eine der Türen einen Spaltbreit offen stand oder eine Schwester zufällig das Zimmer verließ, in dem Kara lag.

Du glaubst doch wohl selbst nicht, dass du so viel Glück hast, sie hier ausfindig zu machen.

Seine innere Stimme hatte recht, befand er und machte sich auf den Weg zur Cafeteria, wobei er sorgfältig darauf achtete, den Kopf gesenkt zu halten und nicht in eine der Überwachungskameras unter der Decke zu blicken.

In der Cafeteria kaufte er sich eine Limo und ein Sandwich, dann suchte er sich einen freien Tisch neben einer Dreiergruppe, bestehend aus zwei Krankenschwestern und einem Pfleger. Er setzte sich mit dem Rücken zu ihnen, tat so, als wäre er ganz in sein Handy und eine Zeitung vertieft, die er am Eingang der Cafeteria aus einem Ständer genommen hatte, und spitzte die Ohren.

Da Jonas McIntyre seit seiner Entlassung in aller Munde war, würde er sicher etwas über ihn in Erfahrung bringen können.

Er musste nicht lange warten.

»Was für ein Chaos«, sagte der Pfleger und schüttelte den Kopf. »Genau das, was wir brauchen – Medienrummel und irgendwelche aufgekratzten Spinner an unserem Arbeitsplatz. Wusstet ihr, dass der Kerl eine ganze Fangemeinde hat?« Tate setzte sich leicht schräg, sodass er die Gruppe aus dem Augenwinkel beobachten konnte. Der Pfleger, ein hochgewachsener drahtiger Mann mit grauen Locken und einer Brille mit dünnem Rand, biss in einen Apfel.

»Die Aufregung wird sich bald legen«, sagte eine der Schwestern beschwichtigend, strich sich die roten Ponyfransen aus der Stirn und machte sich über ihre Pommes frites her.

»Welche ›aufgekratzten Spinner‹?«, fragte die andere Schwester – um die dreißig, mit großen braunen Rehaugen und ebenso braunen Haaren, die sie zu einem Pferdeschwanz zurückgebunden hatte – und stocherte in ihrem Salat. Neben ihr stand ein riesiges Glas mit irgendeiner dunklen Limo.

»Seine Fans, nehme ich an«, antwortete der Pfleger und biss erneut in seinen Apfel.

»Wie bitte? Der Kerl hat Fans?«, fragte Rehauge entgeistert.

»Keine Ahnung, irgendwelche Freaks, die sich im Internet kennengelernt haben und der festen Überzeugung sind, dass man McIntyre damals zu Unrecht verurteilt hat. Völlig daneben, wenn ihr mich fragt. Der Kerl hat seine gesamte Familie abgeschlachtet.«

»Nun ja, anscheinend ist er einem Justizirrtum erlegen«, gab der Rotschopf zu bedenken.

»Na klar. Erzähl das mal seinem toten Anwalt und dem armen Teufel, der den Sattelschlepper gefahren hat.« Der Pfleger kaute, schluckte und warf den Apfelrest in einen Abfalleimer in der Nähe des Tischs. »Wenn ihr mich fragt, geht das, was passiert ist, auf sein Konto.«

»Es ist eine Schande«, pflichtete ihm Rehauge bei. »Wenn es nach mir ginge, würde er den Rest seines Lebens hinter Gittern verbringen.«

»Ich denke, dieser Ansicht sind viele.« Der Pfleger nahm einen Zahnstocher aus einem Spender auf dem Tisch und fing an, seine Zähne zu bearbeiten. »Der Fanclub sieht das allerdings anders.«

»Du liebes bisschen.« Der Rotschopf stand auf und leerte die restlichen Pommes in einen Abfalleimer. »Ich muss los«, sagte sie dann mit einem Blick auf die Uhr und verließ eilig die Cafeteria.

»Ich auch«, ließ sich Rehauge vernehmen, nahm ihr Tablett und schob ihren Stuhl zurück, wobei sie Tates Rückenlehne berührte.

»Entschuldigung«, sagte sie, ohne in seine Richtung zu blicken.

»Die Pause dauert doch noch zehn Minuten.« Der Pfleger tippte auf seine Armbanduhr.

»Ich weiß, aber ich muss noch die Babysitterin anrufen.« Rehauge hielt ihr Handy in die Höhe. »Es gibt Probleme.« Sie verdrehte die Augen und schob ihr Tablett in die Rückgabestation. »Jakes Erkältung ist schlimmer geworden, und jetzt ist er unausstehlich. Sie hat mir schon drei Mal geschrieben.« Rehauge schnitt eine Grimasse. »Außerdem brauche ich dringend eine Zigarette. Bitte verpetz mich nicht bei Darlene, okay?«

Er lachte. »Warte, ich komme mit. Ich habe versucht, aufzuhören, aber du weißt ja, wie das ist.« Immer noch lachend, folgte er seiner Kollegin hinaus in den Gang.

Als sie weg waren, fühlte sich Tate wie auf dem Präsentierteller. Zwei Kameras waren in den Ecken des Raumes unter der Decke angebracht, trotzdem blieb er sitzen und versuchte, weitere Gesprächsfetzen über Jonas oder Kara McIntyre aufzufangen – ohne Erfolg.

Er wollte die Cafeteria gerade verlassen, als er zwei Sicherheitsleute sah, die sich an der Ausgabe anstellten und Getränke und etwas zu essen auf ihre Tabletts luden. Beide hatten breite Schultern und den Körperbau eines Bodybuilders, beide blickten so, als wäre es besser, ihnen nicht in die Quere zu kommen.

Tate blieb zwei, drei Minuten sitzen. Als die Männer auf einen Tisch am entgegengesetzten Ende des Raums zusteuerten, stand er auf und strebte auf einen anderen Tisch zu, ganz in ihrer Nähe.

Die Cafeteria füllte sich jetzt, es duftete nach italienischen Kräutern und Fisch, Burger brutzelten auf dem Grill, immer mehr Leute reihten sich in die Schlange ein, um ihre Bestellungen aufzugeben.

Tate setzte sich, schob ein nicht abgeräumtes Tablett zur Seite und zog sein Handy aus der Tasche. Während er so tat, als würde er eine Textnachricht eintippen, belauschte er heimlich die beiden Sicherheitsleute.

Und landete einen Volltreffer.

»Das ist echt abgefahren«, sagte der kleinere der Männer. Seine Glatze schimmerte im Licht der Cafeteria-Lampen, ein rötlicher Dreitagebart bedeckte sein Kinn. Auf seinem Tablett lag ein Schoko-Donut, daneben stand eine Flasche mit einem rosa Vitaminwasser. »Wenn du mich fragst, hätten sie den Scheißkerl nie rauslassen dürfen.«

Tate unterdrückte ein Grinsen. Anscheinend sprachen sie über Jonas McIntyre.

»Aber sie haben ihn rausgelassen, und jetzt ist er hier.« Der Große biss in ein Schinken-Roggen-Sandwich. »Wenn auch nicht mehr lange.«

»Wie meinst du das? Hat es ihn so schwer erwischt, oder glaubst du, die werden ihn erneut festnehmen?«

»Letzteres. Obwohl das Arschloch nicht angegurtet war und durch die Windschutzscheibe geflogen ist, hat er sich bloß ein paar Rippen gebrochen und eine leichte Kopfverletzung zugezogen, nichts Schwerwiegendes. Wäre mir lieber gewesen, er hätte sich bei dem Unfall das Genick gebrochen. Wäre ihm recht geschehen, wenn man bedenkt, was er seiner Familie angetan hat. Der Knast ist noch viel zu gnädig für ihn.« Er spülte den Bissen mit einem großen Schluck Pepsi light runter. »Der Loser sollte besser krepieren, dann kostet er den Staat nicht so viel Asche.« Als würde ihm bewusst, dass er zu laut gesprochen hatte, schaute er sich um und wischte sich etwas Senf vom Kinn.

»Was ist mit der Frau im ersten Stock?«

»Du meinst die Schwester?« Der Große zog die Augenbrauen zusammen.

Sein Kollege nickte.

»Gehirnerschütterung.«

»Weißt du Genaueres über sie?«

»Jede Menge.«

»Ach ...«

»Ich lese Zeitung, Mann. Solltest du auch mal versuchen. Und jetzt behaupte nicht, dass du das tust – die Sportseite zählt nicht.« Er nahm einen weiteren Schluck aus der Pepsi-Dose. »Außerdem habe ich jede Menge Dokus und Specials über das Massaker gesehen. Mein alter Herr hat damals für das Department gearbeitet, war einer der ersten Deputies vor Ort. Er hat wochenlang von nichts anderem geredet: ein wahres Blutbad.« Er nickte, als wollte er seine eigenen Worte bestätigen. »Ja, der Fall interessiert mich. Und was die Frau in Zimmer 234 betrifft ...« Er klopfte mit seinem fleischigen Zeigefinger auf die Tischplatte. »Glaub mir, die ist komplett unzurechnungsfähig.«

»Wenn du das sagst ...«

»Das sage nicht nur ich, das sagen sämtliche Medien. Es gab damals einen riesigen Rummel, noch um einiges größer als jetzt, trotz heutiger sozialer Netzwerke und dem ganzen Internet-Scheiß. Ein Cop, ein Kollege meines Vaters, ist gestorben, als er versucht hat, der jüngsten Tochter – das ist die Frau, die jetzt in der 234 liegt – das Leben zu retten. Mein alter Herr war außer sich, vor allem, weil der Kollege nicht einmal im Dienst, sondern mit seiner Familie im Weihnachtsurlaub war. Das hat man davon, wenn man hilfsbereit ist.« Er schüttelte angewidert den Kopf.

Tate erstarrte. Sie sprachen über seinen Dad.

»Der Cop hieß Tate. Einige der Kollegen vor Ort meinten, vielleicht hätte er etwas gesehen. Er hat etwas gesagt, was sie nicht verstanden, und dann haben sie mitbekommen, wie er versucht hat, einem der Sanitäter etwas mitzuteilen, als man ihn in den Rettungswagen geschoben hat.«

»Hm. Was soll dieser Tate denn gesehen haben? Ich dachte, er hat das Blutbad im Wohnzimmer entdeckt und ist dem Mädchen gefolgt, das ihn offenbar für den Täter hielt. Die Kleine ist auf den See gerannt, im Eis eingebrochen, und er hat sie gerettet. Anschließend hat er einen Herzinfarkt bekommen. Ende der Geschichte.« Der kleinere der beiden Bodybuilder-Typen schraubte sein rosa Vitaminwasser auf und trank.

Der Größere nickte. »Das ist richtig. Und dann hat er noch etwas zu dem Sanitäter gesagt, ›Semmerfi‹ oder ›Zimmerfee‹ oder so ähnlich. Keine Ahnung. Dieser Tate hat wahrscheinlich deliriert.« Mit drei großen Bissen verschlang er den Rest seines Sandwichs, während sein Partner die Wasserflasche leerte.

Tate dachte an all die Geschichten, die bis heute über den Tod seines Vaters kursierten. Wie immer verspürte er einen schmerzhaften Stich. Sein Blick wanderte zu dem Namensschild des Sicherheitsmannes. LESTER ALLEN.

»Isst du den noch?« Lester Allen beäugte das Tablett seines Kollegen, auf dem noch der eingepackte Donut lag.

»Was? Meinen Donut? Vergiss es, den esse ich selbst.« Wie zum Beweis wickelte der andere das klebrig süße Schokogebäck aus und schlug die Zähne hinein, dann leckte er sich die braunen Krümel von den Lippen. »Wenn du auch einen haben möchtest, stell dich an und kauf dir einen.«

»Nee, zu viele Kalorien – nichts als Kohlehydrate. Zucker. Ungesättigte Fettsäuren.«

»Scheiß drauf.«

Allen leerte seine Pepsi light und drückte gerade die Dose zusammen, als sein Handy pingte, um den Eingang einer Textnachricht anzuzeigen. Er schaute aufs Display und runzelte die Stirn. »He, wir müssen los«, sagte er mit gesenkter Stimme zu seinem Kollegen.

»Wieso?« Der kleinere Bodybuilder schob sich den Rest des Donuts in den Mund.

»Keine Ahnung. Die Kamera hat irgendwas aufgezeichnet.«

»Diesen idiotischen Fanclub, was sonst? Für wen halten die Weiber diesen McIntyre? Für den auferstandenen Messias? Die sind doch völlig irre. Fanatisch.«

»Ne, danach klang es nicht. Wir werden's gleich erfahren, der Chef will, dass wir uns treffen.«

»Mist.«

Angespannt verfolgte Tate, wie die beiden ihre Stühle zurückschoben und zur Tür eilten. Die Tabletts ließen sie auf dem Tisch stehen. Vielleicht, dachte Tate, ging es bei der Nachricht gar nicht um ihn, sondern um etwas ganz anderes. Aber er durfte kein Risiko eingehen, seine Deckung durfte auf keinen Fall auffliegen. Er zwang sich, noch einen Augenblick sitzen zu bleiben. Wertvolle Sekunden verstrichen. Ihm blieb nicht mehr viel Zeit. Wäre sein Gesicht wirklich von einer der Kameras eingefangen worden, bestand durchaus die Möglichkeit, dass Lester Allen ihn erkannte. Edmund Tates Sohn.

Wesley steckte sein Handy ein, verließ die Cafeteria und kehrte durch die schmale Personaltür ins Treppenhaus zurück. Adrenalinbefeuert lief er die Stufen hinauf, öffnete die Tür zum ersten Stock einen Spaltbreit und spähte in den Gang. Bis auf einen Reinigungswagen neben einem Wandschrank war er leer.

Er beschloss, das Risiko einzugehen, Allen und seine Security-Kollegen, die ihn in diesem Augenblick vermutlich über einen der zahlreichen Überwachungsbildschirme beobachteten, hin oder her.

Mit gesenktem Kopf ging er schnellen Schritts an den geschlossenen Türen vorbei – 229, 230, 231 … –, bis er Zimmer 234 gefunden hatte. Kurz blieb er stehen und lauschte, ob von drinnen Stimmen zu hören waren. Alles war still. Also schob er geräuschlos die Tür auf und trat ein.

KAPITEL NEUNZEHN

Kara sah, wie die Tür aufschwang.

Sie erwartete, dass endlich die Ärztin eintrat – oder die Detectives. Wieso klopften sie eigentlich nicht an?

Die Antwort kam umgehend: Niemand anderes als der verfluchte Wesley Tate schlüpfte ins Zimmer, noch dazu in OP-Kleidung. Als wäre er ein Chirurg oder OP-Assistent.

»Ich hätte es wissen müssen«, sagte sie, wobei sie sich keine Mühe gab, ihre Gereiztheit zu verbergen. »Was wollen Sie denn hier?«

»Nach Ihnen sehen.«

»Nach mir? Wieso? Sie dürfen doch gar nicht hier sein.«

»Das ist schon okay.«

»Es ist ganz und gar nicht okay!«

Er hob beschwichtigend die Hand, als befürchtete er, sie würde anfangen zu schreien.

»Was wollen Sie von mir? Ach ja, richtig, ein Interview.« Sie schnaubte genervt. »Ich fasse es nicht.«

Für einen Moment herrschte Schweigen, dann fragte er: »Wie geht es Ihnen?«

»Was denken Sie? Ich liege im Krankenhaus!« Sie deutete auf die Platzwunde an ihrem Kopf. »Natürlich geht es mir blendend. Herrgott, Tate, was sind Sie bloß für ein schrecklicher Mensch!«

»Ich weiß, dass ich Sie zu einem sehr ungünstigen Zeitpunkt bedränge«, räumte er ein.

»Ausgesprochen ungünstig.«

»Allerdings wird es niemals einen günstigen Zeitpunkt geben, denn was geschehen ist, ist nun mal geschehen. Das kann niemand mehr rückgängig machen. Und auch wenn es Sie nicht länger zu interessieren scheint, was damals wirklich mit Ihrer Familie passiert ist, würde ich es gern wissen. Denn auch ich habe einen Menschen verloren, den ich sehr geliebt habe.«

Kara verspürte den altbekannten Stich der Reue, doch sie würde sich ihren Schuldgefühlen nicht ergeben. Nicht schon wieder. »Versuchen Sie, an mein schlechtes Gewissen zu appellieren, damit ich Ihnen helfe?« Sie presste die Kiefer aufeinander, dann atmete sie tief durch und fuhr fort: »Das können Sie vergessen. Es tut mir furchtbar leid, dass Ihr Dad bei meiner Rettung zu Tode kam, und ich wünsche mir jeden gottverdammten Tag, er wäre noch am Leben. Genau wie meine Familie«, fügte sie leise hinzu. Tate sah sie mit seinen tiefblauen Augen so durchdringend an, dass sie beinahe den Blick gesenkt hätte, doch stattdessen räusperte sie gegen den Kloß in ihrer Kehle an und fragte mit fester Stimme: »Wissen Sie, wo mein Bruder ist? Eine der Schwestern hat verlauten lassen, er sei ebenfalls ins Whimstick General Hospital eingeliefert worden, aber ich habe keine Ahnung, in welchem Zustand er sich befindet.«

»Er liegt im zweiten Stock. Ein Cop schiebt vor seiner Tür Wache.«

Zum ersten Mal, seit sie wieder bei Bewusstsein war, verspürte sie Erleichterung. »Ist da die Intensivstation?«, wollte sie wissen.

»Offenbar nicht. Ich habe ein Gespräch von Pflegekräften mitgehört, die sich über Ihren Bruder unterhalten haben. Jonas hat wohl keine schweren Verletzungen erlitten – mehrere Rippenbrüche und eine leichte Kopfverletzung, nichts Lebensbedrohliches.«

»Mir will niemand Auskunft geben.« Sie seufzte frustriert. »Ja, ich weiß, es besteht eine Schweigepflicht, aber abgesehen von seiner Mutter, bin ich seine nächste Angehörige, deshalb dürfte man mich durchaus über seinen Zustand informieren. Ich nehme an, die Polizei hat es verboten, warum auch immer.«

»Haben Sie mit den Cops geredet?«, fragte Tate.

»Noch nicht. Allerdings rechne ich damit, dass sie jeden Moment hier auftauchen. Ich werde das Gefühl nicht los, dass sie mich verdächtigen, etwas mit dem Mord an Merritt Margrove zu tun zu haben – ich nehme an, als Reporter wissen Sie davon?«

Er nickte. »Ja, schlechte Nachrichten verbreiten sich in Windeseile, und die Medien fachen den Wind an, bis er Sturmgeschwindigkeit aufnimmt ...«

»Ich habe keine Ahnung, was passiert ist!« Kara setzte sich auf und schnitt eine gequälte Grimasse. Die Stellen, an denen der Gurt eingeschnitten hatte, schmerzten bei jeder Bewegung höllisch. »Er war tot, als ich ankam – durchgeschnittene Kehle, ein grauenhafter Anblick. Ich bin abgehauen – und da hockte plötzlich Jonas auf dem Rücksitz meines Wagens. Er hatte sich dort versteckt, warum, weiß ich nicht.«

»Was hatte er in Margroves Trailer verloren?«, überlegte Tate laut.

Aha. Auch den Ort kannte er schon. »Ich würde gern zu meinem Bruder gehen.«

»Nicht nur Sie. Der Rest der Welt will offenbar ebenfalls mit ihm sprechen.«

»Worauf warten wir dann noch? Kommen wir dem ›Rest

der Welt‹ zuvor!« Sie schwang die Beine aus dem Bett und stöhnte laut auf. »Au!«

»Vielleicht sollten Sie sich das noch einmal überlegen.« In seinen Augen spiegelte sich Besorgnis. »Ich halte es für keine gute Idee, das Bett jetzt schon zu verlassen.«

»Ach … In OP-Kleidung durchs Krankenhaus zu schleichen, ist besser?« Frustriert ließ sie sich zurück ins Kopfkissen sinken. »Tolle Verkleidung.«

»Ich musste irgendwie improvisieren …«

»Das ist Ihnen gelungen.«

Tate unterdrückte ein Grinsen, dann wurde er wieder ernst. »Sie sind also in die Berge zu Margrove gefahren. Was ist anschließend passiert? Sie sagen, er war schon tot?«

»Klar, wenn ich auf der Bildfläche erscheine, sind immer alle längst tot.« Bilder ihrer blutüberströmten Eltern und Brüder flackerten vor ihrem inneren Auge auf.

Stille Nacht …

Hör auf! Daran darfst du jetzt nicht denken!

»Und Jonas war ebenfalls dort, in Margroves Trailer?«, unterbrach Tate ihre Gedanken.

»Nicht im Trailer. Wie ich schon sagte: Er hatte sich in meinem Jeep versteckt … He, Moment mal! Was soll das? Erschleichen Sie sich gerade ein Interview?« Tate war weder ihr Freund noch ein Vertrauter, denn trauen konnte sie ihm, einem Reporter, ganz gewiss nicht.

»Ich habe bloß ein paar Fragen. Nein, das ist nicht ganz richtig: Ich habe jede Menge Fragen.«

»Also doch! Ich werde Ihnen keine einzige davon mehr beantworten, und jetzt lassen Sie mich endlich in Ruhe!« Sie biss die Zähne zusammen, entfernte erneut die Tropfnadel aus ihrer Ellenbeuge, presste für ein paar Sekunden ein Stückchen Mullbinde auf die Stelle und rutschte dann von der Bettkante. Der Linoleumboden war kalt unter ihren nackten Füßen. Draußen auf dem Gang näherten sich Schritte. Kara erstarrte. »Ich muss hier raus«, sagte sie drängend. Konnte er womöglich doch zum Verbündeten werden? »Sie können mir helfen. Nehmen Sie mich mit?«

Er zögerte. »Jetzt? In Ihrem Zustand?«

Die Schritte wurden lauter, dann verhallten sie.

Vorbeigegangen. Gott sei Dank. Aber du weißt, dass es nur eine Frage der Zeit ist, bis die Ärztin oder die Cops im Zimmer stehen. Du musst handeln, und zwar schnell!

Sie nickte entschlossen. »Ja. Wenn möglich, sofort.« Sie tappte zu dem kleinen Spind mit ihrer persönlichen Habe. »Wahrscheinlich fragen Sie sich jetzt, was für Sie dabei rausspringt.« Sie nahm die Kleidung aus dem Spind. Ihr Mantel war schmutzig und an einigen Stellen eingerissen, der Pullover fehlte. Zum Glück entdeckte sie ihre Hose und die Stiefel – nicht im allerbesten Zustand, aber immerhin. »Das Interview, das Sie unbedingt mit mir führen wollen. Sobald wir hier raus sind, dürfen Sie mich mit Fragen bombardieren. Einen Augenblick noch, dann können wir los.«

Sie verschwand im angrenzenden Badezimmer, nicht mehr als eine kleine Kabine mit Waschbecken, WC und Dusche, streifte das Krankenhausnachthemd ab und schlüpfte in ihre Sachen. Es gelang ihr nicht, den BH zu schließen, da ihr rechter Arm, in dem die Tropfnadel gesteckt hatte, zu sehr schmerzte, aber sie konnte den Reißverschluss des Mantels hochziehen.

»Und jetzt los«, sagte sie und tappte etwas unsicher auf ihn zu.

»Können Sie überhaupt gehen?«, fragte er skeptisch.

»Ich werde schon nicht zusammenklappen«, versicherte sie ihm.

»Was ist mit der Kopfverletzung?«

»Die Platzwunde ist kein Problem. Allerdings habe ich

auch eine Gehirnerschütterung, aber die Schwester sagte, es sei nur eine leichte.«

»Na dann. Ich hole das Auto.«

»Warten Sie. Eine Sache noch.«

Tate sah sie fragend an.

»Ich will zuerst zu meinem Bruder. Ich muss mit Jonas sprechen.«

»Das ist unmöglich.« Tate schüttelte den Kopf. »Wie ich schon sagte: Vor seiner Tür sitzt ein Cop und hält Wache.«

»Dann müssen wir ihn eben ablenken.«

»Sind Sie sicher, dass Sie nur eine leichte Kopfverletzung haben? Wir sind doch nicht in einem Agentenfilm!«

»Das sagt der Richtige!« Ihr Blick glitt abschätzig über seine OP-Kleidung.

Tate nickte, die Lippen zu einer schmalen Linie zusammengepresst. »Okay, ich sorge für Ablenkung, aber beeilen Sie sich. Ich bin mir ziemlich sicher, dass man mich bereits auf dem Schirm hat – im wahrsten Sinne des Wortes.«

»Wo parken Sie?«

»Fünf oder sechs Blocks entfernt an der Washington Road zwischen Pine und Larch Street. In der Nähe der alten katholischen Kirche. Wissen Sie, wo das ist?«

Sie nickte, dann fing sie an zu grinsen. »Sie stehen wohl auf Kirchen. Ich bin in zwanzig Minuten dort.«

»Was zum Teufel ist hier los?«, fragte Thomas und stieg aus dem Geländewagen mit dem Logo des Departments. Vor dem Haupteingang des Whimstick General Hospital hatte sich trotz der eisigen Temperaturen eine größere Menschenmenge versammelt. Fünfzig, sechzig warm verpackte Personen standen dort und skandierten »Freiheit für Jonas!«, viele von ihnen hielten Schilder in die Luft.

JONAS IST UNSCHULDIG!, las Thomas.

Woher wisst ihr das?

WER IST DER WAHRE MÖRDER?

Das wüsste ich auch gern.

WO IST MARLIE?

Gute Frage.

GERECHTIGKEIT FÜR JONAS!

Ach, hört doch auf!

Manche schienen sogar zu beten. Eine Frau mit blonden Dreadlocks rief: »Wir wollen ihn sehen! Gerechtigkeit für Jonas!«

»Gerechtigkeit für Jonas!«, brüllte der Mob.

»Da sind sie ja, die Jonas-McIntyre-Fans«, bemerkte Johnson trocken und ließ den Blick über die Menge schweifen.

»War wohl nur eine Frage der Zeit, bis sie auf der Bildfläche erscheinen«, pflichtete Thomas ihr bei. »Vermutlich hat er ganze Heerscharen von Fans, nicht nur in diesem Land, sondern dank Internet weltweit.«

»Ein Facebook-Fanclub hat zu einer Massenkundgebung aufgerufen«, teilte Johnson ihm mit. »Auf Twitter habe ich ebenfalls einen solchen Aufruf entdeckt, genau wie in anderen sozialen Netzwerken wie TikTok und Instagram. Wenn es um aberwitzige Verschwörungstheorien geht, sind die User ganz schnell dabei.«

Thomas verriegelte den SUV und ließ den Blick über den Parkplatz schweifen. Längst waren Zeitungsreporter, Radio und Fernsehen vor Ort, auf der Zufahrtstraße waren sie von dem Van eines Nachrichtensenders aus Portland aufgehalten worden, der umständlich in eine viel zu enge freie Lücke am Straßenrand setzte. Energisch bahnte er sich einen Weg durch die Menge, dicht gefolgt von seiner Partnerin.

»Wusstest du, dass einige behaupten, Jonas McIntyre sei gar nicht hier?«, rief Johnson in seinem Rücken. »Angeblich wird er von der Regierung an einem geheimen Ort festgehalten.«

»Wie bitte?« Er blieb so abrupt stehen, dass sie gegen ihn prallte.

»Die Basis jeder Verschwörungstheorie: Die Regierung lügt.«

Thomas sah sie ungläubig an. »Die spinnen genauso eine bescheuerte Geschichte um diesen Killer wie um Roswell oder die Ermordung von JFK? Kommt gleich etwa auch noch ein Ufo um die Ecke geflogen?«

»Das ist nicht witzig«, sagte sie. »Die meinen es ernst. Angeblich wird Jonas sich gleich an seine Anhänger wenden.«

»Vom Fenster seines Krankenzimmers aus oder von dem geheimen Ort, an dem ihn die Regierung festhält?«

»Manche scheinen ihn für einen Propheten oder einen Gott zu halten. Einen Messias.«

»Nun, dann werden sie enttäuscht sein: Jonas McIntyre wird nicht zu ihnen sprechen, ganz gleich, ob Prophet oder Gott, denn er steht unter Bewachung.«

Johnson zuckte die Achseln. »Sie werden ohnehin glauben, was sie wollen. Verschwörungstheoretiker interessieren sich für gewöhnlich nicht für Fakten.«

Thomas setzte sich wieder in Bewegung. »Ein Gott, der zwanzig Jahre im Gefängnis sitzt – was für ein Schwachsinn«, knurrte er kopfschüttelnd vor sich hin.

»Manche seiner Follower denken …«

»Follower?« Er warf seiner Partnerin einen fragenden Blick über die Schulter zu.

»Follower. Fans. Anhänger. Was auch immer. Auf alle Fälle setzen einige von ihnen Jonas' Entlassung aus dem Gefängnis mit der Wiederkunft des Herrn gleich.«

»Ach du Scheiße!«, rief Thomas.

»Ja, das finde ich auch, aber so ticken die nun mal.«

Und tatsächlich: Vor einem alten VW-Bus ganz in der Nähe des Krankenhauseingangs stand eine Gruppe von

Frauen, die Banner mit Bibelzitaten und Plakate mit einer Darstellung von Jesu in die Höhe hielten, die verdächtige Ähnlichkeit mit Jonas McIntyre aufwies.

Thomas blieb erneut stehen, aber diesmal hatte Johnson aufgepasst und hielt rechtzeitig an. »Ich fasse es nicht!«

Seine Partnerin öffnete den Mund, um etwas zu erwidern, doch im selben Moment trat einer der Sicherheitsleute, ein kräftiger Schwarzer, auf dessen Ausweis der Name BERT-RAND MULLINS stand, an sie heran. »Sind Sie die Cops?«, fragte er. Trotz der niedrigen Temperaturen standen ihm Schweißperlen auf der Stirn. »Machen Sie den Weg frei, verdammt noch mal!«, rief er dann und drängte die immer dichter werdende Menge zurück.

»Wir sind wegen Jonas McIntyre hier«, antwortete Thomas.

»Sie und der Rest der Welt!«, gab er zurück und hielt eine dürre Frau mit platinblonden Haaren zurück, die sich an ihm vorbeizudrängen versuchte. »He, he, he! Sie können hier nicht rein, es sei denn, Sie sind Patientin.«

»Ich bin Patientin«, gab sie mit funkelnden Augen zurück.

»Das glaube ich kaum«, entgegnete Mullins. Während er sich mit der Frau auseinandersetzte, kamen zwei weitere Sicherheitsleute durch eine Seitentür auf sie zu, ein vierschrötiger Kerl, dessen Muskeln fast das Uniformhemd sprengten, und ein untersetzter Mann mit rötlichem Dreitagebart. Der Größere sprach etwas in ein Walkie-Talkie, während der Kleinere drei Frauen mit Bibelplakaten in Schach hielt.

»Sie haben die Polizei gerufen?«, wandte sich Thomas an Mullins.

»Vor über zehn Minuten. Ihr habt euch ganz schön Zeit gelassen.«

Thomas schüttelte den Kopf. »Wir kommen nicht wegen des Anrufs, aber ich bin mir sicher, dass die Kollegen unterwegs sind.« Jemand drückte ihm einen Ellbogen in den Rücken. Er drehte sich um und sah einen Mann in einer karierten Flanelljacke, der von hinten gegen ihn drängte. »Sir, bitte verlassen Sie den Parkplatz. Und zwar umgehend.«

»Was soll der Scheiß? Was glaubst du, wer du bist, Kumpel?«, pöbelte der Mann lautstark.

»Ich bin Detective Cole Thomas vom Department des Sheriffs von Hatfield County.« Er zückte seine Dienstmarke. »Ich befehle Ihnen, das Gelände auf der Stelle zu verlassen.«

Der Kerl verzog die Lippen zu einem Grinsen. »Sie können mir gar nichts befehlen«, teilte er Thomas herablassend mit. »Ich empfange meine Befehle direkt von Gott. Und ihr da«, er deutete auf das Sicherheitspersonal, »solltet mich lieber durchlassen. Ich kenne meine Rechte!«

Thomas trat so nah an ihn heran, dass ihre Gesichter nur wenige Zentimeter voneinander entfernt waren. »Ich fordere Sie noch einmal auf, zu gehen. Sollten Sie sich meiner Anordnung widersetzen ... Nun, ich kann ziemlich unhöflich werden.«

»Und ich sage Ihnen, dass Sie mich mal am Arsch lecken können!« Damit drehte er sich um und verschwand in der Menge.

Thomas wollte ihm nachlaufen, aber Johnson legte ihm eine Hand auf den Unterarm. »Lass ihn, wir haben Wichtigeres zu tun.«

»Das Department hat versprochen, Verstärkung zu schicken«, teilte Mullins ihnen mit. »Ich frage mich bloß, wann die endlich eintrifft. Der Cop, der schon hier ist, kann wenig ausrichten ...«

»Cop? Welcher Cop?«, fiel Thomas ihm ins Wort. »Sie meinen den Officer, der McIntyre bewacht?«

Mullins nickte. »Den Deputy, der ...« Er konnte seinen Satz nicht zu Ende bringen, da soeben eine Gruppe von

»Freiheit für Jonas!« skandierenden Frauen an den beiden anderen Sicherheitsmännern vorbei auf den Eingang zustürmte.

»Verdammt!«, stieß Thomas hervor und schaute zu Johnson, die ihr Handy ans Ohr drückte und irgendwen am anderen Ende der Leitung instruierte, unverzüglich Verstärkung zu schicken. »Sofort!«, rief sie über den Lärm der Menge hinweg. »Wir haben es hier mit einer Art Aufstand zu tun!«

Sie hatte recht. Die Jonas-Fans oder Follower oder wie auch immer sie sich nannten, gerieten langsam, aber sicher außer Rand und Band.

In der Ferne heulten Sirenen.

»Gott sei Dank, die Kavallerie!«, sagte Johnson.

»Die Cops! Jemand hat die Cops gerufen!«, kreischte eine Frau mit neongelber Mütze.

Eine andere fiel auf die Knie und schluchzte: »Jonas kommt! Er kommt hernieder, um uns zu sehen!«

»Glaubst du wirklich?«, fragte jemand aus der Menge skeptisch.

Thomas sah, wie vor einem der Nachrichten-Vans auf dem Parkplatz Gedränge entstand. Sheila Keegan, Reporterin bei Channel 3, schlängelte sich, gefolgt von ihrem Kameramann, durch die Menge. Die beiden trugen die roten Jacken mit dem Logo des Senders, die grelle Farbe war selbst inmitten des Trubels kaum zu übersehen.

»Er kommt zu uns hernieder! Jonas kommt zu uns!«, jubelte ein Chor glückseliger Stimmen.

Die Reporterin steuerte auf die am Boden kniende Frau zu.

»Sheila Keegan von Channel 3«, stellte sie sich vor. »Darf ich fragen, woher Sie das wissen?«

Die Frau sah auf und antwortete atemlos: »Einer der Ärzte hat gesagt, er würde zu uns gebracht.«

»Das ist nicht möglich«, sagte Mullins, an Thomas gewandt. »Der Kerl ist sediert. McIntyre, meine ich.« Er stellte sich wieder der vorwärtsdrängenden Meute entgegen. »Niemand betritt das Gebäude, es sei denn, es handelt sich um Patienten des Whimstick General ...«

»Er kommt hernieder! Jonas kommt hernieder!«

Was für ein Wahnsinn! Dachten die Leute wirklich, die Polizei würde ihn einfach so gehen lassen, nachdem gerade sein ehemaliger Strafverteidiger ermordet worden war? Die konnten doch nicht allesamt den Verstand verloren haben! Thomas' Blick schweifte über die euphorischen Gesichter, die in stummer Erwartung auf die Eingangstüren starrten ... Plötzlich bemerkte er aus dem Augenwinkel eine Bewegung. Jemand lief über den Parkplatz, in die entgegengesetzte Richtung, weg vom Krankenhaus. Jemand in OP-Kleidung. Ein Arzt?

Seltsam.

Er wusste nicht, was genau ihn daran störte, folgte lediglich seinem Instinkt. »Ich bin gleich wieder da«, sagte er zu Johnson und versuchte, sich zwischen den Leuten hindurchzudrängen, doch die Menge verschluckte ihn.

»Er kommt zu uns hernieder! Jonas kommt!«

»Verflucht!«, schimpfte Thomas.

»He, Detective Thomas, wir brauchen Ihre Hilfe!« Mullins' Stimme klang beinahe flehentlich.

Thomas drehte sich zu ihm um. »Bin sofort wieder da ...«

In diesem Moment schwang eine zierliche Rothaarige ein FREIHEIT-FÜR-JONAS-Schild in Richtung des Security-Manns. »Jo-nas! Jo-nas!« Mullins wich aus und gab für den Bruchteil einer Sekunde die Tür frei.

Die Rothaarige nutzte die Gelegenheit und stürmte an ihm vorbei in die geräumige Empfangshalle. Die Menge folgte ihr, wobei eine Frau in Uniform des Sicherheitsdienstes schlichtweg überrannt wurde.

»Scheiße! Zieh nicht die Waffe!«, brüllte Mullins und versuchte, zu seiner Kollegin durchzukommen. »Finger weg von der Waffe!«

Die Frau hörte nicht auf ihn und zog die Pistole aus dem Holster. Füße trampelten über sie hinweg. Es gelang Thomas, der näher bei ihr gestanden hatte, zu ihr vorzudringen und ihr aufzuhelfen. »Waffe weg!«, befahl er mit autoritärer Stimme und warf einen Blick auf den Ausweis, der an einem Band um ihren Hals baumelte. MADGE PETROSKI stand darauf. Er zerrte sie zur Seite, an die Wand neben den Schiebetüren, und schirmte sie mit seinem Körper von der wild gewordenen Menge ab. »Alles in Ordnung?«, fragte er atemlos.

»Ja, ich glaube schon.« Sie lehnte sich an, zuckte mit schmerzerfülltem Gesicht zusammen und hielt sich den rechten Arm. »Nein. Ich glaube, ich habe mir die Schulter verrenkt.« Ihre Augen huschten zu dem tobenden Mob. »Die sind doch komplett durchgeknallt«, murmelte sie, »alle miteinander. Das wird ein böses Ende nehmen.«

Thomas nickte. Petroski hatte recht. Zum Glück schien die Verstärkung nicht mehr weit zu sein.

»Detective Thomas!«, rief eine Frauenstimme. »Cole! Cole Thomas! Ich würde gern einen Augenblick mit dir reden!« Sheila Keegan wedelte hektisch mit dem Arm, um seine Aufmerksamkeit zu erwecken, wie immer in Begleitung ihres Kameramanns.

Thomas' Gesicht verfinsterte sich. Er hatte jetzt weder die Zeit noch den Nerv für ein Interview. Schon gar nicht mit Sheila.

»Nur ein paar Fragen.« Sie versuchte, sich zu ihm durchzudrängen, doch er wandte sich ab.

Wo war der Arzt geblieben, der so eilig den Parkplatz verlassen hatte?

Vielleicht musste er – wenn es denn ein Er war – dringend

weg, oder ihm war einfach nur kalt. Warum vermutest du hinter allem und jedem etwas Verdächtiges?

Zu spät. Er würde es nie herausfinden. Die Gestalt in OP-Kleidung war längst fort, verschwunden in der Dunkelheit.

Thomas unterdrückte einen Fluch. Irgendetwas stimmte hier nicht. Er würde sich die Aufnahmen der Überwachungskameras ansehen. Vielleicht hatten sie etwas aufgezeichnet.

Vielleicht würden sie so einen Schritt weiterkommen.

KAPITEL ZWANZIG

Tate hielt Wort.

Kara hatte keine Ahnung, wie ihm das gelungen war, aber der Polizist, den man vor Jonas' Krankenzimmer postiert hatte, war nicht mehr da. Der Stuhl war leer, eine Jacke hing über der Rückenlehne, eine Zeitschrift lag auf dem Boden neben einem leeren Papp-Kaffeebecher.

Sie wartete nicht.

Wusste, dass sie keine Zeit verschwenden durfte.

Es war ihr gelungen, sich unbemerkt aus dem Zimmer und zum Aufzug zu schleichen. Im zweiten Stock musste sie an der Schwesternstation vorbei, doch zum Glück saß nur eine einzige Schwester hinter dem Glasfenster, und die blickte konzentriert auf einen Computermonitor, während sie in ihr Headset sprach.

Jetzt schlüpfte Kara ins Krankenzimmer und sah ihren Bruder auf dem Rücken im Bett liegen, die Lider halb geschlossen, einen Verband um den Kopf, die Augen blutunterlaufen. Als er sie bemerkte, zog er die Brauen zusammen und blinzelte im Zeitlupentempo. »Kara?« Seine Stimme war rau. Kaum hörbar.

»He. Ja, ich bin's.«

Überall an seinem Körper waren Schläuche befestigt, ein Tropf träufelte eine durchsichtige Flüssigkeit in seine Venen, ein Monitor neben dem Bett zeigte leise piepsend seine Vitalwerte an. Seine Haut war aschfahl.

»Ich … ich …« Er richtete den Blick aufs Fenster. Der Himmel dahinter war dunkel, noch immer tanzten Schneeflocken im Licht der Außenbeleuchtung. »Wie spät ist es?«

»Gleich halb sieben.«

»Ich … ich muss … hier raus.«

Sie schüttelte den Kopf. »Es wird noch eine Weile dauern, bis du wieder auf die Beine kommst.«

Er sah ihr in die Augen, benommen, aber doch voller Wut. »Die versuchen, mir das anzuhängen, genau wie damals. Die werden mich nie in Ruhe lassen.« Er biss die Zähne zusammen, dann fuhr er heiser fort: »Aber … ich war's nicht. Ich habe Merritt nicht umgebracht, genauso wenig wie Dad und Sam und … Scheiße.« Seine Lippen wurden schmal. »Du hast mich in den Schlamassel hineingeritten. Deine Aussage vor Gericht, zusammen mit der von Lacey …«

Sie wollte sich verteidigen, wollte ihm sagen, dass sie lediglich wahrheitsgemäß die Fragen der Staatsanwältin beantwortet hatte, die einer verängstigten Achtjährigen die Worte im Mund verdrehte, aber sie schwieg.

Draußen auf dem Gang ratterte ein Rollwagen vorbei. Kara zuckte zusammen.

Bald schon würde man bemerken, dass der Polizist nicht länger vor der Tür saß, oder er würde zurückkehren und Kara in Jonas' Krankenzimmer ertappen. Sie musste sich beeilen.

»Hat Merritt dir gegenüber je verlauten lassen, dass jemand hinter ihm her war?«

Jonas starrte sie an. »Wie meinst du das?«

»Nun, gab es irgendwen, der ihn womöglich umbringen wollte?«

»Keine Ahnung. Ich war ja nicht sein einziger Mandant.

242

Wer weiß, ob er deren Fälle genauso in den Sand gesetzt hat wie meinen.« Er verdrehte abschätzig die Augen.

»Aber es muss doch einen Zusammenhang geben, denkst du nicht?«

Wieder sah er sie nur fragend an.

»Ich meine, zwischen dem, was damals in der Hütte am Cold Lake passiert ist, und seinem Tod. Warum wollte er dich sehen, Jonas?«

»Keine Ahnung.«

»Es kann doch kein Zufall sein, dass Merritt am Tag deiner Entlassung die Kehle durchgeschnitten wird. Wieso? Wusste er etwas? Noch einmal: Was hat er zu dir gesagt? Warum wollte er dich treffen, Jonas?«

»Er hat gar nichts gesagt, hatte ja auch gar keine Gelegenheit dazu.«

»Aber du musst doch aus irgendeinem Grund zu ihm gefahren sein.« Plötzlich fiel ihr ein, wie Jonas auf der Autofahrt Merritt und Tante Faiza beschuldigt hatte, sich den Nachlass unter den Nagel gerissen zu haben. »Du wolltest von ihm wissen, wie viel von dem Vermögen unseres Vaters noch übrig ist.«

»Ja.«

»Woher wusstest du, dass er sich die Taschen damit gefüllt hat, genau wie Tante Fai?«

»Ach, Margrove hat da so Andeutungen gemacht. Mal hat er erwähnt, wie kostspielig es ist, den Fall weiter zu verfolgen, wie teuer dein Unterhalt und deine Ausbildung sind, dann wiederum hat er mir mitgeteilt, dass sich einige Investitionen als Fehlinvestitionen erwiesen haben. Ich wollte mir selbst ein Bild machen. Wollte, dass er mir eine vollständige Liste mit den Ausgaben der letzten zwanzig Jahre zusammenstellt.«

»Wusste er das?«

»Ja. Er hat immer wieder betont, ich könne ihm dankbar sein, dass er mich aus dem Gefängnis geholt hat. Was für ein Schwachsinn! Mit einem besseren Strafverteidiger wäre ich dort vermutlich niemals gelandet.« Seine bleichen Wangen wurden rot. Kara konnte sehen, dass er innerlich schäumte. Sie wollte sich gerade zum Gehen wenden, als sie draußen auf dem Gang Stimmen hörte. Hektisch sah sie sich in dem kleinen Zimmer nach einer Versteckmöglichkeit um, vergeblich. Sie überlegte schon, ob sie einfach die Tür aufreißen und davonlaufen sollte, doch die Stimmen verstummten – offenbar hatten die Personen, denen sie gehörten, einen anderen Raum betreten.

»Ich muss los«, sagte sie atemlos, aber dann drehte sie sich noch einmal zu ihrem Bruder um. »Hast du etwas von Marlie gehört?«

»Wie bitte?«, krächzte er und schüttelte angestrengt den Kopf. »Von Marlie? Nein … Wieso?«

»Ich habe eine seltsame Textnachricht und Anrufe bekommen. Ich dachte, es ginge um sie.«

»Ein böser Scherz?«

»Vielleicht. *Sie lebt* – mehr nicht.«

»›Sie lebt?‹ Das ist alles?«

»Ja.« Kara nickte.

»Sie lebt«, wiederholte er. »Dann war es nicht Marlie, denn die hätte sich mit Namen gemeldet oder ›*Ich* lebe‹ gesagt, statt in der dritten Person zu sprechen.«

»Das hab ich auch schon gedacht.«

»Vielleicht war gar nicht Marlie gemeint, sondern eine andere Frau.«

»Aber wer?«

»Keine Ahnung«, gab er zu und drehte sich vorsichtig auf die Seite, wobei er aufstöhnte vor Schmerz. »Verrate du's mir.«

»Ich weiß es nicht«, erwiderte sie nachdenklich. »Ich hatte gehofft, du könntest mir etwas dazu sagen.«

»Ich? Wieso? Ach, warte – jetzt verstehe ich! Du denkst, ich stecke dahinter? Wegen meiner Entlassung? Glaubst du wirklich, ich würde so ein krankes Psychospielchen mit dir spielen? Verdammt noch mal, Kara, hör auf mit so einer Scheiße!«

Wieder waren auf dem Gang Geräusche zu vernehmen, ein Quietschen wie von sich nähernden Gummisohlen. Kara erstarrte.

»Ich komme wieder«, versprach sie ihrem Bruder hastig, öffnete die Tür einen Spaltbreit und spähte hinaus. Der Stuhl vor dem Krankenzimmer war immer noch leer. Ein Stück entfernt rollte ein alter Mann in einem Rollstuhl über das Linoleum. Daher das quietschende Geräusch.

Lautlos huschte Kara zu den Aufzügen, vorbei an der Schwesternstation. Die Schwester telefonierte noch immer, doch gerade als Kara an der Glasscheibe vorbeikam, tippte sie auf ihr Headset und drehte sich um. Ihre Blicke begegneten sich. »Kann ich Ihnen helfen?«, fragte sie mit zusammengezogenen Augenbrauen.

Kara erstarrte.

Betete stumm, dass sich die Aufzugtüren öffnen würden und sie in der Kabine verschwinden könnte.

Die Schwester schob ihren Stuhl zurück, stand auf und warf einen demonstrativen Blick auf ihre Armbanduhr. »Sie sind außerhalb der Besuchszeiten hier.«

»Es tut mir leid«, stammelte Kara. »Ich wollte …«

Einer der Aufzüge pingte leise. *Gott sei Dank!*

»Sie sind gar keine Besucherin«, sagte die Schwester, die nun ihren Schreibtisch umrundete und auf die Tür zum Gang zustrebte.

Das Pflaster auf ihrer Stirn! Kara hatte das große Pflaster vergessen, das die frisch genähte Platzwunde abdeckte.

»Ich war nur kurz bei meinem Bruder.«

»Ihr Bruder? Wer ist das?« Der Blick der Schwester schweifte durch den Gang und blieb an dem leeren Stuhl vor Jonas' Krankenzimmer hängen. Im selben Augenblick glitten die Aufzugtüren auseinander. Mit hämmerndem Herzen sprang Kara hinein und drückte auf den Knopf zum Erdgeschoss.

Die Schwester machte ein paar schnelle Schritte auf den Aufzug zu, doch schon schlossen sich die Türen. Kara sah gerade noch, wie sie auf ihr Headset tippte und anfing zu sprechen.

Bevor sie im Erdgeschoss ankam, riss Kara das Pflaster von ihrer Stirn und kämmte sich mit den Fingern die Haare so, dass sie die Wunde bedeckten. Die Türen öffneten sich, und sie warf einen Blick nach rechts und nach links, um sich zu vergewissern, dass die Schwester oder jemand vom Sicherheitspersonal nicht aus einem der anderen Aufzüge oder aus dem Treppenhaus gestürmt kam, um sie aufzuhalten.

Die große Eingangshalle glich einem Hexenkessel: Vor dem Empfang hatte sich eine Gruppe Menschen – hauptsächlich Frauen – versammelt, viele von ihnen mit selbst gebastelten Schildern und Plakaten, die lautstark Jonas' Entlassung forderten. Sicherheitsleute, Polizisten und Klinikpersonal rannten wild durcheinander, um Ordnung in das Chaos zu bringen.

Wesley Tates Ablenkung.

Ein großer Mann in einem dunklen Anzug – vermutlich jemand von der Verwaltung – sprach mit einer Reporterin. Sie trug eine knallrote Jacke mit dem Aufdruck *Channel 3*, neben ihr filmte ein Kameramann das Geschehen. Die Polizisten versuchten, die Leute durch eine Seitentür hinaus ins Freie zu drängen. Kara nutzte die Gelegenheit und mischte sich unter die aufgelösten Frauen, die jetzt einen merkwürdigen Singsang anstimmten: »Jonas kommt hernieder! Jonas kommt hernieder!« Als wäre ihr Bruder der Messias!

Den Blick gesenkt, ließ Kara sich zusammen mit den anderen hinausschieben. Eisiger Wind schnitt in ihre Wangen. Eilig ging sie über den festgetrampelten Schnee zum Parkplatz, darauf bedacht, ja nicht auszurutschen, denn weitere Blessuren konnte sie jetzt ganz und gar nicht gebrauchen. Vor den Schiebetüren des Haupteingangs drängte sich eine Menschenmenge, die ebenfalls Jonas' Freilassung forderte.

Was für ein Irrsinn!

Nachrichten-Vans blockierten jedes freie Fleckchen, überall drängelten sich Kameraleute und Reporter.

Kara ging weiter, über einen schmalen, geräumten Fußweg, der am Gebäude vorbei zur Straße führte. Ihr Blick schweifte über die Menge. Was zur Hölle wollten all diese Menschen hier, und was wollten sie von ihrem Bruder?

Und dann blieb sie abrupt stehen. Etwas abseits, vor einer Reihe hoher Fenster, stand eine Frau. Allein. Ihr blondes Haar war nur im Nacken zu sehen, den Rest hatte sie unter eine rote Wollmütze gesteckt, die mit den weißen Schneeflocken, die darauf landeten, an einen Fliegenpilz erinnerte. Sie hatte einen zur Mütze passenden roten Schal um den Hals gebunden. Eine Hand steckte in der Tasche ihres knöchellangen schwarzen Mantels, eine getönte Brille verbarg ihre Augen. Nichtsdestotrotz erkannte Kara sie sofort am Schwung ihrer Wangenknochen und der Form ihrer Kieferpartie. Sie meinte sogar, das kleine Grübchen an ihrem Kinn zu erkennen, in das sie in einem anderen Leben ihren kleinen Finger gedrückt hatte. Eines allerdings passte nicht: Die Frau trug eine dicke Make-up-Schicht, das war selbst auf die Entfernung und bei den schlechten Lichtverhältnissen nicht zu übersehen.

Dennoch war sie sich sicher, wen sie da vor sich hatte.

»Marlie«, flüsterte Kara und spürte, wie ihre Knie weich wurden. Konnte das wirklich sein? War Marlie tatsächlich am Leben und stand jetzt hier, vor dem Whimstick General Hospital? Zum Greifen nahe?

Plötzlich hörte sie hinter sich jemanden rufen. »He, Sie stehen im Weg!«

Kara wirbelte herum. Etwas Hartes prallte gegen ihren Oberschenkel und hätte sie auf dem vereisten Asphalt beinahe zu Fall gebracht. In letzter Sekunde konnte sie sich fangen.

Ihr wurde schwindelig. Verdammte Gehirnerschütterung!

Eine junge Mutter mit einem Kinderwagen stand hinter ihr und versuchte, sich auf dem schmalen, geräumten Weg an ihr vorbeizudrängen.

»Entschuldigung«, sagte Kara und trat zur Seite. Die Mutter warf ihr einen strafenden Blick zu und verschwand mitsamt ihrem jetzt schreienden Baby.

Kara achtete nicht weiter auf die beiden. Stattdessen drehte sie sich wieder zu der Frau mit der roten Wollmütze um, doch sie war nicht mehr da. Hektisch ließ Kara den Blick über das Gedrängel vor dem Klinikeingang schweifen. Sie entdeckte Dutzende rote Mützen, doch die Frau mit dem knöchellangen schwarzen Mantel war nirgendwo zu sehen.

Die Frau, die du dir vermutlich eingebildet hast.

Zögernd umrundete Kara die Menge. Von der Frau keine Spur. Vor den hohen Fenstern, dort, wo sie eben noch gestanden hatte, posierten jetzt zwei Mädchen im Teenie-Alter vor ihren Handykameras.

Teenager, die Selfies vor dem Krankenhaus machten? Die beiden waren doch noch nicht mal auf der Welt, als Jonas für das Massaker verurteilt wurde! Trotzdem waren sie jetzt seinetwegen hier. Wenn das nicht verrückt war, was dann?

Marlie war nirgendwo zu sehen.

»Mist.«

Du bildest dir Dinge ein.

Und das nur, weil dir jemand einen üblen Streich spielt und Jonas aus dem Gefängnis entlassen wurde. Langsam, aber sicher drehst du durch.

Nein!, widersprach sie ihrer inneren Stimme entschlossen. Ich drehe nicht durch. Ich habe sie gesehen.

Sie war hier.

Marlie hat an ebendieser Stelle gestanden.

Und die Textnachricht und die Anrufe waren echt. Das konnte sie auf ihrem Handy nachsehen.

Marlie lebte.

»Kara?« Eine durchdringende Stimme erweckte ihre Aufmerksamkeit. »Kara McIntyre?«

Sie drehte sich um und sah die Reporterin von Channel 3 auf sich zukommen.

»Kara McIntyre?«, fragte jetzt auch eine Männerstimme. »Sind Sie nicht das Mädchen, das man damals auf dem Dachboden eingesperrt hatte? Die Schwester von Jonas McIntyre?«

O Gott.

Kara spürte, wie sie in Panik ausbrach.

»Haben Sie eine Minute für mich? Ich bin Sheila Keegan von Channel 3«, sagte die Reporterin in der roten Jacke und streckte Kara ein Mikrofon entgegen.

Die Antwort war Nein.

Ein klares, unumstößliches Nein.

»Nein«, sagte Kara und trat eilig die Flucht an. Bevor weitere Leute auf sie aufmerksam wurden. Bevor sich das hier zum Medienrummel um sie ausweitete.

»Kara McIntyre ist hier?«, hörte sie jemanden fragen und fing an zu laufen. Ihr Körper schmerzte bei jedem Schritt, der Schwindel kehrte zurück, doch sie wollte nur weg von hier. Während sie über den Parkplatz zur Straße rannte,

sorgfältig darauf achtend, den Lichtkegeln der Laternen aus-
zuweichen, war ihr einziger Wunsch, zu Tate zu kommen,
der bei der alten katholischen Kirche in der Washington
Road auf sie wartete.

Hoffentlich war er noch da.

Sie war spät dran, das wusste sie, aus den zwanzig Minuten,
die sie vereinbart hatten, waren über dreißig geworden. Wahrscheinlich war er längst weg, und dann würde sie sich eine
Möglichkeit einfallen lassen müssen, wie sie nach Hause kam.

Die tief verschneiten Straßen, durch die sie lief, waren
menschenleer. Aus den Fenstern fielen warme Lichtdreiecke
in die weißen Vorgärten, überall blinkten festliche Lichter.

Weihnachten.

Die Zeit im Jahr, die Kara am meisten hasste.

Die Zeit, in der alle im Schoß ihrer Familie vor dem Kamin saßen, umsorgt, geborgen.

Nur Kara war allein. Doch war sie das wirklich?

Sie fröstelte.

Hatte das Gefühl, von unsichtbaren Augen verfolgt zu
werden.

Jemand beobachtete sie, verfolgte sie!

*Reiß dich zusammen! Es sind nur ein paar Tage. Deine Ner-
ven sind überreizt, wie immer an Weihnachten, also Schluss
mit der Paranoia!*

Fast zwanzig Jahre waren seit dem Massaker am Cold
Lake verstrichen.

Der vierundzwanzigste Dezember – ein blutiger Jahrestag.

Und jetzt hatte jemand Merritt Margrove die Kehle durchgeschnitten.

Sie lief an einer Veranda mit einem riesigen Plastikweihnachtsmann vorbei, der einen Sack voller Geschenke auf
dem Rücken trug. Als sie direkt neben ihm war, erwachte er
zum Leben.

»Ho, ho, ho!«, rief er mit blecherner Stimme, fing an zu tanzen und schwenkte den Gabensack. »Fröhliche Weihnachten!«

»O Gott!«, schrie Kara und fuhr zusammen.

Beinahe wären ihre Knie eingeknickt. Im letzten Moment bemerkte sie einen Bewegungsmelder. Der Weihnachtsmann erstarrte und sah sie mit seinen großen, aufgemalten Augen und den grinsenden Lippen an. Kara musste unweigerlich an den bösen Clown aus einem der Horrorfilme denken, die sie als Kind heimlich gesehen hatte.

Alles nur Einbildung.

Erst siehst du deine lang verschollene Schwester, jetzt hast du Angst vor einem Plastikweihnachtsmann.

Du musst dich beruhigen!

Noch zwei Blocks. Sie betete, dass Tate noch da war und auf sie wartete.

Hinter sich hörte sie Schritte. Gedämpft durch die Decke aus Neuschnee.

Mit hämmerndem Herzen warf sie einen Blick über die Schulter.

Nichts.

Sie setzte sich wieder in Bewegung.

Vernahm ein Knirschen.

Blieb stehen und blinzelte mit zusammengekniffenen Augen in den dichten Schneevorhang.

Wieder nichts.

»Schluss mit der Paranoia«, ermahnte sie sich ein weiteres Mal und setzte ihren Weg fort.

Und dann hörte sie es.

Dieselbe blecherne Stimme.

»Ho, ho, ho! Fröhliche Weihnachten!«

KAPITEL EINUNDZWANZIG

Beinahe wäre Kara das Herz stehen geblieben.

Sie wirbelte herum und spähte angespannt in die Dunkelheit, die lediglich von den Lichtpfützen der Straßenlaternen erhellt wurde.

Ihr Atem ging flach wie der eines verängstigten Kaninchens.

War jemand hinter ihr?

Irgendetwas, irgendwer musste ja den Bewegungsmelder des gruseligen Plastikweihnachtsmanns aktiviert haben.

Lass dich nicht von deinen Ängsten dominieren.

Das ist alles nur Einbildung.

Was sagt Dr. Zhou immer? »*Atmen Sie. Denken Sie an etwas Beruhigendes. Das ist eine reine Willenssache. Stellen Sie sich Ihren Ängsten.*«

Die blecherne Stimme war verstummt, der Plastikweihnachtsmann verharrte wieder reglos im schneebedeckten Vorgarten.

Lauf, Kara, lauf! Es sind nur noch zwei Blocks! Du darfst keine Zeit verschwenden, drängte ihre innere Stimme.

Mit wild pochendem Herzen rannte sie los. Schneller, immer schneller. Ihre Stiefel rutschten auf dem eisigen Gehweg aus, die Platzwunde an ihrer Stirn pochte, das Blut in ihren Ohren rauschte, sägende Kopfschmerzen machten sich breit.

Dr. Ortega wäre bestimmt nicht begeistert, wenn sie wüsste, dass ihre Patientin mit einer Gehirnerschütterung durch die Nacht lief.

Du bildest dir das nur ein, Kara, das ist alles nichts als Einbildung!, hielt die Stimme der Vernunft dagegen. Sie achtete nicht darauf. Wollte kein Risiko eingehen.

Ihre Schritte hallten wie ein Trommelwirbel durch die stille Nacht, übertönt vom Hämmern ihres Herzens.

Noch ein Block. Hoffentlich war Tate noch da, wartete auf sie. Hoffentlich …

Die Kirche kam in Sicht. Kara bog schlitternd um die Straßenecke und entdeckte ein einzelnes Fahrzeug auf dem Parkplatz. Einen schwarzen Toyota RAV4.

Tate saß am Steuer, den Kopf gesenkt. Sein Gesicht schimmerte grünlich, als blickte er auf irgendein Display.

Anscheinend hatte er sie aus dem Augenwinkel bemerkt, denn er schaute auf, als sie über den Parkplatz zur Beifahrertür eilte.

»Fahren wir!«, stieß sie atemlos hervor, glitt in das warme Wageninnere und zog die Tür zu. »Nichts wie weg hier!«

»Probleme?«, fragte er mit zusammengezogenen Augenbrauen.

»Keine Ahnung. Ich will einfach nur weg.«

»Okay.« Er schob sein iPad ins Handschuhfach, legte den Gang ein und warf einen Blick in die Spiegel, dann gab er Gas.

Kara wischte über das Seitenfenster, um freie Sicht auf die Straße zu haben. Sie fuhren an dem bizarren Plastikweihnachtsmann vorbei. Nichts. Weit und breit war keine Menschenseele zu erblicken, keine finstere Gestalt versteckte sich im Gebüsch oder lugte hinter einer Hausecke hervor. Langsam atmete sie aus.

»Sie sehen aus, als hätten Sie einen Geist gesehen«, sagte Tate.

Kara dachte an Marlie. An die Frau, die ihrer verschwundenen Schwester so ähnlich sah.

Wie kannst du das behaupten? Du hast Marlie seit zwanzig Jahren nicht mehr gesehen. Damals war sie siebzehn, fast noch ein Kind!

»Ich habe mich bloß vor einem unheimlichen Weihnachtsmann erschrocken.«

»Wie bitte?« Er bremste vor einem Stoppschild ab. »Ein unheimlicher Weihnachtsmann?«

»Aus Plastik. Einer von der Sorte, die tanzen und sprechen können. Echt gruselig.« Sie spürte, wie sie sich etwas entspannte. Im RAV4 war es warm, die Türen fest verschlossen. Sicher.

Tate hatte die OP-Kleidung abgelegt und trug nun Jeans, Hemd und Lederjacke. »Wohin soll's denn gehen?«, fragte er.

»Zuerst zu mir nach Hause.«

»Gut möglich, dass dort die Polizei auf Sie wartet.«

»Ich bin nicht auf der Flucht vor der Polizei.«

»Dann wollen Sie also mit denen reden?«

»Nein.« Sie winkte erschrocken ab. »Noch nicht.«

»Was ist mit den Medien? Ich gehe davon aus, dass die Reporter nicht schlafen.«

»Ich bin mit einem Reporter unterwegs«, erwiderte sie trocken und sah von der Seite, wie sein Mundwinkel nach oben zuckte. Jetzt schaute er sie an, und seine Augen blitzten, als würde er sich über die absurde Situation, in der sie sich befanden, amüsieren.

»Das ist richtig. Und ich kann Ihnen versichern: Sie haben den besten erwischt.«

»Mit Sicherheit den eingebildetsten.« Sie grinste, dann wurde sie wieder ernst. »Hören Sie, Tate, ich muss zu Hause vorbeischauen. Mein Hund wartet auf mich, und ich brauche ein paar Sachen. Ich werde mich beeilen, versprochen.«

»Könnte schwierig werden«, gab er zu bedenken.

»Noch schwieriger, als es ohnehin schon ist?«

Er lachte. »Nein, wahrscheinlich nicht.«

Kara verschränkte die Arme vor der Brust, lehnte sich zurück und starrte weiter aus dem Fenster.

»Auf dem Rücksitz ist etwas zum Zudecken«, sagte er, und bevor sie widersprechen konnte, griff er mit einer Hand nach hinten und legte ihr einen dünnen, zusammengerollten Schlafsack in den Schoß.

Ein Lastwagen kam ihnen entgegen, und Kara zuckte zusammen. Die Erinnerung an den Unfall kehrte zurück, brutal, heftig, erschreckend.

»Wissen Sie, was mit dem Trucker ist?«, fragte sie, entrollte den Schlafsack und zog ihn bis unters Kinn. Er roch nach Holzrauch und modrigem Waldboden. »Ich meine den Mann aus dem Sattelschlepper, der sich auf der County Road quer gestellt hat.« Vor ihrem inneren Auge sah sie wieder den gewaltigen Kühlergrill auf sich zukommen, hörte das Rumpeln der riesigen Räder, die durch die Schneehaufen am Straßenrand pflügten, und kurz darauf ein dumpfes Geräusch. Wie von einem Aufprall. Dann das Knirschen von Metall.

Bitte, lieber Gott, lass ihn nicht tot sein!, flehte sie abermals.

»Er liegt in Portland auf der Intensivstation.«

Kara stieß erleichtert die Luft aus. »Ist er über den Berg?«

Tate zögerte. »Keine Ahnung.«

»Also eher nicht.« Kara sackte zusammen. Sie konnte sich nicht genau erinnern, wie es zu dem Unfall gekommen war, aber sie spürte, dass sie die Schuld an dem trug, was vorgefallen war.

»Eher nicht«, bestätigte er ernst.

»Wie schrecklich«, sagte sie leise.

Eine Weile ergab sie sich ihren Schuldgefühlen, dann deutete sie auf Tates iPad im Handschuhfach. »Was haben Sie sonst noch über den Trucker herausfinden können? Ich gehe davon aus, dass Sie recherchiert haben.«

Tate hielt vor einer roten Ampel. »Er heißt Sven Aaronsen. Lebt in Boise. Besitzt zwei Sattelschlepper, einen davon hat er gefahren, den anderen fährt ein Angestellter. Er ist siebenundvierzig, geschieden. Hat eine Tochter, die letztes Jahr geheiratet hat. Aaronsen hat mehrere Pleiten hinter sich, eine Anzeige wegen häuslicher Gewalt, die allerdings fast zehn Jahre zurückliegt. Vier Jahre später wurde er wegen Trunkenheit am Steuer zu einer höheren Geldstrafe verurteilt.«

»Und er arbeitet trotzdem noch als Trucker?«, fragte Kara ungläubig.

Tate nickte. Sie näherten sich dem Krankenhaus. Noch immer herrschte Trubel vor dem Eingang, die roten, blauen und weißen Lichter der Einsatzfahrzeuge zuckten durch die Dunkelheit, immer mehr Nachrichten-Vans trafen ein.

Kara deutete mit dem Daumen auf die anschwellende Menschenmenge. »Und dafür sind Sie verantwortlich?«, fragte sie. »Das mit der Ablenkung hat ja prima geklappt.«

Tates Mundwinkel zuckte erneut in die Höhe. »Na ja, die waren zum Großteil schon da. Ich habe ihnen lediglich erzählt, Jonas würde zu ihnen kommen, um ihnen Hallo zu sagen.«

»Aus seinem *Krankenzimmer*?«

Die begeisterten Schreie der Menge drangen bis ins Wageninnere vor. »Jonas kommt! Jonas kommt zu uns hernieder!«

»Nun, einige verwechseln ihn anscheinend mit Jesus und feiern so etwas wie die Wiederkunft des Herrn.« Er bog um eine Ecke und fuhr auf die Straße, die zu Kara nach Hause führte. »Uns kann das egal sein. Hauptsache, es hat geklappt.«

»Das hat es, in der Tat.« Kara musste gegen ihren Willen lächeln.

Als sie sich ihrer Wohngegend näherten, bat sie Tate, eine Straße entfernt anzuhalten. »Ich bin in fünf Minuten, nein, sagen wir, zehn, zurück. Sollte ich nicht wiederkommen, fahren Sie einfach ohne mich.«

Sie eilte an mehreren Gärten vorbei, sperrte das Gartentor zu ihrem eigenen Grundstück auf und schlüpfte durch die Hintertür ins Haus. Rhapsody flippte fast aus vor Begeisterung. »O Rhap, es tut mir so leid!« Kara streichelte die treue Hündin, ließ sie in den Garten, dann füllte sie, ohne die Lampen anzumachen, den Fressnapf und sah nach, ob genügend Wasser da war. Zum Glück spendete die Digitaluhr am Backofen ein wenig Licht. Als die Hündin ins Haus zurückgestürmt kam und sich über ihr Futter hermachte, schloss Kara die Hintertür, schaltete die Handytaschenlampe ein und lief die Treppe hinauf in ihr Schlafzimmer. Sie brauchte dringend eine Kopfschmerztablette und saubere Kleidung, außerdem sehnte sie sich nach einer Dusche. Doch dafür war keine Zeit. Mit Sicherheit hatte man diesem Detective Thomas mitgeteilt, dass sie das Whimstick General verlassen hatte, und er würde jeden Moment hier aufkreuzen. Sie wollte sich nicht mit ihm auseinandersetzen, noch nicht, wollte etwas Zeit gewinnen. Sie hoffte nur, dass niemand bemerkte, dass sie im Haus war.

Eilig stopfte sie ein paar Kleidungsstücke in eine Reisetasche und nahm zwei Ibuprofen. Rhapsody kam die Treppe herauf ins Schlafzimmer getapst. »Du darfst auch mit«, sagte Kara, warf ihr Schminktäschchen, die Packung Kopfschmerztabletten, eine Bürste und ihre Zahnbürste in die offene Tasche, danach zog sie sich frische Unterwäsche und eine saubere Jeans an und schlüpfte in einen warmen Strickpulli. Die Reisetasche in der Hand, kehrte sie zusammen mit dem Hund nach unten in die Küche zurück und packte etwas Hundefutter ein, dann nahm sie eine Daunenjacke vom Garderobenhaken und trat in ihre Stiefel. Anschließend leinte sie Rhapsody an und verließ das Haus auf demselben Weg, wie sie gekommen war.

Wenige Minuten später öffnete sie die Tür von Tates schwarzem RAV4, ließ die Hündin in den Fußraum vor dem Beifahrersitz springen und stieg ein.

Tate fuhr los, dann bremste er an der Abbiegung zu ihrer Straße ab. »Schauen Sie mal«, sagte er und deutete auf einen Van, der vor ihrem Haus parkte.

Kara spähte angestrengt in die Dunkelheit.

»Ein Fotograf. Freiberufler.«

»Woher wissen Sie das?« Sie schnallte sich an, die Augen auf den Van geheftet.

»Ich habe ihn schon mehrfach engagiert.«

»Oh.« Sie warf ihm einen fragenden Blick zu. »Großartig.«

»Nun, diesmal ist er nicht meinetwegen hier. Jemand anderes hat ihn hergeschickt, vielleicht versucht er auch, auf eigene Faust an Fotos zu gelangen und sie an die Medien zu verscherbeln.« Er gab Gas und fuhr weiter. »Er wird sich bald in bester Gesellschaft befinden.«

Kara seufzte. Tate hatte recht. Nur allzu bald würde es vor ihrem Haus zugehen wie auf einem Rummelplatz, sehr zur Freude ihrer Nachbarn. Ja, sie wusste, dass sie sich den Fragen von Polizei und Medien würde stellen müssen, doch den Zeitpunkt wollte sie selbst bestimmen, denn zunächst einmal brauchte sie Antworten. Im Augenblick wusste sie genauso wenig wie alle anderen.

»Sie können mich in das Hotel in der Wheeler Street bringen«, sagte sie und tätschelte beruhigend Rhapsodys weichen Kopf. »Vorausgesetzt, dort sind Haustiere erlaubt. Einen Augenblick …« Sie zog ihr iPad aus der Tasche. »Nein, keine Haustiere, außerdem sind alle Zimmer belegt.«

»Das wundert mich nicht, so kurz vor Weihnachten.« Tate stellte die Heizung höher.

»Ich schaue mal nach, ob im Lazy Daze Motel etwas frei ist … So, da ist es … WLAN, Frühstück, Haustiere gestattet … ausgebucht. Mist!«

»Was ist mit dem Haus, in dem Ihre Tante lebt?«

»Ich soll bei Faiza unterkommen?«, fragte sie und schüttelte den Kopf. »Nein.«

»Dann vielleicht bei einer Freundin?«

»Ich habe keine Freundinnen.« Das war die traurige Wahrheit. Damals in der Schule hatte sie versucht, sich mit ihren Mitschülerinnen anzufreunden, Mädchen, die fasziniert waren von dem traumatischen Ereignis, das sie durchlebt hatte. Für diese Mädchen war sie eine tragische Berühmtheit gewesen, nicht mehr und nicht weniger. Später hatte sie nette Bekanntschaften mit ihren Arbeitskolleginnen geschlossen, aber sie war nie lange genug in ein und demselben Job geblieben, als dass sich echte Freundschaften daraus hätten entwickeln können, Freundschaften, bei denen sie einem anderen Menschen ihre Hoffnungen, Ängste, Träume und Albträume hätte anvertrauen können. Die Vergangenheit hatte sie gelehrt, Menschen auf Armlänge von sich fernzuhalten. Die meisten Leute gingen ihr ohnehin aus dem Weg, da sie nicht wussten, wie sie mit jemandem mit einer derart traumatischen Vergangenheit umgehen sollten.

»Leider gibt es da niemanden«, wiederholte sie und spürte einen Anflug von Selbstmitleid. Unweigerlich schossen ihr die Tränen in die Augen. Sie blinzelte und räusperte gegen den Kloß in ihrer Kehle an. Gefühle brachten sie jetzt nicht weiter. »Irgendwo muss ich doch unterkommen können«, sagte sie mit entschlossener Stimme und tauchte wieder ins Internet ein.

»Sie können bei mir bleiben«, schlug er vor.

»Wie bitte? Bei Ihnen? Nein!« Ihre Suche bei den verschiedenen Hotelanbietern brachte immer noch keinen Treffer.

Trotzdem schüttelte sie den Kopf. »Das ist keine gute Idee, aber danke.« Sie warf ihm einen verstohlenen Seitenblick zu.

Vielleicht ist es doch keine so schlechte Idee ...

»Womöglich finde ich etwas an der I-84.«

»Vergessen Sie's. Die Interstate ist streckenweise gesperrt.«

»Wieso gesperrt?«

»Wegen des Sturms. Umgestürzte Bäume, überfrorene Nässe, Schneeverwehungen ...«

»Sie nehmen mich auf den Arm«, sagte sie, doch sein Gesicht war ernst. Sie wusste, dass die I-84, die durch die Columbia River Gorge führte, bei Blizzards öfter gesperrt wurde.

Er warf einen Blick auf ihr iPad. »Googeln Sie ›Straßensperrungen‹.«

Sie tat es, obwohl sie wusste, dass er recht hatte. »Mist.«

»Sie können sich bei mir ausruhen, bis wir etwas für Sie finden. Das ist doch keine große Sache.« Er sah sie an und lächelte – das erste richtige Lächeln, seit er wegen des Interviews an sie herangetreten war. »Sie haben Glück: Ich habe genug Platz, und ich mag Hunde.«

»Sehr lustig.«

»Ja«, pflichtete er ihr bei und bog auf eine Straße ein, die am Columbia River entlangführte. »Das finde ich auch.«

Es war schwierig und zeitraubend für Thomas und Johnson, die Ärzte zu überreden, sie zu Jonas McIntyre zu lassen, und als sie endlich bei ihm waren, weigerte sich der Patient zu reden.

»Wir möchten lediglich wissen, warum Sie bei Merritt Margroves Trailer an der Sawtooth Road waren«, erklärte Thomas, doch McIntyre, wenn er ihn überhaupt hörte, sagte kein Wort. Er vermied jeglichen Blickkontakt und lag reglos in seinem Bett, an alle möglichen medizinischen Gerätschaften angeschlossen.

Wahrscheinlich spielte er ihnen etwas vor.

Laut Personal hatte Jonas McIntyre mit den Pflegekräften und anscheinend auch mit seiner Schwester gesprochen. Es hieß, Kara McIntyre habe die Klinik ohne ärztliche Erlaubnis überstürzt verlassen. Eine Krankenschwester hatte mitbekommen, wie sie im zweiten Stock in den Aufzug gestiegen war, vermutlich nachdem sie ihrem Bruder einen Besuch abgestattet hatte. Wie merkwürdig, dass sie genau das kleine Zeitfenster hatte nutzen können, in dem der Polizist, der vor Jonas' Krankenzimmer Wache schob, die Kollegen unterstützte, die den wild gewordenen Jonas-Fanclub vor dem Eingang in Schach hielten.

Überhaupt war so einiges merkwürdig, und Thomas wurde das unangenehme Gefühl nicht los, dass man ihn hereingelegt hatte. Er wusste nur noch nicht genau, wer und warum.

»Hören Sie, McIntyre«, versuchte er es zum letzten Mal. »Wir wollen lediglich wissen, was Sie an Margroves Wohnwagen zu suchen hatten. Was Sie gesehen haben. *Wen* Sie gesehen haben. Das kann doch nicht so schwer sein.«

Keine Reaktion.

Nicht einmal ein Blinzeln.

Thomas knirschte frustriert mit den Zähnen. Jonas konnte ihn hören, davon war er überzeugt. Der Kerl war stur. Zwanzig Jahre im Gefängnis hatten ihn gelehrt, jegliche Emotionen zu verbergen.

Er warf Johnson einen Blick zu. Seine Partnerin schüttelte kurz den Kopf, als wollte sie ihm bedeuten, dass sie einen aussichtslosen Kampf führten. Sie hatte recht, das wusste er, und es machte ihn wütend.

»Okay, gehen wir«, gab er sich schließlich geschlagen und wandte sich zur Tür. Draußen auf dem Gang stritt der junge Deputy mit einer zierlichen Frau Mitte dreißig mit langem, zweifarbigem Haar, Schmollmund und hellblauen Augen, die momentan Funken sprühten. »Ich bin seine Freundin!«, fauchte sie. »Ich will ihn sehen.«

Der Polizist verstellte ihr die Tür. »Niemand darf zu ihm.«

»Ich bin sozusagen seine nächste Angehörige!«

Eine Schwester eilte auf die beiden zu. »Schluss mit dem Theater«, befahl sie kurz angebunden. »Der Patient braucht Ruhe. Bitte gehen Sie, und zwar jetzt gleich!«

»Der ›Patient‹ ist mein Freund. Er ist ein freier Mann, und ich möchte ihn sehen. Ich werde mich von Ihnen nicht abwimmeln lassen!«

Die junge Frau trug eine schwarze Strumpfhose, schwere Springerstiefel und ein Oversized-Sweatshirt mit einer Jeansjacke. Um ihren Hals baumelte eine Kette aus dicken Holzperlen mit einem Kreuz, die an einen Rosenkranz erinnerte. Vielleicht war es tatsächlich einer, dachte Thomas und machte einen Schritt auf sie zu.

»Detective Thomas, das ist meine Partnerin, Detective Johnson. Sie sind Jonas McIntyres Freundin?«, fragte er.

Die Frau nickte.

»Wie ist Ihr Name?« Sie verschränkte die Arme vor der Brust und reckte das Kinn vor. Die Feindseligkeit, die sie verströmte, war beinahe greifbar. »Mia Long. Ich will zu Jonas.«

»Das ist nicht möglich.«

»Wer verbietet das?«, wollte sie wissen.

»Die Klinikordnung«, antwortete die Krankenschwester.

»Und die Judikative des Countys«, ergänzte Thomas.

»Wie bitte?« Sie presste die stark geschminkten Augen zu Schlitzen zusammen und richtete ihren schwarz lackierten Zeigefingernagel auf Thomas. »Sie verhaften ihn erneut? Er wurde doch gerade erst entlassen. Er ist ein freier Mann. Sie dürfen ihn kein zweites Mal vor Gericht bringen, nicht wegen einer Sache, die zwanzig Jahre zurückliegt. Noch dazu wegen einer Sache, für die er nicht verantwortlich war.«

»Wir versuchen lediglich, mit ihm zu reden«, stellte Thomas klar. »Er steht nicht unter Arrest.«

»Aber vor seiner Tür sitzt ein Polizist, und Sie lassen niemanden zu ihm. Nicht einmal mich.« Sie machte einen Schritt nach vorn. Beinahe hätte sie ihm den Finger gegen den Brustkorb gestoßen. »Ihr Cops habt ihm damals übel mitgespielt, habt ihn verhaftet und ihm ein Massaker angehängt. Euretwegen hat er zwanzig Jahre, die Hälfte seines Lebens, hinter Gittern gesessen, unschuldig, zusammen mit Mördern, Dieben und Vergewaltigern. Euretwegen ist er verroht, ist euch das eigentlich bewusst?« Sie wartete Thomas' Antwort nicht ab. »Jonas McIntyre war noch ein Jugendlicher, als er verurteilt wurde. Er hat gelitten. Zutiefst gelitten. Jahrelang. Und jetzt … jetzt versucht ihr, das gleiche Spiel zu spielen, ihn wieder einzusperren für eine Tat, die er nicht begangen hat. Warum?« Ihr Blick spiegelte nichts als Verachtung. »Um eure himmelschreiende Inkompetenz zu vertuschen? Nun, das werde ich nicht zulassen! Tausende Menschen wissen, dass die Polizei bloß unfähig ist, den wahren Schuldigen zu finden. Vielleicht hängt sie ja selbst mit drin, warum sonst sollte sie so beharrlich den Falschen verdächtigen? Weil sie von den eigenen Reihen ablenken will? Das lassen wir nicht länger zu, und wir werden erst dann Ruhe geben, wenn Jonas Gerechtigkeit widerfährt!«

»Einen Moment«, schaltete sich Johnson dazwischen. »Niemand wirft Jonas McIntyre irgendetwas vor. Wir versuchen lediglich herauszufinden, was in Merritt Margroves Trailer in den Bergen passiert ist.«

»Waren Sie mit dort?«, fragte Thomas, der in Mias zornglühende Augen blickte und zwei und zwei zusammenzählte.

Sie blinzelte überrascht. »Nein. Ich habe Jonas lediglich in der Nähe abgesetzt.«

»Und dann?«

»Er hat mich gebeten, zu warten, bis er mich anruft. Ich habe gewartet, und dann … dann hat er sich bei mir gemeldet und gesagt, er habe eine Mitfahrgelegenheit und würde mich an der Raststätte an der I-84 treffen. Bei Hal's Get & Go, kurz vor The Dalles.«

»Und dann sind Sie dorthin gefahren?«, fragte Johnson. An Thomas gewandt, sagte sie: »Der Straßenabschnitt ist gesperrt.«

»He, was soll das?«, brauste Mia etwas weniger selbstsicher auf. »Das war, bevor die Interstate dichtgemacht wurde! Ich habe keine Ahnung, was in diesem dämlichen Wohnwagen passiert ist. Ich habe Jonas dort oben, am Arsch der Welt, abgesetzt und bin zu der Raststätte in der Nähe von Kreb's Corners gefahren. Da habe ich einen Kaffee getrunken und mich mit ein paar Truckern unterhalten, die davon sprachen, dass die Straße wegen der schlechten Wetterbedingungen dichtgemacht werden soll. Ich habe mir Sorgen um Jonas gemacht!«

»Hat er auf der Fahrt zum Trailer etwas gesagt? Über Margrove? Warum er zu ihm wollte?«, fragte Thomas.

Mia schüttelte den Kopf. »Nein. Er hat mir nur erzählt, dass sie sich treffen wollten.« Ihr Blick wurde misstrauisch.

Johnson sah ihr fest in die Augen. »Was haben Sie gedacht, als er Sie anrief und Ihnen mitteilte, dass Sie ihn nicht am Trailer abholen müssen und stattdessen zu der Interstate-Raststätte kommen sollen?«

»Gar nichts …«, erwiderte sie zögernd.

»Gar nichts?«

Mia trat nervös von einem Fuß auf den anderen. »Ich dachte … na ja … Ich fand, dass er irgendwie panisch klang … atemlos … und … Sie wissen schon.«

»Nein, weiß ich nicht.«

»Was soll das?«, fragte Mia und schürzte trotzig die Lippen. »Brauche ich einen Anwalt?«

»Ja, was soll das?«, schaltete sich die Krankenschwester ein, der offenbar der Geduldsfaden riss. »Das hier ist ein Krankenhaus, kein Vernehmungsraum. Führen Sie dieses Gespräch bitte irgendwo anders, aber nicht hier! Unsere Patienten brauchen Ruhe.«

»Und wie?«, hakte Johnson nach, ohne auf die Schwester zu achten. »Atemlos und wie?« Ihre laserscharfen Augen waren auf Mia geheftet.

Mia wandte den Blick ab. »Ich will zu Jonas, sonst sage ich gar nichts.«

»Dann werden wir unsere Unterhaltung eben im Department fortsetzen«, bestimmte Johnson, die das Theater genauso sattzuhaben schien wie die Krankenschwester.

»Oh, nein, ganz sicher nicht.« Mia wurde schlagartig aschfahl.

»Ich bitte Sie, zu gehen. Alle«, forderte die Krankenschwester die kleine Gruppe mit entschlossener Stimme auf, dann wandte sie sich an Thomas. »Sofort. Ich werde jetzt den Sicherheitsdienst rufen.« Sie zog ihr Handy aus der Kitteltasche und drückte eine Taste. »Zweiter Stock, Evelyn Mathers. Können Sie jemanden herschicken?«

Einen Augenblick später betrat Madge Petroski, die Frau vom Sicherheitsdienst, der Thomas vor weniger als fünfzehn Minuten aufgeholfen hatte, durch eine kleine Seitentür mit der Aufschrift NUR FÜR PERSONAL den Gang. »Was ist hier los?«, fragte sie mit schmalen Lippen und hielt sich den rechten Arm, auf den sie gestürzt war. Anscheinend hatte sie Schmerzen, doch bei dem Tumult blieb keine Zeit, sich darum zu kümmern. Als sie Thomas erkannte, entspannte sie sich ein wenig.

»Wir möchten, dass Sie Ms Long zum Ausgang begleiten«, sagte Thomas. An die Krankenschwester gewandt, fügte er hinzu: »Wir werden ebenfalls gehen, Ms Mathers, doch sollte

265

es ein Problem geben« – er warf einen Blick in Richtung des Deputys, der vor Jonas McIntyres Zimmer positioniert war –, »sagen Sie uns bitte Bescheid.«

Evelyn Mathers nickte.

»Bitte kommen Sie mit«, forderte Petroski Mia Long auf, doch noch bevor sie sie am Arm fassen konnte, machte die jüngere Frau einen Satz zurück und stürmte in einen offenen Aufzug. Die Frau vom Sicherheitsdienst folgte ihr.

»Erledigt«, sagte Thomas knapp und wandte sich zum Gehen.

»Vielen Dank, Ms Mathers.« Johnson lächelte die Krankenschwester an und folgte ihm. »Wir kommen bald wieder.«

»Fantastisch«, erwiderte die Schwester und bedachte die beiden Detectives mit einem eisigen Lächeln. »Einfach großartig.« Dann zog sie ihr Handy aus der Kitteltasche und warf einen Blick aufs Display.

Johnson schloss zu Thomas auf, der vor den Aufzügen stand und ungeduldig auf die Knöpfe hämmerte.

»Haben Sie diese Wirkung auf alle Menschen, die Sie kennenlernen? Woher rührt diese nahezu unheimliche Fähigkeit, sich jeden zum Feind zu machen, dem Sie begegnen, ganz gleich, wohin Sie gehen?«

Einer der Aufzüge pingte.

»Das ist eine Gabe«, verkündete Thomas und trat beiseite, um einen Pfleger vorbeizulassen, der einen älteren Mann im Rollstuhl aus der Kabine schob. »Um nicht zu sagen, ein echter Segen.«

KAPITEL ZWEIUNDZWANZIG

Kara vergewisserte sich, dass sie die Badezimmertür von Tates Loftwohnung abgesperrt hatte, dann trat sie unter die Dusche. Das heiße Wasser lief bereits, Glaswände und Spiegel beschlugen. Der harte Strahl fühlte sich an wie Nadelspitzen, die in ihre Haut stachen, aber er tat gut, und Kara spürte, wie die Anspannung von ihr wich.

Was für ein Tag!

Erst war sie bei Celeste gewesen, dann hatte sie Merritts Leichnam entdeckt und anschließend beinahe einen Herzinfarkt erlitten, als ihr Bruder wie ein Springteufel auf dem Rücksitz ihres Jeeps aufgetaucht war. Dann der Unfall, der Jonas und sie ins Krankenhaus und den bedauernswerten Trucker auf die Intensivstation befördert hatte. Tate, der in ihrem Krankenzimmer aufgetaucht war, der fanatische Mob vor dem Eingang des Whimstick General Hospital, ihr Besuch bei ihrem verletzten Bruder, die abenteuerliche Flucht aus dem Krankenhaus, die unheimliche Marlie-Erscheinung, der tanzende Plastikweihnachtsmann – und jetzt war sie hier, zusammen mit Rhapsody, in der Wohnung eines Mannes, den sie kaum kannte und dem sie nicht im Mindesten vertraute.

Gut gemacht, Kara. Du sitzt hier fest, ohne Handy, ohne Auto, und du hast keine einzige Freundin, niemanden, den du anrufen könntest.

Tante Faiza. Sie könnte Tante Faiza um Hilfe bitten.

Das meinst du doch nicht ernst.

»Nein!«, sagte sie so laut, dass sie vor ihrer eigenen Stimme erschrak.

Nun, dann ruf eben diesen Detective Thomas an. Du musst ohnehin mit der Polizei reden, davor kannst du dich nicht ewig drücken, zumal du bald eine Leiche im Gepäck hast, sollte der Fahrer des Sattelschleppers nicht überleben.

Sie blinzelte. Dachte an den verletzten Trucker und spürte, wie sich salzige Tränen in das heiße Duschwasser mischten. Sie wusste, dass der Unfall nicht ihre Schuld war, der Rehbock war wie aus dem Nichts aufgetaucht, das würde auch Jonas aussagen, aber wer würde ihnen glauben? Die Cops würden sich bei ihr zu Hause umsehen und den Jeep untersuchen, und wenn sie die leeren Flaschen entdeckten, unterstellten sie ihr sicher, dass sie unter Alkoholeinfluss gefahren war. Was stimmte. Bevor sie Merritts Trailer betreten hatte, hatte sie sich mit den beiden kleinen Wodkafläschchen Mut angetrunken. Sie lagen noch im Handschuhfach.

Bestimmt war ihr im Krankenhaus Blut abgenommen worden, keine Ahnung, wie viel Promille sie gehabt hatte, keine zwei Stunden später … Mein Gott, warum war alles so kompliziert?

»He!« Kara hörte ein Klopfen an der Badezimmertür. »Alles okay da drinnen?«

»Ja, danke«, erwiderte sie. »Ich bin gleich fertig.« Sie schäumte sich mit seinem Shampoo die Haare ein und benutzte seinen Conditioner, der ausgesprochen männlich roch. Egal. Er interessierte sich nicht für sie als Frau. Er wollte von ihr nur ein Interview – ein Exklusiv-Interview, das ihn in der Reporterriege nach ganz vorn katapultierte, nicht mehr und nicht weniger.

Sie stellte das Wasser aus und trocknete sich ab. O ja, Wesley Tate konnte charmant und hilfsbereit sein, und er war auf eine lässige Art und Weise attraktiv, aber das genügte nicht. Nicht mehr. Die wenigen Männer, die sie bislang gehabt hatte, waren ähnlich gewesen wie er – ihr Modus Operandi beim Thema Romantik.

Keine Ahnung, was Dr. Zhou dazu sagen würde.

Sie hatte ohnehin nicht vor, länger bei Tate zu bleiben. Sie würde seine Loft-Wohnung als vorübergehenden Zufluchtsort nutzen, wo sie duschen, sich umziehen und wieder einen klaren Kopf bekommen konnte. Er war, wie man so schön sagte, ihr einziger Hafen in diesen stürmischen Zeiten.

Sie band sich das Handtuch um, das er ihr bereitgelegt hatte, wickelte ein weiteres um ihre nassen Haare und stützte sich auf dem Waschbecken ab. Im Spiegel betrachtete sie die Platzwunde an ihrer Stirn. Die Haut um die Nadelstiche herum war wulstig und gerötet, es würde eine Narbe bleiben, aber das wäre nicht weiter schlimm. Sie würde es überleben, außerdem konnte sie die Haare darüber frisieren.

Bis auf die Kopfschmerzen von der Gehirnerschütterung und den Schmerzen am Oberkörper, wo der Gurt sie zurückgerissen hatte, war sie körperlich okay. Auch die blauen Flecken würden bald anfangen zu verblassen.

Sie zog sich an, öffnete die Badtür und betrat barfuß den offenen Wohnbereich mit den hohen Decken, frei liegenden Rohren und der riesigen Fensterfront, die sich über die gesamte Raumlänge erstreckte und einen atemberaubenden Ausblick auf die Biegung des Columbia River bot.

Ihr Blick schweifte zu Rhapsody, die es sich auf der blauen Tagesdecke von Tates Bett bequem gemacht hatte.

Kara dachte an ihr Schlafzimmer unter dem Dach – mit dem zerwühlten Bett und den Weinflaschen auf dem Nachttisch –, beengt, chaotisch, gemütlich und das absolute Gegenteil von diesem riesigen, ordentlich aufgeräumten Raum.

Tate schien es nichts auszumachen, dass der Hund sein Bett okkupiert hatte. Er hatte Jacke und Flanellhemd ausgezogen und trug nun ein langärmeliges schwarzes T-Shirt. Er lehnte am Tisch, das Handy ans Ohr gedrückt, und blickte konzentriert auf einen aufgeklappten Laptop.

Er schaute nicht hoch, doch er musste gespürt haben, dass sie im Raum stand, denn er deutete mit der freien Hand auf die Küchenzeile, wo sie eine Kaffeemaschine und einen Kapselspender für verschiedene Kaffeetypen entdeckte, außerdem Tee und heiße Schokolade. Und mehrere Tassen.

Keinen Wein, der offen zum Atmen auf der Anrichte stand.

Keinen Wodka oder Whiskey.

Kein Eis, keinen Shaker, keinen Mixer.

Nun, sie brauchte keinen Drink, ein Kaffee oder ein Glas Wasser wäre genauso gut.

Lügnerin, meldete sich ihre ewig nörgelnde innere Stimme zu Wort. *Etwas Starkes ist genau das, was dir jetzt guttäte.*

Komm schon.

Etwas, womit du deine Nerven beruhigen kannst.

Ihr Blick schweifte über die offenen Regale und die Arbeitsflächen. Nirgendwo stand eine Flasche mit einem alkoholischen Getränk. Er musste seine Spirituosen im Schrank verstaut haben, wenn er denn überhaupt welche im Haus hatte.

Da es ihr peinlich war, die Schranktüren zu öffnen, entschied sie sich für einen Kaffee. Schwarz. Sie nahm eine der Tassen, wählte die stärkste Sorte, legte die Kapsel ein und drückte auf den Knopf. Während der Kaffee dampfend und gurgelnd in die Tasse floss, versuchte sie, das Ende von Tates Telefonat zu belauschen. »Ja, okay … Schick mir die Adressen und Telefonnummern. Ja, das müsste möglich sein … Wir fahren zu Margroves Trailer. Ich weiß, aber ich habe angerufen. Sie hat Kopien. Digital … Ja, ja …« Eine Pause, dann: »Ja, in Ordnung. Es wäre gut, wenn du die Adressen checkst. Vielleicht hat sich ja etwas geändert … Ja … Heute Abend noch. Wir müssen das sofort in Angriff nehmen … Wie bitte?« Erneut eine kurze Pause. »Richtig, ganz genau. Fang mit denen an, die noch in der Gegend leben … Ja, von Angesicht zu Angesicht ist am besten.«

Die Kaffeemaschine verstummte. Kara nahm ihre Tasse und probierte vorsichtig. Ihr Magen knurrte ungehalten. Herrje, wann hatte sie das letzte Mal etwas gegessen? Sie überlegte, dann fielen ihr der Käse und die Cracker von gestern Abend ein.

Es kam ihr vor, als wäre seitdem eine Ewigkeit vergangen.

Tate sprach noch immer in sein Handy. »Ja, bitte mach diejenigen ausfindig, die umgezogen sind. Was sagst du?« Eine lange Pause. Er hörte zu, dann nahm er einen Stift aus einer Tasse auf dem Tisch, die als Stifthalter diente, und kritzelte eine Notiz auf die fast volle erste Seite eines Blocks. »Ja, hab ich, danke.« Tate riss das unterste Viertel der Seite ab und steckte es in seine Hosentasche. »Okay. Ja, halte mich auf dem Laufenden.«

Er ließ das Handy sinken und drehte sich zu Kara um. »Besser?«

»Etwas.«

»Was machen die Schmerzen?«

»Erträglich.«

»Ich habe Ibuprofen da.«

Sie schüttelte den Kopf. »Danke, habe ich schon genommen.«

Sag ihm, dass du gern ein Bier oder ein Glas Wein hättest, drängte die Nörgelstimme.

In Kombination mit den Schmerzmitteln?, hielt die Stimme der Vernunft dagegen.

»Hungrig?«, fragte er, als hätte er mitbekommen, wie sich ihr Magen zu Wort meldete.

»Ist das so offensichtlich?«

Er grinste. »Unüberhörbar. Ich für meinen Teil bin jedenfalls am Verhungern.«

»Sie haben recht, ich habe schrecklichen Hunger, aber wichtiger ist mir, dass ich ein Handy bekomme, bis die Polizei meins freigibt. Mir genügt eins von diesen Prepaid-Dingern, muss nichts Besonderes sein. Und ich brauche einen Mietwagen.«

»Darum wird sich die Versicherung kümmern. Sie sollten sich so bald wie möglich mit denen kurzschließen und den Unfall melden, dann geht es schneller.«

Sie hatte sich bereits im Geiste eine Notiz gemacht, sich rasch darum zu kümmern, denn sie musste mobil sein, allerdings nicht erst, wenn die Versicherung in die Gänge kam, sondern gleich. »So lange kann ich nicht warten. Ich brauche sofort einen Mietwagen. Es ist mir egal, ob die Versicherung für die Kosten aufkommt oder nicht.«

»Haben Sie Ihren Ausweis? Den Führerschein? Sie werden die Papiere bei der Autovermietung vorlegen müssen.«

Sie stöhnte. »Nein, die sind ebenfalls …«

»… bei der Polizei«, beendete er den Satz für sie.

»Richtig.«

»Na schön.« Er runzelte die Stirn. »Eins nach dem anderen. Ich habe schon bei einem Deli ein Stück die Straße hinauf etwas zu essen bestellt. Es müsste jeden Moment geliefert werden.«

»Großartig.« Sie legte die Hand auf ihren leeren Magen.

»Wenn Sie möchten, können wir Ihnen ein Prepaidhandy besorgen, aber auch dafür benötigen Sie neuerdings einen Ausweis.«

»Mist.«

»Vielleicht ist es schlauer, Sie warten, bis Sie Ihr Telefon von der Polizei zurückbekommen. Früher oder später werden Sie ohnehin mit den Cops reden müssen, ob es Ihnen gefällt oder nicht.«

»Eher später.« Sie hob die Tasse an die Lippen und trank einen großen Schluck Kaffee. Sie wollte sich jetzt lieber nicht ausmalen, wie die Polizei sie mit Fragen wegen Merritts Tod bombardierte und wieder einmal die Vergangenheit aufwühlte. Allein die Vorstellung ließ sie schaudern.

»Wenn Sie die Sachen zurückhaben und sich einen Wagen besorgen möchten, ist das die schnellste Möglichkeit.«

»Ich weiß, ich weiß.« Sie nickte. »Ich brauche nur noch ein kleines bisschen Zeit.«

In dem Moment klingelte es, und er lief die Treppe hinunter zur Tür.

Als er weg war, ging sie zu seinem Laptop. Der Bildschirm war schwarz. Kara drückte auf eine Taste, und der Bildschirmschoner flackerte auf. Sie musste ein Passwort eingeben, natürlich.

Ihr Blick schweifte zu dem eng beschriebenen Blatt auf dem Notizblock, von dem nun ein Stück fehlte. Eine Liste mit Namen stach ihr in die Augen:

Marlie
Donner
Samuel
Zelda
Jonas
Sam junior
Kara

Doch es standen nicht nur die Namen der Familienmitglieder darauf, sondern auch die von Personen, die mit der Familie oder jener abscheulichen Nacht in Verbindung gebracht werden konnten. Kara überflog die Liste und sah, dass Tate auch Tante Faiza und ihren Musikerfreund daraufgesetzt hatte, außerdem die Ex-Partner ihrer Eltern und natürlich Lacey Higgins und Chad Atwater, in den Marlie angeblich so verliebt gewesen war.

Ihre große Schwester *war* in ihn verliebt gewesen, nicht nur angeblich.

Bis über beide Ohren.

Daran erinnerte sich Kara ganz genau.

»Er ist einfach … umwerfend, Kara-Bär«, hatte ihr Marlie in der Villa in den West Hills an Thanksgiving anvertraut. »Die Villa mit dem Eine-Million-Dollar-Ausblick«, hatte Daddy das Haus genannt, und er hatte nicht übertrieben: Das riesige Anwesen, das Mama ständig neu dekorierte, war so gelegen, dass man einen unglaublichen Blick über die Stadt hatte, die sich entlang der Ufer des Willamette River tief unter ihnen erstreckte. Hinter der Stadt, in weiter Ferne, ragte der Mount Hood auf, ein zerklüfteter Gipfel, der auf einem Bergrücken thronte und der an hellen Sommermorgen von der aufgehenden Sonne angestrahlt wurde. Der Mount Hood mit der McIntyre-Hütte am Cold Lake.

In jenem Jahr war es klar gewesen an Thanksgiving, Unmengen von Sternen blinkten am Himmel, die glitzernden Lichter der Stadt spiegelten sich im dunklen Wasser des Flusses wider.

Die Schwestern waren nach draußen gegangen, um dem Lärm im Haus zu entfliehen: Die Jungs spielten lautstark Risiko, und der Streit zwischen Mama und ihrer Schwester war nach einigen Drinks im Anschluss an das festliche Thanksgiving-Dinner eskaliert.

Tante Fai hatte ohne Vorankündigung ihren neuesten Freund mitgebracht. Mama war gar nicht glücklich über Faizas »undankbare, arrogante Haltung« gewesen und hatte mit ihrer Meinung nicht hinterm Berg gehalten. Faiza, dreist und stur wie eh und je, hatte sich völlig unbeeindruckt, wenn nicht gar selbstzufrieden gezeigt und ihr Roger Sweeney, den wenig erfolgreichen Gitarristen einer hiesigen Band, vorgestellt. Mamas Kinn war steinhart geworden, ihr Lächeln gezwungen, während ihre Augen vor Entrüstung blitzten. Roger hatte nicht viel gesagt und sich mit seinen tief liegenden hellbraunen Augen umgesehen. Er hatte eine leicht gebogene Nase und dünne Lippen, die von einem schmalen, sauber geschnittenen Bart umrahmt waren. An einem seiner Ohrläppchen glitzerte ein Ohrring, seine lockigen schwarzen Haare waren zu einem Pferdeschwanz zurückgebunden, auf beiden Mittelfingern prangte ein Wolfskopf-Tattoo. Obwohl er kaum den Mund aufgemacht hatte, war Kara nicht entgangen, dass auch er es genossen hatte, Mama vor Wut schäumen zu sehen, während Daddy Drinks anbot und versuchte, die Wogen mit einem entschlossenen Lächeln zu glätten.

»Lass uns ein bisschen rausgehen!«, hatte Marlie vorgeschlagen und war durch eine der Terrassentüren ins Freie geschlüpft, Kara im Schlepptau.

»Mein Gott, wie jämmerlich«, murmelte Marlie, als sie die Tür hinter ihnen schloss. Draußen war es kühl, eine frische Böe griff in die Äste der Bäume. Trockene Blätter wirbelten durch die Luft und tanzten über den Weg, der von der Terrasse zum Pool führte, auf dem mittlerweile eine große Plane lag.

Marlie hatte Karas Hand genommen und sie vom Haus weggezogen, in dessen Fenstern sich die warmen Lichter der Innenbeleuchtung spiegelten. Mit einem breiten Grinsen hatte sie geflüstert: »Kann ich dir ein Geheimnis anvertrauen?«

»Sicher.« Kara liebte Geheimnisse.

»Du musst mir versprechen, es niemandem zu verraten.«

»Versprochen.« Kara streckte Marlie die Hand mit dem abwinkelten kleinen Finger entgegen, dankbar, weil ihre große Schwester etwas mit ihr teilte, was außer ihnen niemand wissen sollte.

»Also gut.« Marlie hakte ihren kleinen Finger in Karas. »Schwur besiegelt.«

»Was für ein Geheimnis willst du mir erzählen?«, fragte Kara neugierig.

»Ich werde ihn heiraten«, verkündete Marlie und bückte sich, um mit Kara auf Augenhöhe zu sein. »Ich werde Chad heiraten!« Sie richtete sich auf, schlang die Arme um sich selbst und wirbelte über den Gartenweg, eine dunkle Silhouette vor den blinkenden Lichtern der Stadt in der Ferne.

»Im Ernst?«, fragte Kara ungläubig.

»Im Ernst!« Marlie blieb gerade lange genug stehen, dass Kara zu ihr aufschließen konnte, dann packte sie ihre kleine Schwester und tanzte zusammen mit ihr über das froststarre Gras. »Ich werde Mrs Chad Atwater sein! Ich werde Mrs Chad Atwater sein!«, jubelte sie, und Kara kicherte ausgelassen. Plötzlich blieb Marlie stehen, stöhnte: »Puh, ist mir schwindlig!«, und ließ sich auf den Rasen fallen. Kara plumpste auf sie. Außer Atem drehten sie sich auf den Rücken und betrachteten das funkelnde Firmament.

»Muss ich dich dann auch so nennen?«, fragte Kara.

»Mrs Atwater?« Marlie lachte. »Nein, du darfst mich Marlie nennen, und ich nenne dich Kara-Bär. Genau wie jetzt, daran ändert sich nichts.«

»Gut.« Das gefiel Kara.

»Du bist ein liebes Mädchen.« Marlie hatte Karas Hand genommen. »Ach Kara, wir werden so, so glücklich sein.«

»Aber du wohnst doch bei uns, auch wenn du heiratest, oder?«, erkundigte sich Kara besorgt.

»Nein.« Marlies Gesicht wurde ernst. »Aber wir werden nicht weit wegziehen, dafür sorge ich. Wir hätten gern eine Farm oder eine Ranch mit Hunden und Pferden«, sagte sie verträumt.

Marlie war immer ein zupackender Mensch gewesen. Sie liebte es, Sport zu treiben, und sie liebte Tiere. Nie schreckte sie vor einer Herausforderung zurück, und um mit ihren Brüdern mithalten zu können, hatte sie sogar das Bogenschießen gelernt. »Mädchen sind genauso gut wie Jungs«, hatte sie Kara eingetrichtert. »Und ich schieße übrigens besser als unsere drei Brüder. Sie wollen es nur nicht zugeben.«

Kara hatte ihr geglaubt.

»Vielleicht ziehen wir an den See, es wäre doch möglich, dass Dad und Mom uns in dem Haus am Mount Hood wohnen lassen. Der Cold Lake ist wunderschön, und wir könnten uns um das Anwesen kümmern.« Sie blickte in die Sterne. »Aber ganz gleich, wo wir in Zukunft leben werden – es wird absolut cool.«

Die Vorstellung, dass Marlie mit Chad in das Ferienhaus zog, so weit weg von ihrem Zuhause in Portland, behagte Kara gar nicht.

Marlie bemerkte nicht, wie still sie geworden war. »Denk dran«, sagte sie. »Das ist unser Geheimnis. Du darfst keiner Menschenseele davon erzählen. Weder Mama noch Papa, noch Jonas, noch Donner oder Sam – *niemandem!*«

Kara hatte ihr Versprechen gehalten.

Bis heute.

Traurig dachte sie an die Schwester, die sie verloren hatte, eine Schwester, die ihr nähergestanden hatte als ihre eigene Mutter. Und jetzt hieß es, Marlie sei noch am Leben.

Das weißt du nicht. **Sie lebt,** *lautete die Nachricht. Du gehst davon aus, dass Marlie gemeint ist, aber sicher sein kannst du nicht.*

Doch wer sonst sollte gemeint sein?

Sie las die Liste, die Tate angefertigt hatte, erneut. Sogar Silas Dean, der ehemalige Geschäftspartner ihres Vaters, stand darauf, unter Leona und Natalie, Daddys Ex-Frauen. Auch der Name Walter Robinson tauchte auf, Mamas Ex.

So viele Ehen, so viele Namen.

Sie wandte sich vom Schreibtisch ab und schlenderte gedankenverloren zum Fenster, hinter dem sich das schwarze Band des Flusses schlängelte. Die Straßenlaternen entlang des Ufers waren von gelben Dampfwolken umgeben.

Sollte sie Tate von der Nachricht erzählen? Den Anrufen? Sollte sie ihm anvertrauen, dass sie sich verfolgt fühlte?

Mein Gott, jetzt hätte sie liebend gern etwas Stärkeres als schwarzen Kaffee getrunken, etwas, was sie beruhigte, anstatt noch mehr aufzupeitschen.

Sie lauschte den Stimmen von unten. Seltsamerweise hatte es etwas Tröstliches an sich, Tate mit dem Lieferanten reden zu hören.

Heute Abend war sie nicht allein.

Tate ist ein Fremder für dich, Kara. Du kennst ihn so gut wie gar nicht, hast ihn bloß als Kind ein paarmal gesehen. Der Mann verfolgt seine eigenen Absichten – ein Reporter, der deine Story bringen will. Der Sohn des Polizisten, der für dich sein Leben gegeben hat. Du darfst ihm nicht trauen, nicht hundertprozentig. Bleib vorsichtig!

Sie blieb noch einen Moment stehen, dann riss sie sich los und kehrte zur Küchenzeile zurück, um ihre halb leere Kaffeetasse abzustellen. Auf dem Weg dorthin verharrte sie erneut am Tisch, überflog die Liste ein weiteres Mal und betrachtete die unleserlichen Notizen und die Pfeile, mit denen Tate einzelne Namen und Anmerkungen verbunden hatte. Jonas' Name war mehrfach umkringelt, Pfeile führten zu Lacey Higgins und Donner.

Lacey.

Mit der Fingerspitze fuhr Kara den Namen von Jonas' damaliger Freundin nach.

Sie dachte an die Siebzehnjährige, die in ihrem jungfräulichen, blütenweißen Kleid mit im Schoß gefalteten Händen vor Gericht gesessen und mit glasklarer Stimme die Worte ausgesprochen hatte, die bis heute tief in Karas Gedächtnis eingebrannt waren: »Er hat gesagt: ›Sollte ich je herausfinden, dass du einen anderen vögelst, nehme ich eine Axt und bringe erst ihn um und dann dich. Auf diese Weise kannst du ihn sterben sehen, bevor du selbst zur Hölle fährst.‹«

Sie fröstelte. Auf ihren Armen bildete sich eine Gänsehaut. Hatte Jonas diese haarsträubende, abscheuliche Drohung wirklich ausgesprochen? Oder hatte Lacey gelogen? Damals hatten alle dem stillen, verängstigten Mädchen mit den großen Augen, das da so aufrecht im Zeugenstand saß, geglaubt.

Kara versuchte, sich an den Jungen zu erinnern, der ihr Bruder vor jener grauenvollen Nacht gewesen war. Ja, er war aufbrausend gewesen, das stand außer Frage. Schnell aus der Fassung zu bringen. Sogar Natalie, seine eigene Mutter, hatte ihn als »Hitzkopf mit zu viel Testosteron« bezeichnet.

Sie hatte Jonas am Nachmittag des Heiligabends mit dem Schwert herumfuchteln sehen, das Gesicht wutverzerrt im Kampf gegen einen unsichtbaren Feind.

Ein zorniger, aufgewühlter Teenager, den die Geschworenen zu einem unberechenbaren Killer erklärt hatten, doch Kara hatte das nie geglaubt.

Warum hatte die Polizei nie den Mann mit der schwarzen Skimaske gefunden? Hatte sie ihn sich nur eingebildet? Edmund Tate hatte keine Maske getragen. Aber Jonas hatte den Eindringling auch gesehen … Trotzdem war es merkwürdig. Hätte man am Tatort nicht irgendeinen Hinweis entdecken müssen, ein Haar, Hautpartikel, irgendetwas, was nicht per

DNA-Test einem der Familienmitglieder zugeordnet werden konnte? Kara schloss die Augen und hielt sich unsicher an der Schreibtischplatte fest.

»Haben Sie etwas Interessantes entdeckt?«, fragte Tate in ihre Gedanken hinein.

Kara fuhr zusammen und riss die Augen auf. Der Rest Kaffee schwappte aus der Tasse auf den Schreibtisch und ergoss sich über den Notizblock. »Mist!« Hektisch sah sie sich nach etwas um, womit sie die Sauerei beseitigen konnte.

»Ich mache das schon!« Tate stellte eine große Papiertüte auf die Anrichte, dann riss er mehrere Küchentücher von einer Rolle, durchquerte mit großen Schritten den Raum und tupfte eilig die Schreibtischplatte und den nassen, fleckigen Block ab.

»Es tut mir leid.«

»Keine Ursache.«

Die Notizen waren verwischt.

»O Gott!«

»Machen Sie sich keine Gedanken deswegen«, versicherte er ihr mit einem Blick auf die unleserlichen Buchstaben und warf die vollgesaugten Küchentücher in den Abfalleimer. »Ich habe alles im Computer gespeichert, und zum Glück hab ich ein fotografisches Gedächtnis.«

»Tatsächlich?« Kara sah ihn fragend an.

»Nein.« Er grinste schief. »Aber ich wünschte mir, ich hätte eins. Das würde die Dinge ungemein erleichtern.«

»Dann sind Sie also ein Lügner.« Sie zog eine Augenbraue in die Höhe.

»Nur, wenn es nötig ist. Ich wollte nicht, dass Sie sich schlecht fühlen.« Er schob seine Arbeitsutensilien zusammen, dann holte er die Papiertüte und stellte sie auf den Tisch.

»Das macht es nicht besser.«

»Na dann …« Er zuckte die Achseln und ließ sich auf einem der Stühle nieder. »Fühlen Sie sich halt schlecht, wenn

Ihnen das lieber ist, aber jetzt lassen Sie uns erst einmal etwas essen. Wie ich schon sagte: Ich bin am Verhungern.« Er öffnete die Tüte und nahm zwei Sandwiches heraus. »Nicht unbedingt fünf Sterne, aber mit Sicherheit lecker. Was möchten Sie haben: Thunfisch oder Speck, Salat, Tomate?«

Kara nahm ihm gegenüber Platz. »Thunfisch.« Ihr Magen knurrte wieder, als sie das Sandwich auswickelte. Genüsslich seufzend steckte sie sich ein eingelegtes Gürkchen in den Mund.

Rhapsody sprang vom Bett, die Nase hoch erhoben, und kam schwanzwedelnd auf den Tisch zu. Kara schüttelte den Kopf, doch Tate hatte bereits ein Stück Schinken abgezupft und hielt es der Hündin hin, die begeistert danach schnappte.

»Das ist ein absolutes No-Go«, sagte Kara und wischte sich die Finger an einer der Servietten ab, die er ebenfalls aus der Deli-Tüte gezogen hatte.

Er grinste. »Sie kennen mich – ich verstoße immer wieder gegen die Regeln. Sollen wir uns eigentlich wirklich weiter siezen, ich meine, wo wir uns doch von Kindheit an kennen?«

Sie nahm einen weiteren Bissen, lehnte sich zurück und sah ihn vor sich, wie er als Junge gewesen war. Schlaksig, mit schulterlangen, zerzausten Haaren. Seine Zähne waren zu groß gewesen für sein sommersprossiges Gesicht, die hellblauen Augen stets ein wenig zusammengekniffen gegen den grellen Sonnenschein. Ein rebellisches Kind, hatte sie die Erwachsenen sagen hören, auch wenn er Jonas nicht das Wasser reichen konnte.

Jetzt, mit Anfang dreißig, war Tate definitiv in seinen Körper hineingewachsen. Seine blauen Augen waren nicht mehr ganz so hell, dafür jedoch umso durchdringender, seine braunen Haare fast schwarz. Ein gut aussehender Mann.

»Okay«, sagte sie langsam. Ein Du stellte unweigerlich eine Art von Vertrautheit her, und sie wusste immer noch nicht, ob sie ihm trauen sollte. Allerdings wollte sie ihn auch nicht vor den Kopf stoßen, zumal es wirklich nett von ihm war, ihr in seiner Wohnung Unterschlupf zu gewähren.

»Also, Kara«, er grinste noch immer, »ich finde wirklich, dass du mit den Cops reden solltest. Du kannst sie von hier aus anrufen.«

»Das ist mir bewusst«, erwiderte sie, »und ich werde mit diesem Detective Thomas, oder wer auch immer zuständig ist, sprechen. Aber erst morgen. Heute ertrage ich niemanden von der Polizei, und Tante Faiza auch nicht.«

»Deine Tante auch nicht? Sie war doch dein Vormund ...«

Kara seufzte. »Das ist kompliziert.« Sie dachte daran, dass Jonas behauptet hatte, sie habe sich nur wegen des Geldes für die Tochter ihrer Schwester interessiert. Aber davon wollte sie jetzt nicht anfangen, also wechselte sie das Thema. »Lebst du allein hier?«

»Ja.« Er legte sein Sandwich ab und lehnte sich zurück. »Ich habe ein paarmal überlegt, mir einen Hund und eine Katze zuzulegen, aber ich wollte keine Verpflichtung eingehen. Ich bin einfach zu oft weg.«

»Dann bist du nicht verheiratet? Oder warst du es mal?«

Der Mundwinkel zuckte in die Höhe. »Auch das habe ich in Erwägung gezogen, allerdings war nie der richtige Zeitpunkt dafür. Vielleicht habe ich auch einfach nicht die richtige Frau kennengelernt.« Er zerknüllte das Sandwich-Papier und fragte: »Was ist mit dir?«

»Ich dachte, du wüsstest alles über mich.« Sie deutete auf den Computer und den kaffeefleckigen Notizblock.

»Ich kenne lediglich die Gerichtsakten«, sagte Tate, holte eine Portion Pommes frites aus der großen Papiertüte und stellte sie zwischen sie auf den Tisch. »Außerdem habe ich das Internet durchforstet.«

»Das meiste, was man dort findet, ist Unsinn. Nichts als

Gerüchte und absurde Behauptungen. Es gibt sogar einen Fernsehfilm über die Nacht von damals – keine Fakten, keine Beweise, bloß jede Menge Tamtam und Blabla.«

»Du hast ihn dir angeschaut?« Tate steckte sich eine Pommes in den Mund.

»Ja.«

Gib doch zu, dass du ihn dir einmal pro Jahr ansiehst, um ja nicht zu vergessen, was du Furchtbares durchlebt hast.

Als ob sie das könnte.

»Dann hast du mich also gegoogelt?«, fragte sie.

»Das habe ich, in der Tat, aber ich bin weder auf Verlobungsverkündungen noch auf Heiratsurkunden oder irgendwelche Scheidungsurteile gestoßen.«

»Da wirst du auch nichts finden«, sagte sie und dachte an ihr eher bescheidenes Liebesleben zurück. Brads arrogantes Gesicht trat ihr vor Augen. Sie schauderte.

Brad war im Zorn gegangen, hatte einfach nicht fassen können, dass sie die Dreistigkeit besaß, ihn rauszuwerfen. »Du bist irre, weißt du das eigentlich?«, hatte er getobt, als sie darauf bestand, dass er ging. Er hatte seine Jeans, Poloshirts und Kapuzenjacken eingesammelt, sein heiß geliebtes Bong und die Trophäen aus der Highschool- und College-Zeit eingepackt, als er ein erfolgreicher Fußballspieler gewesen war. »Komplett irre!«

»Dafür betrüge ich nicht«, hatte sie ihm zusammen mit seinen Fußballschuhen entgegengeschleudert.

»Vielleicht solltest du genau das machen, würde dir sicher guttun!« Damit war er in seinen Kombi gestiegen und rückwärts aus der Einfahrt geschossen, wobei er beinahe ein Kind mit Fahrrad über den Haufen gefahren hätte.

Als er weg gewesen war, hatte sie Erleichterung verspürt.

Jetzt bemerkte sie, dass Tate sie anstarrte, und zwang sich, in die Gegenwart zurückzukehren.

Sie steckte sich ebenfalls eine Pommes in den Mund und kaute. Irgendwie hatte sie das Gefühl, ihm eine Erklärung zu schulden, daher sagte sie: »Ich bin anders als du.«

Er sah sie fragend an. »Inwiefern?«

»Nun, ich habe daran gedacht zu heiraten, aber ich habe mich dagegen entschieden.«

»Aha.« Er lehnte sich interessiert vor.

»Stattdessen habe ich mir einen Hund angeschafft« Sie grinste.

»Und?«

»Anders als du bin ich diese Verpflichtung eingegangen. Bin ins Tierheim gefahren, habe Rhapsody gesehen – und es war Liebe auf den ersten Blick.«

»Deine erste Liebe?« Seine Lippen verzogen sich zu einem schiefen Grinsen.

Mein Gott, flirtete er etwa mit ihr? Darauf durfte sie sich nicht einlassen, durfte sich nicht der trügerischen Sicherheit ergeben, die seine Wohnung und er ihr boten.

»Aber sicher doch«, erwiderte sie daher kühl und wechselte hastig das Thema. »Sollten wir jetzt nicht lieber auf unsere Zusammenarbeit – das Interview – zu sprechen kommen?«

»Ich dachte, der Deal steht, aber wir können ihn gern offiziell besiegeln.« Er ging zur Küchenzeile, öffnete eine Tür über dem Kühlschrank und nahm eine Flasche Rotwein aus dem Regal, einen Cabernet von einem Weingut in Washington. Sie kannte das Label.

Er zog den Korken heraus und stellte die Flasche zusammen mit zwei langstieligen Gläsern auf den Tisch. »Ich denke, er sollte noch etwas atmen.«

»Nicht zwingend.«

»Okay.« Er schenkte ihnen ein, dann stießen sie an. Die Gläser klirrten leise.

Das Bouquet war berauschend. Als Kara den Stiel in den

Fingern drehte, beobachtete sie, wie sich die Wein-Beine an der Innenseite des Glases abzeichneten – rote Tropfen, die daran hinabbrannen.

Und obwohl sämtliche Warnglocken in ihrem Kopf lautstark zu bimmeln anfingen, hob sie das Glas an die Lippen und trank. Sie fragte sich, ob sie soeben einen Pakt mit dem Teufel geschlossen hatte, doch im Augenblick war ihr das egal.

Schnurzpiepegal.

KAPITEL DREIUNDZWANZIG

D ann ist sie jetzt also verschwunden«, stellte Johnson fest, als sie zusammen mit Thomas auf der obersten Stufe vor Kara McIntyres Haus wartete. Sie reckte sich und versuchte, durch ein schmales Seitenfenster neben der Tür hineinzublicken, doch durch das satinierte Glas konnte sie kaum etwas erkennen.

Thomas hatte geklingelt, und als niemand aufmachte, hatte er geklopft, sogar gerufen – ohne Erfolg. Kara McIntyre war entweder nicht zu Hause, oder sie wollte nicht mit ihnen reden.

»Sie ist nicht da«, sagte eine Frauenstimme. Thomas drehte sich um und erblickte Sheila Keegan, die durch den schneebedeckten Vorgarten auf sie zukam. »Ich habe sie angerufen, versucht, sie vor dem Krankenhaus zu erwischen, und anschließend hier auf sie gewartet. Ich nehme an, sie ist bei einer Freundin.«

»Hm.« Thomas schaute die Straße hinunter und sah den weißen Nachrichten-Van von Channel 3, der mit laufendem Motor unter einer Straßenlaterne stand und mit seinen Abgasen sichtbar die Luft verpestete.

»Die anderen sind alle schon weg, Cole«, teilte sie Thomas mit und blieb vor den Stufen der Eingangstreppe stehen. Ihr Gesicht war verschattet von der knallroten Kapuze, dennoch konnte er ihr Kinn und den Schwung ihrer vollen Lippen ausmachen.

»Wer war sonst noch hier?«, fragte Johnson.

Thomas wusste, wie sie über Sheila dachte. Seine Ex gab sich wie immer zu vertraulich, und er nahm an, dass sie das mit Absicht tat, um ihn daran zu erinnern, dass sie einst das Bett und nicht selten auch Informationen miteinander geteilt hatten. Mehr als einmal hatte Johnson mitbekommen, dass Sheila ihn damit unter Druck zu setzen versuchte, dass er ihr »etwas schuldig« war.

»Hauptsächlich Freiberufler, eine Zeit lang war ein Reporter von der Lokalzeitung da. Ich denke, die kommen bald zurück. Sobald die Interstate wieder offen ist, wird es hier vermutlich ein ziemliches Gedränge geben. In Portland herrscht Chaos – irgendwie scheint es dort immer zu schneien –, aber die Sender schicken ihre Teams wahrscheinlich trotzdem los. Die Story ist einfach zu groß, die will sich niemand durch die Lappen gehen lassen.«

Dem hatte er nichts entgegenzusetzen.

»Dann stimmt es also, dass Kara McIntyre das Whimstick General auf eigene Verantwortung verlassen hat, ohne zuvor mit einem Arzt zu sprechen? Wie ist sie da eigentlich rausgekommen, bei dem Tumult?«

»Du weißt, dass ich dir dazu nichts sagen darf«, erwiderte er gereizt. Es nervte ihn, dass sie dieses Gespräch in Johnsons Anwesenheit führten.

»Ach, komm schon, Cole. Und was ist mit Jonas? Laut meinen Quellen hat er sich bereits einen neuen Anwalt genommen und drängt ebenfalls darauf, das Krankenhaus zu verlassen.«

»Du wirst schon selbst mit ihm reden müssen.«

Sie verzog die Lippen zu einem Schmollmund. »Werdet ihr den Fall neu aufrollen? Das McIntyre-Massaker?«

»Wie allgemein bekannt sein dürfte, versuchen wir, den gewaltsamen Tod von Merritt Margrove aufzuklären.«

Sheila nickte. »Ja, das ist allgemein bekannt. Nicht bekannt dagegen ist, ob ihr schon irgendwelche Verdächtigen auf dem Schirm habt.«

Er grinste schief. »Du kennst mich, Sheila: Ich verdächtige jeden.«

»Haha. Ich habe den Notruf abgehört, frag mich nicht, wie, und ich weiß, dass Kara McIntyre den Mord gemeldet hat. War das, bevor oder nachdem sie ihren Bruder abgeholt hat?«

Thomas sah, wie Johnson ihm einen ungehaltenen Seitenblick zuwarf. »Ich darf mich nicht zu laufenden Ermittlungen äußern.«

»Haha«, sagte Sheila erneut. Herausfordernd. »Was ist mit dem Unfall? Wie ist es dazu gekommen?«

»Noch einmal: kein Kommentar zu laufenden Ermittlungen.«

»Was hatten die beiden direkt nach der Entlassung von Jonas McIntyre aus dem Banhoff-Gefängnis bei Merritt Margrove verloren, nach dazu an diesem abgeschiedenen Ort am Mount Hood?«

Kopfschütteln.

»Hat Margroves Tod etwas mit Jonas McIntyres Entlassung zu tun? Ist McIntyre der Tat verdächtig?« Sie wedelte frustriert mit der Hand. »Komm schon, Cole, gib mir irgendetwas. Was ist mit Kara? Was hatte sie dort oben zu suchen?«

Aus dem Augenwinkel sah Thomas, wie sich die Tür des Nachrichten-Vans öffnete. Der Kameramann sprang heraus auf die vereiste Straße, die Kamera auf der Schulter, ein Mobiltelefon ans Ohr gedrückt. Er schob mit dem Absatz die Tür zu und kam auf sie zu.

In dem Augenblick klingelte Thomas' Handy. »Detective Cole Thomas.« Er lauschte, runzelte die Stirn und wandte sich an Johnson. »Wir müssen los.« Zusammen stiegen sie die Stufen hinunter.

»Wer war das?« Sheila streckte instinktiv die Hand nach seinem Unterarm aus, doch er wich zurück. »Was ist los? Wer hat dich angerufen?«

»Dienstlich«, antwortete er kurz angebunden und strebte, gefolgt von seiner Partnerin, auf den Chevy Tahoe zu. Ein Druck auf die Fernbedienung, die Lichter blinkten, ein Signalton piepste, die Zentralverriegelung öffnete sich.

»Cole!«, rief Sheila ihm verärgert nach. »Denk dran …«

»Jaja, ich weiß. Ich bin dir etwas schuldig!« Damit stieg er ein, wartete, bis Johnson die Beifahrertür geschlossen hatte, dann ließ er den Motor an und gab Gas.

Johnson schnallte sich an. »Die lässt ja nie locker.«

»Das kannst du laut sagen. Danke, dass du angerufen hast.«

Johnson grinste. »Das war die einfachste Möglichkeit, aus dieser unangenehmen Nummer herauszukommen.«

Thomas bremste vor einem Stoppschild ab. Ein großer Laster fuhr an ihnen vorbei, Schneematsch, vermischt mit den kleinen, spitzen Steinchen der Streumaschinen, spritzte gegen die Windschutzscheibe.

»Ich habe keine Ahnung, was da zwischen euch läuft«, fügte Johnson hinzu, »und glaub mir, ich will es auch gar nicht wissen. Trotzdem bin ich der Ansicht, dass du diese Sheila Keegan nicht unterschätzen solltest, und das meine ich nicht im positiven Sinne.«

Du hast ja so recht, dachte Thomas und lenkte den Chevy Tahoe in Richtung Department. Ganz bestimmt nicht im positiven Sinne.

Tate fragte sich, ob er gerade den größten Fehler seines Lebens machte. Er blickte von seinem Schreibtischstuhl aus durch den großen dunklen Raum zu seinem Bett hinüber, in dem Kara McIntyre schlief, die hellbraunen Locken auf seinem Kissen ausgebreitet, die Hündin zusammengerollt an ihrer Seite. Sie hatten die Flasche Wein geleert und hätten gern noch eine weitere geöffnet, aber er hatte keine mehr im Haus gehabt.

Sie hatte angeboten, eine kaufen zu gehen oder zu bestellen, doch er hatte sie überzeugen können, stattdessen lieber zu schlafen. Ihre Erschöpfung war offensichtlich gewesen, und er wollte nicht, dass es zu gesundheitlichen Komplikationen kam, immerhin hatte sie eine leichte Gehirnerschütterung. Es hatte einiger Überredungskunst bedurft, bis sie es sich in seinem Bett bequem machte, während er seinen Fernsehsessel in Liegeposition gebracht und versucht hatte, zur Ruhe zu kommen. Der Schlaf hatte sich nicht wirklich einstellen wollen, und gegen halb fünf am Morgen, lange vor Tagesanbruch, hatte er es aufgegeben, sich aus dem Sessel hochgerappelt und einen der USB-Sticks aus dem Geheimfach in Merritt Margroves Schreibtisch in den Anschluss an seinem Laptop gesteckt.

Er hatte gehofft, auf neue Informationen zu stoßen, eine Art Gamechanger, aber weder der erste noch die folgenden Datenträger hatten ihn auch nur einen Schritt weitergebracht.

Jetzt stützte er seufzend den Kopf in die Hände und betrachtete die schlafende Kara.

Margrove war nicht aus Versehen ermordet worden.

Es musste einen guten Grund dafür geben, aber das war nicht zwingend der, dass man Jonas McIntyre aus dem Gefängnis entlassen hatte.

Kara stöhnte leise im Schlaf.

Was wusste er über sie? Nicht viel mehr als das, was er über sie gelesen hatte. Allerdings änderte er schon jetzt seine Meinung über sie.

Nach dem Massaker hatte die ältere Schwester ihrer Mutter, Faiza Donner, die Vormundschaft übernommen, vermutlich, weil sie so Zugriff auf den Nachlass bekam. Kara war überwiegend im Haus von Merritt und seiner zweiten Frau aufgewachsen, da Tante Faiza ihre Pflichten nie ganz ernst genommen hatte. Nichtsdestotrotz bewohnte sie zusammen mit ihrem Lebensgefährten Roger Sweeney bis heute die Familienvilla der McIntyres in den West Hills von Portland und verprasste fröhlich Karas Erbe.

Doch das würde sich bald ändern. In Kürze würde Kara achtundzwanzig werden und ihr Erbe antreten, so bestimmte es das Testament, das Tate in Margroves digitalen Unterlagen gefunden hatte. Kara und Jonas, die einzigen überlebenden Kinder von Samuel McIntyre, nur dass Jonas wegen seiner Haftstrafe bislang von der Erbschaft ausgenommen gewesen war.

Tate rieb sich nachdenklich das Kinn. War es möglich, dass Merritt Margroves Ermordung weniger mit Jonas' Entlassung zu tun hatte als vielmehr mit Karas achtundzwanzigstem Geburtstag und dem damit verbundenen Anspruch auf ihr Erbe?

Oder griff er nach Strohhalmen, nur um irgendeinen Ansatzpunkt festzumachen?

Kara rollte sich auf die Seite und öffnete verschlafen ein Auge. »Wie spät ist es?«, fragte sie gähnend.

»Fünf.«

»Oh. Noch so früh.« Sie drehte ihm den Rücken zu. Der Hund protestierte leise knurrend, als sie ihn von sich drückte, dann machte er es sich wieder gemütlich und schlief leise schnarchend weiter.

Tates Handy auf der Tischplatte vibrierte. Wayne Connells Name erschien auf dem Display. Tate schnappte sich das Telefon, eilte die Treppe hinunter und schloss die Tür des Vorraums hinter sich, in der Hoffnung, Kara nicht zu stören.

»He«, meldete er sich. »Was gibt's?«

»Ich wollte dich auf den neuesten Stand bringen. Ich habe eine ganze Reihe von Leuten überprüft, die mit dem McIntyre-Massaker in Verbindung standen.«

»Und?«

»Sobald man etwas tiefer gräbt, fördert man interessante Dinge zutage.«

»Zum Beispiel?«

»Einige von ihnen sind aktenkundig. Zunächst einmal wäre da Chad Atwater, der damals mit der älteren Schwester, Marlie, zusammen war. Er wurde ertappt, als er seinen Opa bestahl, das muss man sich mal vorstellen – Schmerzmittel, die Pistole seines Großvaters und Bargeld. Natürlich sorgte die Familie dafür, dass es nicht zur Anklage kam. Allerdings wurde er etwa zur gleichen Zeit von einem Mitschüler angezeigt. Beide waren damals noch Jugendliche, ehemalige Freunde. Chad wurde beschuldigt, der Aggressor bei einer eskalierten Schlägerei wegen eines Mädchens gewesen zu sein, bei dem es sich – wie sollte es anders sein? – um Marlie Robinson handelte.«

Tate ließ Connells Informationen sacken. Er wusste, dass der Junge in der Schule Probleme hatte, aber welcher Teenager überstand schon ungeschoren die Highschool?

»Es waren Drogen im Spiel, hauptsächlich Steroide und Alkohol. Die Schlägerei wurde von Chads Vater zu einer ›kleinen Rauferei‹ heruntergespielt, obwohl Chad das Gesicht des anderen Jungen gegen das Lenkrad seines Mustangs geknallt hatte. Er musste genäht werden und einen plastischen Eingriff über sich ergehen lassen. Es gelang Chads Eltern dennoch, ihren Sohn aus der Sache rauszuboxen. Seitdem hat er sich ruhig verhalten.«

Tate lehnte sich mit dem Rücken an die Wand des Vorraums und blickte durch die Glastüren in den dunklen Morgen. Er hatte Atwater nie ernsthaft als Tatverdächtigen in Betracht gezogen. »Aber warum sollte er eine ganze Familie abschlachten?«, fragte er skeptisch.

»Vielleicht, weil Marlies Mom und Dad nicht wollten, dass die zwei zusammen waren? Keine Ahnung, Wes, ich liefere dir bloß Fakten. Es gab da übrigens noch ein Mädchen.«

»Er dreht durch, weil sich sein Freund für Marlie interessiert, dabei datet er selbst eine andere?«

»Teenager, was soll ich dazu sagen? Sie heißt Brittlynn Cadella, und sie war damals vierzehn. Als sie achtzehn wurde, haben die beiden geheiratet, an ihrem Geburtstag sogar. Sie hat seinen Namen angenommen – Mrs Brittlynn Atwater.«

Das war neu für Tate. »Wusste Marlie Robinson, dass er außer mit ihr noch mit einem anderen Mädchen zusammen war?«

»Sieht nicht danach aus.«

»Hm.«

»Das ist immer noch nicht alles«, fuhr Connell fort. »Dieser Roger Sweeney scheint mir ein ziemlich zwielichtiger Kerl zu sein. Der Freund von der Tante.«

»Was ist mit ihm?«

»Er ist ebenfalls aktenkundig. Da wäre zunächst mal seine unehrenhafte Entlassung von den Marines. Er hat bei einer Kneipenschlägerei ein Messer gezückt und jemanden ziemlich übel verletzt. Das Opfer kann von Glück sagen, dass es überlebt hat. Fünf Jahre später, in Nashville, gab es erneut Schwierigkeiten. Er hatte Stress mit den Mitgliedern seiner Band, hat einen von ihnen des Diebstahls bezichtigt, woraufhin es zum Streit kam. Der Streit eskalierte, Roger zog ein Messer, stach auf den Mann ein, und die Sache hätte sicher ein äußerst unschönes Ende genommen, wäre das dritte Band-Mitglied nicht mit einer Pistole dazwischengegangen.«

»Klingt ja nach einer ganz friedlichen Truppe«, bemerkte Tate trocken.

Connell schnaubte. »Schlussendlich hat niemand Anzeige erstattet. Die Streithähne wurden verarztet, Roger flog aus der Band. Damals ist er nach Portland gezogen, wo er Faiza Donner kennenlernte.«

»Aber auch bei ihm stellt sich die Frage: Wieso sollte er eine Familie auslöschen?«

»Vielleicht ein aus dem Ruder gelaufener Raubüberfall? Vielleicht war er wütend, weil die Familie ihn nicht mochte? Vielleicht wollte Faiza auch ein Stück vom Kuchen abhaben? Es heißt, sie habe ihrer Schwester nicht den Schmutz unter den Fingernägeln gegönnt … Noch einmal: Keine Ahnung, ich kann dir nur die Fakten liefern. An Silas Dean, Samuel McIntyres Geschäftspartner, bin ich noch dran, genau wie an den Ex-Partnern, Walter Robinson, Leona McIntyre und Natalie Brizard.«

Tate konnte sich beim besten Willen nicht vorstellen, wie eine der Frauen das antike Schwert schwang, aber er hatte gelernt, sich einer Sache niemals sicher zu sein.

»Frauen können ausgesprochen nachtragend sein«, fügte Connell hinzu, als hätte er seine Gedanken gehört, »und sie finden nicht selten Komplizen für ihre Rachefeldzüge.«

Das ist wahr, dachte Tate und meinte, über sich Schritte zu hören.

»Nimm zum Beispiel Leona McIntyre«, drang Connells Stimme aus dem Handy, »Samuels College-Liebe und Ehefrau Nummer eins. Sie hat ihrem Mann vorgeworfen, für den Tod ihres gemeinsamen Babys verantwortlich zu sein, und anschließend das Sorgerecht für den älteren Sohn, Sam jr., verloren, weil Sam sr. behauptete, sie wäre verrückt. Aller Wahrscheinlichkeit nach war Leona in eine Depression abgerutscht, aber sie beharrte darauf, dass ihr Mann und seine spätere zweite Frau, Natalie, ihr Leben ruiniert hätten. Sie scheint nie darüber hinweggekommen zu sein, denn sie hat nicht wieder geheiratet und sich sehr zurückgezogen. Als Sam Natalie Jahre später wegen Zelda verlassen hat, war Leona nahezu euphorisch.«

»Woher weißt du das?«

»Von einer alten Freundin von Leona, die beide von der Uni her kannte. Ich habe sie auf Facebook aufgespürt und Kontakt zu ihr aufgenommen; sie war ganz versessen darauf, mir alles zu erzählen. Angeblich hat Leona nach der Trennung von Sam und Natalie: ›Was man sät, das erntet man‹ gezetert. ›Geschieht dem Miststück recht, warum macht es auch eine Familie kaputt?‹«

»Aber Leona würde doch niemals ihren eigenen Sohn, Sam jr., umbringen«, gab Tate zu bedenken, obwohl er zugeben musste, dass auch er das Szenario mit Leona als Tatverdächtiger durchgespielt hatte. »Donner ist in jener Nacht ebenfalls gestorben, hauptsächlich deshalb hat man den Verdacht gegen Walter Robinson fallen lassen, denn er war am Tag des Massakers im Ferienhaus der Familie. Anscheinend ist es dort zu einem Streit wegen des Sorgerechts gekommen. Robinson war ein großartiger Vater, der seine Kinder geliebt hat. Hat nach seiner Zeit beim Militär als Elektriker gearbeitet.«

»Hast du jemals überlegt, ob es mehr als einen Mörder gegeben haben könnte?«, fragte Connell.

»Du meinst, Komplizen? Ein Team?«

»Ja. Oder jemand hat versehentlich jemanden umgebracht und dann auch noch die Zeugen beseitigt, weil er gesehen wurde.«

Auch das war kein neuer Ansatz, aber etwas in Tate sträubte sich, ihn weiter zu verfolgen. »Sam sr. und seine Frau lagen schlafend im Bett. Bei beiden hat man eine nicht unerhebliche Menge an Valium im Blut nachweisen können. Die haben bestimmt nichts gesehen.«

»Und was, wenn sie das eigentliche Ziel waren und der Mörder nicht damit rechnete, dass die Kinder noch wach waren? Was, wenn die Dinge auf grauenvolle Weise aus dem Ruder gelaufen sind?«

»Sie wurden alle mit ein und demselben Schwert ermordet. Jeder Einzelne von ihnen, das hat die kriminaltechnische Untersuchung eindeutig ergeben. Zwei Mörder, eine Waffe?«

»Die Frage musst du beantworten. Ich widme mich dann mal wieder meinen Nachforschungen: Alibis, Motive, zudem sollte unbedingt der finanzielle Hintergrund gründlicher unter die Lupe genommen werden. Zum Zeitpunkt seines Todes war Samuel McIntyre ein reicher Mann. Sobald Geld im Spiel ist, verlieren viele Menschen ihren moralischen Kompass.«

»Und bringen eine Familie um?« Tate beobachtete einen Ford Escape älteren Baujahrs, der vor dem Gebäude abbremste. Eine Zeitung flog aus dem offenen Fahrerfenster und landete auf dem schneebedeckten Gehweg vor dem Eingang. Der Escape fuhr mit durchdrehenden Reifen weiter. »Ich bin mir sicher, die Polizei hat die finanziellen Verstrickungen gründlich überprüft.«

»Augenblick, du hast gerade gesagt, es fällt dir schwer zu glauben, dass jemand für Geld eine ganze Familie auslöscht. Ich bin da ganz anderer Meinung, aber warten wir's ab. Ich schicke dir zu, was ich habe, verschlüsselt, wie immer, dann kannst du es selbst noch einmal durchgehen.«

»Hast du etwas über diese Marlie in Erfahrung bringen können?«, fragte Tate, bevor Connell auflegen konnte.

Der ehemalige Kamerad seines Vaters und Technik-Crack stieß einen hörbaren Seufzer aus. »Bislang eine Sackgasse. Aber ich bleibe dran.«

»Gut.«

»Ich habe übrigens auch nach dieser Hailey Brown aus Modesto gesucht.«

»Und?«

»Keine von den Hailey Browns aus der Gegend passt zu dem Online-Profil der Followerin auf Jonas McIntyres Facebook-Fanseite.«

Davon war Tate ausgegangen, hatte er sich doch selbst als Jessica Smith angemeldet.

Hunderte Follower hatten einen Kommentar abgegeben oder die Posts gelikt, doch einige schwiegen, darunter auch Hailey Brown aus Modesto.

Ein Stockwerk höher landete etwas mit einem dumpfen Aufprall auf dem Fußboden – wahrscheinlich Karas Hund, der vom Bett gesprungen war. »Ich muss auflegen«, sagte Tate, öffnete die Haustür und holte die Zeitung herein.

Als er nach oben zurückkehrte, war Kara wach. Mit grimmigem Gesicht und zerzausten Haaren stand sie in einem knielangen Schlafshirt vor der Kaffeemaschine, den Hund zu ihren Füßen.

»Nur damit du's weißt: Es ist noch viel zu früh für mich«, sagte sie. »Selbst wenn ich unterrichte, stehe ich nie vor sechs auf. Nie.« Sie wartete, dass der Kaffee in ihre Tasse lief. »Ich bin Aushilfslehrerin.«

»Ich weiß.«

»Das ist mir klar. Du weißt alles über mich.«

»Nicht alles.«

»Aber bald. Zumindest hoffst du das.« Sie warf Tate einen finsteren Blick zu, nahm ihre Tasse und blies über die heiße Flüssigkeit.

Tate schaute auf ihre geschürzten Lippen.

Sie beäugte ihn über den Tassenrand hinweg. »Da du schon angezogen bist – würde es dir etwas ausmachen, Rhapsody rauszulassen?«

»Es ist mir ein Vergnügen«, erwiderte er.

»Außerdem wäre es nett, wenn du mich anschließend zur Polizei fahren würdest.«

Er zog eine Augenbraue in die Höhe.

»Sag nichts. Ich hatte Zeit, nachzudenken. Und ob es mir passt oder nicht – es passt mir übrigens nicht –, muss ich mit den Detectives reden, ihnen erklären, was vorgefallen ist. Nicht zuletzt möchte ich wirklich gern mein Handy und meine Papiere zurückhaben, damit ich mit Leuten reden und mir einen fahrbaren Untersatz beschaffen kann. Ich will dir schließlich nicht ewig auf die Nerven gehen.«

»Nicht?« Das schiefe Grinsen erschien auf seinen Lippen.

»Nein.« Es sollte wohl ungehalten klingen, doch auch sie musste unweigerlich lächeln, und für den Bruchteil einer Sekunde bedauerte er, dass er ihr nicht trauen durfte.

KAPITEL VIERUNDZWANZIG

Ohne das Licht anzumachen, rollte Chad an den Bettrand und öffnete die Schublade seines Nachttischs. Er wollte Brittlynn nicht wecken, wollte keinen Streit. Er warf einen Blick über die Schulter und sah im dämmrigen Schlafzimmerlicht, dass seine Frau ihm den Rücken zugewandt hatte und gleichmäßig atmete. Die alte Heizung gluckerte leise, ein verlässliches Hintergrundgeräusch.

Gut.

Die Uhr auf dem Nachttisch leuchtete mattblau. Die Digitalziffern zeigten 3:57 Uhr. Noch früh. Britt würde noch mindestens drei Stunden schlafen, und bis dahin wäre er weit weg, in Washington State, womöglich sogar schon in Idaho. Definitiv außer Landes.

Vorausgesetzt, alles lief wie geplant.

Es musste einfach klappen!

Er strich mit den Fingern über die Lederscheide seines Bowie-Messers, anschließend tastete er nach dem glatten Griff seiner Handfeuerwaffe, eine nette kleine Ruger 9 mm, eine Taschenpistole von unglaublicher Treffsicherheit. Er zog beide Waffen hervor, dann warf er erneut einen Blick auf seine tief und fest schlafende Frau. Lautlos stand er auf und tappte barfuß ins Badezimmer, wo seine Kleidung an einem Haken neben der Tür hing, so wie immer. Eilig zog er Skihose, Pulli und eine Daunenweste über seine Thermounterwäsche und tastete seine Taschen ab, um sich zu vergewissern, dass er die Schlüssel und drei zusätzliche Magazine für seine Pistole bei sich hatte. Sein Handy ließ er liegen, mit Absicht. Er traute Britt durchaus zu, dass sie irgendwo eine versteckte Tracking-App installiert hatte. Aber er musste verschwinden. Spurlos.

Geräuschlos huschte er in das zweite Schlafzimmer, nahm eine Taschenlampe, seine bereits gepackte Reisetasche und die noch nie benutzten Ski aus dem Wandschrank, dann ging er auf die Knie und tastete nach der losen Bodendiele im Schrank. Sie ließ sich leicht lösen. Er griff in die Öffnung und drehte die Hand so lange, bis er das in Plastik eingewickelte Päckchen ertastete, das er an die Unterseite des Wandschrankbodens geklebt hatte. Die Nerven bis zum Zerreißen gespannt, löste er das Päckchen ab, dann legte er die Bodendiele zurück an Ort und Stelle und räumte die Ski wieder in den Schrank.

Immer noch kniend, richtete er den Strahl der Taschenlampe auf das Plastikpäckchen und sah die Rolle Scheine, das Prepaidhandy und mehrere kleine Tüten Gras, die ihm gutes Geld in den Bundesstaaten bringen würden, in denen Marihuana noch illegal war.

Nicht viel, aber für den Anfang musste es genügen.

Er stopfte das Päckchen in eine Tasche seiner Daunenweste.

Etwas streifte seine Wade.

Chad erstarrte.

Was zur Hölle war das?

Eine neuerliche Berührung.

Beinahe wäre ihm das Herz stehen geblieben.

Jeder Muskel seines Körpers reagierte, bevor er realisierte, dass die Katze um seine Beine streifte.

Britts verdammter Kater Jasper! Erleichtert, aber wütend

schob Chad den Stubentiger grob zur Tür, dann stand er auf. Im selben Moment ging die Deckenlampe an und tauchte den kleinen Raum in ein unbarmherziges, grelles Licht.

Brittlynn stand im Türrahmen.

»Was zum Teufel machst du da?«, fragte sie. »O Gott, du schleichst angezogen durch die Gegend und …« Ihr Blick landete auf Chads Reisetasche, die geöffnet auf dem alten Messingbett mit der handgenähten Patchworkdecke ihrer Großmutter lag.

»Wonach sieht es denn aus?«

»Es sieht so aus, als würdest du gehen«, sagte sie vorwurfsvoll. Ihre roten Haare waren zerzaust, ihr Blick schlaftrunken, das Oversized-Shirt, in dem sie immer schlief, ein Souvenir von einem U2-Konzert, zerknittert.

Chad hatte gehofft, er könnte sich aus dem Haus schleichen, ohne sie zu wecken und Dutzende Fragen über sich ergehen lassen zu müssen. Für gewöhnlich schlief sie tief und fest wie eine Tote. Heute Nacht nicht. »Warum bist du wach?«, wollte er wissen.

»Ich musste pinkeln. Spielt das eine Rolle?« Sie reckte ihr spitzes Kinn vor. »Was geht hier vor, Chad?«

Er zog den Reißverschluss der Reisetasche zu. »Wonach sieht es denn aus?«, fragte er erneut.

»Es sieht so aus, als würdest du gehen. Wieder einmal.« Sie zögerte kurz, dann fügte sie hinzu: »Ohne mich.«

»Es ist doch nur für ein paar Tage.«

»Wie lange sind ›ein paar Tage‹ genau?«

»Das weiß ich noch nicht.« Er versuchte, ein zuversichtliches Lächeln aufzusetzen, aber es wollte ihm nicht gelingen.

»Du wolltest mir nichts davon sagen!« Zorn trat in ihre Augen. »Du wolltest dich mitten in der Nacht davonstehlen. Scheiße, Chad, ich fasse es nicht!«

»Natürlich will ich dir davon erzählen«, log er und versuchte, die plötzlich explosive Stimmung zu entschärfen. »Ich wollte dich nur nicht aufwecken.«

»Was hattest du dann vor? Mir eine Nachricht auf den Küchentisch legen?«

Er spürte, wie er sauer wurde. Er hatte keine Zeit für diesen Unsinn. »Ich weiß es nicht, Britt. Ich muss weg.«

»Was ist mit der Arbeit?«

»Ich habe für eine Vertretung gesorgt. Lance schiebt eine Zusatzschicht. Kann das Geld gut gebrauchen.«

»*Wir* können das Geld gut gebrauchen. Was zur Hölle denkst du dir dabei?«

»Geh einfach wieder ins Bett, okay? Ich kriege das schon auf die Reihe.«

»Pah, *was* kriegst du auf die Reihe?«, fragte sie, als er sich den Riemen der Reisetasche auf die Schulter schob und an ihr vorbeidrängte. »Was geht hier vor?«, schrie sie und stürmte ihm nach.

An der Hintertür in der Küche blieb er stehen und zog seine Stiefel an.

»Geh nicht, Chad. Bitte geh nicht!«

»Ich muss.«

»Aber warum?« Und dann kam ihr offenbar ein Gedanke. »Es ist wegen Jonas McIntyre, stimmt's?« Sie drückte auf den Lichtschalter. Die orangefarbenen Resopalschränke glänzten im grellen Licht. Neben dem Herd war ein kleines Stück von der Arbeitsplatte abgesprungen.

»Er ist wieder draußen.«

»Er ist im Krankenhaus. Ich glaube nicht, dass er eine Bedrohung darstellt.«

»Ich muss los.« Er schnürte seine Stiefel, dann richtete er sich auf. Der Kater sprang auf die Anrichte. Brittlynn hob ihn hoch und drückte ihn an sich. »Glaubst du wirklich, dass

Jonas dich fertigmachen will? Ich dachte, wir hätten darüber gesprochen!«

»Seinetwegen mache ich mir keine Gedanken.«

Sie wirkte nicht überzeugt. »Tatsächlich nicht?«

»Er ist nicht das Problem.« Er nahm die alte Winchester seines Großvaters von einem Haken neben der Hintertür.

»Sondern?«

»Die Polizei. Du weißt, was Margrove, dem Anwalt, zugestoßen ist?«

»Damit hast du nichts zu tun.« Ihre Hand verharrte über Jaspers Rücken. »Oder?«

»Na toll, jetzt zweifelst du auch schon an mir. Verdammt noch mal, Britt! Sein Trailer steht nur zwei Meilen Luftlinie von hier entfernt im Wald – da liegt es auf der Hand, dass die Cops herkommen und schnüffeln. Sie haben bereits bei der Arbeit angerufen und sich bei Ted nach mir erkundigt!«

»Na und? Man hat dich auch damals wegen der Morde am Cold Lake vom Haken gelassen. Ich habe dir ein Alibi gegeben.« Ein feines Lächeln umspielte ihre Lippen, ihre grünen Augen glitzerten diabolisch – etwas, was ihn vom ersten Moment an fasziniert hatte. »Und das werde ich auch jetzt tun.« Langsam, beinahe sinnlich kraulte sie Jasper, den kleinen Stubentiger. Das viel zu große T-Shirt rutschte von ihrer Schulter und gab die nackte Haut frei. Provokant. Unwiderstehlich. Was sie ganz genau wusste. Mit einem lasziven Lächeln schlenderte sie auf ihn zu, ihren Blick mit seinem verschränkt. »Ich werde behaupten, du wärst die ganze Zeit über bei mir gewesen.«

Verführerisch. Das war sie. Unberechenbar. In der einen Minute sinnlich-heiß, in der anderen eiskalt. Süß und liebevoll und ach-so-sexy, bis sie einem in den Rücken fiel. Das hatte ihn zu ihr hingezogen, schon damals, in der Highschool. Sie steckte voller Überraschungen, war die geborene

303

Intrigantin. Ja, Brittlynn hatte eine dunkle Seite an sich, die ihn faszinierte.

Doch heute Nacht durfte er sich nicht in ihren Bann ziehen lassen. Ihr Plan, ihm ein falsches Alibi zu geben, würde nicht aufgehen. Bislang hatte sie hinter ihm gestanden, zwanzig gottverdammte Jahre lang. Doch damals war sie ein junges Mädchen gewesen, vierzehn, hoffnungslos in ihn verliebt, während jetzt eine Frau Mitte dreißig mit eigenem Kopf, eigenen Plänen vor ihm stand.

Er wollte nicht, dass sie wütend auf ihn war, deshalb sagte er: »Hör mal, Britt, mir gefällt das selbst nicht, aber es muss sein.«

»Was? Dass du davonläufst?« Sie verzog die Lippen zu einem Schmollmund.

»Nenn es, wie du willst.«

»Und was ist, wenn die Polizei herkommt?«, fragte sie. »Was soll ich sagen?«

»Sag die Wahrheit: Du hast keine Ahnung, wo ich bin und wann ich zurückkomme.« Er öffnete die Tür.

»Was, wenn sie mich nach dem Massaker von damals fragen?«

»Du hast mir geschworen, dass du niemanden umgebracht hast«, jammerte sie mit schreckgeweiteten Augen. Chad sah die Zweifel, die sich darin spiegelten.

»Ich komme zurück«, versprach er und hauchte ihr einen Kuss auf die Schläfe. Dann trat er durch die Hintertür hinaus in die Nacht. Die Lüge hing zwischen ihnen in der Luft, als er die Tür hinter sich zuzog.

Die Nacht war kurz gewesen.

Zu kurz.

Thomas trat in die Pedale des Fitnessrads in dem provisorischen Sportstudio in seiner Garage, als würde sein Leben davon abhängen. Schneller und schneller. Keuchend und schwitzend, obwohl seine Beinmuskeln schmerzhaft protestierten. Er hatte ein Handtuch um den Nacken gelegt und starrte auf einen Flachbildfernseher, den er über seiner Drückbank aufgehängt hatte, doch weder die Worte des Nachrichtensprechers noch die Beiträge der Reporter, die über den Schneesturm und die immer schlechter werdenden Straßenbedingungen berichteten, drangen wirklich zu ihm vor. Seine Gedanken kreisten in aberwitziger Geschwindigkeit um den Fall, ohne zum Ziel zu gelangen – genau wie die Räder des Fitnessrads.

Er hatte bis nach Mitternacht über den alten Akten gebrütet und krampfhaft versucht, den Mord an Merritt Margrove mit dem Massaker vor zwanzig Jahren in Verbindung zu bringen. Er war von Jonas McIntyres Schuld überzeugt gewesen, überzeugt davon, dass er es verdient hatte, für den Rest seines Lebens im Gefängnis zu verrotten, doch nun beschlichen ihn Zweifel.

Das Ganze ging ihm unter die Haut. Wenn ihn ein Fall wie dieser beschäftigte, drehte sich sein Unterbewusstsein um nichts anderes mehr, raubte ihm den Schlaf und spielte ihm üble Streiche. Letzte Nacht hatte er sich geschlagene fünf Stunden hin und her gewälzt, von unruhigen Träumen geplagt. Bilder von toten Menschen wie aus einem Horrorfilm waren an seinem inneren Auge vorbeigezogen. Irgendwann hatte er genug gehabt und beschlossen, in seinem »Heimstudio« – genauer gesagt, auf dem leeren Stellplatz, auf dem früher Daphnes Wagen gestanden hatte – gegen seine Dämonen anzukämpfen.

Nach etwa fünfundvierzig Minuten stieg er vom Rad, wischte sich mit dem Handtuch den Schweiß von der Stirn und ließ sich auf die Matten fallen, die er auf dem Boden ausgelegt hatte.

Eine ganze Weile hatte er Daphnes Stellplatz frei gelassen. Erst als er erfuhr, dass sie nach Austin, Texas, umgezogen war, um mit einem Mann zusammenzuleben, den sie im Internet kennengelernt hatte, war ihm klar geworden, dass er den Anblick des nackten Betons mit den Ölflecken nicht länger ertragen konnte. Der leere Stellplatz war eine permanente Erinnerung an das, was er verloren hatte, daher hatte er beschlossen, ihn aktiv zu nutzen.

Thomas beendete sein tägliches Work-out mit fünfzig Curls, hundert Liegestützen und einer Unterarmstütze, die er so lange hielt, bis sein ganzer Körper zitterte. Anschließend griff er erneut zu seinem Handtuch, um sich den Schweiß abzuwischen.

Er hatte Daphne nicht verloren, rief er sich vor Augen. Die Wahrheit war, dass er sie förmlich zur Tür hinausgeschoben hatte. Sie hatte ihm vorgeworfen, seinen Job mehr zu lieben als sie – gegen diese Leidenschaft würde sie niemals ankommen, und sie wäre es satt, es ständig zu versuchen. Mit Tränen in den Augen war sie in ihren Honda gestiegen und aus der Garage gefahren. Das war an einem Augustmorgen vor rund drei Jahren gewesen.

Er sah noch genau die flirrende Hitze über der Einfahrt vor sich, die vertrockneten Blätter der Setzlinge, die sie zwei Jahre zuvor gepflanzt hatte, den braunen Rasen. Er hatte auf der Veranda gestanden und beobachtet, wie das Garagentor herunterrollte, ehe sie die Fernbedienung aus dem offenen Fenster auf die Pflastersteine schleuderte.

Sie war nicht zurückgekommen.

Zunächst war er wütend gewesen – auf sich selbst, auf sie, auf die ganze Welt.

Dann hatte er gewartet. Hatte sich gewünscht, dass sie in sein Leben zurückkehrte.

Hatte angerufen, doch sie war nicht drangegangen.

Hatte ihr Textnachrichten und E-Mails geschickt, die sie nicht beantwortete.

Und dann hatte ihm ein gemeinsamer Freund von ihrem Neuen berichtet und dass sie längst in einem anderen Bundesstaat lebte.

Daraufhin hatten die Matten, das Fitnessrad, die Drückbank und ein Boxsack in die Garage Einzug gehalten. Die Alternative wären Zigaretten, Kaffee, Whiskey und seelenlose One-Night-Stands gewesen, und das wollte er nicht. Nicht mehr, diese Zeiten lagen hinter ihm. Erst eine Weile später hatte er sich mit Sheila Keegan eingelassen. Eine heiße Affäre, die gute sechs Monate gedauert hatte. Sosehr sie ihm mitunter auf die Nerven ging – er musste lächeln, wenn er an sie dachte. Sheila war clever, lustig und sexy – und sie hatte ihm geholfen, Daphne und das Selbstmitleid, in dem er sich so ausgiebig suhlte, zu überwinden. Vielleicht war es ein Fehler gewesen, mit ihr zusammen zu sein, aber so war es nun einmal. Jetzt konnte er ohnehin nichts mehr daran ändern.

Seine jüngste Anschaffung war der Fernseher. Im Augenblick flackerten Bilder des Whimstick General Hospital über den Bildschirm. Eine Handvoll Jonas-Fans verharrte noch immer vor dem Eingang, hielt Schilder hoch und forderte lautstark die Entlassung ihres Propheten. Die Kamera schwenkte auf Sheila in ihrer roten Jacke, die Mia Long ein Mikrofon entgegenreckte, das typische, allzeit bereite Lächeln auf den Lippen. Genau wie bei dem Gespräch mit ihm und Johnson vor Jonas McIntyres Krankenzimmer reckte Mia trotzig, beinahe herausfordernd das Kinn vor.

»Was genau hoffen Sie zu erreichen?«, fragte Sheila.

»Gerechtigkeit«, antwortete Mia mit starrem Blick in die Kamera. »Jonas McIntyre hat zwanzig Jahre lang im Gefängnis gesessen wegen Verbrechen, die er nicht begangen hat. Verbrechen, bei denen er Opfer, nicht Täter war.«

»Mittlerweile ist er wieder auf freiem Fuß.«

»Die Jahre, die er verloren hat, wird er niemals zurückbekommen.« Mias Augen blitzten. »Ein halbes Leben, Zeit, die der wahre Mörder – die wahre Mörderin – als freier Mensch verbringen konnte. Wir werden erst Ruhe geben, wenn der Fall wirklich aufgeklärt und Jonas von sämtlichen Vorwürfen reingewaschen ist.« Die Jonas-Fans jubelten, reckten ihre Schilder in die Luft und forderten lautstark: »Gerechtigkeit für Jonas!«

»Hat Gerechtigkeit ihren Preis? Ich habe gehört, dass Jonas McIntyre das County auf dreißig Millionen Dollar verklagen will.«

Mias Mundwinkel verzogen sich zu einem zynischen Lächeln. »Freiheit ist unbezahlbar.«

»Vielen Dank, Ms Long.« Sheila wandte sich direkt der Kamera zu, die nun auf ihr Gesicht zoomte, und gab einen kurzen Abriss über die Ereignisse, die zu Jonas' Inhaftierung geführt hatten, wobei sie auch das Verschwinden seiner Stiefschwester Marlie nicht unerwähnt ließ. Anschließend kam sie auf den Mord an Jonas' ehemaligem Strafverteidiger zu sprechen. »Die Ermittlungen im Mordfall Merritt Margrove dauern an. Sollten Sie über sachdienliche Informationen verfügen, wenden Sie sich bitte an die örtlichen Behörden.« Telefonnummer und E-Mail-Adresse des Departments flackerten auf dem Bildschirm auf. »Und damit zurück zu Ned ins Studio.«

Thomas schaltete den Fernseher aus und ging die beiden Stufen hinauf, die zum Hauswirtschaftsraum führten, von dem aus man in den Bungalow gelangte.

Im Bad zog er sich aus, warf die Sportkleidung in den überquellenden Wäschekorb und trat unter die Dusche.

Frisch rasiert und angezogen verließ er eine halbe Stunde später das Haus und machte sich auf den Weg ins Department. Um diese frühe Uhrzeit herrschte nur wenig Verkehr, ein Schneepflug schob Schnee und Eis zu großen Haufen am Straßenrand zusammen. Überall blinkte festliche Weihnachtsbeleuchtung und spiegelte sich glitzernd im gräulichen Schnee.

Eine Stunde vor Schichtwechsel saß er bereits am Schreibtisch und versuchte, die kurze Zeitspanne, bevor die Telefone, Faxe und Drucker zum Leben erwachten, so effizient wie möglich zu nutzen.

Er hatte einen der Kriminaltechniker gebeten, eine Simulation anzufertigen, wie Marlie Robinson heute, zwanzig Jahre nach ihrem Verschwinden, aussehen könnte. Der Techniker hatte Marlies Führerscheinbild als Vorlage genommen. Das Bild, das er Thomas geschickt hatte, zeigte eine schöne junge Frau mit einem ovalen Gesicht, umrahmt von lockigen blonden Haaren, großen blauen Augen und einer langen, geraden Nase – eine Frau, die, abgesehen von einem kleinen Grübchen im Kinn, fast genauso aussah wie ihre Mutter, Zelda McIntyre.

»Was ist bloß mit dir passiert?«, fragte er das Bild auf dem Monitor, obwohl er insgeheim davon überzeugt war, dass die damals Siebzehnjährige ebenfalls in jener Nacht oder kurz danach gestorben war. Man hatte Blutspuren am Tatort gefunden und mit der DNA eines Haars aus ihrer Bürste abgeglichen. Das Blut stammte eindeutig von Marlie Robinson, aber die Menge genügte nicht, um auf eine ernsthafte Verletzung schließen zu können. Es sei denn, sie hätte die Wunde abgebunden und die Blutung so vorübergehend gestillt, bevor sie die Flucht ergriff.

Abwesend nahm er einen Bleistift zur Hand und klopfte mit dem Radiergummiende auf die Schreibtischplatte, während er gleichzeitig mögliche Alternativen durchspielte.

War Marlie tatsächlich entkommen, nachdem sie Kara auf

dem Dachboden eingeschlossen hatte? War sie vor dem Killer geflohen und außerhalb des Hauses getötet worden? Wenn das der Fall war, konnte Jonas McIntyre unmöglich der Täter sein.

Er drehte den Bleistift zwischen den Fingern. War das möglich? Hatten er und seine Kollegen sich wirklich so täuschen können?

Wenn das Mädchen tot war, wo zum Teufel war ihre Leiche? Wieso hatten all die Suchtrupps, die Hundestaffeln nie eine Spur von ihr gefunden?

Oder hatte sie die Attacke irgendwie überlebt?

Wie immer, wenn er an die Tragödie dachte, gingen ihm dieselben Fragen durch den Kopf: Warum hatte Marlie ihre kleine Schwester versteckt? Warum war sie nicht bei Kara auf dem Dachboden geblieben, wo sie vermutlich in Sicherheit gewesen wäre? War Marlie auf irgendeine Art und Weise in die Ereignisse involviert? Hatte der Killer sie bewusst verschont, und wenn ja, warum?

Hatte Jonas McIntyre all die Jahre über die Wahrheit gesagt?

Er nahm sich noch einmal die Aussage des Jungen vor, die er schon tausend Mal gelesen hatte.

Irgendetwas passte nicht zusammen.

Jetzt war auch noch sein damaliger Strafverteidiger tot, und der Mann, dessen Aussage den Ausschlag für Jonas McIntyres Entlassung gegeben hatte, lag mehr tot als lebendig in einer Klinik in Omaha, Nebraska, fünfzehnhundert Meilen entfernt.

Wie praktisch.

Thomas steckte den Bleistift zurück in den Köcher und ging in den Pausenraum. Auf der Warmhalteplatte der Kaffeemaschine entdeckte er eine halb volle Glaskanne, die wahrscheinlich schon die ganze Nacht über dort gestanden hatte, und beschloss, lieber eine Dose Cola light aus dem Automaten im Gang zu ziehen. Er wurde das Gefühl nicht los, dass er etwas übersah, etwas Entscheidendes. Gedankenverloren riss er die Dose auf und nahm einen großen Schluck. Er bemerkte kaum, wie die Kollegen von der Tagschicht die von der Nachtschicht ablösten, und nickte automatisch zur Begrüßung oder zum Abschied, wenn jemand an ihm vorbeiging.

Was war es bloß, was er nicht zu fassen bekam?

Hatte es etwas mit Merritt Margroves Tod zu tun?

War Jonas tatsächlich der Täter?

Doch was hätte sein Motiv sein können?

Rache schied aus, es sei denn, Jonas machte den Anwalt, der ihn nie aufgegeben hatte, für seine Inhaftierung verantwortlich.

Hatte der wahre Killer ihn in eine Falle gelockt?

Thomas kehrte in sein Büro zurück und rief die Tatortfotos auf, wobei er den Bildschirm in zwei Hälften teilte: auf der einen Seite die Aufnahmen von Margrove im Trailer, auf der anderen die der Opfer in der McIntyre-Hütte. Der Mörder hatte Margrove die Kehle aufgeschlitzt, von einer Seite zur anderen, genau wie es damals bei Donner, Zelda und Samuel geschehen war. Sam jr. hatte Stichwunden am Oberkörper und in den Beinen; er war verblutet, weil die Schneide die Oberschenkelarterie seines rechten Beins durchtrennt hatte. Jonas' Wunden waren eher oberflächlich gewesen, doch seine linke Wade war bis zum Schienbein aufgeschnitten, außerdem hatte er sich den Kopf angestoßen, was zu einer vorübergehenden Bewusstlosigkeit geführt hatte.

Marlies Blut hatte man neben dem Kamin und am Weihnachtsbaum sicherstellen können, ganz in der Nähe von Donner.

Nur ein paar Tropfen.

Kein Blutverlust, der tödlich gewesen wäre.

Thomas durchforstete das Internet und nahm sich ein paar der alten Zeitungsartikel und Videos von Fernsehberichten vor. Er klickte ein Video an und sah Officer vom Department, die meisten von ihnen inzwischen im Ruhestand, außerdem die Deputies Randall Isley und Archer Gleason, beide aus der Ferne von der Kamera eingefangen. Gleason stach durch seine Größe ins Auge, seine durchtrainierte Statur. Damals hatte er noch keine Glatze gehabt. Eine Sequenz zeigte, wie er mit Isley sprach, beide Männer standen neben einem der Rettungsfahrzeuge in der Einfahrt des Ferienhauses am Cold Lake, einen grimmigen Ausdruck im Gesicht.

Das nächste Video, das er aufrief, war ein Appell von Walter Robinson an die Öffentlichkeit, die Suche nach seiner Tochter Marlie zu unterstützen. »Bitte«, sagte er flehentlich und blickte direkt in die Kameralinse, »wenn Sie irgendeinen Hinweis auf den Aufenthaltsort meiner Tochter haben, wenden Sie sich an die Polizei.« Er schluckte, dann erschien ein Foto des verschwundenen Mädchens auf dem Bildschirm, eine Aufnahme aus dem Jahrbuch der Highschool. Blonde Haare, die wellig auf ihre Schultern fielen, ein fröhliches Blinzeln in den Augen … Die Ähnlichkeit mit der Frau auf dem Führerscheinfoto, das der Techniker mit einer Alterungssoftware bearbeitet hatte, war nicht zu übersehen.

Thomas erstarrte und fror das Bild ein. Wieso war er nicht eher darauf gekommen?

Verdammt, das konnte doch nicht wahr sein!

Er vergrößerte das Foto. Seine Überzeugung wuchs, die Frau, zu der Marlie Robinson herangewachsen war, erst vor Kurzem gesehen zu haben. In Fleisch und Blut.

Himmelherrgott, war sie etwa wirklich noch am Leben?

KAPITEL FÜNFUNDZWANZIG

W o um alles auf der Welt hast du gesteckt? Ich habe mir schreckliche Sorgen gemacht, Kara. Du hast die Klinik auf eigene Verantwortung verlassen? Entgegen ärztlichem Rat? Was hast du dir bloß dabei gedacht?« Faizas Stimme am anderen Ende der schnurlosen Verbindung klang angespannt. »Ist das deine neue Nummer?«

»Nein«, entgegnete Kara eilig. Sie benutzte Tates Telefon. Sie hatte angerufen, aber natürlich war ihre Tante nicht drangegangen. Also hatte Kara ihr auf die Mailbox gesprochen und eine Textnachricht geschickt, und binnen Minuten hatte Faiza zurückgerufen. »Ich bin bei einem Freund. Ich rufe von seinem Telefon aus an.«

Sie saß auf der Kante von Tates Bett, den Hörer in einer Hand, während sie mit der anderen Rhapsodys Kopf tätschelte.

»Von *seinem* Telefon?«, wiederholte ihre Tante. »Was für ein Freund?«

Kara hatte keine Lust, Faizas Frage zu beantworten. »Ist doch egal. Rhapsody ist bei mir, und ich werde mit der Polizei reden und mein Handy abholen.«

»Und dann?«

»Dann werde ich die Versicherung anrufen und mich um einen Leihwagen kümmern.«

»Was ist mit deinem Bruder?«, fragte Faiza. In ihrer Stimme schwang unverhohlener Abscheu mit. »Ich habe gehört, dass Jonas einen Anwalt engagiert hat, einen *neuen* Anwalt, und dass er eine Klage gegen mich anstrengen will. Ich möchte dich vor ihm warnen, Kara. Ich kann mir denken, dass er mit dir gesprochen hat. Er ist gefährlich, Kind. Immer schon gewesen.«

»Woher hat er auf die Schnelle einen neuen Anwalt bekommen?«, fragte Kara perplex. »Ist er denn nicht mehr im Krankenhaus?«

»Das weiß ich nicht, aber ich denke, jemand aus seinem Online-Fanclub hat das für ihn erledigt. Ich habe die Chatverläufe gelesen ...«

»Warte, *du* bist in diesem Facebook-Fanclub?« Kara war fassungslos. Das passte so gar nicht zu ihrer Tante.

»Ich muss schließlich auf dem Laufenden bleiben!«, verteidigte sich Faiza.

Wie lautete noch gleich das berühmte Zitat aus dem Film *Der Pate?* »Halte deine Freunde nahe bei dir, aber deine Feinde noch näher.« Diesen Rat schien Tante Fai zu befolgen.

»Wenn du mich fragst«, polterte sie weiter, »hätte Jonas niemals auf freien Fuß kommen dürfen. Genau das ist nämlich der Knackpunkt: Wäre er immer noch im Gefängnis, wäre nichts von all dem Folgenden passiert. Merritt wäre noch am Leben, und du wärst nicht in diesen schrecklichen Autounfall verwickelt worden.« Sie seufzte. »Deine Mutter hat ihn nie leiden können.«

»Jonas?« Das wusste Kara. Sie hatte ihre Eltern häufig wegen Jonas und Donner streiten hören. Mama hatte behauptet, Jonas würde kurz vor dem Abgrund stehen, er würde sich heimlich davonstehlen, wenn er glaubte, keiner würde es bemerken, und Gott weiß was tun: kriminelle Dinge, die mit Drogen und Gangs zu hatten, wenn er nicht gerade alles vögelte, was nicht bei drei auf den Bäumen war. Sie hatte Daddy vorgeschlagen, Jonas auf eine Militärschule zu schicken, wo man ihn schon zurechtstutzen würde, bevor er in ernsthafte Schwierigkeiten geriet. Daddy hatte dagegengehalten, dass Jonas volljährig war, woraufhin Mama laut auflachte und sagte: »Wer zahlt, bestimmt die Musik.« Ihr Vater war wütend geworden und hatte darauf beharrt, dass Donner Jonas ständig provozierte und dass Donner, nicht Jonas, das Problem war. Dann hatte er Kara entdeckt, die sich im Flur herumdrückte, und die Tür geschlossen. Als sie kurz darauf zu Abend gegessen hatten, stritten ihre Eltern nicht mehr, aber sie waren noch sauer aufeinander. Mama war höflich, aber frostig und kurz angebunden gewesen, und Daddy wurde stiller und stiller, wie immer, wenn er zu viel getrunken hatte. Wieder einmal.

»Zelda hat mir erzählt, Jonas wäre … wie hat sie sich noch gleich ausgedrückt? Warte, gleich fällt es mir wieder ein … Er wäre ›nicht ganz richtig im Kopf‹, das hat sie gesagt. Nachdem er Donner attackiert hatte, fürchtete sie sogar, er wäre ›komplett irre‹. Donner war ihr ganzer Stolz, musst du wissen, ihr Augenstern. Walter wollte ihr den Jungen bei der Trennung wegnehmen, aber das hat Zelda, Gott hab sie selig, nicht zugelassen.«

»Walter hat Mama vor Gericht gezerrt?«, fragte Kara.

»Aber ja. Wusstest du das nicht?«

»Wegen Donner?«

»Ja.«

»Und was war mit Marlie?«, wollte Kara wissen.

»Oh, Walter wollte sie ebenfalls zu sich nehmen, aber Zelda wollte nichts davon hören, und gegen Samuels Geld kam Walters Anwalt nicht an. Er hatte keine Chance. Ihm war klar, dass Marlie darauf bestehen würde, bei ihrer Mutter zu bleiben, aber er dachte, er könnte Donner dazu überreden, sich für ihn zu entscheiden. Was Donner nicht getan hat.« Sie schnaubte. »Versteh mich nicht falsch, Walter war ein guter Mann. Hat seinem Land gedient, hart gearbeitet, und er war erfolgreich als Elektriker, hatte sogar eine Fortbildung zum Elektrotechniker gemacht, aber mit deinem Vater konnte er nicht mithalten. Das war gar kein Vergleich. Keine Ahnung, was aus ihm geworden ist …« Sie lachte trocken. »Marlie und Donner waren gute Kinder. Nicht wie Samuels Jungs. Der Ältere, Sam jr., war ja ganz nett, aber Jonas … Ein mieser Kerl, von Anfang an.«

Für Faiza hatte immer festgestanden, dass Jonas für die Morde verantwortlich war, doch anstatt sich erneut darüber auszulassen, wechselte sie abrupt das Thema. »Dann kommst du also nach Hause?«

»Nach Hause« bedeutete in die Villa in den West Hills.

»Wenn du damit meinst, ob ich nach Portland komme, lautet die Antwort Nein, Faiza. Ich wohne hier. In Whimstick. Und ich werde so bald wie möglich in mein eigenes Haus zurückkehren.«

»Ach Kara, die Villa gehört dir«, hielt ihre Tante dagegen. »Du gehörst hierher.«

Ganz bestimmt nicht. Kara würde niemals wieder in dieses Haus ziehen. »Die Villa gehört mir nicht«, widersprach sie.

»Aber bald. Am Tag deines achtundzwanzigsten Geburtstags.«

»Mir *und* Jonas«, stellte sie kurz und knapp klar. Faiza zog scharf die Luft ein.

»Nicht, wenn er wieder hinter Gitter wandert. Im Testament ist eindeutig festgeschrieben, dass Samuels Kinder vom Erbe ausgeschlossen sind, wenn sie Drogen nehmen oder eine Haftstrafe verbüßen.«

Kara war nicht überrascht, wie gut ihre Tante sich auskannte. Als Kind hatte sie nicht begriffen, dass sich Faiza zusammen mit Roger Sweeney deshalb lediglich an *Karas* Erbe bediente, genau wie es, laut Jonas, auch Merritt Margrove getan hatte – eine bittere Pille.

»Ich würde dich gern sehen«, sagte Faiza plötzlich und gab sich alle Mühe, fröhlich zu klingen. »Wie wäre es, wenn ich eine Geburtstagsparty für dich schmeiße?«

»Wie bitte? Nein! Bloß nicht!« Das Letzte, was Kara momentan wollte, war, noch mehr Aufmerksamkeit auf sich zu ziehen. »Nein.«

»Du könntest ein bisschen Spaß gut gebrauchen, Kara, und ich ebenfalls, von Roger ganz zu schweigen.«

»Vergiss es.« Kara schnaubte. »Ich muss jetzt auflegen, Tante Fai. Mir war nur wichtig, dir mitzuteilen, dass es mir gut geht. Mein Freund braucht das Telefon.« Noch bevor Faiza irgendwelche Einwände erheben konnte, unterbrach Kara die Verbindung und stand auf. Jetzt konnte sie einen Drink gebrauchen.

Thomas machte sich gerade Notizen zu den Aussagen von damals, als Johnson mit einer Gruppe von Kollegen das Department betrat und an seiner offenen Bürotür vorbei in Richtung Pausenraum ging, um sich wie jeden Morgen einen Becher Kaffee zu holen. Inzwischen hatte er Chad Atwater ausfindig gemacht, der als Skilehrer bei einer Skischule am Mount Hood arbeitete, außerdem Silas Dean, der den Winter in Scottsdale, Arizona, einem Vorort von Phoenix, verbrachte und die Sommermonate in Bend, der größten Stadt in Central Oregon. Er hatte erwartet, Dean im Süden anzutreffen, aber er war tatsächlich in der Gegend, da er das Weihnachtsfest mit seinem Sohn und den Enkeln verbringen wollte, die in Hood River in Oregon lebten. Bis zu Margroves Trailer waren es nicht mehr als zwei Stunden mit dem Auto, vorausgesetzt, die Straßenverhältnisse waren nicht allzu schlecht. Um diese Jahreszeit waren häufig bestimmte Strecken witterungsbedingt gesperrt.

Er stand auf und eilte hinüber in Johnsons Büro, die gerade erst an ihrem Schreibtisch Platz genommen hatte und den Computer startete. »Wir fahren noch einmal ins Krankenhaus«, sagte er, »und anschließend schauen wir in Margroves Kanzlei vorbei. Wenn ich mich dort umgesehen habe, werde ich mich mit Silas Dean, Faiza Donner und Chad Atwater unterhalten. Bislang ist es mir nicht gelungen, Kara McIntyre aufzuspüren, aber sobald wir sie gefunden haben, landet sie ganz oben auf meiner Liste.«

»Moment, Moment … warte mal 'ne Sekunde. Ich muss erst einen Schluck Kaffee trinken.« Aramis Johnson unterdrückte ein Gähnen. Sie war kein Morgenmensch, das wusste Thomas, aber er wusste auch, dass sie oft Überstunden machte, nicht selten bis spät in die Nacht, sofern es der Tagesplan ihres Sohnes zuließ.

»Nimm den Becher mit, du kannst deinen Kaffee im Auto trinken.«

»Gib mir zehn Minuten, dann trinke ich ihn jetzt, während ich meine E-Mails checke.«

Thomas nickte, kehrte in sein eigenes Büro zurück und zog seine warme Jacke an.

Sie trafen sich auf dem Parkplatz. Thomas setzte sich ans Steuer und lenkte den Chevy Tahoe unter dem bleigrauen Himmel durch den nun schon dichteren Verkehr zu einem Drive-through-Kaffeekiosk fünf Blocks vom Whimstick General Hospital entfernt. Je mehr Koffein, desto besser war seine Partnerin drauf. Und tatsächlich: Als er den Wagen auf dem Parkplatz vor dem Krankenhaus abstellte, hatte sich ihre Stimmung schon gehoben.

Gemeinsam fuhren sie mit dem Aufzug in den zweiten

Stock, wo der uniformierte Deputy wie zuvor auf einem Stuhl im Gang vor Jonas McIntyres Krankenzimmer saß. »Sein Anwalt ist bei ihm«, teilte er ihnen mit.

»Sein Anwalt ist tot«, hielt Johnson stirnrunzelnd dagegen.

»Nicht Margrove. Er hat einen neuen. Eine Frau.«

»Jetzt schon?«, fragte Johnson überrascht. »Das geht ja schnell.«

»Wie gesagt: Sie ist bei ihm.« Der Deputy deutete mit dem Daumen auf die geschlossene Tür. »Ein ganz schön harter Knochen. Lässt niemanden zu ihm.«

Thomas zögerte nicht lange, klopfte an und betrat das Krankenzimmer, ohne ein »Herein!« abzuwarten. Johnson folgte ihm. Jonas McIntyre lag auf dem Bett, einen dunklen Bartschatten auf den fahlen Wangen, mehrere kleinere Hämatome im Gesicht. Neben dem Bett stand ein Tropf, der über einen durchsichtigen Schlauch mit seinem Handgelenk verbunden war, ein Monitor zeigte seine Vitalwerte an.

Bei ihm, ins Gespräch vertieft, stand eine schlanke Mittvierzigerin in einem schwarzen Hosenanzug, rosa Bluse und dazu passenden Pumps mit hohen Absätzen. Ihre Züge waren scharf geschnitten, das blonde Haar kurz. Als Thomas eintrat, hob sie den Blick und sah ihn über ihre randlose Brille hinweg an. »Das ist ein Krankenzimmer.«

Thomas hatte bereits seine Dienstmarke gezückt. »Ich bin Detective Cole Thomas, und das ist meine Partnerin, Detective …«

»Es ist mir gleich, wer Sie sind, mein Mandant ist Patient in diesem Krankenhaus, und er wird mit niemandem sprechen. Weder mit der Presse noch mit der Polizei oder sonst wem.«

»Und Sie sind …?«, fragte Johnson.

»Alex Rousseau.« Sie griff in ihre Jacketttasche, zog eine elegante Visitenkarte hervor und reichte sie Thomas. »Nicht Alexis. Nicht Alexandra. Nur Alex.«

»Sie sind aus L. A.?«, fragte Johnson und beäugte die Karte in Thomas' Hand.

»Ich habe auch eine Kanzlei in Portland.«

»Wir müssen Ihrem Mandanten einige Fragen bezüglich der Ermordung seines vorherigen Anwalts stellen.«

»Alles zu seiner Zeit«, entgegnete sie. »Wie Sie sehen, befindet sich Mr McIntyre nach wie vor in ärztlicher Obhut.«

»Schon gut«, krächzte Jonas.

»O nein, Sie werden nichts sagen.« Alex Rousseau schüttelte vehement den Kopf. »Ich rate Ihnen dringend davon ab, mit der Polizei zu reden, bevor …«

»Ich würde das Ganze gern hinter mich bringen«, sagte er und sah Thomas in die Augen. Er drückte auf einen Knopf, und mit einem Summen fuhr das obere Drittel seines Betts in die Höhe, was ihn in eine halbwegs aufrechte Position brachte. »Ich werde eine Aussage machen. Keine Fragen.« Er sah seine Anwältin an, die missbilligend die Lippen schürzte, doch sie nickte kurz.

»Ich habe nichts mit Merritt Margroves Tod zu tun. Ich sollte mich mit ihm treffen, wir waren verabredet. Um zehn. Margrove hat die Zeit und den Ort vorgeschlagen, da er vertraulich mit mir reden wollte. Sie wissen schon – keine Schnüffler, keine Medien. Mia Long, eine Freundin von mir, hat mich an der Sawtooth Road abgesetzt. Ich habe sie gebeten, wieder zu fahren, was sie auch getan hat. Ich wollte sie anrufen, wenn sie mich abholen sollte. Als sie weg war, habe ich an die Wohnwagentür geklopft, doch niemand hat geantwortet. Die Tür war offen, also bin ich hineingegangen. Merritt lag neben dem Sofa auf dem Teppich. Er war bereits tot. Jemand hatte ihm die Kehle durchgeschnitten. Ich wollte gerade gehen, als ich den Motor eines Wagens hörte. Durchs Fenster sah ich meine Schwester. Als sie den Trailer betrat, schlich ich durch die Hintertür nach draußen und versteckte

320

mich auf dem Rücksitz ihres Jeeps. Nach einer Weile kam sie wieder heraus und fuhr zurück Richtung County Road. Eine Weile später habe ich mich aufgerichtet, damit sie mich sah. Kurz darauf hat sie beinahe einen Rehbock überfahren. Sie ist auf die Bremse getreten, der Wagen geriet ins Schleudern, sie hat die Kontrolle verloren und schlidderte auf die Gegenfahrbahn. Dann kam der Sattelschlepper. Ich habe versucht, das Lenkrad herumzureißen, aber es war zu spät. Wir sind in den Abgrund geschossen, und ich bin hier aufgewacht.« Er zögerte, dann fügte er hinzu: »Mehr sage ich nicht.«

»Wir haben dennoch ein paar Fragen an Sie«, sagte Johnson.

Alex Rousseau nickte. »Das kann ich mir vorstellen. Sie können Ihre Fragen später stellen, die Gesundheit meines Mandanten hat jetzt erst mal Vorrang.«

Thomas hätte sie gern herausgefordert, seine Autorität mit ihrer gemessen, aber er war der festen Überzeugung, dass man Fliegen eher mit Honig fing als mit Essig, und er wollte geschickt vorgehen, damit Jonas McIntyre kooperierte, anstatt zu mauern.

»Na schön«, sagte er daher und reichte der Anwältin seinerseits eine Visitenkarte.

»Einen Augenblick noch. Es steht uns durchaus zu, Ihrem Mandanten unter den gegebenen Umständen Fragen zu stellen.« Johnson gab sich nicht so schnell geschlagen. »Wir würden gern noch einmal darauf zu sprechen kommen, was damals in der Nacht des Massakers passiert ist.«

»Mein Mandant wird diesbezüglich keine Fragen beantworten«, erklärte Alex Rousseau mit unnachgiebiger Stimme. »Er wurde freigesprochen.«

»Er wurde *nicht* freigesprochen«, stellte Johnson mit blitzenden Augen klar. »Allerdings kann er nicht zweimal wegen ein und desselben Verbrechens vor Gericht gebracht werden. Warum erzählt er uns also nicht, was damals wirklich geschehen ist?«

»Kein Kommentar.« Rousseau warf Jonas einen warnenden Blick zu, dann richtete sie ihre Aufmerksamkeit auf Johnson. »Verlassen Sie bitte das Zimmer. Beide. Vielen Dank für Ihre Zeit und Ihr Interesse, aber Mr McIntyre braucht jetzt Ruhe.«

»Meine Partnerin hat recht«, sagte Thomas, »wir dürfen Ihren Mandanten befragen, aber es ist auch in unserem Interesse, dass sich Mr McIntyre von seinen Verletzungen erholt. Gute Besserung.«

»Danke.« Rousseau warf Johnson einen vernichtenden Blick zu.

Thomas verließ das Krankenzimmer. Johnson folgte ihm widerwillig.

Zum Glück befanden sie sich bereits im Aufzug und fuhren hinunter in den ersten Stock, als sie explodierte. »Was zum Teufel sollte das?«, blaffte sie mit funkelnden Augen. »Warum hast du dir diese Gelegenheit entgehen lassen? Einfach wegzugehen … Du hast es vermasselt, Thomas. Du weißt, was sie jetzt tun wird, diese ›Nur Alex‹ Rousseau?« Johnson malte mit den Zeigefingern Anführungszeichen in die Luft. »Sie wird unseren Hauptzeugen verschwinden lassen und ihn irgendwo verstecken, wahrscheinlich in Malibu oder Brentwood oder sonst wo in Los Angeles! Ich sage dir, sie hat diesen Fall nur übernommen, weil sie scharf darauf ist, ins Fernsehen zu kommen!«

»Möglich.«

»Unseren Hauptzeugen können wir abschreiben. Und was nun?«

»Wir laden ihn offiziell vor. Außerdem glaube ich nicht, dass sie ihn über die Staatsgrenze schleift.«

»Woher willst du das wissen?«, tobte Johnson. »Und was

zum Teufel nützt uns eine offizielle Vorladung, wenn wir den Mistkerl nicht finden können?« Verzweifelt warf sie die Hände in die Luft. »Herrgott, Thomas, bist du nicht der Kerl, der davon überzeugt ist, dass Jonas McIntyre vor zwanzig Jahren seine Familie abgeschlachtet hat?«

Er nickte.

Der Aufzug hielt im ersten Stock. Die Türen glitten pingend auseinander. »Manchmal muss man sich eben in Geduld fassen.«

KAPITEL SECHSUNDZWANZIG

Die Detectives warteten schon in einem der Vernehmungsräume.

Kara hatte damit gerechnet, in eine kleine Zelle mit Einwegspiegel geführt zu werden, gefilmt von versteckten Kameras, beobachtet von unsichtbaren Augen, die jede ihrer Bewegungen verfolgten und nach Hinweisen Ausschau hielten, dass sie versuchte, die Behörden an der Nase herumzuführen. Sie hatte grelle Neonröhren erwartet, eine nervenaufreibende Tortur, und sie war auf das übliche Guter-Cop/Böser-Cop-Spielchen gefasst, darauf, dass die Detectives sie einschüchtern und ihr jedes Wort im Mund verdrehen würden.

Wie sich herausstellte, hatte sie zu viele Filme aus den 1940ern und 1950ern gesehen.

Sie wurde in einen Raum mit hellgrau gestrichenen Betonwänden geführt, in dessen Mitte ein Tisch mit vier Stühlen stand. An einer Wand verlief direkt unterhalb der Decke eine Reihe von schmalen Fenstern, an der Wand gegenüber hingen gerahmte Aufnahmen von Polizisten des Departments in Uniform.

Zwei Officer erwarteten sie.

Ihr Magen schnürte sich zusammen.

Die beiden Polizisten – Detective Cole Thomas, mit dem

sie telefoniert hatte, und Detective Aramis Johnson – stellten sich vor, schüttelten ihr die Hand, dann boten sie ihr einen Platz ihnen gegenüber an. Vor ihr auf dem Tisch standen eine Flasche Wasser, eine Kanne Kaffee und ein leerer Pappbecher.

Cole Thomas, ein hochgewachsener Mann mit offenem Hemdkragen, lockerer Baumwollhose und marineblauem Sakko, machte einen entspannteren Eindruck als seine Partnerin. Er war sauber rasiert, das grau melierte Haar akkurat geschnitten, schlank und sportlich. Mit seinen tief liegenden, goldbraunen Augen sah er Kara durchdringend an. Jägeraugen.

Aramis Johnson, seine Partnerin, war eine umwerfende Schönheit. Beinahe eins achtzig groß, strahlte sie das Selbstbewusstsein einer attraktiven Frau aus, die sich aufgrund ihres Aussehens den ihr gebührenden Respekt hart hatte erkämpfen müssen. Ihr Lächeln war so angespannt wie das Haargummi, das ihre Locken in einem straffen Knoten zusammenhielt, ihre Wangenknochen waren elegant geschwungen, die Augen so dunkel, dass sie fast schwarz wirkten.

Johnson deutete auf die Getränke vor Kara, bat sie, sich zu bedienen, und erkundigte sich, ob sie lieber eine Limo wollte. Dann teilte sie ihr mit, dass das Gespräch aufgezeichnet würde, und die Befragung begann.

»Wir haben vergeblich versucht, Sie zu erreichen«, sagte Thomas.

Kara nickte. »Das dachte ich mir. Ich war bei einem Freund.«

»Bei welchem Freund?«, wollte Johnson wissen.

Sofort fühlte Kara sich unwohl. Hoffentlich würde die Befragung nicht allzu lange dauern. Die grauen Betonwände machten sie nervös. »Spielt das eine Rolle? Mein Haus wurde belagert, überall waren Reporter!«, behauptete sie, auch wenn sie das nicht mit Sicherheit wusste. Als sie mit Tate da gewesen war, um Rhapsody und ihre Sachen zu holen, war nur ein einziger Fotograf in Sichtweite gewesen, doch Tate hatte sie davor gewarnt, dass sich das schnell ändern konnte. »Ich brauchte einfach etwas Zeit, um mich zu sammeln.«

»Sie hätten anrufen und uns Bescheid geben können.« Johnsons Stimme klang skeptisch.

»Ich habe kein Handy. Es lag im Jeep, ich denke, das wissen Sie. Mein Telefon muss bei Ihnen sein, genau wie meine Handtasche.« Was für ein Spielchen spielten die zwei?

»Ja, die Sachen sind hier.« Thomas nickte. »Sie können sie im Anschluss an dieses Gespräch abholen.«

»Danke.«

»Und Ihr Freund hat kein Telefon?« Wieder Johnson. »Hätten Sie nicht seins benutzen können?«

»Das hätte ich«, räumte Kara ein und spürte, wie sich ihre Nackenmuskeln anspannten. Sie musste sich alle Mühe geben, ruhig zu bleiben. »Wie ich schon sagte: Ich brauchte etwas Zeit für mich.«

Johnson schien das Thema noch weiter verfolgen zu wollen, aber Thomas kam ihr zuvor, indem er sagte: »Erzählen Sie uns doch bitte, was passiert ist, Ms McIntyre. Warum sind Sie zu Merritt Margroves Trailer gefahren?«

»Ich habe ihn gesucht«, erklärte sie. »Ich war schockiert, als ich erfuhr, dass mein Bruder Jonas aus dem Gefängnis entlassen wurde. Ich hatte unzählige Fragen, also habe ich versucht, Margrove telefonisch zu erreichen. Er ging nicht ans Telefon und reagierte auch nicht auf meine Bitten, ihn zurückzurufen. Ich bin zu seiner Kanzlei gefahren, aber dort war er nicht. Celeste, seine Ehefrau, sagte mir, dass er in seinem Wohnwagen an der Sawtooth Road sei. Offenbar zog er sich häufiger in diese gottverlassene Gegend zurück.«

Kara schilderte, wie sie sich über die verschneiten Straßen zu Margroves Trailer durchgekämpft, die Tür unverschlossen vorgefunden und das kleine Wohnzimmer betreten hatte. Sie schauderte, als sie daran dachte, wie sie den toten Merritt in einer Blutlache zwischen Couch und Sofatisch auf dem Boden entdeckt hatte. »Ich bin ausgeflippt«, gab sie zu. »Wusste vor lauter Panik nicht, wo mir der Kopf stand. Es war ein grauenhafter Anblick.«

»Was haben Sie gemacht, nachdem Sie ihn gefunden hatten?«, erkundigte sich Thomas.

»Ich bin weggelaufen.« Sie berichtete, wie sie aus dem Trailer zu ihrem Wagen gestürmt und davongefahren war, zurück in Richtung Stadt. Wie sie auf der geräumten County Road rechts rangefahren war und die Neun-eins-eins angerufen hatte. »Und dann«, sie holte tief Luft, »dann ist Jonas auf der Rückbank aufgetaucht, wie in einem von diesen bescheuerten Horrorfilmen. Ich hätte beinahe einen Herzinfarkt bekommen!«

Sie erzählte den beiden, dass sie um ein Haar einen Rehbock überfahren hätte, dann schilderte sie, wie kurz darauf der Sattelschlepper auf der schmalen Straße auf sie zugeschossen kam. »Danach kann ich mich an nichts mehr erinnern, nicht daran, wie wir von der Straße abgekommen und in den Abgrund geflogen sind, nicht an den Transport ins Krankenhaus. Als ich wieder zu mir kam, lag ich im Bett, hatte eine Naht an der Stirn, und mir tat alles weh, vor allem der Oberkörper. Die Schwestern teilten mir mit, dass Jonas überlebt hatte und ebenfalls im Whimstick General Hospital behandelt wurde, während man den Fahrer des Sattelschleppers nach Portland gebracht hatte.«

»Haben Sie während der Fahrt mit Ihrem Halbbruder gesprochen?«, wollte Johnson wissen.

»Sie meinen, nachdem er mich fast zu Tode erschreckt

hatte? Ja, wir haben geredet. Natürlich. Er hatte Margrove unmittelbar vor mir entdeckt und ist ebenfalls Hals über Kopf geflüchtet – in meinen Jeep. Er hat mir geschworen, dass eine gewisse Mia ihn zum Trailer gebracht und dass er Merritt nicht getötet hat. Er war mit ihm verabredet, weshalb er Mia später anrufen wollte, damit sie ihn abholte. Dazu ist es ja nicht mehr gekommen. Er wollte, dass ich ihn zu Hal's Get & Go bringe, einer Raststätte in der Nähe von The Dalles.«

Thomas räusperte sich. »Haben Sie sonst noch jemanden gesehen?«

»Nein.« Sie schüttelte den Kopf. »Nicht einmal Jonas – bis er auf dem Rücksitz auftauchte.«

»Sie haben nicht auf die Polizei gewartet, obwohl die Notrufkoordinatorin Sie darum gebeten hat«, schaltete sich Johnson dazwischen. Eine Feststellung, keine Frage.

»Das ist richtig. Ich wollte nur noch weg.«

»Hatten Sie Alkohol getrunken?«

Kara dachte an die beiden kleinen Wodkaflaschen, die sie zweifelsohne im Handschuhfach gefunden hatten. Leer.

»Morgens nicht«, log sie. »Aber am Vorabend.«

»Im Auto?«

Kara nickte. »Ja, wie gesagt, am Abend davor, aber nicht während der Fahrt, sondern in der Garage«, wiederholte sie die Lüge. Vor Nervosität hörte sie das Blut in ihren Ohren rauschen. Sie musste raus hier, und zwar so schnell wie möglich!

Johnson zog die Augenbrauen zusammen, aber sie beließ es dabei. »Würden Sie uns von der Nacht des Massakers damals erzählen?«

Das hatte Kara erwartet. Sie nickte. »Allerdings weiß ich nicht mehr als früher. Sie kennen meine Aussage und sicherlich auch die Gerichtsakten.«

Thomas nickte, doch Johnson sagte: »Sie waren damals noch ein Kind. Außerdem hatten Sie angeblich Erinnerungslücken.«

»An Letzterem hat sich nichts geändert.«

Johnson legte den Kopf schief, eine freundliche Art, um auszudrücken, dass sie ihr nicht glaubte. »Sie hatten jahrelang Zeit, über das, was damals passiert ist, nachzudenken, und ich nehme an, das haben Sie zur Genüge getan. Bis heute wird darüber berichtet, es gab sogar einen Fernsehfilm über das Massaker. Irgendetwas muss Ihr Gedächtnis doch getriggert haben!«

»Nein«, entgegnete Kara. Vor ihrem inneren Auge sah sie ihre blutüberströmte Familie vor sich, dann sich selbst, wie sie in den dunklen, eisigen Tiefen des Cold Lake um ihr Leben kämpfte. Unwillkürlich fing sie an zu zittern. Hektisch fuhr sie sich über die Augen, in denen plötzlich Tränen standen. »Ich verlor das Bewusstsein, nachdem ich ins Eis eingebrochen war, und als ich wieder zu mir kam, teilte man mir mit, dass der Mann, der mich durch die Dunkelheit gejagt hatte, gar nicht der Mörder, sondern in Wirklichkeit Edmund Tate war, mein Retter.« Eine Träne löste sich und rollte über ihre Wange. »Er hatte sein Leben gegeben, um meins zu retten.« Entschlossen wischte sie die Träne ab und stand auf. »Mehr habe ich nicht zu sagen.«

Johnson sprang ebenfalls auf und öffnete den Mund, um sie zum Weiterreden zu drängen, doch Thomas hob die Hand und kam ihr zuvor. »Danke, Ms McIntyre. Ich denke, wir haben alles, was wir brauchen.«

Johnson schluckte, dann fügte sie hinzu: »Es ist möglich, dass wir Sie noch einmal sprechen müssen, und sollte Ihnen etwas einfallen, ganz gleich, wie unbedeutend es Ihnen erscheint, rufen Sie uns bitte an.«

Ganz bestimmt nicht. »Gern. Wenn Sie mir jetzt bitte meine Sachen zurückgeben würden … Ich brauche dringend meine Handtasche und das Handy.«

Thomas nickte.

Johnson wandte sich zur Tür. »Ich hole sie.«

»Sie müssten dann noch unterschreiben«, sagte Thomas.

Kara nickte ebenfalls, ehe sie fragte: »Was ist mit meinem Jeep?«

»Die Untersuchungen werden wohl noch ein, zwei Tage dauern. Sie können der Versicherung Bescheid geben und eine Werkstatt kontaktieren, allerdings fürchte ich, dass es sich um einen Totalschaden handelt.«

Johnson kehrte mit der Quittung und einer durchsichtigen Plastiktüte zurück. Darin steckten Karas Handy und die Handtasche, außerdem eine Sonnenbrille, eine kleine Flasche Handdesinfektionsmittel, ein Regenschirm, eine Taschenlampe und die beiden leeren Wodkafläschchen. Kara zuckte zusammen, doch sie ließ sich nichts weiter anmerken und unterschrieb die Quittung, nachdem sie den Inhalt ihrer Handtasche überprüft hatte.

Anschließend schlüpfte sie in ihre Jacke, dann nahm sie das Handy aus der Tüte und schaltete es ein. »Was ist mit dem Trucker?«, fragte sie und gab ihre PIN ein. »Sven Aaronsen. Wissen Sie, wie es ihm geht?«

»Er lebt.« Thomas öffnete die Tür und ging ihr voran in den Flur. »Die Ärzte hoffen, dass er durchkommt.«

Kara stützte sich Halt suchend an der Wand ab. »Das hoffe ich auch«, flüsterte sie.

»Immerhin hat er die Nacht überstanden. Das ist schon mal ein großer Schritt«, versuchte Thomas, sie zu beruhigen.

Wieder rollte Kara eine Träne über die Wange. Sie blinzelte. »Gut«, sagte sie leise und warf einen Blick auf ihr Handy, das piepsend den Eingang mehrerer Textnachrichten verkündete. Faizas Name erschien gleich dreimal, außerdem eine Nachricht von einer unbekannten Nummer.

Sie lebt.

Karas Knie gaben nach. Sie schwankte. Thomas fasste sie am Ellbogen. »He«, sagte er, aber sie hörte ihn kaum. Ihre Augen waren auf den kleinen Bildschirm geheftet. Die Textnachricht war heute Morgen um zwei Uhr siebenunddreißig eingegangen.

»Alles in Ordnung?«, fragte Thomas.

»Ich weiß es nicht«, gab Kara zu. Mit zugeschnürter Kehle kämpfte sie gegen die aufsteigende Panik an.

»Was ist los?«, fragte Johnson, als sie zu ihnen aufschloss.

»Das ist jetzt das zweite Mal.« Kara schluckte und streckte Thomas das Handy entgegen. Ein Deputy in warmer Winterkleidung eilte an ihnen vorbei zum Ausgang. Kara bemerkte ihn nicht. »Ich habe diese Nachricht bekommen«, stieß sie aufgeregt hervor. »Zum zweiten Mal. Außerdem zwei Anrufe von derselben unbekannten Nummer. Der Anrufer hat dasselbe gesagt: ›Sie lebt.‹«

»Sie lebt?«, wiederholte Johnson.

»Ich denke … ich denke, es geht um meine Schwester«, stammelte Kara und riss sich dann zusammen. *Kein Grund, vor den Detectives derart auszuflippen.* Röte kroch ihr den Nacken hoch.

Thomas ließ ihren Arm los, nahm das Handy und blickte zusammen mit seiner Partnerin aufs Display.

»Jemand teilt mir mit, dass Marlie noch am Leben ist.«

KAPITEL SIEBENUNDZWANZIG

Tate wartete.

Er hatte seinen Toyota am Straßenrand gegenüber dem Department geparkt. Während er den mittlerweile kalten To-go-Kaffee trank, den er an einem Kiosk zwei Blocks entfernt gekauft hatte, beobachtete er vom Fahrersitz aus die Eingangstüren und wartete darauf, dass Kara herauskam.

Sie war seit über einer Stunde dort drinnen, um mit den Cops zu sprechen, und obwohl er genug zu tun hatte – Anrufe und E-Mails beantworten, diverse Internetrecherchen –, blickte er alle zehn Minuten auf die Uhr. Langsam, aber sicher wurde er unruhig. Es fing schon wieder an zu schneien. Dicke, fluffige Flocken trudelten auf die Kühlerhaube seines RAV4, wo sie zu winzigen Wasserpfützen schmolzen. Er wäre liebend gern mit reingegangen, aber sie hatte ihm unmissverständlich klargemacht, dass sie es vorzog, mit den Detectives allein zu sein. Außerdem wusste er nicht, ob man ihn überhaupt an dem Gespräch hätte teilnehmen lassen.

Vorhin war es ihm gelungen, Silas Dean ans Telefon zu bekommen. Samuel McIntyres ehemaliger Geschäftspartner war wütend über seinen Anruf gewesen, über die »unverschämte Unterstellung«, irgendetwas mit dem Mord an Margrove oder dem McIntyre-Massaker zu tun zu haben, und hatte gedroht, »Sie, das Schmierblatt, für das Sie arbeiten, und alle, die meinen Ruf ruinieren wollen«, zu verklagen. Er habe es satt, und zwar endgültig. »Schlimm genug, dass ich geschäftlich mit Samuel zu tun hatte, denn der Kerl hatte einen ganzen Haufen Scheiße am Stecken – ja, das dürfen Sie zitieren –, aber das ist alles. Ich habe mit den Geschehnissen von damals nichts zu tun, genauso wenig wie mit dem Mord an diesem Anwalt. Dafür habe ich Zeugen, Alibis.« Anschließend hatte er die Namen mehrerer Familienmitglieder heruntergerattert, die dies bestätigen konnten. Die Alibis, wenngleich sie dünn waren, hatten Tates Überprüfung standgehalten.

Er strich Dean von der Verdächtigenliste.

Als Nächstes war Merritt Margroves Testament dran. Er hatte eine digitale Kopie davon auf einem der USB-Sticks aus dem Geheimfach im Schreibtisch des toten Mannes entdeckt. Wie erwartet ging alles, was er besaß, an seine Frau – mit einer Ausnahme. Margrove hatte eine Lebensversicherung in Höhe von mehreren Millionen abgeschlossen. Als Begünstigte war Kara McIntyre eingetragen.

Das war merkwürdig.

Oder auch nicht.

Margrove hatte jahrzehntelang Geld von Karas Erbe abgezwackt, genau wie Faiza Donner. Beide hatten gegen die gerichtlichen Auflagen verstoßen und konnten dafür vermutlich belangt werden, zivil- und strafrechtlich.

Tate trommelte mit den Fingern aufs Lenkrad. Es hatte beinahe den Anschein, als hätten sie gemeinsame Sache gemacht.

Möglicherweise hatte Margrove Schuldgefühle bekommen – deshalb die Versicherungspolice. Und jetzt, keine zwei Jahre später, war er tot.

»Was für eine Ironie«, murmelte Tate.

Ohne den Eingang aus den Augen zu lassen, startete er

nachdenklich den Motor und drehte die Heizung auf, damit es im Wageninnern nicht allzu eisig wurde.

Sein Handy klingelte. Connell, der ihn zurückrief.

»Hast du meine Nachricht bekommen?«, fragte Tate, nachdem er das Gespräch entgegengenommen hatte.

»Ja, hab ich. Und hier kommt die Kurzform ...« Den Hintergrundgeräuschen entnahm Tate, dass Connell im Auto saß. »Ich habe recherchiert, und du hattest recht: Der Nachlass der McIntyres wurde geplündert. Der Treuhandfonds ist so gut wie aufgebraucht, das Anwesen in den West Hills mit hohen Krediten beliehen. Private Geldgeber. Hohe Zinsen. Hohe Raten.«

»Hm«, sagte Tate und beobachtete den Van einer Malerfirma, der sich in die viel zu enge Parklücke vor ihm quetschte.

»Merritt Margrove und Faiza Donner hatten Zugriff auf das Geld. Es sollte an die Kinder vererbt werden. Als das Testament gemacht wurde, konnte Samuel sr. ja nicht ahnen, dass Sam jr. getötet werden und nur Jonas und Kara übrig bleiben würden. Dadurch, dass Jonas ins Gefängnis wanderte, galt Kara, die das Erbe mit achtundzwanzig Jahren antreten sollte, bis jetzt als Alleinerbin. Achtundzwanzig ist ein seltsames Alter, normalerweise erbt man mit einundzwanzig oder mit fünfundzwanzig, dreißig oder fünfunddreißig – aber aus irgendeinem Grund entschieden sich die Eltern für achtundzwanzig.«

»Hm«, sagte Tate wieder. Er sah das Testament vor sich. Wenn alle Kinder der McIntyres verstorben oder in Haft wären, würde sämtliches Vermögen an die Person gehen, die in der gesetzlichen Erbfolge an erste Stelle rückte, also an Faiza Donner. Samuel McIntyre hatte keine Geschwister, und seine Eltern waren tot. Faiza war das letzte noch lebende Mitglied aus Zeldas Familie.

Das mulmige Gefühl, das in ihm aufgestiegen war, als er

das Testament gelesen hatte, verstärkte sich. »Was ist mit dem Ferienhaus in den Bergen?«, wollte er wissen.

»Steht zum Verkauf. Astronomischer Preis. Kaum Interesse. Wer will schon Millionen zahlen für ein Haus, in dem ein Massaker stattgefunden hat?«

»Vielleicht jemand mit zu viel Geld und einem makabren Sinn für Humor. Jemand, dem es gefällt zu schockieren – und der sich nicht von ein paar Leichen abschrecken lässt.«

Connell lachte bellend. »Da kennen wir wohl beide so einige. Aber nein, bislang hat niemand Interesse gezeigt. Innerhalb von vier Jahren haben vier verschiedene Immobilienmakler versucht, die ›Hütte‹ loszuschlagen, aber es gab kein einziges Angebot.«

»Zu einem angemessenen Preis würde sie sicher weggehen.«

»Klar. Zu einem angemessenen Preis kann man alles verscherbeln. Ich muss jetzt auflegen. Bin unterwegs. Ich melde mich später noch mal.« Connell unterbrach die Verbindung, und Tate nahm gedankenverloren einen weiteren Schluck aus seinem Becher. Als der kalte Kaffee auf seinen Gaumen traf, schüttelte er sich, fuhr das Fenster hinunter und kippte den Rest hinaus in den Schnee. Ein eisiger Windschwall schlug ihm entgegen.

Als das Fenster wieder zu war, warf er erneut einen Blick auf die Uhr und fragte sich zum wohl hundertsten Male, warum die Befragung so lange dauerte. Kara hatte ihm glaubhaft versichert, sie würde schon klarkommen, sie habe nichts zu verbergen und sei genauso daran interessiert wie die Polizei, Merritt Margroves Mörder ausfindig zu machen und hinter Gitter zu bringen.

Davon, dass ihr Bruder Margrove auf dem Gewissen hatte, wollte sie nichts wissen. »Das ergibt einfach keinen Sinn«, hatte sie behauptet und ihn verteidigt. Beinahe hätten sie sich deswegen in die Haare gekriegt.

Sein Handy klingelte und holte ihn zurück ins Hier und Jetzt.

»Am besten, du streitest es gar nicht erst ab«, hörte er die Stimme seiner Mutter. »Du befasst dich schon wieder mit diesem gottverdammten McIntyre-Fall, stimmt's?«

»Dir auch einen guten Morgen, Mom.«

»Nun werd mal nicht frech«, fuhr sie ihm über den Mund. »Verflixt noch mal, Wesley, kannst du nicht endlich loslassen?« Ihr Unmut war nahezu greifbar.

Sie wusste, dass er das nicht konnte. Sie hatten oft genug darüber gesprochen.

»Ich hab's in den Nachrichten gesehen. Jonas McIntyre ist draußen, und der Strafverteidiger, der ihn vertreten hat, dieser Merritt Margrove, ist tot. Ermordet. Die Medien bringen nichts anderes mehr, von dem Schneesturm mal abgesehen. Zeitungen, Radio, Fernsehen – sogar Facebook ist voll davon.« Sie stieß einen tiefen Seufzer aus. »Heute früh hat mich eine Reporterin angerufen, Sheila Keegan von Channel 3. Eine aufdringliche Person. Sie ist die Erste, aber ich bin mir sicher, dass diese sensationslüsterne Meute bald Schlange steht. Es scheint eine regelrechte Jagd auf Jonas McIntyre stattzufinden – alles wird aufgewühlt, wieder einmal. Und du … du gehörst auch zu denen.«

»Das ist mein Beruf, Mom.«

»Nein, Wesley, das ist deine Besessenheit! Eine Sucht, um nicht zu sagen, eine Manie.« Sie atmete tief durch. »Du musst loslassen, mein Sohn. Was geschehen ist, ist geschehen. Ich bin nicht wütend über die Tatsache, dass Jonas McIntyre wieder auf freiem Fuß ist, auch wenn ich traurig darüber bin, dass ein weiterer Mensch sterben musste, aber ich denke, das liegt alles in Gottes Hand, und ich akzeptiere seinen Willen.«

»Merritt Margrove wurde *ermordet*. Ich glaube nicht, dass Gott etwas damit zu tun hatte.«

»Darum geht es doch gar nicht. Es geht darum, dass du endlich die Vergangenheit hinter dir lassen und dich etwas Neuem zuwenden sollst«, beharrte seine Mutter.

»Ich verfolge einen neuen Ansatz«, sagte er und sah, wie zwei Deputies aus einer Seitentür des Departments traten und in einen Dienst-SUV stiegen.

»Wenn ich es schaffe, mit der Geschichte abzuschließen, kannst du das auch, Wesley.«

»Nein.« Das war die Wahrheit. Die schicksalhaften Ereignisse verfolgten ihn, und sie würden es weiter tun – so lange, bis er endlich die Wahrheit ans Tageslicht gebracht hatte. Zu wissen, was damals wirklich geschehen war, würde ihm Frieden bringen. Zumindest hoffte er das.

»Du bist genauso stur, wie dein Vater es war. Er hat auch nie auf mich gehört.« Sie seufzte erneut. »Findest du nicht, dass diese Tragödie schon genug Schaden in unserer Familie angerichtet hat? Zeit heilt Wunden, mein Sohn, du musst dich auf das Leben konzentrieren, das vor dir liegt.«

»Ich weiß, Mom. Das hast du mir schon tausend Mal gesagt.«

»Schon gut, schon gut. Anderes Thema.«

Oje, was mochte jetzt kommen? Er wappnete sich.

»Bunte Häppchen und Aperitifs.«

»Wie bitte?«

»Das bringst du zum Weihnachtsessen mit.«

»Moment mal …«

»Ja, Wesley, Weihnachten steht vor der Tür, und wir werden feiern. Wie ich schon sagte: Wir müssen nach vorn blicken, und der Geburtstag unseres Herrn ist der perfekte Anlass. Bis dann. Ich habe dich lieb, mein Junge.«

»Ich dich auch, Mom«, sagte er aus Gewohnheit, aber sie hatte bereits aufgelegt.

Tate lehnte sich auf dem Fahrersitz zurück und ließ sich

das Gespräch noch einmal durch den Kopf gehen. Ja, seine Mutter hatte recht, aber er konnte nun mal nicht loslassen. Er hatte vor, ein Buch zu schreiben über das, was damals geschehen war. Es sollte ihm helfen, endlich die traumatischen Ereignisse zu verarbeiten, aber es war für ihn weit mehr als Traumabewältigung oder Trauerarbeit – er wünschte sich Antworten auf die Fragen, die seit zwei Jahrzehnten an ihm nagten. Nur dann würde er loslassen können.

Kara McIntyre nahe zu sein, würde ihm helfen, diese Antworten zu finden.

»Sie glauben, Ihre verschwundene Schwester ruft Sie an und schickt Textnachrichten?«, fragte Johnson skeptisch. Sie standen immer noch im Gang vor dem Vernehmungszimmer. Die beiden Detectives sahen Kara ungläubig an.

»N… Nein«, stammelte sie. »Ich glaube nicht, dass sie es ist. Nein. ›*Sie* lebt.‹ Würde Marlie nicht: ›*Ich* lebe‹ sagen?«

»Vielleicht möchte sie ihre Identität nicht preisgeben«, überlegte Thomas, »auch wenn das nicht allzu viel Sinn macht.«

»Das ist mir bewusst.« Kara nickte. »Trotzdem wünsche ich mir inständig …« Ihre Stimme verklang.

»Was wünschen Sie sich?«, hakte Johnson nach.

Die Stiche in Karas Stirn pochten. »Ich möchte so gern, dass Marlie am Leben ist.« So, nun hatte sie es ausgesprochen, hatte den Polizisten offenbart, was sie wirklich empfand, hatte ihnen ihren größten Wunsch verraten: dass ihre geliebte große Schwester eines Tages zu ihr zurückkehrte.

»Das verstehe ich.« Thomas fuhr sich mit der Hand über das Kinn.

»Manchmal könnte ich schwören, ich hätte sie gesehen«, gab Kara zu und rieb sich nervös die Arme. »Dabei weiß ich doch gar nicht, wie sie heutzutage aussieht.«

»Ich würde Ihnen gern etwas zeigen«, sagte Thomas und deutete den Gang entlang. »Wenn Sie mir bitte folgen?« Gemeinsam setzten sie sich in Bewegung. Am Ende des Gangs, kurz vor dem Empfang, bog er ab, dann noch einmal, bis er schließlich vor einem Büro – seinem, vermutete Kara – stehen blieb. Er winkte sie herein und bot ihr an, auf einem der Besucherstühle vor dem Schreibtisch Platz zu nehmen. Er selbst setzte sich auf den durchgesessenen Bürostuhl und loggte sich in den Computer ein. Johnson, die das Schlusslicht gebildet hatte, stellte sich neben ihn.

Ein paar Mausklicks später drehte er den Monitor so, dass Kara das Bild betrachten konnte, das er aufgerufen hatte.

Sie schnappte nach Luft.

»Marlie«, flüsterte sie und starrte die Frau auf dem Bildschirm an. »Großer Gott …«

»Computergeneriert«, erklärte Thomas. »Wir benutzen dafür ein spezielles Programm …«

Kara spürte, wie sich ihre Nackenhärchen sträubten. »Ich habe sie gesehen«, flüsterte sie und dachte an die Frau vor dem Whimstick General Hospital, deren rote Mütze mit den weißen Schneeflocken an einen Fliegenpilz erinnerte. Trotz der getönten Brille, die sie getragen hatte, war die Ähnlichkeit verblüffend. »Sie lebt.«

KAPITEL ACHTUNDZWANZIG

Alex Rousseau war nicht glücklich, als sie mit ihrem Lexus auf den Parkplatz der Raststätte einbog und am hinteren Ende anhielt, im Schatten der riesigen Sattelschlepper, ein gutes Stück entfernt von den hell erleuchteten, überdachten Zapfsäulen, dem Restaurant und dem Minimarkt. Es war später Vormittag, dennoch war es ziemlich dunkel und würde bei den schweren Schneewolken, die sich am Himmel zusammenballten, wohl auch nicht aufhellen. Nicht, dass es zwischendurch aufgehört hätte, zu schneien. Das Wetter war eine Katastrophe. Und es drückte auf ihre Stimmung.

Wenn sie genauer darüber nachdachte, war sie nicht nur nicht glücklich, nein, sie war stinksauer.

»Ich halte das für keine gute Idee«, teilte sie Jonas mit, der den Beifahrersitz in Liegeposition gebracht und die ganze Fahrt vom Krankenhaus hierher kein Wort gesagt hatte.

»Das erwähnten Sie bereits. Ungefähr eine Million Mal, wenn ich mich nicht verzählt habe.«

»Sehr witzig. Ich als Ihre Anwältin ...«

»Sie tun, was ich sage!«

»Nein«, blaffte sie. »Ich berate Sie bezüglich der besten Vorgehensweise. Juristisch.«

»Ach, hören Sie doch auf!« Er drückte auf einen Knopf,

und der elektrische Sitz fuhr mit einem leisen Surren nach oben. Ein Stück entfernt rauschte der Verkehr auf der Interstate an Hal's Get & Go vorbei, Schwertransporter, Pick-ups, Vans, SUVs und Limousinen, Kombis – alle rollten über die viel befahrene Strecke, die inzwischen wieder freigegeben war.

Allerdings war es nur eine Frage der Zeit, bis die Räumfahrzeuge den Naturgewalten unterlagen und der Verkehr in der Columbia Gorge erneut zum Erliegen kam. Spätestens in zwölf Stunden wurde bereits der nächste Blizzard erwartet, bis dahin »leichte bis mittelstarke Schneefälle«.

»Ich habe keine Ahnung, wie Margrove und Sie miteinander klargekommen sind«, sagte sie zu ihrem neuen Mandanten, »aber ich bestehe darauf, dass Sie mich mit einem Mindestmaß an Respekt behandeln.«

»Mindestmaß«, wiederholte er spöttisch. »Wie anspruchsvoll.«

»Finden Sie?« Mein Gott, was für ein Arschloch. Wäre Jonas McIntyre nicht in aller Mund gewesen, um nicht zu sagen, eine nationale Berühmtheit, hätte er ihr gestohlen bleiben können. So jedoch wollte sie die Aufmerksamkeit der Medien für sich nutzen, daher sagte sie nur: »Als Ihre Anwältin rate ich Ihnen davon ab – ganz gleich, was Sie vorhaben.« Er hatte ihr lediglich aufgetragen, ihn zu dieser Raststätte zu bringen, weil er sich hier mit einer »Freundin« treffen wollte, mehr wusste sie nicht.

Jonas nickte und streckte die Hand nach dem Türgriff aus. »Alles klar.«

»Ich habe nicht sämtliche Register gezogen, um Sie aus dem Krankenhaus zu holen, nur damit Sie jetzt so einfach davonspazieren.«

»Ich weiß.« Er warf ihr ein schiefes Grinsen zu, öffnete die Tür und stieg mühsam aus, wobei er leicht zusammenzuckte.

Trotz der starken Analgetika, die man ihm im Whimstick General verabreicht hatte, schien er Schmerzen zu haben. Das Dröhnen der Motoren und Surren der Reifen auf der Interstate übertönte das leise Pingen des Autoalarms, der sie daran erinnerte, dass sich der Wagen im Leerlauf befand.

»Lassen Sie uns ehrlich zueinander sein«, schlug er vor und stützte sich am Türrahmen ab, das Gesicht fahl im Schein der Innenbeleuchtung des Lexus.

»Ich dachte, das sind wir«, erwiderte sie und atmete die eisige Luft ein, die von draußen ins Wageninnere strömte. Sie roch nach Diesel und Auspuffgasen. »Ich für meinen Teil bin ehrlich.«

»Klar.« Er gab sich keine Mühe, seine Skepsis zu verbergen. »Wir wissen beide, dass es Ihnen ausschließlich um Geld und Ruhm geht, Alex. Im Grunde ist es scheißegal, ob ich das tue, was ich will, oder das, was Sie mir sagen. Es ist scheißegal, ob ich hier aussteige oder den braven Patienten spiele – Sie gewinnen so oder so. Sie bekommen genau das, was Sie wollen: Medienaufmerksamkeit. Sendezeit. Nicht nur auf lokaler, sondern auch auf nationaler Ebene. Also ersparen Sie uns diesen Unsinn. Ich habe einiges zu erledigen.«

»Sie sind noch nicht wieder ganz auf der Höhe«, widersprach sie.

Ein freudloses, sarkastisches Grinsen trat auf seine Lippen. »Wer ist das schon, Alex? Wer zum Teufel ist das schon?« Damit knallte er die Autotür zu und humpelte eilig über den Parkplatz, den Kopf zwischen die Schultern gezogen. Einmal rutschte er auf einer überfrorenen Pfütze aus, aber er fing sich wieder.

»Arschloch«, murmelte sie und überlegte, ob sie ihm folgen sollte. Es bestand durchaus die Möglichkeit, dass er untertauchte, denn früher oder später würde ihn die Polizei als

Haupttatverdächtigen im Mordfall Margrove verhaften wollen, so viel stand fest. Er war am Tatort gewesen. Dem Opfer war die Kehle aufgeschlitzt worden, genau wie seinen Familienmitgliedern zwanzig Jahre zuvor.

Soweit Rousseau wusste, hatte man die Waffe, mit der Margrove ermordet worden war, noch nicht gefunden, doch Jonas hatte ein erstklassiges Motiv. Es war bekannt, dass er ein Hitzkopf war, labil, volatil, und er hatte ihr, gleich nachdem sie zu ihm ins Krankenhaus gekommen war, erzählt, dass Margrove und seine Tante die Familienvilla der McIntyres beliehen, den Nachlass angezapft und ihn um sein Erbe betrogen hatten. Das war mehr als Grund genug, sich an dem Anwalt zu rächen.

Wenn dem tatsächlich so war, würde auch diese Tante, die Schwester seiner Stiefmutter, eine gewisse Faiza Donner, nicht ungeschoren davonkommen.

Sie sah, wie er auf eine kleine Limousine am Rand des Parkplatzes, abseits der Lkw-Reihe, zuging.

Sie hatte ihm neue Kleidung besorgt, Jeans, Pullover und Jacke, sogar Stiefel. Außerdem hatte sie ihm ein Prepaidhandy gekauft und ihm einen Tausender in kleinen Scheinen ausgehändigt. Sie musste mit ihm in Verbindung bleiben können und würde ihm die Kosten in Rechnung stellen, sobald er seinen Anteil an dem verbliebenen Erbe ausbezahlt bekommen hätte. Der richtig große Batzen würde ihm jedoch zufallen, wenn sie eine Entschädigung wegen unrechtmäßiger Inhaftierung erstritt. Sie hatte vor, sowohl das County als auch den Bundesstaat zu verklagen, und das wäre erst der Anfang ... die Möglichkeiten waren schier unendlich.

Jonas hatte nicht umsonst sie herausgepickt.

Und er hatte recht: Sie wollte nicht nur den Ruhm, sie wollte beides – Ruhm und Geld.

Sie sah, wie ihr Mandant auf der Beifahrerseite der zerbeulten Limousine, ein weißer Honda Accord, einstieg. Im Schein der Innenbeleuchtung erkannte Alex die Fahrerin: Mia Long. Mitsamt ihrem dämlichen Rosenkranz, der am Rückspiegel baumelte. Keine große Überraschung. Mia war Jonas' leidenschaftlichste Unterstützerin.

Die Beifahrertür wurde zugeschlagen, das Licht erlosch.

Mia ließ den Motor an und gab Gas.

Der Wagen schoss über den Parkplatz in Richtung Zufahrt.

Warum mochten die zwei es so eilig haben?

Für einen Moment fragte sich Alex, ob die beiden eine körperliche Beziehung miteinander hatten. Wenn ja, war der Sex garantiert heiß, befeuert von jahrelanger Sehnsucht. Abgesehen von seinen Unfallblessuren, wirkte Jonas physisch fit. Tough. Muskulös. Sexy.

Oder führten sie etwas ganz anderes im Schilde?

Hoffentlich nicht.

Alex legte den Gang ein und fuhr auf die Interstate.

Als sie beschleunigte, musste sie die Scheibenwischer einschalten. Der Schneefall war bereits »mittelstark«.

Jonas hatte recht, überlegte sie, als sie einen großen Truck überholte, der mit seinen riesigen Reifen den Schneematsch aufwirbelte. Wenn er sich in noch größere Schwierigkeiten brachte, würde er für sie noch wertvoller werden.

Eine Win-win-Situation.

Solange er ihr Mandant blieb.

Sie trat das Gaspedal durch, der LX 570 schoss an den anderen Fahrzeugen vorbei, die Reifen glitten über den Asphalt, der Motor schnurrte leise.

Sollte sich Jonas McIntyre heute Nacht ruhig um den Verstand vögeln – oder was auch immer.

Er würde wiederkommen.

Alex und der überlebende Sohn der McIntyres waren aus ein und demselben Holz geschnitzt.

Jonas brauchte sie genauso sehr, wie sie ihn brauchte.

Kara stieg in Tates SUV. »Lädst du mich auf einen Drink ein?«, fragte sie.

»Im Ernst? Es ist noch nicht mal Mittag.«

»Ich mache nur Spaß. Fahr einfach los.« Sie hatte keinen Spaß gemacht. Es war schrecklich gewesen, mit den beiden Detectives in diesem trostlosen Betonraum zu sprechen. Ihre Nerven waren bis zum Zerreißen gespannt, und sie wusste, dass es nichts Beruhigenderes gab als eine Bloody Mary, eine Mimosa oder wenigstens ein, zwei Gläser Wein.

»Wo soll ich dich hinfahren?«, wollte er wissen.

»Zu dir. Ich möchte Rhapsody holen und anschließend nach Hause.« Wo Wodka und Wein auf sie warteten.

Er reihte sich in den Verkehr ein, dann sah er sie von der Seite an. »Wie ist es mit der Polizei gelaufen?«

»Geht so«, antwortete sie. Als Tate vor einer roten Ampel abbremste, fügte sie hinzu: »Hör mal, ich war nicht ganz ehrlich zu dir.«

Er wirkte nicht überrascht.

Großartig. Hoffentlich bedeutete das nicht, dass auch er nicht ehrlich gewesen war.

»Ich traue weder Reportern noch Menschen im Allgemeinen – ach, zum Teufel, ich vertraue niemandem, weil ich unter Verlustängsten leide, blablabla. Der Ansicht ist zumindest das gute Dutzend Psychotherapeuten, das ich verschlissen habe.«

»Okay.« Er gab Gas und überquerte die Kreuzung.

»Egal. Ich habe der Polizei gesagt, dass ich glaube, Marlie beim Whimstick Gen…«

»Du hast Marlie im Krankenhaus gesehen?«, fiel er ihr überrascht ins Wort.

»Nein, draußen. Etwas abseits der Menge.«

»Das kann doch nicht wahr sein …« Er sprach nicht weiter, doch sein Gesicht spiegelte Besorgnis wider. Sie hielt ihr Handy hoch, damit er einen Blick aufs Display werfen konnte. **Sie lebt.** »Ich habe mein Telefon zurückbekommen, und … Ach verdammt, Tate, ich erhalte seltsame Anrufe und Textnachrichten, ungefähr seit Jonas wieder draußen ist, und ich glaube, sie sind von Marlie. Allerdings bin ich mir sehr unsicher, denn Marlie würde doch nicht in der dritten Person von sich sprechen. Die Polizisten haben mir ein Bild gezeigt, es wurde mit einem Programm erstellt, mit dem die Leute älter gemacht werden können …«

»Marlie?«, unterbrach er sie erneut. »Du denkst, sie hat dir eine Nachricht geschickt?«

»Ja. Ich hätte dir das schon vorher sagen sollen«, räumte sie ein, »aber das hätte sich so verrückt angehört, fast so, als hätte ich den Verstand verloren.« Bei den letzten Worten überschlug sich ihre Stimme.

»Schscht, beruhige dich.« Tate berührte ihre Schulter. »Sobald wir bei mir sind, kannst du mir alles erzählen. Bei einer großen Tasse Kaffee, wenn du magst.«

»Nur, wenn du einen ordentlichen Schuss Baileys oder Irish Whiskey dazutust«, sagte sie und warf ihm einen entschlossenen Blick zu. »Und das ist kein Spaß.«

Tate bremste. Kara warf einen Blick auf die Kreuzung vor ihnen. Eine junge Mutter schob mit einer Hand einen Kinderwagen über den Zebrastreifen. An der anderen hielt sie einen kleinen Jungen von etwa vier oder fünf Jahren. Ein Mann im roten Santa-Claus-Kostüm läutete eine Glocke und wünschte den Passanten ein frohes Weihnachtsfest.

Kara schloss die Augen. Verdammt, sie hasste diese Jahreszeit. Sie musste sich zusammenreißen, alles tun, damit sie die Kontrolle über sich behielt.

Als sie bei Tates Loft ankamen, war sie ruhiger. Nachdem sie ihre Schuhe und Jacken ausgezogen hatten, ging er schnurstracks zur Kaffeemaschine, brühte zwei Becher voll starkem, aromatischem Kaffee und gab mehr als einen ordentlichen Schuss Baileys hinein. Keinen Irish Whiskey. Egal.

Kara ließ sich auf die Couch fallen. Rhapsody sprang neben sie auf die dicken Polster und machte es sich bequem. Tate reichte ihr den dampfenden Becher, den sie dankbar entgegennahm. Ihre Finger zitterten leicht, doch nachdem sie einen großen Schluck getrunken hatte, ließ das Zittern nach.

Schon besser.

Viel besser.

Der heiße Kaffee mit Schuss war ein echter Seelentröster.

Tate zog einen der Stühle vom Esstisch heran, drehte ihn um und setzte sich rittlings darauf, dann griff er nach dem zweiten Becher. »Also noch mal von vorn. Du hast Nachrichten von deiner verschwundenen Schwester erhalten und sie vor dem Krankenhaus gesehen.« Er hob den Becher an die Lippen, trank einen Schluck und sah sie durchdringend an. »Denk dran, Kara, wir haben eine Abmachung: Wir ziehen das hier gemeinsam durch.«

»Ja, ich weiß.« Sie trank einen weiteren Schluck. Dann noch einen. Der Alkohol tat seine Wirkung, ihre überreizten Nerven beruhigten sich allmählich. Im Department hatte sie sich gefühlt wie ein Tier im Käfig. »Warte …« Sie zog ihr Handy hervor und entsperrte es. Dann scrollte sie durch die eingegangenen Nachrichten, bis sie auf die Sprachnachricht stieß. Sie drückte auf Play, und eine kratzige Stimme flüsterte: »Sie lebt.« Kara schauderte. »Bevor du fragst: Ich kenne weder die Stimme noch die Nummer.«

»Vermutlich ein Prepaidhandy, das man nicht zurückverfolgen kann.«

»Davon gehe ich aus.« Sie rief die Textnachrichten auf und zeigte sie ihm.

»Wer sollte so etwas tun? Wenn es nicht deine Schwester war?«

»Keine Ahnung.« Sie leerte ihren Becher, stand auf und machte sich eine zweite Tasse Kaffee. Der Schuss Baileys, den sie hinzufügte, fiel noch größer aus.

Den Becher in der Hand, kehrte sie zum Sofa zurück. Tate starrte immer noch fasziniert auf das Display, und für einen Moment war sie versucht, ihm das Handy aus der Hand zu reißen. Was, wenn er weitere Nachrichten las? Sie hatte schließlich eine Privatsphäre …

Mach dich locker, Kara, wen interessiert's? Du hast kein Privatleben, wozu brauchst du da Privatsphäre?, nörgelte ihre innere Stimme. *Tate ist Reporter, der hat Mittel und Wege, an Informationen zu gelangen, die dir nicht zur Verfügung stehen, es sei denn, du engagierst wieder einmal einen Privatschnüffler, der doch nur hinter deinem Geld her ist, das du noch nicht einmal hast. Willst du nun wissen, was damals wirklich passiert ist? Willst du wissen, ob Marlie noch lebt, oder nicht?*

»Wer ist Brad?«, fragte er in ihre Gedanken hinein.

»Mein Ex.«

»Er schreibt dir immer noch.«

Sie runzelte die Stirn. »Ich habe vergessen, ihn zu blockieren.«

»Deine Tante Faiza wirkt besorgt.«

»Ich habe mit ihr gesprochen.« Sie stellte den Becher auf den Fußboden und ließ sich wieder aufs Sofa fallen.

»Erzähl mir von deinem Gespräch mit der Polizei«, schlug er vor und reichte ihr das iPhone zurück.

Sie schob es in ihre Tasche, nahm den Becher hoch und legte los, erzählte ihm alles, woran sie sich erinnern konnte, wenngleich sie sich zwingen musste, ihre Zweifel an seiner Loyalität zu unterdrücken. Sie brauchte einen Verbündeten, ganz gleich, für wie vertrauenswürdig sie ihn hielt.

Anschließend berichtete sie, wie sie die blonde Frau mit der roten Mütze ein Stück abseits der Menge vor dem Krankenhaus erblickt hatte. »Ich habe versucht, mich zu ihr durchzudrängen, aber sie ist verschwunden, bevor ich bei ihr war.«

»Wieder«, sagte er nachdenklich. »Sie ist *wieder* verschwunden.«

»Ja.« Kara nickte.

»Und du bist dir ganz sicher, dass sie es war?«

»Jetzt, da Detective Thomas mir diese Simulation gezeigt hat, hundertprozentig. Nein, das stimmt nicht, ich bin mir schon lange bei gar nichts mehr hundertprozentig sicher. Die Frau hat ausgesehen wie Marlie, aber sie hatte eine getönte Sonnenbrille auf und trug warme Kleidung. Wahrscheinlich habe ich mir doch nur eingebildet, dass es meine Schwester ist.« Sie zögerte, dann fügte sie mit leiser Stimme hinzu: »Manchmal bilde ich mir Dinge ein.«

»Zum Beispiel?«

»Dass ich verfolgt werde oder dass jemand mein Haus beobachtet. Im Grunde bin ich ständig auf der Hut.« Sie räusperte sich. »Ich hätte mir mit Sicherheit einzureden versucht, dass ich mal wieder spinne, hätte der Detective mir nicht dieses Bild gezeigt … Jetzt weiß ich gar nicht mehr, was ich denken soll. Nur, dass das Ganze bald ein Ende haben muss, sonst drehe ich wirklich noch durch.«

»Du drehst ganz bestimmt nicht durch«, beruhigte er sie.

»Erzähl das mal meinen überstrapazierten Nerven und meinem löchrigen Gedächtnis.« Sie trank ihren Kaffee aus, stand auf und brachte die leere Tasse zum Spülbecken. Nur mit großer Mühe widerstand sie dem Drang, sich einen dritten Kaffee mit Schuss aufzubrühen. Stattdessen trat sie ans Fenster und schlang die Arme um die Taille. Draußen schlängelte sich der dunkle Fluss unter dem bleigrauen Himmel, finster und Unheil verkündend, ein Spiegel ihrer Gedanken.

So viele unbeantwortete Fragen, so viel Kummer.

Was hatte Dr. Zhou noch gleich gesagt? Man müsse seine Angst kennenlernen, bevor man sich ihr stellen könne? Das war gar nicht so einfach. Sie hatte furchtbare Angst vor der Vergangenheit, sie hatte Angst vor der Gegenwart, und sie hatte schreckliche Angst vor der Zukunft, davor, was sie letztendlich herausfinden würde.

So konnte es nicht weitergehen.

Mias Herz pochte.

Sie hatte Jonas mit zu sich genommen, in ihr Zweizimmerapartment in Gresham, nicht weit weg von der Interstate und nur sechsundzwanzig Autominuten von Portlands Innenstadt entfernt. Jetzt war sie aufgedreht und ziemlich nervös, als Jonas sich in dem kleinen Raum umsah, der ihm vielleicht sogar geräumig vorkam, nachdem er sein halbes Leben in einer winzigen Zelle verbracht hatte.

Sie versuchte, ihr Zuhause mit seinen Augen zu sehen: das vollgestellte Wohnzimmer, das Schlafzimmer, in das kaum ein Bett und ein Schrank hineinpassten, das enge Bad, die Küche mit den überladenen Arbeitsflächen und dem schmalen Bistrotisch voller ausgeschnittener Zeitungsberichte über ihn und seine Entlassung. Seine Familie hatte gleich zwei riesige Anwesen besessen, mit Zimmern, die vermutlich um einiges größer waren als ihre gesamte Wohnung.

»Dann habe ich also dir meinen Fanclub zu verdanken«, sagte er und ließ die Augen über die Artikel schweifen. Anschließend griff er nach ihrem iPad und scrollte durch die

Facebook-Seite, die sie ihm gewidmet hatte. Unzählige Fans hatten Posts oder Kommentare eingestellt.

»Das ist nur ein winziger Teil davon. Wir haben jede Menge Plattformen, nicht nur Facebook. Wir sind auf Twitter, YouTube, WhatsApp und Instagram aktiv, die üblichen Seiten.« Sie lächelte und hoffte, er würde das Babygeschrei aus der Wohnung nebenan überhören. Das Kleine schrie ständig, wahrscheinlich litt es unter Koliken, und Mia musste den Fernseher oder die Musik laut stellen, um den Lärm auszublenden. Sie deutete auf das iPad. »Alles für dich«, sagte sie mit stolzer Stimme. »Das Unrecht, das du erduldet hast, muss wiedergutgemacht werden.«

»Ja.« Er nickte, scrollte durch die Kommentare und betrachtete mit zusammengezogenen Augenbrauen die Posts.

Er war ungemein sexy, dachte Mia. Manche Leute fanden, er sähe aus wie eine amerikanische Version von Jesus Christus, aber Mia war der Ansicht, Jesus sähe aus wie Jonas. Nur dass Jonas um einiges heißer war – ein Vorteil, denn Mia konnte sich Sex mit Jesus nicht vorstellen. Mit Jonas dagegen schon.

Sie war davon ausgegangen, dass er sich in ebender Minute auf sie stürzen würde, in der sie die Tür hinter sich schlossen, hatte sich vorgestellt, wie er sie zu sich herumwirbeln, seine Lippen auf ihre drücken und mit ihr ins Schlafzimmer taumeln würde. Dort würde er ihr die Kleidung vom Leib reißen und dann … o ja, und dann …

Doch das hatte er nicht getan.

Auf der Fahrt zu ihrer Wohnung hatte er kaum etwas gesagt. Stattdessen hatte er mit den Fingern auf die Kante des Beifahrerfensters getrommelt, als würde er ungeduldig auf etwas warten und müsse die Zeit bis dahin totschlagen. Er hatte anscheinend nicht einmal bemerkt, dass die Fenster ihres Hondas nicht ganz schlossen, sodass ständig ein eisiger

Luftstrom ins Wageninnere drang. Sie hatte extra Overknees und einen kurzen Rock angezogen, in der Hoffnung, er würde auf der Fahrt nach Gresham ihren Oberschenkel streicheln, doch er warf keinen einzigen Blick auf ihre Beine.

Mist!

Sie hatte sich umsonst halb totgefroren.

Bestimmt wollte er warten, bis sie bei ihr waren, vielleicht war es ihm auch etwas peinlich, gleich körperlich zu werden – schließlich hatte er im Gefängnis zwei Jahrzehnte enthaltsam leben müssen.

Ach, komm schon, Mia. Wem machst du etwas vor? Jonas McIntyre ist ganz bestimmt nicht schüchtern. Der Kerl hat Eier aus Stahl.

»Möchtest du etwas trinken?«, fragte sie ihn, um das verlegene Schweigen zu unterbrechen.

»Gern.« Er sah sie nicht an. Überhaupt schien er sie kaum zu beachten, fast so, als wäre sie gar nicht da.

Enttäuscht ging sie in die Küche. Er folgte ihr. Sie öffnete die Kühlschranktür und beugte sich vor, wobei sie ihm verführerisch den Hintern entgegenreckte. Könnte er wirklich widerstehen? Nach so langer Zeit ohne Sex?

Er quetschte sich in die Ecke zwischen Herd und Spülbecken.

Sie nahm zwei Bier aus dem Kühlschrank, öffnete sie und reichte Jonas eine Flasche. Er trug noch immer seine Jacke. Vielleicht musste sie direkter sein. Das Baby nebenan fing wieder an zu schreien und drehte auf volle Lautstärke.

Jonas schien es nicht zu bemerken. »Danke«, sagte er und nahm abwesend einen Schluck aus der Flasche, dann ging er hinüber ins Wohnzimmer und setzte sich an den Bistrotisch, den sie vom Flohmarkt hatte, um sich wieder in ihr iPad zu vertiefen.

Verdammt.

Das war ja zum Verzweifeln!

»Ich möchte dir etwas zeigen«, sagte sie mit leiser, sexy Stimme.

»Okay«, erwiderte er, die Augen aufs Display geheftet. Er hatte einen Post von letzter Woche aufgerufen und starrte auf einen Kommentar. Jetzt klickte er den dazugehörigen Namen an. Mia erstarrte, als Lacey Higgins-Swifts Profil erschien. Auf dem Foto waren außer Lacey auch ein großer Mann mit dünner werdendem Haar, ein Bobtail und zwei blonde Jungs, um die zwei Jahre alt, zu sehen. Zwillinge, beide trugen einen rot-grün gestreiften Schlafanzug.

Mia hätte kotzen können.

»Postet sie viel?«, fragte Jonas und tippte mit dem Finger auf das iPad.

»Lacey?«

Er nickte.

Warum zum Teufel erkundigte er sich nach seiner früheren Freundin? Die Schlampe hatte seinen Bruder gevögelt und ihn mit ihrer Aussage in den Knast gebracht! »Ist mir nicht aufgefallen.« Das war gelogen. Mia war bestens informiert. Sie hatte Jonas' Ex förmlich gestalkt, hatte jeden ihrer Posts angesehen. Lacey war aus Portland weggezogen, aufs College gegangen, hatte geheiratet und zwei Kinder bekommen. Sie lebte irgendwo in Beaverton, auf der Westseite des Willamette River, nicht weit von Portland entfernt. Mit dem Auto würde sie keine zehn Minuten zur Familienvilla der McIntyres in den West Hills brauchen.

Jonas nahm einen weiteren Schluck von seinem Bier.

Mia beugte sich über den großen Tisch. »Ich möchte dir etwas zeigen«, wiederholte sie.

»Was denn?« Er schaute auf.

»Das hier.« Sie zog den Ausschnitt ihres Pullis herunter und entblößte ihre Brust, die von einem transparenten Push-up-BH umschmeichelt wurde. Vor etwa einem Monat hatte sie sich ein neues Tattoo stechen lassen. *Freiheit für Jonas!* stand unter ihrem Schlüsselbein.

Er hob eine Augenbraue. »Cool.«

»Das hab ich für dich gemacht.«

»Ja, schon klar.« Auf seinen schmalen Lippen erschien der Anflug eines Lächelns. »Echt cool von dir.«

Cool? Willst du mich verarschen?

Er betrachtete das Tattoo und ihre Brust, dann sagte er: »He, Mia, ich muss dich um einen Gefallen bitten.«

»Einen Gefallen?«

»Ich brauche ein Auto. Ist es möglich, dass du mir deins leihst?«

»Du willst dir meinen Wagen leihen?«, fragte sie verdattert.

»Ja, Babe, nur für kurze Zeit.«

Babe? Hatte er sie gerade »Babe« genannt? So vertraut waren sie nun auch nicht miteinander. »Warum?«

»Ich muss ein paar Besorgungen machen, verschiedene Dinge erledigen, schließlich war ich eine ganze Zeit weg. Mit dem Auto wäre ich wesentlich schneller.« Er zuckte die Achseln, und sie griff in ihre Handtasche und suchte die Schlüssel. »Ich fahre dich«, bot sie ihm an. »Wohin du willst.«

»Mach dir keine Umstände.« Er nahm ihr die Schlüssel aus der Hand. »Das, was ich als Erstes erledigen muss, mache ich besser allein.« Damit stand er auf und humpelte eilig zur Tür. »Bin bald zurück.«

»Wann?«

»Keine Ahnung.« Er öffnete die Tür und trat hinaus in den Gang. »Nicht mal den blassesten Schimmer.« Er machte sich nicht einmal die Mühe, über die Schulter zu blicken.

Als Mia ihr Bier ausgetrunken hatte und die beiden leeren Flaschen in die Küche brachte, stellte sie fest, dass eines der

Messer fehlte. Aus dem Messerblock auf der Anrichte gleich neben dem Herd. Dort, wo Jonas gerade eben noch gestanden hatte.

Unsinn, das bildest du dir bloß ein. Pass auf, dass du nicht auch noch auf das ganze Gerede hereinfällst. Jonas ist kein unberechenbarer Schwertmörder, er hat unschuldig im Gefängnis gesessen, ganze zwanzig Jahre!

Mit einem mulmigen Gefühl in der Magengrube sah sie sich in der Küche um. Kein Messer.

Den Messerblock hatte sie von ihrer Mutter bekommen, als diese sich einen neuen gekauft hatte. Das größte Messer fehlte. Das Blut in Mias Adern wurde so kalt wie die Schneeflocken, die der Wind mit immer heftigerer Wucht gegen die Fensterscheiben drückte. Sie zog die Schranktüren auf und sämtliche Schubladen, doch das Messer war weg.

Verschwunden.

Das Tranchiermesser, mit dem ihr Vater jedes Jahr an Thanksgiving den Truthahn zerteilt hatte.

Mia strich mit dem Zeigefinger über den Holzblock mit den fünf Schlitzen.

Einer davon war definitiv leer.

KAPITEL NEUNUNDZWANZIG

U nser Vögelchen ist ausgeflogen«, sagte Johnson, als sie am späten Nachmittag Thomas' Büro betrat.

Er telefonierte mit dem stellvertretenden Gerichtsmediziner. Als er seine Partnerin erblickte, hielt er einen Finger hoch, dann stellte er das Telefon auf Lautsprecher, und beide bekamen das bestätigt, was sie längst wussten: Man hatte Margrove die Karotisarterie durchtrennt und auf der linken Seite die Jugularvene aufgeschlitzt. Der Anwalt war verblutet. »Ich warte auf den Bericht. Danke.« Thomas legte auf und richtete seine Aufmerksamkeit auf Johnson. »Welches Vögelchen?«, fragte er, doch das ungute Gefühl, das ihn überkam, war Antwort genug.

»Ich habe soeben einen Anruf von dem Deputy bekommen, der vor Jonas McIntyres Krankenzimmer Wache halten sollte. Seine Anwältin, ›Nur Alex‹, wie sie gern genannt werden möchte, hat ihre juristische Magie angewendet und das Klinikpersonal so lange bearbeitet, bis man ihn entlassen hat. Heute Morgen. Kurz nach unserem Besuch. Er ist bereits auf dem Weg nach Portland. Der Vorwand war, dass er von ›Spezialisten‹ untersucht werden soll.«

»Aus welchem Grund?«

»Keine Ahnung. Das ist doch blanker Unsinn! Von einer ›anonymen Quelle‹«, sie malte mit den Fingern Anführungszeichen in die Luft, »wissen wir, dass es Jonas in der Tat nicht allzu schlecht ging. Der Arzt hätte ihn heute im Laufe des Tages vermutlich ohnehin entlassen, doch die Anwältin ist ihm zuvorgekommen, und weg waren sie.«

»Mist.«

»Finde ich auch. Der Deputy hat mich sofort angerufen, aber es war schon zu spät. Du kannst dir nicht vorstellen, wie wütend mich das macht!«

»So weit weg ist Portland doch gar nicht«, sagte er beschwichtigend.

»Es liegt aber auch nicht mehr in unserem Zuständigkeitsbereich«, hielt sie dagegen.

»Der Mord an Margrove ist unser Fall. Das Police Department von Portland wird mit uns zusammenarbeiten.«

»Wenn du das sagst.« Johnson klang nicht überzeugt. Sie seufzte tief, dann fragte sie: »Hast du etwas über Marlie Robinson herausfinden können?«

»Noch nicht.« Thomas schüttelte den Kopf und betrachtete mit zusammengezogenen Augenbrauen mehrere Aufnahmen auf seinem Bildschirm. »Allerdings ist es mir gelungen, einige der Randale-Macher vor der Klinik den Jonas-Followern in den sozialen Netzwerken zuzuordnen.«

»Und?«

»Die üblichen Verdächtigen – hauptsächlich Frauen, die behaupten, Jonas sei zu Unrecht verurteilt worden.«

»Frauen wie Mia Long?«

Er nickte. »Und andere. McIntyre hat viele hübsche Fans. Brenda Crawley zum Beispiel kommentiert alles zu seinem Fall online. Genau wie Simone Hardesty. Es sind auch Männer in den Gruppen, zum Beispiel ein gewisser Aiden Cross. Ich habe die, die sich am eindringlichsten Gehör verschaffen, überprüft. Simone ist mit Jonas zur Schule gegangen, genau wie Cross. Brenda dagegen zählt einfach nur zu den Menschen, die sich überall einmischen.« Er lehnte sich auf seinem Stuhl zurück.

»Und weiter?«

»Ich bin auf mehrere Fotos von der Frau gestoßen, auf die Karas Beschreibung passt.« Er rief drei Aufnahmen von der Menschenmenge auf, dann markierte er eine Frau in einem langen, schwarzen Mantel, die sich durch das Gedränge schlängelte. Sie trug eine rote Mütze mit dazu passendem Schal und eine getönte Brille. Leider blickte sie auf keinem der Fotos direkt in die Kamera.

Johnson beugte sich vor und kniff die Augen leicht zusammen. Ihr Blick schweifte zu dem Ausdruck des computergenerierten Bilds der »heutigen« Marlie. »Ja, da besteht durchaus eine Ähnlichkeit«, räumte sie ein. »Doch, ich halte es für möglich, dass es sich um ein und dieselbe Frau handelt.«

»Ich hatte gehofft, ich würde auf eine Aufnahme stoßen, die sie zeigt, wie sie in einen Wagen steigt oder mit jemandem redet, den wir vielleicht identifizieren können – irgendeine Verbindung, die es uns ermöglicht, herauszufinden, wer sie ist.«

»Und? Hast du etwas entdeckt?«

Thomas schüttelte den Kopf. »Nein. Aber sieh mal, die Frau ganz in der Nähe. Die Rothaarige mit dem Pferdeschwanz. Sie gehören definitiv nicht zusammen, die Rothaarige hält sich im Hintergrund, aber ganz gleich, wo sich die Frau mit der roten Mütze befindet – der Rotschopf ist auch da.«

Johnson zuckte die Achseln. »Na und?« Draußen auf dem Gang klingelte ein Handy, eilige Schritte stürmten an Thomas' Büro vorbei.

»Sieh doch mal genauer hin.« Thomas vergrößerte die Aufnahme.

Johnson beugte sich erneut vor.

»Da, schau dir das an.« Er teilte den Bildschirm in zwei Hälften und scrollte durch die Aufnahmen, die vor zwanzig Jahren gemacht worden waren, Fotos von den Menschen, die während der Gerichtsverhandlung vor den Geschworenen ausgesagt hatten. Bei einer Aufnahme von einem Mädchen im Teenie-Alter mit einem elfenhaften Gesicht und langen roten Haaren hielt er inne.

»O Gott.« Johnson warf Thomas einen fragenden Blick zu. »Brittlynn Cadella?«

»Richtig. Chad Atwaters heimliche Freundin, die er an ihrem achtzehnten Geburtstag geheiratet hat.«

»Sein Alibi.« Johnson richtete sich auf und blickte auf die andere Hälfte des Bildschirms, auf dem die Marlie-Doppelgängerin zu sehen war.

Thomas fuhr sich durch die Haare und sagte: »Ich frage mich die ganze Zeit, was sie dort zu suchen hat. Man sollte meinen, sie würde so großen Abstand wie möglich zu Jonas McIntyre halten.«

Johnson nickte. »Sie hat Chad damals ein Alibi gegeben, durch sie schied er als Verdächtiger aus – ein weiterer Baustein für Jonas' Verurteilung. Sie lebt mit Chad am Mount Hood, ganz in der Nähe des Ski-Resorts, wo er als Skilehrer arbeitet. Wir sollten sie fragen, was sie vor der Klinik zu suchen hatte.«

»Mich würde auch Chads Alibi für das Zeitfenster des Mordes an Margrove interessieren.« Thomas stieß sich mit seinem Bürostuhl vom Schreibtisch ab, stand auf und nahm seine Jacke von dem Garderobenhaken neben der Tür.

Johnson lachte. »Zehn zu eins, dass sie ihm wieder ein Alibi gibt?«

Er legte nachdenklich den Kopf schief. »Mir fällt nur leider kein einziger Grund ein, warum sie in die Ermordung des Anwalts involviert sein sollten. Irgendwie kriege ich all die losen Enden nicht zusammen.«

»Es sei denn, Margrove hatte irgendetwas in Erfahrung gebracht, was wir nicht wissen, etwas, was Chad trotz des Alibis und seiner Unschuldsbeteuerungen mit dem Massaker am Cold Lake in Verbindung bringt.«

Mit wachsendem Frust schlüpfte Thomas in die Jacke. Er spürte intuitiv, dass sie ganz nah dran waren, aber er kam einfach nicht auf den entscheidenden Punkt. »Mir fehlt das Motiv, aber vielleicht gibt es eine Möglichkeit, wie wir es in Erfahrung bringen können. Lust auf einen Ausflug in die Berge?«

Johnson grinste. »Ich dachte schon, du würdest nie fragen.«

Kurz vor dem Ausgang, Thomas hielt die Autoschlüssel schon in der Hand, liefen sie Lorna Driscoll, der Sekretärin des Lieutenants, über den Weg, die mit zwei Wasserflaschen in den Händen in Richtung von Gleasons Büro strebte. »Oh, Detective Johnson«, sagte sie. »Lieutenant Gleason möchte Sie gern sprechen.« Ihr Blick schweifte zu Thomas. »Sie natürlich ebenfalls«, fügte sie hinzu, dann eilte sie von dannen.

»Was läuft da zwischen dir und Gleason?«, fragte Thomas mit gedämpfter Stimme und drehte sich um, um Lorna den kurzen Gang entlang zu folgen.

»Mit Onkel Archer?« Ihre dunklen Augen blitzten.

»Er ist nicht dein Onkel.«

»Nein, aber uns verbindet ein gemeinsames Interesse«, sagte sie augenzwinkernd. Dann: »Komm bloß nicht auf falsche Ideen. Es geht um Wohltätigkeitsarbeit für behinderte Kinder.« Jetzt neckte sie ihn nicht mehr, aber sie äußerte sich auch nicht näher. Einen Moment später ging sie ihm voran in Gleasons Glaskubus.

Gleason saß an seinem ordentlich aufgeräumten Schreibtisch, umgeben von seinen Basketball-Fanartikeln.

»Ich habe die beiden Detectives im Flur angetroffen, Lieutenant. Sie wollten doch mit ihnen reden, oder?« Lorna stellte eine Flasche Wasser auf Gleasons Schreibtisch und holte ihm ein sauberes Glas von einem Tablett auf dem Aktenschrank. Dann wandte sie sich zum Gehen.

»Ja, das ist richtig.« Archer Gleason nickte und warf einen Blick auf seine Armbanduhr. »Setzen Sie sich, setzen Sie sich«, forderte er Johnson und Thomas auf und deutete auf die beiden Stühle vor seinem Schreibtisch, »ich habe allerdings nur ein paar Minuten Zeit.« Lorna verließ das Büro und schloss die Tür hinter sich. »Morgen früh erwarte ich ein Update und einen umfassenden Bericht.«

Johnson nickte. »Kein Problem, Sir.«

Ohne den beiden Detectives etwas anzubieten, schenkte sich Gleason ein Glas Wasser ein und kam sofort zur Sache. »Ich habe heute Morgen mit Randall Isley gesprochen. War 'ne Menge bürokratischer Aufwand nötig, aber schlussendlich hab ich ihn ans Telefon bekommen.« Seine Glatze schimmerte im Neonlicht. »Der arme, alte Randy. Keine Ahnung, ob er durchkommt.« Gleason presste die Lippen zusammen und wischte sich mit dem Handrücken über die gefurchte Stirn. »Wie dem auch sei: Er hat mich an etwas erinnert, worum Sie sich noch einmal kümmern sollten. Steht in den alten Berichten.«

»Etwas, was übersehen wurde?«, fragte Johnson.

»Das würde ich so nicht sagen. Etwas, dem damals nicht genügend Aufmerksamkeit beigemessen wurde. Randy und ich waren Deputies, als das Massaker im Feriendomizil der McIntyres geschah, und wir waren dabei, als man Edmund Tate zusammen mit dem Mädchen am Ufer des Cold Lake entdeckte. Er war schon fast tot.« Gleason nahm einen großen Schluck Wasser, dann drehte er das Glas zwischen den Händen. »Man hat ihn nur gefunden, weil sich das Mädchen die Lunge aus dem Hals schrie und verzweifelt versuchte, von ihm wegzukommen. Ich rede von der jüngsten McInty-re-Tochter, Kara.«

Johnson nickte und rutschte gespannt auf ihrem Sitz nach vorn.

»Tate hat nur gehustet und gespuckt, brachte kein vernünftiges Wort heraus.«

Das hatte Thomas in den alten Zeugenaussagen der Kollegen gelesen, die damals vor Ort gewesen waren.

»Dabei stammelte er unentwegt vor sich hin, aber keiner von uns konnte verstehen, was er sagte. Das einzige halbwegs verständliche Wort war ›Zimmerfee‹. Er sagte es wieder und wieder.« Gleason kaute auf seiner Unterlippe, in Gedanken um zwanzig Jahre zurückversetzt. »Er wollte uns unbedingt etwas mitteilen. Schließlich packte er einen der Rettungssanitäter am Jackenkragen, richtete sich auf seiner Bahre auf und stieß das Wort voller Verzweiflung erneut hervor.« Er räusperte sich, dann warf er einen Blick auf die Uhr und rollte seinen Stuhl zurück. »Das war's, woran Isley mich erinnert hat. Und natürlich daran, dass wir die Sicherstellung des Schwerts, der Mordwaffe, vermasselt haben, doch dessen bin ich mir in Anbetracht der aktuellen Umstände nur allzu bewusst. Mehr hat Randy nicht gesagt, nur dass er mich auf einen Drink einladen wird, wenn wir uns wiedersehen. Detectives, ich erwarte morgen früh Ihren Bericht.«

Und damit begleitete er sie aus seinem Büro.

Während sie erneut dem Ausgang zustrebten, wiederholte Johnson nachdenklich: »›Zimmerfee‹. Was soll denn der Unsinn? Das ist ein entscheidender Hinweis? Deswegen hat er uns zu sich ins Büro gerufen?«

Thomas schob die Tür auf und ließ Johnson den Vortritt.

»Das ist nicht nötig«, sagte sie, als sie an ihm vorbeiging.

Er folgte ihr. »Ich weiß, aber ich bin nun mal ein Mann der alten Schule.« Sie überquerten den Parkplatz. Unter ihren

Stiefeln knirschte der überfrorene Schnee. Die Temperaturen schienen immer weiter zu sinken – ein Vorbote auf den neuerlichen Blizzard, vor dem die Meteorologen so eindringlich warnten.

»Amen.« Johnson grinste, öffnete die Tür des Chevy Tahoe und ließ sich auf den Beifahrersitz fallen. »Übrigens: Nächstes Mal fahre ich.«

»Und wer soll dann die E-Mails und Textnachrichten checken? Sich aufs Handy konzentrieren und Hinweisen nachgehen?«

»Wir haben alle unsere Stärken.«

»Und meine ist es, zu fahren«, bekräftigte er, was sie dazu brachte, die dunklen Augen zu verdrehen.

»Na schön, du Ass, dann fahr eben. Vielleicht kannst du mir vorher verraten, was es mit dieser ›Zimmerfee‹ auf sich hat. Die Reinigungsfrau der McIntyres war an Heiligabend doch bestimmt nicht zugegen, um ihre Arbeitgeber nebst Familie zu meucheln.«

Thomas nickte. »Die McIntyres haben tatsächlich eine Haushaltshilfe, aber die war bereits seit über einer Woche bei ihrer Familie in Mexiko.« Er überlegte kurz. »Wahrscheinlich hat es gar nichts zu bedeuten. Gleason will sich bloß nicht die Butter vom Brot nehmen lassen, bevor er in den Ruhestand geht. Der Fall schlägt hohe Wellen, und das auf nationaler Ebene. Auf diese Weise kann er sich wichtig fühlen. Für ihn geht es auch um etwas Persönliches, denn er war damals vor Ort.«

»Ich weiß.« Johnson grub die Zähne in die Unterlippe. »Und was, wenn dieser Edmund Tate gar nicht ›Zimmerfee‹ gesagt hat?«

»Worauf willst du hinaus?« Er setzte aus der Parklücke, rollte vom Parkplatz und ordnete sich in den Spätnachmittagsverkehr ein. Um diese Jahreszeit war es bereits dunkel,

Scheinwerferlichter schnitten durch den schwarz-weiß gesprenkelten Vorhang.

»Keine Ahnung, möglicherweise hat er ja auch gesagt: ›Send sie zu Fai.‹«

»›Send sie zu Fai‹?«

»Vielleicht hat er über das kleine Mädchen gesprochen, Kara. Fai Donner ist ihre Tante. Edmund Tate hat mitbekommen, dass man Karas gesamte Familie abgeschlachtet hatte, und als Bewohner der Ferienhaussiedlung muss er die Freunde und Verwandten der McIntyres gekannt haben. Er machte sich Sorgen um das Kind, das er gerade aus dem See gerettet hatte, also hat er die Kollegen bitten wollen, Kara zu ihrer Tante zu bringen: ›Send sie zu Fai‹, vielleicht auch nur ›Send sie Fai‹. Klingt doch so ähnlich wie ›Zimmerfee‹.«

Thomas bremste vor einer kleinen Mall am Stadtrand ab. Johnson warf ihm einen fragenden Seitenblick zu, aber er beschleunigte bereits wieder.

»Möglicherweise bedeutet es tatsächlich gar nichts – nur das wahnhafte Gemurmel eines sterbenden Mannes.«

Er schüttelte nachdenklich den Kopf und überlegte kurz, ob er den Lichtbalken einschalten sollte, um an den langsam dahinkriechenden Fahrzeugen vorbeiziehen zu können.

Der Parkplatz vor dem Einkaufszentrum war teilweise abgesperrt, um Platz für den Auftritt eines Chors zu schaffen, der Weihnachtslieder singen würde. Daneben war eine Krippe mit lebenden Figuren aufgebaut. Aus dem Wagenfenster konnte sie Maria und Josef, die Heiligen Drei Könige und den Engel der Verkündigung sehen, die sich um Strohballen mit einer Jesuskind-Puppe drängten. Dahinter, in einem grob gezimmerten Verschlag, standen ein Esel und Schafe, sogar der Schäferhund war echt. Der Esel schrie so laut, dass er den Chor übertönte.

Johnson ließ das Beifahrerfenster hinab. »Ich liebe das«,

sagte sie. »Das ist so herrlich amerikanisch.« Die letzten Töne von »God Rest Ye Merry Gentlemen« schallten ins Wageninnere. »Das bringt mich immer in festliche Stimmung.«

»Etwa mehr, als einen grauenhaften Mordfall zu lösen?«, fragte Thomas sarkastisch.

»Ja.« Johnson nickte. »Aber nur ein klitzekleines bisschen.«

Thomas manövrierte den Chevy Tahoe um die Fahrzeuge herum, die die Ein- und Ausfahrt des Parkplatzes verstopften. Der Chor stimmte »Stille Nacht« an. Johnson fuhr das Fenster wieder hoch. Thomas beschleunigte. Er dachte noch immer über Edmund Tates letzte Worte beziehungsweise letztes Wort nach. War er noch genügend bei Verstand gewesen, um zu wissen, was er da von sich gab? Er hätte gedacht, als Familienvater würde man: »Ruft meine Frau an«, oder: »Sagt meiner Familie, dass ich sie liebe«, sagen, aber doch nicht: »Zimmerfee«.

Was zur Hölle hatte Tate damit gemeint?

»Das ist das letzte Mal«, schwor sich Brittlynn und dachte daran, wie viele Male Chad Atwater sie schon im Stich gelassen hatte. »Das mache ich nicht länger mit. Schluss damit, und zwar endgültig.«

Sie hatte nicht glauben können, dass er schon wieder gegangen war, hatte bis zum Schluss gedacht, er würde es sich anders überlegen, aber dem war nicht so gewesen. Statt auf dem Absatz kehrtzumachen und zu ihr zurückzukommen, war er in seinen alten Pick-up gestiegen und hatte den Motor angelassen. Wie immer gab es Probleme mit der Zündung, aber dann war er die Zufahrt entlanggerollt. Unter den dicken Reifen spritzte der Schnee auf.

»Bastard«, hatte sie geknurrt. »Du gottverdammtes Arschloch!« Es war ihr Pick-up. Auf ihren Namen zugelassen, dachte sie, als sie den roten Schlusslichtern nachblickte, die zwischen den Bäumen verschwanden.

Sie war fertig mit dem Kerl. Ein für alle Mal.

Jetzt trug sie die letzten von Chads Habseligkeiten zusammen: das dämliche Snowboard, das er nie benutzte, sein geliebtes Oregon-Ducks-Sweatshirt, sein kostbares Handy, das er wahrscheinlich absichtlich liegen lassen hatte. Es würde ebenfalls in Flammen aufgehen.

Nachdem sie sich vergewissert hatte, dass nichts mehr von ihm im Haus war, knallte sie die Hintertür zu und stapfte über den Trampelpfad im Schnee zur Feuergrube, die bereits überquoll: Kleidung, Golfschläger, Angelausrüstung, sogar sein Highschool-Jahrbuch und seine College-Jacke. Dort angekommen, übergoss sie das Ganze mit Benzin aus der Garage. Sie war fertig mit Chad Atwater. Gleich morgen würde sie eine Anwältin anrufen, deren Nummer sie von einer Freundin bekommen hatte. Die Freundin hatte bereits zwei Scheidungen hinter sich und steuerte momentan auf Scheidung Nummer drei zu. Brittlynn wollte Fakten schaffen: Sie und Chad waren Geschichte.

Sollte der Scheißkerl wie immer nach einer Weile wieder angekrochen kommen, würde er eine ordentliche Überraschung erleben, dachte sie und verteilte großzügig Benzin auf dem grünen Stoff-Alligator, den er vor einer Million Jahren beim Ringewerfen auf dem Jahrmarkt für sie gewonnen hatte.

Wenn er denn zu ihr zurückkam.

Womöglich war er diesmal für immer gegangen.

»Na schön«, sagte sie, legte den Kopf in den Nacken und blickte hinauf in die dicken Schneeflocken, die vom Himmel fielen. »Dann ist das eben so. Auch gut.« Sie warf die leeren Benzinkanister auf den hohen Stapel mit Chads Habseligkeiten. Anschließend zog sie sein Lieblingsfeuerzeug aus der

Jackentasche – ein graviertes Sturmfeuerzeug aus Silber, das er von seinem Dad geerbt hatte –, und zündete sich eine Zigarette an. Die halb leere Packung hatte sie in seiner Angelweste entdeckt. Ihre letzte Zigarette hatte sie vor fünfzehn Jahren geraucht, doch jetzt überlegte sie, ob sie nicht wieder anfangen sollte. Sie inhalierte tief und blies genussvoll den Rauch aus. Chad hatte sie damals dazu gedrängt, mit der Qualmerei aufzuhören, aber jetzt war sie eine freie Frau und konnte zum ersten Mal in ihrem elenden Erwachsenenleben tun und lassen, was sie wollte.

Die Zigarette in den Mundwinkel geklemmt, rollte sie eine vergilbte Zeitungsseite zusammen, steckte sie mit der glühenden Spitze der Marlboro an und sah zu, wie das trockene Papier Feuer fing. Die Ränder der *Whimstick Times* wurden schwarz und kräuselten sich. Sie ließ die lodernde Zeitungsseite auf den Scheiterhaufen fallen, der halb so hoch war wie sie selbst. Die Fackel landete direkt auf dem handgestrickten Pullover, den seine Großmutter Chad kurz vor ihrem Tod zu Weihnachten geschenkt hatte. »Tut mir leid, Granny«, sagte Brittlynn, doch das war gelogen. Es tat ihr nicht leid, nicht im Mindesten.

Das Benzin fing Feuer und setzte mit einem laut hörbaren *Wuuusch!* den Pulli in Brand. Die Flammen breiteten sich rasend schnell aus und griffen auf die anderen Sachen über. Bald loderte der gesamte Scheiterhaufen lichterloh.

»Perfekt«, flüsterte Brittlynn und betrachtete den Rauch, der in den Himmel stieg. Bald wäre von Chads Kostbarkeiten nicht viel mehr übrig als ein Haufen Asche.

Jasper kam durch die Katzenklappe in der Hintertür ins Freie geschlendert. Zögernd tappte er über den festgetretenen Schnee und schüttelte nach jedem Schritt angewidert die Pfote.

Als er bei ihr angekommen war, nahm Brittlynn den kleinen Stubentiger auf den Arm und wisperte: »Mach dir keine Sorgen. Wir haben immer noch uns beide.« Sie streichelte Jaspers Rücken und starrte wie gebannt ins Feuer. Ein Lächeln trat auf ihre Lippen, die Hitze wärmte ihr Gesicht und ließ die Schneeflocken in ihren Haaren und auf ihrer Kleidung schmelzen. Die Flammen schlugen immer höher, das Feuer knackte und zischte in den Böen, die von Minute zu Minute kräftiger zu werden schienen. Funken stoben durch die Luft.

Brittlynn trat einen Schritt zurück, dann schnipste sie die halb gerauchte Zigarette in das brennende Inferno und dachte daran, dass sie jetzt nie wieder würde mit ansehen müssen, wie Chad seine Fingernägel abkaute und die kleinen Stückchen auf den Fußboden spuckte. Sie würde auch nicht länger seine Fürze und sein Rülpsen ertragen müssen, worauf er auch noch stolz zu sein schien. Nie wieder würde sie sich abgestoßen abwenden müssen, wenn er einen Teller Pfannkuchen mit Ahornsirup in sich hineinschlang und gierig auf ihren Teller schielte, noch bevor sie den ersten Bissen genommen hatte. Wie herrlich, wenn sie nicht länger seine Unterwäsche aufheben musste, die er achtlos auf den Boden warf, was für ein Segen, wenn er nicht mehr mit seinen schlammverkrusteten Stiefeln ins Haus gelatscht kam. Sie war frei, musste all das nie wieder ertragen.

Hoffentlich.

Er war ein Schwein, dachte sie und streichelte zärtlich Jaspers Köpfchen. »Nie wieder«, sagte sie laut und drehte sich zu dem Holzhaus um, in dessen Fenstern sich die orangeroten Flammen spiegelten. Es war ihr Haus, auf gewisse Weise. Sie hatten es von ihrem Onkel gemietet, und der hatte versprochen, es nach seinem Tod Brittlynn zu hinterlassen. Chad konnte keinen Anspruch darauf erheben. Genauso wenig wie auf sie.

Mit einiger Mühe zog sie ihre Ringe vom Finger. Ein schlichter Reif aus Platingold und ein Verlobungsring mit einem klitzekleinen Diamanten darauf. Sie schleuderte beide auf den brennenden Haufen.

Zwanzig Jahre! Zwanzig verfluchte Jahre ihres Lebens – verschwendet! Sie hätte niemals lügen dürfen. Ein Fehler, den sie mit gerade mal vierzehn begangen hatte, sechs Monate, bevor sie strafmündig wurde. Ein Fehler, der ihr Leben für immer verändern sollte.

Wie dumm sie damals gewesen war! Fasziniert von einem älteren Jungen, der bereits eine brandheiße Freundin hatte. Ein reiches Mädchen, das alles besaß, was Brittlynn niemals haben würde, Chad eingeschlossen. Sie konnte ihrem vierzehnjährigen Ich keinen Vorwurf machen, dass sie auf ihn gewartet, für ihn gelogen hatte. Ja, sie hatte sogar geglaubt, sie wäre bereit, für ihn zu sterben.

Sie war zu jung gewesen, um zu begreifen, was für ein Loser er in Wirklichkeit war.

»Fröhliche Weihnachten, du Scheißkerl, wo immer du sein magst!«

In diesem Moment verspannte sich Jasper auf ihrem Arm. Er richtete sich auf, spähte über ihre Schulter und fing an zu fauchen, die spitzen Zähnchen gebleckt, die pelzigen Öhrchen eng an den Kopf gelegt.

»Was ist denn, mein Liebling?«, fragte sie, doch noch bevor sie sich umdrehen konnte, grub er seine Krallen in ihre Jacke und setzte zum Sprung an. Kaum im Schnee gelandet, huschte er durch die Katzenklappe, die mit einem hörbaren Geräusch hinter ihm zuschlug, ins Haus.

Brittlynn musste sich gar nicht umdrehen, um zu wissen, was sie erwartete: Chad war zurückgekehrt. Nun, scheiß drauf. Es war ihr egal. Ihretwegen konnte er getrost zur Hölle fahren.

Sie warf einen Blick über die Schulter und erstarrte.

Es war nicht Chad.

Zwei Personen standen zwischen ihr und dem Haus.

Ein Mann und eine Frau mit Mützen und warmen Jacken. Der Mann hielt seine Dienstmarke hoch, aber sie hatte auch so gewusst, dass die beiden Cops waren.

Mist.

»Mrs Atwater«, sagte die Frau. »Ich bin Detective Aramis Johnson, und das ist mein Partner, Detective Cole Thomas. Wir würden Ihnen gern ein paar Fragen stellen.«

»In welcher Angelegenheit?«, fragte Brittlynn, um eine ruhige Stimme bemüht, denn sie wusste genau, was nun auf sie zukam.

»Über das McIntyre-Massaker und Ihren Ehemann«, beantwortete der Mann ihre Frage. Er war groß und wirkte sachlich nüchtern, seine Augen blickten durchdringend und kalt. Die Frau hatte dunklere Haut und Augen, die schwarz waren wie Kohle. Auch ihr Gesichtsausdruck war ernst, todernst. »Und wir würden gern mit Chad Atwater sprechen.«

»Er ist nicht da«, platzte Brittlynn heraus und hoffte, die beiden würden einfach wieder verschwinden. »Er ist heute Morgen abgehauen.« Sie zwang sich, die Worte auszusprechen, die ihr im Halse stecken bleiben wollten. »Er hat mich verlassen.«

»Wissen Sie, wohin er gegangen ist?«, fragte die Frau mit samtweicher Stimme und eisernem Gesichtsausdruck.

»Nein, das hat er mir nicht gesagt. Hat sich vor Anbruch der Morgendämmerung in den Wagen gesetzt und ist davongefahren.«

»Warum?«

»Keine Ahnung.«

»Hatten Sie Streit?«

»Ich glaube nicht, dass Sie das etwas angeht«, erwiderte Brittlynn ungehalten.

Der Mann machte einen Schritt auf sie zu. »Es geht uns durchaus etwas an. Wir ermitteln in einem Mordfall.«

»Wie bitte? *Mord?*« Sämtliche Luft entwich schlagartig aus Brittlynns Lungen. *Mord? Um Himmels willen!* »Sie glauben, Chad ist in einen *Mordfall* verwickelt?«

»Deshalb würden wir gern mit ihm reden.«

»Nun, da kommen Sie zu spät.« Der große Cop – wie hieß er noch gleich? Cole Irgendwas – betrachtete das Feuer und zog die Brauen zusammen. Herrje, vermutlich dachte er, sie würde Beweismittel verbrennen! Hoffentlich bekam sie keine Schwierigkeiten! Brittlynn spürte, wie sich ihr Magen verknotete. Trotz der eisigen Temperaturen fing sie an zu schwitzen.

»Sind das Chads Sachen?«, fragte der Detective.

O Gott, sie hatte Mist gebaut, und zwar gründlich. »Ja«, gab sie zögernd zu. »Zumindest der Großteil davon.«

Die Frau zog ihr Handy hervor und wischte mit dem Finger übers Display, vermutlich prüfte sie, ob es möglich war, Brittlynn zu verhaften. Ihre Kehle wurde staubtrocken.

»Hat er ein Mobiltelefon?«

Brittlynn schluckte angestrengt. Die Schlinge um ihren Hals zog sich enger zusammen. Nickend stammelte sie: »Ja … ja, hat … hatte … er. Aber er hat es hiergelassen.« Ihre Augen wanderten zu den lodernden Flammen. »Es ist … da … drinnen …« Sie deutete mit dem Kinn auf den brennenden Haufen.

Die Detectives warfen einander einen vielsagenden Blick zu, dann wandte die Frau sich ab, tippte eine Nummer in ihr Handy und sprach leise mit jemandem am anderen Ende der Leitung. Es sah nicht gut aus für Brittlynn. Ganz und gar nicht.

In ihrer Verzweiflung stieß sie hervor: »Wenn es um eines dieser Gesetze geht, von denen Chad mir erzählt hat, zum Beispiel, dass ich nicht gegen meinen Ehemann aussagen muss, dann ist das jetzt kein Problem mehr, denn ich werde mich scheiden lassen.«

»Das ist nicht das Problem«, versicherte der Mann ihr freundlich.

»Okay«, sagte sie und dachte angestrengt nach. Die Cops wirkten nicht so, als wären sie auf den Kopf gefallen, und sie waren ganz bestimmt nicht ihre Freunde. Sie durfte ihnen nicht trauen. Die Frau beendete ihr Telefonat und schob das Handy in ihre Tasche. Brittlynn spürte, wie sie in Panik ausbrach. Was, wenn sie sie tatsächlich verhafteten? Bei der Vorstellung fing ihr Herz heftig an zu hämmern. Sie hatte genügend Folgen von *Law & Order* gesehen, um ihre Rechte zu kennen. Es wäre besser, wenn sie den Detectives entgegenkam. »Also gut«, sagte sie, um eine feste Stimme bemüht. »Ich werde Ihre Fragen beantworten, aber ich möchte einen Anwalt.«

Sie würde nicht für etwas ins Gefängnis wandern, was Chad getan hatte. Nirgendwo in ihren hastig niedergekritzelten Eheversprechen hatte gestanden: *Ich verspreche, dich zu lieben, dich zu ehren und für dich zu lügen, genau wie ich verspreche, den Kopf für dich hinzuhalten und an deiner Stelle ins Gefängnis zu gehen.* Nein, das konnte er vergessen.

»Kein Problem«, sagte der Mann wieder, obwohl die Frau kaum merklich die Lippen verkniff.

»Ach ja«, fügte Brittlynn eilig hinzu, weil sie sich diese Gelegenheit nicht entgehen lassen wollte. »Ich möchte einen Deal. Einverstanden? Glauben Sie mir: Das, was ich Ihnen zu erzählen habe, ist einen wirklich guten Deal wert.«

KAPITEL DREISSIG

I ch glaube, ich möchte zu dem Haus in den Bergen zurückkehren«, gab Kara widerwillig zu. Sie stand vor der großen Fensterfront von Tates Loftwohnung und betrachtete den Fluss. Sobald sie die Worte ausgesprochen hatte, fing das Blut in ihren Ohren an zu rauschen. Bilder jener letzten Nacht in dem tief verschneiten, idyllischen Feriendomizil am Mount Hood wirbelten durch ihren Kopf, ihr Magen zog sich schmerzhaft zusammen.

Tate schaute von seinen Notizen auf. Er saß an seinem Ess- und Schreibtisch, den Hund zu Füßen, im Fernseher lief ein Vierundzwanzig-Stunden-Nachrichtensender. Sie hatten den Großteil des Tages damit verbracht, über die Vergangenheit zu sprechen und das, was sie zutage förderten, mit den Ereignissen der Gegenwart zu verknüpfen. Nach gut drei Stunden war Kara fix und fertig gewesen, und sie hatten eine Pause eingelegt, um mit dem Hund spazieren zu gehen und sich bei dem Deli ein Stück die Straße hinunter Sandwiches zu besorgen. Die frische Luft hatte gutgetan, und als sie weitermachten, war sie zu dem Schluss gelangt, dass sie wohl nie alle Fragen beantwortet bekommen würde, die ihr auf der Seele brannten. Sie würde sich damit abfinden müssen, dass es Erinnerungslücken gab, die sie niemals würde füllen können. *Du darfst nicht in der Vergangenheit hängen bleiben, du musst dich davon lösen!*, nörgelte ihre innere Stimme, und diesmal fand Kara, dass sie recht hatte. Sie hatte beschlossen, Tate zu vertrauen, sich ihm anzuvertrauen.

»Ich dachte, du würdest nie wieder einen Fuß dorthin setzen wollen«, erwiderte er denn auch prompt.

»Will ich auch nicht. Muss ich aber. Zwanzig Jahre sind lange genug, um den Mut zu fassen, sich den Dingen zu stellen, die damals geschehen sind.« Es gelang ihr, ein unsicheres Lächeln zustande zu bringen. Tates Loft war warm und gemütlich, trotz der eher spartanischen Einrichtung. Sie fühlte sich sicher und geborgen, doch ihr war klar, dass dies keine längerfristige Lösung war. Tate würde sie nicht ewig in seinem Bett schlafen lassen. Ihr Blick schweifte zurück zum Fenster, diesmal auf die Straße, die vor dem ehemaligen Lagerhaus entlangführte. Die Passanten erledigten Weihnachtseinkäufe, hasteten, dick eingemummelt, die Köpfe gegen den Wind gesenkt, über die Gehsteige, Autos fuhren vorüber und hielten an der Ampel an der Kreuzung an. All diese Menschen lebten ein ganz normales Leben, waren nicht gefangen in ihrer eigenen Paranoia wie sie.

Sogar während sie die Leute betrachtete, blieb sie wachsam, hielt Ausschau nach jemandem, der sie womöglich verfolgte. Das musste ein Ende haben, und zwar definitiv.

»Ich glaube, es ist an der Zeit«, behauptete sie tapfer, während sie insgeheim gegen den Wunsch ankämpfte, sich einen Drink einzuschenken oder zwei … oder sieben. Sie drehte sich zu Tate um. »Allerdings schaffe ich das ganz bestimmt nicht allein.«

»Verständlich.«

Sie atmete tief durch. Auch wenn sie wusste, dass er ein Buch über den Fall schreiben wollte – eins, das anders als die zahlreichen anderen Bücher auf harten Fakten beruhte –, wollte sie diesen Weg mit ihm gehen. Mit Wesley Tate, dem Jungen, den sie seit ihrer Kindheit kannte, der ihretwegen seinen Vater verloren hatte. Mit dem Mann, den sie so attraktiv fand. Er hatte einen genauso schwarzen Humor wie sie, und er würde Himmel und Hölle in Bewegung setzen, um die Wahrheit ans Tageslicht zu bringen. Während sie sich vor der Vergangenheit versteckt hatte und so viel wie möglich für sich selbst geblieben war, während sie versucht hatte zu leugnen, dass sie die Überlebende einer Tragödie war, die für immer tiefe Narben hinterlassen hatte, hatte er sich mit der Vergangenheit auseinandergesetzt. Er hatte sich nicht dem Schmerz und dem Entsetzen ergeben, er hatte die Fesseln des Horrors abgestreift, entschlossen, die Wahrheit herauszufinden. Und dieses Ziel verfolgte er noch immer.

Auch sie musste sich nun der Herausforderung stellen, musste den Mut finden, ihre Paranoia zu überwinden.

Aber deswegen musst du doch nicht gleich in das Haus am Cold Lake zurückkehren! Das packst du nicht, Kara, niemals! Du wirst es nie und nimmer schaffen, auch nur einen Fuß über die Schwelle zu setzen.

»Ich habe das Haus schon viel zu lange gemieden«, sagte sie mit belegter Stimme und hoffte, ihre aufgewühlten Eingeweide würden sich wieder beruhigen. Jetzt galt es erst einmal, die nervige Stimme in ihrem Kopf zum Schweigen zu bringen. »Wenn ich dort bin, stoße ich vielleicht auf etwas, was meiner Erinnerung auf die Sprünge hilft, damit ich die Lücken schließen kann, die mir so sehr zu schaffen machen.«

Bist du verrückt geworden?

Die Stimme ließ sich nicht abstellen.

Der Ort ist böse.

Dort wurden Mama und Daddy ermordet.

All das Blut! Daran erinnerst du dich: so viel Blut!

Und du erinnerst dich an die grausam zugerichteten Lei-

chen, den zur Seite gekippten Weihnachtsbaum ... und an die
Musik, an dieses verfluchte Lied!

Ihre Haut fing an zu kribbeln. Für einen Moment dachte
sie, sie müsste sich übergeben.

Geh nicht dorthin, Kara. Du wirst es bereuen.

»Oder ...« Galle stieg in ihre Kehle. Um ein Haar hätte sie
gewürgt. Sie biss die Zähne zusammen und zwang sich erneut zu einem unsicheren Lächeln. Kämpfte gegen die aufsteigende Panik an. »Oder glaubst du, ich drehe dort völlig
durch? Raste aus? Bekomme eine Panikattacke, die so heftig
ist, dass sie zu einem Nervenzusammenbruch führt?« Sie
schluckte mühsam gegen die Furcht an, die sich immer mehr
in ihr breitmachte. »Was denkst du? Bist du noch dabei?«

»Klar«, antwortete er. Ein feines Lächeln umspielte seine
Lippen, als er den Raum durchquerte und seine Hand auf
ihre Schulter legte. »Du kennst mich, McIntyre. Für Ausras-
ter bin ich immer zu haben.«

»Dann haben wir also eine Abmachung«, sagte der Anwalt,
der neben Brittlynn Atwater an dem schmalen Tisch im Vernehmungsraum des Departments saß. Robert Cooke rückte
seine Lesebrille zurecht. Er war ein dünner Mann mit verkniffenen Gesichtszügen und braunen Haaren mit ausge-
prägten Geheimratsecken. Er trug einen teuren Anzug, der
mit jeder fein gewebten Faser »Mit mir ist nicht zu spaßen«
zu sagen schien. Mit einer zackigen Bewegung legte er sein
Handy aufnahmebereit auf den Tisch, neben das Mikrofon
in der Mitte, um das Gespräch zusätzlich mitzuschneiden.
Die Kameras unter der Decke sorgten dafür, dass es auch
eine audiovisuelle Aufzeichnung geben würde.

»Das ist korrekt.« Cole Thomas nickte. Abwartend. Irgendwie glaubte er nicht, dass Chads Frau ihnen die Wahrheit sagen würde.

»Bringen wir's hinter uns.« Brittlynn war nervös, ihr Gesicht blass. Sie hatte sich umgezogen, trug jetzt eine schwarze Hose und einen weißen Pullover. Sie hatte ihre roten Haare zu einem lockeren Knoten geschlungen und etwas Make-up aufgelegt, außerdem wirkte sie ein wenig umgänglicher als zuvor am Feuer. Und sie kaute Kaugummi, als hinge ihr Leben davon ab.

Es hatte einige Zeit gedauert, den Deal auszuhandeln, aber schließlich hatte der Staatsanwalt zugestimmt, Brittlynn weitestgehend ungeschoren davonkommen zu lassen, sollte sie die Aussage, die sie als Vierzehnjährige getätigt hatte, revidieren und reinen Tisch machen.

»Warum ist Chad Ihrer Meinung nach gegangen? Hat er sich dazu geäußert?«, eröffnete Thomas die Befragung.

»Ich weiß es nicht.« Brittlynn verschränkte die Hände im Schoß.

»Hat sein Verschwinden etwas mit dem gewaltsamen Tod von Merritt Margrove zu tun?«

»Nein.« Sie schüttelte den Kopf. »Ich meine, zumindest nicht direkt. Nur um das klarzustellen: Chad war während der Zeit, als der Anwalt ermordet wurde, bei mir. Den ganzen Abend, die ganze Nacht, den ganzen nächsten Vormittag. Das weiß ich, weil ich gegen halb drei morgens zur Toilette musste und er tief und fest schlafend neben mir im Bett lag. Er hatte den ganzen Tag lang Skikurse für Kinder gegeben und sich todmüde gegen dreiundzwanzig Uhr hingelegt. Er hat nichts damit zu tun. Allerdings war er ziemlich nervös – erst Jonas' Entlassung und dann das.«

»Warum war er nervös wegen Jonas' Entlassung?«, wollte Johnson wissen.

»Wegen dem, was vor zwanzig Jahren passiert ist.« Sie schluckte. »Dem Massaker.«

Thomas musterte sie durchdringend. »Was genau hat ihn nervös gemacht?«

»Sie wissen, dass ich damals nicht dabei war«, sagte Brittlynn zögernd.

Johnson nickte und schob das Mikrofon näher zu ihr. »Erzählen Sie uns einfach, was Sie wissen, Mrs Atwater.«

»Ich war zu Hause, genau wie ich es damals ausgesagt habe, aber Chad war dort, beim Ferienhaus der McIntyres.« Sie hielt inne und kaute angestrengt auf ihrem Kaugummi. »Sie hatten alles geplant, Marlie und er. Ich nehme an, sie wollten gemeinsam durchbrennen.« Sie zuckte die Achseln, als würde ihr das nichts ausmachen, aber ihrem verkniffenen Gesichtsausdruck entnahm Thomas, dass eher das Gegenteil der Fall war. Es machte ihr etwas aus, und zwar eine ganze Menge, auch noch nach all den Jahren. »Marlies Mom und ihr Stiefdad konnten Chad nicht leiden. Natürlich war er ihnen ›nicht gut genug‹.« Sie malte mit den Fingern Anführungszeichen in die Luft. »Sie wollten ihn nicht in ihrer Familie haben, haben ihn nicht einmal zum Weihnachtsfest eingeladen, und deshalb sind Marlie und er auf diese Idee gekommen, abzuhauen. Sie wollten einfach weg, um sich zusammen etwas aufzubauen. Ich bin mir nicht sicher, ob Marlie davon wusste oder nicht, aber Chad hatte vor, den Alten zu bestehlen. Marlie hatte ihm erzählt, wo Samuel sr. sein Bargeld versteckte.«

Sie verstummte, als würde sie überlegen, wie sie das, was dann passiert war, in Worte fassen sollte. Der Kaugummi flog von einer Wange in die andere. »Er, ähm, er ist also zum Ferienhaus gegangen und hat auf eine günstige Gelegenheit gewartet, aber niemand ging zu Bett. Es war eiskalt draußen, deshalb hat er sich in eine Art Abstellraum im hinteren Bereich des Hauses geschlichen. Dort gab es eine falsche Wand, eine Geheimkammer, wie man sie aus diesen gruseligen Schwarz-Weiß-Filmen kennt. Darin verwahrte der Alte laut Marlie seine ›Notfallreserve‹, wenn sie in den Bergen waren.

Chad hatte Mühe, die Geheimkammer zu entdecken und aufzubekommen, und als es ihm schließlich gelang, war sie leer. Kein Bargeld. *Zero.* Entweder hatte Marlie ihn belogen, oder Sam sr. war ihnen auf die Schliche gekommen, oder jemand war schneller gewesen als er.« Brittlynn sah von einem Detective zum anderen und erzählte weiter: »Chad war stinksauer und wollte sich gerade aus dem Staub machen, als er Gebrüll hörte. Schreie. Wütende Drohungen. Er schlich durch den Flur und spähte um die Ecke ins Wohnzimmer. Dort sah er Jonas mit einem Schwert herumfuchteln. Er hat Donner bedroht. Hat ihn wild beschimpft, weil Donner es mit seiner Freundin getrieben hatte. Mit Lacey Higgins, dieser Schlampe. Angeblich hat Jonas Donner angeschrien: ›Ich hatte dir gesagt, dass du dich von ihr fernhalten sollst, du Wichser! Ich hatte dir gesagt, was passieren würde, wenn du dich nicht daran hältst. Du wusstest, dass ich dich verflucht noch mal töten würde!‹ Sam jr. war ebenfalls im Raum, er versuchte, hinter dem Weihnachtsbaum in Deckung zu gehen. Chad bekam eine Heidenangst. Er meinte, es habe ausgesehen, als wäre Jonas vom Teufel besessen.«

Dann hatten sie sich also doch nicht getäuscht, dachte Thomas. Die Polizei hatte den Mörder verhaftet, das Gericht hatte ihn verurteilt. Thomas spürte, wie sich Erleichterung in ihm breitmachte. All die Zweifel, dass man Jonas McIntyre Unrecht zugefügt hatte, erwiesen sich Gott sei Dank als unberechtigt. Zum Glück hatte dieser brutale Spinner wenigstens zwanzig Jahre gesessen!

»Was ist dann passiert?«, fragte er, darum bemüht, nicht allzu euphorisch zu klingen.

»Chad hat die Beine in die Hand genommen und ist abgehauen.« Brittlynn schauderte. »Hat nicht einmal auf Marlie gewartet, obwohl er meinte, sie aus dem Augenwinkel oben am Treppenabsatz gesehen zu haben. Er ist sich bis heute nicht sicher, ob Jonas ihn an der Wohnzimmertür bemerkt hat, deshalb hatte er so Schiss wegen dessen Entlassung, von wegen Zeugenbeseitigung und so.«

»Hat Jonas Donner Robinson die Kehle aufgeschlitzt?«, fragte Johnson.

»I… Ich weiß es nicht. *Ich* war nicht dort. *Ich* habe nicht gesehen, was passiert ist, ich kann nur wiedergeben, was Chad mir erzählt hat.« Sie holte tief Luft, dann fügte sie hinzu: »Vielleicht ist Marlie ihm nachgelaufen.«

»Marlie?« Thomas spürte förmlich, wie sein Körper Adrenalin ausschüttete.

»Chad hat nicht auf sie gewartet? Er hat sie einfach im Stich gelassen?«, fragte Johnson ungläubig. Zwischen ihren Brauen bildete sich eine steile Falte. »Obwohl Jonas ›außer sich‹ und ›wie vom Teufel besessen‹ war? Obwohl Chad sie heimlich heiraten wollte …«

»Er wollte sie nicht heiraten. Das habe ich nicht gesagt«, stellte Brittlynn klar.

»Sie haben gesagt, sie wollten gemeinsam durchbrennen. Für mich impliziert das, dass sie …«

»Nein.«

Aha. Das war offenbar ein wunder Punkt, schlussfolgerte Thomas.

»Er hat sie nicht im Stich gelassen«, behauptete Brittlynn, aber es klang nicht überzeugt. »Er hat mir erzählt, dass er ungefähr eine Meile vom Haus entfernt geparkt hatte, hinter mehreren kleineren Ferienhäusern, damit niemand von den McIntyres den Wagen entdeckte. Es war Heiligabend, die meisten Urlauber waren noch wach, deshalb musste er vorsichtig sein, wenn er nicht gesehen werden wollte. Dort wollte er sich auch mit Marlie treffen, wenn er das Geld hatte und sie eine günstige Gelegenheit, sich aus dem Haus zu schleichen.«

»Er hat also nicht im Haus auf seine Freundin gewartet, obwohl sie dort möglicherweise nicht sicher war.« Johnson ließ nicht locker.

»Nein! Er hat im Wagen auf sie gewartet, was ihn kostbare Zeit kostete.«

»Zeit? Wofür?«

»Zeit, um sich in Sicherheit zu bringen und womöglich Hilfe zu holen. Anonym, versteht sich.«

»Wie lange hat er im Wagen gesessen?«

»Keine Ahnung. Ich habe ihn nicht gefragt. Tatsache ist, dass er Marlie gesehen hat. Nicht nur im Haus an der Treppe. Er hat aus seinem Pick-up heraus gesehen, wie ein Mann Marlie nachgerannt ist.«

»Moment«, unterbrach Johnson ihn. »Sie meinen Kara, das achtjährige Mädchen.«

»Nein, das ist es ja gerade. Er hat Marlie gesehen.«

»Und er hat nicht versucht, sie zu beschützen?«, fragte Thomas, genauso ungläubig wie seine Partnerin.

»Er hatte Todesangst!«, brauste Brittlynn auf.

Johnson hob beschwichtigend die Hand. »Sie behaupten also, Chad hätte gesehen, dass Marlie von Edmund Tate ›gejagt‹ wurde?«

»Nein! Er konnte ihren Verfolger nicht erkennen. Der Typ war komplett schwarz gekleidet und trug eine Maske. Eine Art Skimaske, das weiß ich, weil ich Chad danach gefragt habe. Er war sich sicher, dass es sich nicht um Edmund Tate, den Cop, handelte, denn den hatte er auf der Veranda vor dem Ferienhaus der Tates stehen sehen.«

»Und das weiß er mit Bestimmtheit?«

Brittlynn nickte. »Tate hat eine geraucht. Aus den Fenstern des Hauses fiel Licht, und die Zigarettenspitze glühte rot in der Dunkelheit. Es war also jemand anderes hinter Marlie her.«

Konnte das stimmen? Thomas warf Johnson einen Blick zu.

Seine Partnerin wirkte nicht überzeugt.

»Und da war er sich ganz sicher?«, fragte sie prompt.

»Das müssen Sie ihn schon selbst fragen, ich kann nur wiedergeben, was er mir erzählt hat.«

War es möglich, dass sie log?, überlegte Thomas. Oder dass Chad sie belogen hatte? Bestand tatsächlich die Möglichkeit, dass Marlie Robinson noch lebte? »In welche Richtung ist sie gelaufen?«, fragte er. »Zum See hin oder vom See weg?«

»Ich weiß es nicht!« Brittlynn schien kurz davor, zu explodieren. »Er hat mir erzählt, dass er gesehen hat, wie jemand Marlie verfolgt hat. Noch einmal: *Ich* war nicht dabei! Er war mit Marlie zusammen, schon eine ganze Weile, er wusste, wie sie aussah, und er hätte sie ganz bestimmt nicht mit ihrer kleinen Schwester verwechselt. Wie alt war Kara damals? Acht? Sogar im Dunkeln hätte er seine siebzehnjährige Freundin doch niemals mit einem Kind verwechselt!«

Thomas beugte sich vor. »Hat Edmund Tate gesehen, dass Marlie verfolgt wurde?«

»Herrgott, woher soll ich das wissen? Möglich, dass Chad etwas durcheinandergebracht hat, ja, denn er war völlig außer sich vor Angst. So hatte ich ihn noch nie erlebt. Am besten, Sie fragen ihn selbst – allerdings habe ich, wie gesagt, keine Ahnung, wo er steckt.«

»Wir werden ihn schon finden«, versicherte ihr Johnson. »Und wir werden ihn selbst fragen, keine Sorge.« Sie wirkte nach wie vor skeptisch.

»Was ist mit den Eltern? Sam und Zelda McIntyre?«, fragte Thomas. Er musste versuchen, so viele Informationen wie möglich aus Brittlynn herauszuleiern, falls Chad untergetaucht war. »Wo waren die Eltern, als das Ganze passierte?

Waren sie wach? Sie können doch bei all dem Lärm unmöglich geschlafen haben.«

»Keine Ahnung. Chad hat nie ein Wort über die beiden verloren. Nichts. Nachdem er Marlie vor der schwarz gekleideten Gestalt mit der Skimaske hatte davonrennen sehen, hat er seinen Pick-up angelassen und ist schnurstracks zu mir gefahren. Er ist durchs Fenster in mein Zimmer geklettert, immer noch zitternd, die Augen groß wie Untertassen. Er hat mir geschworen, dass er nur da war, um den Alten zu beklauen, mit dem, was sonst noch passiert ist, hat er nichts zu tun!«

»Er hat Jonas McIntyre mit dem Schwert herumfuchteln und Marlie Robinson vor einer ›Gestalt mit schwarzer Skimaske‹ davonlaufen sehen und sich nicht bei der Polizei gemeldet?« Johnson klang fassungslos.

»Ja.« Sie kaute energisch auf ihrem Kaugummi.

»Warum nicht?«

Robert Cooke, der grimmig dreinblickende Anwalt, nickte seiner Mandantin aufmunternd zu.

Brittlynns Stimme war nicht mehr als ein Wispern. »Chad und ich hatten eine Abmachung getroffen.«

»Was für eine Abmachung?«, hakte Johnson nach.

»Ich sollte den Cops sagen, dass er die ganze Nacht über bei mir war. Auf diese Weise würde er nicht wegen Einbruch und versuchtem Raub verknackt werden, und Jonas würde ihn vielleicht in Ruhe lassen, verstehen Sie?«

»Und was sollte für Sie dabei rausspringen? Was war sein Teil der Abmachung?«

Ein feines Lächeln trat auf Brittlynns Lippen, dann senkte sie den Blick und errötete, plötzlich beschämt. »Ich war damals noch ein Kind. Ein verliebtes Mädchen. Erst vierzehn.« Sie schwieg eine ganze Weile, dann fügte sie leise hinzu: »Er hat mir versprochen, mich zu heiraten, sobald ich achtzehn wurde. Er musste mir schwören, dass er sich von Marlie trennen würde.« Sie verknotete die Finger im Schoß. »Er würde lügen und abstreiten, dass sie vorhatten, zusammen durchzubrennen, sollte er jemals bei den Cops oder vor Gericht aussagen müssen. Außerdem würde er behaupten, an jenem Abend nicht einmal in der Nähe des Hauses gewesen zu sein und dass Marlie das Ganze nur geträumt hatte, weil sie besessen von ihm war, dabei liebte er nur mich.«

»Dann waren *Sie* also diejenige, die von ihm besessen war«, stellte Johnson fest und lehnte sich auf ihrem Stuhl zurück.

»Er hat mich geliebt!« Brittlynn deutete mit dem Daumen auf ihre Brust. »*Mich*. Nicht sie.« Sie blinzelte. Eine einzelne Träne rollte über ihre Wange. Schniefend wischte sie sie mit dem Ärmel ab.

»Wollten Sie später nie wissen, was mit Marlie passiert war?« Johnson schob Brittlynn eine Packung Taschentücher zu.

»Doch, sicher. Wer wollte das nicht? Die ganze Nation war an ihrem Schicksal interessiert!« Sie reckte das Kinn. Ihre Augen glänzten, ihre Hände zitterten. »Aber damals war es mir gleich, ob ihr etwas zugestoßen war oder nicht.« Sie schniefte. »Mir war nur wichtig, dass ich Chad hatte.«

»Und Sie haben Chad die Geschichte abgekauft?«, vergewisserte sich Thomas.

»Aber ja!« Sie schniefte erneut. Die Taschentücher blieben unbeachtet auf dem Tisch liegen. »Er hatte nirgendwo Blut an der Kleidung, an den Händen auch nicht, und später hieß es doch, alles sei voller Blut gewesen. Literweise Blut. Außerdem machte er sich fast in die Hose vor Angst. Aber nicht, weil er Sorge hatte, dass man ihm die Morde in die Schuhe schieben könnte, sondern weil er fürchtete, Jonas würde ihn ebenfalls umbringen – schließlich hatte er gesehen, was dieser Freak getan hatte. Er mochte Jonas noch nie, hielt ihn für einen ›kaputten Typen‹, ja, genau das Wort hat er benutzt: ›kaputt‹. Seit jener Nacht hat er sich von der Familie McIntyre ferngehalten, um genau zu sein: Er hat sie gemieden wie die Pest.«

»Chad hat gesehen, wie Jonas McIntyre Donner Robinson mit dem Schwert bedroht hat, aber nicht, wie er ihn getötet hat?« Thomas wollte ganz sichergehen.

»Sie hat Ihnen bereits mitgeteilt, was sie weiß«, schaltete sich der Anwalt ein.

»Nein …«, stammelte Brittlynn verunsichert. »Ich meine, ja. Ich glaube schon.« Sie zögerte. »Mehr kann ich Ihnen nicht sagen.«

»Jemand hat Donner Robinson die Kehle durchgeschnitten, sozusagen von einem Ohr zum anderen«, ließ sich Johnson vernehmen.

»Ich kann Ihnen nur das sagen, was Chad mir erzählt hat!« Brittlynn sah ihren Anwalt an. »Etwas anderes weiß ich nicht.«

Thomas hob die Hand, um sie zu beruhigen, und warf Johnson einen warnenden Blick zu. »Hat Chad gesehen, dass Jonas noch jemand anderen angegriffen hat?«

»Nein. Die Frage habe ich ihm auch gestellt.« Brittlynn schüttelte so heftig den Kopf, dass sich eine rote Strähne aus ihrem Haarknoten löste.

»Sie haben also für ihn gelogen«, wechselte Johnson abrupt das Thema.

»Ja.« Die Antwort war nicht lauter als ein Flüstern.

»Und er hat die Polizei belogen, indem er behauptet hat, er wäre nicht am Ferienhaus der McIntyres gewesen?«

»Ja! Das habe ich doch schon gesagt!« Brittlynn sprang verärgert auf, nahm sich ein Taschentuch aus der Packung und spuckte ihren Kaugummi hinein, dann setzte sie sich wieder. »Wir haben gelogen, deshalb bin ich hier.« Sie holte aus und schleuderte den eingewickelten Kaugummi in einen in der Nähe stehenden Abfalleimer. »Ich habe gelogen, um ihn Marlie auszuspannen. Das war der größte Fehler meines Lebens, das können Sie mir glauben.« Sie warf dem Anwalt einen weiteren Blick zu.

Eilig fragte Thomas: »Was ist mit Marlie Robinson?«

»Was soll mit ihr sein?«, blaffte Brittlynn. »Ich habe Ihnen alles gesagt, was ich weiß!«

»Wissen Sie, was damals mit ihr passiert ist?«

Brittlynn rutschte auf ihrem Stuhl hin und her.

»Weiß Chad etwas?«

»Herrgott, nein!«, fauchte sie verärgert. »Er hat nur gesagt, dass er sie in jener Nacht auf dem Treppenabsatz gesehen hat. Und dann, als sie weggerannt ist. Glauben Sie mir, ich habe ihn nach Marlie gefragt, so gut wie jedes Mal, wenn wir uns gestritten haben.«

»Wieso?«, bohrte Johnson. »Weil er noch in sie verliebt war?«

»Nein, verdammt noch mal, nein!« Brittlynn schürzte in einer Mischung aus Wut und Bestürzung die Lippen. »Sind wir jetzt fertig?« Ihr Blick wanderte zu Cooke. »Ich habe nichts weiter zu sagen.« Damit schob sie den Stuhl so heftig zurück, dass die Beine über den Fußboden scharrten.

Der Anwalt folgte ihrem Beispiel und erhob sich. »Ich denke, Sie haben alles, was Sie brauchen.«

»Nur noch eins«, beharrte Thomas. »Haben Sie wirklich nicht die leiseste Ahnung, wo Chad ist?«

Brittlynn schüttelte den Kopf. »Nein. Er hat mehrfach vorgeschlagen, dass wir seinen Cousin in Montana besuchen, aber ich habe ihn nicht ernst genommen, weil er früher so gut wie nie von dem Typen geredet hat. Vor ein paar Tagen hat er dann plötzlich gesagt: ›He, lass uns zu Wilson fahren.

Es wird dir in Montana gefallen, Britt.‹ Ich wollte wissen, wie er sich das vorstellt, wir müssen doch zur Arbeit, aber er ist nicht darauf eingegangen, hat nur gesagt: ›Vielleicht wäre es besser, wenn wir bei ihm abhängen, für einen Monat oder so. Einfach mal raus aus Oregon.‹ Ich hab nicht kapiert, was er da will, zumal dieser Wilson wohl ein echter Fiesling ist. Hat Chad als Kind ein paarmal verprügelt. Außerdem: Was soll ich in Billings, Montana?«

»Der Cousin heißt Wilson?«

»Ja, ähm, Wilson ist der Vorname. Wilson Atwater.«

Johnson griff bereits nach ihrem iPad.

»Ich möchte jetzt gehen«, wiederholte Brittlynn. »Mehr weiß ich nicht.« Sie ging zur Tür.

»Bitte halten Sie sich zu unserer Verfügung, sollten wir später noch Fragen haben«, sagte Thomas und stand auf.

Robert Cooke steckte eilig seine Unterlagen und das Tablet ein und folgte seiner Mandantin hinaus in den Gang.

Thomas begleitete die beiden zum Ausgang. Auf dem Rückweg machte er einen Abstecher in Johnsons Büro, wo sie bereits am Schreibtisch saß. »Ich habe einen Wilson Atwater in Billings, Montana, ausfindig gemacht und versucht, ihn telefonisch zu erreichen. Leider ohne Erfolg. Also habe ich die dortigen Behörden informiert. Ich warte noch auf den Rückruf.«

»Dann kaufst du Brittlynn die Story ab?«

Johnson seufzte. »Das Ganze liegt zwanzig Jahre zurück, da verschwimmen die Erinnerungen schon mal, und man bringt das ein oder andere durcheinander. Ich glaube zwar, das meiste an dem, was sie sagt, ist wahr, doch es ist möglich, dass sie sich verschiedene Dinge so zurechtgebogen hat, dass sie ihren psychischen Bedürfnissen am ehesten gerecht werden. Sie war damals vierzehn, das sollten wir nicht vergessen. Wie waren wir denn mit vierzehn? Ich hatte von nichts eine

Ahnung, aber ich dachte, ich wüsste alles, hätte die Weisheit mit Löffeln gefressen. Ja, ich nehme an, sie glaubt die Geschichte, die sie uns aufgetischt hat.« Sie lehnte sich auf ihrem Schreibtischstuhl zurück. »Sobald wir Chad Atwater ausfindig gemacht haben, wissen wir mehr. Oder stehen wieder ganz am Anfang.«

Jonas umklammerte Mias Tranchiermesser und stapfte durch den hohen Schnee.

Es gefiel ihm, wie es in der Hand lag, wie sich seine Finger anfühlten, wenn sie den Griff umschlossen.

Es fühlte sich gut an.

Das Messer verlieh ihm Macht und Schutz.

Es tat gut, wieder eine Waffe in der Hand zu halten.

Er hatte Mias Klapperkiste eine halbe Meile entfernt abgestellt, hinter einem leer stehenden Ferienhaus. Für den Augenblick genügte das. Er würde den kleinen Honda nicht lange verstecken müssen.

Bleib cool, ermahnte ihn seine innere Stimme. *Tu nichts Überstürztes. Du willst doch nicht wieder im Banhoff landen …*

Zwanzig Jahre hinter Gittern waren genug.

Seine Füße versanken im Schnee, als er sich unter den tief hängenden Ästen und Zweigen der Nadelbäume hindurchduckte, der eisige Wind peitschte ihm ins Gesicht, zauste seine Haare, ließ seine Ohren starr werden vor Kälte.

Es fühlte sich gut an.

Nach Freiheit.

Und die wollte er nicht noch einmal verlieren.

Sogar seine schmerzenden Rippen waren angenehm, erinnerten sie ihn doch bei jedem Schritt daran, dass er draußen war. Ein freier Mann.

Er blieb gerade lange genug stehen, um ein kurzes Gebet

zu sprechen. Im Banhoff-Gefängnis hatte er zu Gott gefunden. Der Kaplan hatte ihn überzeugt, den Blick nach innen zu richten und das Gute in sich zu entdecken, sich dem Herrn anzuvertrauen, und das hatte er getan.

Er glaubte an Gott.

Wirklich.

Er wusste, dass Gott ihn in diese Welt gesetzt hatte, damit er das Richtige tat. Seine Fans hatten sich darauf gestürzt, und er hatte mitgespielt.

Allerdings hatte er ihnen verschwiegen, dass er sich mitunter dazu berufen fühlte, als Racheengel zu agieren. Alte Fehler zu korrigieren, früheres Unrecht wiedergutzumachen.

Und so stapfte er unermüdlich weiter durch den Schnee, ohne die Kälte wirklich zu spüren, ein Racheengel mit einer offenen Rechnung.

Die beglichen werden musste.

Und genau darum wollte er sich heute Abend kümmern.

KAPITEL EINUNDDREISSIG

In ihrem Arbeitszimmer in der Villa in den West Hills ging Faiza die Posts auf Jonas' Facebook-Fanseite durch und klickte weiter, als sie nichts Interessantes fand. Wieder einmal fragte sie sich, wo Jonas wohl sein mochte. Samuels Sohn. Nicht der Sohn von ihrer Schwester Zelda. Ein fauler Apfel, wie man so schön sagte. Kaum aus dem Gefängnis entlassen, schien er schon wieder darauf aus zu sein, Scherereien zu machen, üble Scherereien. Ganz gleich, was seine dämlichen Fans von ihm dachten. Sie schienen ihn für eine Art Messias zu halten, diese Schwachköpfe.

Denn Jonas war der leibhaftige Satan.

Und was ist mit Roger? Hältst du ihn wirklich für ein Unschuldslamm?

Sie konnte beinahe Zeldas Stimme hören, die auf sie einredete, endlich mit ihm Schluss zu machen. »Er ist ein Loser, Faiza. Hat er jemals einen richtigen Job gehabt? Er war im Gefängnis, oder etwa nicht? Du hast etwas Besseres verdient. Sieh mich an: Ich habe Walter verlassen und dafür Samuel bekommen. Weil ich keine Angst hatte zu gehen. Verlass ihn, Faiza. Ganz gleich, wie sehr du Roger zu lieben glaubst, er ist bloß ein Nichtstuer. Ein Schmarotzer. Nutzlos!«

Aber das stimmte nicht.

Sie nahm ihr Handy vom Schreibtisch und drückte die Kurzwahltaste für Roger.

Anrufbeantworter.

Großartig. Wo zum Teufel steckst du, Roger?

Gereizt ließ sie den Kopf kreisen, um ihre verspannten Nackenmuskeln zu lockern. Sie brauchte dringend eine Massage. Nein, das würde nicht genügen. Sie benötigte das komplette Wellness-Programm. Sie schob den Bürostuhl zurück, stand auf und ging in die Küche, wo sie erneut die Kurzwahltaste drückte.

Wieder ertönte ein Klicken, dann forderte Rogers Stimme sie auf, eine Nachricht zu hinterlassen.

»Jetzt geh doch endlich mal dran!«, schimpfte sie. Das Handy ans Ohr gedrückt, starrte sie aus dem Fenster in den Garten. Die Außenlaternen waren im Schnee versunken, ihre Lichter strahlten gerade mal zwei, drei Zentimeter oberhalb der dicken weißen Decke. Diese Jahreszeit sollte eine Zeit des Friedens, der Heiterkeit sein. Stattdessen entpuppte sie sich als Zeit der Angst und Sorgen.

Mit zusammengebissenen Zähnen tippte sie: **Ruf mich an.**

Zum sechsten Mal an diesem Abend.

Entnervt warf sie das Handy auf die Anrichte. Es schlitterte über die Marmorarbeitsplatte und prallte gegen die dazu passende Küchenrückwand. Sie bemerkte es nicht einmal. Gedankenverloren starrte sie weiter in den Garten, auf den Swimmingpool, dessen Abdeckplane mit einer weißen Schneehaube bedeckt war. Das war gar nicht gut. Nicht dass sie riss und repariert werden musste. Die Instandhaltungskosten schnellten immer weiter in die Höhe, und die Vermögenssteuer machte ihr mehr und mehr zu schaffen. Was wäre, wenn sie ab nächster Woche nicht länger auf Karas Treuhandfonds zugreifen konnte? Würde sie noch in diesem Haus leben? Und wo wäre Roger?

»Undankbarer Kerl«, murmelte sie und angelte ihr Handy von der Arbeitsfläche, um ihn ein weiteres Mal anzurufen.

Wieder wurde sie direkt an den Anrufbeantworter weitergeleitet. Aufgebracht ging sie ins Wohnzimmer, öffnete ein Fenster und ließ die kalte Dezemberluft hereinströmen. Der penetrante Geruch nach Marihuana verflog. Mein Gott, wie sehr sie das Zeug hasste!

Ihr Blick schweifte zum Weihnachtsbaum, der festlich geschmückt in der Ecke stand. Die Kugeln glänzten sanft im Schein der Lichterketten, die sie so sorgfältig um die weiß besprühten Zweige geschlungen hatte. Der große Raum war in Kerzenschein getaucht, es duftete nach Kiefernholz und Glühwein. Ein schneeweißer Teppich lag auf den auf Hochglanz polierten Eichendielen, eine neue hellgraue Couch mit dazu passenden Sesseln stand vor dem gemauerten Kamin. In einer Ecke vor den deckenhohen Sprossenfenstern stand ein Flügel, der das Kerzenlicht reflektierte.

Eine Bilderbuchkulisse.

Die sie so sehr liebte.

Und die ihr schon bald durch die Lappen gehen würde.

Deshalb war Roger abgehauen.

Weil sie sich wieder einmal darüber beschwert hatte, dass sie das alles verlieren würden. Er hatte auf seiner geliebten alten olivgrünen Couch im Musikzimmer gesessen, von seiner Gitarre aufgeblickt und, umgeben von einer Wolke Marihuana-Rauch, gesagt: »Dann kümmere dich darum.«

»Das kann ich nicht«, hatte sie erwidert. »Darauf habe ich keinen Einfluss. Kara wird nächste Woche achtundzwanzig, und dass Merritt Margrove tot ist, ändert gar nichts. Man wird einen anderen Anwalt beauftragen, und der wird feststellen, was ich getan habe – was *wir* getan haben.«

»Und das wäre?«, fragte er so unbekümmert, dass sie ihn am liebsten mit seinen verfluchten Gitarrensaiten erwürgt hätte.

»Es ist kein Geld mehr da, Himmelherrgott! Nichts. Das weißt du. Wir haben es verprasst. Margrove wusste es auch, aber er war bereit, den Mund zu halten, weil er sich ebenfalls bedient hat. Seine Rechnungen waren astronomisch hoch. Ich habe sie dir gezeigt. Und das alles, um seine verfluchten Fehlinvestitionen und seine Spielschulden zu begleichen!«

»Da ist immer noch das Anwesen in den Bergen«, sagte Roger und stellte seine Gitarre beiseite.

»Willst du umziehen?«

»Jetzt beruhige dich mal, Faiza«, hatte er mit seiner abgeklärten, überheblichen Stimme gesagt, als wäre sie eine hysterische Frau, die man nicht ernst nehmen konnte. Ziemlich ironisch, wenn man bedachte, dass sie diejenige war, die alles, einfach alles für sie beide beschafft hatte. »Der Mount Hood ist ein beliebtes Sommerausflugsziel und Wintersportgebiet. Das Haus mitsamt Grundstück dürfte ein Vermögen wert sein.«

»Es ist nichts als lästiger Besitz, der Unsummen verschlingt. Außerdem hat Margrove das Haus beliehen, genau wie die Villa hier. Das Wasser steht uns bis zum Hals, Roger, zumal wir einfach keinen Käufer dafür finden. Niemand will das ›Mordhaus‹ haben. Niemand!« Ohne es zu wollen, hatte sie angefangen zu schreien. »Kapierst du's denn nicht, Roger? Alles, wofür wir so lange gearbeitet haben« – sie machte eine ausladende Geste, die das Haus, den Garten, ihren ganzen Lebensstil umfassen sollte –, »all das ist futsch! *Puff*, in Luft aufgelöst!« Sie schnipste mit den Fingern. »Und weißt du, was noch schlimmer ist? Jetzt, da dieser kleine Scheißkerl wieder auf freiem Fuß ist, wird er seinen Anteil einfordern. Wir werden alles verlieren! Jetzt sag bitte nicht, dass mir schon etwas einfallen wird, denn das wird es nicht, diesmal nicht!«

Er hatte sie mit gerunzelter Stirn angesehen, und sie hatte

erwartet, dass er sich wieder seiner Bong zuwenden würde, doch das tat er nicht. Stattdessen stand er auf, lehnte seine Gitarre an die Couch und murmelte: »Wenn du dich nicht darum kümmern willst, dann tue ich es.«

»Was soll das denn heißen?«, fragte sie, plötzlich besorgt.

Er setzte ein schiefes Grinsen auf, und sie bemerkte ein Glitzern in seinen Augen, das sie schon sehr lange nicht mehr gesehen hatte. »Frag nicht, Faiza. Je weniger du weißt, desto besser für uns beide.«

»Wie meinst du das, Roger? Was hast du vor?« Sie fröstelte.

»Schscht, Lady.« Er legte seinen schwieligen Zeigefinger auf ihre Lippen.

»Roger …«

»Ich bin bald wieder da.« Damit drehte er sich um. »Ich werde etwas tun, was ich schon sehr lange tun wollte.«

»Tu's nicht!«, rief sie besorgt.

Er zog seine Lederjacke an und warf ihr einen Blick über die Schulter zu. »Was soll ich nicht tun, Lady?«

Sie hatte sagen wollen: »Bitte verletze niemanden«, stattdessen sagte sie: »Mach keine Dummheiten.«

Und jetzt, Stunden später, wartete sie und fragte sich, wo er wohl gerade war, was er tat. Dabei betete sie inständig, dass alles so bleiben würde, wie es die letzten zwanzig Jahre gewesen war. So, wie es sein sollte. Doch hoffentlich war er nicht wieder gewalttätig geworden.

Bei Roger wusste man nie.

Chad war nicht weit gekommen.

Fünfzig Meilen vor Whimstick hatte die verdammte Batterie des uralten Pick-ups endgültig den Geist aufgegeben. Es war ein Fehler gewesen, anzuhalten, um zu tanken und sich in dem zur Tankstelle gehörenden Minimarkt eine gefüllte

Teigtasche zu kaufen. Als er wieder eingestiegen war und den Motor starten wollte, hatte der alte Dodge nur noch ein schwaches Röcheln von sich gegeben.

Er hatte stundenlang herumtelefoniert, um eine neue Batterie aufzutreiben, aber das Modell, das er benötigte, war nirgendwo auf Lager und musste erst aus Bend angefordert werden – und das so kurz vor den Feiertagen. Da er nichts weiter tun konnte, hatte er den Tag damit vertrödelt, Bier in der einzigen Bar des kleinen Städtchens zu trinken, in dem er gestrandet war, bis man ihm irgendwann die verfluchte Batterie zu einem völlig überteuerten Preis lieferte. Als er endlich weiterfahren konnte, war es schon später Nachmittag.

Und jetzt war er hier, parkte am Rand einer ehemaligen Holzabfuhrstraße, die kaum noch jemand benutzte, keine fünfundzwanzig Meilen von seinem Ausgangsort entfernt, und trank eine Flasche billigen Whiskey, den er gekauft hatte, während er darauf wartete, dass man seinen Pick-up wieder flottmachte.

Das war ein Rückschlag, einer, mit dem er nicht gerechnet hatte, aber er musste damit klarkommen.

Er nahm einen weiteren Schluck, dann wischte er sich mit dem Ärmel die Lippen ab. Ein Teil seines Plans hatte funktioniert. Als er heute Morgen aufgebrochen war, war er in östliche Richtung gefahren. Er hatte vor, Spuren zu hinterlassen, Hinweise, um die Cops an der Nase herumzuführen, die glauben sollten, dass er auf dem Weg nach Idaho oder Montana war. So würde er Zeit gewinnen. Das war gelungen. Genügend Leute in dem kleinen Städtchen hatten ihn gesehen, und er hatte allen, mit denen er ins Gespräch gekommen war, erzählt, dass er nach Billings unterwegs war, wo sein Cousin wohnte. Vielleicht hatte er den Bogen etwas überspannt, denn hätte er den Zielort nicht für sich behalten, wäre er dann tatsächlich auf dem Weg nach Montana gewesen? Möglich. Aber die Cops würden den Köder schlucken, da war er sich ziemlich sicher. Außerdem hatte er gestern seinen Cousin angerufen und ihm mitgeteilt, dass er auf der Durchreise bei ihm vorbeischauen würde. Brittlynn wusste ebenfalls Bescheid, er hatte in den letzten Tagen immer wieder von Wilson und Billings geredet.

Allerdings hatte er von Anfang an vorgehabt, kehrtzumachen und nach Norden zu fahren, durch Washington bis nach Kanada. Genau das würde er morgen tun. Noch vor Anbruch der Dämmerung würde er in der nächsten Kleinstadt Nummernschilder stehlen und seinen Weg damit fortsetzen. Er überlegte auch, ob er den Pick-up stehen lassen und mit dem Bus die Grenze nach Kanada überqueren sollte, aber das würde er morgen entscheiden.

Das hatte noch Zeit.

Was ihm zu schaffen machte, war die beunruhigende Vorstellung, dass Britt ihn anzeigen könnte.

Sie würde stinksauer sein, wenn er heute Abend nicht zurückkam.

Aber Brittlynn war clever und stets darauf bedacht gewesen, ihre eigene Haut zu retten, deshalb ging er davon aus, dass er vorerst in Sicherheit war, wenigstens für die nächsten ein, zwei Tage. Sie würde darauf warten, dass er mit eingezogenem Schwanz zu ihr zurückkehren und sich entschuldigen würde, und dann würden sie für eine Weile wilden, atemberaubenden Sex haben, bis alles abermals den Bach runterging. Wie immer.

Er setzte die Flasche an die Lippen und ließ den Whiskey durch seine Kehle rinnen. Er wärmte seinen Magen und bescherte ihm ein angenehm wohliges Gefühl.

Ein gutes Gefühl.

Alles würde gut werden.

Er brauchte jetzt nur ein wenig Schlaf.

Draußen war es schon dunkel, zwischen den dicht stehenden Bäumen war kein einziges Licht zu sehen. Er würde sich jetzt zwei, drei Stunden ausruhen, dann würde er weiterfahren. Der Freiheit entgegen. Weg von seinem Job. Weg von der Vergangenheit. Weg von dem Drang, ständig über die Schulter zu blicken, und ja, wenn er ehrlich war, auch weg von Britt. Sie wurde langsam, aber sicher zu einem eiskalten Miststück, das ihn immer mehr unter ihre Fuchtel zwang.

Ein weiterer Schluck aus der Flasche, die jetzt halb leer war. Mist. Er durfte nicht mehr trinken, wenn er in ein paar Stunden nüchtern genug sein wollte, um weiterzufahren. Auf keinen Fall wollte er jetzt wegen Trunkenheit am Steuer verhaftet werden. Leicht widerstrebend schraubte er die Flasche zu und legte sie auf den Beifahrersitz, dann brachte er seinen Sitz, so weit es ging, in eine liegende Position und schlüpfte in seinen Schlafsack. Den wärmenden Stoff bis unters Kinn gezogen, betrachtete er die Schneeflocken, die sich auf der Windschutzscheibe sammelten.

Schon leicht schläfrig, steckte er die Hand in seine Jackentasche und tastete nach seiner kleinen Pistole, der Ruger 9 mm, dann schloss er die Augen und nahm sich fest vor, lange vor Anbruch der Morgendämmerung aufzuwachen.

Binnen Minuten war er eingeschlafen.

Er hörte nicht, wie sich der Angreifer auf leisen Sohlen näherte.

Hörte nicht das leise Geräusch, ein Klicken, als der magnetische Peilsender vom Fahrgestell entfernt wurde.

Gefangen in einem Traum, in dem er atemberaubenden Sex mit Marlie Robinson hatte, hörte er nicht, wie die Fahrertür des Pick-ups geöffnet wurde. Marlie war so verdammt heiß und …

Die Tür wurde aufgerissen, ein Schwall eiskalte Luft, vermischt mit Schneeflocken, weckte ihn aus dem Schlaf.

»Was zur Hölle …«

Chad riss die Augen auf.

NEIN!

Jemand fasste ihm von hinten in die Haare. Zog seinen Kopf zurück. Setzte ihm eine Klinge an den Hals.

Er fing an zu schreien, aber hier draußen würde ihn niemand hören.

Panisch versuchte er, sich aus dem Schlafsack zu winden.

Versuchte, an die Pistole in seiner Jackentasche zu gelangen.

Vergeblich.

Gerade als seine Finger die Ruger ertasteten, fuhr die rasiermesserscharfe Klinge mit einem zischenden Geräusch über seine Kehle.

Ssst!

Chad sah Blut an die Windschutzscheibe spritzen. Die weiße Decke, die sich von außen auf das Glas gelegt hatte, wurde rot.

Und dann sah er nichts mehr.

KAPITEL ZWEIUNDDREISSIG

H atte ich erwähnt, dass unser Vögelchen ausgeflogen ist?«, fragte Johnson, als sie Thomas' Büro betrat.

»Was?« Er schaute auf und stellte fest, dass sie gereizt wirkte. »Was ist los?« Es war Abend, die Büros leerten sich, der Schichtwechsel stand bevor. Die Kollegen bereiteten die Übergabe vor, der Gang hallte wider vor Schritten.

»Nun, das ist nicht alles«, sagte sie. »Das Vögelchen ist nicht nur ausgeflogen, es hat sich aus dem Staub gemacht. Ich habe mit der Klinik in Portland telefoniert, wo er einen ›Spezialisten‹ konsultieren wollte. Er ist dort nie angekommen.« Sie ging um Thomas' Schreibtisch herum und blieb dort stehen. Anscheinend war sie zu aufgewühlt, um sich zu setzen. Die Arme vor der Brust verschränkt, fuhr sie entrüstet fort: »Das Portland PD weiß nichts Genaues, die Jungs von der State Police auch nicht. Ich habe versucht, unsere Lieblingsanwältin Alex Rousseau zu erreichen, aber sie nimmt im Augenblick keine Gespräche entgegen. Praktisch, nicht wahr?«

»Dann ist der liebe, gute Jonas also auf und davon.« Thomas schüttelte den Kopf. Das durfte doch nicht wahr sein!

»Sieht ganz danach aus.«

»Er hat das Whimstick General zusammen mit seiner Anwältin verlassen – zumindest die müsste doch wissen, wo er steckt.«

»Wie schön, dass sie so gut erreichbar ist.« Johnsons Stimme triefte vor Ironie. »Nach Brittlynn Atwaters Aussage ist er unser Tatverdächtiger Nummer eins.«

»Nein, er ist eine Person von besonderem polizeilichem Interesse«, korrigierte Thomas sie.

»Herrgott! Ich bin mir sicher, diese ›Nur Alex‹ Rousseau weiß, wo er sich aufhält. Na los, fahren wir zu ihr. Worauf wartest du noch?« Ihre dunklen Augen blitzten.

»Ich bin gleich so weit, ich denke nur, du solltest zuvor einen Blick auf das hier werfen.« Er deutete auf seinen Monitor. Aus dem Gang schallte Gelächter zu ihnen herein. Genervt schaute Johnson die Fotos an, die er aufgerufen hatte.

»Das da habe ich schon gesehen«, sagte sie und deutete auf ein Gruppenfoto, das die versammelten Jonas-Fans vor dem Krankenhaus zeigte. »Die Frau hier sieht aus wie Marlie Robinson.«

»Genau.« Thomas nickte und rief ein anderes Bild auf, auf dem weitere Leute zu sehen waren, unter anderem Bertrand Mullins, der Security-Mann, und die dürre Frau mit den platinblonden Haaren. Die Marlie-Robinson-Doppelgängerin war von der Seite eingefangen.

Johnson kniff die Augen zusammen und deutete mit dem Finger auf die Frau mit dem langen schwarzen Mantel und der getönten Brille. »Da ist sie ja wieder.«

Thomas nickte erneut. »Richtig. Und die Frau dort drüben ist vermutlich Kara.« Er vergrößerte eine Gruppe von Menschen ganz in der Nähe. Eine Dunkelhaarige hatte den Kopf leicht abgewandt und war deshalb nicht genau zu erkennen, aber Thomas war sich seiner Sache sicher. Die Frau war Kara McIntyre.

»Wow«, sagte Johnson, die sie ebenfalls erkannte. »Die sind sich ja ziemlich nahe gekommen.«

»Und wen siehst du hier?« Er tippte auf einen großen

Mann, der teilweise von einem Baumstamm verdeckt war. Von seinem Gesicht war nur die Nasenspitze zu sehen, die unter dem Rand seiner Baseballkappe hervorlugte.

»Irgendeinen Kerl.«

»Ja, irgendeinen Kerl, und wen beobachtet er?«

Johnson beugte sich vor, um besser sehen zu können, und presste die Lippen zusammen. Dann zog sie mit dem Finger eine imaginäre Linie. Angefangen bei der Nasenspitze des Mannes quer durch die Menge bis hin zu Marlie – oder ihrer Doppelgängerin. Alle anderen hatten ihre Aufmerksamkeit auf die breiten Schiebetüren der Klinik gerichtet, doch dieser Mann blickte direkt auf die Frau mit der getönten Brille und dem langen schwarzen Mantel.

»Erkennst du ihn?«

Johnson schüttelte den Kopf. »Der Baumstamm verdeckt den Großteil seines Gesichts, und die Baseballkappe erledigt sozusagen den Rest.« Sie richtete sich wieder auf. »Vielleicht gibt es weitere Aufnahmen, aus einem anderen Winkel, von einer anderen Kamera. Wir sollten die Bänder der Überwachungskameras überprüfen und die Aufnahmen der Fernsehsender anfordern.«

»Was ist mit Selfies?«, schlug Thomas vor. »Die Leute haben mit Sicherheit jede Menge online gestellt.«

Johnson nickte. »Ich kümmere mich darum.«

»Und ich versuche noch mal, Alex Rousseau zu erreichen. Womöglich sparen wir uns so den Weg in ihre Kanzlei in Portland. Sie wird mit uns reden müssen, ob es ihr gefällt oder nicht. Ich brenne förmlich darauf zu erfahren, wo sie ihren mörderischen Mandanten versteckt hält.«

»Ihren *mutmaßlich* mörderischen Mandanten«, korrigierte Johnson sarkastisch und ging zur Tür. »Vergiss nicht die Unschuldsvermutung: unschuldig, bis die Schuld bewiesen ist.«

»Natürlich«, murmelte Thomas und fragte sich, wie um alles auf der Welt er den Strafklageverbrauch umgehen und den Bastard erneut drankriegen konnte. Es musste doch eine Möglichkeit geben!

Jonas ignorierte die Schmerzen, die von seinem Autounfall mit Kara herrührten. Er hatte schon Schlimmeres überlebt. Zwar waren Schlägereien im Gefängnishof selten vorgekommen, aber es hatte sie gegeben. Einmal hatte ihm jemand ein Messer in den Oberschenkel gerammt, das seine Oberschenkelarterie nur knapp verfehlte. Er hatte all das überstanden, hatte sich mit Sport gestählt, bis sein Körper nur noch aus Muskeln zu bestehen schien. Mit körperlichem Schmerz kam er klar. Seelischer Schmerz dagegen war härter, ganz gleich, wie sehr er seinen neu gefundenen Glauben bemühte. Er war nicht so gut darin, auch die andere Wange hinzuhalten, vielmehr bevorzugte er die Lehren des Alten Testaments: »Auge um Auge, Zahn um Zahn, Hand um Hand ...«

»Exodus einundzwanzig, Vers vierundzwanzig«, sagte er laut.

Und wie viele Augen würdest du einbüßen, wenn jemand dieses Prinzip bei dir anwendete?

Er beschloss, auf eine Antwort zu verzichten.

Stattdessen kämpfte er sich weiter zwischen den Zweigen der Tannen, Kiefern und Fichten mit ihren eisigen Nadeln hindurch, die ihm ins Gesicht stachen. Dabei dachte er an Lacey, wie sie ihn belogen und betrogen hatte.

Er dachte an seinen Stiefbruder, der sie, *seine* Freundin, gevögelt hatte.

Er dachte an seine Eltern, die ihn im Stich gelassen und bestraft hatten. Gedemütigt.

Samuel sr. hatte sich nie auf seine Seite gestellt. Ganz anders als bei Sam jr., dem Erstgeborenen, der seinen Namen trug, dem perfekten Sohn, der sich niemals in Schwierigkeiten brachte.

Und dann Natalie, seine eigene Mutter! Die Frau, die vor ihm davongelaufen war. Jetzt hatte sie eine neue Familie, eine perfekte Familie ohne einen problematischen, skandalumwitterten Teenager. Sie hatte ihren Erstgeborenen entsorgt wie lästigen Abfall, hatte ihn kaum besucht, hatte sich nicht einmal darum bemüht, ihn aus dem Höllenloch herauszubekommen, das sich Banhoff-Gefängnis nannte.

Welche Mutter verhielt sich so?

Und dann war da noch Sam jr., sein Halbbruder. Sam, der Augapfel ihres Vaters, hatte nie so viel Rückgrat bewiesen wie Jonas. Kein einziges Mal. »Wichser«, murmelte Jonas.

Blieb nur noch Kara.

Das Nesthäkchen.

Ihre Ausrede dafür, dass sie ihn im Stich gelassen hatte, war ihre Jugend.

Außerdem hatte sie zugelassen, dass Merritt Margrove und ihre Tante, Zeldas ätzende Schwester, ihr gesamtes Vermögen verprassten. »Tante Fai«, hatten sie sie alle genannt, dabei war sie ein berechnendes Miststück, die mit ihrem nichtsnutzigen Musikerfreund in *seinem* Haus lebte. Dicke Autos fuhr. Fantastische Urlaube buchte. Teure Klamotten und protzigen Schmuck trug. All das hatte Jonas von Margrove erfahren, diesem schmierigen Strafverteidiger, der bloß versuchte, seine eigene Haut zu retten, denn auch er hatte seine gierigen Finger tief in den Nachlass seiner verstorbenen Mandanten Samuel und Zelda McIntyre gegraben. All das Gerede über die horrenden Kosten – Vermögenssteuer, Honorare, Instandhaltung, Schulgeld … *Bullshit.*

Lautlos schlüpfte Jonas durch die Lücke in dem Zaun, der das alte Haus umgab, genau wie er es als Kind getan hatte, dann ging er zur Hintertreppe, bückte sich und griff in die kleine Nische unter dem Türrahmen, wo er vor all den Jahren einen Schlüssel versteckt hatte. Nicht etwa einen Schlüssel für die Haustür oder die Hintertür, sondern einen, der in das Schloss des Holzschuppens passte. Von dort führte eine weitere Tür in eine versteckte Kammer hinter dem Wohnzimmerkamin – von hier aus hatten die Dienstboten früher unbemerkt den großen Raum beheizen können, unsichtbare, dienstbare Geister. Als Teenager hatte er diesen Weg als »Fluchtroute« benutzt, wenn er sich mal wieder unentdeckt aus dem Haus geschlichen hatte.

Jonas umrundete die Hausecke und blieb vor der Veranda stehen, um sich noch einmal zu vergewissern, dass er allein war. Der Wind hatte aufgefrischt, rüttelte an den Ästen der Bäume und pfiff durch die kahlen Kronen und Spitzen, aber er sah und hörte nichts, was auf die Anwesenheit einer weiteren Person hindeutete. Wer sollte sich schon hierher verirren, noch dazu bei diesem Wetter?

Er ging weiter zu dem großen Holzschuppen, der direkt ans Haus angrenzte, und steckte den Schlüssel ins Schloss. Der Rost knirschte, aber die Verriegelung sprang auf, die Tür schwang nach innen. Jonas betrat den Schuppen, tastete sich durch den schmalen staubigen Gang zwischen den hoch aufgeschichteten Brennholzstapeln und zog sich prompt einen Splitter ein. Spinnweben verfingen sich in seinen Haaren. Er drückte die Tür zu der Kammer auf, lauschte erneut, dann schob er die versteckte Tapetentür zum Wohnzimmer gleich neben dem Kamin auf und betrat den Raum, der seit zwanzig Jahren durch seine nächtlichen Träume geisterte.

Seine Rippen protestierten nach dem anstrengenden Marsch durch den Schnee, aber er ignorierte den Schmerz. Er war nicht so weit gekommen, um sich jetzt davon aufhalten zu lassen. Mit zusammengebissenen Zähnen zog er die Taschenlampe hervor, die er mitgebracht hatte, und ließ den dünnen, bläulichen Lichtstrahl über die grauen Mauersteine des Kamins, die abblätternde Tapete und den staubigen Fußboden schweifen.

Das war der Ort, an dem sein Leben eine so tragische Wendung genommen hatte.

Er dachte an das Blut. Die Angst. Das Adrenalin, das durch seine Adern peitschte.

Er wusste noch genau, wie sich das Schwert in seinen Händen anfühlte. Wie schwer es war. Wie scharf. Dafür hatte er gesorgt, denn er hatte damit so viel Schaden anrichten wollen wie möglich.

Jetzt sah er Donner vor sich, im flackernden Schein des Kaminfeuers, die Augen weit aufgerissen vor Überraschung, als Jonas ausholte, einen Ausdruck unsäglichen Entsetzens im Gesicht, als die Klinge zum tödlichen Streich ansetzte.

»Jonas! Was zur Hölle … Bist du wahnsinnig?«, hatte er geschrien und war zurückgesprungen, in den Weihnachtsbaum. »Hör auf! Scheiße! Hör auf damit! O Gott, nein! Hilfe! Hilfe!«

Aber Jonas hatte nicht aufgehört, und dann war es zu spät, und der verräterische Scheißkerl war krepiert. Blut schoss auf den Teppich, als er mit einem dumpfen Aufprall zu Boden ging.

An dieser Stelle hätte er Schluss machen sollen, dachte er jetzt, als er das Zimmer durchquerte und an der Stelle stehen blieb, wo Donner die Knie weggesackt waren. Doch er hatte nicht Schluss gemacht, hatte nicht an sich halten können. Stattdessen hatte er dem verhassten Kerl in die Haare gegriffen, seinen Kopf nach hinten gerissen und ihm mit einem letzten tödlichen Streich die Kehle aufgeschlitzt. Wie leicht das gewesen war …

Während er all das noch einmal durchlebte, stieg er die Treppe hinauf in den ersten Stock, ging schnellen Schritts den Gang entlang und blieb kurz vor der offenen Tür zu seinem früheren Zimmer stehen. Als wäre es gestern gewesen, sah er sein jüngeres Ich vor sich, wie es Martial-Arts-Techniken trainierte. Mit einer einzigen flüssigen Bewegung hatte er dem ausgestopften Adler an der Wand den Kopf abgeschlagen, der in einer Federnwolke zu Boden gesegelt war.

Grinsend schlenderte er weiter. Vor der Tür zum zweiten Stock blieb er stehen. Sie war nicht verschlossen. Wann war er das letzte Mal dort oben gewesen?, fragte er sich, leuchtete mit der Taschenlampe hinauf und schickte sich an, die schmalen, ausgetretenen Stufen zu den ehemaligen Dienstbotenquartieren hinaufzusteigen. Hier war es so staubig, dass er husten musste. Vor einer Art Wäscheschrank blieb er stehen. Auch diese Tür war nicht abgeschlossen. In dem Schrank lagerte jedoch keine Wäsche. Stattdessen befand sich dahinter die steile Stiege, über die man zum Dachboden gelangte. Oben angekommen, ließ er den Lichtstrahl an dem spitz zulaufenden Dach mit den offenen Dachsparren entlanggleiten. Hier hatte er das Bargeld versteckt, das er aus dem Geheimversteck seines Vaters entwendet hatte. Er wagte kaum zu hoffen, dass es noch da war, doch nun hatte er die Chance, das herauszufinden.

Tate bog in die kurze Zufahrt zum Ferienhaus seiner Familie am Mount Hood ein. Seine Scheinwerfer tauchten die Frontseite des gemütlichen Cottage mit zwei Schlafzimmern, einer schmalen Veranda und Sprossenfenstern in grelles Licht. Erbaut in den 1930er-Jahren, lag es weniger als eine Viertelmeile von der riesigen »Hütte« der McIntyres entfernt. Als Kind hatte er dort fast jeden Sommer verbracht, und er hatte es geliebt. Bis zu der Nacht, in der sein Vater sein Leben gegeben hatte, um ein panisches kleines Mädchen zu retten – das Mädchen, dachte er und warf Kara einen verstohlenen

Seitenblick zu, das nun zusammengekauert an der Beifahrertür seines SUVs lehnte.

Tate hatte sie zunächst hierhergebracht, anstatt direkt zu dem Haus zu fahren, wo sie Zeugin des grausamen Massakers an ihrer Familie geworden war. Nur so konnte er herausfinden, ob sie die räumliche Nähe zu dem Ort des grässlichen Geschehens tatsächlich aushielt. Bislang schlug sie sich tapfer, dachte er, obwohl sie mit jeder Meile stiller geworden war.

»Wir müssen nicht ins Haus, wenn du nicht willst«, sagte er, aber sie schüttelte den Kopf.

»Doch, ich würde gern reingehen.« Sie öffnete schon die Beifahrertür des Toyota und trat auf die verschneite Zufahrt, bereit, sich sowohl der Kälte als auch der Wahrheit zu stellen.

»Wie du meinst.« Er stieg ebenfalls aus.

Zusammen gingen sie zur Haustür. Tate zog den Schlüssel seines Vaters aus der Tasche und sperrte auf, dann drückte er auf den Lichtschalter und bat Kara, einzutreten. »Nach dir.«

Drinnen blieb sie stehen und betrachtete das Wohnzimmer – ein kleiner Raum, ausgestattet mit einer durchhängenden Couch, einem Schaukelstuhl und einem Fernsehsessel. Dieselben Möbel, die Tate seit seiner Kindheit kannte. Eine der Glühbirnen in der Deckenlampe war durchgebrannt, Dutzende Insektenleichen waren in der Milchglasschale zu sehen.

»Wir sind nicht mehr oft hier«, entschuldigte er sich. »Mom hat wieder geheiratet, aber sie hat sich nie wohl dabei gefühlt, an den Ort zurückzukehren, an dem Dad gestorben ist. Meine Schwester versucht, einmal im Jahr mit ihren Kindern herzukommen, hauptsächlich, um das Cottage zu putzen und in Schuss zu halten. Es ist einfach nicht mehr dasselbe. Wir sagen ständig: ›Nächsten Sommer machen wir Urlaub in den Bergen‹, aber dann tun wir es doch nicht.«

»Warum verkauft ihr das Cottage nicht?«, fragte Kara und ging in die Küche.

»Mom bringt es nicht übers Herz, sie kann wohl doch nicht loslassen«, antwortete er und strich mit den Fingern über einen verstaubten Beistelltisch. »Meine Schwester und ich wollen sie nicht dazu drängen. Es hat den Anschein, als würde die ganze Familie auch nach all der Zeit noch an dem Haus hängen – wegen Dad.« Sein Blick schweifte über die Dinge, die Edmund Tate gehört hatten – Fotos, Jagdtrophäen, Militärutensilien –, und sein Herz zog sich schmerzhaft zusammen. »Dad hat es hier oben geliebt.« Er spürte, wie sich ein Kloß in seiner Kehle bildete. »Wir alle sind so gern hergekommen.«

»Bis zu jener Nacht.«

Er nickte. »Bis zu jener Nacht.« Er ging durchs Haus und blieb vor dem Schaukasten mit den militärischen Auszeichnungen seines Vaters im Flur stehen. Irgendetwas kitzelte seine Synapsen, versuchte, an die Oberfläche zu drängen, aber er bekam es nicht zu fassen. Sein Blick fiel auf die Plakette in der Mitte des Schaukastens:

EDMUND W. TATE
U.S. MARINE CORPS
SEMPER FIDELIS

»Semper fi«, sagte er laut.

»Wie bitte?« Kara, die neben ihm stehen geblieben war, sah ihn fragend an. »Was hast du gesagt?«

Plötzlich fiel ihm das Atmen schwer. »Semper fi«, wiederholte er und spürte, wie seine Nerven zu kribbeln begannen, als würden sie eine elektrische Verbindung herstellen zu jener Nacht, in der er seinen Vater und für eine Weile auch seinen Weg verloren hatte. Die Rädchen in seinem Gehirn ratterten emsig, als er auf den Schaukasten starrte und sich an das Gespräch zwischen den beiden Sicherheitsleuten in der Krankenhaus-Cafeteria erinnerte. Sie hatten über die letzten Worte seines Vaters geredet.

Und dann hat er noch etwas zu dem Sanitäter gesagt, »Sem-merfi« oder »Zimmerfee« oder so ähnlich. Keine Ahnung. Dieser Tate hat wahrscheinlich deliriert.

Doch der Mann hatte sich geirrt. Sein Vater hatte nicht deliriert, er hatte »Semper fi« gesagt, das verkürzte Motto des Marine Corps – »Immer treu«.

Was hatte er damit gemeint?

Warum hatte sein Vater diesen Wahlspruch des Marinein-fanteriekorps während seiner letzten Atemzüge gemurmelt? Er hatte bei den Marines gedient, ja, aber er war auch ein Cop, und er würde versucht haben, den Kollegen und Rettungssanitätern mitzuteilen, was er gesehen hatte.

Eilig zog Tate sein Handy aus der Tasche und wählte Wayne Connells Nummer. Als Connell dranging, sagte Tate, ohne sich mit einer Begrüßung aufzuhalten: »Kannst du bitte alle überprüfen, die vor oder während des McIntyre-Massakers beim Militär gedient haben, vor allem die Marines?«

»Klar.«

»Gut. Ich erkläre es dir später.« Tate legte auf. Als er sich umdrehte, war Kara verschwunden. Er ging durch die Küche und trat durch die Hintertür hinaus auf die Veranda. Dort hatte sein Vater gestanden und den Tumult im Nachbarhaus bemerkt. Jetzt stand Kara dort, gegen das Geländer gelehnt, den Blick auf den See gerichtet. »Es tut mir leid«, sagte sie, als sie hörte, dass er näher kam.

»Was meinst du?«

»Dass ich vor deinem Vater davongelaufen bin«, antwortete sie. Er sah, dass sie gegen die Tränen ankämpfte. »Ich war so gefangen in meinem eigenen Elend, meinem eigenen

Schmerz, der verdammten Tragödie meiner Kindheit, dass ich mir nie Gedanken darüber gemacht habe, wie viel Leid anderen zugefügt wurde. Es ging mir immer nur um mich.«

Er legte einen Arm um ihre Schultern. »Du warst erst sieben.«

»Fast acht.« Sie lächelte unter Tränen. »Und jetzt bin ich fast achtundzwanzig. Zeit, erwachsen zu werden. Du hast recht: Auch du hast in jener Nacht deine Kindheit verloren.«

Er zog sie in seine Arme und drückte sie an sich, während er daran dachte, dass er womöglich gerade einen Durchbruch erzielt hatte, der ihm hoffentlich die Antworten liefern würde, auf die er viel zu lange gewartet hatte. »Wir werden die Wahrheit herausfinden«, versprach er ihr, »und zwar noch heute Nacht.«

KAPITEL DREIUNDDREISSIG

Kara schlug das Herz bis zum Hals, als sie das verrostete Tor im Scheinwerferlicht des RAV4 auftauchen sah. Sie hielten vor dem Abzweig zur Zufahrt an, die zu dem Ferienhaus der McIntyres führte – ihrem Haus –, wo der Horror begonnen hatte.

Auf der kurzen Fahrt von dem Cottage der Familie Tate hierher hatte Wesley ihr erzählt, dass er davon überzeugt war, dass sein Vater versucht hatte, den Kollegen und dem Sanitäter mitzuteilen, was er gesehen hatte. Wesley ging davon aus, dass Edmund Tate »Semper fi« gemurmelt hatte. »Dad muss jemanden vom Marine Corps meinen«, hatte er gesagt und die Finger fest ums Lenkrad geschlossen. Sein Gesicht war eine Maske aus Stahl, doch sie konnte sehen, wie es in ihm arbeitete. »Ich habe jemanden beauftragt, der das für mich überprüft, aber ich spüre, dass wir ganz dicht dran sind, Kara. Dichter als je zuvor.«

Und jetzt standen sie hier, vor den Pforten zur Hölle, dachte sie und versuchte, die ungute Vorahnung zu verdrängen, die sie beschlich. Das Gefühl, dass sie kurz davorstanden, auf etwas zu stoßen, was noch verstörender war als die Vergangenheit.

Manche Geheimnisse sollten lieber unentdeckt bleiben.

Ihre Hände verkrampften sich, ihr Magen rumorte, und

sie hatte Schwierigkeiten, Luft zu bekommen. Schwer atmend ließ sie sich gegen die Lehne des Beifahrersitzes fallen. Was ihr zuvor als ausgezeichnete Idee erschienen war, kam ihr jetzt falsch vor. Grundlegend falsch.

»Alles okay?«, fragte Tate und stellte den Motor ab. Sofort war alles um sie herum stockdunkel. Der Wind heulte durch die umstehenden Bäume.

»Ist bei mir jemals alles okay?«, gab sie achselzuckend zurück, während ihr ein eisiger Schauder wie eine Warnung den Rücken hinabrieselte. »Nein, definitiv nicht.«

»Wir müssen das nicht durchziehen.«

»Nicht?« Ihre Zweifel ignorierend, die sich mittlerweile haushoch türmten, streckte sie die Hand nach dem Türgriff aus. »Wir haben doch nicht die ganze Fahrt auf uns genommen, nur damit ich jetzt einen Rückzieher mache.« Sie wappnete sich innerlich gegen das, was kommen mochte, und zwang sich, die Tür zu öffnen. Arktische Kälte wehte in den Toyota. »Bringen wir's hinter uns, wenn wir schon mal hier sind.« Sie schwang die Beine aus dem Wagen. Ihre Stiefel versanken im tiefen Schnee. Sie biss die Zähne zusammen. *Schluss jetzt,* schalt sie sich. Sie hatte genug durchgemacht. Irgendwann musste das Ganze doch einmal enden!

Sie schlug die Tür zu und ging auf das verrostete Tor zu. Hinter ihr stieg Tate aus. Sie hörte das Piepsen der Zentralverriegelung, dann seine knirschenden Schritte im Schnee.

Was zur Hölle hatte sie sich bloß dabei gedacht?

Vergiss es, Kara, das hier ist ein Fehler! Fahrt zurück zu Tates Loft und macht euch einen Drink. Fünf, wenn du magst. Du musst nicht in das Haus zurückkehren. Tate denkt genauso darüber!

Doch, dachte sie. Es muss sein.

Das verblichene Schild eines Immobilienanbieters hing an den Metallstreben. Das elektronische Schloss hatte scheinbar schon vor einer ganzen Weile den Geist aufgegeben, denn nun war das Tor mit einer dicken Kette samt Vorhängeschloss gesichert.

Doch Tate war vorbereitet – er hatte einen Rucksack voller Werkzeuge mitgebracht. Prompt zog er einen Bolzenschneider hervor und durchtrennte die Kette, dann schob er das Tor so weit auf, dass Kara und er hindurchschlüpfen konnten.

Kara warf einen letzten Blick auf den Toyota, in dem sie in Sicherheit wäre, dann gab sie sich einen Ruck und stapfte über die kurvenreiche Zufahrt, die sich durch die hohen Nadelbäume schlängelte, in Richtung Haus. Schlagartig sah sie vor sich, wie ihre Mutter Lichterketten um die Baumstämme wand, bis Tausende winzige Glühbirnen zwischen den Zweigen leuchteten und die Strecke zu dem alten Haus in festlichen Glanz tauchten.

Jetzt glitzerten keine Lichter.

Schon seit langer Zeit hatte hier niemand mehr das Weihnachtsfest verbracht.

Dr. Zhous Rat, sie solle sich ihren Ängsten stellen, kam ihr in den Sinn, wenngleich sie sich fragte, ob die Psychotherapeutin damit gemeint hatte, dass sie tatsächlich hierher zurückkehren sollte, an den finsteren Ort, den sie am meisten fürchtete. Sie bogen um eine letzte Kurve, dann kam das Haus in Sicht.

Drei Geschosse aus verwittertem Zedernholz auf einer Lichtung, umgeben von hoch in den Himmel ragenden Hemlocktannen und Kiefern. Eine breite Veranda umspannte das gesamte Erdgeschoss, die Fenster waren mit Brettern vernagelt, manche davon graffitibesprüht.

Kara blickte hinauf zum ersten Stock. Das Eckzimmer hatte sie sich mit Marlie geteilt. Ihr Magen schnürte sich zusammen beim Anblick des einst so stattlichen, um nicht zu sagen, herrschaftlichen Hauses. Sogar in der Dunkelheit konnte sie erkennen, dass das Vordach unter der Last des Schnees leicht herabgesackt war, die Verschalung war stellenweise verfault, am Holz waren Spuren von Nagetieren zu erkennen.

»Vor der grauenhaften Nacht habe ich diesen Ort geliebt«, flüsterte sie. »Wir haben all unsere Sommer hier verbracht, und alle wirkten irgendwie … glücklicher als in der Stadt. Die Jungs waren ständig im Wald unterwegs, haben gejagt oder Krieg gespielt, und wenn es heiß war, sind sie im See geschwommen, waren mit dem Boot unterwegs, haben geangelt oder sind Wasserski gefahren. Marlie auch.« Bei der Erinnerung daran biss sie angestrengt auf ihre Unterlippe, um die Tränen zurückzudrängen, die ihr in die Augen traten. »Ich war zu jung dafür, aber ich durfte bei Daddy im Boot mitfahren. Auch Weihnachten waren wir immer hier, aber bei jenem Mal war alles anders.« Sie dachte an die Feindseligkeiten, den brodelnden Zorn, die Nervosität der anderen. »Jonas und Donner gingen sich ständig gegenseitig an die Gurgel, und Sam jr. war noch stiller als sonst, fast so, als hätte er sich in sich selbst zurückgezogen. Marlie schmollte, weil Chad nicht eingeladen war. Mom und Dad hatten die Regel aufgestellt ›Nur die Familie‹, was bedeutete, dass diejenigen, die nicht eingeheiratet hatten, unerwünscht waren. Tante Faiza boykottierte das gemeinsame Weihnachtsfest, da sie Roger nicht mitbringen konnte.« Sie warf Tate einen Blick zu. »Faiza war stinksauer, aber Mama ließ sich nicht erweichen. Nicht, wenn es um Roger ging. Und das war nicht fair, denn …«, sie hatte Mühe, sich zu erinnern, »… ich glaube, Merritt war auch da. Ich habe ihn nicht gesehen, zumindest erinnere ich mich nicht daran, und er ist definitiv nicht zum Abendessen geblieben, aber … aber ich meine, mich an seinen Wagen zu erinnern.« Stimmte das, was sie da behauptete, oder täuschte sie sich? Sie kämpfte mit ihrer Erinnerung und spürte, wie sich Kopfschmerzen zusammenbrauten, als sie auf das Haus zuging, über den Vorplatz, auf dem früher die Autos gestanden hatten, die breite Treppe zur Eingangstür hinauf.

»Warum war Margrove an Heiligabend hier? Er hatte doch eine eigene Familie.«

»Das ist richtig.« Kara nickte. »Er war damals mit Helen verheiratet.« Sie dachte an die Frau, bei der sie groß geworden war. »Helen war seine zweite Frau. Sie war … Sie war wunderbar, aber sie kam nicht mit seiner Spielsucht klar und auch nicht mit seinen ständigen Seitensprüngen. Ich habe keinen blassen Schimmer, warum er hier war. Vielleicht, um mit Dad etwas zu trinken, oder wegen Jonas, der ständig mit dem Gesetz in Konflikt geriet, hauptsächlich wegen Körperverletzung.«

»Dazu zählt auch die Schlägerei mit Donner?«, fragte Tate. Sie blieben vor der Treppe stehen. Kara starrte die massive Flügeltür an und versuchte, den Mut aufzubringen, die Stufen hinaufzugehen, die Haustür aufzusperren und einzutreten.

»Das war eine üble Sache«, räumte sie ein. »So übel, dass Walter Robinson mit einer Sorgerechtsklage drohte, obwohl Donner schon achtzehn war und Marlie auch nur noch ein Jahr bis zur Volljährigkeit hatte. Das Ganze war wohl nur ein Bluff, trotzdem war Mama außer sich.«

»Vor Gericht hast du ausgesagt, Jonas habe Donner bedroht und behauptet, er wolle ihn umbringen.«

»Ja, daran erinnere ich mich.« In Gedanken hörte sie wieder die lautstarken Auseinandersetzungen, die sie in ihrem Zimmer mitbekommen hatte. »Ich war nicht dabei, sondern in meinem Zimmer. Das Gebrüll war allerdings laut genug.« Sie überlegte angestrengt. Die Kälte kroch ihr in die Knochen, doch sie spürte sie kaum. »Aber das ist noch nicht alles. Ich bin in den Flur geschlichen«, sie kniff die Augen zusammen, um die Bilder scharf zu stellen, die vor ihrem inneren Auge aufstiegen, doch die Ränder blieben verschwommen, »zur Treppe. Von dort konnte ich besser hören, was die anderen besprachen. Marlie stand bereits dort und starrte hinunter ins Erdgeschoss.« Die Erinnerung kehrte zurück, wenn auch unvollständig. »Ich glaube, ihr Vater war ebenfalls da.« Sie erinnerte sich, wie sie die Nase zwischen den Geländerpfosten hindurchgesteckt hatte, den Blick aufs Foyer geheftet. Der Kronleuchter hatte ihr die Sicht versperrt, aber durch die offene Wohnzimmertür konnte sie Mama sehen, deren Gesicht weiß vor Zorn war. Vor ihr stand ihr Ex-Mann.

»Wag es ja nicht«, hatte Mama mit wutverzerrter Stimme gedroht. »Die Kinder bleiben bei mir. Wir haben eine Abmachung, Walter, und an die solltest du dich gefälligst halten. Das, was du da vorhast, ist Unsinn, und das weißt du. Die Kinder sind zu alt für diesen Mist! Glaub mir, ich bringe dich vor Gericht, wenn du mich weiterhin schikanierst, und ich kann mir die besten Anwälte leisten, die man für Geld bekommen kann. Willst du wirklich ein zweites Mal eine Niederlage einstecken?«

»Das hier ist kein sicherer Ort«, entgegnete Walter, der strammstand wie beim Militär, das Gesicht gerötet, die Zähne gebleckt wie ein Dobermann. Er deutete mit dem Finger auf Daddy und knurrte: »Dein Junge hat versucht, meinen Sohn umzubringen.«

Daddy hob abwehrend die Hände. »Ach, komm schon, Walter. Das sind bloß Teenager, die sich um ein Mädchen geprügelt haben. Haben wir das nicht auch getan?«

Walters Augen verengten sich zu Schlitzen. »Ja, Sam, das haben wir«, sagte er, »aber nicht so.« Er warf Mama einen vielsagenden Blick zu.

Mama wurde erst rosa, dann puterrot, und schließlich zischte sie: »Hau ab, Walter. Raus aus meinem Haus, oder ich rufe die Polizei.«

»Ach ja?« Der große, kräftige Mann ließ sich nicht einschüchtern. »Tu das. Der Einzige, den sie verhaften werden, ist sein Junge.« Er deutete mit dem Kinn auf Daddy. »Ihr werdet schon noch sehen, was er euch für Probleme machen wird. Echte Probleme.« Er richtete die Hand wie eine Waffe auf Daddy, den Finger um den imaginären Abzug gekrümmt. »Sorg dafür, dass sich dein Junge von meinem Sohn fernhält.«

»Oder was?«

»Oder du wirst es für den Rest deines Lebens bereuen«, schwor er. Und damit verließ er das Wohnzimmer und stürmte durchs Foyer zur Haustür hinaus, die mit einem so lauten Knall hinter ihm zuschlug, dass das ganze Haus erzitterte.

Marlie hatte Kara angesehen. »Geh zurück in unser Zimmer, Kara-Bär«, hatte sie gesagt und ihre kleine Schwester durch den Flur geschoben.

»Dein Dad ist gemein.«

Marlie hatte sich zu ihr gebeugt und den Kopf geschüttelt. Ihr Gesicht war aschfahl gewesen, als sie mit zitternden Lippen erwiderte: »Erwachsene können genauso aufbrausend sein wie Kinder.«

Nie wurden wahrere Worte gesprochen, dachte Kara jetzt. Sie stieg die Treppe zur Eingangstür hinauf, blieb unter dem Vordach stehen und durchlebte den Moment noch einmal. All die Details, die ihr bei ihrer Aussage vor Gericht entfallen waren, fielen ihr wieder ein. »Walter ist gegangen, aber Silas Dean, der Geschäftspartner meines Vaters, war auch hier.« Sie schluckte. »Silas und Daddy haben sich ebenfalls angeschrien, in Daddys Arbeitszimmer. Ich konnte sie vom

417

Wohnzimmer aus hören.« Plötzlich erinnerte sie sich ganz genau daran, wie Samuel McIntyres Partner zur Tür heraus-gestürmt kam und neben der Treppe bei der großen Stand-uhr stehen blieb. Er drehte sich um und funkelte ihren Vater an, der ihm gefolgt war. »Ich schwöre dir, McIntyre, das letz-te Wort ist noch nicht gesprochen. Was du getan hast, hätte mich ruinieren können!«

»Es war eine Fehlinvestition«, hatte Daddy erwidert, aber er war sauer gewesen, denn seine Augen blitzten. »Die Sache ist gelaufen.«

»Ich lasse mich nicht von dir in den Ruin treiben!« Deans Gesicht war gerötet, Speicheltröpfchen sprühten aus seinem Mund. »Ich zerre dich vor Gericht … und dann zahle ich es dir heim, Sam. Gnadenlos. Das schwöre ich.«

»Lass es gut sein, Silas. Wie ich schon sagte: Die Sache ist gelaufen.«

»Und sie kostet uns Tausende. *Mich. Mich* kostet sie Tau-sende.«

»Schnee von gestern.«

»Du bist ein Arschloch, McIntyre. Du wusstest, dass es so laufen würde, und du hast es trotzdem getan. Das wirst du dein Leben lang bereuen, dafür sorge ich.«

Kara schauderte bei der Erinnerung und rieb sich die Stirn, wobei sie mit den Fingern an der Naht der Platzwunde hängen blieb. Sie schmerzte noch immer und fing an zu po-chen, wenn sie so angestrengt überlegte, aber Kara zwang sich, sich zu konzentrieren und die Bruchstücke ihrer Erin-nerung aus den Tiefen ihres Unterbewusstseins hervorzuho-len, die dort am liebsten im Verborgenen geblieben wären. »Silas Dean war völlig außer sich, als er ging. Ich weiß noch, dass er beim Zurücksetzen mit dem Wagen gegen einen Baum gefahren ist. Als ich ans Fenster gelaufen bin, konnte ich die verbeulte Stoßstange sehen. Das hatte ich ganz vergessen.« Wie so viele andere Dinge, fügte sie in Gedanken hinzu.

»War das womöglich der Grund, warum Margrove am Heiligabend bei euch war? Weil Dean deinen Vater bedroht hat?«

Kara zuckte die Achseln. »Das ist durchaus möglich.« Sie zögerte kurz, dann nahm sie all ihren Mut zusammen und griff nach dem Knauf. Die Tür war fest verschlossen.

»Du dachtest doch nicht etwa, dass es so leicht wäre, oder?«, fragte Tate.

»Nein, aber es war einen Versuch wert.«

»Lass mich mal.« Er stellte seinen Rucksack auf die verstaubten Bodendielen vor der großen Eingangstür, öffnete den Reißverschluss und nahm zwei kleine Taschenlampen heraus. »Halt mal, bitte«, forderte er sie auf und reichte ihr eine der Lampen, dann kramte er weiter und fischte ein kleines schwarzes Etui heraus. »Richte den Lichtstrahl auf das Schloss.« Sie tat, worum er bat, und er klemmte die zweite Taschenlampe zwischen die Zähne, zog die Handschuhe aus und öffnete das Etui, in dem eine Reihe von Dietrichen zum Vorschein kam. »Übrigens«, sagte er, während er sich an dem Schloss zu schaffen machte, »ich gehe davon aus, dass das, was wir hier tun, legal ist, da dir das Haus gehört.« Es klickte. Tate zog die Handschuhe wieder an und drückte gegen die Tür, die mit einem lauten Knarzen aufschwang.

Kara atmete tief durch, dann betrat sie auf wackligen Beinen ihre Vergangenheit.

Drinnen richtete sie den hellen Strahl ihrer LED-Taschenlampe auf die große Treppe im Foyer, ließ ihn am Geländer entlangschweifen bis nach oben zum Treppenabsatz des ersten Stocks. Die kunstvoll geschnitzten Geländerstreben und -pfosten warfen unheimliche Schatten auf die fleckige Tapete, die sich stellenweise von den Wänden löste.

Ihre Kehle schnürte sich zusammen.

Ihre Brust wurde eng.

Sie bekam kaum noch Luft.

Sie dachte daran, wie sie zu den Klängen von »Stille Nacht« die Stufen hinuntergeschlichen war, im Schein der blinkenden Weihnachtsbaumlichter.

»Durch der Engel Halleluja ...«

Ihr Inneres gefror zu Eis.

»Tönt es laut von fern und nah ...«

O Gott.

Sie warf einen Blick über die Schulter auf die offene Haustür und überlegte, ob sie lieber davonlaufen sollte, raus aus diesem Horrorhaus, an die frische Luft, wo sie frei atmen konnte. Was brachte es, in die Vergangenheit zurückzukehren? Glaubte sie wirklich, sie könnte ihrem Unterbewusstsein auf diese Art und Weise Erinnerungen entlocken, die es so lange unter Verschluss gehalten hatte? Und nur für den Fall, dass es ihr tatsächlich gelingen sollte: Was würde es ändern?

Die Vergangenheit war genau das: vergangen.

Tot und begraben.

Neben ihr leuchtete Tate durchs Foyer ins Wohnzimmer.

Karas Blick folgte dem hellen Strahl und blieb an dem Perserteppich hängen. Er war gereinigt worden, das Blut verschwunden, genau wie von den Wänden. Vor ihrem inneren Auge sah sie den Raum vor sich, wie sie ihn an jenem Abend vorgefunden hatte: die blinkenden Lichter, die grotesk zugerichteten Körper ihrer Brüder, das Blut. Überall Blut. Und dazu dieses Weihnachtslied, das sie bis heute in ihren Träumen hörte. *Stille Nacht, heilige Nacht ... Christ, der Retter, ist da-ha! Chri-hist, der Retter, ist da!*

Ihr Magen drehte sich um, und sie rannte hinaus, sprang, zwei Stufen auf einmal nehmend, die Eingangstreppe hinunter und krümmte sich zusammen. Die Augen brennend vor Tränen, erbrach sie das wenige, was sie an diesem Tag gegessen hatte, in den Schnee. »O Gott, o Gott.« Sie blinzelte und sah Tate neben sich stehen.

»Wir müssen das nicht machen, Kara.«

»Ich weiß!« Ihr Mund schmeckte faulig, der säuerliche Geruch nach Galle stieg ihr in die Nase. Sie spuckte aus. »Aber auch wenn du es noch so oft sagst: Du irrst dich. Es muss sehr wohl sein, wenn das hier jemals ein Ende haben soll.« Lieber Gott, steh mir bei, betete sie inständig, dann richtete sie sich auf und straffte die Schultern. »Am besten, du vergisst, was du gerade gesehen hast. Los geht's.« Sie wappnete sich und stieg erneut die Stufen hinauf.

Heute würde sie sich ihren Ängsten stellen.

Heute würde sie sich mit ihrer Vergangenheit auseinandersetzen.

Heute würde sie endlich Frieden schließen mit den Geistern der Vergangenheit, und zwar für immer, ganz gleich, womit sie konfrontiert wurde.

Das Schlagen von Autotüren?

Schritte?

Stimmen?

Jonas erstarrte. Er stand noch immer auf dem Dachboden des großen Hauses am See, die behandschuhten Hände in den Tiefen einer alten Fernseh- und Musiktruhe von 1963 vergraben. Es war ein langes, sperriges Möbel, in dem einst ein ausladender Röhrenfernseher verstaut gewesen war, außerdem eine Stereoanlage mit Wechselplattenspieler sowie zahlreiche Singles und Langspielplatten. Die Truhe mit ihrem eleganten Design und den integrierten, mit feinem Goldstoff bespannten Lautsprechern war der ganze Stolz seiner Großmutter gewesen. Sein Vater hatte darauf bestanden, dass sie hier abgestellt wurde, nicht bei den anderen ausrangierten Möbeln in den ehemaligen Dienstbotenquartieren. Er hatte genau gewusst, dass seine Kinder dort heimlich spielten, und er hatte Zelda erklärt, dass dieses Andenken an seine verstorbene Mutter unbeschädigt bleiben sollte. Kein Kratzer durfte daran kommen.

Deshalb stand die Truhe hier oben. Geschützt mit weißen Leinentüchern.

Das perfekte Versteck für seine Beute.

Er musste nur die Tücher abziehen, den Deckel heben, hineingreifen und den Drehteller des Plattenspielers aus der Verankerung lösen. Darunter kam eine Nische zum Vorschein, in der er vor zwanzig Jahren einen prall gefüllten, gefütterten Umschlag versteckt hatte. Beinahe rechnete er damit, die Nische leer vorzufinden; die Spurensicherung hatte nach dem Massaker jeden Millimeter des Hauses nach Hinweisen auf den Täter abgesucht. Doch er hatte Glück. Der Umschlag, der in etwa die gleiche Farbe hatte wie das helle Holz der Truhe, befand sich immer noch dort, wo er ihn versteckt hatte.

Halleluja!, jubelte er innerlich. Halleluja!

Gerade als er ihn herausnahm und öffnete, hörte er die Geräusche. Und bald darauf unten eine Tür knarzen. Die Haustür! Das Geräusch kannte er nur allzu gut von früher.

Eilig warf er einen Blick in den Umschlag. Die zwanzig Riesen in druckfrischen Hundert-Dollar-Noten waren noch da.

Gott sei Dank.

Von unten drangen erneut gedämpfte Stimmen zu ihm herauf. Schritte. Diesmal *im* Haus.

Verdammt, verdammt, verdammt!

Das durfte doch nicht wahr sein!

Wer kam hierher, an diesen gottverlassenen Ort?

Und vor allem: warum?

Ausgerechnet jetzt!

Der einzige Weg vom Dachboden hinunter führte über die schmale Stiege in den zweiten Stock. Von dort hatte man zwei Möglichkeiten: Man konnte die Treppe nehmen, die vor einer Tür im ersten Stock neben dem früheren Elternschlafzimmer endete, oder man nahm die andere Treppe am Ende des Korridors, die enger und steiler war und die am ersten Stock vorbei direkt in die Küche im Erdgeschoss führte. Auch wenn es äußerst unwahrscheinlich war, dass die Personen, zu denen die Stimmen gehörten – er konnte nicht mit Bestimmtheit sagen, wie viele es waren –, ausgerechnet in den zweiten Stock heraufkommen würden, musste er unbedingt dafür sorgen, dass ihn niemand bemerkte. Zum Glück hatte er die Tür des Wäscheschranks hinter sich geschlossen! Ein Fremder würde in diesem Haus voller unsichtbarer Türen und verborgener Gänge bestimmt nicht ahnen, dass sich dahinter eine Stiege befand. Sein Blick schweifte zu dem einzigen Fenster gleich unter dem Dach. Eine Eule musste dort auf den Dachsparren ihr Nest haben, denn der Fußboden darunter war voller weißer Hinterlassenschaften. Das Glas war zum Teil zerbrochen, und mit etwas Mühe könnte er über die Balken hinaufklettern, die Scheibe ganz hinausdrücken und sich durch die Öffnung quetschen. Und dann? Wollte er sich von hier oben in eine Schneewehe stürzen? Sein Körper war von dem Unfall schon mehr als lädiert, da brauchte er nicht noch weitere Blessuren.

Er verwarf den Plan und überlegte angestrengt.

Vielleicht sollte er nach unten in den ersten Stock und in das ehemalige Eckzimmer von Kara und Marlie schleichen. Von dort aus konnte er an der Dachrinne auf die Veranda hinunterklettern, so wie er es früher öfter getan hatte, und auf diese Weise unbemerkt entwischen. Schmerzhaft, aber nicht unmöglich.

Knaaarz!

Eine Bodendiele ächzte, als wäre jemand darauf getreten.

Hier oben, auf dem Dachboden.

Nicht in den Dienstbotenquartieren, und auch nicht im ersten Stock oder im Erdgeschoss.

Aber das war unmöglich.

Sein Blut gefror zu Eis.

Er lauschte angestrengt in die Dunkelheit.

Sein Herz hämmerte.

Nun mach mal halblang. Dreh nicht durch. Du hast schon schwierigere Situationen gemeistert als die hier. Denk nur ans Banhoff-Gefängnis. An die Mitgefangenen, die Wärter, die Kämpfe … Reiß dich zusammen, McIntyre, reiß dich verflucht noch mal zusammen.

Kurz überlegte er, ob er beten sollte, doch dann beschloss er, dass ihm später noch genug Zeit dafür blieb. Erst einmal musste er sich überlegen, wie er sich ungesehen aus dem Staub machen konnte.

Er zuckte zusammen.

Fröstelte.

War da ein Luftzug gewesen?

Die Eule. Er schaute wieder hinauf zu den Dachsparren, in der Erwartung, den großen Vogel zu sehen, der seine Flügel ausbreitete, doch da war nichts.

Vermutlich Einbildung.

Nein … Er atmete mehrmals kurz hintereinander ein, als würde er Witterung aufnehmen. In der Luft hing ein Geruch, der nicht dem Staub und den Eulenfäkalien zuzuschreiben war. Der vertraute Geruch nach menschlichem Schweiß. Für eine Sekunde befand er sich wieder im Gefängnis und atmete den Gestank der Sport treibenden Männer ein, den Gestank nach Adrenalin und Furcht.

Jeder Muskel in seinem Körper spannte sich an.

Nervös griff er nach dem Messer, das er unter der Jacke verborgen hatte, das Messer aus dem Block auf Mias Küchenanrichte.

Lautlos drehte er sich um und trat den Rückzug an. Näherte sich Schritt für Schritt der Stiege. Da bemerkte er aus dem Augenwinkel das Glitzern von Metall.

Verflucht!

Er wirbelte herum, hob das Messer …

Zu spät.

Eine große, behandschuhte Hand legte sich über seinen Mund und verdrehte ihm den Kopf.

Jonas stach wie wild mit dem Messer um sich, aber er konnte keinen Treffer landen.

Wer immer der Angreifer war, er hatte ihn fest im Griff.

Jonas wand sich. Trat um sich. Versuchte zu schreien.

Fuchtelte ziellos mit Mias Küchenmesser herum.

Nein, nein, nein! Das durfte nicht geschehen! Er wollte hier nicht sterben!

Eine kalte, harte Stimme flüsterte dicht an seinem Ohr: »Du hättest im Gefängnis bleiben sollen, wo du hingehörst.« Heißer Atem streifte sein Ohr.

Jonas' Eingeweide verknoteten sich. Wer war der Bastard? Was wollte er von ihm?

»Das ist für meinen Sohn!«, zischte die Stimme.

Die Klinge blitzte vor seinen Augen auf.

NEIN!

Jonas spürte, wie die scharfe Metallschneide an seinen Hals gedrückt wurde.

»Nein!«, schrie er und versuchte verzweifelt, zu entkommen.

Doch das Messer glitt über seine Kehle, und binnen weniger Augenblicke war Jonas McIntyre tot.

KAPITEL VIERUNDDREISSIG

Kara war immer noch übel. Die Nerven gespannt wie Bogensehnen, tappte sie zusammen mit Tate durch das düstere Haus. Drinnen war es kalt, fast so kalt wie draußen, der Wind hatte die versteckte Tapetentür neben dem Kamin aufgestoßen. Wahrscheinlich war die Verriegelung verrostet, das Holz verwittert und brüchig geworden. Durch die Tür gelangte man in eine Kammer mit Feuerholz, in der ihr Vater die Scheite für den Kamin gestapelt hatte. Früher einmal hatten die Dienstboten von hier aus unbemerkt das Feuer geschürt, das hatte Mama ihr erzählt, als sie hatte wissen wollen, warum es in diesem Haus so viele Gänge und Kammern gab – wie in den Abenteuerbüchern, die sie als Kind regelrecht verschlungen hatte. Von der Kammer aus gelangte man in den ans Haus angrenzenden Holzschuppen und von dort aus ins Freie. Kara wusste, dass ihre Brüder sich oft dort hinausgeschlichen hatten, wenn sie Hausarrest hatten und sich wieder einmal nicht an die elterlichen Verbote hielten.

Kara schloss die Tür und ging weiter ins Esszimmer. In diesem Raum hatte die Familie so oft gesessen und gemeinsame Mahlzeiten eingenommen, alle hatten gescherzt und gelacht, die Jungs hatten sich geschubst und geknufft und sich nicht selten einen Rüffel von Mama oder Daddy eingefangen. Jetzt war alles still und dunkel. Leer.

Unweigerlich dachte sie daran zurück, wie sie hier am Heiligabend vor zwanzig Jahren zusammengesessen und sich auf die bevorstehenden Weihnachtsfeiertage einge-stimmt hatten. Ihre Erinnerung daran war so lebhaft, dass sie das Klappern des Tafelsilbers, die leise Weihnachtsmusik, das tiefe Lachen ihres Vaters und das Klirren der Champa-gnergläser hörte, als Mama mit ihm anstieß. Sie sah Mamas Lächeln vor sich, roch den Duft nach Truthahnbraten und Schinken, gemischt mit Zimt und Kakao, der den ganzen Winter über in ihrem Ferienhaus hing.

Tränen brannten in ihren Augen, als sie den langen Tisch betrachtete, die Platten mit Mais, grünen Bohnen, Kartof-feln, Bratensoße, die Körbe mit Brot und die Schalen mit Obst vor sich sah, den Truthahn, den Schinken und das Wildbret vor sich sah, als würden sie tatsächlich dort ste-hen. Mein Gott, wie sie diese ausgelassene Fröhlichkeit, die Vorfreude auf eine unbeschwerte Zeit in den Bergen ver-misste!

Jetzt war der Tisch verzogen und staubig, voller toter Flie-gen, Bienen, Motten und anderen Insekten. An dem großen Kronleuchter hingen Spinnweben, die Anrichte, in der sich Mamas Weihnachtsgeschirr und das Tafelsilber befunden hatten, war schmutzig, die Glasscheiben der Vitrinenschrän-ke waren verschmiert und gesprungen. Auf den Regalen la-gen kleine braune Kötel – anscheinend hatten es sich Eich-hörnchen, Ratten oder andere Nagetiere im Haus gemütlich gemacht.

Karas Haut kribbelte, als sie in die Küche ging. Auch hier war alles leer – Mamas Messer an der Magnetschiene über dem großen Herd fehlten, genau wie die Gewürze im Ge-würzregal und die Töpfe und Pfannen in den Schränken. Der schwarz-weiße Fliesenboden, der an ein riesiges Schachbrett erinnerte, war voller Schmutz.

Kara kehrte ins Foyer zurück und gelangte durch einen kurzen Flur ins Arbeitszimmer ihres Vaters.

Abgesehen von dem wuchtigen Massivholzschreibtisch war der Raum ebenfalls leer.

Vom Foyer aus blickte sie noch einmal ins Wohnzimmer.

»Ich konnte Musik hören«, sagte sie zu Tate. »Ich, ähm, ich bin in die Schlafzimmer gegangen. Bei Jonas herrschte Chaos. An den Wänden hingen einige alte Jagdtrophäen, ich erinnere mich an einen Hirschkopf und an einen Adler, aber ... es sah aus, als wäre ein Tornado hindurchgefegt.«

»Oder als ob jemand mit einem Schwert um sich geschlagen hätte? Jemand, der rasend war vor Zorn?«

»Ja«, antwortete sie so piepsig, als wäre sie wieder sieben. »Jemand, der jegliche Kontrolle über sich verloren hatte, und ...«– sie leckte über ihre Lippen – »der sich in einem Blutrausch befand.« In diesem Moment verwandelte sie sich wieder in ihr jüngeres Selbst, ein kleines Mädchen, das barfuß über den Läufer tappte und sich am klebrigen Treppengeländer festhielt. »Ich wusste, dass etwas Schlimmes geschehen war. Etwas ganz Furchtbares.« Ihre Stimme brach. Sie räusperte sich. »Ich habe sie gesehen, im Wohnzimmer. Die drei Jungs. Und das Blut. So viel Blut«, wisperte sie. Eine Böe fegte ums Haus und ließ die Bretterverschalungen vor den Fenstern klappern. Über ihnen knarzten die Bodendielen. Kara hatte das Gefühl, als würde das ganze Haus ächzen und stöhnen – oder protestieren, weil sie hier eingedrungen waren. »Ich dachte, sie wären alle tot«, fuhr sie fort. »Und dann hat Jonas sich plötzlich auf einen Ellbogen gestützt und gekrächzt, ich solle weglaufen und Hilfe holen.« Sie drehte sich einmal um sich selbst und sah alles wieder vor sich. »Und dann stand da plötzlich diese riesige Gestalt im Türrahmen, wie ein Monster. Als wäre sie aus dem Nichts aufgetaucht. Das Monster trug eine Skimaske. Ich bin gelaufen, so schnell ich konnte, durchs Wohnzimmer, durch die Küche und zur Hintertür hinaus.« Sie machte zwei Schritte in die entsprechende Richtung, aber Tates Hand an ihrem Ellbogen hielt sie zurück.

Tränen liefen über ihr Gesicht, und ehe sie wusste, wie ihr geschah, zog er sie erneut in seine Arme. »Das ist genug. Du darfst dich nicht so quälen.«

Plötzlich war sie nicht mehr das Kind, sondern wieder eine Frau. Eine verängstigte Frau, die durch das Haus streifte, in dem man ihre Familie getötet hatte, auf der Suche nach ihren verloren gegangenen Erinnerungen.

Sie drückte sich an ihn, ihr ganzer Körper bebte, ihre Knie gaben nach. Er hielt sie fest. Ein Teil von ihr wollte weitermachen, weitersuchen, der andere wollte davonlaufen, die Tür zuschlagen und nie mehr zurückblicken.

»Schscht, Kara, es ist schon gut.«

»Es ist nicht gut, Wes. Du weißt das, und ich weiß es auch. Es wird niemals gut sein. *Nie.*«

»Ich habe ihn!«, verkündete Johnson, die mit großen Schritten in Thomas' Büro gestürmt kam und eine Reihe von Fotos auf seinem Schreibtisch ausbreitete. Verschiedene Aufnahmen von der vor dem Whimstick General Hospital versammelten Menge, die die Freilassung ihres Propheten forderten.

»Das ging aber schnell«, stellte Thomas anerkennend fest.

»Jemand von den Technikern hat mir mit seiner Gesichtserkennungs-Software geholfen. Es war ziemlich einfach, die Personen, die in den McIntyre-Fall verwickelt waren, mit denen vor dem Krankenhaus abzugleichen.« In ihrer Stimme schwang Stolz mit. »Ich habe jede Menge Fotos im Internet gefunden, vor allem auf Jonas' Facebook-Fanseite. Seine Follower haben unzählige Selfies und Fotos gepostet, deshalb haben wir Aufnahmen von den Leuten aus allen möglichen Perspektiven. Sieh mal.«

Thomas beugte sich über die Bilder.

»Es sind tatsächlich einige unserer Lieblingsverdächtigen darunter.« Sie zog ein Foto heran und tippte darauf. »Fangen wir mit der guten alten Tante Fai an.«

Thomas erkannte Faiza Donner, die ein Stück weit von Roger Sweeney entfernt stand, zwischen ihnen ein Meer von Menschen, was vermuten ließ, dass Faiza nicht wusste, dass ihr Lebensgefährte ebenfalls dort war, und umgekehrt. Vielleicht sollte es aber auch nur so aussehen.

»Und jetzt sieh dir das an.«

Auf dem Foto war Brittlynn Atwater zu erkennen, außerdem Sheila Keegan, die ganz in der Nähe Mia Long ein Mikrofon entgegenstreckte.

»Hm«, brummte Thomas. »Die sozialen Medien entpuppen sich mal wieder als ausgezeichnete Beweisquelle.«

»Und das hier.« Johnson deutete auf eine weitere Aufnahme, auf der der Mann mit der Baseballkappe zu sehen war, der hinter dem Baumstamm stand und die Frau in dem langen schwarzen Mantel anstarrte, die Marlie Robinson so ähnlich sah. Auf diesem Foto war er aus einem anderen Winkel aufgenommen worden, sein Gesicht war klar zu erkennen.

Walter Robinson.

Der die Frau beobachtete, die eine Doppelgängerin seiner verschwundenen Tochter Marlie hätte sein können.

Robinson wirkte nicht im Mindesten überrascht.

»Ach … Was um alles in der Welt hatte er vor dem Krankenhaus zu suchen?«, wunderte sich Thomas. Die Rädchen in seinem Gehirn fingen an, sich wie wild zu drehen. Walter Robinson, der sich unter die Jonas-Jünger mischte und Marlie Numero zwei anstarrte?

»Hast du ein Foto, auf dem man seine Kappe besser sieht?«, fragte er seine Partnerin.

Johnson nickte und zog ein vergrößertes Foto mit Walters Gesicht und der Kappe hervor. Anders als vermutet, handelte es sich nicht um eine Baseball-Fankappe, sondern um eine mit dem Emblem der United States Marines.

»Nicht ›Zimmerfee‹ oder ›Send sie Fai‹«, stieß er hervor.

Johnson nickte mit einem grimmigen Lächeln. Thomas rollte bereits seinen Stuhl zurück und griff nach seiner Jacke. »Semper fi – Walter Robinson war bei den Marines.«

»Genau wie Edmund Tate. Ich nehme an, sie haben zusammen gedient, und Tate hat Robinson erkannt, als er Kara nachgerannt ist. Nur auf dessen Namen ist er in seinem Zustand nicht gekommen.«

»Ich dachte, der Angreifer hätte eine Skimaske getragen«, überlegte Johnson laut.

»Vielleicht hat er die beim Laufen abgesetzt, oder Tate hat ihn an etwas anderem erkannt – Größe, Statur, mitunter erkennt man jemanden schon an seinem Gang oder daran, wie er läuft. Wenn die beiden bei den Marines waren, werden sie oft zusammen trainiert haben.« Die Szene spielte sich vor seinem inneren Auge ab, als wäre er selbst dabei gewesen: ein verängstigtes kleines Mädchen, das durch den Wald rannte, verfolgt von einem Riesen, der ihr nachsetzte. Der Polizist auf der Veranda hörte Schreie und erkannte den Angreifer. »Es war nicht Edmund Tate, der Kara nachgelaufen ist.« Er steckte seine Pistole ins Gürtelholster. »Es war Walter.«

»Tate ist von seiner Veranda gestürmt, um Robinson davon abzuhalten, dem Kind etwas anzutun. Er ist Kara aufs Eis gefolgt, um sie zu beschützen.«

»Aber warum hat Walter einen Rückzieher gemacht? Wenn er für das Massaker verantwortlich war, hätte er doch alles darangesetzt, eine potenzielle Zeugin auszuschalten.«

»Möglich. Aber vielleicht wollte er einfach nur weg, nachdem er seinen ehemaligen Marines-Kameraden gesehen hatte.«

»Ruf das Seaside PD an«, sagte Thomas. »Sie sollen Robinson im Auge behalten, bis wir genug für einen Haftbefehl haben.«

»Mache ich.« Johnson grinste selbstzufrieden. »Mein Ex-Schwager arbeitet dort, und wir kommen gut miteinander klar. Er steht meinem Sohn sehr nahe. Ich schreibe ihm sofort eine Textnachricht. Er soll mich wissen lassen, wo der Scheißkerl steckt!«

Thomas hatte damit gerechnet, das erwartungsvolle Kribbeln zu verspüren, das sich für gewöhnlich immer dann bemerkbar machte, wenn sie kurz vor einem Durchbruch oder gar einer Verhaftung standen, aber diesmal wollte es sich nicht einstellen. Irgendetwas stimmte nicht. Walter Robinson hatte etwas mit der Sache zu tun, davon war Thomas überzeugt, aber das Ganze ergab für ihn keinen Sinn.

Warum sollte Walter am Heiligabend im Ferienhaus der McIntyres aufkreuzen und die ganze Familie abschlachten, sogar seinen eigenen Sohn?

Und was war mit seiner Tochter Marlie geschehen, die laut Brittlynn Atwater an jenem Abend mit Chad durchbrennen wollte?

Wo zum Teufel war Chad Atwater überhaupt? Warum war er davongelaufen?

»Da stimmt etwas nicht«, sagte er nachdenklich.

»Wie meinst du das? Wir haben ihn, endlich!«

»Vielleicht.« Thomas drückte ein paar Tasten auf seiner Tastatur und rief noch einmal die Akte über Walter Robinson auf, doch als er die Informationen ein weiteres Mal las, hatte er den Eindruck, auf der Stelle zu treten.

Er musste raus, raus aus dem Büro. Aus dem Department.

Musste irgendetwas tun, und er sah Johnson an, dass es ihr genauso ging.

Sie konnten es sich einfach nicht leisten, den falschen Mann zu verhaften.

Noch einmal ging er eine Angabe nach der anderen durch. Robinson wohnte noch immer in Seaside, wo er als Elektriker arbeitete. Selbstständig. Er war bei den Marines gewesen, als Sanitäter, und nach seiner Entlassung hatte er Zelda Donner geheiratet. Die beiden hatten zwei Kinder bekommen, einen Jungen, der nach Zeldas Familie benannt war – Donner Robinson –, und eine Tochter, Marlie. Zelda und Walter hatten sich scheiden lassen, als Zelda mit Kara schwanger gewesen war. Sie hatte Karas Vater, Samuel McIntyre, geheiratet, selbst Vater von zwei Söhnen, Sam jr. und Jonas, der Zweitgeborene.

Robinson war nie ernsthaft mit dem Gesetz in Konflikt geraten oder anderweitig auffällig geworden – bis auf ein paar Strafzettel wegen Falschparkens und einer Geldstrafe, weil er Rotwild außerhalb der Saison gejagt hatte, gab es keinen Eintrag.

»Er ist unser Täter!«, beharrte Johnson.

»Ja, trotzdem ergibt es keinen Sinn.«

»Wir holen ihn ins Präsidium und vernehmen ihn, bauen Druck auf und geben ihm die Chance, noch einmal seine Version von der Geschichte zu erzählen. Mal hören, was er zu sagen hat.«

»Ich spreche mit dem Staatsanwalt, damit wir einen Durchsuchungsbeschluss für sein Haus in Seaside bekommen. Es ist bestimmt spannend zu sehen, was wir bei ihm finden.« Sie waren so dicht dran, aber die letzten Puzzlestücke wollten sich einfach nicht zusammenfügen lassen. Noch einmal betrachtete Thomas die Fotos, die Johnson auf seinen Schreibtisch gelegt hatte, insbesondere die, auf denen Walter

Robinson und die Frau zu sehen waren, die seine Tochter hätte sein können. Wo zum Teufel steckte Marlie Robinson?

»Okay, dann telefoniere ich mit dem Seaside PD«, sagte sie und verließ das Büro.

Als sie fort war, sah Thomas sich noch einmal das Filmmaterial von damals an. Walter Robinson stand vor den Fernsehkameras und bat die Öffentlichkeit um Informationen über seine verschwundene Tochter. Er machte einen zutiefst erschütterten Eindruck, doch das konnte gespielt oder Donner geschuldet sein, schließlich hatte der Mann gerade seinen Sohn verloren. Oder hatte er ihn getötet? War er wirklich ein eiskalter Killer, der seine Spuren verwischen wollte? Thomas nahm einen Bleistift aus dem Stiftbecher und klopfte mit dem Radiergummiende auf die Schreibtischplatte. Er spürte, dass ihm etwas Entscheidendes entging, aber was?

Das Handy klingelte und riss ihn aus seinen Gedanken.

»Cole Thomas«, meldete er sich.

»Ja … ähm … hier spricht Mia Long. Wir sind uns im Krankenhaus begegnet.«

»Ich erinnere mich.«

»Ich … ähm … o Gott.« Sie zögerte. »Also …«

»Was ist passiert?«, fragte er, während sämtliche Alarmglocken in seinem Kopf zu schrillen anfingen.

»Ich weiß es nicht«, sagte sie mit gepresster Stimme. »Vielleicht hätte ich nicht anrufen sollen, aber Jonas … Er hat meinen Wagen genommen. Nicht gestohlen, das nicht. Ich habe ihm mein Auto geliehen, und jetzt ist er schon seit Stunden weg, geht nicht ans Telefon und reagiert auch nicht auf meine Nachrichten … Ach, Mist. Ich mache mir Sorgen.«

»Sie glauben, dass ihm etwas zugestoßen ist.« Eine Feststellung, keine Frage. Thomas überlegte. Auch wenn sie nach wie vor keinen Hinweis auf seinen aktuellen Aufenthaltsort hatten, wussten sie jetzt wenigstens, wo er gewesen war.

»Das will ich nicht sagen. Aber er wurde doch gerade erst aus dem Krankenhaus entlassen, und er ist so lange nicht mehr Auto gefahren ... Ach, vergessen Sie's. Vergessen Sie, dass ich angerufen habe. Das war wohl ein Fehler. Es tut mir leid. Bestimmt geht es ihm gut. Alles ist okay!« Sie unterbrach die Verbindung, und als Thomas versuchte, sie zurückzurufen, ging sie nicht dran.

Eilig rief er ihre Führerscheindaten auf und notierte sich die Marke, das Modell und Nummernschild ihres Wagens, dann schrieb er Mias fünfzehn Jahre alten Honda Accord zur Fahndung aus. Als er damit fertig war, stand er auf. Er würde zu Mia fahren und sich in ihrem Apartment nach Hinweisen umsehen, wohin Jonas gefahren sein konnte. Endlich hatte er einen Grund, das Department zu verlassen. Doch zuvor wollte er kurz bei Johnson vorbeischauen, um sich zu erkundigen, ob sie schon etwas von den Kollegen vom Seaside PD gehört hatte.

Er klopfte an die offene Tür und trat ein. Sie saß am Schreibtisch, telefonierte und blickte auf ihren Bildschirm. Als er näher kam, hob sie die Hand und deutete auf ihr Handy, während sie sich konzentriert anhörte, was die Person am anderen Ende der Leitung zu sagen hatte. Tate blieb stehen und trat ungeduldig von einem Fuß auf den anderen.

»Ja, danke«, sagte sie und nickte Tate zu. »Ja, ruf mich an und berichte mir, was ihr vorfindet, wenn ihr reingeht.« Sie legte auf und drehte sich auf ihrem Stuhl zu Tate. »Das war mein Ex-Schwager«, erklärte sie. »Walter Robinson ist nicht zu Hause und geht auch nicht ans Telefon. Es gibt nur eine Nummer, nämlich die seiner Firma: Robinson Electric. Umso seltsamer, dass er sich nicht meldet – er muss doch für seine Kunden erreichbar sein. Der Anrufbeantworter ist voll, zeichnet keine Nachrichten mehr auf. Die Kollegen haben das Haus beobachtet und gehen jetzt rein. Hinreichender

Tatverdacht.« Thomas klappte den Mund auf, aber sie kam ihm zuvor:»Bevor du fragst: keine Zeit für einen Durchsuchungsbeschluss.«

»Solange das nicht das mögliche Verfahren gegen ihn beeinträchtigt ...«

»Bestimmt nicht.« Sie beäugte seine Jacke. »Willst du weg?«

Er nickte. »Zu Mia Longs Apartment. Unterwegs werde ich Alex Rousseau anrufen.«

»Warum?«

»Jonas McIntyre war bei Mia.«

»Oh.« Sie atmete hörbar aus. »Lass mich raten: Er ist wieder einmal spurlos verschwunden.«

»Ja, aber diesmal mit ihrem Wagen. Ich habe ihn und den Honda Accord bereits zur Fahndung ausgeschrieben.«

Kara betrat schaudernd das Schlafzimmer ihrer Eltern. Der Wind rüttelte an den Fensterläden. Der leere Rahmen des großen Ehebetts lehnte aufrecht an der Wand. Durch einen Spalt im Fensterrahmen war Wasser ins Zimmer gesickert und an der Wand hinabgelaufen. Nun war die Farbe abgeblättert, der Holzfußboden aufgequollen und wellig.

Hier hatte sie Mama und Daddy gefunden, tot im Bett. Wer immer sie auf dem Gewissen hatte, hatte schnell gehandelt, der Gerichtsmediziner hatte keine Kampf- oder Abwehrspuren gefunden. Kara hoffte inständig, dass die Schlaftabletten sie so ausgeknockt hatten, dass sie gar nicht erst wach geworden waren.

In ihrer Kehle stieg Galle auf.

Sie würgte. Wieder wäre sie gern hinausgestürmt und so weit weggelaufen wie möglich, weg von diesem verfluchten alten Kasten mit all seinen Geheimnissen und schrecklichen Erinnerungen. Stattdessen lehnte sie sich gegen den Türrahmen und sagte zu Tate: »Das funktioniert nicht.« Ein paar weitere Erinnerungsfragmente kehrten zurück, doch das, was sie sah, war das, was sich unauslöschlich in ihr Gedächtnis eingebrannt hatte: die Toten. *Ihre* Toten. Die Familie, die sie verloren hatte.

Nein, nicht verloren.

Die Familie, derer man sie gewaltsam beraubt hatte.

Tate legte eine Hand auf ihre Schulter. »Wenn du möchtest ...«

»Hör auf, Tate, sag es nicht. Denk nicht mal dran.«

»Wie du meinst.«

»Bitte gib mir eine Sekunde.« Sie schloss die Augen, blendete die Geräusche des alten Hauses aus, das Knacken der Bodendielen, das Heulen des Windes, das Klirren der Fensterscheiben und das Klappern der Fensterläden, entschlossen, zu ihren Erinnerungen vorzudringen.

Sie drehte sich um, ging direkt in das Eckzimmer, das sie sich mit Marlie geteilt hatte, und ließ den Lichtstrahl der Taschenlampe über Decke und Wände gleiten. »Hier hat alles begonnen, zumindest für mich«, flüsterte sie mit trockenem Mund. Ihr Bett stand da, wo es immer gestanden hatte, an der Wand, das Kopfteil unter einem der Fenster, sodass sie beim Einschlafen die Sterne sehen konnte. Das Bettzeug fehlte, aus einem Riss in der Matratze quoll die Füllung heraus. Marlies Bett stand an der gegenüberliegenden Wand, neben dem Kleiderschrank. Ihre Matratze war heil, aber grau vor Staub und Schmutz.

Sie sah Marlie vor sich, hörte die Verzweiflung in ihrer Stimme, die Angst. »Meine Schwester hat gesagt, ich soll leise sein«, erinnerte sie sich. »Sie hat mich geweckt, und ich hatte keine Lust aufzustehen, wollte wissen, warum, aber sie war unerbittlich. Hat mir nicht verraten, was vor sich geht, und mir den Mund zugehalten. Ich habe gespürt, dass etwas nicht in Ordnung ist, denn normalerweise war sie total chaotisch, aber jetzt lagen Stapel mit zusammengefalteter Kleidung auf ihrem Bett. Ordentlich zusammengefalteter Kleidung. Das passte so gar nicht zu ihr. Ich wollte nicht aufstehen, aber dann tat ich es doch und ließ mich von ihr auf den Dachboden bringen.« Kara verließ das Zimmer und ging zur Treppe, auf demselben Weg, den sie damals genommen hatten. »Sie hat mich gezogen und geschoben und mir immer wieder zugeflüstert, ich solle bloß still sein.«

Sekunden später standen sie erneut vor der Tür zum Elternschlafzimmer. Kara öffnete die schmale Tür gleich daneben, die in den zweiten Stock hinaufführte, und schauderte.

Geh nicht hinauf. Schon als ihr Kinder wart, wollten Mama und Daddy nicht, dass ihr dort spielt.

Mit zusammengebissenen Zähnen erklomm sie die schmalen Stufen, dicht gefolgt von Tate. In dem Labyrinth aus kleinen Räumen und Kammern, die vollgestellt waren mit den ausrangierten, teils mit Laken abgedeckten Möbeln mehrerer Generationen von McIntyres, war es so staubig, dass sie husten musste. Tate wandte sich ab und nieste. Im selben Moment hörten sie ein dumpfes Geräusch. Als wäre über ihren Köpfen etwas zu Boden gefallen, aber das konnte nicht sein. Hier war schon seit Ewigkeiten niemand mehr gewesen, von den vierbeinigen Untermietern einmal abgesehen.

»Hast du das auch gehört?«, fragte sie Tate.

Er nickte und leuchtete mit der Taschenlampe auf ein kleines, offen stehendes Fenster, vor dem ein umgestürzter Garderobenbaum auf dem schmutzigen Holzboden lag. »Ich nehme an, bei einem Sturm wie diesem wird hier öfter mal etwas umgeweht.«

Sie nickte, wenig überzeugt, doch wer außer ihnen sollte das einst so prächtige, dem Verfall anheimgegebene Haus aufsuchen wollen, noch dazu um diese Jahreszeit, inmitten eines Schneesturms? Und ausgerechnet in dem Moment, wenn auch sie nach all den Jahren zum ersten Mal wieder hier war?

Vorsichtig ging sie weiter, die Ohren gespitzt, doch bis auf die Geräusche des heraufziehenden Blizzards blieb alles still.

»Mein Gott, das ist ja der reinste Kaninchenbau«, hörte sie Tate hinter sich sagen.

»Du würdest dich wundern, wie viele versteckte Gänge und Kammern es hier gibt«, sagte sie und blieb vor dem Wäscheschrank am Ende des Flurs stehen.

Tu's nicht, Kara! Geh nicht hinauf!

Sie atmete tief ein und aus, versuchte, die immer stärker werdende Übelkeit zu verdrängen, und öffnete die Tür, hinter der die steile Stiege zum Dachboden zum Vorschein kam.

»Überraschung!«

Tate trat dicht hinter sie und leuchtete in die stockfinstere Öffnung hinein.

Mit weichen Knien kletterte Kara hinauf, Tate folgte eine Stufe hinter ihr.

Auf dem Dachboden war es um einige Grad kälter, ein eisiger Luftzug strich durch das runde Fenster unter den Dachsparren. Ein Teil der Scheibe war zerbrochen. Sie dachte daran, wie sie damals hier gestanden und ebenjenes Fenster angestarrt hatte, während sie sich fragte, wann Marlie wohl zurückkehren würde. *Ob* sie zurückkehren würde.

Der Schein ihrer Taschenlampe glitt über die hier abgestellten Kartons und Kisten und blieb an den weißlichen Exkrementen eines Vogels, vermutlich einer Eule, hängen, die dort oben ihr Nest haben musste.

Das Entsetzen, hier oben allein zu sein, das sie als knapp Achtjährige verspürt hatte, kehrte mit voller Wucht zurück. Kara fing an zu zittern.

»Sie hat mich hierhergeschleppt und behauptet, sie wolle mich so in Sicherheit bringen.« Ein trockenes Schluchzen entrang sich ihrer Kehle. Sie schloss die Augen und fuhr fort: »Sie wollte, dass ich hierbleibe. Sie hat mir versprochen, zurückzukommen und mich zu holen, aber sie kam nicht, und irgendwann hatte ich die Warterei satt. Ich hatte das Gefühl, ich würde schon seit Stunden in der Dunkelheit hocken, dabei waren vermutlich gerade mal fünfzehn Minuten verstrichen. Ich habe keinen blassen Schimmer, wie lange ich wirklich dort war. Als Kind hat man ein völlig anderes Zeitempfinden … Sie sagte, es wären böse Menschen im Haus – oder ein böser Mensch, ich kann mich nicht mehr genau erinnern –, doch sie hat mir nicht verraten, wer. Und dann hat sie mich hier oben eingeschlossen! Kannst du dir das vorstellen? Ein kleines Mädchen, eingesperrt in der Dunkelheit?« Kara schüttelte den Kopf, die Augen noch immer geschlossen. »Ich hatte Panik. Wollte einfach nur weg von diesem Dachboden. Und dann hörte ich einen Schrei. Einen markerschütternden Schrei.«

Sie lehnte sich bebend gegen einen Dachbalken, als sie die ganze Angst, die Panik, die sie damals verspürt hatte, noch einmal durchlebte.

»Ich musste raus hier, war fest entschlossen, zu fliehen. Ich hatte irgendetwas bei mir, eine Schere, glaube ich, und eine Büroklammer, und damit habe ich im Schloss herumgestochert, bis es schließlich aufsprang. Und dann war ich frei.«

Sie öffnete die Augen und sah Tate an. Sie meinte, ein Brummen zu vernehmen, ein Surren, irgendein ominöses Geräusch, das hier völlig fehl am Platz zu sein schien.

»Hast du das auch gehört?«, fragte sie Tate.

»Was soll ich gehört haben?«, fragte er.

»So ein Brummen …«

Im selben Moment vibrierte ihr Handy in der Tasche. Kara

fuhr zusammen. Als sie sich wieder unter Kontrolle hatte, zog sie es hervor und sah eine Textnachricht von der unbekannten Nummer auf dem Display.

Haut ab. Sofort!

»Was zum Teufel ...?«, flüsterte Kara. Ihr Atem bildete kleine Wölkchen in der eisigen Luft. »Tate, es passiert schon wieder!«

»Was?«

Bevor sie etwas erwidern konnte, zeigte ihr Handy an, dass die anonyme Person am anderen Ende der drahtlosen Verbindung eine weitere Nachricht tippte.

»Ich habe keine Ahnung, aber mir schickt schon wieder jemand anonyme Nachrichten ... O Gott.« Sie las den kurzen Text, der jetzt auf ihrem Display erschien.

Macht schnell. ER IST HIER!!!

»›Er ist hier‹? *Wer* ist hier?«, fragte Kara. Ihre Stimme überschlug sich vor Angst.

»Wer weiß, dass du hergefahren bist?«, fragte Tate ruhig.

»Außer dir? Niemand. Das weißt du doch!«

»In der Nachricht steht ›hier‹, als wäre die Person, die dir schreibt ...«

»... ebenfalls hier«, beendete sie den Satz für ihn. »In diesem Haus!« Panisch blickte sie sich auf dem dunklen Dachboden um, auf dem sie schon damals in der Falle gesessen hatte.

»Lass uns gehen«, flüsterte er ihr ins Ohr.

Kara drehte sich um und wollte gerade die steile Stiege hinuntersteigen, als sie wieder das merkwürdige Geräusch hörte, das sie ein wenig an einen Brummkreisel erinnerte. Sie richtete den Strahl ihrer Taschenlampe in die entsprechende Richtung. Er erfasste die alte Musik- und Fernsehtruhe ihrer Großmutter. Das weiße Laken war abgezogen, der Deckel aufgeklappt. An der blank polierten Front aus hellem Holz waren rote Schlieren zu sehen. Auf dem Boden davor glänzte eine klebrige rote Pfütze. Blut. Mit zitternden Händen schwenkte sie den Strahl nach rechts und nach links. Überall war Blut. Auf den Kartons und Kisten und auf alten Schallplatten, die rund um die Truhe verstreut lagen. Frank Sinatras Gesicht – blutverschmiert, das Cover eines Beatles-Albums ebenfalls. Sie unterdrückte einen Schrei. »Nein«, jammerte sie. »Nein, nein, nein.«

»Bleib, wo du bist«, sagte Tate, näherte sich vorsichtig der offenen Musiktruhe und spähte hinein, dann fuhr er entsetzt zurück und schnappte hörbar nach Luft.

Kara setzte sich in Bewegung, Tates Anweisung missachtend. Direkt hinter ihm blieb sie stehen und lugte über seine Schulter, dann schrie sie laut auf und krümmte sich zusammen, um Galle auf den klebrigen Holzboden zu erbrechen.

Der Strahl von Tates Taschenlampe war auf dem Scheitel eines abgetrennten menschlichen Kopfs gelandet, der leicht eiernd auf dem surrenden Drehteller des alten Plattenspielers kreiste. Als er ihnen das Gesicht zuwandte, erkannte sie ihren Halbbruder, Jonas McIntyre, Augen und Mund weit aufgerissen, die totenbleiche Haut blutverschmiert.

KAPITEL FÜNFUNDDREISSIG

Kara lief.

So schnell, wie sie in den letzten zwanzig Jahren nicht mehr gelaufen war.

Mit hämmerndem Herzen und rauschenden Ohren sprang sie die Stufen des Dachbodens hinunter und rannte im Zickzack durch den vollgestellten Flur im zweiten Stock zu der engen Treppe, die hinunter in die Küche und zur Hintertür führte.

Bong! Bong! Bong!

Der melodiöse Klang der Standuhr im Foyer hallte durch ihren hämmernden Schädel. Der Anblick von Jonas' abgetrenntem Kopf auf dem Plattenteller mischte sich mit der Erinnerung an ihre so grässlich zugerichteten Eltern und Brüder.

»Stille Nacht, heilige Nacht ...«

Beinahe wäre sie gestolpert, konnte sich gerade noch am Geländer festhalten ...

Bong! Bong! Bong!

»Alles schläft, einsam wacht ...«

Bong!

»... nur das traute hochheilige Paar ...«

Kara stieß die Tür zur Küche auf. Hinter sich hörte sie Schritte. Jemand folgte ihr!

»Kara!«, hörte sie eine Stimme rufen, doch sie war wieder sieben Jahre alt. Wie damals rannte sie zur Hintertür hinaus, flog die Stufen der Veranda hinunter, stürzte in den Schnee, richtete sich auf und kämpfte sich voller Panik durch die hohen Wehen. Das Herz schlug ihr bis zum Hals, Tränen strömten über ihre Wangen. Tot. Sie waren alle tot!

»Mama«, flüsterte sie mit starren Lippen. »Daddy.« Sie stürmte durch die Bäume, ihre Füße glitten auf dem vereisten Boden aus, aber sie lief weiter, immer weiter ...

»Kara! Bleib stehen!«

Niemals!

»Ich habe dich lieb, Kara-Bär ... Ich werde wiederkommen und dich holen, das verspreche ich dir.« Marlies Worte verfolgten sie, genau wie damals, als ihr die froststarren Zweige ins Gesicht peitschten. Hinter jedem Baum, an dem sie vorbeirannte, sah sie die Geister ihrer Familie, die sie durch den dichten Schneeschleier anstarrte. Mit bleichen, verhärmten Gesichtern riefen sie ihren Namen: »Kara! Kara!«

Mama.

Daddy.

Sam. Donner.

Und jetzt auch Marlie, die halb versteckt hinter den schneebedeckten Zweigen einer Tanne stand.

O Gott, o Gott!

Ohne stehen zu bleiben, warf sie einen Blick über die Schulter. Sie sah einen Mann, der hinter ihr herrannte, Jagd auf sie machte. Groß und bedrohlich, das Gesicht verschattet von der Dunkelheit.

Sie musste schneller laufen, durfte sich nicht von ihm erwischen lassen!

Der Angreifer, der Mörder, kam näher.

»Kara!«, rief er. »Kara, warte!«

Sie blinzelte.

Die Stimme kam ihr bekannt vor. Tate? Wesley Tate lief hinter ihr her? Rief ihren Namen?

Sie stolperte. Fing sich wieder und spürte, wie in ihr eine Art Damm brach. Der Klang seiner Stimme war vertraut, bot Schutz, Sicherheit.

Ihre Beine wurden schwerer und schwerer. Mit letzter Kraft kämpfte sie sich durch die Schneewehen, brach ein, quälte sich weiter vorwärts. Vor ihr, zwischen den Bäumen, kam der See in Sicht, kaum zu erkennen bei dem dichten Schneefall. Was hatte sie erwartet? Natürlich folgte er ihr – wie einst sein Vater.

Es ist Wesley, Kara, er ist auf deiner Seite. Du kannst ihm vertrauen! Das ist die Realität …

Sie wurde langsamer, drehte sich zu ihm um, erwartete, dass er …

»Hau ab!«, schrie er. »Lauf, Kara, lauf!«

War das wirklich Wesleys Stimme?

Oder war es Jonas? Sie sah, wie sich ihr blutüberströmter Halbbruder auf einen Ellbogen stützte und sie anflehte, zu laufen und Hilfe zu holen. Nein, *das* war die Realität! Sie war sieben Jahre alt, und sie lief vor dem Mörder ihrer Eltern und Brüder weg. Lief weg, weil sie Hilfe holen sollte …

O Gott! Jonas! Sie sah seinen abgetrennten Kopf vor sich, der sich auf dem Plattenteller drehte, wirbelte herum und rannte erneut los, doch dabei stieß sie mit dem Fuß gegen eine Wurzel oder einen Stein unter der Schneedecke und stürzte nach vorn, gegen einen Baum. Sie versuchte, sich zu fangen, streckte die Arme aus. Gefrorene Tannennadeln stachen ihr ins Gesicht, Zweige umklammerten sie, rissen ihre Kleidung, ihre Haut auf.

»LAUF!«

Tates Stimme. Ja, Wesley Tate drängte sie, weiterzulaufen. Es gelang ihr, das Gleichgewicht wiederzufinden, doch dann rutschte sie auf einer Eisplatte aus und fiel zu Boden. Wesley kam näher.

Nicht Wesley.

Nein.

Der Mann, den sie, noch ein Stück von ihr entfernt, erblickte, war Walter Robinson, älter, als sie ihn in Erinnerung hatte, das bärtige Gesicht verzerrt, die Kiefer zusammengepresst. Seine Augen glitzerten merkwürdig. Grausam. Erbarmungslos. In einer behandschuhten Hand hielt er eine Pistole, in der anderen ein Messer mit einer langen, schmalen, tödlichen Klinge. Blutverschmiert.

O. Mein. Gott.

»Lauf, Kara, lauf!« Wes' Stimme hallte durch die Nacht.

Sie kämpfte sich auf die Knie, rappelte sich hoch und warf einen Blick über die Schulter. Nicht ein Mann, sondern zwei Männer waren ihr auf den Fersen. Tate war dichter bei ihr, näherte sich ihr im Zickzack, während Robinson ohne Rücksicht auf Verluste durch die dicht stehenden Bäume und tückischen Schneewehen pflügte und schnurstracks auf sie zukam.

Plötzlich bemerkte sie aus dem Augenwinkel eine Bewegung. Etwas Weißes, Verschwommenes. Einen bleichen Geist, der, versteckt hinter den Bäumen, parallel neben ihr herlief.

Der Geist wandte ihr das Gesicht zu.

Marlie?

Kara blinzelte.

Ihre seit zwanzig Jahren verschollene Schwester war *hier draußen?*

Unmöglich!

»Lauf, Kara, lauf!«, hörte sie wieder Tates Stimme. Kara sah sich um. Robinson hatte die Pistole erhoben und zielte.

Sie sprang hinter einen Baum. Eine Brombeerranke verfing sich an ihrer Jacke.

»Stopp!«, brüllte Walter. »Bleib stehen!«

Er richtete die Mündung seiner Pistole auf sie.

Kara wollte gerade die Augen schließen, als sie sah, dass Tate hinter einer Tanne hervorsprang. Walter drückte ab.

Blamm!

Tates Körper zuckte mitten im Sprung unkontrolliert nach vorn. Mit einem dumpfen Geräusch landete er im Schnee.

Wumm!

»Nein!«, schrie Kara. Mit tödlicher Langsamkeit schritt Walter auf Tates zusammengekrümmte Gestalt am Boden zu, die Pistole in einer Hand, das blutige Messer in der anderen.

Kara erwachte aus ihrer Schockstarre und setzte sich erneut in Bewegung, diesmal nicht weg von Robinson, sondern auf ihn zu. »Halt! Tu's nicht! Um Himmels willen, schieß nicht, Walter!«

Blamm! Blamm! Blamm!

Drei Schüsse, kurz hintereinander abgefeuert, zerrissen die Stille.

Blut sprudelte aus Walters Brust. Wild zuckend stolperte er einen Schritt nach vorn, die Augen weit aufgerissen vor Überraschung. Er sackte schwer auf die Knie, schnappte angestrengt nach Luft, die Waffen in den Händen. Und dann fiel er mit einem lauten Stöhnen mit dem Gesicht voran in den Schnee.

Kara taumelte zurück, dann öffnete sie den Mund und gab einen ohrenbetäubenden Schrei von sich, der von den Hängen widerhallte.

Der Geist ihrer Schwester trat hinter einer Gruppe junger Nadelbäume hervor.

»Marlie«, flüsterte Kara, als sich die Erscheinung in eine echte, lebende, atmende Frau verwandelte.

»Es tut mir leid, Kara-Bär«, sagte sie. Kara fragte sich, ob sie in einen furchtbaren Albtraum geraten war, Resultat ihrer labilen Psyche, die Vergangenheit und Gegenwart vermischte. »Ich wollte dich damals nicht allein lassen, wollte dich nicht einsperren, aber ich musste es tun. Ich wollte dich in Sicherheit bringen.« Die Frau, die aussah wie Marlie, schob die Pistole in ihre Jackentasche und trat auf sie zu.

Sie sieht nicht nur so aus wie Marlie, sie ist Marlie. Du hast deine Schwester wiedergefunden, Kara. Endlich.

Ja, dachte Kara ungläubig, sie ist wirklich Marlie. Ihr Gesicht war vernarbt, aber sie war es, unverkennbar.

»Wo … wo warst du?«, fragte Kara und machte einen Schritt in Marlies Richtung. Aus dem Augenwinkel sah sie Tate im Schnee liegen, das Gesicht nach unten. Sie zwang sich, um Walter Robinson herumzugehen, aus dem offensichtlich alles Leben gewichen war, und trat ihm die Pistole aus der Hand.

»Ich war gefangen!«, stieß Marlie hervor. Das Gesicht vor Abscheu verzogen, bückte sie sich, nahm Robinsons blutverschmiertes Handgelenk, um seinen Puls zu fühlen, dann richtete sie sich wieder auf und betrachtete die leblose Gestalt ihres leiblichen Vaters.

»Walter hat dich gefangen gehalten?«

Marlie nickte mit zusammengepressten Lippen.

Kara ging neben Tate auf die Knie und tastete nach seinem Puls. »Er lebt, Gott sei Dank!« Sie wandte sich zu ihrer Halbschwester um. »Hilf mir!«, rief sie.

Vorsichtig drehte sie Tate mit Marlies Hilfe auf den Rücken. Er kam langsam wieder zu sich, blinzelte gegen den Schnee an.

Bitte, lieber Gott, mach, dass er überlebt. Nimm ihn mir nicht auch noch. Nicht Tate, bitte!, betete Kara inbrünstig zu einem Gott, an den sie schon lange nicht mehr glaubte.

Sie streifte ihre Handschuhe ab, dann öffnete sie mit eiskalten Fingern den Reißverschluss seiner Jacke und riss sein Hemd auf. Die Kugel hatte ihn oben in der Schulter getroffen. »Wesley«, flüsterte sie und zwang ihn, sie anzusehen. »Mein Gott …«

»Was ist passiert?«, fragte er tonlos.

»Walter Robinson hat auf dich geschossen, Er hat mich gejagt, und du …« Ihre Kehle schnürte sich zusammen. »Du hast mir das Leben gerettet.« Tränen traten in ihre Augen, und sie biss sich auf die Lippe, überwältigt von ihren Gefühlen. Er war verletzt, blutete, aber er würde überleben.

»Lass mich mal«, sagte Marlie und kniete sich neben sie. »Ich bin ziemlich geübt in so was. Er« – sie warf einen weiteren hasserfüllten Blick auf ihren Vater – »hat es mir beigebracht. Er war Sanitäter bei den Marines. Also …« Sie arbeitete schnell und konzentriert, riss einen Streifen Stoff von Tates Hemd und band die Wunde ab, um die Blutung zu stoppen, während Kara, die endlich begriff, dass sie sich nicht in einem Albtraum, sondern in der Realität befand, die Neun-eins-eins wählte. »Hier spricht Kara McIntyre, wahrscheinlich wissen Sie, wer ich bin«, stieß sie hervor und ratterte die Adresse herunter. »Bitte schicken Sie Hilfe, schnell! Hier sind zwei tote Personen und eine weitere mit einer Schussverletzung.«

Es klickte ein paar Mal, dann hörte sie die Stimme der Notrufkoordinatorin: »Hilfe ist unterwegs. Ms McIntyre, bitte bleiben Sie …«

Noch bevor sie den Satz zu Ende bringen konnte, legte Kara auf. »Hilfe kommt«, sagte sie zu Tate und Marlie.

Tate versuchte, aufzustehen.

»Das ist keine gute Idee«, warnte Marlie und drückte ihn vorsichtig zurück in den Schnee.

»Marlie Robinson?«, krächzte er und blinzelte erneut, dann stützte er sich auf den Ellbogen der unverletzten Seite und warf einen Blick auf Walter Robinson, der inmitten einer sich rot färbenden Schneewehe lag. »Marlie, du bist tatsächlich noch am Leben …«

»Ja.« Sie nickte. »Bitte bleib liegen, das ist besser, glaub mir.«

»Mir geht's gut«, versicherte er ihr, verzog die Lippen zu einem schiefen Grinsen und zuckte zusammen. »Ich hab schon Schlimmeres überlebt.«

»Liegen bleiben«, befahl Kara und nahm seine Hand, dann stellte sie ihrer Schwester die Frage, die sie seit zwei Jahrzehnten quälte. »Warum, Marlie? Warum bist du nicht zurückgekommen?«

»Er hat mich nicht gehen lassen«, antwortete Marlie. »Nicht nach dem, was ich mit angesehen hatte.« Sie verlagerte das Gewicht auf die Fersen und betrachtete ihren Vater. Der Wind wehte ihr die Haare aus dem Gesicht und entblößte eine Narbe unter ihrem Auge.

Eine Erinnerung blitzte in Kara auf. Marlie mit der blutverschmierten Wange, die sich in ihrem gemeinsamen Zimmer über sie beugte. Als hätte sie Karas Blick gespürt, berührte Marlie die gezackte Linie. »Die Narbe? Die stammt nicht von Dad. Nein, die habe ich Jonas zu verdanken.« Sie lächelte bitter. »Ich habe den Fehler gemacht, mich meinem Stiefbruder in den Weg zu stellen.«

»Aber was ist passiert? Warum hast du mich allein auf dem Dachboden zurückgelassen? Warum bist du nicht bei mir geblieben?«

»Ich musste gehen«, erwiderte Marlie. Sie rieb sich die Arme und wich Karas Blick aus. So leise, dass Kara sie kaum hören konnte, sagte sie: »Ich wusste nicht, was ich sonst hätte tun sollen. Damals habe ich dir erzählt, dass ich mit Chad durchbrennen wollte. Ich wollte mich aus dem Haus schleichen, daher meine Sachen auf dem Bett, aber noch bevor ich packen konnte, hörte ich unten Geräusche. Ich bin runtergegangen und habe gesehen, wie Jonas mit dem Schwert auf Donner losgegangen ist. Er wollte ihn umbringen, wegen Lacey. Ich habe mich ihm in den Weg gestellt, wollte ihn zur Vernunft bringen, und da ist das hier passiert. Zum Glück hat er mich nur gestreift.« Sie tastete erneut nach der gezackten Narbe in ihrem Gesicht. »Ich habe eine große Stoffserviette vom Esstisch darauf gedrückt und bin weggelaufen, die Treppe hinauf. Gerade als ich oben war, ist Dad – Walter – gekommen. Draußen war es eiskalt, und er trug eine schwarze Skimaske und Lederhandschuhe, aber ich habe ihn natürlich sofort erkannt.« Marlie starrte auf die Bäume und schauderte. »O Gott, es war total verrückt! Ich bin zu dir gerannt, weil ich nicht wusste, was geschehen würde. Ich wollte dich in Sicherheit bringen, Kara, und mich dann zu Chad schleichen. Aber dazu ist es nie gekommen.«

»Was ist passiert, nachdem du mich eingeschlossen hast? Warum war Walter da?«, stieß Kara hervor.

Marlie räusperte sich. »Dad war zurückgekommen, um Mom mitzuteilen, dass er Donner und mich trotz ihrer Drohungen zu sich nehmen würde. Das hat er mir später erzählt.« Sie blickte in die Ferne, als müsse sie sich sammeln, bevor sie das Unsägliche aussprach. Nach einem kurzen Moment fuhr sie fort: »Ich bin zurück zum Treppenabsatz geschlichen und habe gesehen, wie er ins Wohnzimmer rein ist – keine Ahnung, wie er ins Haus gelangen konnte, aber die Jungs haben ja andauernd die Tür offen gelassen. Er hat mitbekommen, dass Jonas Donner die Kehle durchschneiden wollte. Anscheinend hat er noch versucht, ihn davon abzuhalten, es ist zum Kampf gekommen, aber Jonas hat Donner getötet. Alles konnte ich nicht sehen, der Kronleuchter hing im Weg.«

Kara würgte, doch es wollte nichts mehr aus ihrem leeren Magen kommen.

»Dad ist komplett durchgedreht«, fuhr Marlie mit tonloser Stimme fort. »Er hat mir später erzählt, dass für ihn in diesem Moment die ganze Welt aus den Fugen geraten ist. Er hat nur noch rotgesehen, Jonas überwältigt, das Schwert an sich genommen und ... reagiert.«

»Indem er alle umgebracht hat?«, fragte Kara ungläubig. Tränen liefen über ihre Wangen. Sie drückte so fest Tates Hand, als wollte sie nicht nur ihm, sondern gleichzeitig sich selbst Halt geben.

»So hat er es mir erklärt.« Marlie gab ein unterdrücktes Schluchzen von sich und wischte sich mit dem Handrücken eine Träne von der Wange.

»Aber warum?«, wisperte Kara. »Warum Dad und Sam jr. und ...«

»Ich weiß. Es ist alles so schrecklich. Unvorstellbar.«

Kara wurde klar, dass Marlie mit diesem unvorstellbaren Schrecken zwanzig Jahre hatte leben müssen, eine Gefangene ihres eigenen Erzeugers.

Marlie schniefte und schaute abermals zu ihrem Vater hinüber. »Er hat Sam jr. instinktiv getötet, weil er ungewollt zum Zeugen geworden war. Das hat die Bestie in ihm entfesselt. So hat er es formuliert. ›Die Bestie wurde entfesselt.‹ Als hätte diese Bestie die ganze Zeit über in ihm gesteckt. Unfassbar.« Sie schüttelte den Kopf, und wieder blitzte Hass in ihren Augen auf. »Anschließend ist er die Treppe hinaufgestürmt, ins Schlafzimmer von Mama und deinem Dad. Ich konnte mich gerade noch hinter der Tür zum zweiten Stock verstecken. Er hat die beiden getötet, weil er sie hasste. Mama hat er gehasst, weil sie ihn betrogen hat, und Sam sr., weil er ihm nicht nur die Frau, sondern auch die Kinder weggenommen hatte.«

Kara stellte sich die grauenhafte Szene vor: Walter, der Sam jr. ermordete und anschließend mit dem blutigen

Schwert die Treppe hinauflief, um seine tödliche Mission zu vollenden. »Warum sind Mama und Daddy nicht aufgewacht?«, wollte sie wissen.

Marlie verdrehte die Augen. »Das war meine Schuld«, gab sie zu und weinte nun ganz offen. »Ich habe ihnen beim Abendessen ein Schlafmittel in den Wein gemischt. Valium. Die Menge sollte ausreichen, um sie bis zum nächsten Morgen auszuknocken. Ich wusste, wo dein Vater seine Bargeld-Notreserve versteckte. Chad sollte das Geld aus dem Versteck holen, dann wollten wir gemeinsam mit Chads Pick-up abhauen. Wenn Mom und Dad am nächsten Morgen aufwachten, wären wir längst über alle Berge gewesen. Das war unser Plan. Du siehst, ich war nicht unschuldig. Ich habe meinen Teil dazu beigetragen, dass sie sterben mussten.«

Kara schluckte, dann streckte sie die freie Hand nach ihrer Schwester aus. »Nein, Marlie, du warst bloß ein Teenager. Ein verliebter Teenager.«

»Ich war eine Idiotin!«, sagte Marlie voller Selbstverachtung. »Verlieb dich bloß niemals«, riet sie Kara, die Tates Hand nicht losließ. »Du siehst ja, was mir das gebracht hat.« Sie schüttelte den Kopf. »Ich bin die Treppe hinuntergehuscht, weil ich nicht wollte, dass Walter auch noch Chad und mich erwischte, aber er war nicht in der Abstellkammer neben der Küche, wo er das Geld stehlen sollte. Stattdessen hörte ich plötzlich Schreie und eilige Schritte. Ich stürmte aus der Kammer, sah dich weglaufen, dann Dad mit seiner Skimaske. Instinktiv rannte ich ebenfalls los. Dad lief mir nach, rief, ich solle stehen bleiben, er könne mich nicht gehen lassen … Er hat mich erwischt, nicht dich.« Ihre Stimme brach, und sie verstummte, von Schluchzern geschüttelt.

Kara spürte, wie Tate ihre Hand drückte. In der Ferne hörte sie das Heulen von Sirenen. Endlich. »Dann … dann warst du auch diejenige, die mir die Nachrichten geschickt und mich angerufen hat?«

»Ja.« Marlie nickte und sah ihrer Schwester in die Augen.

»Aber du hast geschrieben: ›Sie lebt.‹, nicht: ›Ich lebe.‹«

»Ich weiß. ›Sie lebt.‹ Marlie lebt.«

»Aber du bist doch Marlie ...«

»Ja – eigentlich.« Sie seufzte. »Ich habe vor zwanzig Jahren einen neuen Namen bekommen. Hailey. Hailey Brown. Ich musste so tun, als wäre ich Walters Nichte, damit niemand Fragen stellt. Von den wenigen Leuten, die ich zu Gesicht bekommen habe, hat sich eh keiner für mich interessiert. Ich durfte nicht rausgehen, und ehrlich gesagt: Ich wollte es auch gar nicht.« Die Sirenen wurden lauter. »Bis ich von Jonas' Entlassung erfuhr. Dad ist durchgedreht. Hat sich aufgeführt wie ein Wahnsinniger. Er hat mich in dem Haus in Seaside allein gelassen, und er hat mich eingesperrt, zum ersten Mal seit Jahren. Solange er Donners Mörder hinter Gittern wuss-te, ging er davon aus, dass ich bleiben würde, dass ich ihn nicht verraten würde, weil ich gar niemanden mehr hätte, wenn auch er weg wäre ...« Sie schniefte erneut und wischte sich mit dem Ärmel die Tränen von den Wangen, dann be-trachtete sie noch einmal den Mann, der sie gezeugt hatte, der sie gefangen gehalten und gezwungen hatte, ein Teil sei-nes widerwärtigen Lebens zu werden. »Ich hatte mir zum Glück in jener Zeit, als ich das Haus noch verlassen konnte, vorsichtshalber heimlich Nachschlüssel anfertigen lassen, außerdem hatte ich mir eins von seinen Prepaidhandys unter den Nagel gerissen und immer wieder kleine Beträge vom Haushaltsgeld abgezwackt. Als er wegen Jonas ausflippte und mich eingesperrt zurückließ, war ich bereit. Ich konnte mich nicht länger vor Gott und der Welt verstecken und tatenlos zusehen, was weiter passieren würde. Ich hatte nicht den Mut, mich an die Polizei zu wenden und meine wahre Identität einzugestehen, also habe ich den feigen Weg gewählt, bin in meiner Rolle als Hailey geblieben und habe versucht, dich zu kontaktieren. Ich hoffte, dich auf diese Weise warnen zu können, du solltest vorsichtig sein – bestimmt war dir bewusst, dass das Massaker an der Familie noch nicht vollendet war, denn du hattest überlebt.« Sie zuckte die Achseln, das Gesicht eine gequälte Grimasse aus Schuld und Verlegenheit. »Das hat wohl nicht so gut funktioniert.«

»Und du hättest tatsächlich jederzeit gehen können?«, fragte Kara ungläubig.

»In den letzten Jahren? Ja.« Marlie nickte, dann wurde ihr Ausdruck hart, die gezackte Narbe trat hässlich hervor. »Aber wohin sollte ich gehen? Meine Familie war tot, bis auf meinen leiblichen Vater, und ich konnte mich weder an dich noch an Chad wenden, ohne euch in Gefahr zu bringen oder Dad dranzuhängen. Ich weiß, das klingt seltsam, aber ich war eine ganze Zeit lang am Boden, war seelisch fix und fertig, und Dad hat sich um mich gekümmert.« Wieder rollten ihr die Tränen über die Wangen.

»Er hat dich eingesperrt! Und deine Mutter getötet!«

»Er … er war alles, was ich noch hatte.« Ihre Stimme brach.

Kara ließ Tates Hand los und fasste ihre Schwester bei den Schultern. »Verdammt noch mal, Marlie! Du hättest dich bei mir melden können.«

Sie schniefte. »Hör auf zu fluchen, Kara-Bär.«

»Aber …«

»Du warst ein Kind, Kara! Ich konnte dich nicht kontaktieren!« Sie streckte die Hand nach Kara aus. Ihre Finger zitterten. »In meiner Vorstellung ist Marlie Robinson tot.« Sie lachte traurig und schob Karas Hände von ihren Schultern. »Genau wie Hailey Brown«, fügte sie leise hinzu.

»Für mich wirst du immer Marlie sein«, widersprach Kara.

»Das ist schön. Behalte mich so in Erinnerung, wie ich war.«

Etwas in ihrer Stimme ließ Kara aufhorchen. »Was soll das heißen?«

»Es gibt kein Zurück«, wisperte Marlie und rückte von Kara ab. »Es geht einfach nicht. Ich bin nicht mehr Marlie. Sie ist vor langer Zeit gestorben, und Hailey bin ich auch nicht.«

»Nein!«, mischte sich Tate plötzlich ein, als würde er begreifen, was sie damit meinte.

»Marlie, bitte …«

Doch es war zu spät.

Marlie zog ihre Pistole aus der Tasche und drückte sie wortlos gegen ihre Schläfe.

»Nein!«, schrie Kara.

Tate streckte die Hand aus, um ihren Arm zurückzureißen – vergebens.

Blamm!

Der Schuss hallte laut durch den eisigen Wald.

Marlie brach zusammen.

»Marlie!« Kara fing an zu schluchzen.

Tate nahm ihre Hand und zog sie zu sich in den blutigen Schnee. »Schscht, schau nicht hin«, flüsterte er, »gleich kommt Hilfe.«

Doch Kara starrte den reglosen Körper ihrer Schwester an.

Ihre geliebte große Schwester war tot, daran bestand kein Zweifel.

Das Sirenengeheul wurde jetzt ohrenbetäubend laut.

Flackernde Lichter zuckten zwischen den Bäumen hindurch.

Autotüren knallten, Rufe wurden laut.

Endlich war die Hilfe eingetroffen.

»Hier!«, rief Tate, so laut er konnte. »Hier!«

Kurz darauf hörten sie Schritte, die sich ihnen eilig näherten.

Zu spät, dachte Kara und blickte auf die Leichen von Marlie und Walter Robinson.

Sie fühlte sich völlig leer. Heute Nacht war etwas in ihr gestorben: Zusammen mit Marlie hatte sie auch ihre Hoffnung verloren. Gerade hatte sie ihre Schwester wiedergefunden, nach so vielen Jahren, und nun war sie endgültig fort.

Diesmal für immer.

KAPITEL SECHSUNDDREISSIG

K ara lutschte vier Pfefferminzbonbons nacheinander, dann nahm sie all ihren Mut zusammen und betrat Tates Krankenzimmer. Die vergangenen Tage waren ein Albtraum gewesen, die sie wie betäubt durchgestanden hatte, sozusagen im Zombie-Modus. Ihre Albträume waren mit voller Wucht zurückgekehrt, doch diesmal war sie mit Marlie in dem verschneiten Wald und durchlebte die letzten erschütternden Momente im Leben ihrer Schwester.

Jetzt brauchte sie Kraft, innere Stärke. Und wenn sie die nicht fand, dann musste sie eben so tun, als ob. Entschlossen setzte sie ein Lächeln auf und hoffte, dass es nicht so falsch aussah, wie es sich anfühlte. Sie wollte Tate nicht mit einer Grimasse gegenübertreten.

Du schaffst das, Kara.

Tates dunkle Haare fielen ihm zerzaust in die Stirn, auf seinem Kinn lag ein Bartschatten, doch als er sie ansah, war sein Blick scharf und klar. Seine Lippen verzogen sich zu einem schiefen Grinsen, als würde er sich über etwas amüsieren.

»He«, sagte sie und machte die Tür hinter sich zu, um ihre Dämonen draußen zu lassen. »Wieso grinst du so?«

»Nun ja, ich denke, Krankenhaus-Dates sind nicht unbedingt die beste Grundlage für eine glückliche Beziehung.«

458

»Und wir zwei haben eine ›Beziehung‹?«

»Klar, hatten wir immer schon. Vielleicht nicht so wie jetzt, aber ja, in gewisser Hinsicht.«

Sie sagte nichts dazu, stattdessen erkundigte sie sich: »Wie fühlst du dich?«

»Nicht gerade pudelwohl, aber auch nicht schlecht. Ich werde heute entlassen.«

»Mir ist aufgefallen, dass niemand vor deiner Tür Wache schiebt«, sagte sie, überrascht darüber, dass sie das Bedürfnis verspürte, ihn zu necken. Mit ihm zu flirten.

»Du meinst, niemand, der meine unzähligen Fans in Schach hält?«

Sie lachte, doch ihr Lachen klang bitter. Ihr Blick schweifte zum Fenster. Noch vor Kurzem hatten sich dort Jonas' Fans versammelt und die Freilassung ihres Messias gefordert. Jetzt sah sie niemanden, nur sich selbst, gespiegelt in der Fensterscheibe. Ein gespenstisches Abbild, aber sie weigerte sich, sich noch länger von ihren Dämonen heimsuchen zu lassen. Diese Zeiten waren vorbei. Sie würde alles daransetzen, um ins Leben zurückzufinden, sich ein Leben aufzubauen – ein Leben, wie es sich ihre Schwester für sie gewünscht hatte, als sie sie damals auf dem Dachboden in Sicherheit brachte. Bei dem Gedanken an Marlie verspürte sie einen schmerzhaften Stich. Hoffentlich hatte sie endlich Frieden gefunden. Sie wünschte es Marlie von Herzen und klopfte auf die hölzerne Fensterbank, weil das angeblich Glück bringen sollte. Dann drehte sie sich zu dem neuen Mann in ihrem neuen Leben um.

»Ich muss dich enttäuschen«, sagte sie. »Was die Fans betrifft, bist du nicht ansatzweise so populär wie Jonas.«

»Damit komme ich klar.« Er zog seine dunkle Augenbraue in die Höhe. »Und wie geht es dir?«

Sie hätte gern behauptet, dass es ihr gut ging, sogar großartig, aber das wäre eine Lüge gewesen, und das wussten sie beide. »Ich komme klar«, wiederholte sie seine Worte und trat näher ans Bett heran. »Ich bin immer noch bei dir abgetaucht. Mein Haus wird nach wie vor belagert, der Strom von Neugierigen, die das Makabre lieben und sich an dem Horror weiden, reißt nicht ab. Ich dachte, es wäre das Beste, wenn Rhapsody und ich so lange bleiben, bis sich der Medienhype gelegt hat. Vorausgesetzt, das ist okay für dich.«

»Das ist es. Ich finde es sogar großartig: Wenn ich hier raus bin, kannst du für mich Krankenschwester spielen.«

»Träum weiter. Oder – nur wenn du bereit bist, mein Seelenklempner zu sein.«

»O Gott. Eine entsetzliche Vorstellung.«

»Hm. Ganz übel«, pflichtete sie ihm bei, doch sie grinste. Ein Gefühl der Erleichterung breitete sich in ihr aus. Die letzten Tage waren ein emotionales Auf und Ab gewesen, doch jetzt, da sie die Wahrheit kannte, so hässlich sie auch war, konnte sie nach vorn blicken. Endlich glaubte sie daran, eine Zukunft zu haben.

Mit Tate.

Ohne Tate.

Wie auch immer – sie würde einen Weg für sich finden.

Irgendwie.

»Was denkst du?«, fragte er und setzte sich aufrecht. »Wird der Hype bald nachlassen?«

»Ich hoffe es.« Sie stieß einen tiefen Seufzer aus. »Faiza hat einen großen Wirbel veranstaltet und mich gedrängt, bei ihr zu wohnen, in dem Haus in den West Hills, aber ich denke, das hätte alles nur schlimmer gemacht. Sie steht bereits mit irgendwem in Hollywood in Kontakt, der den Fall neu verfilmen will, worüber sie total aus dem Häuschen ist. Ihr Freund Roger hat den Typen ausfindig gemacht. An dem Tag, an dem wir in unserem alten Ferienhaus waren, ist er in einen

Flieger nach L. A. gesprungen und hat sich mit einem Produzenten getroffen, den ihm ein Mitglied aus seiner Band empfohlen hat. Der Produzent hat bereits mit Alex Rousseau, dieser Anwältin, die Jonas nach Margroves Tod beauftragt hatte, und Mia Long gesprochen.«

»Und? Wie stehst du dazu?«

»Tante Fai möchte natürlich, dass ich dabei bin. Der Produzent hat mich schon angerufen, aber ich denke, ich werde sein Angebot ausschlagen.« Sie setzte sich vorsichtig auf Tates Bettkante, und ihr ging durch den Kopf, wie ihre Tante sie jahrelang benutzt und ausgenutzt hatte, doch dann schob sie die finsteren Gedanken beiseite. Damit würde sie sich später befassen. »Ich habe ein Problem, mit ihr zusammenzuarbeiten. Außerdem habe ich bereits einen Buch-Deal mit diesem zwielichtigen Reporter.« Sie grinste und sah, wie Tates Mundwinkel in die Höhe zuckten. »Ich glaube, er würde sogar so weit gehen zu behaupten, er hätte sich freiwillig von einer durchgedrehten Frau über den Haufen fahren lassen, nur um an die Story zu kommen.« Ihr Grinsen wurde noch breiter. »Aus irgendeinem Grund denke ich, ich sollte mich mit ihm zusammentun.« Sie runzelte die Stirn, als würde sie angestrengt nachdenken, dann schnipste sie mit den Fingern. »Ach ja, jetzt fällt es mir ein! Vielleicht liegt es daran, dass er sich eine Kugel für mich eingefangen hat.« Ihr Grinsen verschwand. Auf einmal sah sie wieder vor sich, wie Tate sich in den Weg geworfen hatte, als Walter abdrückte. Tränen traten in ihre Augen, ihre Kehle schnürte sich zusammen. Sie räusperte sich. »Wie dem auch sei, ich werde mit ihm zusammenarbeiten. Wir hatten einen Deal.«

»Den hatten wir«, bekräftigte er. Auch er musste sich jetzt räuspern. »Kara«, sagte er leise. »Bleib in meinem Loft. Bleib bei mir.« Er umfasste ihr Handgelenk. Seine Finger fühlten sich stark und warm an. »Wir kriegen das alles hin.«

»Alles?« Sie lachte. »Ich weiß nicht, ob das möglich ist.«

»Dann finden wir es eben heraus.« Er hielt ihren Blick fest. »Was sagt dein Arzt?«

Auch sie hatte zwei Nächte im Krankenhaus verbracht, wo sie untersucht und psychologisch betreut worden war. Eine der hiesigen Psychologinnen hatte Dr. Zhou ausfindig gemacht, und man hatte Kara angstlösende Medikamente verordnet. Anschließend hatte sie das Whimstick General verlassen dürfen, wenngleich sie sich regelmäßig bei ihrem Arzt melden sollte. »Was mein Arzt sagt?«, wiederholte sie. »Nun, das Übliche. Dass ich eine Angststörung habe, weshalb ich meine Medikamente nehmen soll, dass ich traumatisiert bin … nichts, was ich nicht schon mein ganzes Leben lang gehört hätte, nur dass noch ein Trauma dazugekommen ist.« Sie zuckte die Achseln.

»Wir stehen das zusammen durch«, versprach er und drückte ihre Hand. »Was ist mit den Cops? Ich hoffe, die Ärzte konnten sie in Schach halten, und sie haben dir nicht allzu sehr zugesetzt.«

»Ja, aber ich habe natürlich mit ihnen sprechen müssen. Mit Detective Thomas und Detective Johnson.«

Sie hatte sich große Sorgen um Rhapsody gemacht, die in Tates Loft auf sie wartete. Zum Glück hatte Tate einen Freund namens Connell, den er gebeten hatte, sich um die Hündin zu kümmern, während sie im Krankenhaus waren. Tate vertraute diesem Connell, der ein Kamerad seines Dads gewesen war, und er hatte Kara gebeten, sich keine Sorgen zu machen. Tatsächlich ging es Rhapsody blendend, als Kara ins Loft hatte zurückkehren können.

»Jemand müsste mich abholen, wenn ich die Entlassungspapiere bekomme«, sagte er in ihre Gedanken hinein und deutete auf seine verletzte Schulter. »Auto fahren kann ich wohl noch länger nicht.«

»Ich nehme an, heute ist dein Glückstag«, erwiderte sie und hielt einen Schlüsselring in die Höhe. »Ich bin zufällig mit deinem Toyota hier.«

»Mit meinem RAV4?«

»Wie hätte ich denn sonst herkommen sollen?«, fragte sie. »Es sieht nicht so aus, als würde man meinen Jeep wieder fahrtüchtig kriegen.«

»Ich weiß nicht, ob ich bei dir einsteigen möchte«, sagte er grinsend. »Ich hab gehört, du bist keine gute Fahrerin ...«

»Bin ich wohl.« Sie zwinkerte. »Und ich verspreche, dich weder über den Haufen zu fahren noch von der Fahrbahn abzukommen, wenn du neben mir sitzt.«

»Dann war Walter Robinson offenbar ein viel beschäftigter Mann«, stellte Johnson trocken fest, als sie und Thomas zusahen, wie der gefrorene Leichnam von Chad Atwater vor dem Transport in die Gerichtsmedizin in einen schwarzen Leichensack gepackt wurde. Zwei Jäger waren durch Zufall auf seinen Pick-up gestoßen und hatten die grausige Entdeckung gemacht. Jemand hatte Chad mit einem scharfen Messer die Kehle durchgeschnitten, wahrscheinlich mit demselben, mit dem er Jonas McIntyre enthauptet und Merritt Margrove ermordet hatte. Als sie an den Tatort gekommen waren, an den die Notrufkoordinatorin sie nach Karas Anruf geschickt hatte, hatte Robinson das Messer noch in der Hand gehalten.

In seinem Haus in Seaside hatten sie ganz ähnliche Messer entdeckt.

Johnson und Thomas waren an die Küste gefahren, als sie erfuhren, dass Robinsons Haus aus den 1980er-Jahren mehr als nur ein Dach über dem Kopf war: Es hatte einen Keller mit einem kleinen Apartment, bestehend aus einem Schlafzimmer, Bad und einer Miniküche, außerdem war darin ein

Geschäft für Elektrobedarf untergebracht. Anscheinend hatte Robinson seine eigene Tochter zwei Jahrzehnte lang in dem Apartment gefangen gehalten, während er vom Geschäftsbereich aus seine Überwachungsaktivitäten betrieb. An mehreren Fahrzeugen hatte er Peilsender angebracht, so auch an Chad Atwaters Pick-up, Merritt Margroves BMW, Faiza Donners Mercedes-Cabrio und Kara McIntyres Jeep, der mittlerweile nur noch Schrottwert hatte – bis auf Mia Long waren all diese Personen in das McIntyre-Massaker involviert, und Walter Robinson behielt sie im Blick, um sie zu töten, wenn »die Bestie in ihm« wieder einmal erwachte.

»Schade, dass wir Robinson nicht mehr vernehmen können«, sagte Johnson zu Thomas. »Ich wüsste zu gern, warum er Chad Atwater umgebracht hat. Glaubst du wirklich, sein Tod war allein seinem Blutrausch geschuldet? Nach zwanzig Jahren?«

»Ich nehme an, er hat ihn damals in seinem Pick-up sitzen sehen, wo er auf Marlie wartete. Jonas' Entlassung hat ihn getriggert, und jetzt wollte er ihn als potenziellen Zeugen ausschalten.«

»Klingt logisch.« Johnson nickte.

Der Abschleppwagen, der Atwaters Pick-up zur kriminaltechnischen Untersuchung bringen sollte, traf ein. »Noch mehr tut es mir leid, dass man Robinson nicht mehr vor Gericht bringen kann.«

»Wirklich? Mir ist es, ehrlich gesagt, lieber, wenn der Staat kein Geld ausgeben muss, weder für ein Verfahren noch für Kost und Logis für einen weiteren Schwerverbrecher.«

Der Pick-up wurde mithilfe einer Seilwinde auf den Abschleppwagen befördert. »Mir gefällt es nun mal, wenn der Gerechtigkeit Genüge getan wird«, hielt Johnson dagegen.

»Die Tochter, die er so lange gefangen gehalten hat, hat ihn erschossen«, betonte Thomas, zog die Fernbedienung für den SUV aus der Tasche und drückte darauf. Die Zentralverriegelung reagierte mit einem lauten Klacken. »So ironisch es klingen mag: Ich finde, der Gerechtigkeit wurde Genüge getan.« Er warf ihr einen Blick zu. »Komm, lass uns abhauen. Hast du Hunger?«

Johnson riss den Blick vom Abschleppwagen los und folgte ihm zu seinem Chevy Tahoe. »Ja, aber wir sollten zuerst in die Zivilisation zurückkehren.«

»Ich kenne da ein nettes Lokal …«

Am Stadtrand vom Whimstick bog er auf den Parkplatz eines Diners im Fünfzigerjahre-Stil ein. Der Fußboden war schwarz-weiß im Schachbrettmuster gefliest, das Mobiliar aus Resopal, an der Wand stand eine Original-Musikbox, die Weihnachtsplatten spielte.

Sie setzten sich in eine Ecknische und wurden von einer Kellnerin mit Hochsteckfrisur und Rentiergeweih-Haarreif bedient. Der Diner war fast leer, doch es duftete nach Pommes frites und gegrillten Zwiebeln. Morgen war Heiligabend, bis auf ein paar Stammgäste, die an den weihnachtlich dekorierten Tischen saßen, waren vermutlich alle zu Hause und mit den Vorbereitungen für das Fest beschäftigt.

Als das muntere Rentier Thomas' Burger und Johnsons vegetarisches Sandwich gebracht hatte, nahm sie einen großen Bissen und schlug dann vor, den Fall, über den mittlerweile auf allen Kanälen berichtet wurde, ein letztes Mal zu rekapitulieren. »Also, nur damit ich nichts durcheinanderbringe«, sagte sie kauend. »Jonas hat Donner Robinson ermordet und wurde dabei von Donners Vater, Walter Robinson, der ominösen Gestalt mit der schwarzen Skimaske, überrascht. Robinson überwältigte Jonas und löschte aus Zorn die gesamte Familie McIntyre aus, bis auf das kleine Mädchen.« Thomas nickte. »Seine Tochter, Marlie, die mit Chad Atwater hatte durchbrennen wollen, hatte zuvor unten

Lärm gehört, mitbekommen, wie Jonas auf Donner losging, und sich ihrem Stiefbruder in den Weg gestellt, wobei sie von diesem mit dem Schwert an der Wange verletzt wurde. Sie drückte eine Serviette auf die Wunde, rannte die Treppe hinauf und brachte ihre kleine Schwester Kara auf dem Dachboden in Sicherheit. Anschließend wollte sie mit ihrem Freund Chad durchbrennen, der das Bargeld ihres Vaters aus einem Geheimfach in der Abstellkammer bei der Küche hatte stehlen sollen. Vom oberen Treppenabsatz aus sah sie den toten Donner und ihren Vater mit Skimaske und Handschuhen, der nicht nur auf Jonas losging, sondern auch Sam jr., der sich ebenfalls im Wohnzimmer befand. Jonas überlebte nur, weil er sich den Kopf anschlug und bewusstlos wurde, weshalb Robinson ihn wohl für tot hielt. Anschließend ist er die Treppe hinauf zum Elternschlafzimmer gestürmt und hätte um ein Haar Marlie entdeckt, doch die konnte sich gerade noch verstecken. Während er Zelda und Samuel abgemurkst hat, ist sie zu Chad in die Abstellkammer gerannt, doch er war nicht da. Stattdessen sah sie Kara zur Hintertür hinausrennen, verfolgt von Walter Robinson, und stürmte ebenfalls hinaus. Walter musste sich anscheinend für eines der Mädchen entscheiden, da Edmund Tate in die Verfolgungsjagd eingriff, und er hat sich Marlie geschnappt, damit diese ihn nicht bei der Polizei verpfeifen konnte.« Sie schluckte, nahm einen weiteren Bissen von ihrem Sandwich und spülte ihn mit Vitaminwasser hinunter. »Edmund erkannte seinen ehemaligen Kameraden von den Marines – woran auch immer – und versuchte, dies den Kollegen und dem Rettungssanitäter mitzuteilen, doch sie verstanden nicht, was er meinte. Walter konnte entkommen und hielt seine Tochter in seinem Haus in Seaside gefangen.«

»Das ist das Seltsame an der Sache.«

»Ach, komm schon, es ist alles seltsam«, sagte Johnson.

Genauso seltsam, wie es war, einen Tag vor Heiligabend in einem Diner zu sitzen und über ein gutes halbes Dutzend Morde zu sprechen, während im Hintergrund Weihnachtslieder liefen.

»Mehr als seltsam«, pflichtete Thomas ihr bei. »Laut Kara McIntyre war Marlie in den Besitz eines der Prepaidhandys ihres Vaters gelangt und hatte ihr mit den geheimnisvollen Textnachrichten und Anrufen – ›Sie lebt.‹ – Warnungen zukommen lassen wollen, um sie auf die Gefahr aufmerksam zu machen, die von dem angeblich unschuldigen Jonas ausging, und weil sie ahnte, dass Walter erneut zuschlagen würde. Die Freilassung von Jonas musste auf ihn wie ein Trigger gewirkt haben – klar, dass er sich an Margrove rächen wollte, weil der den verhassten Mörder seines Sohnes aus dem Gefängnis geholt hatte.«

»Das habe ich verstanden«, sagte Johnson, »allerdings kapiere ich nicht, warum Marlie nicht einfach gegangen ist.«

»Anfangs hat sie das scheinbar nicht geschafft. Sie war am Boden zerstört, und außer Walter – abgesehen von Kara und Tante Fai, der Schwester ihrer Mutter, die sich nie um sie gekümmert hatte – hatte sie keine leiblichen Angehörigen. Den beiden konnte sie jedoch nicht unter die Augen treten – wegen des Valiums fühlte sie sich mitschuldig am Tod der Eltern. Walter war für sie da, hat sich um sie gekümmert, nicht nur um den Schnitt in ihrer Wange.«

»Er war Sanitäter beim Militär, ich weiß.«

»Sie war völlig abhängig von Walter, zumindest hat er ihr das weisgemacht.«

»Er hat sie einer Gehirnwäsche unterzogen.« Johnson schnitt eine empörte Grimasse. »So ein kranker Scheißkerl.«

»Aus Tagen wurden Wochen, aus Wochen Monate …«

»… aus Monaten zwei Jahrzehnte.« Sie schüttelte fassungslos den Kopf.

»Aus Marlie Robinson wurde Hailey Brown. Unter diesem Namen hat sie Jonas' Fan-Seiten in den sozialen Netzwerken verfolgt. Als sie erfuhr, dass er entlassen werden sollte, und sah, was dieses Wissen mit ihrem Vater anstellte, fürchtete sie gleich zwei Dinge: dass Jonas Kara etwas wegen des Erbes antun könnte und dass ihr Vater seinen Rachefeldzug fortsetzen könnte.«

»Deshalb hatte sie schlussendlich den Mut zu fliehen.«

»Ja, sie wollte ihre kleine Schwester beschützen. Doch wie sie zum Krankenhaus gelangt ist, und warum auch Walter dort war und sie beobachtet hat, werden wir wohl nie erfahren, genauso wenig, warum sie ebenfalls an der McIntyre-Hütte war, wenn doch nur Walter aufgrund des Peilsenders an Mia Longs Wagen wusste, dass Jonas dorthin gefahren sein musste.«

»Die ganze Geschichte bleibt mysteriös. Arme Marlie.« Johnson schüttelte den Kopf.

Das kannst du laut sagen, dachte Thomas und griff nach seiner Cola.

»Wenigstens hat Kara überlebt«, fuhr Johnson fort, »aber glaubst du, dass sie jemals ein normales Leben führen kann, bei all dem, was sie durchgemacht hat?«

»Hat sie *bisher* ein normales Leben geführt? Seit sie ein kleines Mädchen war, nicht mehr.« Er verstummte und rieb sich nachdenklich den Nacken, dann bedeutete er der Kellnerin, ihnen die Rechnung zu bringen.

»Dass Walter ihren Stiefbruder Jonas umgebracht hat, dürfte Kara vermutlich eher erleichtert als traurig gemacht haben«, sagte Johnson. »Ich bin mir sicher, dass er ihr etwas antun wollte wegen des Erbes. Einer der Mithäftlinge aus dem Banhoff behauptet, Jonas habe niemals wirklich zu Gott gefunden. Er habe zwar ab und an gebetet, sich ansonsten aber einen Scheißdreck um den Zinnober geschert, den seine Fans um ihn veranstaltet haben – von wegen Prophet oder Messias –, es sei ihm immer nur ums Geld gegangen. Genau aus dem Grund wird er zu Margrove gefahren sein – er wollte das Vermögen zurückhaben, das der Anwalt so großzügig abgeschöpft hatte, doch Walter Robinson war ihm zuvorgekommen und hatte den guten alten Merritt bereits erledigt. Interessant ist nur, dass wir neben der enthaupteten Leiche von Jonas jede Menge blutbespritzte Geldscheine gefunden haben – zwanzigtausend Dollar. *Blutgeld.*«

Thomas nickte. Er sah den Kopf von Jonas McIntyre, der sich auf dem Plattenteller drehte, vor sich und schauderte.

»Robinson hatte auch an Faiza Donners Mercedes einen Peilsender angebracht«, wechselte er das Thema, um das Bild aus dem Kopf zu bekommen. »Wie Margrove hat sie sich kräftig am Erbe bedient, weshalb ich davon ausgehe, dass Jonas vorhatte, auch mit ihr ein Hühnchen zu rupfen. Aber wollte Robinson sie ebenfalls töten? Einfach nur, weil sie die Schwester seiner Ex-Frau war?«

»Vielleicht«, antwortete Johnson. »Ich habe keine Ahnung, was in seinem auf Rache versessenen Hirn vor sich ging. Allerdings gibt es Neuigkeiten von der ach-so-pflichtbewussten Dame, Karas treu sorgender Vormundin.« Ihre Stimme triefte vor Sarkasmus. »Ihr Freund und sie werden groß absahnen mit einem neuen Film, der über den Fall gedreht werden soll. Hollywood lässt grüßen!«

»Großartig.« Thomas' Sarkasmus war ebenfalls unüberhörbar. »Ich nehme an, ich sollte nicht überrascht sein. Ich habe bereits einen Anruf von einer Reporterin bekommen, die sich danach erkundigt hat.«

Sie warf ihm einen fragenden Blick zu, doch mehr sagte er nicht. Die Reporterin war natürlich Sheila Keegan, die ihn immer noch daran erinnerte, dass er ihr etwas schuldete. Lächelnd stand er auf und ging, gefolgt von seiner Partnerin, hinaus. Der eisige Wind pfiff in seine offene Jacke, Schnee-flocken verfingen sich in seinen Haaren. Vielleicht sollte er seine Schulden endlich begleichen.

Immerhin war Weihnachten.

Und sie waren beide allein.

»Was machst du denn so über die Feiertage?«, fragte er Johnson, als sie in den Chevy Tahoe stiegen.

»Ach, das ist kompliziert. Mein Sohn hat sich gewünscht, dass ich mit meinem Ex und dessen Familie feiere. Du weißt ja, dass der Junge gewisse Probleme hat.« Er wartete. »Sie sind hauptsächlich emotionaler Natur und scheinen sich durch die Medikamente zu verbessern ... und es hilft, wenn sein Dad und ich miteinander klarkommen, also geben wir uns Mühe. Um Jamies willen.« Sie warf ihm einen fragenden Seitenblick zu. »Was ist mit dir?«

»Ich habe vor zu arbeiten.«

»Und dann?«

»Mal abwarten«, sagte er. »Ich komme schon klar.« Sheila Keegan erwähnte er nicht, als er Johnson zurück zum De-partment brachte, damit sie dort in ihren eigenen Wagen umsteigen konnte.

Das war sein kleines Geheimnis.

Ein Geheimnis, das er am besten für sich behielt.

EPILOG

Zwölf Monate später

24. Dezember

Kara verließ das Meeting der Anonymen Alkoholiker und setzte ihre Kapuze auf. Regen prasselte aus dem bleigrauen Himmel. Der Wetterbericht sagte nasskalte Feiertage voraus. In diesem Jahr würde es keine weißen Weihnachten geben.

Perfekt.

Sie hatte genug von Schnee an den Feiertagen. Vielleicht würde sie eines Tages wieder anders darüber denken, aber in diesem Jahr ganz bestimmt nicht.

Sie stieg in ihren Wagen, einen fünf Jahre alten Subaru Outback, den sie sich im letzten Jahr gekauft hatte, und fuhr durch die Straßen von Whimstick, die im weihnachtlichen Lichterglanz erstrahlten. Die Schaufenster waren mit Schneemännern, Weihnachtsmännern, Engeln und Krippen geschmückt, überall hingen Schilder, die auf Sonderangebote und Rabattaktionen aufmerksam machten. Weihnachten und Konsum waren nun mal eng miteinander verknüpft.

Besser als Weihnachten und Massaker, dachte sie, dann stellte sie das Radio an. Die letzten Klänge von »The Little Drummer Boy« füllten das Wageninnere, dann folgte »Stille Nacht«. »Nein!«, sagte sie laut. Dieses Lied wollte sie nie wieder hören. Entschlossen stellte sie einen Sender mit Hardrock aus den 1970ern ein.

»Dream on« von Aerosmith.

Schon besser.

Nein, sehr viel besser.

Irgendwie tröstlich.

Wahrscheinlich teilten nicht viele Menschen diese Einstellung, dachte sie, aber das war ihr gleich. Sie folgte dem fast schwarzen Fluss, in dem sich die Lichter der Stadt spiegelten. Ein langes, anstrengendes Jahr lag hinter ihr. Die Presse war ihr immer noch auf den Fersen, einige Details, das Treuhandvermögen und den Nachlass betreffend, waren auch noch nicht ganz geklärt, aber ein neuer Anwalt arbeitete daran. Mitte vierzig, durch und durch professionell, der sich strikt an die Vorschriften hielt, die Merritt Margrove stets so gern umgangen hatte. Er setzte sich auch mit den Versicherungen auseinander wegen des Unfalls in den Bergen vor einem Jahr. Gott sei Dank war Sven Aaronsen, der Fahrer des Sattelschleppers, nach einem Monat im Krankenhaus und mehreren Monaten Physiotherapie wieder auf dem Damm. Sie hatte gehört, dass er wieder fuhr, obwohl sein Blutalkoholspiegel zum Zeitpunkt des Unfalls erhöht gewesen war. Ihrer hatte, soweit sie wusste, knapp unter dem Grenzwert gelegen, was verwunderlich war, dennoch fühlte sie sich verantwortlich. Sie würde sich ihm gegenüber anständig verhalten, aber erst einmal mussten sich die Versicherungsgesellschaften einigen.

Sie parkte am Straßenrand vor dem ehemaligen Lagerhaus, betrat Tates Loftwohnung und wurde von Rhapsody begrüßt, die wie gewöhnlich laut bellend die Treppe hinunterstürmte, um sie willkommen zu heißen. »Ja, ich habe dich auch vermisst«, sagte Kara und streichelte das flauschige Fell der Hündin, die sich herumwarf und die Stufen wieder hinaufstürmte. Kara folgte ihr.

Als sie oben ankam, saß Tate an seinem Ess- und Schreibtisch. Sobald er sie sah, stieß er sich von der Platte ab, rollte auf seinem Stuhl zurück und stand auf. »He«, sagte er mit einem Lächeln. »Wie geht es dir?«

»So weit gut.« Sie zog ihre Jacke aus und bemerkte den Weihnachtsbaum vor dem Eckfenster des Wohnbereichs, der erste seit vielen Jahren. Hier, bei Tate, fühlte sie sich zu Hause. Seit sie vor einem Jahr bei ihm Unterschlupf gefunden hatte, war sie nicht mehr gegangen. Sie hatte sogar ihr Haus in Whimstick zum Verkauf ausgeschrieben. Das Haus in den West Hills von Portland würde bald folgen. Jetzt, da Faiza und Roger ins sonnige Kalifornien gezogen waren, um ihrem Hollywood-Traum nachzujagen, und Kara die rechtmäßige Besitzerin war, wollte sie es endlich loswerden. Einst das traute Heim ihrer Kindheit, war es heute nichts als Ballast für sie.

Sie schlenderte zu Tate, fischte die Medaille aus der Tasche und legte sie neben seinen Laptop auf die Tischplatte. »Ein Jahr nüchtern.«

Er grinste verschmitzt. »Und es war ein gutes Jahr.«

»Da hast du recht.« Sie setzte sich auf seinen Schoß, schlang die Arme um ihn und küsste ihn. Noch am Abend seiner Entlassung aus dem Krankenhaus waren sie ein Liebespaar geworden. Es war einfach so passiert, der Funke zwischen ihnen war übergesprungen, befeuert von Adrenalin, ihrer gemeinsamen traumatischen Erfahrung und dem Bewusstsein, dass sich das Leben von einer Sekunde auf die andere für immer verändern konnte.

Rhapsody verlangte jaulend nach mehr Aufmerksamkeit.

»Oh, die Pflicht ruft«, sagte Kara und stand auf. An ihre Hündin gewandt, fragte sie: »Möchtest du spazieren gehen?«

»Ich war vor weniger als einer Stunde mit ihr draußen.«

»Aber es ist Weihnachten, und sie will noch einmal raus.«

»Möchtest du, dass ich mitgehe?«, fragte er, und da war es wieder: sein unausgesprochenes Bedürfnis, sie zu beschützen, seine Sorge um ihren seelischen Zustand. Nicht, dass sie ihm deswegen einen Vorwurf machen konnte. Vor einem Jahr war sie nicht mehr als ein verängstigtes Abbild ihrer selbst gewesen, und bis heute kontrollierte sie jeden Abend, ob alles abgeschlossen war, obwohl sie bei Tate wohnte und er zu Hause war. Das »Türenzählen« konnte sie sich einfach nicht abgewöhnen.

»Nein, das musst du nicht. Wirklich nicht. Ich komme schon klar.« Sie leinte Rhapsody an. »Wir bleiben nicht lange weg.«

»Ich nehme dich beim Wort.« Er griff zu seinem Handy. »Dann werde ich uns mal etwas beim Chinesen bestellen.«

Kara musste unweigerlich grinsen. »Tu das, das sollte bei uns Weihnachtstradition werden.« Sie zog ihre Jacke wieder an und ging die Treppe hinunter. Rhapsodys Krallen klackerten laut auf den Stufen.

Draußen hatte der Wind aufgefrischt. Auf den Straßen war nicht viel Verkehr, die Straßenlaternen warfen ihr bläuliches Licht auf die wenigen Autos und Fußgänger. Die Leine fest in der Hand, lief Kara im Eilschritt zum Fluss und blickte in seine strudelnden Tiefen, während Rhapsody an der Ufermauer schnüffelte.

Nach einer ganzen Weile drehte Kara sich um und schaute hinauf zu dem Eckfenster von Tates Loft. Sie sah ihn neben dem Weihnachtsbaum stehen, eine dunkle Silhouette vor der dreieinhalb Meter hohen Douglastanne mit ihren blinkenden Lichtern.

Nimm jeden Tag so, wie er kommt, dachte sie. Tate hatte recht: Das letzte Jahr war ein gutes gewesen, auch wenn es mit schmerzhaften, herzzerreißenden Erinnerungen begonnen hatte. Am meisten schmerzte sie der Verlust von Marlie. Sie vermisste ihre Schwester jeden Tag, und das würde vermutlich auch immer so bleiben, aber sie musste zugeben, dass das hinter ihr liegende Jahr weitaus besser gewesen war als die Jahre zuvor. Sie drückte fest die Daumen, dass ihr Glück anhalten würde.

Lächelnd winkte sie zu Tate hinauf, dann zog sie an Rhapsodys Leine. »Komm, Rhap«, sagte sie und machte sich eilig auf den Rückweg zum Loft. »Wir gehen nach Hause.« Prompt schossen ihr bei diesen Worten die Tränen in die Augen. Sie blinzelte, dann wiederholte sie mit fester Stimme: »Wir gehen endlich nach Hause.«

Der fesselnde Start der San-Diego-Reihe

KAREN ROSE

KALTBLÜTIGE LÜGEN

Thriller

Nachdem Detective Kit McKittrick vom San Diego Police Department einen anonymen Hinweis auf das mögliche Grab eines Mordopfers in einem Stadtpark bekommen hat, stößt ihr Team dort tatsächlich auf die Leiche einer jungen Frau. Sie ist mit pinken Handschellen gefesselt – so wie zahlreiche Opfer eines Serienkillers, der schon seit Jahren sein Unwesen treibt. Kit schöpft Hoffnung, endlich eine neue Spur zu haben. Doch schon bald nimmt der Fall neue, ungeahnte Dimensionen an. Mittendrin der Psychologe Sam Reeves, der sich als der anonyme Hinweisgeber herausstellt und alles andere als unschuldig scheint …

»Kaltblütige Lügen ist ein dichter, vielschichtiger
und emotional aufgeladener Roman,
der einen durch die Seiten fliegen lässt …«
Mystery & Suspense

Die gefährlichste Person ist nicht der Mörder …

BROOKE ROBINSON

DIE DOLMETSCHERIN –
Ihre Übersetzung entscheidet über das Urteil

Revelle Lee spricht elf Sprachen und dolmetscht am Old Bailey in London – für Zeugen, Opfer, Angeklagte. Als sie bei einem Mord-Prozess mitbekommt, wie sich der Angeklagte erfolgversprechend verteidigt, verstößt sie gegen ihren eigenen Codex und verfälscht seine Aussage, damit der vermeintlich Schuldige verurteilt wird. Bald stellt sich heraus: Revelle hat versehentlich einen Unschuldigen ins Gefängnis gebracht. Und nicht nur das. Zudem ist jemand hinter ihr und ihrem Pflegesohn Elliot her. Sowohl das laufende Adoptionsverfahren als auch Revelle und Elliot geraten immer weiter in Gefahr, denn jemand weiß, was sie getan hat, und will Gerechtigkeit. Während Revelle alles daran setzt, ihren Fehler wiedergutzumachen, holt ihre Vergangenheit sie ein. Was auch immer sie tut, um Elliot und sich zu schützen, die unsichtbare Bedrohung kommt immer näher …
Intelligent, weiblich, perfide! Die Dolmetscherin ist ein vielschichtiger und unblutiger Thriller der besonderen Art!